Zaungast

Christiane Wünsche, 1966 in Lengerich in Westfalen geboren, lebt seit ihrem vierten Lebensjahr in Kaarst am Niederrhein und ist dort in der Kinder- und Jugendarbeit tätig. Bereits als Kind wollte sie Schriftstellerin werden. Heute schreibt sie sozialkritische Kriminalromane und verfasst Gedichte. Christiane Wünsche hat eine Tochter, zwei Hunde und einen Oldtimerwohnwagen, in dem sie gern quer durch Europa reist.

Dieses Buch ist ein Roman. Handlung, Personen und manche Orte sind frei erfunden oder wurden für die Glaubhaftigkeit der Geschichte verändert.

CHRISTIANE WÜNSCHE

Zaungast

NIEDERRHEIN KRIMI

emons:

Bibliografische Information der Deutschen Nationalbibliothek
Die Deutsche Nationalbibliothek verzeichnet diese Publikation in der Deutschen Nationalbibliografie; detaillierte bibliografische Daten sind im Internet über http://dnb.d-nb.de abrufbar.

Umschlagmotiv: Heinz Wohner/LOOK-foto
Umschlaggestaltung: Tobias Doetsch
Gestaltung Innenteil: César Satz & Grafik GmbH, Köln
Lektorat: Dr. Hanna Stegbauer
Druck und Bindung: CPI – Clausen & Bosse, Leck
Printed in Germany 2014
ISBN 978-3-95451-401-4
Niederrhein Krimi
Originalausgabe

Das Loch in der Mauer
Seh'n beide Seiten
Auf die Dauer.
Neugier wird sie dazu bewegen,
Ein Auge an das Loch zu legen.
So können sie sich erblicken,
Sei's mit Erschrecken,
Sei's mit Entzücken.

Prolog

Der Morgen war dunstig, das Licht diffus. Die Kiefern, die die Lichtung umsäumten, standen wie verschwiegene Wächter da. Ihn fröstelte. Von allen Seiten schienen die Brombeerranken auf ihn zuzukriechen, nicht etwa um ihn zu vertreiben, sondern um ihn zu begrüßen. Und der grüne Teppich unter seinen Füßen, gewebt aus Moos, Flechten und Gras, fühlte sich watteweich an.

Die Natur hatte die Fichtenlichtung zurückerobert. Offenbar war hier seit Ewigkeiten kein Mensch mehr gewesen. Und falls noch irgendwo Müll herumlag, hatte das Grün ihn überwuchert. Der stille kleine Ort wirkte genauso unberührt wie damals, als die Freunde ihn voll des kindlichen Staunens, von Forschergeist und Abenteuerlust angetrieben, entdeckt hatten.

Die Entweihung war rückgängig gemacht worden. Das Böse hatte die Fichtenlichtung verlassen. Und das Blut, das hier geflossen war, war lange fortgewaschen.

Der Besucher kehrte der Fichtenlichtung den Rücken, ging über den schmalen, dornenüberwucherten, fast unsichtbaren Pfad zurück auf den Waldweg und schaute sich nicht um. Damit dieser Ort seine wiedergewonnene Reinheit behalten konnte, musste er gehen.

Endgültig.

Unwiederbringlich

Nele

Das Gefühl, etwas Verbotenes zu tun, ließ ihren Bauch rumoren. Mit zusammengekniffenen Augen starrte sie durch die beschlagene Windschutzscheibe in die Dunkelheit. Der Regen, der gegen die Scheibe klatschte, und die hin- und herschwingenden Scheibenwischer erschwerten die Sicht auf die Straße.

»Im Schutze der Dunkelheit, von wegen.« Sie schüttelte den Kopf über ihr idiotisches Vorhaben. Auf dem Büttger Friedhof würde es am frühen Abend dieses sechsten Novembers absolut finster sein. Dunkel, nass und kalt – der Besuch am Grab versprach eine Tortur zu werden, für sie selbst, für ihre Klamotten und vor allem für die Schuhe.

Aber immerhin konnte Nele ziemlich sicher sein, ungesehen die Blumen ablegen zu können. Bei dem Wetter würde wohl kaum irgendwer auf die Idee kommen, Grabpflege zu betreiben. Und genau deshalb war jetzt der richtige Zeitpunkt.

Sie schämte sich, aber vor allem vor sich selbst. Welches Recht hatte sie, herzukommen und jemanden zu betrauern, dem sie vor neunzehn Jahren nicht nur den Rücken gekehrt, sondern den sie auch noch aus dem Gedächtnis gestrichen hatte? Für viele Jahre.

Doch den eigenen Lebenslauf so zurechtzubiegen, dass Teile der Vergangenheit nicht mehr damit verzahnt waren, konnte nur auf begrenzte Zeit funktionieren. Irgendwann trudelten die unterdrückten Elemente unweigerlich an die Oberfläche, um klarzustellen: Du bist das, was du getan, gefühlt, gedacht und erlebt hast. Vielleicht mehr, aber auf keinen Fall weniger.

Für Nele war die Nachricht von seinem Tod im Oktober letzten Jahres der Auslöser gewesen. Kurz vor Weihnachten hatte sie per Zufall davon erfahren. Nach dem Schock erinnerte sie sich plötzlich wieder an alles. Wie im Zeitraffer zog eine Flut von Bildern an ihrem inneren Auge vorbei. Mit affenartiger Geschwindigkeit wurde die Verbindung zur Vergangenheit wiederhergestellt. Klick, eingerastet.

Und der Zwang, ihm nahe zu sein, ließ sich nicht mehr unterdrücken. Daher die heimlichen Besuche am Grab.

Sie parkte den Wagen auf dem Parkplatz vor dem Altenheim am Nebeneingang des Friedhofs. Nachdem sie nach den in Papier eingeschlagenen Blumen auf dem Beifahrersitz gegriffen hatte, holte sie tief Luft und sprang aus dem Auto.

Regen und Kälte schlugen ihr entgegen. Der Friedhof verschluckte sie in einem Meer aus schwarzen Schatten. Ihr Magen ballte sich nervös zusammen, während sie sich an den richtigen Weg durch die Grabreihen zu erinnern versuchte.

»Mistwetter«, schimpfte sie. Der Wind riss an ihrem Haar, aus dem bald das Wasser tropfte. So wie an einem anderen, weit zurückliegenden sechsten November, in einem anderen, unschuldigeren Leben.

Die Erinnerung stieg dermaßen machtvoll in ihr auf, dass ihr schwindelig wurde und sie auf dem schlammigen Boden fast ausgerutscht wäre.

6.11.1988 – Sie war durch den Regen mit Mamas Auto die kurze Strecke vom Elternhaus bis zu dem in Grau und Grün gestrichenen Mehrparteienhaus direkt gegenüber dem Kaarster Bahnhof gefahren. Das sperrige Geschenk hatte sie zunächst im Kofferraum gelassen. Fest in die gefütterte Winterjacke gewickelt und dennoch fröstelnd, hatte sie an der Haustür geklingelt, bis endlich von drinnen der elektrische Türöffner betätigt wurde. Hastig stieß sie die Haustür auf und lief die paar Treppenstufen hinunter ins Souterrain.

Er lehnte im Türrahmen und lächelte sein einzigartiges schiefes Lächeln, das bis in die grauen Augen strahlte. Kopflos überließ sie sich seiner festen Umarmung, schmiegte sich an ihn, nahm seine Wärme in sich auf, genoss das wohlige Ziehen im Unterbauch und streichelte die weiche Haut an seinen Armen und im Nacken. Sie versank in ihrer Verliebtheit, und sie war sich vollkommen sicher, dass ihre Gefühle mit der gleichen Heftigkeit erwidert wurden.

»Alles Liebe zum Geburtstag«, flüsterte sie in sein Ohr.

So lange her, dachte sie traurig, während sie weiter über den Weg zwischen den Gräbern und den zu Zylindern getrimmten Lebensbäumen hastete, und die Chance, ihm je wieder in die Augen zu sehen, sein Herz klopfen zu hören, Haut an Haut, war vertan. Für immer. Denn vor etwas mehr als einem Jahr war er gestorben, ganz plötzlich.

Damals, im Juni '89, war es ihr lebensnotwendig erschienen, den Kontakt abzubrechen. In Sicherheit hatte sie sich bringen wollen. Heute hielt sie die Entscheidung für unverzeihlich. Unwiederbringlich hatte sie ihn verloren. Konnte man irgendetwas mehr bedauern als das? Und auch deshalb war sie hier: um den Fehler von damals wiedergutzumachen, obwohl sie doch wusste, dass es unmöglich war.

»Ich vermisse dich. Du fehlst mir.« Wie gern hätte sie ihre Worte an den energiegeladenen Mann, an den sie sich erinnerte, gerichtet anstatt an einen Grabstein über einem verrottenden Körper. Trotzdem würde sie es tun; es war ein hilfloser Versuch, Abbitte zu leisten.

Verwirrt hielt sie inne. War sie an der Grabreihe vorbeigelaufen? Nein, sie war richtig, direkt links ragte der kitschige weiße Marmorengel auf, an dem sie sich beim letzten Mal orientiert hatte. Sie brauchte nur noch auf den nächsten Pfad rechts abzubiegen.

In dem Moment hörte sie Stimmen, die durch Regen und Wind zu ihr herüberwehten, eine männliche und eine weibliche. Etwa aus der Richtung, die sie anstrebte.

Sofort fühlte sie sich ertappt. Jetzt seiner Mutter, seinem Bruder oder gar seiner Exfrau zu begegnen, wäre wirklich katastrophal! Unwillkürlich duckte sie sich hinter einen Rhododendronbusch, musste ein hysterisches Kichern unterdrücken und lauschte den Stimmen. Sie war sich sicher, nicht bemerkt worden zu sein. Noch nicht. Aber wegschleichen ging nicht. Also verharrte sie in ihrer gebückten Position und spähte hinter dem Busch hervor. Es war so dunkel, dass sie wirklich nur die Umrisse der Leute erkennen konnte. Jetzt blitzte ein schwaches Licht auf. Eine der Personen benutzte ein Handy als Taschenlampe.

»Hab ich es dir nicht gesagt? Das Arschloch ist tot«, hörte sie die weibliche Stimme sagen. »Erster Oktober, letztes Jahr.«

Hinter ihrem Rhododendronbusch stöhnte Nele auf. Der erste Oktober war Matthias Hellmanns Todestag. Die Leute da standen tatsächlich vor seinem Grab. Familienangehörige waren das aber bestimmt nicht, denn die brauchten sich nicht erst anhand einer Grabinschrift des Datums zu versichern.

»Tatsächlich. Du und der Dicke, ihr hattet recht!« Das war der Mann. Er klang verärgert. »Da war er längst tot und begraben. Aber von wem stammt dann der Brief, wenn Hellmann es nicht gewesen sein kann?«

»Woher soll ich das wissen?« Die Frau sprach mit deutlicherer Betonung und war daher viel besser zu verstehen als der Mann. »Vielleicht hat er nicht dichtgehalten, wie er behauptet hat. Wer weiß? Oder irgendwer hat die Beweise gefunden und verwendet sie jetzt. Keine Ahnung! Aber wenn wir nicht ewig weiterzahlen wollen, müssen wir das rausfinden und dem Ganzen einen Riegel vorschieben.«

Der Mann brummelte etwas Unverständliches, dann kam Bewegung in die Szene. Die Gestalten entfernten sich vom Grab, in Richtung Hinterausgang, zu Hallenbad und Radsporthalle hin. Weg von ihr, Gott sei Dank! Sie wartete, bis die beiden ganz von der Dunkelheit verschluckt worden waren, und richtete sich dann auf.

Erst als alle Anspannung von ihr gewichen war, merkte sie, dass sie am ganzen Leib zitterte. Jetzt wollte sie es nur noch hinter sich bringen. Sie tappte über den inzwischen sehr rutschigen Weg die paar Schritte hin zum Grab.

»Matthias Hellmann 06.11.1967 – 01.10.2007«. Sie konnte die eingemeißelten Zeichen in dem Naturstein nur erahnen. Noch nicht mal vierzig war er geworden. Gefunden hatte man ihn erst zwei Tage nach seinem Tod, am Tag der Deutschen Einheit, am Nordufer des Kaarster Sees, nur wenige Kilometer entfernt von hier. In der Presse hieß es, er sei an Herzversagen gestorben aufgrund der Überdosis irgendeiner harten Droge. Es war ihr ein kleiner Trost, dass das Letzte, was er in dieser Welt gesehen hatte, der See gewesen war. Er hatte ihn gemocht, vor allem in der kalten Jahreszeit. »Hier krieg ich immer einen klaren Kopf«, hatte er ihr bei einem Spaziergang verraten.

Sie wurde so traurig, dass es kaum auszuhalten war. Unwiederbringlich. Schnell bückte sie sich und legte die inzwischen ziemlich zerdrückten Blumen zu den anderen.

»Alles Liebe zum Geburtstag«, flüsterte sie, während der Schmerz ihr fast die Luft nahm. Sie straffte sich. Dann ging sie.

Kaum saß Nele im Auto, vertrieb ihr der Blick auf die Uhr im Armaturenbrett alle Muße zum Trauern. Halb acht schon! Zu Hause war sie längst überfällig. Die vierzehnjährige Greta und ihre zwei Jahre jüngere Schwester Anne wunderten sich garantiert, wo sie blieb. Die beiden Typen auf dem Friedhof hatten Neles Zeitmanagement durcheinandergebracht. Schon allein darum waren sie ihr von Grund auf unsympathisch. Und dann dieser sonderbare Auftritt an Matthias' Grab!

Energisch schob sie den Gedanken beiseite und konzentrierte sich auf das Essen, das sie gleich zubereiten würde: Penne mit zweierlei Soße, geriebenem Parmesan und Salat. Das würde Marc schmecken.

Der Gedanke an Marc führte sie unwillkürlich zur Kleiderfrage. Was sollte sie anziehen? Würde sie es noch schaffen, zu duschen, die Haare zu waschen und zu föhnen und sich dann auch noch zu schminken? Marc hatte sich für halb neun angesagt. Das wurde knapp. Zackig fuhr sie vor ihrem Häuschen im Kaarster Ortsteil Vorst vor.

Chris

Es war halb acht an einem verregneten Donnerstagabend im November. Hier saß er … allein. Ohne Susanne, ohne die Kinder, ohne Perspektive. Im Aus seit fast einem Jahr. Chris öffnete sich das zweite Bier und warf sich wieder in den Sessel vor dem Fernseher. Bunte Bilder. Er hatte den Ton abgestellt, damit er den Anruf, wenn er denn kam, auch wirklich hören würde. Jetzt, kurz vor dem Zubettgehen, verspürten Jan und Lisa manchmal den Wunsch, ihn anzurufen, um Gute Nacht zu sagen. Und ab und zu erlaubte Susanne es sogar.

Erlauben, dachte er bitter, den eigenen Vater anrufen zu dürfen! Jeden normalen Umgang mit seinen Kindern, jedes Recht eines Vaters, jede Spur von Familienleben hatte sie aus seinem Leben getilgt. Eigentlich müsste er sie dafür hassen, konnte es aber nicht. Zu sehr vermisste und liebte er sie. Wie könnte er auch anders? Sie waren so lange zusammen gewesen, dass er sich an die Zeit davor kaum erinnern konnte. Hatte er sich damals als vollständig empfunden? Keine Ahnung. Nicht wie jetzt jedenfalls, zerrissen und haltlos, als ein unbrauchbarer und kaputter Teil eines ehemals funktionierenden Ganzen. Das Verrückte war, dass er genau wusste und doch nicht begreifen konnte, dass Susanne sich durchaus komplett fühlte. Sie blühte auf, während er abstarb wie der gekappte Ast eines Baumes.

Die Zeit verstrich. Schon nach acht. Jetzt lagen die Kinder längst im Bett. Kinder brauchen Regeln und Regelmäßigkeit, das war einer von Susannes Lieblingssprüchen. Die Gewissheit, dass er die Stimmen seiner Kinder heute nicht mehr hören würde, ließ ihn resignieren.

Er stellte den Ton am Fernseher wieder an, steckte sich eine Zigarette zwischen die Lippen und zündete sie mit dem Feuerzeug an, das er auch zum Bierflaschenöffnen benutzte. Fast zwanzig Jahre lang war er Nichtraucher gewesen. Unmittelbar nach der Trennung hatte er wieder angefangen. Warum auch nicht? Wen kümmerte schon seine Gesundheit? Ihn selbst am allerwenigsten. Die Kinder wuchsen weiterhin in reiner Luft auf. Und wenn sie mal hier in seiner kleinen Zwei-Zimmer-Wohnung übernachteten, was selten genug vorkam, dann lüftete er vorher durch und riss sich einigermaßen zusammen.

Plötzlich klingelte das Telefon doch noch und riss ihn aus seinen trüben Gedanken. Hektisch griff er nach dem Hörer und warf dabei die Bierflasche um. Shit.

»Schelsen.«

»Hi, Chris. Ich bin's. Susanne. Störe ich?« Ihre Stimme klang kühl.

»Nee, schon in Ordnung. Hab nur das Klingeln erst nicht gehört.« Er bemühte sich um einen gelassenen Tonfall, konnte aber das Zittern in seiner Stimme nicht ganz unterdrücken.

»Okay, ich mach's kurz. Die Kinder und ich fahren übers Wochenende zu Klaus nach Freiburg. Sie kommen nicht zu dir. Und überhaupt: Im Januar werden wir drei in den Schwarzwald ziehen. Klaus hat dort ein großes Haus gemietet. Du wusstest ja, dass es so nicht weitergeht. Die ständige Fahrerei ist einfach zu stressig für uns …«

Sie redete noch weiter, aber er hörte gar nicht mehr hin. Klaus. Als sie ihm das erste Mal von dem Typen erzählt hatte, hatte er das überhaupt nicht ernst genommen. Im Internet war sie dem alten Sack begegnet. Ein weiteres Symptom ihrer Midlife-Crisis. Praktisch, dass der Typ im Schwarzwald wohnte. Zu weit weg, um überhaupt eine Beziehung aufzubauen. Zu weit weg … Jetzt brannten bei ihm sämtliche Sicherungen durch. Wie von Sinnen schrie er los: »Das kannst du nicht machen, hörst du? Das. Kannst. Du. Nicht. Machen. Niemals! Vergiss es! Du und die Kinder, ihr bleibt hier! Hör endlich mit dieser Kacke auf und komm zurück, wo du hingehörst! Ansonsten kannst du was erleben! Hörst du …?«

Erst nach einer ganzen Weile begriff er, dass die Leitung tot war und er ins Leere brüllte.

Mit dem Telefon in der Hand sank er in den Sessel, nachdem er vorher noch in die Bierpfütze auf dem Veloursteppich getreten war. Ihm ging auf, dass er schon seit einem Jahr quasi ins Leere brüllte. Seine Verzweiflung interessierte sie nicht mehr und schon gar nicht ihre Ehe. Sie würde nicht zurückkommen, und es war ihr sogar recht, wenn sein Kontakt zu den Kindern abbrach. Die hatten ja in Klaus einen neuen Papa.

War sie schon immer so kaltherzig gewesen? Er begriff, dass Susanne davon ausging, dass er sich kampflos ergeben würde. So wie es in ihrer Ehe immer gelaufen war. Glaubte sie wirklich, er würde sich alles gefallen lassen? Ja, musste er sich die Frage leider selbst beantworten. Von Beginn an war sie es gewesen, die die Entscheidungen getroffen hatte.

»Hier, Chris, sieh mal, diese Stellenanzeige hier. Das wär doch ein Job für dich: Abteilungsleiter im Medienfachhandel. Wie für dich gemacht, und es gibt auch noch mehr Geld.«

Zu dem Zeitpunkt war Chris in einem kleinen Tonstudio als

Mädchen für alles beschäftigt gewesen. Technische und elektronische Reparaturen, aber auch Musik- und Hörspielaufnahmen abzumischen und zurechtzuschneiden, hatte zu seinen Aufgaben gehört. Die Arbeitszeiten waren eher unregelmäßig und das Gehalt bescheiden gewesen. Und schon hatte Susanne die Bewerbung geschrieben und abgeschickt. Und er hatte die Stelle bekommen. Seitdem verdiente er wesentlich besser als vorher, fühlte sich aber in der Rolle des Vorgesetzten gar nicht wohl. Mitarbeiterführung war einfach nicht sein Ding; er war eher der Technikfreak und Tüftler.

Oder: »Nee, Chris. Ich möchte nicht riskieren, noch einmal schwanger zu werden. Zwei Kinder reichen völlig. Echt! So, wie es ist, ist es einfach perfekt. Und so eine Vasektomie ist doch heutzutage nur ein winziger Eingriff. Reine Routine.«

Und schon hatte er sich operieren lassen, obwohl er das Gefühl gehabt hatte, seine Männlichkeit einzubüßen, und obwohl er gern noch ein drittes Kind gehabt hätte.

Diese Chance, eventuell mit einer anderen Frau, hatte sie ihm auch noch genommen, wurde ihm jetzt klar. Nicht dass er sich vorstellen konnte, jemals neu anzufangen, aber ein bitterer Beigeschmack blieb. Ihre Entscheidungen bestimmten sein Leben, sogar jetzt noch.

Aber irgendwann musste mal Schluss sein. Er durfte sich nicht alles gefallen lassen. Susanne würde schon sehen. Noch waren sie nicht geschieden, und sie hatten immerhin das gemeinsame Sorgerecht. Die Zeit der Rücksichtnahme war vorbei! Ab jetzt würde er kämpfen, egal, mit welchen Mitteln. Mit durchnässten Socken tappte er in die Küche, holte sich ein neues Bier aus dem Kühlschrank und setzte sich mit dem Laptop an den Küchentisch. Er zündete sich eine weitere Zigarette an, während er nachdachte.

Als Erstes brauchte er einen richtig guten Anwalt. Nein, stimmte nicht. Als Erstes brauchte er Geld, um einen Spitzenanwalt überhaupt bezahlen zu können. Von seinem Gehalt blieb seit der Trennung nicht mehr viel übrig. Die Unterhaltszahlungen an sie und die Kinder und das Abrutschen in Steuerklasse eins, die Abtragungen für das gemeinsame Haus, die Miete für seine schäbige Zwei-Zimmer-Wohnung; all das hatte ihn in Nullkommanichts zu einem armen Mann gemacht.

Trotzdem: An Geld zu kommen, würde kein Problem sein. Er grinste zufrieden. Die Geldquelle, die er vor Kurzem aufgetan hatte, würde auch noch ein zweites Mal – und dann erst richtig – sprudeln.

Nele

Nele konnte lange nicht einschlafen. Sie drehte sich von dem tief schlummernden Marc weg.

Im Großen und Ganzen war der Abend harmonisch verlaufen. Anne, Greta, Marc und sie hatten sich beim Essen gut unterhalten. Anne gab Anekdoten von ihrer Klassenfahrt, die erst zwei Wochen zurücklag, zum Besten, und Marc konterte mit lustigen Begebenheiten aus seiner – und natürlich ihrer – Schulzeit. Greta hörte in ihrer typisch distanzierten Art amüsiert zu und streute ein paar treffende Kommentare ein. Dadurch wurde Marc nur noch mehr angefeuert. Er konnte wirklich spritzig erzählen.

Nur hatte Nele weniger komische Erinnerungen an die Schulzeit. Gemeinsamkeiten zwischen ihnen hatte es nicht gegeben. Zwar waren sie in dieselbe Stufe des Kaarster Wilhelm-Busch-Gymnasiums gegangen und hatten auch beide 1989 dort mit dem Abitur abgeschlossen, aber genauso gut hätten sie sich in unterschiedlichen Galaxien bewegen können.

Marc Warberg war damals einer von den angesagten Jungs gewesen, denen schulisches Wissen und die Herzen der Mädchen nur so zuflogen. In der Oberstufe hatte man ihn sogar zum Schulsprecher gewählt. Sein Selbstbewusstsein war grenzenlos gewesen. Seine Talente lagen im mathematisch-wissenschaftlichen Bereich. Ohne dass er sich anstrengen musste, glänzte er in Physik, Mathematik und Informatik, Fächer, für die sich sonst nur Langweiler und pickelige verklemmte Jüngelchen interessierten. Marc passte nicht in dieses Schema. Er war kein Streber, sondern ein gut aussehender, lässiger Heranwachsender, sportlich und wortgewandt. Mit seinem Charme wickelte er sogar die Lehrer um den kleinen Finger, obwohl er sich keineswegs angepasst verhielt.

Im Gegenteil, er rauchte, trank, kiffte und kokste, schwänzte die Schule, indem er sich selbst erfindungsreiche Entschuldigungen schrieb, und trat Außenseitern gegenüber arrogant auf. Seine an Orgien grenzenden Poolpartys im Bungalow seiner Eltern waren legendär. Wer dazu eingeladen wurde, gehörte zur »Crème de la Crème« der Schule. Allerdings gab es auch Gäste, die es vorzogen, kein zweites Mal hinzugehen. Das waren dann solche, die dort öffentlich bloßgestellt worden waren oder denen die Drogenexzesse missfallen hatten.

Trotz oder vielleicht auch wegen seiner zweifelhaften Seiten und Vorlieben war Marc eine charismatische Persönlichkeit gewesen, ein Genie, Tausendsassa und Rattenfänger in einem. Die damals eher schüchterne und angepasste Nele hatte ihn aus vorsichtiger Distanz misstrauisch beäugt und für unheimlich befunden. Allerdings war das erst in der Oberstufe gewesen, als die Klassen aufgelöst und Schülerinnen und Schüler in Kursen neu zusammengemischt worden waren. Vorher hatte sie ihn, der in eine der Parallelklassen ging, gar nicht wahrgenommen.

Die Geschichten, die Marc Neles Töchtern heute erzählt hatte, waren früher passiert. Trotzdem konnte sie in ihnen den Marc mit seiner ganzen schillernden und gefährlichen Art, so wie sie ihn in der Oberstufenzeit erlebt hatte, gut erkennen. Sie war froh, dass er sich später so verändert hatte. Von der alten Großspurigkeit war wenig übrig geblieben.

Persönliche Tiefschläge wie der frühe Tod der Eltern, eine gescheiterte Ehe und finanzielle Einbrüche durch fehlgeschlagene Aktienspekulationen in der IT-Branche um die Jahrtausendwende herum hatten das bewirkt. Aus dem Glückskind von einst, das rücksichtslos aus dem Vollen schöpfte, war ein verantwortungsbewusster Realist geworden. Nele war sich im Klaren, dass er ansonsten auch nicht hier neben ihr liegen würde. Keiner von beiden hätte das gewollt.

Aber dass sie nicht einschlafen konnte, lag nicht an alten Schulgeschichten und auch nicht am Verlauf des Abends. Der Sex mit Marc war befriedigend und entspannend gewesen. Nach eineinhalb Jahren Beziehung hatten sie gerade so viel Routine miteinander entwickelt, dass ihr Sexleben eingespielt, aber doch alles andere als langweilig war.

Sie liebte ihn auf besonnene Art und Weise. Ihre Gefühle waren lange nicht so bedingungslos und aufopfernd wie damals Matthias Hellmann gegenüber und nicht annähernd so leidenschaftlich und streitbar, wie sie es bei Frank, ihrem geschiedenen Mann, gewesen waren. Aber das war normal, oder? Keine Beziehung glich je der anderen. Anders gefühlt, anders gelebt, anders gelitten. Allerdings, wie hieß es in Cat Stevens' Song? *»The first cut is the deepest.«*

Heute auf dem Friedhof hatte Nele einen kurzen Moment lang ein Hauch dieser unglaublich intensiven und fast körperlich schmerzhaften Empfindung aus ihrer Jugend gestreift. Und genau das war es, was sie am Einschlafen hinderte: das Echo einer Verbundenheit, die sie so nie wieder erleben würde und die sie unwiederbringlich verloren hatte.

Außerdem war noch etwas in Nele hochgekommen: der Drang, Matthias gegen alle Anfeindungen verteidigen zu wollen. Einem Toten gegenüber war das natürlich lächerlich. Und auch dem lebendigen Matthias damals hatte ihr Beschützerinstinkt wenig geholfen. Nele war bitter enttäuscht worden und hatte schlussendlich einen klaren Schnitt ziehen müssen. Daraufhin hatte sie sich dazu gezwungen, ihn in einem realistischen Licht zu sehen.

Seit ihrem Besuch auf dem Friedhof war ihre Fürsorglichkeit zurück. Die beiden Gestalten auf dem Friedhof hatten sich gefreut, dass er unter der Erde lag! Ihre Erleichterung war deutlich zu spüren gewesen. Sie hatten sein Grab besucht, um sich seines Todes zu vergewissern. Erledigt. Entledigt.

Nele wurde zornig. Matthias hatte auf eine schreckliche, unwürdige Weise sterben müssen, und diese Leute waren froh darüber. Er musste etwas getan haben, was ihre Kreise empfindlich gestört hatte. War nicht sogar von Erpressung die Rede gewesen? Ihr kamen die Tränen.

Wie hatte Matthias Hellmann in den letzten Jahren gelebt,

um so enden zu müssen? Wer waren die Leute auf dem Friedhof gewesen und ›der Dicke‹, von dem sie gesprochen hatten? Womit hatten sie sich erpressbar gemacht? Nele war inzwischen so müde, dass ihr das Denken schwerfiel. Stattdessen wurde sie traurig und unruhig. Unwiederbringlich … Wer oder was hatte bewirkt, dass ihr die Chance genommen worden war, ihre erste große Liebe noch einmal wiederzutreffen? Hatten die beiden Fremden damit zu tun?

Nele wälzte sich neben Marc im Bett hin und her. Es dauerte lange, bis sie einschlafen konnte.

Marc

Marc Warberg träumte: Zu dritt betraten sie die Holzbrücke, die man als Fußgänger von der B 7 kommend nahm, um über den Nordkanal in den Vorster Wald zu gelangen. Stoned, Major und er waren noch Kinder, vielleicht zwölf Jahre alt. Eigentlich gab es die Spitznamen für seine Freunde damals noch nicht, aber so war das eben mit Träumen.

Die Jungen trugen kurze Hosen, T-Shirts und Turnschuhe, und die Sonne, die durch das hellgrüne Blätterdach des Waldes blitzte, wärmte ihre nackten Arme und Gesichter. Seit ihre Familien in die neue Bungalowsiedlung im Kaarster Westen gezogen waren, waren die Jungen unzertrennlich. Der ruhige, große Major, der verträumte, pummelige Stoned und er selbst, Marc, klein, schmal und quirlig, überschäumend von Ideen. Dass sie gemeinsam das Kaarster Wilhelm-Busch-Gymnasium und sogar dieselbe Klasse besuchten, hatte ihre Freundschaft vertieft.

Sobald sie die Hausaufgaben hingeschmiert hatten, trafen sich die Jungen draußen. Dann zog es sie zum Klettern auf die ungesicherten Baustellen der halb fertigen Neubauten in der Nachbarschaft, ans Ufer des Kaarster Sees oder, wie jetzt, in den Vorster Wald, der sich jenseits der Bundesstraße Richtung Vorst und Holzbüttgen erstreckte.

Beides waren damals kleine Dörfer, die erst vor Kurzem mit Büttgen, Driesch und Kaarst zur kreisangehörigen Stadt Kaarst zusammengefügt worden waren. Es gab noch kein Stadtzentrum, und die fünf Ortsteile waren weit entfernt davon, zu einem Ganzen zu verschmelzen. Kappes-, Kartoffel- und Getreidefelder lagen dazwischen. Anfang der achtziger Jahre hatte man eher das Gefühl, sich auf dem Lande als in einer Kleinstadt zu befinden.

In Marcs Traum schlenderten die Freunde jetzt den Waldweg entlang, auf den sie links abgebogen waren. Stoned hatte seinem Vater eine Packung Zigaretten geklaut, und die drei suchten nach einem ungestörten Plätzchen.

»Hey, hier geht's rein«, bestimmte Marc, als er rechts zwischen Farnkraut und hüfthohen Brennnesseln, von dichten Kiefern umsäumt, einen schmalen Pfad entdeckte.

»Och nö«, Stoned war nicht begeistert, »ich hasse Brennnesseln!«, bog aber gehorsam hinter den Freunden in das grüne Dickicht ab. »Wartet wenigstens auf mich!«

Major drehte sich grinsend zu ihm um. »Komm, Dickerchen, stell dich nicht so an. Warte, ich trample das Zeug platt.«

Marc lachte. »Dafür bist du mit Schuhgröße zweiundvierzig auch am besten geeignet. Dann geh mal vor!«

Und so stiefelten sie im Gänsemarsch hintereinander her, erst Major, dann Marc, dann Stoned. Die Vögel sangen, Zitronenfalter torkelten durch die warme Luft, Hummeln brummten vorbei. Marc fühlte sich wie ein Forscher auf einer Expedition durch den Dschungel.

»Ich hab gehört, hier im Wald gibt's Wildschweine«, rief Stoned nach vorn.

»Ja, und eins läuft direkt hinter mir«, scherzte Marc. »Ich höre es schnaufen!« Marc und Major prusteten los.

»Spinner!« Stoned war viel zu gutmütig, um beleidigt zu sein. Und schon stapften sie schweigend weiter. »Moment mal!«, rief er da plötzlich ganz aufgeregt. »Ich hab was entdeckt!«

»Was denn? Ein paar borstige Kumpels von dir?« Marc wich einer hüfthohen Brennnessel aus, die am Wegrand wuchs.

»Nee, guckt doch mal. Hier geht's rein in den Wald.«

»Mensch, wir sind doch schon mittendrin.« Major schaute aber trotzdem gnädig in die Richtung, in die Stoned mit ausgestrecktem Finger zeigte. Und tatsächlich: Linker Hand war zwischen stacheligem Brombeergebüsch die Andeutung eines Pfades zu erkennen, vielleicht von Rehen oder tatsächlich von Wildschweinen getreten.

Jetzt gab auf einmal Stoned den Ton an. »Kommt, wir gucken, wo der hinführt. Vielleicht an einen geheimen Ort, den dann außer uns keiner kennt.«

Marc und Major zwinkerten sich verschwörerisch zu. Schon oft hatten sie sich heimlich darüber lustig gemacht, dass Stoned zu viele Enid-Blyton-Jugendbücher und »Die drei ???« las. Ein geheimer Ort, den keiner kannte, typisch Stoned!

Dennoch folgten sie ihm auf dem fast unsichtbaren Pfad in die Düsternis des Kiefernwaldes hinein und zerkratzten sich die nackten Beine am Dornengestrüpp.

Hier, zwischen den Nadelbäumen, war es ganz still. Kein Vogel war zu hören, die Luft roch intensiv nach Tannennadeln und Baumharz.

Nach einer Minute fing Major an zu maulen: »Mann, das bringt doch nichts. Lasst uns umkehren«, als er Stoneds überraschten Ruf hörte:

»Hey, das ist ja klasse!«

Und dann sahen sie es alle drei. Staunend traten sie hinaus auf eine kleine, sonnenbeschienene Lichtung, die von allen Seiten von hohem Nadelgehölz umschlossen war. Gras und Moos bildeten zwischen Farnkräutern und dicken Steinbrocken einen dichten Teppich; Schlüsselblumen nickten vor sich hin, wilde Lupinen standen steif da, und über allem lag die Atmosphäre von etwas Geheimnis- und Verheißungsvollem.

Verblüfft sahen sich die Freunde um. Kein Spaziergänger auf einem der Waldwege konnte Einblick in die Lichtung haben oder Geräusche von hier hören. Dank des dichten Dornengestrüpps, das sie umwucherte, waren sie zusätzlich vor unerwünschten Besuchern geschützt.

Besser ging's gar nicht.

Bald saßen die Jungen einträchtig im Gras, wärmten sich an den Sonnenstrahlen, die sich in die Mitte der Lichtung ergossen, und pafften eine Zigarette nach der anderen.

»Super Hauptquartier«, stellte Stoned zwischen zwei Zügen

fest. Er war der Einzige unter ihnen, der schon richtige Lungenzüge machen konnte, ohne zu husten. »Findet ihr nicht?«

Marc nickte gönnerhaft. »Ja, ist toll hier! Gut gemacht. Aber ich würde nicht ›Hauptquartier‹ dazu sagen. Wir sind doch keine Kinder mehr, die Detektiv spielen. Ich würde sagen, das hier ist eine Art Treffpunkt, wo wir machen können, was wir wollen. Rauchen, Bier trinken und so. Was meinst du, Major?«

»Sehe ich auch so. Aber der Ort hier könnte einen Namen gebrauchen, den nur wir kennen.«

»Klar, gute Idee.«

»Vor allem darf kein anderer von diesem Platz wissen. Er muss geheim bleiben.« Darauf bestand Stoned unbedingt.

»Okay. Fehlt also nur noch der passende Name. Lasst mal eure Birnen qualmen.«

Stumm saßen die drei da, schauten sich um und dachten angestrengt nach, bis Marc endlich zögernd das Wort ergriff. Er war bekannt für seine guten Einfälle, also stand er unter Zugzwang. »Wie wär's mit ›Fichtenlichtung‹?«

Die anderen beiden sahen ihn verständnislos an.

»Äh, sind das da nicht Kiefern?« Stoned deutete auf die Nadelbäume.

»Kann schon sein, aber hört sich nicht so gut an. Probiert das Wort doch mal aus: Fichtenlichtung. Klasse, oder?«

Stoned und Major taten wie ihnen geheißen und murmelten gemeinsam mit Marc mehrmals »Fichtenlichtung, Fichtenlichtung« vor sich hin. Und je öfter sie den Namen aussprachen, umso besser und passender klang er in ihren sechs Ohren. Schließlich grinsten sie sich zufrieden an. »Fichtenlichtung« war super!

Dabei blieb es.

Als Marc mitten in der Nacht aus dem Schlaf hochfuhr und verwirrt auf die Leuchtanzeige von Neles Wecker schaute, war ihm sein Traum noch sehr präsent. Klar und deutlich sah er die vertrauensvollen Kindergesichter von Major und Stoned vor sich. Derselbe Traum oder leichte Abwandlungen davon verfolgten ihn seit vielen Jahren. Und die Geschichte hatte sich tatsächlich Anfang der achtziger Jahre so zugetragen. Außerdem kannte Marc die Stimmung, in der er stets aus diesem Traum erwachte, zur Genüge: erst Geborgenheit, dann Erschrecken, Sehnsucht und am Ende Schuldgefühle. Immer war es das Gleiche. Die beiden Jungs waren mal seine besten Freunde gewesen. Sie hatten sich bedingungslos auf ihn verlassen.

Und was hatte er getan? Sie verraten und fallen gelassen! Nie mehr sollte ihm so etwas passieren, schwor er sich, während die Scham langsam abebbte. Er kuschelte sich an Neles nackten, warmen Rücken und versuchte, wieder in den Schlaf zu finden.

Nele

Der Freitagmorgen begann in gewohnter Hektik. Sie weckte Anne und Greta, während Marc unter der Dusche stand. Dann deckte sie eilig den Frühstückstisch. Beim gemeinsamen Frühstück musste noch Annes Deutscharbeit unterschrieben werden, und Greta maulte, dass ihre frisch gewaschenen Sportsachen nicht trocken seien und was sie denn nun beim Badminton tragen solle, etwa Jeans? Nele verdrehte genervt die Augen und suchte aus ihrem eigenen Kleiderschrank Jogginghose und ein T-Shirt heraus. Erwartungsgemäß zeigte sich Greta darüber kein bisschen dankbar, sondern verzog angewidert das Gesicht. Dunkelblau, eine modische Katastrophe.

Währenddessen schlürfte Marc amüsiert seinen Kaffee. Er hatte eine eigene Firma und konnte sich seine Arbeitszeit beliebig einteilen. Nele und er freuten sich auf eine knappe Stunde zu zweit, sobald die Mädchen sich auf den Schulweg gemacht hatten.

Marc

Nele schaute ihren Töchtern aus der offenen Haustür nach. Es nieselte. Dann ging sie lächelnd zu Marc, drückte ihm einen Kuss auf die Wange, schenkte sich noch einen Kaffee ein und setzte sich. »So, das wäre geschafft. Jetzt kommt der gemütlichere Teil des Frühstücks!« Sie lehnte sich entspannt zurück. Gerade schien sie ihn etwas fragen zu wollen, als Marc bemerkte, wie sie die Stirn runzelte und den Mund wieder zuklappte.

Was war es, das sie beschäftigte? Schon gestern Abend war sie in dieser grüblerischen Stimmung gewesen. Also hatte er versucht, sie durch lustige Anekdoten aus ihrer gemeinsamen Schulzeit aufzuheitern.

Marc wartete auf eine Erklärung, aber nichts kam. Im Gegenteil: Nele schien sich noch mehr zu verschließen. Sie stand auf und begann, Brot, Marmelade und Käse wegzupacken.

Marc berührte sie am Arm. »Na, gemütlich ist das gerade nicht. Lass uns das doch gleich zusammen aufräumen, okay? Was ist eigentlich los mit dir? Ich merke doch, dass dich was beschäftigt.«

Da hielt sie inne, seufzte und setzte sich wieder. Und sie lächelte. Marc atmete auf. Womit auch immer sie sich herumschlug, es hatte nichts mit ihm zu tun.

»Okay, ich bin gestern auf dem Büttger Friedhof gewesen, an Matthias' Grab«, begann sie und errötete. »Gestern war doch sein Geburtstag …«

Eine Welle des Unmuts überkam ihn. »Wäre sein Geburtstag gewesen«, verbesserte er sie, bevor er seine Zunge im Zaum halten konnte. Zu spät, Neles Miene hatte sich schon verdüstert. Sie sah ihn trotzig an.

Nele

Sie ärgerte sich. »Ja, genau, *wäre sein Geburtstag gewesen*, sonst hätte ich ihn nicht auf dem Friedhof besuchen müssen! Und dieser Besuch nimmt mich eben noch mit! Es macht mich traurig, dass er so früh sterben musste.«

Marc hatte noch nie viel von Matthias Hellmann gehalten; sein Tod interessierte ihn nicht, glaubte sie. Sie erinnerte sich an ein rotweinseliges Gespräch vor einem halben Jahr, als sie zum ersten Mal über ihn gesprochen hatten. Sie waren beim Thema »erste große Liebe« angelangt, und bis dahin war die Stimmung locker und romantisch gewesen. Sobald sie seinen Namen genannt hatte, war die Stimmung gekippt. Marcs Gesichtsausdruck hatte von Verständnis zu Irritation bis zu kompletter Ablehnung gewechselt.

»Dieser Idiot! Du warst echt naiv damals«, hatte er unfreundlich gebrummt. Worauf Nele beleidigt den Mund zugeklappt hatte. An dem Abend waren sie dann nicht mehr in seinem Bett gelandet, sondern Nele hatte sich unter fadenscheinigen Vorwänden verabschiedet und war nach Hause gefahren. Mit eindeutig zu viel Promille im Blut.

»Entschuldigung«, versuchte Marc nun, die Stimmung zu retten. »Ich weiß, dass Hellmann dir … etwas bedeutet hat.«

»Schon gut. Mehr gibt's nicht zu erzählen. Ich war an seinem Grab, hab meine Blumen abgelegt, bin traurig geworden und wieder gegangen. Das war's. Und jetzt lass uns von was anderem reden, okay?«

Und so hielten sie es. Nele dachte an diesem Tag allerdings noch oft an Matthias und an das rätselhafte Gespräch, das sie auf dem Friedhof belauscht hatte. Mit Marc konnte sie offensichtlich nicht darüber sprechen, also würde sie sich ihre Fragen selbst beantworten müssen.

Chris

Der Morgen begann trostlos wie immer. Chris erwachte um sechs Uhr mit dröhnenden Kopfschmerzen. Um die Zeit hatten Susanne und er immer die Kinder geweckt, um mit einem gemeinsamen Frühstück in den Tag zu starten. Anschließend war er zur Arbeit gefahren, und sie hatte Lisa zur Grundschule und Jan in den Kindergarten gebracht.

Jetzt war Chris von diesem Morgenritual nur noch der blödsinnige Automatismus geblieben, um Punkt sechs die Augen aufzuschlagen. Normalerweise versuchte er, noch ein bisschen zu dösen, was selten gelang.

Heute zwang er sich direkt aus dem Bett und unter die Dusche. Beiläufig registrierte er, während er in Unterhose und klebrigen

Socken aus dem kleinen Schlafzimmer durch das Wohnzimmer Richtung Bad tappte, die Zeichen der Verwahrlosung um sich herum: den seit Wochen nicht gesaugten fleckigen Teppichboden, die leeren Bierflaschen in den Ecken, die Wäschehaufen und den überquellenden Papierkorb unter der Fensterbank, auf der ein vertrocknetes Farnkraut stand. In Küche und Bad sah es noch schlimmer aus.

Aber für ihn war die beengte Zwei-Zimmer-Wohnung im Dachgeschoss eines Sechziger-Jahre-Baus auf der Neusser Straße mit ihren stromfressenden Nachtspeicherheizungen und den wenigen Fenstern auch nicht mehr als eine Übergangslösung.

Zumindest bis gestern Abend hatte er geglaubt, dass Susanne schon wieder zur Besinnung kommen würde. Es wäre ihm grundverkehrt erschienen, sich hier wohnlich einzurichten. Hätte es nicht bedeutet, dass er die Trennung akzeptierte?

Als sich jetzt beim Duschen der stockfleckige Vorhang penetrant an seine Beine schmiegte, wurde ihm zum ersten Mal klar, dass das hier nun sein Leben war, mit all dem Dreck und Chaos um ihn herum, und dass es kein Zurück in ihr Haus in Neuss-Reuschenberg geben würde. Diese Übergangslösung mochte überallhin führen, nur nicht heim in die alte, heile Welt mit Susanne und den Kindern.

Aber eins war auch sicher: Letzte Nacht hatte er die Weichen gestellt, die seinem Leben eine neue Richtung geben würden. Und der Witz schlechthin war, dass er den Schlüssel dazu ausgerechnet hier in der maroden Wohnung gefunden hatte. Kurz nach seinem Einzug, ganz zufällig. Aber wer weiß? Vielleicht war es weniger Zufall als Schicksal gewesen.

Wenig später fuhr er guter Dinge mit seinem klapprigen Kombi vor dem Häuschen in Reuschenberg am Ende des kurzen Stichweges vor. Es war noch stockdunkel, auch die zwei Straßenlaternen spendeten wenig Licht. Wie erwartet waren sämtliche Rollos vor den Fenstern noch unten. Trotzdem parkte er sicherheitshalber in der Einfahrt des Nachbarhauses. Die Müllers, ein Rentnerehepaar, weilten wie immer um diese Jahreszeit in ihrem Feriendomizil auf Mallorca.

Chris schlich sich zu seinem alten Heim. Die neue kleine

Familie – bei der Formulierung musste Chris fast kotzen – würde gerade im Esszimmer am Frühstückstisch sitzen. Sie konnten ihn weder hören noch sehen. Hinter dem Kirschlorbeer huschte er Richtung Hauseinfahrt, und richtig: Dort parkten Susannes Golf und ein fetter Mercedes mit Freiburger Kennzeichen.

»Das wird wohl nichts mit eurem lauschigen Wochenende im Schwarzwald!«, wisperte Chris, während er das scharfe Steakmesser aus der Jackentasche zog, und er spürte, wie freudige Erregung durch seinen Körper schoss. Erst zerstach er fachmännisch alle vier Reifen des Golf, dann musste der Mercedes dran glauben.

Das triumphale Hochgefühl hielt die ganze Fahrt über bis zum Gewerbepark Neuss-Süd, wo er arbeitete, an. Auch bei seinem Zwischenstopp am Briefkasten, in den er mit behandschuhten Fingern die drei Briefe einwarf, befand Chris sich noch wie im Rausch. Zum ersten Mal seit der Trennung fühlte er sich weder gedemütigt noch ohnmächtig. Die Zeit, in der Susanne mit ihm machen konnte, was sie wollte, war vorbei. Jetzt war er am Zug!

Tina

Tinas Freitagmorgen war nur eine Verlängerung von Donnerstagnacht. Sie hatte kaum geschlafen; Sorgen und Ängste hatten sie wach gehalten. Als sie jetzt im Marmorbad ihrer Altbauvilla in Düsseldorf-Oberkassel stand und in den in die Wand eingelassenen Spiegel starrte, kam sie sich alt, verbraucht und grottenhässlich vor. Tja, mit vierzig war halt der Lack ab. Alkohol, Nikotin, Schlaf- und Aufputschmittel sowie zu häufige Sonnenbankbesuche hatten ihr Übriges getan, um ihre Haut frühzeitig altern zu lassen. Tina betrachtete missmutig die Krähenfüße um ihre wässrig blauen Augen und die tiefen Falten in den Mundwinkeln. Nur Botox konnte da noch Abhilfe schaffen. Außerdem mussten ihre blonden Haare am Ansatz nachgefärbt werden. Gut, sie würde nach dem Frühstück einen Termin bei Luigi vereinbaren, gleich nachdem sie bei ihrer Kosmetikerin angerufen hatte. Tina seufzte. Bis vor ein paar Wochen war die Sorge um ihre sich verflüchtigende

Schönheit tatsächlich die einzige gewesen, mit der sie sich hatte herumschlagen müssen.

Na ja, und das Problem mit Roland, ihrem Ehemann. Aber das hatte sie immer irgendwie in den Griff bekommen. Nie war es ihr schwergefallen, den Schein zu wahren. Dass er sie noch liebte, machte vieles einfacher. Roland von Meersfeldt war schwach, weich und inzwischen leider auch körperlich schwammig. Das bisschen Respekt, den sie ihm zollte, bezog sich allein aufs Geschäftliche und seinen elitären Status.

Rolands Familie verfügte über etliche Immobilien in Düsseldorf, Neuss und Umgebung sowie über mehrere Hotels in ganz Deutschland. Roland selbst war Banker. Tina und Roland von Meersfeldt führten ein dementsprechend sorgloses Leben. Tina hatte entgegen Rolands albernen Träumen rechtzeitig für Kinderlosigkeit gesorgt, um dieses Luxusleben nicht zu gefährden. Alles war gut gewesen – und jetzt das! Ihr Status quo war ernsthaft in Gefahr.

Obwohl Matthias Hellmann, die lästige Zecke, seit einem Jahr die Radieschen von unten betrachtete, waren vor ein paar Wochen Erpresserbriefe bei ihnen dreien angekommen. Allein die unverschämte Höhe der Forderungen hätte sie stutzig machen müssen. Der Besuch auf dem Friedhof gestern zusammen mit Major hatte Klarheit gebracht. Hellmann war der Junkie gewesen, der im letzten Herbst am Ufer des Kaarster Sees verreckt war. Aber irgendjemandem waren seine Unterlagen in die Finger gefallen, jemandem, der genau wusste, worum es ging, und der sich nicht scheute, sie einzusetzen.

Während Tina ihr Gesicht mit der sündhaft teuren Anti-Aging-Creme bearbeitete, glitten ihre Gedanken zurück in die Vergangenheit. Als alles anfing.

Tina hatte es mit Ach und Krach und einmal Hängenbleiben in die Oberstufe des Wilhelm-Busch-Gymnasiums geschafft. Die neuen Mitschüler passten ihr viel besser als die aus der alten Stufe. Ihr eröffneten sich neue, ungeahnte Möglichkeiten. Endlich bekam sie die Chance, an Marc Warberg und seine Clique ranzukommen.

Marc war einfach cool, ein Gewinnertyp. Er hatte alles, was

Tina imponierte: Grips, Geld, gutes Aussehen und Dreistigkeit. Natürlich verliebte sie sich in ihn und rechnete sich keine schlechten Chancen bei ihm aus. Sie sah gut aus, war blond und langbeinig, mit einer beachtlichen Oberweite gesegnet und ähnlich skrupellos wie er. Sie fand, sie beide passten hervorragend zusammen.

Kurz vor den Sommerferien 1987 gehörte Tina neben Major und Stoned zum harten Kern von Marcs Clique. Darüber hinaus waren auch oft Steve, Nicky, Anita und Shorty mit von der Partie. Im Zentrum aber stand Marc Warberg, strahlend und sie alle überragend. Und genau das war die Krux. Denn eigentlich war er unnahbar, und das bekam Tina empfindlich zu spüren, als sie in einer lauen Sommernacht ihren ersten Vorstoß wagte.

Die Clique hatte am Südufer des großen Kaarster Sees, der damals noch nicht dem Segelclub gehörte, ein Lagerfeuer angezündet. Dunkelheit hatte sich über See und Ufer gesenkt, und nur gedämpft wehten Gelächter und Musik von anderen Feuerstellen herüber. Es roch nach Sommer, Bier, verbranntem Holz und den Joints, die die Runde machten.

Tina und Marc saßen nebeneinander im Gras und unterhielten sich leise über ihre Ferienpläne. Auf der anderen Seite des Feuers knutschten Major und Anita, während Stoned, Shorty und Steve über die Vorzüge von Erdlöchern gegenüber Wasserpfeifen fachsimpelten. Auch die dunkelhaarige Nicky beteiligte sich sporadisch an dem Gespräch der drei, äugte allerdings immer wieder eifersüchtig zu Tina und Marc herüber. Sie rechnete sich ebenfalls Chancen bei Marc aus.

»Sieh es mal so«, sagte der gerade leise. »Wann werden wir je wieder so viel Zeit haben wie jetzt? Ich jedenfalls werde die ganzen Sommerferien nutzen, um ein paar Ecken von Europa zu sehen. Mit dem InterRail-Ticket, das mir meine Großeltern spendieren, bin ich unabhängig, und da wäre ich doch schön blöd, mir mit Stoned und Major einen Klotz ans Bein zu nageln.«

»Aber die zwei gehen davon aus, dass ihr zusammen fahrt.« Unauffällig rückte Tina näher an Marc heran, sodass sich ihre Knie nun berührten. Insgeheim hatte sie schon überlegt, wie sie sich in Marcs Urlaubspläne einklinken könnte. Schließlich war sie als

Einzige schon achtzehn, im Besitz eines Führerscheins und eines eigenen Autos. So konnte man auf das primitive und unbequeme Bahnfahren glatt verzichten. Mit ihrem Corsa war sie heute auch zum See gefahren.

»Mir egal, wovon die zwei ausgehen. War jedenfalls nie die Rede von. Kannst du dir vorstellen, mit den beiden bekifften Typen auf den Eiffelturm zu steigen, durch den Louvre zu schlendern oder zu Fuß durch die Gassen der Alfama in Lissabon zu spazieren, ohne dass sie die ganze Zeit nach Alkohol quengeln? Die beiden sind meine besten Freunde, aber echte Kulturbanausen.« Er seufzte, leerte seine Bierflasche in einem Zug und warf sie hinter sich ins Gebüsch. »Und du kannst deine Pläne, die du in deinem hübschen Köpfchen ausheckst, auch getrost vergessen. Tut mir leid, aber ich steh einfach nicht auf dich. Nimm's nicht persönlich.« Lässig begegnete er ihrem Blick und strich ihr leicht mit dem Handrücken über die Wange. »Du spielst einfach in einer anderen Liga als ich. Und mit einer einfachen Bettgeschichte wärst du wohl nicht zufrieden, denke ich.«

Tina starrte ihn sprachlos an. Sie spürte, wie sie vom Hals aufwärts errötete. »Was fällt dir ein? Nie hab ich gesagt …«

»Nein, nicht gesagt.« Er grinste. »Aber mehr als deutlich gezeigt. Schau mal, Nicky guckt schon ganz eifersüchtig. Dabei ist sie eindeutig mehr mein Typ als du. Ich mach mir nun mal nichts aus Blondinen.«

»Arschloch!« Sie wollte aufspringen, aber Marc hielt sie eisern am Handgelenk fest.

»Sei nicht beleidigt. Ich respektiere dich, echt. Ich habe nur einfach keinen Bock, dir was vorzumachen. Entweder du kapierst das, oder du hast in der Clique nichts mehr zu suchen. Was schade wäre … wo doch Stoned und Steve so auf dich stehen … und du die einzig halbwegs intelligente Frau hier bist.« Jetzt lächelte er gewinnend.

Also blieb Tina sitzen, verdattert und verletzt zwar, aber auch ein bisschen besänftigt. Ab diesem Zeitpunkt strengte sie sich noch mehr an, ihm zu gefallen. Ihr Stolz ließ es nicht zu, die Abfuhr hinzunehmen.

Jetzt, über zwanzig Jahre später, fragte sie sich, ob ihre Entscheidung von damals, sitzen zu bleiben, unausweichlich zur Katastrophe hätte führen müssen. Nicht, wenn du seine Entscheidung ernst genommen hättest, gestand sie sich ein. Die Nacht wäre zumindest anders verlaufen …

Sie blieben noch lange. Es war ja Wochenende. Später gingen Tina und Nicky mit Stoned und Shorty schwimmen, als unvermutet Bewegung in die Szene kam. Leute näherten sich dem heruntergebrannten Feuer, an dem sich Marc und Steve leise unterhielten. Anita und Major kriegten von dem unerwarteten Besuch zunächst nichts mit, sondern lagen händchenhaltend nebeneinander auf dem Rücken im hohen Gras und schauten in den klaren Sternenhimmel.

»Ich krieg noch Geld von dir! Und ich warte schon ziemlich lange darauf!«, hörten sie eine aggressive männliche Stimme. Schnell wickelten sich Tina und Nicky in ihre Handtücher und folgten Stoned und Shorty zum Feuer. Alle vier bauten sich hinter Marc und Steve auf, vor denen jetzt drei Typen standen.

»Keine Angst, du kriegst es schon noch, Hellmann.« Marc stand langsam auf, um seinem Gegenüber auf Augenhöhe zu begegnen. Matthias Hellmann war seit einiger Zeit sein Dealer, und Marc war mal wieder mit seinen Zahlungen im Verzug. Tina verabscheute Leute wie Matthias. Er war fast zwanzig, aber ohne Schulabschluss und wegen Einbrüchen, Gewalt- und Drogendelikten vorbestraft. In ihren Augen war er ein Sozialschmarotzer ohne Nutzen für die Gesellschaft. Armselig, ungebildet, verkommen. Normalerweise würden Marc und seine Clique mit solchen Subjekten niemals in Berührung kommen, es lagen Welten dazwischen … wenn es die Drogen nicht gäbe. Matthias hatte einfach gute Beziehungen und äußerst gute Preise.

Tina betrachtete den jungen Mann abschätzend. Auf eine primitive Weise war er nicht unattraktiv. Knapp über ein Meter achtzig groß, schlank, muskulös, dunkelblondes, leicht lockiges Haar, ein jungenhaftes und gleichzeitig männliches Gesicht. Er trug ein Muskelshirt, sodass selbst jetzt im blassen Mondlicht die Tätowierungen an seinen Ober- und Unterarmen nicht zu übersehen waren. Nur Knackis hatten solche Tätowierungen. Einer seiner Begleiter war größer als er, dunkelhaarig und ebenfalls tätowiert. Tina erkannte in ihm Jens Meyer, der durch Schlägereien und Kleinkriminalität genauso von sich reden machte wie Hellmann.

Über den Dritten im Bunde, der zunächst ein Stück hinter den beiden anderen gestanden hatte und deshalb im Dunkeln nicht zu erkennen gewesen war, war sie allerdings mehr als verblüfft.

»Johannes Blum!«, stieß sie aus. Johannes war ein pickeliger, hoch aufgeschossener, rotblonder Mitschüler. Nach der zehnten Klasse war er von der Realschule Büttgen in ihre Stufe gekommen. Er galt als ebenso begabt wie Marc, war aber weder beliebt noch gut aussehend – ein Außenseiter und eine traurige Gestalt. Soweit Tina wusste, wohnte er nach dem frühen Tod seiner Eltern im Haus der Großeltern. Was hatte der mit Typen wie Hellmann oder Meyer zu tun?

Matthias beantwortete ihre unausgesprochene Frage im Handumdrehen. »Der Junge hier war so nett, uns bei der Suche nach dir zu helfen, Warberger. Wir wussten ja, dass er mit dir zur Schule geht. Und als wir ihn dahinten so ganz allein am Seeufer stehen sahen, war uns klar, dass du nicht weit sein kannst.« Er grinste anzüglich. »Die Schwuchtel folgt dir wie ein Schatten.«

Heimlich stieß Nicky Tina in die Rippen. Alle aus der Clique waren sich einig, dass Johannes nicht Marc, sondern Tina wie ein Schatten folgte. Seit sie ihn vor ein paar Wochen auf der Stufenparty spaßeshalber angeflirtet hatte, um Marc eifersüchtig zu machen, schien er einen Narren an ihr gefressen zu haben.

Jens versetzte Johannes einen lässigen Schubs und beförderte ihn so unsanft in Marcs Reihen. Obwohl es jetzt zahlenmäßig zwei gegen neun stand, ging von Jens und Matthias eindeutig die größere Bedrohung aus.

»Ich lass dir noch bis Sonntag Zeit, Streber«, drohte Matthias. »Dann will ich die achthundert Mäuse sehen. Bei mir im Briefkasten! Wenn nicht, werden andere Saiten aufgezogen. Das ist ein Versprechen! Und jetzt feiert noch schön!« Er stieß Jens in die Rippen, und beide wandten sich zum Gehen.

Sobald sie außer Sichtweite waren, kam Bewegung in die Clique. In stillem Einverständnis ließ man sich wieder rund um die glühende Asche nieder. Nur Johannes stand unschlüssig herum, bis irgendjemand ihn aufforderte, sich endlich zu setzen.

»Scheiße! Bis Sonntag komme ich auf keinen Fall an die Kohle. Könnt ihr mir vielleicht aushelfen oder zusammenlegen?« Marcs Stimme klang verzweifelt.

Noch nie hatte Tina ihn so erlebt. Nach vorn gebeugt hockte er im Schneidersitz da und raufte sich die Haare. Alle schwiegen ratlos. Keiner von ihnen hatte so viel Geld.

»Und du schleppst die Typen noch hierher!«, warf Tina Johannes vor, dessen zerknirschter Gesichtsausdruck sie nicht rührte, sondern einfach nur nervte.

»Jetzt mal mit der Ruhe!«, mischte sich Anita mit schwerer Zunge ein. »Das war wohl kaum seine Absicht!«

»Genau! Wenn du das Pickelface nicht auf der letzten Stufenparty angebaggert hättest, wäre der gar nicht in unserer Nähe.« Das kam von Shorty, der sie sowieso nicht leiden konnte.

Die anderen lachten kurz auf, um dann wieder betroffen zu schweigen. Jetzt wurde Tina richtig wütend. Sie sollte Schuld an dem ganzen Schlamassel haben?

»Okay, dann werde ich die Sache mal wieder in Ordnung bringen.« Kampflustig stand sie auf und ging Johannes erneut an: »Du hast doch Augen im Kopf, oder? Bestimmt weißt du, wie die beiden Proleten an den See gekommen sind, oder?«

Johannes blickte sie verwirrt an. »Mit dem Auto, so einem alten roten Opel Kadett.«

Tina grinste triumphierend. Der Moment war gekommen, in dem sie Marc zeigen würde, welches Format sie besaß und was sie bereit war, für ihn zu tun. Er würde ewig in ihrer Schuld stehen.

»Genau!«, rief sie, während sie eilig in T-Shirt, Rock und Schuhe schlüpfte. Ihr Handtuch warf sie Johannes an den Kopf. Dann griff sie nach ihrem Rucksack. »Von denen hat keiner einen Führerschein, geschweige denn ein Auto. Und nüchtern waren die auch nicht mehr. Tschö, wir sehen uns morgen!«

»Hey, Tina«, rief Stoned ihr hinterher. »Wo willst du denn hin?«

»Zum nächsten Telefon natürlich. Hiermit«, gab sie ungeduldig zurück, klimperte mit ihren Autoschlüsseln und verschwand in der Dunkelheit.

Und so geschah es, dass Matthias Hellmann und Jens Meyer noch in dieser Nacht aufgrund eines anonymen Anrufs wegen Autodiebstahls und Fahrens ohne Führerschein vor dem Wohnblock der Hellmanns von der Polizei einkassiert wurden. Nach der Festnahme, bei der Matthias einem Polizeibeamten die Nase brach, fand man in seinem Besitz Marihuana und Speed in erheblichen Mengen. Der Wagen, hinter dessen Steuer er gesessen hatte, war jedoch nicht gestohlen, sondern gehörte André, seinem älterem Bruder. Der saß seit einigen Monaten ein und brauchte ihn nicht.

Matthias wurde zu achtzehn Monaten Haft verurteilt, als unter Einundzwanzigjähriger noch nach dem Jugendstrafrecht, was sein Glück war. Jens Meyer kam mit einem blauen Auge davon, da er den Polizisten gegenüber weder handgreiflich geworden war noch verbotene Substanzen mitgeführt hatte.

Und Marc Warberg brauchte seine Schulden erst mal nicht zurückzuzahlen. Allerdings musste er sich einen anderen Dealer suchen.

Aber leider war ein weiteres Resultat dieser lauen Sommernacht von 1987, dass der pickelige, hochbegabte Johannes Blum ab sofort zur Clique gehörte. Er hatte einfach zu viel mitgekriegt, als dass man ihn hätte gehen lassen können. Und unter anderem damit steuerten Tina und die anderen geradewegs auf ihren Untergang zu.

Nachdem Tina sich geschminkt hatte, genehmigte sie sich den ersten Kaffee und die erste Zigarette des Tages. Sie kam zu dem Schluss, dass sie trotz allem, was später passiert war, damals am Kaarster See die richtige Entscheidung getroffen hatte. Sie hatte Matthias Hellmann, das asoziale Arschloch, aus dem Weg geräumt. Wenn auch nur für ein Jahr, zugegeben, denn dann wurde er auf Bewährung freigelassen. Trotzdem, mit relativ wenig Aufwand und etwas Köpfchen war es ihr gelungen. Und wer auch immer ihr heutzutage in die Quere kam, den würde sie genauso effizient aus dem Weg räumen. Bei diesem Gedanken fühlte sie sich gleich besser.

Nele

Freitags arbeitete Nele nur halbtags im Buchladen. Sie liebte die freundliche und entspannte Arbeitsatmosphäre hier. Alles lief Hand in Hand; das Team der Mitarbeiterinnen mit ihrer Chefin war nett und eingespielt. Gegen dreizehn Uhr verabschiedete sich Nele von den Kolleginnen. Der Vormittag hatte ihr die gute Laune zurückgebracht, und sie verließ fast beschwingt den Laden.

Was nun folgte, war ihr persönliches Freitagsritual: Kaffee trinken in den Rathausarkaden, bevor es zum Kochen heim nach Vorst ging. Erfreut stellte sie fest, dass »ihr« Tisch am Fenster mit Blick auf den Marktplatz frei war.

In der Gewissheit, dass der freundliche italienische Kellner, mit dem sie ein jahrelanges spielerisches nonverbales Flirten verband, ihr wie immer einen großen Milchkaffee und ein Wasser bringen würde, ließ sie den Blick nach draußen schweifen. Endlich war es mal trocken, allerdings stürmisch. Schwarze Wolkenknäuel mit gräulichen Fransen jagten über den Himmel, ab und zu blitzten klares Blau und Sonnenstrahlen durch. Die fast kahlen Platanen am Ufer des Stadtteiches bogen sich unter heftigen Windböen. Müll und Herbstlaub wirbelten über den Marktplatz und landeten im Wasser.

Jetzt an der holländischen Küste spazieren gehen, dachte Nele sehnsüchtig, und sich vom salzig-sandigen Wind tüchtig durchpusten lassen. Einen klaren Kopf bekommen. Halt, das war eine typische Formulierung von Matthias gewesen. Entspannung und gute Laune waren dahin.

Stattdessen ärgerte sie sich erneut über Marcs geschmacklose Bemerkung von heute Morgen. Und ihr kamen die beiden Fremden an Matthias' Grab in den Sinn. Wer das bloß gewesen war? Warum und womit hatte er sie erpresst? Kurz entschlossen schnappte sie sich einen Bierdeckel vom Tisch, ließ sich vom Kellner einen Kugelschreiber geben und fing an, sich Notizen zu machen. Sie schrieb:

Mann:
mind. 1,90 m groß
tiefe nuschelnde Stimme
Glatze?
kein erkennb. Dialekt
Kleidung: Mantel?
Schuhe? Fußabdrücke?
Alter? Ca. 40 bis 50 J.?
Charakter: eher zurückhaltend?
Frau:
Größe ca. 1,70–1,75 m
akzentuierte Sprechw.
laut u. deutl.
rheinischer Einschl.?
lange Haare? Blond?
Kleidung: Rock o. Kleid?, Mantel?
Alter? Ca. 45 J.?
Charakter: dominant?
dritte Person: der Dicke
???

Inzwischen bekritzelte sie schon den dritten Bierdeckel und war mit dem Ergebnis wenig zufrieden. Vor allem die vielen Fragezeichen nervten. Nele sah ein, dass sie so nicht weiterkam. Irritiert bemerkte sie, dass der nette italienische Kellner plötzlich neben ihr stand und ihr einen kleinen Notizblock reichte.

»Ist mehr Platz drauf«, erklärte er und lächelte breit.

»Äh … danke, nicht nötig.« Augenblicklich kam sie sich besonders dämlich vor. Jetzt kriegten schon Fremde mit, wie absonderlich sie sich benahm. Und es war ja auch völlig verrückt, begriff sie, während der Kellner achselzuckend weiterzog. Um zu wissen, wie Matthias in den letzten Jahren gelebt hatte und warum er auf diese schreckliche Art hatte sterben müssen, brauchte sie doch nur Kontakt mit seiner Familie und den Freunden von früher aufzunehmen. Aber genau davor graute ihr aus verschiedenen Gründen.

Sie hatte keine Ahnung, wie man ihr begegnen würde. Immerhin hatte sie damals die Beziehung beendet und sich ziemlich schäbig benommen. Würde man ihr heute deswegen noch Vorwürfe machen? Außerdem wollte ein Teil von ihr gar nicht wissen, wie dreckig es ihm ergangen war. Heuchlerin, schimpfte sie sich aus. Es war feige, auf den Friedhof zu gehen, um dort Blumen abzulegen, und andererseits mit dem Schicksal dieses Menschen, das ihn dahin geführt hatte, nichts zu tun haben zu wollen. Nicht wenn es um jemanden ging, den man mal geliebt hatte.

Aus der Liebe erwächst Verantwortung. War das nicht immer ihr Spruch gewesen? Wenn sie den ernst nahm, stand der nächste Schritt fest.

Apropos Verantwortung: Zu Hause wartete jede Menge davon auf sie. Nach der siebten Stunde kamen die Mädchen nach Hause, und sie musste noch kochen. Außerdem harrte ein Wäscheberg darauf, zusammengelegt zu werden. Anschließend stand die Fahrt nach Köln zu Frank, ihrem Exmann, an, denn heute begann ein sogenanntes Papa-Wochenende. Keine reine Freude. Greta würde unentwegt maulen, weil sie lieber mit ihren Freunden abhängen wollte, und Anne würde sie wie immer zu überreden versuchen, noch ein bisschen zu bleiben. Frank würde sich dann genötigt fühlen, sie hereinzubitten. Jacqueline, seine vierzehn Jahre jüngere und sehr eifersüchtige Frau, würde gute Miene zum bösen Spiel machen und sie zum Abendessen einladen.

Marc dagegen erwartete garantiert, dass sie den Abend und den Rest des Wochenendes bei ihm verbrachte. Na, in der Stimmung war sie nun wirklich nicht. Hastig klaubte Nele ihre drei Bierdeckel zusammen, zahlte und eilte Richtung Parkdeck. Im Auto sitzend schickte sie Marc die fällige SMS: »Hallo, Schatz, schaffe es heute nicht. Sehen wir uns evtl. morgen? Kuss und LG«.

Gut, ein Problem war schon mal gelöst.

Marc

Die Kurzmitteilung erreichte Marc in der Firma, während er den fünften Kaffee in sich hineinschüttete. Es war ein typischer Vormittag gewesen; er hatte versucht, einen Berg an E-Mails zu bewältigen und gleichzeitig Telefonate zu führen, und er war damit beschäftigt gewesen, diverse Aufgaben an seine Angestellten zu delegieren. Eine Mittagspause konnte er sich als Geschäftsführer der eigenen Softwarefirma sowieso nicht leisten. Aber genau so gefiel ihm der Job. Der Adrenalinkick bei Vertragsabschlüssen sowie die ständige Flexibilität in Denken und Handeln, die er sich selbst abforderte und die trotz Weltwirtschaftskrise zum finanziellen Erfolg der Firma geführt hatte, waren seine Drogen heute.

Marc war enttäuscht von Neles Absage, und doch sagte er sich, dass er diese Reaktion hätte voraussehen müssen. Auf eine Kränkung reagierte sie immer mit Rückzug. Trotzdem versetzte es ihm einen Stich. Ob sie sich morgen sehen würden? Wer weiß! Das konnte ja ein schönes Wochenende werden. Nun, er war selbst schuld. Warum hatte er sich heute Morgen nicht auf die Zunge gebissen und sie ausreden lassen? Sie war bedrückt gewesen, das hatte er doch deutlich gespürt. Aber wenn es um Matthias Hellmann ging, hakte einfach etwas bei ihm aus.

Der Name allein erinnerte ihn an eine Zeit, die er am liebsten aus dem Gedächtnis gelöscht hätte. Er war alles andere als stolz auf sich, wenn er an die Jahre von '87 bis '89 zurückdachte. Was war er doch für ein Unsympath gewesen! Und wenn er sich an Barbie erinnerte – so hatten er und die anderen Tina Hillebrandt heimlich tituliert –, wurde ihm kotzübel. Warum hatte er sie damals nicht daran gehindert, Matthias und diesen Meyer an die Bullen zu verpfeifen? Er hatte doch in dem Moment, als sie zum Auto lief, genau gewusst, was sie plante. Feige war er gewesen und hatte Schiss vor den Konsequenzen gehabt, die Hellmann angedroht hatte. Dabei war der gar nicht so übel gewesen, nur total kaputt, immer auf Speed oder Koks und vielleicht nicht gerade der Hellste. Den Erlös aus der Dealerei brauchte er für den eigenen Konsum. Marc wusste das, blieb trotzdem mit seinen Zahlungen im Verzug und reizte Hellmanns Langmut bis an die Grenze aus. Kein Wunder, dass es dem irgendwann gereicht hatte.

Na ja, dank Tina wurde Hellmann für ein knappes Jahr weggeschlossen. Trotzdem ging Marc der Arsch auf Grundeis. Er befürchtete, dass Hellmanns Freunde in seinem Auftrag die Schulden eintreiben würden. Und mit den Typen war nicht gut Kirschen essen.

Also verzichtete er auf seine Europareise per InterRail-Ticket, gab Nachhilfestunden, jobbte im Fitnesscenter und schnorrte sich Geld bei den Eltern und Großeltern. Nach kurzer Zeit hatte er die Summe, die er Matthias schuldete, zusammen.

Keiner aus der Clique ahnte etwas, ebenso wenig wie davon, dass er eines Abends im Juli zum Sozialbau der Hellmanns nach Holzbüttgen radelte, um das Geld in den Briefkasten zu werfen. Mein Gott, mindestens vierzig Parteien hausten in dem heruntergekommenen Wohnblock. Er suchte eine Weile, bis er die Klappe mit dem Aufdruck »Hellmann/Liborski« fand. Er hoffte, dass sich die Sache damit erledigt hatte.

Zwei Wochen später bekam er Post aus der JVA Heinsberg. Aus dem grauen Umschlag fiel eine Fotokarte in Schwarz-Weiß. Sie zeigte ein Überholschild, über das eine Schnecke kroch. »Hallo, Warberger!«, stand da in ordentlicher Handschrift. »Danke für die Aufmerksamkeit. Meine Mutter und meine Schwestern haben sich echt gefreut. Und ich erst. War mir aber klar, dass man sich auf dich verlassen kann. Man sieht sich nächstes Jahr, wenn alles gut geht. Matthias«.

Marc war zuerst verblüfft über die steifen Floskeln, bis er begriff, dass Briefe, die die Häftlinge schrieben, von den Gefängnisangestellten gelesen werden konnten. Danach empfand er sogar ein bisschen Respekt vor Hellmann. Nachtragend war der jedenfalls nicht! Nur gut, dass er nicht wusste, wer ihn denunziert hatte.

Nele hatte keine Ahnung, dass er mal Geschäfte mit Matthias gemacht hatte. Wenn es nach ihm ging, würde sie auch nie davon erfahren. Und überhaupt – Nele und dieser Kleinkriminelle? Er konnte sich einfach nicht vorstellen, dass sie den mal geliebt hatte. Was sagte das im Rückschluss über ihn selbst aus? Und das war ein weiterer Grund, weshalb er abblockte, wenn Nele Matthias Hellmann auch nur erwähnte. Na, das hatte er jetzt davon: ein wahrscheinlich sehr einsames Wochenende. Er steckte das Handy zurück in die Jackentasche und machte sich wieder an die Arbeit.

Chris

Bereits in der Mittagspause entdeckte Chris bei einem Blick auf sein Handy *fünf Anrufe in Abwesenheit*. Natürlich Susanne. Die Mailbox hatte sie ihm auch vollgequatscht.

»Das wirst du mir büßen!«, scholl es Chris schrill ins Ohr, als er sie abhörte. »Ich weiß genau, dass du das warst mit den Reifen. Aber stell dir vor, das wird gleich repariert, und dann sind wir weg. Und du kriegst 'ne Anzeige …«

In dem Ton ging es noch eine Weile weiter. Susannes hysterisches Getue ging ihm auf einmal ziemlich auf die Nerven. Wer hatte hier denn Ehe und Familie zerstört, doch nicht er! Und sie tat so, als sei sie das Opfer.

Zum ersten Mal seit der Trennung regte sich in Chris so etwas wie Abneigung gegen seine Frau. Wie egozentrisch und rücksichtslos sie sein konnte.

Entschlossen löschte er die Nachrichten. Das Flittchen und der alte Sack konnten ihm gar nichts nachweisen. Es tat einfach gut, sich stark und mächtig zu fühlen – herrlich! Und das Spielchen hatte gerade erst begonnen. Susanne würde sich noch wundern. Fröhlich pfeifend begab er sich zurück an die Arbeit.

Nele

Die Fahrt nach Köln über die A 57 und über den Kölner Ring im Feierabendverkehr zog sich zäh wie Kaugummi. Anne und Greta zankten sich die ganze Zeit über, außerdem nervten die Sturmböen, die das Auto seitlich abdriften ließen. Nele umklammerte das Lenkrad und war froh, nach einer Dreiviertelstunde endlich anzukommen.

Es dämmerte schon, als sie an Franks und Jacquelines Haustür klingelten. Wie immer öffnete Frank; von Jacqueline war nichts zu sehen. Wie er da so im Licht der Flurbeleuchtung in der Haustür stand, überkam Nele eine Woge der Zärtlichkeit. Mit seinem zerrauften, inzwischen etwas dünnen grau melierten Haar, der Lesebrille, dem zerknautschten Hemd, das über die Jeans hing, und dem jungenhaften Grinsen wirkte er wie eine attraktive Mischung aus zerstreutem Professor und Lebemann.

»Hi, ihr drei! Kommt schnell rein, bevor der Sturm euch wegweht«, begrüßte er sie herzlich und nahm den Mädchen die Taschen ab. Dann umarmte er die beiden so lange, bis Greta ihn peinlich berührt von sich schob. Am Schluss nahm er sich sogar Nele vor und drückte sie kurz an sich.

»Trinkst du noch einen Kaffee mit mir?«, bat er, als die Mädchen nach oben in ihr Zimmer gegangen waren, um sich einzurichten.

»Klar, gern. Den hab ich jetzt echt nötig. Sturm, Stau und randalierende Teenies im Auto!«

Frank grinste. »Kann ich mir vorstellen! Setz dich. Ach ja, Jacky kommt später. Sie ist noch beim Arzt.«

»Ach, ist sie endlich schwanger?«, platzte Nele heraus. Von ihren Töchtern wusste sie, dass das Paar ein gemeinsames Kind plante. Franks neue Frau war ja auch erst knapp über dreißig.

Frank errötete. »Ach, du weißt davon? Ich wollte dir gerade erzählen, dass … na ja … Jacky hat sogar schon ihren Mutterpass.« Verlegen wandte er sich zur Arbeitsplatte der offenen Küche um und setzte Kaffeewasser auf. »Ich wusste nicht, wie du es aufnimmst … ob du es gutheißt.« Frank drehte sich wieder zu ihr um. »Na, ich hatte echt Probleme, dir davon zu erzählen. Keine Ahnung, warum.«

»Weiß ich auch nicht. Es ist absolut okay für mich. Und ›gutheißen‹ muss ich schon mal gar nichts. Ist doch eure Entscheidung. Du stehst doch dahinter?« Plötzlich wurde sie misstrauisch.

»Ich?« Frank riss die Augen auf. »Klar!«

Das klang wenig überzeugend. Nele sah ihn aufmerksam an, eine Augenbraue fragend hochgezogen. »Sei ehrlich!«

»Okay: Natürlich war es hauptsächlich Jackys Wunsch, und ich hab mich gesträubt und versucht, sie davon abzubringen.« Er lehnte sich mit verschränkten Armen an den Kühlschrank.

Nele setzte sich auf einen der Barhocker und pellte sich aus der Winterjacke. Dies könnte vielleicht ein längeres Gespräch werden.

»Ich hab ihr erklärt, dass mir zwei Kinder reichen, dass die schon aus dem Gröbsten raus sind, ich mit fünfundvierzig nicht mehr der Jüngste bin und so weiter und so weiter. Kannst du dir ja vorstellen … Hat aber alles nicht gefruchtet.« Frank hielt inne und runzelte die Stirn. Neles Mundwinkel zuckten. »Was ist denn so komisch?«

Sie bemühte sich, ernst zu bleiben. »Du hast doch nicht wirklich geglaubt, dass du sie überreden kannst? Ihre biologische Uhr tickt. Hauptsache, du trägst die Entscheidung mit und kannst mit den Konsequenzen leben.«

Frank nickte nachdenklich. »Klar, und inzwischen hab ich mich mit dem Gedanken richtig angefreundet. Und Jacky freut sich sehr … Wenn alles gut geht, von wegen gesund und so, dann bin ich zufrieden. Und ich glaube, die Mädchen werden auch damit klarkommen.«

Er goss kochendes Wasser in den Kaffeefilter.

»Das glaube ich auch. Über die beiden habe ich ja von eurem Babywunsch überhaupt erfahren. Die werden sich freuen«, schloss Nele und stand auf, um zwei Kaffeebecher aus dem Schrank zu holen.

Gemeinsam genossen sie den Kaffee und ihre Vertrautheit. Sie hatten einmal geglaubt, zusammenzugehören. Das war lange vorbei. Geblieben war die freundschaftliche Verbundenheit zweier Menschen, die sich ihr halbes Leben lang kannten. Es war ein schönes Gefühl, das Nele nicht mehr missen wollte.

Auf der Rückfahrt hatte sich der Sturm gelegt, dafür regnete es mal wieder in Strömen. Nele dachte an das Gespräch von eben zurück. Natürlich hatte es ihr einen kleinen Stich versetzt, dass Frank und seine zweite Frau eine neue Familie gründen würden. Sie hoffte, er hatte es nicht bemerkt. Sie neidete den beiden nicht ihr Glück, aber was kam bei ihr als Nächstes? Sicherlich kein Baby mehr! Die Lebensphase war vorbei. Diese Endgültigkeit war es, die ihr zu schaffen machte.

Plötzlich sehnte sie sich nach Marc, heftig und unerwartet, aber sie riss sich zusammen. Für heute Abend hatte sie sich etwas anderes vorgenommen. Internetrecherchen standen auf dem Plan. Verwandte und alte Freunde von Matthias mussten ausfindig gemacht werden. Aber später würde sie Marc anrufen, sie wollte seine Stimme hören und sich mit ihm für morgen verabreden.

Internetrecherchen waren toll, herrlich anonym und unverfänglich! Bei einem Glas Rotwein saß sie mit dem Laptop auf dem Schoß auf dem Sofa und googelte alle Namen aus Matthias' Dunstkreis, die ihr aus den Jahren 88/89 noch in Erinnerung waren.

Jens Meyer, Frank (Hank) und Daniel (Danny) Post, Peter Furtner und Thomas (Tommi) Berger, so hatten die Freunde geheißen, die damals mit ihm rumhingen. Mädchen waren nur Randerscheinungen gewesen. Bei keinem der Männer wusste sie, was aus ihnen geworden war. Nicht viel, vermutete sie realistisch. Was sie herausfand, war dürftig. In einem Forum für Reptilienbesitzer las sie einen Eintrag, der von einem »Peter Furtner« aus Neuss verfasst worden war. Keine Ahnung, ob es sich um den von damals handelte. Passen könnte es schon irgendwie. Vorsichtshalber notierte sie die E-Mail-Adresse. Dann fand sie die Homepage eines Tattoo-Studios, das einem »Danny Post« in Düsseldorf-Bilk gehörte, und war augenblicklich elektrisiert. Volltreffer! Als sie sich die Website anschaute, stieß sie auf ein Foto von Danny. Sie musste lächeln, als sie in ihm eine ältere und fast kahlköpfige Version des Jungen von damals erkannte. Auf dem Bild posierte er mit nackten tätowierten Armen und grinste selbstbewusst in die Kamera. Nele freute sich für ihn. Schon 1988 war er der harmlosere der beiden Brüder gewesen. Trotzdem war es ihm bestimmt nicht leichtgefallen, sich von familiären und kriminellen Einflüssen zu lösen und sein eigenes Ding zu machen. Sie erinnerte sich, dass Hank und Danny kaum zur Schule gegangen waren und 1988 ohne Schulabschluss und Job in der verwahrlosten elterlichen Sozialwohnung mit mehreren kleineren Geschwistern, einem cholerischen Vater und einer tablettensüchtigen Mutter in den Tag hineingelebt hatten. Damals schon hatte Danny mit einem umgebauten Rasierapparat Freunde tätowiert – und nicht mal schlecht. Dieses Talent war offenbar seine Rettung gewesen. Schnell schrieb Nele Adresse und Telefonnummer des Tattoo-Studios auf. Leicht zu finden, dachte sie noch. In derselben Straße lag auch das indische Restaurant, das Marc und sie wegen der Nähe zu seiner Firma nach der Arbeit manchmal besuchten. Sie glaubte sogar, sich an den Laden schräg gegenüber zu erinnern.

Über Jens Meyer, den damals besten Freund von Matthias, vor dem Nele sich immer etwas gefürchtet hatte, und über Tommi, der mit siebzehn Vater geworden, aber ein Kindskopf geblieben war und sich tagtäglich bis zur Besinnungslosigkeit vollgedröhnt hatte, fand sie nichts im Netz. Bei ihrem dritten Glas Rotwein musste Nele sich eingestehen, dass ihre bisherigen Nachforschungen nur Plänkeleien und ein feiges Herumeiern um den Kern des Ganzen gewesen waren. Müde rieb sie sich die Augen hinter der Lesebrille.

»Nicole Hellmann«, gab sie bei Google ein. So hieß seine jüngere Schwester, die 1988 minderjährig mit ihrem Baby in der Hellmann'schen Wohnung gelebt hatte. Nichts. Aber im Telefonbuch gab es einen Eintrag: »Nicole Hellmann/Stefan Schmitz«. Ha, hier in Kaarst! Da war er, ein reeller Ansatzpunkt. Neles Herz fing wild an zu klopfen.

Kurz darauf brachte sie in Erfahrung, dass Maria Hellmann, Matthias' Mutter, laut einem weiteren Telefonbucheintrag immer noch mit Janek Liborski in der alten Wohnung in Holzbüttgen hinter der Tankstelle lebte. Wie Matthias den Stiefvater gehasst hatte! Über Matthias' älteren Bruder André war nichts zu finden.

Eine halbe Stunde später saß Nele weinend vor dem PC. Im Internet-Archiv einer regionalen Zeitung hatte sie den Artikel mit dem Titel »Drogentod am Kaarster See« vom Oktober des letzten Jahres entdeckt:

Kaarst – Am Nachmittag des 03.10. machte eine 52-jährige Frau bei ihrem Spaziergang mit ihrem Hund am Kaarster See eine

schreckliche Entdeckung. Sie bog vom Hauptweg auf einen Pfad ab, der direkt zum nördlichen Ufer führt, und stieß auf die Leiche eines Mannes, die dort offenbar schon seit mehreren Tagen lag. Die Zeugin steht unter Schock. ›Es war ein grauenhafter Anblick‹, sagte sie. ›Ich habe sofort gesehen, dass er tot war. Es hatte ja auch den ganzen Tag geregnet, und er lag mit dem Kopf in einer Pfütze. Und dann der Müll um ihn herum und die Kamera, die am Seeufer lag. Trostlos! Ich konnte Bernie kaum zurückhalten, an der Leiche zu schnuppern. Es war ein Alptraum!‹ Die Frau befindet sich in psychologischer Behandlung.
Die Polizei vermutet Unfalltod oder Suizid und schließt Fremdeinwirkung aus. Der 40-Jährige starb offensichtlich an einer Überdosis von Opiaten. Die Überreste der Drogen konnten am Tatort sichergestellt werden.
Dass die Leiche nicht schon früher gefunden wurde, liegt wahrscheinlich an den anhaltenden Regenfällen der letzten Tage. Das Naherholungsgebiet wurde nur selten aufgesucht. Inzwischen sind die polizeilichen Untersuchungen abgeschlossen, und der entsprechende Teil des Kaarster Sees ist wieder freigegeben.

Im Anschluss folgte eine Statistik über die Anzahl der Drogentoten in NRW in den letzten Jahren. Beigefügt war auch ein Foto des Kaarster Sees. Kein Bild von Matthias.

Nele konnte sich kaum beruhigen. Die Aussage der Spaziergängerin klang dermaßen plastisch, dass ihr Matthias' Tod noch furchtbarer und einsamer erschien, als sie ihn sich je vorgestellt hatte.

Und dann der Hinweis auf die Kamera! Er hatte also immer noch fotografiert. Schon als sie im Sommer 1988 mit ihm zusammengekommen war, war sie erstaunt über sein Hobby gewesen. Nur zögernd erzählte er davon, als ob er sich schämte. Dabei machte er gute Aufnahmen, meist Natur- oder Detailstudien, sensibel und eindringlich. Sie bezweifelte, dass seine Freunde die Bilder je zu Gesicht bekommen hatten. Diese Freizeitbeschäftigung passte nicht zu seinem Image. Und Nele vermutete, dass ihm sein Talent nie bewusst gewesen war. Wem von klein auf eingebläut wurde, nichts zu können oder zu taugen, dem musste es schwerfallen, an sich selbst zu glauben und etwas zu tun, was aus dem Rahmen fiel.

Als Matthias drei und sein älterer Bruder André fünfeinhalb Jahre alt gewesen war, erstickte ihr Vater, Karl Hellmann, auf einer Parkbank an seinem eigenen Erbrochenen. Maria Hellmann atmete wohl insgeheim auf, obwohl sie gerade ihr drittes Kind, Nicole, zur Welt gebracht hatte. Aber besser allein sein, als sich weiter drangsalieren zu lassen. Karl Hellmann war ein Säufer und Schläger gewesen, der seine Frau und seine kleinen Söhne nach Lust und Laune gequält und erniedrigt hatte. So wie er selbst als Kind kleingemacht worden war. Matthias' Mutter blieb nicht lange Single. Nachdem sie, die ursprünglich aus Polen stammte, mit einem Deutschen kein Glück gehabt hatte, versuchte sie es nun mit einem Landsmann. Leider angelte sie sich den nächsten Alkoholiker. Janek Liborski machte da weiter, wo Matthias' Vater aufgehört hatte. Die kleine Stieftochter akzeptierte er, empfand sogar so etwas wie Liebe für sie, den Söhnen seiner neuen Frau zeigte er seine ganze Verachtung. Er schlug sie, vorzugsweise wenn die Mutter nicht da war, und verhängte grausame Strafen wie das stundenlange Einsperren in der fensterlosen Putzkammer. Wenige Jahre später verwies er die kleinen Jungen kategorisch bis zum Einbruch der Dunkelheit der Wohnung.

Maria Liborski bekam noch zwei Kinder, beides Mädchen und erklärte Lieblinge des Vaters, was die familiäre Situation für André und Matthias verschärfte. Von Janek Liborski waren sie weiterhin nur geduldet. Pack, verdorben, verkommen wie ihr verstorbener Vater, nannte er sie. Sosehr die Mutter sich bemühte, ihren Söhnen beizustehen, so wenig kam sie gegen ihren Mann an. Irgendwann blieben zumindest die tätlichen Angriffe von dessen Seite aus, jedoch nicht etwa aus Menschlichkeit, sondern aus Angst vor Gegenwehr. Denn Matthias und André waren als Jugendliche stark, aggressiv und kampferprobt genug, um ohne Bedenken und Skrupel mit aller Härte zurückzuschlagen. Für andere Talente war in dieser Welt kein Platz.

Nele klappte den Rechner zu. Immerhin hatte sie heute Abend einiges in Erfahrung gebracht: die Telefonnummer des Tattoo-

Studios in Düsseldorf, die Adressen und Nummern von Matthias' Verwandten und die E-Mail-Adresse aus dem Reptilienforum, von der sie nicht wusste, ob sie dem richtigen Peter Furtner zugeordnet werden konnte. Sie rieb sich die verquollenen Augen und griff zum Telefon. Sie sehnte sich danach, mit Marc zu sprechen. Ihr Ärger war lange verflogen.

Ungeheuerlich

Tina

Am Samstagvormittag trafen die drei Briefe bei ihren jeweiligen Adressaten ein. Tina von Meersfeldts Post kam um kurz vor zehn, als sie noch im Bett lag. Roland, der sich gerade zum Joggen fertig machte, hörte das Klappern am Briefkasten und schaute nach. Kurz darauf klopfte er an ihre Schlafzimmertür. »Mausi, ich hab Post für dich. Bist du schon wach?«

Mausi machte sich nicht die Mühe, zu antworten. Sie kannte ihren Mann. Der würde eh gleich reinplatzen. Sie wartete einfach mit geschlossenen Lidern, flach auf dem Rücken liegend, ab. Und richtig, da war er schon.

»Ist es okay, wenn ich dir deine Post auf den Nachttisch lege?«, flötete er. Wie Tina diesen jovialen Tonfall hasste, vor allem am frühen Morgen. »Sind alles Rechnungen, bis auf eine Urlaubskarte von deinen Eltern und einen seltsamen Brief ohne Absender. Tschüss, ich bin dann mal weg, und tu was für die Figur! Bis später!«

Sie hörte die Tür schlagen. Dann erst öffnete sie die Augen. Sie ahnte Schlimmes. Vor ein paar Wochen war schon mal »ein seltsamer Brief ohne Absender« angekommen. Fünftausend Ocken hatte sie blechen müssen! Ächzend setzte sie sich auf. Ihr Kopf brummte, und sie fühlte sich steif und zerschlagen. Kein Wunder nach der Nacht im Club. Mit den Fingern ordnete sie ihr wirres blondiertes Haar. Erst dann nahm sie sich den Stapel mit der Post vor.

Mit zitternden Fingern riss sie den grauen Briefumschlag auf und las. Sekunden später erreichte die Erkenntnis ihr noch lahmes Hirn. »Nein!«, flüsterte sie. »Scheiße, nein!«

Tom

Tom holte seine Post um halb zwölf aus dem Briefkasten. Persönlich, als er vom Brötchen- und Zigarettenholen zurück nach Hause kam. Wer hätte es auch sonst machen sollen?

Tom war seit Jahren Single. Obwohl er als angesehener Zahnarzt und Nachfolger seines Vaters in der renommierten Meerbuscher Praxis hervorragend verdiente und sich äußerlich einigermaßen gut gehalten hatte, von der Glatze mal abgesehen, hatte er keinen großen Erfolg bei Frauen. Inzwischen war er zum eingefleischten Junggesellen geworden, dem sporadische, unverbindliche Affären genügten. Verliebtheit kannte er nur aus der Jugend, doch die Beziehung zu seiner ersten Liebe war nach jener Nacht mit ihren katastrophalen Folgen natürlich in die Binsen gegangen.

Tom schaltete sofort, als er den grauen Umschlag in Händen hielt. Der sah genauso aus wie der letzte. Noch im Aufzug öffnete er ihn und überflog den kurzen Text. Oh nein, das war sein Untergang!

Er versuchte, Ruhe zu bewahren, als er aus dem Aufzug stieg und die Tür zu seiner Maisonettewohnung aufschloss. Einhundertvierzig Quadratmeter und doch kein sicheres Schlupfloch mehr. Hastig kramte er in der mittleren Schublade des hochglanzlackierten Sideboards nach dem Dope und der Pfeife. Kiffen würde ihn beruhigen. Vielleicht würde er danach wissen, was zu tun war, wenn es überhaupt irgendwas gab, was er tun konnte, außer zu gehorchen.

Er warf sich auf seine elfenbeinweiße Designerledercouch, stopfte die Pfeife und rauchte gierig. Dann ließ er die Gedanken schweifen.

Tina und der Dicke hatten tatsächlich recht gehabt. Derjenige, der an die Unterlagen gekommen war, gebärdete sich bei Weitem nicht so gnädig und bescheiden wie Matthias Hellmann. Von dem waren in den vergangenen achtzehn Jahren nur sehr selten und dann kleine Forderungen gekommen. Überhaupt hatte es eine Zeitspanne von acht Jahren gegeben, in der absolute Funkstille herrschte. Sie hatten schon geglaubt, es für alle Zeit überstanden zu haben. Bis zum Jahr 2006, da hatte Matthias plötzlich jedem der drei wieder einen Brief geschickt, den letzten vor seinem Tod, wie sich vorgestern auf dem Friedhof herausgestellt hatte. Die mickrigen zweitausend Euro hatte Tom natürlich ohne Probleme verschmerzen können. Genau wie Tina und der Dicke. Geradezu lächerlich.

Na, die schönen Zeiten waren vorbei, und sie hatten gar nicht gewusst, wie gut sie es gehabt hatten. Jetzt das! Das war der finanzielle Ruin. Auch für die anderen höchstwahrscheinlich, denn Tom bezweifelte keine Sekunde, dass der Dicke und Tina heute die gleiche Forderung erhalten hatten. So hatte es Hellmann stets gehalten, und der neue Erpresser verfuhr genauso, was sein erster Brief mit der Forderung von fünftausend Euro von vor ein paar Wochen bewiesen hatte.

Tom schloss die Augen. In einem Anflug von Galgenhumor stellte er sich vor, wie Tina und der Dicke ihre Briefe lasen. Tina würde ausrasten vor Wut, das war klar. Er musste grinsen, als er sie vor seinem inneren Auge sah, eine Furie mit gerauftem Haar, Hass in den zusammengekniffenen Augen und gefletschten Zähnen. Verzweiflung gab es für sie nicht, nur Raserei und Rache. Oh, es tat gut, sich das auszumalen. Tina würde sich diese Unverschämtheit, wie sie den Drohbrief nennen würde, nicht gefallen lassen und dem Ganzen einen Riegel vorschieben wollen. Dafür hatte sie ja schon auf dem Friedhof plädiert.

Dann war in Toms angenehm benebeltem Kopf der Dicke an der Reihe. Tom überlegte, wie er reagieren würde. Eindeutig mit kalter Wut. Mit Sorgfalt und Kalkül würde der Dicke an das Problem rangehen. Keinen Moment lang würde der sich geschlagen geben. Tom beruhigte sich langsam. Er war froh, derart entschlusskräftige Freunde zu haben. Tief atmete er durch, bevor er den Erpresserbrief in winzig kleine Schnipsel zerriss und sie in der Toilette hinunterspülte. Nur keine unnötigen Spuren hinterlassen, hatte er die Warnungen des Dicken noch von den anderen Malen im Ohr. Stell dir vor, deine Putzfrau findet so ein Schreiben. Das könnte unser Untergang sein.

Tom betrachtete den Strudel in der Kloschüssel und lauschte dem Rauschen der Spülung, bis er sich entschließen konnte, zu frühstücken.

Der Dicke

Die Reaktion des Dicken war genau so, wie Tom sie sich vorgestellt hatte. Ungläubig las er den Brief. Es war Mittag, halb eins.

In seinem kleinen Dorf kurz vor Heinsberg kam die Post immer spät, denn der Briefträger war eher einer von der gemütlichen Truppe.

Jetzt nahm sich der Dicke den Brief noch einmal vor, dann ein drittes Mal. Eiskalter Hass stieg in ihm auf. Er hatte gewusst, dass dieses Schwein dreister werden würde. Schon beim ersten Schreiben hatte er die Gefahr gewittert. Ihm war auch, anders als den beiden anderen, direkt klar gewesen, dass Hellmann auf keinen Fall der Verfasser sein konnte. Aber wer dann?

Der Dicke lehnte sich in seinem Schreibtischsessel zurück und dachte konzentriert nach. Zwei wertvolle Hinweise enthielt der infame Wisch. Im Geiste zitierte er die entsprechende Textstelle, sie hatte sich bereits in sein Gedächtnis eingebrannt.

»… dass ich weiß, was ihr auf der Fichtenlichtung im Wald hinter dem Wibo getan habt.«

Der Dicke legte den Kopf in den Nacken und starrte an die weiß getünchte Decke zwischen den Eichenbalken. »Dich krieg ich, du Ratte!«, flüsterte er tonlos. »Ich bin schon nah dran.«

Zweihunderttausend Euro? Was bildete sich diese Bazille ein? Er griff zum Handy.

Chris

Chris Schelsens Samstag begann mit einem dicken Kopf und jeder Menge Ärger. Susanne rief an. Und er war zu blöd und zu verpennt, um den Anruf zu ignorieren. Stattdessen musste er sich anschnauzen und herunterputzen lassen ohne eine Chance, irgendetwas erwidern zu können. Denn sie ließ ihn einfach nicht zu Wort kommen.

So saß er in Unterhose in seinem durchgesessenen Sessel und pulte mit dem Finger in dem Loch seiner Socke herum, während er notgedrungen zuhörte. Ihr Keifen tat ihm in den Ohren weh. Irgendetwas von Reparaturkosten faselte sie, teuren Winterreifen und verbogenen Felgen. Meine Güte, dachte die Schnepfe denn nur ans Geld?

»Vielleicht könnte ich bei der Gelegenheit mal kurz mit Jan

oder Lisa sprechen?«, fragte er endlich liebenswürdig, sobald ihr die Puste ausgegangen war. Da legte sie auf.

Nele

Sie gönnte sich den Luxus, bis zehn Uhr im Bett liegen zu bleiben. Samstags arbeitete sie nie im Buchladen, da sie sich den Tag für Wochenendseminare in Englisch oder »Deutsch als Fremdsprache« frei hielt, die sie ab und zu an der Volkshochschule leitete. Aber heute hatte sie frei.

Sie duschte genüssliche zwanzig Minuten lang, föhnte ihr glattes dunkles Haar, bis es seidig glänzte, schminkte sich um die braunen Augen herum und schlüpfte in warme Klamotten. Dann erst frühstückte sie. Den wärmenden Kaffeebecher in den Händen, sah sie aus dem Küchenfenster in den grauen Novembermorgen. Nach ihrem halbstündigen Telefonat mit Marc gestern Abend hatte sie sich für ihre Recherchen einen strikten Tagesplan auferlegt. Ohne den käme sie nur in Versuchung, ihr Vorhaben aufzuschieben.

Heute Morgen durfte sie sich zunächst einer Gnadenfrist erfreuen: Erst war der Einkauf bei Aldi dran, dann ein Besuch bei Ikea in Kaarst. Nele brauchte eine neue Nachttischlampe. Danach würde sie das Auto auftanken und am Schluss ihre samstägliche Stippvisite bei Andrea im Antiquitätenladen machen. Wieder zu Hause, so gegen sechzehn Uhr, stand der Anruf bei Nicole Hellmann an. Schon jetzt hatte sie Angst davor.

Auf dem Parkplatz unmittelbar vor »Andis Antiquitäten« im Gewerbegebiet Kaarst-Ost waren jede Menge Plätze frei, als Nele mit ihrem bis unters Dach bepackten Auto ankam. Es war also nicht viel los bei Andrea. Sie würden ungehindert quatschen können.

Nele war gestresst. Die Menschenmassen, die sich träge mit Kind und Kegel durch Ikea geschoben hatten, waren der reinste Hindernislauf gewesen. Kreuz und quer stehende Einkaufswagen in den Gängen zwischen den Auslagen der Markthalle sowie die endlosen Schlangen an den Kassen taten ihr Übriges, um zu verhindern, dass Nele zügig aus dem Einrichtungshaus rauskam. Zu allem Überfluss hatte sie natürlich keine passende Nachttischlampe gefunden, stattdessen eine Zimmerpflanze, vier trendige Tischsets, einen weihnachtlichen Tischläufer, pinke Bettwäsche für Anne und eine Hunderterpackung Teelichter.

Nie wieder am Samstag zu Ikea, schwor sie sich, als sie Andreas Ausstellungshalle betrat. Sofort stieg ihr der Geruch von Möbelpolitur, Honigwachs und altem Holz in die Nase. Hier schien die Zeit stehen geblieben zu sein; ein krasser Gegensatz zum schwedischen Möbelhaus. Dicht an dicht reihten sich alte Buffets, Kleiderschränke, Kommoden, Chaiselongues, Esstische mit steifen Stühlen und gemütliche Ohrensessel. Die Möbel bildeten, Rücken an Rücken gestellt, schmale Gassen, durch die man schlendern konnte. Zwischendrin hatten Andrea und ihr Mann Rainer kuschelige Inseln aus Sitzgruppen mit alten Sofas und Sesseln geschaffen, die zwar auch verkäuflich waren, aber ebenso gut zum Ausruhen einluden.

Rechter Hand in der Lagerhalle gab es eine Verkaufstheke und dahinter, nur für Personal, ein kleines Büro mit zwei Computern, Telefon und Faxgerät auf einem überquellenden Schreibtisch. Dort befanden sich auch einige altertümliche Küchenelemente mit Kühlschrank, Mikrowelle und Kaffeemaschine sowie ein uralter gusseiserner Herdofen, der zum Kochen und Heizen genutzt wurde. Vier wackelige Sessel, gruppiert um einen Nierentisch, rundeten das Gesamtbild von Behaglichkeit und Durcheinander ab.

Andrea befand sich im Gespräch mit einem älteren Ehepaar, das sich für eine verschnörkelte Eichentruhe interessierte. Nele grüßte mit einem Winken und huschte ins bullig warme Büro. Wohlig aufseufzend, saß sie bald mit einem dampfenden Becher Kaffee in Händen da. Fünf Minuten später folgte Andi.

»Und? Hast du die Truhe verkauft?«

Die Freundin nickte und grinste zufrieden. »Ja, und gleich noch zwei Nachttischchen und eine Gründerzeitvase. Dieses Pärchen hat alles, was ich bei meinen Kunden mag: Geld und Geschmack. Bestimmt kommen die noch mal wieder. Ich habe gesehen, wie die Frau ein Auge auf die Eichenkommode in Gang drei geworfen hat.«

Sie ging zur Kaffeemaschine und bediente sich. Dann ließ sie sich ächzend in einen Sessel fallen und fuhr sich mit der freien Hand durch das kurze blonde Wuschelhaar. Andrea war eine große, breitschultrige Frau, die mit den Jahren kräftiger und ein bisschen füllig um Hüften und Busen geworden war. Nur ihre Beine und ihr Po waren schlank und fest wie eh und je. Sie hatte breite, sehnige Hände, denen man die körperliche Arbeit ansah, und ein spitzbübisches, sommersprossiges Gesicht.

Die beiden Freundinnen hatten schon zu Schulzeiten sehr verschieden ausgesehen. Nele war mit ihren knapp ein Meter achtundsechzig deutlich kleiner und bildete mit dunklem Haar, dunklen Augen und der klassisch geraden Nase einen auffälligen Kontrast zu Andreas nordischem, burschikosem Typ. Römerin und Germanin, hatten die Freundinnen gescherzt, als sie im Geschichtsunterricht beim »Römischen Reich« angekommen waren.

»Wo ist Rainer heute?«, fragte Nele.

»Bei einer Haushaltsauflösung in Duisburg. Die verstorbene alte Dame, die die Wohnung seit fünfzig Jahren bewohnt hat, hat zeit ihres Lebens dieselben Möbel gehabt, hauptsächlich Erbstücke. Ich bin mal gespannt, was er mitbringt.« Andrea nahm einen großen Schluck Kaffee. »Und du? Sind die Kinder bei Frank, während du es dir mit Marc so richtig gut gehen lässt?«

Nach anfänglicher Skepsis bezüglich Neles neuem Lebenspartner, die noch aus der Schulzeit herrührte, hatte Andrea ihr Urteil inzwischen revidieren müssen und freute sich aufrichtig für ihre Freundin.

Nele zögerte. »Na ja, gestern Abend haben wir uns zumindest nicht gesehen. Ich hatte was anderes vor.«

»Aha, was denn?«

»Mmm … ich weiß nicht, ob ich es dir überhaupt erzählen soll. Es hat mit Matthias zu tun … und ich kenne doch deine Einstellung zu diesem Thema.«

Nele sah Andrea skeptisch an. Die war oft so gnadenlos. Wer es sich einmal mit ihr verscherzt hatte, bekam kaum eine Chance, je wieder in ihrer Gunst zu steigen. Und Matthias war ein rotes Tuch für sie gewesen. Trotzdem hatte Nele das dringende Bedürfnis, mit jemandem über die mysteriöse Begegnung auf dem Friedhof und ihre Pläne zu sprechen.

»Matthias Hellmann ist seit über einem Jahr tot. Was könnte es da Neues geben?« Andrea war erstaunt.

»Ach …« Immer noch zauderte Nele. Aber dann holte sie tief Luft und legte los. Sie fing mit dem Friedhofsbesuch am Donnerstag an und endete mit ihren Internetrecherchen von gestern Abend.

Andrea starrte sie fassungslos an. »Seit wann bist du zur Miss Marple mutiert? Meinst du nicht, dass du total übertreibst? Aber das hast du, ehrlich gesagt, schon immer getan, wenn es um diesen Typen ging. Wenn ich allein an den Schock denke, als ich '88 aus dem Ferienlager zurückkam, um dir zu erzählen, dass ich die Schule wegen der Tischlerlehre schmeiße. Meine Güte! Da kamst du mit der Neuigkeit, dass du mit diesem Assi zusammen bist. Du siehst doch, was es dir gebracht hat. Nichts als Ärger! Jetzt geht das wieder los … Lass die Finger von solchen Leuten! Der Typ hat jemanden erpresst, na und? Ich finde das nicht weiter erstaunlich – und auch nicht, dass er an seinen Drogen verreckt ist. Wenn du in diesem Dreck rumwühlst, begibst du dich nur selbst in Gefahr, so wie damals!«

»Es war damals nicht alles schlimm«, hielt Nele automatisch dagegen. »Und Matthias ist kein schlechter Mensch gewesen. Und schon gar kein Erpresser. Das passt einfach nicht zu ihm. Dazu war er viel zu ehrlich.«

Andrea lachte freudlos auf. »Ich wüsste nicht, warum ehrliche Menschen dauernd im Knast landen sollten. Mensch, Nele, mach dir doch nichts vor. Es ist zwar traurig, dass Hellmann jung sterben musste, da gebe ich dir ja recht. Bring ihm meinetwegen auch Blümchen ans Grab, aber mach ihn bitte nicht nachträglich zum Heiligen.« Sie unterbrach sich, um die Ohren zu spitzen. »Moment, ich hab den Türsensor gehört. Ich schau eben nach, ob noch Kunden gekommen sind!«

Und schon sprang sie auf und lief mit langen Schritten aus dem Büro. Nele blieb allein zurück, wütend und verletzt. Hätte sie Andrea besser mal nichts erzählt. Und während sie hörte, wie die Freundin in der Halle ihr Kundengespräch führte, erinnerte sie sich an die Zeit, als alles begonnen hatte …

Sie lernten sich im Sommer 1988 kennen. Es war das Jahr, in dem Schulterpolster in Mode kamen, sich junge Frauen in engen schlauchförmigen Minikleidern aus Stretch in der Disco präsentierten und in dem man Cowboystiefel liebte. Im Frühjahr liefen Filme wie »Die unerträgliche Leichtigkeit des Seins« und »Eine verhängnisvolle Affäre«. Es war ebenfalls 1988, als Bobby McFerrin einen Hit mit »Don't Worry, Be Happy« landete, Guns N' Roses ihre Single »Paradise City« und die Ärzte »Westerland« herausbrachten.

Außerdem atmete 1988 die gesamte Welt auf, als es endlich zum Friedensschluss zwischen Iran und Irak kam. Der Golfkrieg war vorbei. Auch West- und Ostmacht näherten sich an, denn dank Michail Gorbatschow waren Glasnost und Perestroika zu stehenden Begriffen geworden. Neues, Verheißungsvolles lag in der Luft.

Für Nele Liebert war 1988 das Jahr, in dem sie ihr Leben erstmals neu ordnen musste. Seit 1984, mit gerade vierzehn, war sie mit Jörg, einem Nachbarsjungen, zusammen gewesen. Sex und Zärtlichkeit hatten in dieser Beziehung keine Rolle gespielt. Sie waren auch nie wirklich verliebt gewesen. Zuverlässigkeit und Gewohnheit hatten dominiert. Sie bildeten eine unzertrennliche Einheit und hielten sich aneinander fest, still und introvertiert, wie sie waren.

Anfang 1988 kam es zur Entfremdung, als Jörgs Familie nach Düsseldorf zog und er auf ein dortiges Gymnasium wechselte. Schnell merkten sie, dass sie durchaus ohne den anderen zurechtkamen, und das sehr gut. Bald brach der Kontakt zwischen ihnen ganz ab.

Nele unternahm im Frühjahr und Frühsommer viel mit ihrer Freundin Andrea. Beide ließen sich die langen Haare stufig schneiden, färbten mit einer Packung aus dem Drogeriemarkt Strähnchen hinein, besuchten Neusser und Düsseldorfer Diskotheken, versuchten sich in Fitness und Joggen, schlürften Piña

Coladas in einer Cocktailbar in der Düsseldorfer Altstadt, gingen zum Baden und Bräunen an den Kaarster See und abends ins Kino. Kurzum, sie genossen das Leben als gerade volljährig gewordene Singles in vollen Zügen.

Dann begannen die Sommerferien. Andrea fuhr in ein Ferienlager nach Spanien, und Nele meldete sich bei einer Fahrschule in der Neusser Innenstadt an. Zu ihrem Geburtstag im Juni hatte sie von Eltern, Großeltern und ihrem älteren Bruder Geld für den Führerschein bekommen. Sie hatte sich vorgenommen, die theoretischen Unterrichtsstunden innerhalb der nächsten Wochen hinter sich zu bringen, die theoretische Prüfung noch in den Sommerferien zu absolvieren und mit den Fahrstunden zu beginnen. Ein ehrgeiziges Ziel, denn: Womit sie nicht gerechnet hatte, war die tödliche Langeweile, die sie in jeder Theoriestunde ergriff. Während die Sonne durch die schmierigen Fenster schien und zum Baden am See verlockte, musste sie hier in der ersten Etage der Fahrschule im stickigen Unterrichtsraum hocken, mit Fahrschülern zusammengepfercht, die entweder wie Nele vor Langeweile gähnten und Bildchen auf ihre Unterlagen kritzelten oder nervtötende, sinnlose Fragen stellten.

Der Fahrlehrer, der die Stunden hielt, war mit knapp sechzig Jahren nicht mehr der Jüngste und nuschelte die ganze Stunde lang in derselben eintönigen Stimmlage vor sich hin. Sein eigener Unterricht mit Themen wie »Rechts vor links«, »Bremswegberechnung« und »Alkohol am Steuer« schien ihn zu langweilen. Dauernd linste er zur Wanduhr hinüber und war heilfroh, wenn die Zeit vorbei war. Vor Beginn ihrer vierten Theoriestunde, kurz vor achtzehn Uhr, suchte Nele verzweifelt nach einem Ausweg, um der Langeweile zu entgehen. Längst hatte sie beschlossen, dem Unterricht nicht mehr zu folgen, sondern einfach zu Hause die Theoriebögen und das Begleitbuch über »das Verhalten des Pkw-Fahrers im Straßenverkehr« durchzuackern. Leider benötigte man eine gewisse Anzahl von Theoriestunden, um zur Prüfung und zum praktischen Unterricht zugelassen zu werden, und die musste man auf einer Unterschriftenliste, die auf dem Pult des Lehrers auslag, bestätigen.

An diesem Dienstag beobachtete Nele, die auf ihrem Stuhl in

der dritten Reihe hockte und die Blicke schweifen ließ, während immer mehr Fahrschüler den Raum betraten und sich einen Platz suchten, einen seltsamen Vorgang:

Zwischen den Ankommenden entdeckte sie Matthias Hellmann. Natürlich wusste sie, wer er war, und sie mied ihn, wo es ging. Hatte sie sich zum Beispiel gerade ein Eis in der Eisdiele im Kaarster Zentrum gekauft, war klar, dass sie um die beiden über Eck stehenden Parkbänke auf der kleinen Grünfläche an der Maubisstraße besser einen Bogen machte, wenn die Clique um Matthias und Jens dort herumhing, trank, rauchte und pöbelte. Ansonsten erntete man schräge Blicke, anzügliche Kommentare oder Beleidigungen.

Nele hatte Matthias noch nie hier in der Fahrschule gesehen, wusste nicht, dass er überhaupt angemeldet war, und wunderte sich darüber, dass er in seinem Alter offensichtlich noch keinen Führerschein besaß. Ihrer Schätzung nach musste er mindestens zwanzig sein. Er trug Jeans und T-Shirt, war schlank und muskulös und bewegte sich lässig. Selbstbewusst und provozierend trug er seine Tätowierungen zur Schau, die beinahe lückenlos beide Arme bedeckten. Er war braun gebrannt, sein dunkelblondes Haar ringelte sich verschwitzt im Nacken, und Nele stellte erschrocken fest, dass sie ihn gut aussehend fand.

Gerade schlenderte er zum Pult mit der Unterschriftenliste, wartete, bis er an die Reihe kam, unterschrieb, schaute sich prüfend um und wanderte dann gemächlich zum Hinterausgang des Raumes, wo er schließlich im Flur verschwand. Wollte er zum Klo? Offensichtlich nicht, denn er kehrte bis zum Ende der Stunde nicht zurück. Und keinem außer ihr war es aufgefallen! Matthias hatte sich erfolgreich um den Unterricht herumgemogelt.

»Respekt!«, seufzte sie neidvoll und packte ihre Unterlagen zusammen.

Zwei Tage später wiederholte sich das Spiel. Wieder erschien Matthias kurz vor Beginn mit dem Pulk der anderen Fahrschüler. Wieder unterschrieb er auf der Liste, und wieder setzte er sich Richtung Toilette ab. Den gleichen Trick vollführte er am Dienstag der nächsten Woche. Nele bewunderte seine Dreistigkeit. Erneut leistete Matthias seine Unterschrift und peilte die Toilette an. Diesmal jedoch warf er Nele vorher einen Blick zu. Auffordernd zog er eine Augenbraue hoch, wies mit der Andeutung eines Kopfnickens in den hinter ihm liegenden Flur, drehte sich um und verschwand. Nele errötete. Das Angebot war verlockend. Draußen lachte die Sonne. Aber es war auch riskant, nicht etwa weil sie Angst hatte, vom Fahrschullehrer erwischt zu werden. Ihr würde schon eine Ausrede einfallen. Aber mit einem Typen wie Matthias in irgendeiner Form Kontakt aufzunehmen, war eine andere Sache.

Wahrscheinlich war der schon längst weg, spekulierte sie. Sie nahm allen Mut zusammen, atmete tief durch, packte Stift und Block in ihre Tasche, stand, ohne sich umzublicken, auf und trat in den dunklen Flur.

Nele verharrte unsicher im Halbdunkel. Wo ging es hier raus? Sie tappte ein paar Schritte nach links, weiter in den Korridor hinein. Rechts lagen Damen- und Herrenklo. Dahinter führte der Gang um die Ecke. Versuchsweise wagte sie sich weiter vor, machte schemenhaft mehrere Brandschutztüren aus. Sie drückte die Klinke der ersten hinunter. Abgeschlossen. Sie probierte es mit der nächsten. Wieder nichts. Die dritte Klinke gab nach. Nele öffnete die Tür einen Spalt weit und schlängelte sich durch. Grelles Sonnenlicht, das in das vor ihr liegende Treppenhaus fiel, blendete sie.

»Hi«, sagte jemand mit spöttischer Stimme. »Auch endlich da?« Er lehnte mit verschränkten Armen kaugummikauend an der Wand gegenüber und grinste von einem Ohr zum anderen. »Ich dachte schon, du traust dich nicht!«

Sie spürte, wie sie errötete, fasste sich ein Herz und schaute direkt in seine grauen Augen. »Nun bin ich ja hier. Nicht schlecht, dein Trick mit der Hintertür. Danke für die Rettung.«

Er lachte. »Kein Problem! Komm, lass uns abhauen.«

Er stieß sich von der Wand ab und lief leichtfüßig die Treppe hinunter. Nele folgte ihm, bis sie draußen auf dem Bürgersteig standen, zwar plötzlich von Stadtmief und Straßenlärm der Neusser Hauptgeschäftsstraße, aber auch von lauer Sommerluft und dem Wind der Freiheit umweht.

»Bock auf ein Bier?« Matthias betrachtete sie anerkennend von unten nach oben, bis sein Blick in ihren braunen Augen hängen blieb.

Nele wurde ganz heiß. Wie konnte sie sich jetzt rausreden? Und wollte sie das überhaupt? Sie schluckte nervös. »Okay. Ich hab ja noch Zeit, bis mein Bus kommt.«

»Gut!« Er lächelte sie zufrieden an. »Auf geht's.«

Zielstrebig führte er sie über Krefelder und Niederstraße mit den in der Mitte verlaufenden Straßenbahngleisen und den Geschäften links und rechts, am Kaufhof und an den davor herumlungernden Punks vorbei, an der Fassade des Gloria-Kinos entlang, bis er rechts in die Sebastianusstraße Richtung Hamtorwall abbog. Nele ahnte, wohin es ging. Und wirklich, bald standen sie vor einer Eckkneipe, aus deren weit geöffneten Fenstern gerade Billy Idols »Sweet Sixteen« herüberwehte. Matthias öffnete die Eingangstür und hielt sie Nele auf.

Drinnen mischte sich miefiger Zigarettenqualm mit einem Hauch von Sommer zu einer trägen Mischung. Sonnenstrahlen ergossen sich über die Sitzecken an der Fensterfont und reflektierten sich im großen Wandspiegel. An der im Schatten liegenden Theke hingen ein paar Gestalten herum; ansonsten war um die Tageszeit nicht viel los. Matthias begrüßte den bärtigen Mann hinter der Theke mit Handschlag.

»Hi, Mattes«, tönte der mit tiefer Stimme, »alles klar?«

»Sicher, Günther, wie immer. Machst du uns zwei Pils?«

»Wird gemacht!« Der Wirt musterte Nele vielsagend, grinste sie mit gelben Zähnen an und hielt in Matthias' Richtung den Daumen in die Höhe. Dann zog er an seiner Zigarette, die in einem überfüllten Aschenbecher vor sich hin gequalmt hatte, bevor er zur Zapfanlage schlurfte.

Nele war die Situation furchtbar peinlich. Auch hatte sie Sorge, schon wieder zu erröten. Doch Matthias nahm ihr die Befangenheit, indem er sie zu einem Fensterplatz lotste und ihr ein »Mach dir nichts draus. So ist der Günther halt. Nicht ernst nehmen!« zuraunte.

Bald hatten sie beide ein kühles Bier vor sich. Nele trank tapfer kleine Schlucke davon. Sie mochte, wenn überhaupt Alkohol, dann nur Sekt oder Cocktails. Na ja, wenigstens war das Getränk schön kalt. Nervös hielt sie ihr Glas mit beiden Händen fest; die nackten Arme lagen auf der blank geschrubbten Tischplatte.

Matthias rauchte und trank und wirkte unverkrampft.

»Gib zu, hier zu sitzen ist echt besser, als in der öden Fahrschule rumzuhocken, oder? Oder bereust du, dass du mitgekommen bist?«

Nele schüttelte den Kopf. »Nein, es ist auf jeden Fall angenehmer, als da drüben vor Langeweile fast zu sterben. Wie lange bist du denn schon angemeldet? Ich hab dich letzte Woche Dienstag das erste Mal da gesehen.«

»Seit ein paar Wochen schon. Aber zuerst bin ich Montag und Mittwoch gegangen, da fangen die Stunden schon um drei an. Das schaff ich wegen meines neuen Jobs nicht mehr, deshalb gehe ich jetzt Dienstag und Donnerstag um sechs.«

»Ah so. Was ist das denn für ein Job, den du hast?« Sie musste feststellen, dass sie Matthias sympathisch fand.

»Ach, nix Besonderes. Auf dem Bau halt. Handlangerarbeit, Steine schleppen und so. Aber besser als nichts und nicht schlecht bezahlt. Und mein Bewährungshelfer ist zufrieden.« Matthias sah sie schief an. Nele kam es vor, als habe er einen Testballon gestartet.

»Okay.« Sie versuchte, den Brocken zu verdauen, indem sie weiterfragte: »Und wie kommt es, dass du noch keinen Führerschein hast? Du bist doch schon über zwanzig, oder?«

»Kein Bock, kein Geld und keine Gelegenheit«, gab er trocken zurück, indem er alle drei Punkte an den Fingern abzählte. »Ich war ein Jahr weg vom Fenster, im Knast brauchst du keinen Führerschein, und vorher waren auch unruhige Zeiten«, ergänzte er freimütig. »Aber jetzt wird alles besser. Ich werde übrigens im November schon einundzwanzig. Und wie alt bist du? Achtzehn?«

»Genau. Im Juni achtzehn geworden. Zum Geburtstag habe ich das Geld für den Führerschein geschenkt bekommen.«

»Da hast du's ja ganz schön gut. Was arbeitest du denn? Machst du eine Lehre?«

»Nee.« Sie blinzelte erstaunt und schämte sich auf einmal für ihr privilegiertes Leben. »Nein, ich … ich gehe noch zur Schule. Nächstes Jahr mach ich mein Abi.«

»Ach, so eine bist du also. Wer hätte das gedacht?« Plötzlich beäugte er sie wie eine besonders seltene Spezies. »Auf welche Schule gehst du denn?«

»Wilhelm-Busch-Gymnasium in Kaarst.«

»So ein Zufall.« Matthias leerte sein Bier und sah sie nachdenklich an. »Mit Typen von da hatte ich mal geschäftlich zu tun. Letztes Jahr, bevor ... ach egal. Nimmst du auch noch eins? Hast wohl ganz schön Durst?«

Verblüfft stellte sie fest, dass sie ihr Glas tatsächlich ausgetrunken hatte. »Okay, warum nicht?« Schließlich wollte sie nicht als Spießerin dastehen.

Beim nächsten Bier gingen sie schon viel vertrauter miteinander um. Immer öfter wagten sie einen Blick in die Augen des anderen, kamen zunächst auf das unverfängliche Thema Fahrschule zurück und tauschten sich anschließend über Kaarster und Neusser Örtlichkeiten, die sie beide kannten und besuchten, aus. Matthias ging auch gern am Kaarster See schwimmen oder in Neuss ins Kino. Und auch er joggte manchmal im Vorster Wald. Er mochte die Pizza vom Pizzatürmchen an der Friedrichstraße in Neuss ebenso wie sie, und es störte ihn genauso, dass man aus Kaarst so schlecht wegkam, weil die Busse zu selten fuhren. Dann landeten sie beim Thema Musik und freuten sich, noch mehr Gemeinsamkeiten festzustellen. Kommerzielle Popmusik war einfach nicht ihr Ding, dann eher schon Hardrock. Irgendwann, recht spät im Verlauf des Abends und beim vierten Bier, fragte er sie endlich nach ihrem Namen.

»Nele«, ließ er das Wort leise auf der Zunge zergehen. »Hört sich niedlich an. Ich bin Matthias.«

»Ja, ich weiß«, hauchte sie und verlor sich in den Tiefen seiner schiefergrauen Augen. Der Alkohol hatte sie mutig gemacht, sie fühlte sich leicht und hatte ein Prickeln im Bauch. Und daher hielt sie ihre Hand auf dem Tisch auch ganz ruhig, als er zart mit dem Finger darüberstrich. Bald saßen sie händchenhaltend da und betrachteten sich gegenseitig fasziniert. Irgendwann zahlte Matthias, und sie gingen Arm in Arm zur Bushaltestelle.

Der Himmel war sternenklar, die Luft kühl auf der nackten

Haut, während die Nähe des anderen wärmte. Im Gras des Grünstreifens zirpte eine Grille. In dieser Sommernacht hätte die Welt nicht schöner sein können.

Als Andrea in ihr Büro zurückkehrte, saß Nele mit verträumtem Gesichtsausdruck da. Dann erinnerte sie sich an die Reaktion ihrer Freundin von vorhin und wurde wieder bockig. Andrea seufzte, schenkte sich Kaffee nach und ließ sich in ihren Sessel plumpsen. »So, Feierabend für heute!«

Nele schwieg. Inzwischen war sie richtig sauer. Mit welchem Recht urteilte Andrea dermaßen gnadenlos? Nie hatte sie Matthias von der Seite kennengelernt, die er ihr gezeigt hatte, und die war weich und zärtlich gewesen. Egal, was damals gegen Ende der Beziehung passiert war, Andrea hatte doch keine Ahnung. Und überhaupt, von ihrer besten Freundin erwartete sie sich mehr Verständnis.

Sie rief sich noch einmal die Friedhofsszene ins Gedächtnis, erlebte noch einmal die Verachtung der beiden Fremden für Matthias und spürte mehr denn je den unbändigen Drang, herauszufinden, was diese Leute verbrochen hatten, um damit erpresst zu werden. Was hatte Matthias über sie in Erfahrung gebracht und wie und wann? Warum hatte er sterben müssen? Nele konnte Andreas Desinteresse an der Geschichte nicht begreifen. Wütend knallte sie die leere Tasse auf den wackeligen Couchtisch und machte Anstalten, aufzustehen.

Die Freundin runzelte die Stirn und hielt sie am Arm zurück. »Moment mal …«

»Nee, ich möchte jetzt wirklich nach Hause. Die Lebensmittel müssen in den Kühlschrank.« Nele befreite sich vom Griff der Freundin und erhob sich.

»Mensch, Nele. Tut mir leid, dass ich so grob war. Ich hab einfach nur Angst, dass du dich in etwas reinsteigerst, was du nicht kontrollieren kannst. Wer weiß, vielleicht sind diese Typen vom Friedhof richtig gefährlich? Wenn sie mit irgendeiner dubiosen Sache erpressbar sind, dann haben sie auf jeden Fall etwas Illegales getan. Und falls du herausfindest, was, begibst du dich in die gleiche Gefahr wie Matthias. Das kannst du doch nicht wollen!

Ist ein Toter dir das wirklich wert? Das macht ihn doch auch nicht wieder lebendig.«

»Da hast du recht«, erwiderte Nele traurig, aber doch schon wieder ein bisschen besänftigt, und lehnte sich mit dem Rücken an den Türrahmen. »Das macht ihn auch nicht wieder lebendig. Aber …« Sie schluckte. »Ich habe einfach das Gefühl, es ihm schuldig zu sein.«

Dafür erntete sie ein verwirrtes Stirnrunzeln von Andrea. »Ich verstehe dich nicht.«

»Ach Andi, ich kann es dir selbst nicht erklären. Aber auf dem Friedhof und auch später in der Nacht, als Marc neben mir schlief, kamen Empfindungen in mir hoch, wie ich sie seit zwanzig Jahren nicht mehr gehabt habe. Die waren genauso intensiv, als wäre ich gerade wieder achtzehn und frisch verliebt. Matthias war meine erste große Liebe, du weißt das. Und als alles vorbei war und ich dachte, er sei das größte Arschloch auf Erden, bin ich für ein Jahr nach England geflüchtet, ohne noch einen Gedanken an ihn zu verschwenden.«

Andrea warf ungeduldig ein: »Genau, und dann hast du in London Knall auf Fall Frank kennengelernt, von dem du später behauptet hast, *er* sei die Liebe deines Lebens!«

»Was ich auch gar nicht abstreite.« Andrea hatte manchmal so eine moralisierende Art an sich, die einfach nur nervte. »Aber fest steht, dass mir die Sache noch nachhängt. Ich habe das alles nie wirklich verarbeitet, sondern immer nur verdrängt. Und egal, was du denkst, für mich war Matthias jemand ganz Besonderes. Und der Auslöser für die Trennung hat sich später als falsch herausgestellt. Er hatte nichts damit zu tun, und ich habe ihn trotzdem abgeurteilt. Ich habe ihn im Stich gelassen. Das ist unverzeihlich!«

»Wer's glaubt, wird selig!« Andreas Kommentar bezog sich auf die angeblich falsche Verdächtigung, aber Nele wischte den Einwand mit einer knappen Handbewegung fort.

»Mir ist gleich, was du glaubst. Ich weiß, was ich weiß. Aber was ich eigentlich sagen will: Unsere Beziehung wäre eh früher oder später auseinandergegangen. Wir wollten zu unterschiedliche Dinge. Und das Ganze ist schon ein halbes Leben her. Aber ich kann es nicht leiden, wenn jemand schlecht über ihn spricht.

Ich muss wissen, was geschehen ist, und auch, wie es zu seinem schrecklichen Tod gekommen ist. Ich kann nicht anders. Wie könnte ich akzeptieren, dass Matthias sich umgebracht hat, während ich gleichzeitig mitbekomme, dass jemand ihm den Tod gewünscht hat? Ich muss einfach etwas unternehmen, begreif das doch!«

»Nun ja, langsam fange ich tatsächlich an zu begreifen«, murmelte Andrea. Dann nickte sie langsam. »Okay, du bist nicht zu bremsen, und ein bisschen verstehe ich dich sogar. Wenn Matthias dich heute hören könnte, würde er sich ganz schön wundern, dass aus dem stillen Mäuschen von damals eine solche Löwin geworden ist. Deine Loyalität ist bewundernswert. Versprich mir aber wenigstens eins: Sei vorsichtig!«

Nele nickte. »Einverstanden. Ich passe auf mich auf.« Sie stieß sich vom Türrahmen ab und umarmte die Freundin fest. »Danke, dass du zumindest versuchst, mich zu verstehen.«

»Keine Ursache. Ein schönes Wochenende noch!«

»Ja, dir auch. Schöne Grüße an Rainer!«

Sie lief zum Auto. Andreas Verständnis gab ihr Auftrieb. Gleich würde sie Matthias' Schwester anrufen.

Bei Hellmann/Schmitz ging keiner ans Telefon. Wie ärgerlich, auf diese Weise ausgebremst zu werden! Vor allem, da Nele ahnte, dass der Elan, der sie gerade antrieb, bald abflauen und der Mut sie verlassen würde. Sie atmete tief durch und wählte die zweite Nummer, die sie sich am Vorabend notiert hatte: Liborski. Das Ergebnis fiel noch niederschmetternder aus: »Dieser Anschluss ist zurzeit nicht vergeben.«

Das konnte doch nicht wahr sein! Gestern noch hatte sie die Nummer im Online-Telefonbuch gefunden. Hatte sie sich etwa verwählt? Sie versuchte es ein zweites Mal und musste sich den gleichen Spruch anhören. Frustriert starrte Nele auf ihre Notizen. Dann dämmerte es ihr.

Sie erinnerte sich daran, wie Matthias und sie sich in jener ersten Nacht an der Bushaltestelle voneinander verabschiedet hatten. Keiner von ihnen hatte gewusst, wie es weitergehen sollte. Unschlüssig standen sie da, küssten sich wieder und wieder und hofften darauf, dass ihre Busse – sie mussten jeder mit einer anderen Linie fahren – möglichst noch lange auf sich warten ließen.

»Und wann sehen wir uns wieder?«, fragte er sie leise.

»Weiß nicht. In der Fahrschule vielleicht?« Sie zögerte.

»Das halt ich nicht aus, viel zu spät!«, flüsterte er, streichelte ihr Haar und ihren Rücken. »Gib mir einfach deine Nummer. Dann rufe ich dich morgen an, okay?« Seine Hände wanderten abwärts.

Nele erschrak. Sie stellte sich augenblicklich vor, wie Matthias Hellmann ihren Vater an der Strippe hatte. Keine gute Idee!

»Du kannst mir ja auch deine geben«, schlug sie stattdessen vor und schämte sich ein bisschen für ihre Feigheit.

»Geht nicht.« Er schüttelte den Kopf und hielt sie auf Armeslänge von sich. »Unsere Leitung ist tot. Der Alte ist mal wieder nicht flüssig genug, um die Rechnung zu bezahlen. Aber sei ehrlich: Sag mir, wenn du mich nicht wiedersehen willst ...«

Er wirkte verletzt, und sie beeilte sich, ihm zu versichern, dass sie sich nichts Schöneres vorstellen konnte, als sich möglichst bald mit ihm zu treffen. Und zum Beweis gab sie ihm dann doch ihre Telefonnummer.

Das waren Zeiten gewesen, so ganz ohne Handys. Die Probleme von damals waren heute kaum mehr vorstellbar. Das ganze Missverständnis hätte es nicht gegeben. Handynummern austauschen, fertig. Und ihre Eltern hätten rein gar nichts mitgekriegt.

Na ja, zumindest ahnte Nele nun, was wohl auch heute den Grund für den stillgelegten Anschluss bei Janek und Maria Liborski darstellte: Geldmangel wie damals.

Also, was tun? Sie schaute auf die Wanduhr über der Wohnzimmertür: kurz nach fünf. Mit Marc war sie für acht verabredet: essen gehen in Mönchengladbach, dann Übernachtung bei ihm in Korschenbroich. Also hatte sie noch Zeit.

Entschlossen schlüpfte sie in die Winterjacke, schnappte sich die Autoschlüssel aus der Schale im Flur und verließ das Haus.

Draußen senkte sich die Dämmerung über einen sowieso düsteren Tag. Der Wind zauste Neles Haar, bevor sie sich ins Auto retten konnte. Im Wagen war es empfindlich kalt. Sie stellte den Motor an und die Heizung hoch und rollte aus der schmalen Einfahrt hinaus auf die Straße. Den Weg zum Wohnblock in Holzbüttgen, in dem Matthias aufgewachsen war, fand sie wie im Schlaf.

Als sie vor dem Haus einen Parkplatz fand und einparkte, kam die Erinnerung einem Déjà-vu gleich. Erst als Nele langsam auf den Betonklotz zuging, registrierte sie die Veränderungen. Das Haus hatte einen dunkleren Anstrich, der an einigen Stellen abbröckelte; laienhafte Graffiti bedeckten die Wände im Erdgeschoss, und der Vorgarten war zugewuchert. Anstatt einer Batterie von Mülltonnen gab es jetzt große Container in Schwarz, Braun, Gelb und Blau für die Mülltrennung, die allerdings offensichtlich nicht funktionierte. Die Container quollen über, und aus dem Papierbehälter lugten verdächtig nach Restmüll aussehende Müllbeutel. Auch auf dem rissigen Betonboden der Entsorgungsecke lag Unrat. Die Lebensbedingungen hatten sich hier wohl eher verschlechtert als verbessert, dachte Nele, als sie auf den Eingang mit der funzeligen Beleuchtung zuging.

Die Haustür mit der gesprungenen Scheibe war nur angelehnt. Nele betrat den Hausflur. Zwei Kinderwagen und ein verrostetes Dreirad waren hier abgestellt worden. Ein Haufen von achtlos hingeworfenen Wurfsendungen und alten Zeitungen breitete sich in einer Ecke aus.

Skeptisch betrachtete Nele die Fahrstuhltür direkt daneben. Nein, die wirkte nicht vertrauenerweckend. Das ehemals olivgrün gestrichene Metall war zerkratzt, bekritzelt und zerbeult, die Leuchtanzeige über der Tür defekt. Der Fahrstuhl sah noch fragwürdiger aus als vor zwanzig Jahren, als Matthias und sie für eine halbe Stunde darin stecken geblieben waren. Und im Unterschied zu damals war heute keiner da, der sie mit Humor und Zärtlichkeit über ihre Panik hinwegtrösten würde.

Bis zur fünften Etage würde sie es auch zu Fuß schaffen. Atemlos oben angekommen, fand Nele mit schlafwandlerischer Sicherheit die richtige der sechs Wohnungstüren. Die zweite links, keine Frage. Zögernd ging sie näher, während ihr Herz laut pochte und sich ihre Kehle zusammenschnürte.

Wieder fühlte sich gewaltsam ins Jahr 1988 zurückkatapultiert.

Sehnsucht und Trauer trieben ihr die Tränen in die Augen. Ihr Magen krampfte sich zusammen. Plötzlich bekam sie Angst vor der eigenen Courage. Was war sie gerade im Begriff loszutreten? Am liebsten wäre sie sofort zurück ins Treppenhaus gehechtet und dann raus an die frische Luft.

Sei kein Feigling, redete sie sich selbst gut zu. Du bist eine gestandene Frau und kein Teenager mehr. Du hast zwei Kinder und stehst mitten im Leben. Und du bist frisch verliebt! Was kann dir die Sache von damals anhaben? Egal, was du heute herausfindest. Egal, wie man dir gegenübertritt. Sie holte tief Luft und drückte auf den Klingelknopf.

Lange geschah nichts. Dann hörte sie schlurfende Schritte und wie sich jemand von innen an der Tür zu schaffen machte. Einen Moment später wurde die Tür geöffnet.

Das Erste, was sie registrierte, war der Gestank. Eine Mischung aus kaltem Zigarettenqualm, Essensgerüchen und Körperausdünstungen quoll ihr entgegen. Und in dieser Sekunde verschwand das Gefühl des Déjà-vu völlig. Das hier hatte nichts mit der Atmosphäre gemein, die diese Wohnung vor zwanzig Jahren gehabt hatte. Hier war etwas ganz entschieden nicht in Ordnung.

Maria Liborski war der Inbegriff einer perfekten Hausfrau gewesen. Das Chaos, das in ihrer Familie tobte, hatte sie mit äußerlicher Ordnung und penibler Reinlichkeit zu bekämpfen versucht. Die Wohnung war stets in einem aufgeräumten und frisch gelüfteten Zustand gewesen, zwar etwas kitschig eingerichtet, aber gepflegt. Nele bekam Angst. Was war hier geschehen?

Die Tür wurde ganz aufgezogen und präsentierte einen engen Flur mit einem alten mageren Mann darin, der sie misstrauisch musterte. Er war kaum so groß wie sie, trug ein fleckiges, löchriges Unterhemd, das über einer verbeulten Jogginghose hing, war barfüßig und sah aus wie eine ledrige Schildkröte.

Nele schluckte. Der Mann kam ihr wie ein Greis vor. Trotzdem war es unbezweifelbar Janek Liborski, der höchstens fünfundsechzig sein konnte. Er wirkte wie eine Karikatur seiner selbst. Jetzt klaubte das Männlein die Zigarette aus seinen Lippen, grinste anzüglich und entblößte eine Mundhöhle mit gelben Zähnen und Zahnlücken.

»Na, das ist ja mal ’ne nette Überraschung! Mit so hübschem Besuch hatte ich heute gar nicht gerechnet.« Sein Atem stank nach Alkohol und Magensaft. Die brüchige Stimme wurde von einem heftigen Hustenanfall unterbrochen. »Womit kann ich Ihnen helfen?«, fragte er, nachdem er wieder in der Lage war zu sprechen, und schickte ein argwöhnisches »Wer sind Sie überhaupt?« hinterher.

Nele ahnte, dass sie einen furchtbaren Fehler begangen hatte. Dies war nicht die Situation, die sie sich ausgemalt hatte.

»Entschuldigung, dass ich Sie so überfalle«, stotterte sie. »Ich … mein Name ist Cornelia Schumann, früher mal Liebert. Ich war vor langer Zeit mit Ihrem Stiefsohn Matthias befreundet … Vielleicht erinnern Sie sich …«

Der Gesichtsausdruck des alten Mannes wechselte von Misstrauen zu Ungläubigkeit. Er lachte hämisch. »Befreundet, soso. Da kommst du wohl ein Jährchen zu spät, Mädchen.« Das schien ihn irgendwie zu freuen. »Der ist schon lange verreckt, Gott sei Dank. War sowieso nix wert. Ja, verreckt ist der!«

Heiße Wut stieg in Nele hoch. Was bildete sich dieser verkommene Alte ein? Im arrogantesten Tonfall, dessen sie fähig war, entgegnete sie: »Sehen Sie, Herr Liborski, darüber bin ich informiert. Ich möchte auch eigentlich gar nicht mit Ihnen sprechen, ich sehe ja, dass das nichts bringt, sondern mit Ihrer Frau. Wären Sie bitte so freundlich, mir zu sagen, ob sie zu Hause ist?«

Wieder wandelte sich der Gesichtsausdruck Liborskis, diesmal allerdings schien er in erschreckender Weise ganz und gar zu zerfließen. Die Mundwinkel sanken nach unten, die Augen krochen noch tiefer in die Höhlen, während die blutleeren Lippen bebten. Mit zitternden Fingern strich er sich die Tränen aus den Augenwinkeln und schniefte: »Gehen Sie weg. Wie können Sie so grausam sein? Meine Frau liegt schon seit zwei Jahren unter der Erde. Machen Sie sich etwa lustig über mich?«

Nele wurde schwindelig vor Schreck und Scham. Von dem kalten und grausamen Mann von damals, der seine Stiefkinder verachtet und seine Frau herumkommandiert hatte, war nur noch dieses Häufchen Elend übrig. Ihre Wut verrauchte. »Verzeihen Sie bitte!«, stammelte sie mitleidig. »Das habe ich nicht gewusst.

Das mit Matthias schon, aber nicht, dass Ihre Frau verstorben ist. Bitte glauben Sie mir.«

»Alle haben sie mich alleingelassen«, jammerte Liborski. »Keiner kommt mehr. Keiner kümmert sich um mich … seit Marias Tod. Als ob ich was dafür könnte, dass der Krebs sie zerfressen hat. Was mit mir ist, ob ich vielleicht auch krepier, das ist allen scheißegal … Und Sie kommen hierher und machen sich auch nur lustig über mich … Hauen Sie ab! Lassen Sie mich in Ruhe! Wer sind Sie überhaupt …?« Verwirrt runzelte er die Stirn.

Nele wurde klar, dass sie hier nichts erreichen würde. Während der Alte vor sich hin brabbelnd die Wohnungstür zudrückte, trat sie den Rückzug an.

Im Auto kam sie zu sich. Doch die Scham und das Gefühl von Trostlosigkeit blieben. Andrea hatte recht. Was hatte es für einen Sinn, sich als Miss Marple aufzuspielen? Zwanzig Jahre waren zwanzig Jahre, und so wie ihr Leben sich in dieser Zeit gewandelt hatte, so war es auch anderen ergangen. Matthias war tot, seine Mutter ebenfalls, der Stiefvater ein dementer alter Tattergreis … Was mochte noch alles passiert sein? An damals anzuknüpfen, erschien ihr mit einem Mal unmöglich.

Und was bildete sie sich ein, im Leben dieser Leute herumzuschnüffeln? Das waren Fremde, mit denen sie nichts zu tun und schon gar nichts gemein hatte. Tränen der Frustration stiegen ihr in die Augen. Es war besser, die Vergangenheit ruhen zu lassen.

Zu Hause, was ihr plötzlich wie der Inbegriff an Geborgenheit erschien, entspannte sie sich. Aber viel Zeit hatte sie nicht dazu. Marc wartete. Gerade stieg sie die steile Holztreppe hoch ins Schlafzimmer, um sich schick zu machen und ihre Tasche zu packen, als unten das Telefon klingelte. Genervt stöhnte sie auf, machte kehrt und kramte in der Diele auf der überfüllten Kommode nach dem Telefon. Wer rief jetzt bloß an?

»Ja, hallo? Liebert-Schumann hier«, schnauzte sie ungehalten in den Hörer.

»Hier Hellmann.« Die weibliche Stimme am anderen Ende der Leitung zauderte. »Wir sind gerade nach Hause gekommen, da habe ich Ihre Nummer auf dem Display gesehen. Mehrmals«, ergänzte sie. »Deshalb rufe ich zurück.«

Nele erschrak. Nicole!

»Das war ich, ja, das ist richtig«, druckste sie herum. Oh Mann, eben hatte sie sich noch vorgenommen, ihre Nachforschungen einzustellen. Was jetzt? »Also, ich habe wegen Matthias angerufen. Er war doch Ihr Bruder, oder?«

»Mmm, ja ...«

Im Hintergrund hörte man Kindergeschrei, dann besänftigende Worte eines Mannes.

»Okay, vielleicht können Sie sich ja noch an mich erinnern. Früher hieß ich nur Liebert, Cornelia Liebert, vor meiner Heirat ...« Oh Gott, war das peinlich. Sie spürte, wie brennende Röte ihr Gesicht überzog. Gut, dass Nicole sie nicht sehen konnte.

»Nele ...?«, fragte die Frau ungläubig. Nele atmete auf, gleichzeitig wurde ihr klar, dass sie jetzt nicht mehr zurückkonnte.

»Genau. Darf ich wie früher ›Nicole‹ und ›du‹ sagen?«

»Klar, kein Problem.« Trotz der Bestätigung hörte Nele Abwehr aus der Antwort heraus.

»Gut, ich würde mich nämlich gern mal länger mit dir über Matthias unterhalten. Ich hab schon ein paarmal sein Grab besucht. Ich habe erst verspätet von seinem Tod erfahren. Du weißt ja sicher, dass Matthias und ich keinen Kontakt mehr miteinander hatten. Ich habe auch lange woanders gewohnt. Vielleicht magst du mir mal irgendwann, wenn du Zeit hast, erzählen, wie es ihm ergangen ist in all den Jahren?«

»Was soll das bringen?«, sagte Nicole abwehrend, aber nicht unfreundlich.

Nele griff nach diesem Strohhalm. »Ich weiß, dass ich dich gerade ziemlich überfalle und vielleicht auch alte Wunden aufreiße. Das tut mir leid. Ich möchte dich wirklich nicht bedrängen. Aber du würdest mir wirklich sehr helfen.«

Sie schwieg und wartete. Auch Nicole sagte nichts, stattdessen war im Hintergrund erneut Stimmengewirr zu hören.

Schließlich seufzte Nicole tief. »Okay, klar können wir uns über Matthias unterhalten. Ich hab auch schon deine Blumen am Grab gefunden und mich gefragt, von wem die wohl kommen.

Nett, dass du an seinen Geburtstag gedacht hast. Das warst doch du, oder?«

Nele fiel ein Stein vom Herzen. »Ja, die sind von mir.«

»Moment mal, Nele, ich gehe in die Küche. Hier im Wohnzimmer ist es wegen der Kinder so laut.«

Nele hörte Kleiderrascheln und Schritte, dann das Zuschlagen einer Tür.

»So, da bin ich wieder. Diese kleinen Nervensägen! Gerade noch waren wir auf dem Indoor-Spielplatz in Neuss und haben ein Schweinegeld ausgegeben. Trotzdem geben sie keine Ruhe. Mein Mann kriegt auch schon die Krise. Deshalb habe ich jetzt nicht lange Zeit zum Quatschen. Aber wenn du Lust hast, komm mal auf einen Kaffee vorbei. Am besten, wenn Stefan bei der Arbeit ist. Der möchte nämlich von meinen Brüdern nichts hören. Kann ich ihm auch nicht verübeln. Gut wär, wenn die Kinder dann in der Kita wären. Dann sind wir ungestört. Ginge das?«

»Klar, gern.«

Nele konnte ihr Glück kaum fassen. Es kam ihr vor, als hätte jemand die Zauberformel »Sesam, öffne dich!« gesprochen: Unverhofft ging nach der Pleite von vorhin doch noch die Tür zu Matthias' Leben auf. »Ich muss immer erst um neun bei der Arbeit sein. Ab halb acht, wenn meine Töchter zur Schule fahren, hätte ich Zeit. Es sei denn, das ist dir zu früh.«

»Nein, nein. Das passt super! Stefan fährt die Kids immer schon ganz früh zum Kindergarten, wenn er in den Betrieb muss. Ab Viertel vor acht bin ich allein.« Nicoles Stimme klang wesentlich freundlicher als zuvor. Ob es daran lag, dass das Gespräch nun quasi unter Müttern geführt wurde?

»Okay, wie wär's mit Montagmorgen?«, fragte Nele eilig. Ihr Puls raste.

Nicole war einverstanden und beschrieb ihr den Weg zu ihrer Wohnung im Kaarster Stadtzentrum.

Beschwingt rasierte Nele sich die Beine und schlüpfte in Kleid und Strumpfhose. Sie freute sich auf Marc, sein Lächeln, seine Lippen, seinen Humor, seine lebhaften blauen Augen und darauf, ihm bald entspannt in dem netten kleinen italienischen Restaurant gegenüberzusitzen, das sie letztens gemeinsam in Rheydt entdeckt hatten. Danach würden sie zu ihm nach Hause fahren und miteinander schlafen, nicht nur einmal hoffentlich.

Nele schwor sich, mit keinem Wort Matthias oder ihre Nachforschungen zu erwähnen. Sie wollte nicht schon wieder die Stimmung vergiften.

Marc

Während er auf Nele wartete, hing Marc düsteren Gedanken nach. Er war verärgert über seinen Geschäftspartner und besten Freund, der nicht auf seine E-Mails reagierte. Seit gestern wartete er auf die Unterlagen für einen wichtigen Auftrag. Es war völlig untypisch für Joe, Marcs Wunsch dermaßen zu ignorieren und sich nicht wenigstens kurz zurückzumelden.

Außerdem beschäftigte Marc Neles eingeschnappte Haltung von Freitagmorgen. Sollte er das Thema noch einmal ansprechen? Lieber nicht, entschied er. Er war so froh, dass sie das heutige Treffen überhaupt vorgeschlagen hatte.

Er seufzte und schüttelte gleichzeitig über sich selbst den Kopf. Was für ein Weichei er geworden war! Der Marc Warberg von einst, dem die Mädchen reihenweise zu Füßen gelegen hatten, hätte nicht händeringend auf den Anruf einer Frau gewartet. Es wäre ihm scheißegal gewesen, wenn er eine vor den Kopf gestoßen hätte.

Aber das war lange her. Und obwohl die Umstände, die zu seiner Persönlichkeitsänderung geführt hatten, dramatisch gewesen waren, konnte er sich glücklich schätzen, nicht mehr der Kotzbrocken von früher zu sein.

Nachdem Marc noch einmal seine E-Mails gecheckt und festgestellt hatte, dass Joe noch immer nicht die erforderlichen Dokumente und Tabellen geschickt hatte, streckte er sich auf der Couch aus und ließ die Tage Revue passieren, die sein bis dato vergleichsweise unbeschwertes Leben vor zwanzig Jahren unwiederbringlich verändert hatten …

Im Sommer 1988 starben Marcs Eltern.

Es war das Jahr, in dem bei einer Flugschau in Ramstein siebzig Menschen durch einen abgestürzten Düsenjet zu Tode kamen. Und ebenfalls 1988 war es, als zwei Bankräuber von Gladbeck aus mit ihren Geiseln im Fluchtauto kreuz und quer durch Deutschland und die Niederlande jagten, von einer Horde Journalisten gehetzt, die so die Polizeiarbeit maßgeblich behinderten und die Eskalation begünstigten. Insgesamt drei Menschen wurden getötet, bevor die Täter nach Tagen in einem dramatischen Finale gefasst werden konnten. Ein trauriges Novum dabei: Die ganze sensationslüsterne Nation nahm dank der Liveberichterstattungen von Radio- und Fernsehsendern hautnah am »Gladbecker Geiseldrama« teil.

1988 brachten die »Toten Hosen« ihr Album »Ein kleines bisschen Horrorschau« als Hommage an den düsteren Filmklassiker »A Clockwork Orange« heraus. Außerdem stach Ben Johnson bei den Olympischen Spielen in Seoul weniger mit seiner atemberaubenden Weltrekordzeit im Sprint hervor, als mit einem Dopingskandal. Für Marc ganz persönlich war 1988 ein Jahr der Katastrophen, der Bloßstellung und der Trauer. Und ein Jahr der Reifung, aber das begriff er erst viel später.

Vor und zu Beginn der Sommerferien erreichten Marcs legendäre Poolpartys ihren Höhepunkt. Marcs Eltern waren meist unterwegs, der Vater geschäftlich, die Mutter privat, sodass er im Prinzip machen konnte, was er wollte. Seitdem er die Codenummer des Haustresors herausgefunden hatte, warf er mit Geld nur so um sich. Da auch seine Mutter aus dem Vollen schöpfte, fiel es nicht weiter auf, wenn er sich bediente. Es war ja genug da. Eine zusätzliche Geldquelle stellten die spendablen Großeltern dar.

Inzwischen war Marc achtzehn, im Besitz des Führerscheins und eines eigenen schwarzen VW Golf GTI und mobil genug, seine Drogen in Holland zu kaufen. Zu diesem Zweck unternahm er mit Johannes Trips nach Venlo oder Roermond. Der Freund kannte sich in den dortigen Coffeeshops bestens aus. Ab und an war auch Stoned dabei.

Nur Marcs ältere Schwester Yvonne, die in Münster studierte und wohnte, aber ab und an zu Besuch kam, registrierte, wie ihr

Bruder abdriftete. Aber er schlug alle ihre Warnungen in den Wind und lachte nur über ihre Vermutung, dass er das ganze Theater allein als Rebellion gegenüber den gleichgültigen Eltern veranstalte. Obwohl sie natürlich richtiglag.

Das Ehepaar Warberg kreiste nur um sich selbst und seine Probleme. Der Vater war krankhaft ehrgeizig; er arbeitete rund um die Uhr. Seine Frau fühlte sich vernachlässigt und ging fremd. Marcs herausragende Schulleistungen wurden von keinem der beiden wahrgenommen, geschweige denn honoriert.

An einem Freitagabend zu Beginn der Sommerferien – Marcs Vater nahm an einem Kongress in Zürich teil, und seine Mutter war mit ihrem Liebhaber in einen Kurzurlaub gestartet – schlief Marc das zweite Mal mit Tina.

Zuvor hatten sie die Planungen für die morgige Party abgeschlossen. Sie waren gemeinsam einkaufen gegangen – Tequila, Zitronen und Bier in rauen Mengen –, dann hatten sie von Marcs Zuhause aus noch ein paar Leute angerufen. Ungefähr dreißig Gäste würden kommen, darunter auch die »fetten Zwillinge«, zwei dicke, blasse Blondinen mit Riesenbrüsten, die Marcs Clique heimlich »Schweine im Weltall« getauft hatte. Sie einzuladen war Tinas Idee gewesen, denn das Duo würde allein durch sein peinliches Aussehen für Heiterkeit sorgen. Gutgläubig und geschmeichelt hatten die Zwillinge zugesagt.

»Stell dir vor, zwei Rollbraten in pinken Bikinis!«, amüsierte sich Tina, als Marc und sie sich in Liegestühlen auf der Terrasse inmitten von saftigem Grün und explodierender Blütenpracht einen Joint teilten.

Marc ging nicht darauf ein, denn eigentlich fand er keinen Gefallen an Scherzen dieser Art, aber er erhob auch keinen Einspruch. Brot und Spiele, dachte er sarkastisch. Dem Volk würde es gefallen.

»Magst du einen Tequila?«, fragte er.

»Gute Idee – wenn ich bei dir schlafen kann? Wäre nicht so schlau, danach noch zu fahren.«

Tina witterte ihre Chance. Noch immer hatte sie nicht aufgegeben, sein Herz zu erobern. Und der erste Sex vor zwei Wochen hatte ihr Auftrieb gegeben.

»Kein Problem! Ich hol das Zeug.«

»Okay, ich schneide die Zitronen auf.«

Es wurde eine lange Nacht mit vielen Drinks und einem Teller voller ausgesaugter Zitronenscheiben, in deren Verlauf Marc und Tina erst nackt im Pool schwammen und am Ende im Bett landeten. Nach heftigem, aggressivem Sex und einigen Nasen Koks schliefen sie im Morgengrauen endlich erschöpft ein.

Marc wurde wach, weil irgendwer an der Haustür Sturm klingelte. Tina kriegte davon nichts mit; sie schlief weiter wie ein Stein. Mit brummendem Schädel stieg er in seine Unterhose, warf einen Bademantel lose über und tappte auf wackeligen Beinen zur Haustür.

Zuerst interpretierte er die Szene, die sich seinen müden Augen bot, völlig falsch. Zwei Personen in Uniform, eine Frau und ein Mann, standen mit ernsten Gesichtern vor der Tür. Eine Razzia, Scheiße! Das ganze Haus war voller Stoff! Seine Gedanken jagten, trotz Kater. Er machte sich auf das Schlimmste gefasst. Allerdings konnte er zu diesem Zeitpunkt noch gar nicht ahnen, worin das Schlimmste überhaupt bestand.

»Guten Tag«, begann der Mann förmlich. »Verkehrspolizei Neuss. Mein Name ist Reuther, und das ist meine Kollegin Peters. Sind Sie der Sohn? Könnten wir bitte Herrn Ulrich Warberg sprechen?«

Es ging gar nicht um ihn, sondern um seinen Vater! Vor Erleichterung wurde ihm ganz schwindelig, und er musste sich an der Türklinke festhalten. »Das tut mir leid. Er ist außer Haus. Geschäftlich in Zürich. Was ist denn überhaupt los? Vielleicht kann ich Ihnen ja weiterhelfen?«

Die junge Polizistin sah betreten zur Seite. Marc wunderte sich. Aber ihr älterer Kollege redete schon weiter. »Nun ja, ist Ihr Vater telefonisch zu erreichen?«

Marc stutzte. Was war so wichtig, dass die Bullen mit seinem Alten dermaßen dringend sprechen wollten? Dass der irgendetwas verbrochen haben sollte, konnte Marc sich nun beim besten Willen nicht vorstellen. Sein Vater war ein Ausbund an Rechtschaffenheit – langweilig, fleißig und spießig. »Nein, tut mir leid. Er hat mir keine Nummer dagelassen. Aber meine Mutter weiß bestimmt, in welchem Hotel er wohnt. Nur, die ist zurzeit auch nicht da.«

Im selben Moment dämmerte es ihm. Mit keinem Wort hatten die Polizisten nach seiner Mutter gefragt. »Bitte sagen Sie mir, worum es geht!« Jetzt war er voll da, von Müdigkeit keine Spur mehr. Reuther wirkte unschlüssig. »Ist irgendwas mit Mama?«

»Entschuldigung«, mischte sich die Frau ein und tauschte einen kurzen, ernsten Blick mit Reuther. »Könnten Sie uns bitte zuvor Ihren Namen und Ihr Alter verraten? Und wenn es Ihnen nichts ausmacht, würden wir gern kurz reinkommen.« Ihr Tonfall war auffallend sanft und freundlich.

Natürlich hatte Marc etwas dagegen. Im Geiste ging er durch, wo im Haus sich kompromittierende Utensilien befinden könnten. Aber er ließ sich nichts anmerken. »Natürlich. Kommen Sie doch bitte rein. Wir können uns ins Esszimmer setzen. Marc Warberg ist mein Name. Ich bin volljährig. Bitte hier entlang.«

Er führte die Beamten in das weitläufige Esszimmer und bat sie, sich zu setzen. »Ich zieh mir eben was an.«

Er eilte er in sein Zimmer, schlüpfte mit zitternden Fingern in abgeschnittene Jeans und ein T-Shirt, warf einen kurzen Blick auf die schlafende Tina und zog die Tür hinter sich zu.

Im Esszimmer waberte ihm eine gedrückte Atmosphäre entgegen. Vor Furcht konnte er kaum atmen. Wie die Beamten setzte er sich auf einen der Stühle, die rund um den ovalen Tisch aus lackiertem Mahagoniholz gruppiert waren. Er fror auf dem Marmorboden und zog die nackten Füße hoch auf die Querstreben zwischen den Stuhlbeinen. Aber das Frösteln kam von innen.

»Wir müssen Ihnen leider eine schlimme Nachricht überbringen«, setzte die Frau behutsam an. »Und glauben Sie uns: Uns wäre es lieber, diese zunächst Ihrem Vater mitteilen zu können.« Sie warf ihrem Kollegen einen hilfesuchenden Blick zu. »Also … Ihre Mutter ist gestern gegen zweiundzwanzig Uhr auf der Autobahn A 1 Richtung Bremen kurz vor Osnabrück verunglückt. Leider kam jede Hilfe zu spät. Auch für ihren Begleiter. Es tut mir wirklich schrecklich leid.«

Die Information sickerte in Marcs Hirn und blieb doch seltsam unwirklich. Nichts fühlte er, rein gar nichts. Er schaute aus dem

Fenster, sah auf das satte Grün des Rhododendrons, das knallige Rosa der Blüten und das strahlende Blau des Himmels, bevor seine Augen zurück zu den beiden Beamten am Tisch irrten. Marc lauschte seinem eigenen Atem; er ging stoßweise. In seinen Ohren rauschte es. Dann starrte er auf seine Hände, die plötzlich zu zittern begannen.

In dem Augenblick kam Tina ins Esszimmer. Sie hatte sich in Marcs viel zu weiten Bademantel gewickelt, die blonden langen Haare hingen ihr ungekämmt über die Schultern, und in ihrem Gesicht klebten Spuren des Make-ups von gestern. Sie hielt eine glimmende Zigarette in der Hand.

Bei ihrem Anblick zog die Kommissarin vielsagend eine Augenbraue in die Höhe; ihr Kollege runzelte die Stirn. Tina war erschrocken stehen geblieben. »Oh, Entschuldigung. Ich wollte nicht …«, stammelte sie und richtete sich dann an Marc, der noch immer stocksteif am Tisch saß. »Marc, was ist denn los?« Jetzt schlich sich ein besorgter Unterton in ihre Stimme. »Ist was passiert?«

Da wachte Marc auf. Er musterte sie stumm von oben bis unten, als sähe er sie gerade zum ersten Mal, und fixierte sie böse. »Verschwinde.«

»Aber …« Die sonst so abgebrühte Tina hatte jetzt Panik in der Stimme.

»Ich hab gesagt, du sollst von hier verschwinden! Hau einfach ab! Die Zeit der Partys ist vorbei. Sag das auch den anderen! Und jetzt geh. Ich will dich hier nicht mehr sehen.«

Erschöpft wandte er sich ab.

Einen Moment lang stand Tina verwirrt und verloren mitten im Raum. Dann erbarmte sich die Polizistin, ging zu ihr und geleitete sie aus dem Esszimmer in den Flur. »Er hat gerade erfahren, dass seine Mutter tödlich verunglückt ist. Er steht unter Schock«, erklärte sie.

Tina floh. So schnell sie konnte, zog sie sich an und ergriff die Flucht.

Marc wollte nur noch seine Ruhe. Im weiteren Gespräch mit den Polizeibeamten hatte er die Telefonnummern seiner Schwester in

Münster und seiner Großeltern väterlicherseits in Korschenbroich herausgegeben. So erreichte man seinen Vater im Hotel. Die Großeltern Warberg kamen sofort, um ihrem Enkel beizustehen. Außerdem musste jemand die Leiche identifizieren. Das übernahm der Opa. Marcs Schwester Yvonne erreichte am frühen Nachmittag das Elternhaus. Mit verweinten Augen drückte sie ihren Bruder fest an sich, der endlich aus der Erstarrung erwachte und die Umarmung erwidern konnte.

Marcs Vater kam gar nicht. Nachdem er in seinem Hotelzimmer vom Tod seiner Frau und deren Liebhaber erfahren hatte, schluckte er eine tödliche Überdosis der Schlaftabletten, die er wegen seiner Einschlafprobleme ständig mit sich trug.

Das Hotelpersonal fand seine Leiche erst am späten Abend, als der Rest der Familie in Kaarst sich über seinen Verbleib wunderte und im Hotel nachgefragt hatte.

So brach an einem einzigen Tag Marcs ohnehin fragile Welt in sich zusammen. Der Ansturm der Presseleute, dem etliche reißerische Zeitungsartikel voller intimer Details aus dem Leben der Warbergs folgten, die Beerdigung sowie die fragenden und mitleidigen Gesichter von Freunden, Mitschülern und völlig fremden Leuten gaben ihm den Rest.

Neben der Trauer empfand er vor allem Scham. Über die Mutter, weil sie gemeinsam mit ihrem Liebhaber in den Tod gerast und ihr Fremdgehen damit öffentlich geworden war, und über die Feigheit und Ignoranz des Vaters, dem seine Kinder offensichtlich völlig gleichgültig waren.

Tom

Gegen neunzehn Uhr brausten Tom und Tina in Toms Jaguar mit zweihundert Stundenkilometern auf der A 46 in Richtung Heinsberg durch die tiefe Dunkelheit. Der Dicke hatte zu einem Krisentreffen geladen.

Tina, die auf dem Beifahrersitz saß, kochte immer noch vor Wut und ließ unflätige Schimpfkanonaden vom Stapel. Tom fand es wieder einmal erstaunlich, wie vulgär sich eine derart perfekt gestylte und kluge Frau ausdrücken konnte. Trotz oder gerade wegen ihres derben Einschlags bewunderte er sie, wie schon sein halbes Leben lang.

»Den Schweinepriester mach ich kalt, das sag ich dir. Wenn der Dicke sagt, dass wir ihn kriegen, dann kriegen wir ihn! An den Eiern aufhängen sollte man die dumme Sau!«, wetterte sie gerade und zog heftig an ihrer Zigarette.

Tom grinste. »Hey, das wird mir langsam zu unappetitlich, Mäuschen. An den Eiern aufhängen, also wirklich! Überlassen wir die Einzelheiten doch besser dem Dicken. Der geht systematisch ran.« Ein schneller Seitenblick zu Tina zeigte ihm, dass sie sich beruhigte und ebenfalls grinste.

»Okay, ich hör ja schon auf. Aber dass wir schnell und ein für alle Mal eingreifen müssen, ist ja wohl klar. Diese Unverschämtheit können wir uns nicht gefallen lassen. Zweihunderttausend Euro von jedem von uns, der Typ ist völlig durchgeknallt!«

»Na ja …«, warf Tom zögernd ein. »Woher weißt du denn, dass es keine Frau ist?«

»Meinst du? Okay, möglich wär's. Wir wissen ja nicht, wer es ist oder wie er – oder meinetwegen auch sie – an Hellmanns Unterlagen gekommen ist. Vielleicht seine Exfrau? Er war doch mal verheiratet, oder?« Tina schien sich bereits für diese Idee zu erwärmen.

Tom überlegte, während er gleichzeitig auf das Display des Navigationssystems schaute. Noch zwei Kilometer, dann mussten sie runter von der Autobahn.

»Glaub ich nicht. Passt nicht zum Schreibstil des Briefes. Das ist jemand mit Bildung«, meinte er. »Der Dicke denkt das auch. Er hat sogar schon eine konkrete Idee. Wir sind ja gleich da. Dann kann er es dir selbst erzählen.«

Kurze Zeit später bogen sie auf die mit Kies ausgelegte Einfahrt des zwischen Feldern und Wiesen idyllisch gelegenen ehemaligen Bauernhofes ein. Ein Strahler, durch einen Bewegungsmelder aktiviert, tauchte das backsteinverklinkerte Haus und den kiesbestreuten Vorplatz in helles Licht. Das grün gestrichene Holztor, das in den Innenhof führte, war weit geöffnet.

Tom parkte den Jaguar, sie stiegen aus und passierten das Hoftor.

Der Dicke hatte sie schon kommen hören und stand im Haustürrahmen; er füllte ihn völlig aus.

»Kommt rein ins Warme. Ich habe den Kamin angefeuert.«

Der Dicke

Bald saßen sie in tiefen Sesseln vor dem lodernden Feuer, jeder ein Glas Rotwein in der Hand; der Rest des gemütlich und teuer eingerichteten Wohnzimmers war in heimeliges Dunkel getaucht.

Natürlich war die Stimmung der drei alles andere als heimelig, und genau deshalb hatte der Dicke diesen Raum für ihr Treffen gewählt. Es brachte nichts, sich Hals über Kopf auf das Problem zu stürzen. Im Gegenteil, jetzt ging es darum, Ruhe zu bewahren, die Situation gründlich zu analysieren und sich gegenseitig ihrer gemeinschaftlichen Entschlossenheit, eine Endlösung herbeizuführen, zu versichern. Dafür waren ein Kaminfeuer und ein guter Rotwein einfach perfekt.

Und richtig: Bald senkte sich Ruhe über das Trio. Tom packte seine Haschischpfeife aus, Tina genoss ihr zweites Glas, und der Dicke knabberte Erdnüsse, bevor er zum Thema kam.

»Also, ich fasse die Fakten zusammen: Jeder von uns hat einen Brief mit derselben Forderung bekommen. Keiner von uns kann oder will das Geld an den Erpresser oder die Erpresserin zahlen. Zweihunderttausend sind kein Pappenstiel, für keinen von uns. Tatsache ist auch, dass wir das Geld bis kommenden Freitag besorgen müssen. Wenn wir nicht zahlen, wird es schlimm enden. Dann sind wir erledigt, für alle Zeiten. Keiner von uns möchte das, richtig? Also bleibt uns nur eine Chance, nämlich die Person, die Hellmanns Erbe dermaßen dreist und maßlos angetreten hat, aus dem Weg zu schaffen.« Der Dicke machte eine wirkungsvolle Pause, drehte bedächtig sein Weinglas zwischen den Händen, blickte die beiden anderen durch seine Brillengläser aufmerksam an und fuhr fort: »Meiner Meinung nach haben wir es hier mit einem ernst zu nehmenden, intelligenten Gegner zu tun, der zu allem entschlossen ist. Nicht mit einem kaputten Kriminellen wie Hellmann, der sich bloß mal gemeldet hat, wenn er total im Arsch war. Aber ich habe euch damals schon gewarnt, dass diese Sache schnell aus dem Ruder laufen kann. Und ich hatte leider recht. Hellmann ist zwar tot, aber wir haben seinen Nachfolger in XXL am Hals.«

Wieder schwieg der Dicke, diesmal um sich selbst zu beruhigen. Er merkte, wie in ihm die alte Wut auf Tom und Tina hochkochte. Nach Hellmanns erster lächerlicher Forderung vor vielen Jahren hatten sie ihn daran gehindert, zu handeln. »Ein unkontrollierbares Risiko ist dieser Typ, wir müssen ihn eliminieren«, war er in sie gedrungen. Aber die beiden waren davor zurückgeschreckt. Das rächte sich jetzt.

Tina

»Tom hat mir während der Fahrt erzählt, dass du eine Idee hast, wer es sein könnte. Stimmt das?«, fragte Tina ungeduldig.

Die weitschweifigen Ausführungen des Dicken nervten sie. Sie wollte endlich zum Punkt kommen. Ihr war inzwischen auch klar, dass sie einen grundlegenden Fehler gemacht hatten, indem sie Hellmann verschonten. Aber es war langwierig gewesen, herauszufinden, wer die Fotos geschossen hatte. Und dann, als man Gewissheit hatte, war ihrer aller Lebenssituation eine völlig neue und Hellmann nicht greifbar. Die ganze Katastrophe schien inzwischen weit weg zu sein, einfach irreal. Das bisschen Geld, hatten Tom und sie damals gedacht, das konnte man doch verschmerzen. Heute musste sie leider zugeben, dass ihr Mitstreiter in allen Punkten recht gehabt hatte. Sie seufzte und sah ihn erwartungsvoll an.

Der starrte immer noch nachdenklich ins Feuer. »Ganz so konkret ist die Idee noch nicht«, korrigierte er bedächtig, »aber wir haben dennoch ein paar Hinweise.«

Tom schaltete sich ein. »Ich habe Tina schon erzählt, dass es unserer Meinung nach auch eine Frau sein könnte …«

»Nun ja, könnte. Aber noch möchte ich mich da nicht festlegen.«

Der Dicke hievte sich ächzend aus seinem Sessel, um ein Holzscheit nachzulegen. »Fest steht, dass der Brief mindestens zwei wichtige Hinweise enthält. Ganz so schlau ist unser Erpresser nämlich doch nicht. Es sei denn, er möchte, dass wir wissen, dass er ein Insider ist. Was ich bezweifle.« Er lehnte sich zurück. »Zum einen: Die Abkürzung ›Wibo‹, nicht ›Wibu‹ für ›Wilhelm-Busch-Gymnasium‹, sondern ›Wibo‹ für ›Witwe Bolte‹, unser Spitzname für die alte Schulleiterin. Die ist kurz nach unserem Abi pensioniert worden. Das deutet auf jemanden hin, dem die Schule aus der Zeit Ende der Achtziger geläufig ist, vielleicht ein Mitschüler oder eine Mitschülerin von uns? Und dann, noch spezifischer: Die Fichtenlichtung wird benannt. Den Begriff hat Marc geprägt. Ich glaube nicht, dass die Bezeichnung vielen Leuten geläufig ist, außer natürlich denen, die mit uns da gewesen sind, also die alte Clique und ein paar Leute drum herum. Schließlich sind wir nur in den Freistunden zum Kiffen hingegangen. Na ja, ganz selten auch mal abends. Und das haben wir nicht an die große Glocke gehängt. Außerdem liegt die Fichtenlichtung sehr versteckt und ist wegen der Brombeerbüsche, die sie umwuchern, kaum zu finden. Nur wer schon einmal da gewesen ist, kann auf den Fotos erkennen, dass es sich um diesen Ort handelt. Ergo: Der neue Erpresser oder die neue Erpresserin ist jemand aus unserer Clique oder dem Dunstkreis. Das sind nicht viele …«

Der Dicke klappte den Mund zu. Tom starrte grüblerisch in die Flammen, während Tina skeptisch blieb.

»Und wo ist die Verbindung zu Hellmann?«, hakte sie ein. »Keiner aus der Clique, außer später wir drei, hatte seit dem Sommer '87 noch Kontakt mit diesem Verbrecher, oder? Ich hab ihn in den Knast geschickt. Weg war er. Aber irgendwie muss doch, wie sagtest du so schön, Dicker, ›Erpresser XXL‹ an Hellmanns Unterlagen gekommen sein.« Sie hielt ihm die leere Rotweinflasche hin. »Hast du noch eine? Die erste ist alle.«

»Natürlich, Moment bitte. Bin gleich wieder da.«

Der Dicke verließ das Wohnzimmer und kletterte in den Weinkeller hinunter.

Kaum war er aus dem Raum, nutzte Tina die Chance, um allein mit Tom zu sprechen. »Fällt dir was auf? Unser ›Erpresser XXL‹ könnte sogar Marc sein. Mann, das wäre echt der Hammer!« Sie lachte auf.

Tom runzelte verwirrt die Stirn. »Okay, aber es könnte auch jeder andere aus der Clique oder dem näheren Umfeld sein. Warum ausgerechnet Marc?«

Tina beugte sich vor und wisperte: »Na, wer hat denn '87 hauptsächlich die Geschäfte mit dem Penner gemacht? Marc! Wenn einer noch mal mit Hellmann Kontakt aufgenommen hat, dann er und kein anderer! Falls XXL tatsächlich jemand aus der Clique ist, ist Marc für mich der Verdächtige Nummer eins.«

Jetzt sah Tom richtig sauer aus. »Ach, du spinnst doch«, flüsterte er zurück und fügte dann hinzu: »Pst, er kommt zurück!«

Nachdem die zweite Flasche Wein in die Gläser verteilt worden war, diskutierte man weiter.

»Hast du noch mehr Ideen, Dicker?« Tom hatte sich in voller Länge auf dem Sessel ausgestreckt und die Füße auf den Kaminsims gelegt. Seine Glatze glänzte im Feuerschein. »Wie kam die Verbindung zu Hellmann zustande?«

»Genau das war meine Frage.« Tina nickte. Sie hatte inzwischen die unbequemen Stiefel ausgezogen und kuschelte sich mit angezogenen Beinen in das weiche Polster.

»Tja, die Verbindung ...« Der Dicke zögerte. »Es gibt zwei Möglichkeiten, würde ich sagen. Zum einen könnte Hellmann die Unterlagen vor seinem Tod – oder auch schon Jahre vorher – zu seiner eigenen Sicherheit jemandem übergeben haben, vorzugsweise aus seinem Familien- oder Freundeskreis. Zum anderen könnten die Fotos auch per Zufall den Besitzer gewechselt haben. Das hat Tina ja schon mal vermutet, zum Beispiel durch den Nachlass, beim Ausräumen der Wohnung eventuell. In beiden Fällen stellt sich wiederum die Frage, worin die Schnittmenge zu unserer alten Clique besteht ... Kurzum, wir suchen eine Person, die beide Kriterien erfüllt: Kontakt zu Hellmann und Kontakt zu Insidern am Wibo.«

»Na ja«, sagte Tom gedehnt. »Es gibt noch eine dritte Möglichkeit.«

Tina beugte sich wie elektrisiert vor. »Welche denn?« Wenn Toms träger Denkapparat einmal in Gang gesetzt worden war, konnten erstaunlich brauchbare Ergebnisse dabei herauskommen.

»Okay, wer sagt denn, dass Hellmann letztes Jahr am Kaarster See tatsächlich Selbstmord begangen hat?«

»Die Polizei, wer sonst?«, konterte der Dicke.

Tom winkte ab. »Wie wir alle am eigenen Leib erfahren haben, kann sich die Polizei auch gründlich irren. Wer weiß, vielleicht hat ja jemand nachgeholfen bei diesem sogenannten Drogentod? Und der hat in dem Zusammenhang die Unterlagen an sich genommen.«

Tina und der Dicke sahen ihn skeptisch an.

»Das klingt mir doch sehr konstruiert«, widersprach der Dicke. »Aber zugegeben: Möglich wär's.«

»Und außerdem kommt es letztendlich aufs Gleiche raus«, ergänzte Tina pragmatisch. »XXL muss ein Insider sein *und* die Verbindung zu Hellmann gehabt haben.«

Tom lächelte ironisch. »Sicher. Aber wenn er ein Mörder ist, macht ihn das für uns weitaus gefährlicher!«

Nach dieser Bemerkung schwiegen alle. Die Dunkelheit des ersterbenden Feuers und tiefe Stille senkten sich über den Wohnraum mit der niedrigen, von offen liegenden Balken gestützten Decke. Es war sehr warm. Durch den Kaminschlot heulte der Nachtwind. Gern hätte Tina sich dem trügerischen Gefühl von Geborgenheit hingegeben, das das alte Gemäuer ausstrahlte. Stattdessen wuchs ihre Angst, die Angst vor einem größenwahnsinnigen Erpresser, der nicht zögern würde, ihre Existenz zu zerstören, falls man seine Forderungen nicht erfüllte.

Gegen Mitternacht verabschiedeten sie sich. Tom hatte wenig getrunken und dafür ein Pfeifchen nach dem anderen geraucht. Trotzdem würde er fahren, er war das Pensum gewohnt. Tina vertraute ihm voll und ganz, an seiner Seite fühlte sie sich sicher. Wenigstens etwas, dachte sie müde, als sie über den knirschenden Kies fröstelnd hinter ihm her zu seinem Wagen stöckelte.

Die Autobahn war leer.

Tina lehnte den Kopf an die Kopfstütze, blickte in die dunkle Nacht, sah schemenhaft Büsche und Bäume hinter der Leitplanke vorbeiflitzen und lauschte den synthetischen Rhythmen der Musik, die Tom so liebte.

»Sehr weit sind wir heute nicht gekommen«, brach sie das Schweigen, »und wir haben nur noch eine knappe Woche.«

»Sehe ich anders. Ich finde, die Situation ist jetzt viel klarer. Wir müssen sondieren, wie der Dicke beim Abschied so schön gesagt hat. Wenn wir wissen, mit wem wir es zu tun haben, können wir handeln. Und es gibt nicht viele Leute, die wir uns genau anschauen müssen.«

Tina nickte langsam. »Aber wir sollten uns davor hüten, uns irgendwelche Tabus aufzuerlegen«, sagte sie. »Gib doch zu, keiner von uns hat sich getraut, dem Dicken zu stecken, dass wir uns auch Marc vornehmen müssen.«

»Oder seine Freundin«, ergänzte Tom milde.

»Oder seine Freundin.«

»Na dann.« Tom riskierte einen kurzen Seitenblick. »Ein paar private Untersuchungen mehr oder weniger schaden nichts. Der Dicke braucht davon ja nichts mitzukriegen. Aber ich tippe nicht auf Marc, ehrlich nicht.«

Nele

Für Marc und Nele hätte der Abend zunächst nicht harmonischer verlaufen können. Sie hatte ihren Kleinwagen vor der Haustür des Kleinenbroicher Drei-Familien-Hauses geparkt, in dem Marc wohnte, anschließend waren sie mit seinem schwarzen BMW nach Mönchengladbach-Rheydt ins »La Rucola« gefahren. Da Marc nie Alkohol trank, bot er sich immer als Fahrer an, und Nele genoss den Service.

In einer lauschigen Ecke des gemütlichen italienischen Restaurants saßen sie einander bei Kerzenschein gegenüber. Nele hielt sich eisern an das, was sie sich vorgenommen hatte, und erzählte nur in groben Zügen von ihrem Einkauf bei Ikea und dem Kaffeeplausch bei Andi. Alles, was Matthias betraf, ließ sie weg.

Marc berichtete, dass er am Nachmittag mit seinen Kindern telefoniert hatte und dass sie übernächstes Wochenende endlich wieder zu ihm kommen würden. Danach beschwerte er sich bei Nele über seinen Geschäftspartner.

»Das ist nicht der Joe, den ich kenne. Sonst ist er die Zuverlässigkeit in Person. Völlig untypisch für ihn, nicht zurückzumailen, und echt blöd, weil ich die Infos dringend brauche.«

»Hast du ihn denn mal angerufen?«, fragte Nele, die Joe nicht mochte. Sie fand es seltsam, wie er Marc zu kontrollieren versuchte.

»Ja, aber er ist nicht drangegangen, auch nicht ans Handy.« Er seufzte und griff nach ihrer Hand. »Aber egal, lass uns von was anderem reden. Ich versuche morgen, ihn zu erreichen. Oder vielleicht hab ich nachher schon was im Posteingang. Was ist, sollen wir einen Blick in die Karte werfen? Die Kellnerin wird schon ganz nervös.«

Er wies unauffällig mit dem Kopf in Richtung Theke, wo eine dicke schwarzhaarige Matrone mit weißem Schürzchen und mürrischem Gesicht sichtlich mit den Hufen scharrte. Nele kicherte. Dieselbe Kellnerin hatte die beiden schon beim letzten Mal bedient und die gleiche ungestüme Art an den Tag gelegt.

»Schwester Rabiata«, flüsterte sie entzückt. »Ich bekomm Lust auf was Extrascharfes!«

»Kannst du haben, Signorrra, aber errrst bei mirrr zu Hause«, gab Marc in überspitztem italienischen Akzent zurück.

»Machst du mir nachher den ›italian stallion‹?«, fragte Nele lachend.

Marc rieb den Daumen an Zeige- und Ringfinger und raunte mit übertrieben tiefer, lasziver Stimme: »Kommt darrrauf an, wie viel Baarrres du hast.«

Sie prusteten los. Als Schwester Rabiata sich genervt räusperte, senkten sie gehorsam die Köpfe und vertieften sich schmunzelnd in die Karte.

Später beim Espresso berichtete Nele Marc von Jacquelines Schwangerschaft und Franks anfänglichen Bedenken.

»Würdest du noch einmal von vorn anfangen wollen mit dem Kinderkriegen?«, erkundigte sie sich neugierig. Der trockene Weißwein zum Fisch hatte ihre Zunge gelockert.

»Ist das jetzt 'ne Fangfrage, oder was?« Marc lächelte. »Wenn ich ehrlich bin, dann wohl eher nicht. Ich hätte vermutlich zu viel Angst vor einer weiteren Trennung mit Sorgerechtsstreitigkeiten, auch wenn das eigentlich nicht das ausschlaggebende Argument sein dürfte. Aber du weißt ja, wie es mit Niclas und Ina gelaufen ist. Ich bin so froh, dass sich die Lage nach drei Jahren endlich entspannt hat.«

Nele nickte verständnisvoll. Marc hatte sehr unter dem Entzug seiner Kinder gelitten. »Verstehe ich gut. Für mich ist das Thema auch abgeschlossen. Ich bin froh, dass Greta und Anne inzwischen so selbstständig sind, dass ich mich nicht mehr nur als Mutter fühle. Allein hier mit dir zu sitzen, den Abend zu zweit zu genießen; mit einem kleinen Kind wäre das nicht möglich. Obwohl so ein kleiner Marc natürlich total süß wäre …« Sie strahlte ihn an. Lange war sie nicht mehr so verliebt in ihn gewesen wie heute.

»Ich bin froh, dich gefunden zu haben«, sagte er leise und verschlang sie mit seinen klaren blauen Augen. »Hättest du was dagegen, wenn wir gleich fahren würden? Da war doch noch was von wegen ›italian stallion‹, oder?«

»Stimmt! Na los, worauf warten wir noch?«

Später lagen sie nackt und erschöpft nebeneinander. Weil Nele fröstelte, warf sie die Bettdecke über sie beide. Dann kuschelte sie sich zufrieden in Marcs Armbeuge. Wie aus heiterem Himmel, sie war schon fast eingeschlafen, fragte er: »Was meinst du? Magst du mir jetzt sagen, was genau dich seit Donnerstagabend so beschäftigt? Ich verspreche dir auch, ganz ruhig zu bleiben.«

»Ich weiß nicht … Ich hatte mir für heute geschworen, die Stimmung nicht zu verderben. Außerdem habe ich mit Andi gesprochen, und die hat mir ganz schön die Leviten gelesen. Zweimal hintereinander kann ich das echt nicht gebrauchen.«

»Vielleicht reagiere ich ja ganz anders, als du denkst.« Das klang behutsam und machte ihr Hoffnung.

»Weiß nicht. Bisher bist du jedenfalls immer, wenn es um Matthias ging, stinksauer geworden.«

»Heute nicht. Glaub mir bitte.«

»Okay.« Nele rückte von ihm ab, stützte den Kopf auf den Arm und begann zu erzählen. Dabei klopfte ihr das Herz bis zum Hals.

Schließlich war sie am Ende ihrer Geschichte angelangt und ließ das Telefongespräch mit Nicole Revue passieren. »Tja, Montagmorgen bin ich mit ihr zum Kaffee verabredet«, schloss sie und blickte Marc ängstlich an.

»Du bist erstaunlich«, sagte er leise und streichelte zart ihre Wange. »Ich weiß nicht genau, ob ich dich verstehe, aber ich finde dich erstaunlich. Und bewundernswert. Wenn du so zu mir stehst, wie du Hellmann immer noch die Stange hältst, kann ich mich glücklich schätzen.« Ein bitterer Unterton hatte sich in seine Stimme geschlichen. Nele schaute ihn strafend an. Sofort ruderte er zurück. »Entschuldigung, aber mein Kompliment war ehrlich gemeint. Nur: Hat dein Ex diesen Einsatz wirklich verdient? Sieh mal, damals auf dem Wibo habe ich ziemlichen Mist gebaut, wie du weißt. Und eine Zeit lang habe ich von Hellmann Marihuana und Kokain bezogen. Eigentlich wollte ich dir das nie erzählen, aber ich denke, jetzt ist es notwendig. Der Typ war damals schon durch und durch kriminell. Wieso sollte nicht noch Erpressung dazukommen? Und klar, so jemand lebt gefährlich.«

Nele wurde ärgerlich. Derselbe Tenor wie bei Andi! Warum hatte sie sich ihm bloß anvertraut?

»Andererseits …«, er schluckte, »… andererseits muss ich zugeben, dass Matthias immer fair zu mir war. Anders als ich. Ich hab ihn mal ganz schön hängen gelassen. Und irgendwie kann ich ihn mir darum nicht als kaltblütigen Erpresser vorstellen. Hinterhältig war er nie. Aber wer diese Leute auf dem Friedhof gewesen sein könnten, keine Ahnung! Kunden im größeren Stil vielleicht? Und ob jemand Hellmann in den Tod getrieben hat? Meinst du nicht, dass du dir etwas vormachst? Weil du einfach nicht erträgst, wie kaputt dein Matthias am Ende war?«

Nachdenklich zog sie mit dem Zeigefinger das Muster in der Bettdecke nach. »Danke, dass du dich in mich hineinversetzt, und danke auch für deine Ehrlichkeit! Und ja, du hast recht: Es könnte sein, dass ich mir was zurechtlege. Aber genau deshalb fahre ich am Montag zu Nicole. Vielleicht kann ich mir dann ein besseres Bild von Matthias' letzten Jahren machen. Und mit ganz viel Glück bringe ich sogar etwas über die mysteriöse Erpressung in Erfahrung.«

Sie verschwieg Marc, was sie sich noch von dem Gespräch erhoffte: die Bestätigung, dass sie sich nicht in Matthias getäuscht hatte, als sie sich vor zwanzig Jahren in ihn verliebte. Nach einer kleinen Pause gestand sie: »Übrigens habe ich gewusst, dass du mit Matthias Geschäfte gemacht hast. Er hat's mir mal erzählt. Ich glaube, weil er mich vor dir und deinen Leuten warnen wollte.«

Marc schoss wie erwartet empört in die Höhe. »Was? Vor *uns* hat er dich gewarnt? Vor *uns*? Das ist dreist! Er hätte dich besser mal vor sich selbst warnen sollen. Schlägereien, Drogengeschäfte, Einbrüche … Sei froh, dass du damals nicht mit in diesen Sumpf gerutscht bist!« Marc ereiferte sich sichtlich.

»Wart ihr denn wirklich besser, mein Schatz?«, unterbrach sie ihn scharf. »Klar, ihr hattet reiche Eltern, habt alles in den Arsch geschoben bekommen: Bildung, Geld, Perspektive. So wie ich auch übrigens. Aber was habt ihr Tolles vollbracht? Nichts, oder? Ich weiß nur von euren Poolpartys, wo regelmäßig Leute fertiggemacht wurden, die sich nicht wehren konnten, von eurem arroganten Auftreten in der Schule, dem Kiffertreffpunkt im Wald während der Freistunden auf der, wie hieß sie noch gleich, ›Fichtenlichtung‹ und von dieser Tina Hillebrandt, die sich durchs halbe Wibo geschlafen hat, um an ihr Abi zu kommen. Von Alkohol und Drogen mal ganz zu schweigen! Also, wart ihr wirklich besser als Leute wie Matthias oder Jens Meyer, die kaum Chancen auf ein gutes Leben hatten? Finde ich nicht. Ich wollte damals jedenfalls nichts mit euch zu tun haben.«

Entsetzt über sich selbst klappte sie den Mund zu. Jetzt hatte sie doch noch den Abend ruiniert. Sie war erstaunt, dass er gar nicht sauer aussah, sondern vielmehr zerknirscht.

»Du hast recht«, gab er widerstrebend zu. »Wir waren keine Engel, ich bin nicht gerade stolz auf mich, wenn ich daran zurückdenke. Zur Besinnung bin ich erst gekommen, als meine Eltern gestorben sind.« Seine Stimme zitterte. »Und dann hab ich die komplette Clique vor den Kopf gestoßen. Kaum einen von denen konnte ich mehr ertragen. Ich habe mich wie ein Arschloch verhalten und ihnen den Rücken zugekehrt. Und sie haben es natürlich nicht kapiert. Auch nicht, mich plötzlich schwach zu erleben, wo ich doch vorher immer der Coole und Überlegene war. Damit kamen sie gar nicht klar. Nein, ich hab mich damals echt nicht mit Ruhm bekleckert. Und ein guter Freund bin ich auch nicht gewesen. Vielleicht bewundere ich deshalb deine Treue zu Hellmann so sehr. Du hast ihn nicht im Stich gelassen, oder?«

»Doch, hab ich.« Nele wurde traurig, und die alte Schuld stieg in ihr hoch. Ihr traten Tränen in die Augen. »Das ist es ja gerade. Ich hab ihn im Stich gelassen, aus Feigheit und Opportunismus, nur um selber gut dazustehen. Und lange Zeit habe ich ihn erfolgreich aus meinem Kopf verbannt. Als hätte es ihn nie gegeben. Verstehst du jetzt, warum ich wissen muss, was passiert ist?«

Marc stimmte zu und schmiegte sich an sie. Plötzlich waren sie sich ganz nah. Beide waren für Menschen, die ihnen vertraut hatten, zur Enttäuschung geworden. Beide hatte bitter lernen müssen, dass das nicht zu korrigieren war. Beide mussten mit der Schuld leben. Aber immerhin taten sie ihr Bestes, damit so etwas nicht noch mal passierte. Sie kuschelte sich an seinen warmen Rücken. Und als er das Licht löschte, war sie schon eingeschlafen.

Unaufhaltsam

Tom

Tom wachte auf, weil die Herbstsonne hell auf sein Gesicht schien. Gestern Nacht hatte er offenbar versäumt, das Rollo herunterzulassen. Der Wecker zeigte kurz nach zwölf, und Tom schälte sich stöhnend unter der Bettdecke hervor.

Um fünfzehn Uhr erwarteten ihn seine Eltern zum Kaffee. Sein Vater feierte seinen Zweiundsiebzigsten. Tom waren die Besuche im Kaarster Elternhaus verhasst. Die Mutter mit ihrem unterwürfigen Getue und der nörgelige Vater, der ihm nur aufgrund seiner fortschreitenden Parkinsonerkrankung die florierende Praxis überlassen hatte, gingen ihm auf die Nerven. Und er hatte keine Lust, sich ihren kritischen Fragen auszusetzen. Die der Mutter kreisten um sein Singledasein, die des Vaters ums Geld.

Außerdem musste der Vergleich mit seinem älteren Bruder, Chefchirurg in einer Augsburger Klinik, verheiratet, dreifacher Vater mustergültiger Kinder, zwangsläufig negativ ausfallen. Michael und Elena waren mit Philipp, Melina und Sophie schon gestern angereist, und auch sie alle würden ihn von oben herab beäugen. Der Besuch in Kaarst würde sich für ihn wieder mal als ein Marathon dauernder Rechtfertigungen gestalten. Rechtfertigungen und Entschuldigungen schienen sein Leben zu bestimmen.

Tom stand steifbeinig auf und warf einen Blick aus dem Dachfenster. Ein leuchtend blauer Himmel spannte sich über den Kastanien, Eichen und Buchen, an deren fast kahlen Ästen nur noch ein paar Reste gelben Herbstlaubs hingen. Es war wundervolles Wetter draußen, einer dieser seltenen sonnigen Tage, an denen man mitten im Novembergrau noch einmal aufatmete, bevor der Winter kam. Tom hatte nichts davon. Er fühlte sich niedergedrückt. Der gestrige Abend lastete schwer auf ihm, ganz zu schweigen von der zu erwartenden Tortur an der Kaffeetafel.

Nachdem er Tina in Oberkassel vor ihrem Haus abgesetzt hatte, war er nach Hause gefahren. Wie immer hatte er einen leisen Stich dabei empfunden, sie gehen zu lassen. Daher genehmigte er sich auf halber Strecke eine weitere Pfeife. Später in seiner leeren Wohnung wurde er von schlimmen Ängsten überfallen. Er ließ sich auf seine kühle Ledercouch fallen, ohne das Licht anzuknipsen, und grübelte stundenlang.

Was sie drei vorhatten, war Wahnsinn. Das machte Tom sich auch jetzt unter der Dusche klar. Er war doch kein Mörder, und er hatte sich auch nach dem schrecklichen Ereignis auf der Fichtenlichtung nie als einer gefühlt. Eine Verkettung von widrigen Umständen hatte zu der Tat vor neunzehn Jahren geführt, nichts weiter. In Toms Erinnerung war es eine Art Unfall gewesen, und er empfand sich selbst als den Unschuldigsten von ihnen dreien.

Nun wurde von ihm erwartet, dass er sich zu der Tat von damals bekannte und zum echten Mörder wurde. Verzweifelt suchte er nach einer weniger drastischen Lösung. Die unverschämt hohe Summe zu zahlen, fiel flach, denn er hatte das Geld nicht. Und bloß einen Teil zu zahlen und auf das Verständnis des Erpressers zu hoffen? Illusorisch! Außerdem stand fest, dass sich Tina und der Dicke nicht mit Halbheiten zufriedengeben würden. Die suchten nach einer Endlösung.

War es denkbar, dass er selbst bei der Beseitigung des Erpressers im Hintergrund blieb und seine Hände in Unschuld wusch? Nein, Tina und der Dicke würden dafür sorgen, dass die Verantwortung gleichmäßig zwischen ihnen aufgeteilt wurde, zur Absicherung des gegenseitigen Schweigens.

Und sich bei der Polizei zu stellen, nach all den Jahren? Tom musste nicht lange überlegen. Sein Leben wäre zerstört, und die Verachtung seiner Familie, die ihn sowieso für einen Versager hielt, konnte ihm sicher sein – vom Hass der beiden anderen mal abgesehen. Dann wäre er ganz allein. Nein, das kam nicht in Frage.

Resigniert trocknete er sich ab, rasierte sich, kleidete sich an, machte sich einen Kaffee und genoss den ersten Sticky des Tages. Die Cannabismenge dosierte er möglichst gering. Schließlich musste er heute fit im Kopf bleiben.

Dann setzte er sich an den Computer. Vielleicht brachte es ihn weiter, wenn er alle Personen der Clique und des Dunstkreises von 1989 sammelte. Womöglich kam ihm darüber eine Idee, wie er den Hals noch aus der Schlinge ziehen konnte. Also tippte er: »Shorty, Steve, Stoned, Johannes, Major, Tina, Nicky, Anita, Marc, Nele.«

Die alten Spitznamen halfen ihm, sich die Clique und die Zusammenhänge von damals in Erinnerung zu rufen. Natürlich war ihm die Unvollständigkeit der Liste bewusst.

Tom driftete ab. Er fragte sich, was aus ihnen allen geworden wäre, hätte Marc der Clique damals nicht den Rücken gekehrt. Die erste Zeit nach dem Tod seiner Eltern war furchtbar gewesen, für sie alle. An jenem Samstag hatte Tina heulend die Freunde informiert.

Tom war wie aus allen Wolken gefallen. Klar hatte er gewusst, dass im Hause Warberg zwei Straßen weiter etwas nicht in Ordnung war. Aber er war in dem irrigen Glauben gewesen, dass die Erwachsenen alles einigermaßen unter Kontrolle hätten. Das stellte sich nun als grundfalsch heraus.

Und Marc tat ihm echt leid. Vor allem der Selbstmord des Vaters. Und dann auch noch der Pressewirbel, durch den der gesamte Dreck ans Licht kam! Es schien, als habe es jemandem großen Spaß gemacht, die Warbergs in möglichst schlechtem Licht dastehen zu lassen. Selbst für Tom, der das Theater nur am Rande mitkriegte, war das alles zu viel. Und er hatte keinen blassen Schimmer, wie er seinem besten Freund beistehen sollte. Kein Wunder, denn auf einen Rollentausch war Tom nicht vorbereitet. Aber das war dann ja auch gar nicht nötig. Marc distanzierte sich plötzlich von seinen ältesten Freunden. Auch ihn, Tom, behandelte er wie Luft, und das nicht nur in den ersten Wochen, als es noch irgendwie verständlich gewesen wäre.

Aber später? Im Herbst/Winter '88? Irgendwann wurde Tom ungeduldig und schlussendlich echt sauer. Und Tina erst! Marc Warberg verhielt sich ihr gegenüber abweisend und von oben herab. Tom wurde dank Tinas Beistand schnell klar, dass Marc ein Arschloch war, das man vergessen konnte. Immer wieder machte er sich das bewusst; trotzdem tat es weh, vor allem wenn er beobachtete, wie eng Marc plötzlich mit Johannes war. Ständig steckten die zwei die Köpfe zusammen, in der Schule und außerhalb. In der Oberstufe wurde sogar gemunkelt, sie seien womöglich ein Paar. Das Gerücht über Johannes' Homosexualität war nicht neu, seit Jahren hielt es sich hartnäckig. Tom konnte nicht glauben, dass Marc schwul war. Das wüsste er als sein ältester Freund doch am besten, oder?

Nein, egal, was Tina spekulierte, zwischen Marc und Johannes ging es nicht um körperliche Anziehungskraft, sondern um Seelenverwandtschaft. Diese Erkenntnis tat Tom jedoch besonders weh. Marc und Johannes begegneten sich intellektuell auf Augenhöhe; nie hätte er mithalten können. Die Gespräche der beiden hatten sich, seit Johannes im Sommer '87 zur Clique gestoßen war, auf einer hochgeistigen Ebene abgespielt, der kein Normalsterblicher folgen konnte. Mathematische Theorien, Programmieren, all der Schwachsinn halt, zu dem Tom überhaupt keinen Zugang hatte. Und dann, nach dem Tod von Marcs Eltern, gab es für diese Schwafeleien gar kein Halten mehr. Marc Warberg schien alles aus seinem Leben auszublenden, was ihm einmal wichtig gewesen war, bis auf Johannes und dessen Gehirnschmalz.

Der gutmütige und verträumte Stoned hatte das nicht gerafft. Nachdem sich herausgestellt hatte, dass Marc erst mal im Bungalow der verstorbenen Eltern wohnen blieb und seine Schwester Yvonne zu ihm zog, fing Stoned an, von einer WG zu träumen.

»Major, Marc und ich, wir ziehen zusammen, wenn wir studieren«, phantasierte er gegenüber jedem, der ihm in die Finger kam. Die Idee war ein Überbleibsel aus früheren Zeiten und hatte mit der Realität von 1988 nichts mehr zu tun, aber Stoned kapierte das einfach nicht. Unbeirrbar lief er immer wieder bei Marc auf und machte sich lächerlich.

Tom glaubte fest, dass Stoned den Bezug zur Realität hauptsächlich verloren hatte, weil er auf irgendeinem Trip hängen geblieben war. Außerdem hatte er die Scheidung seiner Eltern nicht verkraftet. Seitdem warf er sich wahllos alles ein, was es auf dem Markt gab: Drogen, Alkohol und Junkfood. Mann, was war der dick geworden! Tom konnte bald nicht mehr viel mit dem alten Freund anfangen. Tina hatte recht, der war ein Psycho.

Aber was halfen Tom heute die Erinnerungen an Marcs Verrat und Stoneds Absacken? Wichtig war, wer von den alten Leuten vor zwanzig Jahren oder später Kontakt zu Hellmann gehalten hatte.

Frustriert stöhnte er auf. Alle hatten nur bis 1987 und auch nur über Marc mit dem Typen zu tun gehabt. Tom konnte keinen Grund dafür finden, warum sich das später geändert haben sollte. Außer der Vorliebe für Dope oder Koks, das man sich entweder abgewöhnte oder woanders besorgte, gab es keine Gemeinsamkeiten.

Und Nele stellte zwar in gewissem Sinne ein Verbindungsglied dar, hatte aber während der Schulzeit in keinem Kontakt zur Clique gestanden.

Kannte sie die Fichtenlichtung? Tom glaubte, ja. Es war doch naiv vom Dicken, zu meinen, dass sie den Platz vor der Schülerschaft geheim gehalten hatten. Gerüchte breiteten sich schnell und unkontrolliert aus, und Schulen eigneten sich dafür besonders gut. Bestimmt wusste Nele, was die Fichtenlichtung war.

Für ihn machte sie das zur Verdächtigen Nummer eins. Doch bei dem Gedanken wurde ihm sehr unwohl. Obwohl er Nele nur von früher und vom Sehen kannte, konnte er sie sich überhaupt nicht als Kriminelle vorstellen. Und: War es denn denkbar, dass sie heute in aller Ruhe mit Marc verkehrte, während sie gleichzeitig die Fichtenlichtungfotos in der Hinterhand hatte? Eher unwahrscheinlich. Tom war ratlos.

Und Marc selbst? Hatte Tina recht mit ihrer Vermutung, dass er der Erpresser war? Klar, die Vorstellung hatte etwas für sich, aber warum um alles in der Welt sollte Matthias Hellmann Marc Warberg die Beweisfotos anvertraut haben? Handelte es sich bei Marc und seiner Freundin etwa um ein Erpresserduo? Nein, jetzt wurde es zu abgedreht.

Also doch Nele. Er würde sie näher unter die Lupe nehmen müssen, so wie er es Tina auf dem Weg nach Oberkassel versprochen hatte. Und dann musste er natürlich noch den offiziellen Auftrag des Dicken ausführen, alles über Shorty und Anita herauszufinden. Tom druckte die Namensliste aus, löschte die Daten und fuhr den Computer herunter. Er musste los, zu seiner spießigen Familie. Heute Abend würde er weitersehen.

Nele

Nele und Marc schliefen lange. Keine Kinder, keine Verpflichtungen, kein Wecker. Irgendwann gegen Mittag kam Nele zu sich, genoss mit geschlossenen Augen die Wärme des Körpers neben sich und wähnte sich in einer anderen Zeit. Sich ununterbrochen mit der Vergangenheit zu beschäftigen, trug eben seltsame Früchte. So war Nele mit einem Mann an ihrer Seite eingeschlafen und wachte in den Armen eines anderen auf.

Sie fand sich in Matthias' winzigem Kellerapartment wieder; es war August 1988 und die Welt noch in Ordnung. Seit knapp zwei Wochen wohnte Matthias hier gegenüber vom Kaarster Bahnhof – auf Initiative seines Bewährungshelfers. Die Wohnsituation bei Mutter, Stiefvater, Halbgeschwistern und Schwester mit Baby sei seiner Resozialisierung nicht zuträglich, hatte er gemeint und ihm die Wohnung vermittelt. Matthias war so zufrieden wie schon lange nicht mehr. Neuer Job, neue Bleibe und neue Freundin, begeisterte er sich. Es ging aufwärts.

Sie hatten seinen Einzug mit einer Flasche Sekt auf der Matratze sitzend gefeiert. Möbel gab es noch keine. Matthias' gesamte Habe passte in vier Umzugskartons, die an der kahlen Wand standen. Dann hatten sie miteinander geschlafen, das erste Mal ohne befürchten zu müssen, von seiner Familie gestört zu werden.

Jetzt, vierzehn Tage später, hatte sich die Wohnung ein wenig gefüllt. Es gab einen alten Schwarz-Weiß-Fernseher, einen Küchentisch mit zwei Plastikklappstühlen und einen Kleiderständer. Das Bett fehlte immer noch. Also war Nele heute Morgen wieder auf der durchgelegenen Matratze aufgewacht. Aber was machte das schon? Sie liebte es, neben ihm wach zu werden, seinen warmen nackten Körper neben sich zu spüren. Ein tiefes Glücksgefühl durchströmte sie. Noch nie war sie so verliebt gewesen, hatte nicht geahnt, dass solche Gefühle überhaupt möglich waren. Das hier war alles, was sie brauchte, und alles, was sie wollte. Egal, was Andrea oder sonst wer sagte.

Sie schmiegte sich an ihn, strich mit ihren Fingern über seinen flachen Bauch und die sich abzeichnenden Beckenknochen. Er reagierte mit einem leichten Drängen, drehte sich träge zu ihr, nahm sie in die Arme und begann, sie zu streicheln und zu küssen. Sie öffnete sich, wurde weich und anschmiegsam. Es war das Selbstverständlichste der Welt, eins zu werden, zu verschmelzen, sich aufzulösen, um danach allmählich wieder zu sich zu kommen. Sie schaute aus nächster Nähe in seine Augen. Matthias lächelte. Sie lächelte zurück. So einfach war das.

Und doch so schwer. Nele hatte ihren Eltern immer noch nichts von ihrem neuen Freund erzählt. Aber na und? Sie war volljährig und keinem mehr Rechenschaft schuldig, redete sie sich ein. Stattdessen erfand sie Ausreden, wenn sie bei ihm übernachten wollte: einen Besuch bei Andi, die das Spiel im Übrigen nicht mehr lange mitmachen würde, einen Babysitterjob, eine angebliche Stippvisite bei ihrem Bruder, der in Aachen studierte.

Bald würden ihr die Geschichten ausgehen. Wenn Matthias anrief, was selten genug vorkam, da er in seiner neuen Wohnung noch keinen Anschluss hatte, stürzte sie ans Telefon und zog sich mit dem Apparat, der an einer fünf Meter langen Schnur hing, ins Gästeklo zurück. Natürlich graute ihr davor, ihren Eltern die Wahrheit zu beichten. Papa würde ausrasten, und Mama wäre besorgt, denn welche Eltern wünschten sich für ihre einzige Tochter einen vorbestraften Freund ohne Schulabschluss? Wären sie in der Lage, zu verstehen, was er ihr bedeutete und sie ihm? Nele bezweifelte es und schämte sich gleichzeitig für ihre Feigheit.

Matthias setzte sich auf und griff nach dem Tabak, der neben der Matratze gelegen hatte. Bald saß er zufrieden rauchend neben ihr, die nackten Beine unter der Bettdecke. Ein verheißungsvoller Sonntag lag strahlend sonnig und heiß vor ihnen.

»Wie wär's, wenn wir zum See fahren?«, schlug er vor. »Jens und die anderen kommen so ab zwei. Wir packen was zu essen und ein paar Bier ein und braten auf der Wiese in der Sonne, okay? Und zwischendurch schwimmen wir 'ne Runde.« Er sah sie schräg an und wartete auf ihre Ausrede.

»Na ja, ich weiß nicht. Heute ist der letzte Ferientag. Morgen fängt die Schule an … Außerdem müssen wir dringend noch mal die Theoriebögen durchgehen.« Sie zeigte auf den unordentlichen Papierstapel neben sich. Hartnäckig hatte sie Matthias dazu gebracht, einigermaßen regelmäßig die theoretischen Unterrichtsstunden in der Fahrschule zu besuchen und erst danach zusammen etwas trinken zu gehen. Die Prüfung stand für beide noch aus.

Dass sie heute mit ihm lernen wollte, war natürlich nur vorgeschoben. Nele scheute davor zurück, sich mit Matthias' Freunden zu treffen, und er wusste das genau. Sie waren ihr fremd und jagten ihr sogar ein bisschen Angst ein.

Noch dazu wäre ein Besuch am See allzu öffentlich. Garantiert würden sie dort auf Mitschüler treffen oder auf Nachbarn. Skeptisch beäugte sie Matthias' komplett tätowierte Arme und Schultern und den chinesischen Drachen, den er sich vor ein paar Wochen von Danny auf den Brustkorb hatte stechen lassen. Dann biss sie die Zähne zusammen, denn ihr eigenes Versteckspiel stank ihr selbst gewaltig. Und ihn kränkte es, dass sie nicht zu ihm stand, auch wenn er es vor ihr verbarg.

Sie gab sich einen Ruck. »Aber okay, einverstanden, guter Plan. Ich würde auch gern mal wieder schwimmen gehen. Aber vorher radle ich nach Hause und hole meine Badesachen.«

Matthias war bass erstaunt und grinste von einem Ohr zum anderen, bevor er aufsprang und ihr mit einem Ruck die Decke wegzog. »Super! Worauf wartest du noch? Ab unter die Dusche!«

Als Nele jetzt in Marcs breitem Doppelbett in seinem modernen Schlafzimmer mit einem Kleiderschrank, der über die gesamte Länge und Höhe der Wand reichte, zu sich kam, wurde ihr klar, dass sie nie wieder so uneingeschränkt glücklich sein würde wie damals mit Matthias in seinem abgewrackten Apartment, bevor all die schlimmen Dinge passiert waren. Aber ihr war auch klar, dass sie ihn genau so in Erinnerung behalten wollte, wie er an jenem fernen Sonntagmittag gewesen war: optimistisch, liebevoll und energiegeladen.

Leider hatte bereits derselbe Tag nur wenige Stunden später die erste Ernüchterung gebracht.

Nele, Matthias und seine Leute lagerten auf Handtüchern und Decken im Schatten einer Birke mitten auf der Liegewiese am Kleinen Kaarster See, den man vor Kurzem zum Badesee umgestaltet hatte. Um sie herum verbrachten vor allem Familien und Paare hier einen faulen Nachmittag.

Matthias' Freunde mit ihren tätowierten Körpern bildeten einen krassen Gegensatz zu den anderen Badegästen. Außer Jens Meyer und Moni, seiner neuesten Errungenschaft, Peter Furtner und seiner wasserstoffblonden Freundin Nina waren Danny, Hank und Tommi heute mit dabei. Das Bier floss in Strömen, die Lautstärke schwoll an, die Stimmung wurde ausgelassener.

Nele hatte ein mulmiges Gefühl im Bauch. Immer wenn Matthias mit seinen Freunden zusammen war, gab er sich großspurig. Bis jetzt hatte sie das nur in seiner kleinen Wohnung erlebt, heute war Premiere vor Publikum.

Wie erwartet fühlte sie sich wie auf dem Präsentierteller. Tapfer versuchte sie, ihr Unbehagen abzuschütteln und sich auf den Mann, den sie liebte, zu konzentrieren. Und er gab sich alle Mühe, damit sie sich wohlfühlte. Er umarmte und küsste sie, cremte ihr den Rücken ein, schwamm mit ihr raus in den See und suchte immer wieder den Augenkontakt.

Die Blicke seiner Freunde waren anderer Art. Ungerührt, aber durchaus anerkennend taxierten sie Nele von oben bis unten. Mit ihrem gebräunten, schlanken Körper im knappen Bikini und dem unschuldigen Gesicht war sie wohl ein ganz angenehmer Anblick und vor allem ein Kontrast zu den grell geschminkten Mädchen mit ihren Dauerwellen und lackierten Fingernägeln. Sie nahm das Verhalten der Jungs gelassen und reagierte freundlich auf ihre flapsigen Komplimente. Wesentlich befangener fühlte sie sich Moni und Nina gegenüber; die Mädchen waren ihr so fremd wie Außerirdische.

Wenn Matthias mit den Freunden im nahen Grüngürtel verschwand, wurde die Situation für Nele besonders unangenehm. Sie kannte Matthias und seinen Hang zum Drogenkonsum inzwischen zur Genüge und ahnte, was im Schutze der Büsche vor sich ging. Er kiffte oder nahm Speed. Bis jetzt hatte sie nicht gewagt, ihm die Meinung zu geigen. Aber Mensch, er setzte seine Bewährung aufs Spiel! Besorgt wartete sie auf seine Rückkehr.

Als Hank, Jens, Tommi und Matthias sich lachend und laut palavernd der Birke näherten, kam es zum Zwischenfall. Matthias rempelte versehentlich einen Familienvater an, der mit seinem kleinen Sohn den Weg kreuzte. Und dann ging alles ganz schnell. Nele hörte den Mann schimpfen, als sich Matthias auch schon vor ihm aufbaute. Nele sah ihn auf die Zehenspitzen federn, den ganzen Körper in Badehose und Trägershirt gespannt wie ein Flitzebogen, die Fäuste geballt. Heftig stieß er den Fremden mit flachen Händen von sich, gab schroff etwas zurück, das Kinn aggressiv gereckt. Nele setzte sich erschrocken auf. Ihr Herz klopfte bis zum Hals.

Jens rettete die Situation, indem er dazwischenging. Entschieden packte er den Freund an den Schultern und redete beruhigend auf ihn ein. Der Mann und das Kind nutzten die Gelegenheit zur Flucht. Erleichtert sah Nele, wie Matthias sich entspannte, als Jens ihn in den Arm nahm, seinen Bizeps knuffte und ihn zu Nele zurückführte.

Während die anderen so taten, als sei nichts weiter geschehen, warf Matthias sich neben sie bäuchlings auf die Decke und bedeckte mit dem Arm das Gesicht. Nele hörte seinen stoßweisen Atem und registrierte die Verkrampfung seiner Muskeln.

»Alles in Ordnung?«, fragte sie vorsichtig.

»Klar, geht gleich wieder«, klang es gedämpft unter dem Arm hervor. »Tut mir leid.«

Ängstlich wartete sie ab. Zum ersten Mal beschlich sie das dumpfe Gefühl, dass ihr diese neue Beziehung über den Kopf wachsen könnte.

»Was war eigentlich los?«, fragte sie nach einer Weile.

»Ach, nichts, aber ich lass mich doch nicht von jedem Scheiß-Spießer blöd anmachen! Der See ist ja wohl für alle da. Aber Jens hat recht. Der Spinner war es nicht wert, 'ne Anzeige zu kassieren.«

Später, als Matthias sich wieder gefangen hatte, atmete Nele allmählich auf. Den Rest des Nachmittags war er sanft und friedlich und konzentrierte sich ganz auf sie.

»Ich hab mir was überlegt«, verkündete Marc nach dem Frühstück. Er war bester Laune, seit er seine E-Mails gecheckt und festgestellt hatte, dass Joe endlich zurückgeschrieben und die fälligen Dokumente geschickt hatte.

»Ach ja, was denn?« Nele saß zurückgelehnt auf dem gepolsterten Armlehnstuhl im Wohnzimmer und genoss mit geschlossenen Augen die herbstlichen Sonnenstrahlen, die durch das Fenster ihr Gesicht streichelten. Entspannt hielt sie den Kaffeebecher mit beiden Händen, sodass er sie zusätzlich wärmte.

»Na, ich könnte dir doch bei deinen Nachforschungen ein bisschen zur Hand gehen.« Das klang wie das Versprechen auf ein besonders tolles Weihnachtsgeschenk.

Nele öffnete verblüfft die Augen. »Wie denn? Du kennst Matthias' Leute doch gar nicht.«

»Nein, stimmt, höchstens von früher vom Sehen. Aber recherchieren könnte ich doch trotzdem für dich. Ich könnte Joe anspitzen, damit er ein paar von seinen Beziehungen spielen lässt. Der kriegt garantiert raus, was aus diesem Jens Meyer geworden ist. Joe kennt vom Golfen her so ein hohes Tier bei der Kripo Düsseldorf und, soviel ich weiß, auch jemanden bei der Staatsanwaltschaft –«

Nele war alarmiert. »Marc!«, unterbrach sie ihn. »Ich will keine fremden Leute in die Sache reinziehen, schon gar nicht deinen Partner. Wer weiß, wer hinter dieser Erpressergeschichte steckt? Ich möchte niemanden aufschrecken, sondern mich nur ganz leise im Hintergrund erkundigen. Andi meint auch, das könnte sonst gefährlich werden.«

Jetzt runzelte Marc irritiert die Stirn. »Was heißt hier ›aufschrecken‹? Die, die ich darauf ansetzen würde, bewegen sich doch in völlig anderen Kreisen als dein Gaunerpärchen vom Friedhof. Oder glaubst du etwa, die zwei arbeiten bei der Staatsanwaltschaft oder der Kripo?« Es klang verächtlich.

»Zumindest haben sie Bildung und einen gewissen Status«, erwiderte Nele überzeugt und wunderte sich im selben Moment selbst über diese Erkenntnis. »Ja, genau. Die Frau sprach klar und akzentuiert, vielleicht etwas schrill, aber sehr selbstbewusst. So reden Leute mit einem sicheren Stand im Leben. Der Mann hat eher genuschelt, aber auch bei ihm würde ich sagen: dicke Brieftasche. Weiß auch nicht, warum. Deshalb kann ich nicht ausschließen, dass diese Leute, genau wie dein Joe, Beziehungen haben. Nee, bitte nicht!« Sie schüttelte den Kopf und nahm noch einen Schluck Kaffee. »Abgesehen davon«, Nele lächelte Marc entschuldigend an, »möchte ich mich auch nicht lächerlich machen. Erst mal rede ich mit Matthias' Verwandten und Freunden. Wenn ich weiß, wie es ihm in den letzten Jahren ergangen ist, kann ich die Situation einfach besser einschätzen. Auch, ob er sich wirklich umgebracht hat oder ob mehr dahintersteckt.« Sie brach ab, mit einem dicken Kloß im Hals.

Marc blickte sie enttäuscht an. »Wie du meinst. War ja nur ein Angebot. Damit du so schnell wie möglich Klarheit hast und wir diese ganze seltsame Geschichte endlich vergessen können. Ist mir nämlich echt ein bisschen zu viel Matthias Hellmann in den letzten Tagen, weißt du. Aber wenn du es unbedingt allein durchziehen willst …« Er hörte sich beleidigt und gekränkt an.

Sie verstand, dass er verunsichert war. Aber was sollte sie tun? Ihm zu Gefallen die Geschichte ruhen lassen? Die Verantwortung abstreifen und Matthias noch einmal verraten? Das kam nicht in Frage. Sie würde dranbleiben, auf ihre Weise.

»Tut mir leid, Marc. Aber so ist es: Ich muss das allein durchziehen. Trotzdem danke für deine Hilfsbereitschaft«, beschwichtigte sie ihn lahm.

Tina

Tina raste vor Wut. Mit verkniffenen Lippen trat sie das Gaspedal ihres silbergrauen Porsche voll durch und heizte auf der A 44 durch den Tunnel Richtung Düsseldorf. Scheißsonntag, Scheißroland. Gut, dass sie mit ihrem Wagen zu der Vernissage nach Venlo gefahren waren. Jetzt konnte er gucken, wie er nach Hause kam. Okay, Ralf, ihr Schwager, würde bestimmt gern Taxi spielen.

Aber den Sex konnte Roland heute auf jeden Fall vergessen. Sie atmete tief durch. Wie konnte man nur so geizig und dermaßen konservativ sein!

Tina dachte wieder an das Gemälde – Öl auf Leinwand, ein Meter fünfzig mal ein Meter fünfzig – in diesen erotischen und gleichzeitig aggressiven Rottönen. Es würde sich super im Kaminzimmer machen. Pure Energie, sie hatte sich sofort verliebt. Nun ja, zugegeben, viertausendfünfhundert Euro waren kein Pappenstiel. Aber das Bild hätte eine echte Investition dargestellt! Der Künstler war absolut im Kommen. Nur hatte sie ihren Mann nicht davon überzeugen können.

Bankenkrise. Wenn sie das Wort schon hörte! Dabei schwammen die von Meersfeldts im Geld, Bankenkrise hin oder her. In solchen Momenten hasste Tina es, von ihrem Mann und dessen Familie abhängig zu sein, ohne eigenes Einkommen und seiner Willkür ausgesetzt.

Heute hatte sie einfach nicht die Kraft besessen, ihm genug Honig ums Maul zu schmieren, damit er das Bild doch noch kaufte. Genervt nestelte sie im Handschuhfach herum, bis sie die Packung Zigaretten gefunden hatte, die sie dort als Notreserve aufbewahrte. Kurz darauf inhalierte sie tief und heftig.

Es waren einfach die Nerven, die langsam mit ihr durchgingen. Shitfuckmatthiashellmann! Shitfuckerpresserxxl! Sie zwang sich dazu, gleichmäßig zu atmen.

Damit der Spuk endlich ein Ende hatte, mussten sie diesen Erpresser kriegen. Wenn sie das geschafft und ihn für alle Zeiten ausgemerzt hatten, dann würde sie, Tina von Meersfeldt, das Leben wieder ruhiger angehen lassen. Aber vorher stand Arbeit an. Sie hatte es übernommen, alles über Nicky oder Steve herauszufinden. Kein Problem, oder? Sie hatte da einen Freund bei der Rentenversicherungsanstalt, leitende Position, versteht sich, der würde bestimmt ein paar Daten lockermachen. Vor allem, da sie ihn mit ihrer kurzen, heißen Affäre in der Hand hatte. Ihr Auftrag wäre schnell erledigt.

Aber wie ging sie in Sachen Cornelia Liebert-Schumann, dem Exschätzchen von Assi Hellmann und Marcs aktuellem Liebchen, vor? Hier würde sie nichts dem Zufall überlassen. Das Pärchen stand ganz oben auf ihrer Liste der Verdächtigen. Nur zu gern wäre sie es, die herausbrachte, dass Marc Warberg hinter der neuen Erpressergeschichte steckte. Dann könnte sie ihm endlich mit dem allergrößten Vergnügen und ohne schlechtes Gewissen den Arsch aufreißen!

Während sie über die Rheinbrücke fuhr, träge dahinziehende Schleppkähne tief unter sich zurücklassend, kam ihr ein Gedanke, und schon schnappte sie sich ihr Smartphone.

»Hallo?«

»Hi, Tina von Meersfeldt hier.«

»Ach ja?«

Das klang nicht begeistert. Okay, es war Sonntag, da hatten manche Leute auch anderes als Geschäftliches im Sinn.

»Andi, tut mir leid, dass ich dich störe, aber ich rufe noch mal wegen der Tänzerin an, du weißt doch: die kleine Silberfigur aus den Zwanzigern, die mir vor vierzehn Tagen so gut gefallen hat.«

»Ja, ich erinnere mich …«

Andrea Seeger war zwar immer noch nicht begeistert, aber sie hörte sich zumindest etwas freundlicher an.

»Ist die noch da, oder hast du sie schon verkauft?«

Tinas Stimme zitterte vor Begierde. Die zarte kleine Skulptur hatte ihr wirklich gut gefallen. Kunst war nun mal ihre Schwäche. Aber in Andreas verstaubtem Antiquitätenladen konnte man nicht mit Karte zahlen, und sie hatte an dem Mittwoch vor zwei Wochen zu wenig Bargeld dabeigehabt. Später war Tina die niedliche Tänzerin aus dem Gedächtnis geglitten, was vermutlich mit den Problemen der letzten Tage zusammenhing.

»Nee, die ist noch da. Hatte sie ja extra zurückgelegt! Obwohl ich schon dachte, die Sache sei für dich erledigt.« Wie immer klang Andreas Stimme ruppig.

Im Hintergrund hörte Tina Töpfe klappern und dann Fetzen einer tiefen männlichen Stimme, bestimmt ihr Mann.

»Ach was, ich hatte keine Zeit und bin nicht nach Kaarst rausgekommen. Aber natürlich bin ich noch interessiert. Wie wär's, wenn ich morgen Vormittag mal reinschneie und die Figur gleich mitnehme? Ich bin sowieso in der Gegend.« Der letzte

Satz war glatt gelogen, aber Tina war nicht daran interessiert, dass Andrea Seeger die Dringlichkeit hinter ihrem Anliegen bemerkte.

»Na ja, morgen früh ist die Halle nicht offen, das weißt du ja, aber ich bin nebenan in der Schreinerei. Muss noch ein Seitenteil von einem Buffetschrank ausbessern. Ja, geht in Ordnung. Komm einfach! Aber sorry, Rainer und ich kochen gerade. Sehen uns dann ja morgen …«

Und schon hatte sie aufgelegt.

Typisch Andrea, dachte Tina, immer tough, immer kurz angebunden. Aber egal, morgen würde sie ihr die gewünschten Informationen entlocken. Zufrieden legte Tina ihr Handy auf den Beifahrersitz. Bald würde sie zu Hause sein und sich endlich ein bisschen entspannen können. Und wer weiß, vielleicht war Roland ja inzwischen von diesem Bankenkrisen-Geizhals-Trip runtergekommen, von seinem üblichen schlechten Gewissen übermannt worden und brachte ihr doch noch das geile rote Bild mit. Passen würde es zu ihm.

Der Dicke

Seine Gedanken drehten sich unaufhörlich im Kreis. Wer, zum Teufel, steckte hinter den neuen Erpresserbriefen? Wie konnte der Scheißkerl rechtzeitig gestoppt werden? Rechtzeitig, das hieß bis Freitag, dem Tag der Geldübergabe. Der Dicke war sich sicher, dass sie keinen Aufschub bekamen. Falls sie die sechshunderttausend Euro nicht vollständig und pünktlich zahlten, würde Erpresser XXL sie auffliegen lassen. Das hatte er im Urin.

Der Dicke hatte lange nachgedacht – die halbe Nacht und den gesamten Sonntagvormittag –, und immer deutlicher war ihm der Mut der Verzweiflung hinter der knappen Ausdrucksweise des Schreibers bewusst geworden. Hier agierte jemand, der es eilig hatte und der, wenn nötig, über Leichen gehen würde. Dieser Jemand brauchte das Geld dringend. Das spürte er mit jeder Faser. Er war schon immer gut darin gewesen, sich in andere hineinzuversetzen. Diese Fähigkeit hatte er im Laufe der Jahre zu seinem

Metier gemacht, natürlich nicht aus Spaß, sondern aus purem Selbsterhaltungstrieb.

Von klein auf hatte er lernen müssen, ohne tiefe Bindungen zurechtzukommen. Das Urvertrauen, geliebt und gewollt zu sein, das die meisten Menschen selbstbewusst durchs Leben gehen ließ, fehlte ihm völlig. Daher stellten Freundschaften für ihn keine Selbstverständlichkeit dar, sondern mussten immer wieder neu erkämpft werden. Das gelang am besten, wenn man in die Haut des anderen schlüpfen konnte. Dann wusste man, was dieser brauchte, und konnte es aus vollem Herzen und mit ganzer Kraft geben. Nie ruhte der Dicke sich auf seinen Erfolgen aus, nichts überließ er dem Zufall. Wen er einmal für sich gewonnen hatte, der sollte bis in alle Ewigkeit an seiner Seite bleiben, so wie Marc. Bestandswahrung nannte er das. Deshalb kam für ihn überhaupt nicht in Betracht, sich Marc als Erpresser XXL vorzustellen. Er kannte den Freund von Grund auf, jahrzehntelang hatte er sich mit seinem Wesen beschäftigt und war sich seiner Unschuld hundertprozentig gewiss.

Erpresser XXL war ein zu allem entschlossener Mensch in tiefer Not und unter immensem Druck. Marc dagegen hatte sich frisch verliebt, das Verhältnis zu seiner Ex und den Kindern war entspannt, keine Spur von Tragik oder Existenzangst. Und der Dicke glaubte, dass genau diese Antriebsfedern den neuen Erpresser agieren ließen.

Leider befand sich auch kein anderer auf der Liste, auf den die Beschreibung zutraf. Darum drehten sich die Gedanken des Dicken im Kreis, während er ein aufgetautes Stück Apfelkuchen mit Sahne nach dem anderen in sich hineinstopfte und mit gesüßtem schwarzen Kaffee hinunterspülte.

Es war zum Kotzen. Da war er dem dreisten Erpresser unglaublich nahe und doch meilenweit entfernt. Und die Zeit drängte.

Äußerst behutsam wagte sich der Dicke nun an Cornelia Liebert-Schumann heran. Eine heilige Kuh war sie für ihn, weil sie eng mit Marc verbandelt war. Und auch sie litt weder irgendeinen Mangel, noch befand sie sich in einer Krise. Aber erstens war sie eine Frau und deshalb per se suspekt, und zweitens hatte sie einst ein sehr intimes Verhältnis mit Hellmann verbunden, selbst wenn das Jahrzehnte zurücklag. Die Zeit spielte für Nele vielleicht keine Rolle. Aber aus welchem Grund sollte sie plötzlich austicken und eine solche abartig unverschämte Summe fordern? Aus Rache, weil Hellmann tot war? Ein Jahr nach dessen Selbstmord? Aus Trauer? Aus einem seltsam verstandenen Gerechtigkeitssinn heraus? Aus reiner Habgier?

Mit vollem Mund schüttelte der Dicke den Kopf. Alles zu unwahrscheinlich, zu konstruiert. Er seufzte, kaute und schluckte. Es half nichts. Er musste seine Kontakte aktivieren. Das hieß im Klartext, bei seinen Leuten im Einwohnermeldeamt, bei den Bullen und der juristischen Fraktion anfragen. Und er würde die ganze Liste durchchecken lassen und sich nicht mit den zwei Leuten begnügen, die er sich bei ihrem konspirativen Dreiertreffen herausgepickt hatte. Es war wichtig, dass er alles unter Kontrolle behielt, immens wichtig. Für die Bestandswahrung.

Unbequem

Nele

Sieben Uhr am Montagmorgen. Nele war müde und konfus, als sie das Frühstück zubereitete. Frank hatte die Mädchen erst spät aus Köln zurückgebracht. Kaum war er wieder fort, hatten sich Anne und Greta über diverse Kleinigkeiten gezankt, bevor sie türenschlagend im Bett verschwanden. Ach ja, die liebe Pubertät!

Anschließend hatte Nele stundenlang mit Marc telefoniert und danach nicht einschlafen können. Ihre Träume während der kurzen Schlafphasen waren wirr gewesen und hatten von Matthias gehandelt. Sie erinnerte sich, sogar einmal laut seinen Namen gerufen zu haben und davon aufgewacht zu sein. Mit wild pochendem Herzen hatte sie dagelegen und die Berührung seiner Hand an ihrer Wange gespürt. Gut, dass Marc nicht da gewesen war. Keine Erinnerung konnte realer sein als Matthias' Präsenz in diesem Traum. Es war erschreckend, traurig und lächerlich, ein halbes Leben zu spät.

Nele versuchte, die seltsame Stimmung abzuschütteln, indem sie sich auf die Handgriffe in der Küche konzentrierte. Aber sie war so nervös! Sie fürchtete sich vor dem Besuch bei Nicole und konnte ihn doch kaum erwarten. Dann kamen gottlob ihre Töchter die alte Holztreppe heruntergepoltert und lenkten sie ab.

»Morgen, Mama«, rief Greta putzmunter, während Anne ihre übliche morgenmuffelige Miene aufsetzte. »Mann, siehst du fertig aus. Hast du schlecht geschlafen?«

»Ja, ziemlich. Sehe ich so schlimm aus?«

»Ehrlich oder nett?«, fragte Greta zurück, und Anne musste sich ein Grinsen verkneifen.

»Okay, dann werde ich mich nachher wohl kräftig aufhübschen müssen.« Nele rieb sich die müden Augen und gähnte herzhaft.

»Das kriegst du schon hin, Mama«, tröstete Anne, die langsam wach wurde. »Setz dich erst mal und trink 'nen Kaffee.«

Sie frühstückten in schweigender Eintracht, und wie immer genoss Nele die Zeit mit ihren Kindern. Das hier war Familienleben, und sie wollte es nicht missen.

»So, komm, Anne, wir müssen los, sonst verpassen wir den Bus.« Greta knallte ihr leeres Glas auf den Tisch und glitt geschmeidig aus der Bank.

Eilig schlüpften die Schwestern in ihre dicken Jacken, schnappten sich die Schultaschen und verschwanden in einen dunklen, nebligen Montag.

Kaum waren sie weg, wurde Nele zappelig. Blitzschnell räumte sie den Tisch ab und warf Aufschnitt, Käse und Margarine achtlos in den Kühlschrank. Dann rannte sie die Treppe hinauf.

Sie wollte sich Matthias' Schwester im allerbesten Licht präsentieren: Falten und Augenränder mussten einem frischen, glatten Teint weichen. Nicole hatte sie das letzte Mal im Alter von knapp neunzehn Jahren gesehen. Wenn Nele ihr gleich gegenüberstand, wollte sie nicht allzu weit vom damaligen Erscheinungsbild abweichen. Zumindest sollte sie als Nele zu erkennen sein!

Also klatschte sie sich eiskaltes Wasser ins Gesicht, cremte es mit Anti-Aging-Creme und schminkte sich sorgfältig. Danach betrachtete sie sich kritisch im Spiegel. Das Resümee fiel einigermaßen zufriedenstellend aus: Die dunklen Haare glänzten, die Müdigkeit war aus ihrem Gesicht fast verschwunden, und ihre Figur kam in Jeans und engem Rollkragenpullover gut zur Geltung.

Für achtunddreißig schon okay, sagte sie sich. Wenig Falten, wenig Speck, was will man mehr? Schnell zupfte sie den BH unter dem Pulli zurecht, eilte die Treppe runter und schlüpfte in die schwarzen hochhackigen Stiefel.

Der Nebel zwang sie, langsam zu fahren. In Vorst, wo die eng beieinanderstehenden Ein- und Mehrfamilienhäuser und vereinzelten alten Höfe entlang der Antoniusstraße die meisten Nebelschwaden draußen auf den Feldern hielten, war es nicht allzu schwierig, zügig voranzukommen, wohl aber, nachdem sie aus dem Ort hinaus den Linksbogen Richtung B 7, Nordkanal und Regiobahn genommen hatte. Der feuchte weiße Nebel war überall und nahm ihr die Sicht. Im Schritttempo tastete sie sich hinter den Rücklichtern der anderen Autos voran.

Hoffentlich war der Linienbus mit ihren Töchtern nicht zu spät am Büttger Bahnhof angekommen, sodass die zwei die S-Bahn verpasst hatten! Ach was, schalt sie sich. Dann hätte sie längst von Greta oder Anne einen Anruf bekommen und die beiden mit dem Auto zur Schule gebracht. Nele überquerte die Schienen der Regiobahn und fuhr geradeaus ins Gewerbegebiet Kaarst-West. Hinter Supermärkten und Parkplätzen hielt sie sich im zweiten Kreisverkehr rechts. Wie sehr sich das Stadtbild in den letzten zwanzig Jahren verändert hatte! Aus mehreren Dörfern war tatsächlich eine Kleinstadt geworden mit einer guten Infrastruktur und einem echten Stadtzentrum, der sogenannten Neuen Kaarster Mitte.

Nele erinnerte sich, dass man früher Neuss, Düsseldorf oder Mönchengladbach ansteuern musste, um vernünftig einkaufen zu können. Heute brauchte man dafür die Grenzen von Kaarst nicht zu überschreiten. Erst als Nele nach der Trennung von Frank vor knapp zwei Jahren nach Vorst gezogen war, hatte sie die Veränderungen realisiert. Die Besuche bei den Eltern hatten dazu nicht ausgereicht. Kaarst hatte sich gemausert, keine Frage.

Sie war absolut zufrieden damit, heimgekehrt zu sein. Nur wünschte sie sich, Matthias noch einmal getroffen zu haben. Warum war sie ihm nie begegnet? Wahrscheinlich, weil sie überhaupt nicht an ihn gedacht hatte. Bestimmt wäre sie achtlos an ihm vorbeigelaufen, wenn er ihr irgendwo, zum Beispiel beim Einkaufen, begegnet wäre. Sie war so sehr mit sich selbst und der neuen Lebensphase beschäftigt gewesen.

Hätte sie ihn retten können? Sie schluckte den Kloß im Hals weg. Es war müßig, darüber nachzudenken. Matthias war tot, und sie trug dafür keine Verantwortung. Oder doch?

Nele erreichte die Straße, in der Nicole wohnte, und fand schnell eine Parklücke. Bevor sie ausstieg, warf sie einen abschätzenden Blick auf das Vier-Familien-Haus. Wenn sie nicht alles täuschte, hatte Nicole Hellmann vom abgewrackten Sozialbau ihrer Eltern bis hierher einen enormen gesellschaftlichen Sprung gemacht. Immerhin war sie minderjährig Mutter geworden, hatte ihre Ausbildung abbrechen und mit dem Baby in der elterlichen Wohnung leben müssen. Keine guten Voraussetzungen. Aber Nele erinnerte sich, dass Nicole schon damals der optimistische Typ gewesen war. Neben der Pflege ihres Säuglings hatte sie an der Kasse eines Supermarkts gearbeitet. Von Sozialhilfe zu leben wie ihre Mutter und ihr Stiefvater, kam für sie nicht in Frage. Nele hatte Nicole damals teils bedauert, teils bewundert.

Die Wohnung der Schmitz-Hellmanns lag im ersten Stock. Als Nele die Treppe hochstieg, stand Nicole gut sichtbar in der geöffneten Wohnungstür. Nele sah ihr Gesicht und hätte am liebsten wieder kehrtgemacht. Die Ähnlichkeit mit Matthias war unverkennbar und schnitt ihr mitten ins Herz. Zittrig nahm sie die letzten Stufen.

Nicole grüßte sie zurückhaltend, woraufhin der Eindruck der überwältigenden Ähnlichkeit ein wenig verflog, gerade so weit, dass Nele zu einer halbwegs normalen Reaktion fähig war.

»Hallo, Nicole, schön, dass du Zeit für mich hast.«

»Kein Thema, komm rein.«

Durch einen weiß gefliesten und klinisch sauberen Flur führte Nicole sie in den Wohnraum. Nur ein leichter Hauch von Zigarettenqualm in der Luft zerstörte den Eindruck von frisch geputzter Reinheit.

An der gegenüberliegenden Seite des Zimmers machte Nele hinter der Fensterfront einen breiten Balkon aus, links schloss sich die Küche an, rechter Hand gruppierten sich eine bordeauxrote Eckcouch und zwei dazu passende Sessel um einen Glastisch mit Blick auf den Flachbildfernseher an der Wand. Der Raum hätte steril gewirkt, wenn nicht die leuchtend gelbe Kiste neben der Couch, überquellend mit Kinderspielzeug, da gewesen wäre. Ja, und natürlich die Familienfotos an der Wand.

Ein großes gerahmtes Hochzeitsbild mit einer um einiges jüngeren Nicole und einem kräftigen, bärtigen Mann hing in der Mitte. Daneben befanden sich jede Menge Kinderbilder. Als Nele näher hinsah, entdeckte sie auch das Foto eines jungen, dunkelhaarigen Mannes, der cool an ein Auto gelehnt dastand und breit grinste. Oh nein, das Hellmann-Grinsen! Wieder wurde

Nele ganz anders. Der Junge musste Dennis sein, Nicoles Erstgeborener.

Nicole geleitete sie in die helle Küche. Auf einem weißen Küchentisch unter dem Fenster standen zwei Kaffeebecher, ein Kännchen mit Milch, ein Zuckertopf, eine Schale mit Keksen sowie eine silberne Thermoskanne.

Nele war es plötzlich peinlich, solche Mühe verursacht zu haben. Unsicher schaute sie sich um. Ein großer, ausgebeulter Pappkarton auf der blank polierten Arbeitsplatte erregte ihre Aufmerksamkeit. Wie ein Fremdkörper wirkte er in all der hygienischen Aufgeräumtheit, und Nele war sich fast sicher, dass Nicole ihn extra für sie hingestellt hatte. Sie bekam feuchte Hände vor lauter Nervosität.

»Setz dich doch«, lud Nicole sie ein. »Aber gib mir vorher deine Jacke. Ich hänge sie für dich auf.«

»Klar, gern.«

Nele tat wie geheißen und setzte sich auf einen der Küchenstühle. Neugierig sah sie Nicole hinterher, um ihre weibliche, ausladende Figur in Jeans und hellem Sweatshirt in Augenschein zu nehmen. Nicole war mollig geworden, vor allem um die Hüften, stellte Nele fest, und ihr blondes Haar hatte sie aufhellen lassen. Matthias' Schwester verschwand auf ihren klitzekleinen Pantöffelchen im Flur, und Nele hörte das Klimpern der Kleiderbügel. Als sie zurückkehrte, kam Nele nicht umhin, erneut Matthias' Züge in dem rundlichen, hübschen Gesicht auszumachen.

Bald saßen die beiden Frauen bei Kaffee und Keksen zusammen. Zwischen dem üblichen Small Talk über das Wetter musterten sie sich verstohlen.

Nele waren mittlerweile Nicoles abgearbeitete Hände und der müde Gesichtsausdruck aufgefallen. Sie selbst konnte nicht sagen, was Nicole in ihr sah, aber die Frage klärte sich schnell von selbst.

»Mann, du hast dich echt kaum verändert in der ganzen Zeit. Wahnsinn!«

»Wirklich nicht?« Nele runzelte die Stirn. Die letzten zwanzig

Jahre waren keineswegs spurlos an ihr vorbeigegangen, weder innerlich noch äußerlich, aber nun gut.

»Na ja, du trägst die Haare zwar länger und bist nicht mehr ganz so mager wie mit achtzehn, ein kleines bisschen kurviger ...« An der Stelle machte Nicole eine entsprechende Geste mit beiden Händen. »... aber ich hab dich direkt erkannt. Die Augen, die Haut, wie du gehst. Alles.« Sie schüttelte verblüfft den Kopf. »Kein Wunder, dass Matthias schon von Weitem gesehen hat, dass du es warst, letztes Jahr im September.«

Nele blinzelte verblüfft, und ein Schauer nach dem anderen jagte ihr den Rücken herunter. »Er hat mich gesehen? Wo denn? Wir hatten doch gar keinen Kontakt mehr miteinander, seit ich nach dem Abi nach England gegangen bin. Und warum hat er nichts gesagt?«

Unverhofft waren sie mitten ins Thema gestolpert. Nele ging das zu schnell. Sie sah Nicoles Blick auf sich ruhen und fühlte sich von der anderen Frau mit einem Mal abschätzend anstatt wie eben noch anerkennend taxiert. Die Stimmung war gekippt.

»Vielleicht wolltest du ihn ja nicht erkennen«, mutmaßte Nicole. »Du warst nämlich nicht allein, hat er gesagt. Es war noch jemand dabei, ein Schulfreund von dir oder so, mit dem er auch mal zu tun hatte. Aber du hast glatt durch ihn durchgeguckt, meinte er. In Düsseldorf war das, vor Dannys Tattoo-Shop.«

Nele erstarrte. Danny Posts Laden. Bestimmt hatte Matthias sie dabei beobachtet, wie sie mit Marc das indische Restaurant schräg gegenüber besuchte. So musste es gewesen sein. Aber wie hatte sie so blind sein können?

»Ich hab ihn nicht gesehen! Ehrlich nicht«, beteuerte sie geradezu verzweifelt und fügte, ohne nachzudenken, hinzu: »Warum hätte ich ihn denn ignorieren sollen?«

Beschämt senkte sie den Kopf. Ja, warum wohl? Weil sie sich nach der Geschichte mit ihren Eltern von ihm abgewandt hatte, weil sie ihn verleugnet hatte. Und vielleicht auch, weil für sie seitdem Leute vom Schlage Matthias Hellmann gar nicht mehr existiert hatten. War ihre Verdrängungstaktik so perfekt gewesen, dass sie ihn nicht einmal erkannte, als er direkt vor ihr stand?

Und warum war er davon ausgegangen, dass sie ihn absichtlich wie Luft behandelte? Auch das war leicht zu beantworten: Nie hatten sie sich ausgesprochen. Sie hatte es verbockt. Unwiederbringlich!

»Glaub mir bitte! Ich habe ihn wirklich nicht gesehen. Würde ich sonst hier bei dir sitzen?« Nun kamen ihr die Tränen. Bitte jetzt nicht heulen!

»Ja, das habe ich mich auch gefragt.« Nicole wirkte etwas besänftigt. »Okay, nehmen wir mal an, dass es stimmt. Das mit den Blumen auf dem Grab würde sonst auch irgendwie nicht passen. Ist ja schon gut.«

Der Blick ihrer grauen Augen, die so sehr an die von Matthias erinnerten, wurde weicher. Nele atmete auf.

»Hatte er sich denn sehr verändert, äußerlich, meine ich?« Welche Wahrheiten mochten hier in dieser gemütlichen Küche noch ans Licht kommen?

»Nee, eigentlich nicht. Ein bisschen vielleicht. Älter halt, verbrauchter, aber im Grunde genommen unverändert.« Sie erhob sich. »Moment, ich zeige es dir.«

Und schon war sie bei dem ausgebeulten Karton und wühlte darin herum. Minuten verstrichen, während Nele noch versuchte, die Neuigkeit zu verdauen, dass sie selbst die Chance verpasst hatte, Matthias wiederzusehen. Unverzeihlich war das.

»Hier!« Nele schreckte aus ihren Gedanken auf, als Nicole einen Stapel Fotos vor ihr auf den Tisch legte. »Die sind ungefähr anderthalb Jahre alt. Nicht lange nach Mamas Tod entstanden.«

Nele traute sich kaum, hinzugucken, aber dann tat sie es doch. Die Bilder beunruhigten sie. Hier sah sie einen Matthias Hellmann, den sie nicht gekannt hatte und nie mehr kennenlernen würde. Rein äußerlich hatte er sich tatsächlich kaum verändert. Okay, er sah hagerer aus, erwachsen und nicht mehr vor Kraft strotzend, sondern eher ein klein bisschen zusammengesunken. Sein Haar trug er kürzer, und waren da nicht auch graue Strähnen an den Schläfen? Auf einem Foto, einer Nahaufnahme, bei der Matthias mit seinen unglaublichen Augen in die Kamera blickte, sah sie Furchen auf seiner Stirn und Falten um die Mundwinkel. Nein, die krasse Veränderung, die Nele umwarf, lag nicht in Äußerlichkeiten begründet. Nicole hatte recht, eigentlich hätte

Nele ihren Exfreund ohne Weiteres auf der Straße erkennen müssen.

Und doch auch wieder nicht. Denn alle Bilder verströmten eine dermaßen tiefe Verlorenheit, dass Nele schon wieder schlucken musste. Hier war ein Mann abgebildet, der litt, der nicht nur kaputt, sondern sich seiner Versehrtheit auch bewusst war. Und jetzt konnte sie die Tränen nicht mehr zurückhalten.

»Entschuldigung.« Sie wischte sich mit der Hand die Augen trocken, während Nicole verwirrt und bestürzt dreinblickte. »Aber darauf war ich nicht gefasst.«

»Was denn?«

»Was war mit ihm los? Es ging ihm schlecht, oder?«

»Moment mal, ich brauch 'ne Zigarette. Du auch?«

Nele schüttelte den Kopf. Sie hatte noch nie geraucht. Nicole sprang auf, kippte das Küchenfenster und holte mit geübtem Griff eine Packung Zigaretten sowie ein Feuerzeug aus einem der glänzenden Hängeschränke. Auch ein gläserner Aschenbecher erschien wie von Zauberhand. Flink zündete sie sich eine Zigarette an.

Sie seufzte und betrachtete Nele schräg von der Seite. »Ich kann es einfach nicht lassen, die Qualmerei, weißt du. Obwohl ich es mir schon tausendmal vorgenommen habe. Vor allem nach Mamas Tod ... Aber du wolltest wissen, was mit meinem Bruder los war.« Sie schwieg kurz und starrte gedankenverloren aus dem Fenster, während sie noch einmal kräftig an der Zigarette zog. Dann erst schaute sie Nele wieder an. »Na, ich denke, er hat es einfach nicht gepackt. Das Leben, meine ich. Irgendwann hat er kapiert, dass er nicht weitermachen kann wie immer: rein in den Bau, raus aus dem Bau, Partys, Drogen, Schlägereien, Scheiße bauen, du weißt schon. Dann hatte er auch noch die Scheidung hinter sich, die hatte seine Ex eingereicht, als er gerade in Haft war, das hat ihn natürlich auch fertiggemacht. Insgesamt sah er einfach null Perspektive. Rücken kaputt, Arbeitsunfähigkeit, Hartz IV, keine Knete. Und dann ist Mama gestorben: Lungenkrebs, obwohl sie nicht eine Zigarette in ihrem Leben geraucht hat. Matthias und ich haben miterlebt, wie sie immer weniger wurde. Der alte Liborski drehte am Rad, und wir haben uns um Mama gekümmert. Dann war sie tot. Einfach so.« Nicole atmete tief durch und lächelte traurig. »Ab dem Zeitpunkt hat er versucht, sich zu ändern. Er hat sich echt angestrengt. Keine Drogen mehr, hat er zu mir gesagt. Und ich hab ihm geglaubt. Obwohl Stefan gesagt hat, dass man so einem nicht glauben kann. Aber ich wusste, dass er es ernst meint. Dass er es wirklich versucht. Er war schließlich mein Bruder.«

Und du hast es auch geschafft, dich aus der Scheiße zu ziehen, ergänzte Nele in Gedanken.

»Warte mal, wann war denn das? Ich meine, als Matthias diesen Neuanfang vorhatte«, wollte sie wissen. Sie begriff die Chronologie der Ereignisse noch nicht so ganz.

»Vor knapp zwei Jahren. Erst kam er mit dieser ganzen Knete an, keine Ahnung, woher er die hatte, wollte ich auch gar nicht wissen, und hat die Beerdigung davon bezahlt. Ungefähr sechstausend Euro waren das. Na, und trotzdem hat Liborskis Sippe sich durchgesetzt, sodass Mama bei denen und nicht bei unserer Familie beerdigt wurde – und Matthias jetzt ganz woanders liegt. Aber wenigstens hat sie einen anständigen Sarg bekommen und einen schönen Stein …« Nicole unterbrach sich mit belegter Stimme. Kein Wunder, innerhalb von wenigen Monaten waren ihre Mutter und ihr Bruder gestorben. Nele überlegte gerade, ob es nicht taktvoller wäre, bald zu gehen, als Nicole neu ansetzte. »Danach hat er eine Dachgeschosswohnung auf der Neusser Straße angemietet, direkt über der Reinigung, weißt du? Nach der Haftentlassung und der Scheidung vor drei Jahren war er ja wieder bei Mama und Liborski gelandet. Zu mir hat er gesagt: Nicole, jetzt geht es aufwärts, wo ich die neue Wohnung hab. Diesmal pack ich es –«

Ihre Stimme brach, und Nele dachte bei sich: Das hab ich doch schon mal gehört. Neue Wohnung, neuer Job, neue Freundin. Es geht aufwärts.

»Er hat sogar wieder angefangen zu fotografieren, wie früher: Landschaften, Nahaufnahmen, so traurige Sachen eben, aber immerhin. Hatte er auch wirklich ein Händchen für. Und es wurde echt besser mit ihm. Die Bilder hier …« Nicole tippte mit dem Zeigefinger darauf. »Da ging es ihm schon nicht mehr ganz so mies. Er kam zu sich, wurde klar im Kopf, wie er sagte. Natürlich war er noch nicht übern Berg, aber er war auf dem besten Weg, ehrlich.«

Plötzlich fühlte Nele sich ihr ganz nahe. Behutsam legte sie ihre Hand über die von Nicole.

»Und nicht lange danach ist er gestorben, an einer Überdosis Heroin. Ich kapier das einfach nicht!«, flüsterte Nicole.

Das musste Nele erst mal verdauen. So, wie Nicole ihr eben sein letztes Lebensjahr beschrieben hatte, ergab es tatsächlich wenig Sinn, dass er an einem Schuss Heroin gestorben sein sollte.

»Nicole, hat Matthias dieses Zeug jemals genommen?«

Nicole schüttelte heftig den Kopf. »Nein, das ist es ja gerade. Heroin war für ihn tabu. Er hatte Schiss davor, total abzurutschen. Das hab ich auch der Kripo gesagt, aber die wollten davon nichts wissen.« Ihre Stimme klang bitter. »Für die sind Drogen gleich Drogen und Leute wie Matthias der letzte Dreck. Aber später hab ich mir überlegt, dass es dann bloß eine Möglichkeit gibt: dass er sich umgebracht hat, weil er es einfach nicht gepackt hat. In dem Fall war eine Überdosis Heroin vielleicht die sicherste Lösung. Aber wenn es so war, ist auch klar, dass ich versagt habe. Warum habe ich nichts gemerkt? Er hatte mir doch wie jede Woche, seit seine Waschmaschine den Geist aufgegeben hatte, seine schmutzige Wäsche gebracht. Und er hat sich dabei wie immer benommen.« Verzweifelt rang sie um Fassung.

»Du hättest etwas gemerkt, glaub mir. Dazu hast du ihn viel zu gut gekannt. Und vielleicht war alles ja auch ganz anders.« Während Nele redete, kam ihr ein Gedanke, ein furchtbarer Verdacht, der schon seit Donnerstagabend in den Winkeln ihres Unterbewusstseins auf der Lauer gelegen hatte. »Vielleicht hat er sich ja nicht selbst umgebracht, sondern jemand hat … nachgeholfen. Sag mal, weißt du etwas davon, dass Matthias mal jemanden erpresst hat?«

Nicole sah aus, als hätte sie in eine Zitrone gebissen.

»Keine Ahnung, was das jetzt soll«, entgegnete sie eisig. »Mein Bruder war alles Mögliche, aber kein Erpresser!«

Abrupt schob sie ihren Stuhl zurück und griff nach der Zigarettenpackung. Dann lehnte sie sich, die verschränkten Arme entrüstet unter die Brüste gepresst, an die Küchenarbeitsplatte und fixierte Nele mit schmalen, zornigen Augen.

»Ich weiß, dass so was nicht seine Art war«, beeilte Nele sich zu erklären. »Aber wenn ich dir erzähle, was mir an seinem Geburtstag auf dem Friedhof passiert ist, wüsstest du, wie ich darauf komme. Ich kann mir selbst keinen Reim drauf machen.«

»Okay.« Nicole nickte auffordernd. »Komm, erzähl schon. Noch 'nen Kaffee?«

»Ja, gern.« Dann legte Nele los. Zum dritten Mal erzählte sie die Geschichte von ihrer Beinahe-Begegnung mit dem seltsamen Pärchen an Matthias' Grab. Inzwischen hatte sie richtig Übung darin, brachte sämtliche Fakten überzeugend und klar in die entsprechende Reihenfolge.

»Na, was sagst du?«, fragte sie, als sie geendet hatte.

Nicole legte den Kopf zur Seite. »Scheint so, als ob du echt recht hättest«, sagte sie nachdenklich. »Hört sich nach Erpressung an und nach einer großen Sache. Die Typen hatten Muffensausen und waren dann total erleichtert, dass Matthias tot ist. Bis ihnen klar wurde, dass jemand anders am Ball bleibt. Aber eins kann ich dir sagen: In seinem Nachlass, da war nichts, rein gar nichts. Ich muss es wissen, denn ich habe eigenhändig die Wohnung auf der Neusser Straße ausgeräumt. Außerdem kann ich mir immer noch nicht vorstellen, dass mein Bruder jemanden erpresst haben soll. Womit denn auch?« Ihre Züge verdüsterten sich trotzig.

»Vielleicht hat er was aufgeschnappt, als er in Haft war?«, fragte Nele vorsichtig. »Du sagst doch selbst, dass er plötzlich sechstausend Euro für die Beerdigung eurer Mutter zur Hand hatte. Die müssen doch irgendwoher gekommen sein!«

Nicole schüttelte entschieden den Kopf. »Glaub ich nicht.« Und dann, zögerlicher: »Aber okay, wo das Geld hergekommen ist, ist echt die Frage. Ich hab damals gedacht, aus Drogengeschäften von früher, dass jemand alte Schulden bei Matthias beglichen hat … aber wer weiß?« Dann wurde sie wieder bockig: »Aber Erpressung? Nein, das kann ich mir nicht vorstellen. Ist viel zu geplant und zu link.«

»Aber was ist es dann?«

Nele gab Nicole ja recht. Matthias war zu impulsiv, zu unüberlegt und im Endeffekt zu geradeheraus gewesen, um den wunden Punkt von jemandem herauszufinden und ihn rücksichtslos ausbluten zu lassen. Obwohl Drogengeschäfte und Einbrüche wohl auch einer gewissen Planung bedürfen, flüsterte ihr eine böse Stimme ins Ohr. Sie wurde unsicher.

»Mm, falls mein Bruder tatsächlich jemanden erpresst haben sollte, dann …« Nicole rang nach dem passenden Ausdruck. »… dann ist er da irgendwie reingeschliddert. Zufällig, ohne Absicht. So wie er in so vieles reingeschliddert ist. Ja, so muss es gewesen sein.«

»Aber wie kann man zufällig in eine Erpressung reinschliddern?«

»Keine Ahnung«, erwiderte Nicole achselzuckend. »Aber nur so kann es gewesen sein.«

Reingeschliddert, überlegte Nele, aber in was? Frustriert warf sie einen Blick auf ihre Armbanduhr und erschrak. Neun Uhr! Sie kam zu spät. Eilig stand sie auf. »Ich muss los!«

»Oh.« Nicole stieß sich von der Arbeitsplatte ab. »Schade eigentlich.«

Sie lächelte schief, und Nele bekam ganz weiche Knie. Dieses Lächeln! »Moment, Nele. Bevor ich es vergesse: Ich hab dir doch erzählt, dass Matthias dich in Düsseldorf vor dem Tattoo-Shop gesehen hat. Als er darüber mit mir gesprochen hat, hat er mehr zu sich selbst noch was gesagt …«

»Ja?«

»Irgendwas davon, dass er ›reinen Tisch machen‹ wollte. Ich habe erst gedacht, er meint die Sache mit dir. Von wegen aussprechen oder so. Aber wer weiß? Vielleicht hat er ja auch was ganz anderes gemeint. Er hat dabei so komisch geguckt und irgendwas über den Typen gemurmelt, der bei dir war. So als ob er etwas gegen ihn hätte.« In einer Geste der Hilflosigkeit hob sie die Handflächen. »Frag mich nicht, was es zu bedeuten hatte. Vielleicht war's auch nur Eifersucht. Ich hab's nicht kapiert.«

Neles Magen flatterte. Lag hier der Schlüssel? Marc, dachte sie panisch. Sie war mit Marc zusammen gewesen. Hatte Matthias etwas Kompromittierendes über ihn gewusst und ihn damit erpresst? In ihrem Kopf herrschte ein einziges Durcheinander. Außerdem musste sie zur Arbeit.

»Ich verstehe es auch nicht. Aber ich werde darüber nachdenken und mich dann bei dir melden, okay?«

»Ja, das würde mich freuen.«

»Ich komm auch gern noch mal wieder, oder du besuchst mich in Vorst.« Es waren noch so viele Fragen offengeblieben. Und sie wollte auf keinen Fall den Kontakt zu Nicole verlieren. »Natürlich nur, wenn du Lust hast … Ich will dir nicht auf die Nerven gehen.«

»Tust du nicht! Jetzt will ich auch wissen, was es mit den Leuten auf dem Friedhof auf sich hat und was wirklich am Kaarster See passiert ist. So schnell wirst du mich nicht los.« Sie drehte sich um und griff nach dem ominösen Karton auf der Arbeitsplatte. »Außerdem möchte ich, dass du den hier mitnimmst.«

Sie hielt ihn Nele hin. Nele nahm das Riesending verblüfft und ging fast in die Knie, so schwer war es.

»Es sind hauptsächlich Fotos und ein paar alte Briefe von Matthias drin, von denen ich dachte, dass sie dich interessieren. Seine Ex wollte davon nichts. Schau es dir an und entscheide dann, was du behalten möchtest. Den Rest gibst du mir beim nächsten Treffen wieder.«

Wie einen Schatz drückte sie den Karton an ihre Brust. »Ich weiß gar nicht, was ich sagen soll …«

»Gar nichts am besten. Mein Bruder hätte gewollt, dass du die Sachen bekommst, glaub mir.«

Den gesamten Vormittag über schaffte Nele es nicht, die Stimmung des frühen Morgens loszuwerden. Eine düstere Parallelwelt, die mit ihrem üblichen Alltag nichts gemein hatte, hielt sie gefangen. Abseits ihrer beschützten Räume, in denen ihre Kinder, ihr Vorster Backsteintraum, Marc und seine Softwarefirma, der Buchladen, Andrea und Rainer mit ihrem Antiquitätenladen, ihre VHS-Kurse, Frank und Jacqueline mit ihrem ungeborenen Baby und Orte wie das »La Rucola« in Rheydt existierten, gab es diese andere, abgründigere und dennoch genauso reale Welt.

Dort regierten die Typen vom Friedhof, der demente Janek

Liborski, harte Drogen, Hartz IV, Erpressung, Gewalt, Tod, Orte wie Gefängnisse, verkommene Hochhäuser und billige Apartments, das einsame Ufer des Kaarster Sees und allen voran Matthias Hellmann.

Sie selbst switchte zwischen beiden Welten hin und her. Dumm nur, dass plötzlich auch Marc Warberg zu den Wanderern zwischen den Welten zu gehören schien.

Konnte es wirklich Zufall sein, dass Matthias nur wenige Wochen nach der Begegnung mit Nele und Marc in Düsseldorf am Ufer des Kaarster Sees umgekommen war, nachdem er seiner Schwester gegenüber geäußert hatte, er wolle reinen Tisch machen?

Während Nele Kunden beriet und Bücher verkaufte, poppten in ihrem Kopf haufenweise Fragen, Ängste, Erinnerungsfetzen und Schuldgefühle auf. Kein Wunder, denn oben auf dem Parkdeck auf ihrem Rücksitz lauerte – wie eine tickende Zeitbombe – Nicoles Karton. Einerseits konnte sie es kaum erwarten, ihn zu öffnen, andererseits fürchtete sie die Wahrheiten, die in ihm verborgen waren.

Der Dicke

Schon frühmorgens war er aktiv geworden. Zunächst hatte er eine Mail in die Firma geschickt, in der er mitteilte, wegen des dichten Nebels draußen heute von zu Hause aus arbeiten zu wollen, dann kontaktierte er sämtliche in Frage kommenden Stellen.

Gegen Mittag konnte er die Ergebnisse von gestern Abend verifizieren, zum Beispiel dass Anita seit mehreren Jahren als Ärztin für Gynäkologie und Geburtshilfe in Berlin lebte, dort in einer kleinen Klinik praktizierte, und dass Steve eine Vorstrafe wegen Verstoßes gegen das Betäubungsmittelgesetz und mehrere Aufenthalte in Entzugskliniken aufzuweisen hatte. Wohnort seit zwei Jahren unbekannt. Interessant. Wer hätte das gedacht?

Aber erst am Nachmittag fiel ihm per Zufall die Information in die Hände, die ihm gefehlt hatte, um etliche Puzzleteile zu einem Ausschnitt des Gesamtbildes zusammenzusetzen. Überrascht und dann hochzufrieden las er die Adresse, die auf seinem Monitor erschien. Jetzt wusste er, was zu tun war. Nur noch nicht genau, wie oder wann.

Tina

Gegen halb eins am Mittag befand sich Tina auf dem Rückweg nach Düsseldorf-Oberkassel. Der Nebel hatte sich aufgelöst, und sie kam gut voran. Genau wie mit ihren Recherchen. Sie triumphierte und warf einen liebevollen Blick auf die silberne Figur der kleinen Tänzerin, die lose in Papier eingewickelt auf dem Beifahrersitz lag. Sie musste schon sagen, ihr Besuch bei Andrea Seegert hatte sich in mehrfacher Hinsicht gelohnt. Dann wurde ihre Miene hart. Wer hätte der braven Cornelia Liebert auch nur ein Fünkchen kriminelle Energie zugetraut? Na ja, vielleicht hatte durch die Verbindung zur Verbrecherszene Ende der Achtziger einiges abgefärbt. Wobei Tina immer den Eindruck gehabt hatte, dass Nele damals mehr zufällig in die Geschichte mit Hellmann reingestolpert war. Die hatte gar nicht gewusst, mit wem sie sich da abgab und welche Konsequenzen es hatte.

Tina dachte an den ersten Schultag nach den Sommerferien 1988 zurück. Blitzschnell hatte sich am Wibo herumgesprochen, mit wem die spießige und schüchterne Nele neuerdings zusammen war. Kaum zu glauben! Steve und Shorty hatten die zwei gestern am Kaarster See beobachtet. Klar, dass das nicht unkommentiert bleiben konnte. Zwar war die Clique schwer mit Marc beschäftigt, um seinen Rückzug irgendwie aufzuhalten, doch für Sensationen dieser Couleur war immer Platz. Außerdem lenkte die Neuigkeit von dem Skandal um Marcs Familie ab.

Johannes Blum ergriff als Erster die Chance zum Angriff, und Tinas Respekt ihm gegenüber stieg schlagartig. Insgesamt hatte sich Johannes in den letzten Monaten ihrer Meinung nach sehr zum Vorteil verändert.

Aus dem hässlichen Pickelgesicht war ein ziemlich ansehnlicher Typ geworden. Er trug sein rotblondes Haar länger und hatte die Brille zugunsten von Kontaktlinsen abgelegt, ebenso wie die Spießerhemden und Bundfaltenhosen. Er gab sich lässiger und selbstbewusster als früher und näherte sich damit seinem großen Vorbild Marc Warberg mehr und mehr an. Die beiden hatten inzwischen den Status von besten Freunden, wenn nicht gar Seelenverwandten, während sie Leute wie Stoned oder Major – oder auch sich selbst, gestand Tina sich ehrlich ein – gnadenlos hinter sich ließen.

Heute war Marc lediglich körperlich anwesend. Still und blass hielt er sich während der großen Pause in der Raucherecke des Gymnasiums im Schatten von Johannes auf, und der schützte ihn, so gut er konnte. Kleine Gruppen von Oberstufenschülern standen rauchend zusammen und genossen die Sonne. Neben Steve und Shorty, die gerade ihre Story von der Begegnung mit Nele, Matthias Hellmann und dem übrigen Kaarster Pack zum Besten gegeben hatten, waren Tina, Major, Stoned, Johannes, Marc, Anita und Nicky da. Die Befangenheit im Umgang mit Marc ließ sie besonders ausgiebig über das ungleiche Paar Hellmann/Liebert lästern, als Nele plötzlich nahe der Raucherecke vorbeiging. Tina entdeckte sie als Erste und stieß Johannes mit dem Ellbogen in die Rippen. Der reagierte sofort. »Hey, Nele.«

»Ja?« Sie blieb stehen und lugte misstrauisch zur Clique herüber.

»Sag mal, liest du eigentlich gern im Bett?«

»Ja, manchmal, warum?« Nele guckte verdattert.

»Auch Comics?«

»Eher nicht.« Neles Ton wurde kühl.

»Schade.« Johannes grinste heimtückisch. »Ich dachte nämlich gerade, dass du dazu jetzt ja viel Gelegenheit hast. Dein neuer Typ ist zwar nicht gerade intellektuell, aber immerhin doch ein wandelndes Bilderbuch, oder?«

Brüllendes Gelächter vonseiten der Clique folgte. Neles Gesicht überzog sich mit tiefer Röte. Alle grinsten noch zufrieden vor sich hin, als sie unerwartet konterte: »Ach, weißt du, Johannes, im Bett haben Matthias und ich Besseres zu tun, als zu lesen. Aber davon kannst du wohl nur träumen.« Sprach's und zog erhobenen Hauptes von dannen. Die Clique starrte ihr sprachlos hinterher.

Diese Szene war nur die Auftaktveranstaltung einer ganzen

Reihe von Hänseleien und derben Späßen auf Kosten von Nele, bis ein paar Monate später Hellmann mit Meyer im Schlepptau auf dem Schulhof auftauchte. Zusammen mit Nele, der die ganze Situation eher peinlich zu sein schien, besuchten sie die Raucherecke. Sie lehnten sich in unmittelbarer Nähe zu Marcs Clique an einen der im Boden verankerten Tische und unterhielten sich leise.

Keine Aufsichtsperson weit und breit, die die Fremdkörper hätte entfernen können. Jens und Matthias rauchten und präsentierten ihr provokantes Äußeres den Oberstufenschülern. Nach und nach verstummten die Gespräche ringsum. Nele stand schüchtern dabei und sagte kaum ein Wort. Die beiden Typen in den ärmellosen T-Shirts waren ganz cool. Matthias legte lässig einen Arm um Neles Taille. Er beugte sich ganz nah zu ihr rüber und flüsterte ihr etwas ins Ohr. Tina sah sie lächeln, erst verlegen, dann breiter. Sie schien sich zu entspannen und schmiegte sich in seine tätowierten Arme. Die beiden begannen tatsächlich, sich zu küssen. Ekelhaft! Währenddessen stand Jens Meyer daneben, zog an seiner Kippe und ließ den Blick abschätzig über Marcs Truppe gleiten.

Mehr geschah eigentlich nicht. Dennoch lag eine massive Drohung in der Luft. Und Tina, Major, Johannes, Stoned und die anderen kamen nicht umhin, Hellmanns Botschaft zu entschlüsseln: Cornelia Liebert stand unter dem besonderen Schutz von ihm und seinen Leuten. Sie weiter zu quälen, würde böse Folgen haben.

Also ließ man es lieber.

Tina schüttelte diese eher ungute Erinnerung ab, denn glücklicherweise war das Problem Hellmann ja ein für alle Mal erledigt. Sie dachte an ihr Gespräch mit Andrea Seeger in der Schreinerei des Antiquitätenladens zurück.

Was hatte Andrea ihr am Ende unwissentlich verraten, als Tina sich scheinbar ganz arglos nach der alten Freundin und gemeinsamen Schulkameradin erkundigt hatte?

»Ja, doch, es geht ihr ganz gut.« Andrea bearbeitete kraftvoll mit Schleifpapier die Seitenfläche eines alten Buffetschrankes. Ihre sehnige Hand schnellte vor und zurück; die Luft in der Schreinerei war staubig. Der nackte Betonboden strahlte arktische Kälte aus. Tinas Füße in den feinen Stiefeletten waren schon jetzt, nach wenigen Minuten, eiskalt. »Aha, und? Ist sie immer noch mit Marc Warberg zusammen?«

Andrea schaute überrascht auf. »Ja, sicher.«

»Und?« Tina ließ ihre Stimme besorgt klingen. »Läuft es gut zwischen den beiden? Ich meine, früher war Marc ja quasi ein Hansdampf in allen Gassen und hat nicht nur auf einer Hochzeit getanzt.«

»Ach, so ist der schon lange nicht mehr. Er ist echt solide geworden und arbeitet bis zum Umfallen. Und er steht zu Nele, voll und ganz.« Andrea warf einen prüfenden Blick auf ihr Werk und fuhr zärtlich mit der Handfläche über das geglättete Holz.

»Na, dann ist ja alles okay, oder? Und Nele ist zufrieden?«

»Klar, aber, na ja, in letzter Zeit lässt sie sich zu sehr ablenken. Leider!«

Tina sah ihr Stirnrunzeln und wagte einen weiteren Vorstoß: »Mm, von was denn? Kann ich mir gar nicht vorstellen. Ich meine, ich kenne Nele ja nur von früher, aber auf mich wirkte sie immer total zielstrebig.«

Andrea trug mit einem Lappen Öl, dessen intensiver harziger Geruch sich sofort im Raum ausbreitete, auf die Seitenwand des Schrankes auf. »Ja, kann schon sein«, antwortete sie. »Aber manchmal vielleicht zielstrebig im Hinblick auf die falschen Dinge. Ich finde, sie sollte sich lieber mit Marc als mit Schnee von gestern beschäftigen. Das tut ihr nicht gut. Und sie sollte die Finger von Leuten lassen, denen sie nicht gewachsen ist ...« Sie unterbrach sich. »Aber was rede ich da eigentlich?«

Sie wischte sich die Hände an einem Tuch ab und sah Tina verwirrt an. Kein Wunder, in ihrer unbedachten Art hatte sie einiges über ihre beste Freundin ausgeplaudert. Tina triumphierte. Andrea räusperte sich. »Du wartest ja auf die kleine Tänzerin. Moment, ich hole sie schnell.«

Und schon verschwand sie durch eine Metalltür in die Antiquitätenhalle. Tina atmete erleichtert aus; Andrea hatte überhaupt keinen Verdacht geschöpft, als sie sich nach Nele und Marc erkundigt hatte. Schnee von gestern? Andrea wusste wohl selbst nicht genau, wovon und von wem sie sprach, obwohl der Hinweis auf die »Leute, denen sie nicht gewachsen ist«, fast schon kryptisch anmutete und in Tina das mulmige Gefühl verursachte, entlarvt worden zu sein. Aber nein, Andrea hatte keine Ahnung.

Aber Tina wusste Bescheid, mit welcher alten Geschichte sich die gute alte Nele beschäftigte: Hellmanns Vermächtnis in Sachen Fichtenlichtung! Erpresser XXL war ans Tageslicht getreten. Oh Mann, wer hätte das gedacht? Ob Nele mit Marc unter einer Decke steckte?

Tom

Tom waberte, dem Nebel draußen entsprechend, durch den Tag. Er verlor an Bodenhaftung, das spürte er beunruhigt. Gestern Abend, nach dem stressigen Geburtstagsbesuch bei seinem Vater, hatte er es nicht auf die Reihe gekriegt, sich um seine Nachforschungen zu kümmern, sondern war nach dem Genuss einiger Dopepfeifchen noch mehr abgedriftet. Und jetzt, am Montag, hangelte er sich zwar von Privatpatient zu Privatpatient und gab sich dem üblichen Tagesgeschäft hin, aber ein Teil seines Selbst weilte in anderen Sphären. Er verhandelte über teure Implantate, setzte Inlays aus Porzellan und korrigierte Schönheitsfehler mit passgenauen Kronen, und doch hatte er das Gefühl, zu zerfransen und sich aufzulösen. Wäre er ein aktiverer Mensch gewesen, hätte er Panik empfunden. Stattdessen verfiel er in Lethargie.

Tief seufzte er auf, als er sich an seinem aufgeräumten Schreibtisch in Raum 1 der Praxis endlich einen Kaffee gönnte. Er sehnte den Feierabend und das Cannabis, das zu Hause wartete, herbei. An eine Rettung glaubte er nicht mehr.

Nele

Der Buchladen schloss um achtzehn Uhr dreißig, aber Nele und ihre jüngere Kollegin Sandra blieben noch. Sie hatten der

Chefin versprochen, den Verkaufsraum mit den Martinslaternen zu schmücken, die die Zweitklässler der benachbarten Grundschule gebastelt hatten. Nach einer guten Dreiviertelstunde war es geschafft: Die niedlichen Eulen, Marienkäfer und Raumschiffe aus Pappe und Transparentpapier hingen an einer Schnur unter der Decke quer durch den Raum. Nele war zufrieden mit dem Ergebnis. Es stimmte auf das anstehende Martinsfest ein.

Sie freute sich schon jetzt auf den Büttger Umzug am kommenden Freitag, wenn die Kinder mit ihren bunten Laternen singend durch den Ort ziehen würden. So war es Brauch hier am Niederrhein, und jeder Ortsteil hatte sein eigenes Martinsfest.

Ha, dachte Nele, zum Teufel mit Halloween, von wegen Süßes oder Saures und schaurige Fratzen! Wir haben eigene Traditionen und können getrost auf den amerikanischen Mist verzichten. Sie brachte die Trittleiter zurück in den Abstellraum, und Sandra löschte die Lichter.

Wenige Minuten später eilte Nele durch die beißende Kälte zu ihrem Fiat. Kaum hatte sie sich auf den Sitz geworfen und den Schlüssel ins Zündschloss gesteckt, packte sie wieder die Stimmung von heute Morgen. Unfähig, loszufahren, blieb sie bei laufendem Motor und brennenden Scheinwerfern, die zwei helle Schneisen in die Dunkelheit schlugen, sitzen.

War es tatsächlich denkbar, dass Marc irgendwie mit Matthias' Tod zu tun hatte? Dieser Verdacht ließ sie seit heute Morgen nicht mehr los. Ihr Marc? Bitte nicht, bangte sie. Was sollte sie nur tun?

Na ja, erst mal nach Hause fahren, sich um die Mädchen kümmern und später den Karton sichten, der auf dem Rücksitz wartete, sagte sie sich vernünftig. Aber dann fiel ihr etwas ein, was ihr seit heute Morgen unter den Fingernägeln brannte und was sie vorher noch erledigen würde.

Marc

Marc saß in seinem Lieblingssessel und hörte leise Klaviermusik: Keith Jarrett – »The Köln Concert« von 1975. Mit einem Ohr wartete er auf den längst überfälligen Anruf von Nele. Sie hatte doch um achtzehn Uhr dreißig Feierabend. Warum meldete sie sich nicht?

Er versuchte, sich auf die mal sanften, mal temperamentvollen Improvisationen zu konzentrieren, und bedauerte, selbst nicht mehr zu spielen. Natürlich war er lange nicht so talentiert wie Jarrett gewesen, aber er hatte Potenzial gehabt. Schade, dass er seine Begabung in der Jugend hatte verkümmern lassen, denn jetzt stellte er sich vor, wie wunderbar es wäre, sich wie Jarrett von der eigenen Stimmung inspirieren und sie in die Finger fließen zu lassen. Allerdings würde seine Komposition heute ziemlich düster ausfallen.

Neles seltsames Verhalten machte ihm Angst, was bewirkte, dass er sich nach Alkohol oder Stärkerem sehnte. Stattdessen trank er Wasser in rauen Mengen; das half einigermaßen gegen den Drang. Doch die Angst blieb und nistete sich in seinem Herzen ein.

Warum hielt Nele ihn auf Abstand? Sie konnte nicht wirklich Bescheid wissen, oder?

Dazu gesellte sich jetzt auch Wut, die lächerliche Wut auf einen Toten. Aber es regte ihn einfach wahnsinnig auf, wie Nele Hellmann glorifizierte. Auf den Sockel, auf den sie ihn stellte, gehörte er nie und nimmer. Und dann gestattete sie ihm nicht mal, ihr bei ihrer Schnüffelei zu helfen. Das machte die Geschichte noch bedrohlicher für ihn.

Seit sie begonnen hatte, sich auf diese ungesunde Weise mit ihrem toten Ex zu beschäftigen, entfernte sie sich immer mehr von ihm. Und jetzt meldete sie sich nicht! Das war kein gutes Zeichen. Liebte sie ihn etwa nicht mehr? Sah sie ihn inzwischen mit anderen Augen? Hatte sie begriffen, wer Marc Warberg in Wirklichkeit war? Dass es bei ihm mit Loyalität, Treue und Zivilcourage nicht weit her war, egal, welche Mühe er sich gab?

Er ekelte sich vor sich selbst, als er daran zurückdachte, wie er vor langer Zeit einen seiner besten Freunde dem Tod überlassen hatte. Er allein hatte diese Tragödie zu verantworten. Noch heute verfolgte ihn das aufgedunsene, leere Gesicht in seinen Träumen. Der Vorster Wald, die Fichtenlichtung, der Nordkanal, Orte seiner Kindheit und Jugend, waren unentwirrbar mit Tod und Verderben verbunden.

Gut, er hatte sich fest vorgenommen, so einen Fehler nicht noch einmal zu machen. Aber war er tatsächlich dagegen gefeit? Lag der Verrat nicht einfach in seiner Natur?

Ihm kam die Zeit in den Sinn, als er derart mit seiner Trauer über den Verlust seiner Eltern und seiner vermeintlich heilen Welt beschäftigt gewesen war, dass er die Anhänglichkeit und die Hilfsbedürftigkeit seiner Freunde völlig ausgeblendet hatte. Mehr noch, er hatte angefangen, sie zu verachten. In jedem von ihnen sah er nur noch das Widerliche: in Tina die Triebhaftigkeit, in Major den Opportunismus, in Stoned das Verrückte, in Johannes den blinden Eifer, in Shorty das Schwache, in Steve und Anita die Dummheit, in Nicky die Oberflächlichkeit.

Manchmal, wenn sie alle in der Pause in der Raucherecke standen oder sich während der Freistunden zum Kiffen auf der Fichtenlichtung trafen, hielt er es kaum zwischen ihnen aus. Ihr Anblick, ihr Gelaber und ihr überhebliches Getue waren ihm schier unerträglich.

Nur Johannes hatte es mit behutsamer Beharrlichkeit geschafft, zu ihm durchzudringen, und zwar, indem er Marc bei der einzigen Eigenschaft packte, die er an sich selbst noch leiden konnte: seiner Intelligenz.

Leider rief diese Freundschaft jede Menge Neider auf den Plan. Und schon war Marc wieder bei seiner Schuld angelangt, die durch Verrat entstanden und durch nichts je wiedergutgemacht werden konnte.

Selbstquälerisch fragte er sich, ob er mit seinem Charakter die Menschen, die ihm nahe waren, dazu brachte, dass ihre schlechtesten Seiten die Oberhand gewannen. Er dachte an seine Exfrau, die er erst wegen seiner exzessiven Trinkerei und später wegen seines beruflichen Ehrgeizes dermaßen vernachlässigt hatte, dass sie von der ruhigen, zärtlichen Frau, die er kennengelernt hatte, zur eifersüchtigen Furie mutiert war. Oder ihm kamen seine Kinder in den Sinn, die er täglich aufs Neue verriet, indem er die viel zu seltenen Wochenenden mit ihnen mehr als bereitwillig akzeptierte. Was machte das mit ihnen? In letzter Zeit wirkten sie so gar nicht mehr kindlich und unschuldig, sondern abgeklärt und zynisch.

Und jetzt auch noch Nele! Hatte er sie etwa durch seine Ignoranz dazu getrieben, sich blind auf Hellmanns Seite zu schlagen? Er wusste es nicht, aber er musste sie aufhalten, koste es, was es wolle. Auf keinen Fall durfte sie herausfinden, dass er, Marc, hinter einem Teil der Geschichte steckte, mit seiner ganz persönlichen Widerlichkeit.

Seine Gedanken glitten zurück zu einem bis dato ganz normalen Arbeitstag im September 2007. Marc erinnerte sich noch an die prickelnde Aufregung, die ihn nach Durchsicht der frisch eingetroffenen Ergebnisse des von »Warberg Software« entwickelten Virenschutzprogrammes ergriffen hatte. Die Testdurchläufe waren allesamt überragend verlaufen. Gerade machte Marc Anstalten, durch die Verbindungstür in Joes Büro zu gehen, um mit ihm die Resultate zu erörtern, als ihm seine Sekretärin aus dem Vorzimmer zurief:

»Chef! Hier ist jemand am Telefon, der Sie persönlich sprechen möchte. Dringend. Soll ich durchstellen?« Silvia Hamacher zog vielsagend eine ihrer gezupften Augenbrauen hoch.

»Ach ja, wer ist es denn?« Marc war nur mäßig interessiert; die neue Software hatte Vorrang.

»Ein Herr ... mhm ... Hellmann.« Die eindrückliche Pause zwischen den Worten sagte ihm deutlich, dass Frau Hamacher die Person am Telefon nicht für jemanden hielt, der die Bezeichnung »Herr« verdiente. »Matthias Hellmann, wenn ich das richtig verstanden habe.«

Marc blieb der Mund offen stehen. Er kannte nur einen, der so hieß. Aber weshalb um alles in der Welt sollte der hier in seiner Firma anrufen? Hatte es irgendwas mit alten Geschichten oder gar mit seiner neuen Freundin Nele zu tun? Er runzelte die Stirn und fühlte ein unbehagliches Gefühl in sich aufsteigen. Dann traf er eine Entscheidung: Er hatte keinerlei Ambitionen, irgendetwas in dieser Welt mit einem Matthias Hellmann zu besprechen oder auch nur ansatzweise mit ihm in Berührung zu kommen. Die Zeiten waren lange vorbei.

»Ich bin nicht zu sprechen«, sagte er mit fester Stimme. »Sagen Sie ihm das. Lassen Sie sich was einfallen. Aber halten Sie mir diesen Mann vom Leib.«

Dann schob er alle unguten Gedanken, die der Anruf in ihm hervorgerufen hatte, beiseite und ging die paar Schritte durch die offene Tür zum Schreibtisch seines Geschäftspartners und Freundes.

Wenige Tage später kam Matthias Hellmann am Ufer des Kaarster Sees zu Tode.

Nele

Nele bog rechts in die Neusser Straße ein. Auf der tagsüber stark frequentierten Straße, die von Wohnblöcken, Reihenhäusern und kleineren Geschäften wie Bäckereien, Metzgereien und Schnellimbissen gesäumt war, herrschte um diese Uhrzeit wenig Verkehr.

Keine Ahnung, wo sich hier eine Reinigung befinden sollte. Die Neusser Straße war eine der längsten in Kaarst, reichte sie doch bis zur Neusser Stadtgrenze, wo sie dann, nach der Autobahnbrücke, sinnigerweise Kaarster Straße hieß. Also tuckerte Nele im Schneckentempo Richtung Neuss, während sie auf beiden Straßenseiten nach besagter Reinigung Ausschau hielt.

Nachdem sie zwei Fußgängerampeln passiert hatte, entdeckte sie das Haus schließlich auf der rechten Seite, etwas zurückgesetzt, hinter einigen Parkbuchten. Es stand in einer Reihe mit drei weiteren schmucklosen, mehrstöckigen Nachkriegsbauten und war grau verputzt. Das Haus machte einen vernachlässigten Eindruck. Dunkle Regenschlieren verliefen rechts und links der Fensterbretter nach unten; an den drei Treppenstufen, die neben der Reinigung zur Haustür hinaufführten, bröckelten die Ränder ab, der Briefkasten hing schief an der Wand. Nele parkte neben einem weißen Kleinwagen vor der Reinigung, vor deren Schaufenster das Rollo heruntergelassen war.

Hier also hatte Matthias am Schluss gelebt, und sie hatte keine Ahnung davon gehabt, war zigmal auf dem Weg zur Gärtnerei und zum Getränkehandel an dem Haus vorbeigefahren. Nele erinnerte sich an seinen verlorenen Gesichtsausdruck auf den Fotos, die Nicole ihr gezeigt hatte, und wieder wurde sie traurig.

Da ging es ihm schon besser, hatte Nicole gesagt. Ja, wie sehr hatte er sich denn vorher gequält? Die Wohnung in diesem schäbigen Haus war für ihn das Zeichen eines Neuanfangs gewesen. War davon heute noch etwas zu spüren?

Kurz entschlossen stieg sie aus, schaute hoch zu den zwei hellen Fenstern der Dachgeschosswohnung, die laut Nicoles Beschreibung mal seine gewesen war, ging zum Hauseingang und studierte die handgeschriebenen Klingelschilder im orangefarbenen Licht, das das Reklameschild der Reinigung spendete.

»Christian Schelsen«, las sie ganz oben.

Moment, der Name kam ihr bekannt vor! Ein seltsamer Zufall. Nachdenklich entfernte sie sich von der Tür, als sie den Motor eines Wagens aufheulen hörte. Plötzlich war sie in grelles Scheinwerferlicht getaucht und flüchtete sich instinktiv zurück in den Hauseingang, die geblendeten Augen vor Schreck weit aufgerissen. Schemenhaft sah sie ein Auto auf sich zurasen, hörte einen Hund hysterisch bellen und den Fahrer des Fahrzeugs erneut Gas geben. Nur noch eine Handbreit war die Stoßstange entfernt. Dann quietschten die Bremsen, und der Rückwärtsgang wurde eingelegt. Das Auto wendete und fuhr davon. Nur der Benzingestank zeugte davon, dass es überhaupt da gewesen war. Benommen presste Nele sich an die Tür, und der Knauf bohrte sich schmerzhaft in ihren Rücken.

Chris

Chris Schelsen gab den computergeschriebenen Text mit den Anweisungen zum Ort der Geldübergabe und das kleine Kärtchen in einen Umschlag. Er freute sich über seinen genialen und bombensicheren Plan. Keine Spielchen mehr. Diesmal reichte ein einziger Brief an das Dreiergespann. Die standen eh in ständigem Kontakt. Wenn er den Brief gleich noch einwarf, würde er morgen bei seinem Adressaten ankommen. Das reichte dicke. Mit behandschuhten Fingern schloss er den Umschlag.

Bevor er ihn in seine Jackentasche steckte, warf er einen kurzen Blick auf die ausgedruckten Blätter mit den Immobilienangeboten. Es waren einige nette Häuschen dabei, frei stehend, mit

Garten, beste Neusser Lage, in fußläufiger Nähe zu Schulen und Kindergärten. Wunderbar. Ganz sein Ding, völlig anders als das Drecksloch, in dem er zurzeit hausen musste. Geringschätzig verzog er die Lippen. Bestimmt würde ihm gleich wieder der neugierige Alte mit dem Hund im Hausflur begegnen. Na, lange würde er den nicht mehr ertragen müssen. Chris pfiff vor sich hin. Dann leerte er die Bierflasche. Nicht zu fassen, wem er sein baldiges Glück zu verdanken hatte. Ob er, wenn alles vorbei war, eine Kerze für Hellmann anzünden sollte? Na ja, das ginge dann wohl doch zu weit.

Vor seinem inneren Auge erschienen seine beiden Kinder. Er sah sie lachend in seine Arme rennen, sich an ihn schmiegen. Er spürte die pulsierende Wärme ihrer kleinen Körper an seinem und sog ihren süßen, unschuldigen Geruch in sich auf. Eine Welle der Zärtlichkeit überrollte ihn. Er würde es schaffen, dachte er siegesgewiss. Er kämpfte für eine gute Sache: seine Vaterliebe. Eine bessere Rechtfertigung gab es nicht. Nicht dass er eine gebraucht hätte.

Vielleicht wäre die Kerze für Hellmann doch keine so schlechte Idee.

Immer noch bester Laune steuerte er das Bad an. Pfeifend urinierte er im Stehen vis-à-vis dem schmalen, einen Spaltbreit geöffneten Veluxfenster, das in die Dachschräge eingelassen war. Gerade wollte er den Reißverschluss seiner Hose hochziehen, als er einen Motor aufheulen hörte, gefolgt von hysterischem Hundegebell und Reifenquietschen. Neugierig beugte er sich nach vorn.

Nele

»Alles in Ordnung?«, drang eine brüchige Männerstimme zu Nele durch. Dann schnüffelte etwas schwer schnaufend an ihrem Bein. Mit wild pochendem Herzen kam sie zu sich und blinzelte unsicher. Vor sich erblickte sie einen sehr alten Mann mit zerfurchtem Gesicht, weißen buschigen Augenbrauen, ebenso hellen Haarflusen, die vereinzelt unter einer Strickmütze hervorlugten, und freundlichen Augen. Was an Nele herumgeschnuppert hatte, war ein großer, dicker Schäferhundmischling, den der Alte an der Leine führte.

»Sind Sie verletzt?«, erkundigte er sich weiter. Und als sie stumm den Kopf schüttelte: »Meine Güte! Da hatte es aber jemand auf Sie abgesehen! Gut, dass Hasso angeschlagen hat.« Er kraulte mit knotigen Händen die Brust des nun brav dasitzenden Hundes. »Das hat ihn abgeschreckt.«

»Sie meinen, der wollte mich umfahren?« Unvermittelt wurde ihr schwindelig, ihr Blickfeld engte sich ein, bis sie schließlich gar nichts mehr sah. Schwankend stand sie da. Ein monotones Summen schwoll in ihren Ohren an. Mit aller Gewalt versuchte sie, sich auf das Hier und Jetzt zu konzentrieren – nur nicht ohnmächtig werden, betete sie sich vor –, und registrierte mit Erleichterung, wie ihr Sehvermögen langsam zurückkehrte.

»Oje, hier stehe ich und quassle auf Sie ein. Was bin ich nur für ein Dummkopf. Bitte kommen Sie doch mit hinein. Sie müssen sich dringend setzen, und ich mache Ihnen einen schönen Tee.« Der Alte fummelte in der Tasche seiner karierten Wolljacke herum und förderte einen klimpernden Schlüsselbund zutage.

»Nnnein danke«, wehrte sie ab, denn eigentlich wollte sie jetzt nur noch nach Hause zu ihren Töchtern und den Schreckensmoment vergessen. Gleichzeitig fing sie am ganzen Körper an zu schlottern und musste einsehen, dass sie sich erst mal setzen musste. Ein Tee wäre wirklich nicht schlecht.

»Keine Widerrede!«, entschied der Mann, schloss die Haustür auf und ließ den Hund von der Leine, um Nele am dargereichten Arm resolut ins Haus zu geleiten. »Mein Name ist übrigens Schlink, Arnold Schlink. Ich wohne im Erdgeschoss.«

Gott sei Dank, eine Treppe hätte sie in dem wackeligen Zustand nicht geschafft. Neles Beine waren immer noch weich wie Pudding.

Ein paar Minuten später hatte der Alte sie in einen durchgesessenen Ohrensessel gedrückt und mit einer muffigen Wolldecke zugedeckt. Der Sessel stand in einem beengten und karg eingerichteten Wohnzimmer; der Boden war mit einem abgetretenen und fleckigen Teppichboden ausgelegt.

Während Herr Schlink sich in der benachbarten Küche daranmachte, Tee zu kochen, legte Hasso sich zu ihren Füßen und beäugte sie aufmerksam aus sanften braunen Hundeaugen. Nele musste lächeln. Trotz der armseligen Umgebung fühlte sie sich mit einem Mal sehr geborgen.

Plötzlich aber schreckte sie hoch. Die Mädchen! Sie musste Greta und Anne verständigen. Die fragten sich bestimmt schon, wo ihre Mutter blieb. Mit fahrigen Bewegungen stöberte sie in ihrer Tasche nach dem Handy, fand es endlich und wählte ihre Festnetznummer.

»Anne? Ich bin es, Mama. Du, mir ist was dazwischengekommen …«, schummelte sie, als Schlink mit einem dampfenden Becher ins Wohnzimmer geschlurft kam. »Also, tschüss, Anne. Bis gleich dann.« Sie steckte ihr Telefon weg und griff dankbar nach dem heißen Getränk.

»Oh, das tut gut.« Tatsächlich spürte sie, wie mit jedem Schluck Kamillentee ihre Lebensgeister mehr zurückkehrten. Arnold Schlink setzte sich ihr gegenüber.

»Und Sie meinen wirklich, da wollte mich jemand umfahren?«

Der Alte nickte heftig. »Aber natürlich! Das Auto ist pfeilgerade auf Sie zugeschossen … bis Hasso und ich dem Mann in die Quere kamen, na ja, und Sie so geistesgegenwärtig waren, in den Hauseingang zu springen. Just in dem Moment hat er abgebremst, den Rückwärtsgang eingelegt und die Flucht ergriffen.« Er nickte bedächtig.

Neles Puls begann zu rasen. Unfassbar! Jemand hatte versucht, sie zu überfahren. Sie konnte es kaum glauben; der Gedanke erschien ihr zu abstrus. Genauso abstrus wie ein Mord am Kaarster See, schoss es ihr gleichzeitig durch den Kopf. Hilfe, wo war sie nur hineingeraten? Am liebsten hätte sie sich unter der miefigen Decke versteckt. Aber sich zu verkriechen war auch nicht die Lösung.

»Was war es denn für eine Marke? Der Wagen, meine ich?«, erkundigte sie sich stattdessen. Da das grelle Scheinwerferlicht ihr direkt in die Augen gestrahlt hatte, war es ihr unmöglich gewesen, mehr als einen dunklen Umriss hinter dem Steuer auszumachen.

Herr Schlink zögerte lange, bis er bedauernd gestand: »Leider kenne ich mich mit den Autos nicht so aus, wissen Sie. Aber der Wagen war dunkel, groß, teuer und relativ neu, würde ich meinen. Ich glaube, es war ein BMW, auf jeden Fall eine Limousine.«

»Haben Sie den Fahrer erkennen können? Ich nämlich nicht. Bis ich begriffen habe, was los ist, war der Wagen schon über alle Berge.«

Herr Schlink schüttelte nachdrücklich den Kopf. »Tut mir leid, leider nein. Ich hatte vorrangig Sie, junge Frau, im Blick. Und vom Nummernschild hab ich mir nur das ›D‹ für Düsseldorf gemerkt, sehr zu meinem Bedauern. Denn dann hätte Ihre Anzeige wenigstens Hand und Fuß, anstatt sich bloß auf die Aussage eines senilen Rentners zu berufen.« Er holte mit rasselndem Atem Luft und schickte sich dann mühsam ächzend an, aufzustehen.

»Wo wollen Sie denn hin, Herr Schlink?«, fragte Nele erstaunt.

»Na, zum Telefon natürlich. Damit wir endlich die Polizei verständigen können.«

»Nein, bitte nicht! So schlimm war es doch gar nicht. Ich bin überhaupt nicht verletzt. Hab nicht mal einen Kratzer abbekommen.«

Ihre Gedanken rasten. Ein schwarzer BMW mit Düsseldorfer Kennzeichen, bitte nicht! Lieber Gott, lass es nicht Marc gewesen sein! Marcs Auto war ein schwarzer BMW, er hatte ihn als Firmenwagen angemeldet, und natürlich trug er ein Düsseldorfer Kennzeichen. »Warberg Software« befand sich schließlich in Bilk. »Und Sie sagen ja selbst: Wer wird uns die Geschichte abnehmen?«, bettelte sie förmlich.

Schlink sah sie verblüfft an. »Nun ja, wenn Sie es so wollen … ist ja Ihre Sache …«, murmelte er zweifelnd.

»Okay, danke.« Nele atmete auf und zwang sich, jetzt nicht mehr über den Fahrer des schwarzen Wagens nachzudenken. Nachdenklich musterte sie den alten Mann. Er und Matthias hatten gemeinsam in diesem Haus gelebt. Vielleicht wusste er etwas.

»Sagen Sie mal«, hob sie erneut an, »kannten Sie eigentlich den Mieter, der bis zum Herbst 2007 hier unter dem Dach gewohnt hat?«

»Aber natürlich. Ich kenne stets alle Mieter. Seit vierzig Jahren lebe ich in diesem Haus, und mir waren und sind alle bekannt.« Die zittrige Stimme des Alten klang ein bisschen entrüstet, so als habe sie ihn bezichtigt, eine Pflicht vernachlässigt zu haben. »Sie meinen sicher den netten, höflichen Herrn, der so einen schrecklichen Tod sterben musste, oder? Ja, ich kannte ihn. Eine entsetzliche Tragödie war das! Der arme Kerl.«

Nele schluckte. Ihr kamen die Tränen. Wann hatte jemand Matthias je »nett und höflich« oder einen »armen Kerl« genannt? Oder handelte es sich etwa um eine Verwechslung? Hastig wischte sie sich die Wangen ab.

Auch Schlink schien unsicher zu sein. »Sie meinen doch den Herrn mit den auffälligen, hmm, wie sagt man, Tätowierungen?«, vergewisserte er sich.

Nele konnte nur nicken. Jetzt strömten die Tränen nur so, sie sprühten förmlich aus ihren Augenwinkeln. Es war sinnlos, die Flut mit dem Ärmel ihres Pullovers auffangen zu wollen. Es musste eine Folge des Schocks sein. Sie schniefte.

»Ach, Kindchen. War er ein guter Freund?« In der Stimme des Alten schwang tiefes Mitgefühl mit.

Nele nickte wieder, unfähig, zu antworten.

»Das muss schlimm für Sie gewesen sein, Sie Ärmste.« Unbeholfen tätschelte er ihr Knie und reichte ihr ein zerknülltes Stofftaschentuch, das in seiner Hemdtasche gesteckt hatte. Nele beäugte es misstrauisch, befand es für leidlich sauber und wischte ihr Gesicht damit ab.

»Ja, das war er. Vor langer Zeit.«

Herr Schlink lächelte verständnisvoll. »Die Zeit spielt keine Rolle, wenn einem mal jemand wichtig war. Die Trauer ist dieselbe.« Es hörte sich so an, als spräche er aus eigener Erfahrung. »Ja, höflich und freundlich war er, der Herr Hellmann. Und hilfsbereit. Manchmal hat er mir meine Einkäufe in die Wohnung getragen. Aber oft war er auch nicht gut zurecht. Ich glaube, er hat getrunken. Schlimme Sache. Das Leben hatte ihm übel mitgespielt, schätze ich.«

»Ja«, sagte Nele leise, die sich langsam von ihrem Gefühlsausbruch erholte. »Ja, so kann man es, glaube ich, nennen.«

»Er war kein schlechter Kerl, nein, wirklich nicht. Ist schade drum. Sie waren seinetwegen heute Abend vor dem Haus?«

»Ja.« Sie wich den neugierigen Blicken Schlinks aus. Was ging es ihn an, warum sie hergekommen war? Plötzlich wollte sie nur noch nach Hause und sich mit dem wertvollen Karton aus dem Auto einigeln. Entschlossen stellte sie ihren Becher auf einem wackeligen Beistelltischchen ab, erhob sich mit schwachen Beinen und faltete ordentlich die Wolldecke zusammen. »Vielen Dank für Ihre Fürsorge, Herr Schlink. Aber ich muss jetzt wirklich nach Hause. Meine Kinder warten. Ich fühle mich auch schon viel besser.«

Sie schenkte ihm ein entschuldigendes Lächeln und hielt ihm zum Abschied die Hand hin. Der Alte ergriff sie und sagte bedauernd: »Wie Sie meinen, Kindchen.« Er ging voran zur Tür, gefolgt von Hasso, der eifrig mit dem Schwanz wedelte, und ergänzte warnend: »Aber passen Sie ja auf sich auf. Da wollte Ihnen jemand schaden. Sehen Sie sich vor.«

Ihr fuhr ein Schauder über den Rücken. Jemand hatte versucht, sie zu töten! Geistesabwesend streichelte Nele Hassos großen Kopf, dann ließ sie sich von Schlink in die Jacke helfen.

Sie wollte gerade gehen, als er auf ein gerahmtes Bild deutete, das über einem verschrammten Schuhschränkchen hing. Es war eine Schwarz-Weiß-Aufnahme von Hasso, die das Augenmerk des Betrachters geschickt auf den bedingungslos treuen Blick des Hundes lenkte. Nele brauchte gar nicht erst zu fragen, wer das Foto gemacht hatte. Der Stil war unverwechselbar.

»Sehen Sie: Das hat Ihr Freund fotografiert und mir später geschenkt. Schön, oder? Greift ans Herz.« Forschend starrte Schlink sie an.

»Ja, das tut es. Er konnte wirklich gut fotografieren. Warum nur hat er nicht mehr daraus gemacht?«

»Nun ja …« Der alte Mann öffnete die Wohnungstür. »Ich hatte insgesamt den Eindruck, dass Herr Hellmann einer war, der genau zu wissen glaubte, wo er hingehörte. Der sich nicht anmaßte, was Besonderes sein zu wollen. Schuster, bleib bei deinem Leisten. So war er. Ganz anders als sein Nachmieter, dieser eingebildete Schelsen. Der hält sich für was Besseres. Immer respektloser wird der, wenn Sie mich fragen. Dabei ist er in den ersten Wochen nach seinem Einzug nur gebückten Hauptes durchs Haus geschlichen. Seine Frau hatte ihn gerade verlassen. Kinder gibt's auch. Ja, ja, da oben wohnen immer solche verkrachten Existenzen.« Er trat in den eisigen Hausflur und wies mit dem ausgestreckten Zeigefinger das Treppenhaus hoch. »Ist halt 'ne billige Wohnung, dunkel und zugig. Könnte der Eigentümer mal was reinstecken. Ein Skandal ist das, sag ich immer. Man kann nicht nur die Mieten kassieren und dann alles verkommen lassen, nicht wahr? Und selbst in Saus und Braus leben …«

Nele musste ein Grinsen unterdrücken. Der Alte war ja ein richtiges Waschweib. In dem Moment rückte Schlink ganz nah an sie heran, sie roch seinen sauren Atem, und er sagte: »Grämen Sie sich nicht, Kindchen. Der Tod ist schrecklich, weil er uns die Chance nimmt, die Dinge in Ordnung zu bringen, nicht wahr? Doch er gibt uns immer eine zweite Gelegenheit: Er bringt uns letztendlich wieder zusammen.« Er reichte ihr ernst die Hand. »Machen Sie es gut, junge Frau. Schön, Sie kennengelernt zu haben. Und geben Sie gut auf sich acht.«

Die Fahrt nach Hause war eine wilde Hatz. Dunkle BMWs lauerten hinter jeder Ecke. Wenn ihr ein Auto entgegenkam, blinzelte sie mit klopfendem Herzen ins grelle Scheinwerferlicht, der festen Überzeugung, einem erneuten Angriff ausgeliefert zu sein. Sobald es vorbeigefahren war, atmete sie erleichtert auf. Unentwegt schossen ihr Sätze wie »Der Tod bringt uns letztendlich wieder zusammen« oder »Die Zeit spielt keine Rolle. Die Trauer ist dieselbe« durch den Kopf.

Als sie endlich zu Hause ankam, war es bereits nach halb zehn, und sie zitterte am ganzen Leib. Trotzdem schaffte sie es noch, den schweren Karton vom Rücksitz zu hieven und zum Hauseingang zu schleppen. Mit dem Ellbogen drückte sie auf die Klingel. Sofort wurde die Tür aufgerissen.

»Mama! Da bist du ja endlich! Wir haben uns totale Sorgen gemacht. Marc hat auch schon angerufen. Gerade eben vor zehn Minuten.« Anne war völlig aufgelöst; im Schlafanzug und barfüßig stand sie da. Direkt dahinter tauchte Greta im Nachthemd auf und nahm Nele wortlos den Karton ab. Achtlos warf sie ihn in eine Ecke, um dann ihre Mutter fest in die Arme zu schließen.

»Wir haben im Buchladen angerufen, aber da ist keiner rangegangen. Und dein Handy war auch aus«, beschwerte sich Anne aufgeregt, sobald sie die Haustür hinter Nele geschlossen hatte. »Ich wollte dich nämlich noch fragen, ob du Pizza mitbringst ...«

»Lass sie doch erst mal reinkommen«, schnitt Greta ihr das Wort ab. »Siehst du nicht, dass es ihr nicht gut geht?«

Resolut lotste sie ihre Mutter ins Wohnzimmer. Nele packte das schlechte Gewissen. Ihre Kinder hatten sich um sie geängstigt. Sie verdienten eine Erklärung. Aber welche? Erschöpft ließ sie sich aufs Sofa fallen. »Danke, ihr seid wirklich lieb. Und mir geht's auch schon wieder besser. Ich hätte nur um ein Haar einen Unfall mit dem Auto gehabt.« Okay, das war wenigstens nicht komplett gelogen. »Es gab eine Vollbremsung, der andere Fahrer und ich haben einen kleinen Schock, und das war's auch schon. Mehr ist nicht passiert, ehrlich.« Verkrampft lächelte sie erst Anne, dann Greta an, die rechts und links neben ihr Platz genommen hatten.

»Jetzt bestellen wir uns tatsächlich eine Pizza, und dann geht's ab ins Bett mit euch, okay?«

Marc

Marc machte sich Sorgen. Wo war Nele? Warum brauchte sie dermaßen lange, bis sie zu Hause ankam? Weshalb meldete sie sich nicht von allein bei ihm? Hatte sie etwa herausgefunden, was er getan hatte? Mitten in diese düsteren Gedankengänge hinein hörte er sein Handy vibrieren. Eine SMS. »Melde mich morgen. Bis dann. Nele.«

Woraufhin er in ein schwarzes, bodenloses Loch fiel.

Nele

Der Karton barg einen Schatz. Wie eine Archäologin hob Nele ihn Schicht um Schicht. Zuerst sah sie sich die Fotos neueren Datums an. Es waren Schnappschüsse, auf denen hauptsächlich und immer wieder Matthias zu sehen war. Sie sah ihn lächeln, ernst oder abwesend schauen, allein oder von Freunden oder Familie umgeben. Jedes der Bilder dokumentierte auf die eine oder andere Art die Veränderung, die er mitgemacht hatte. Das hier war nicht mehr der unbeherrschte junge Mann von einst. Kraft und Unbekümmertheit schienen verbraucht. Er wirkte müde, verwüstet und abgekämpft. Und es war noch etwas hinzugekommen, was sie früher nicht an ihm gekannt hatte, Resignation vielleicht oder auch so etwas wie Besonnenheit. Am schlimmsten fand Nele aber, wie verloren er wirkte. Es machte sie unendlich traurig.

Etwas tiefer unten im Karton lagerten einige wenige Bilder aus der Zeit seiner Ehe. Die fremde Frau, die Nele herausfordernd entgegenblickte, hatte überhaupt keine Ähnlichkeit mit ihr. Hellblond, sonnenbankgebräunt, lange, spitze Nase, ausgeprägtes Kinn, strenge blaue Augen, ein entschlossener Zug um den schmalen Mund, ein sehniger langer Hals, schlank, fast mager, so sah sie aus, Matthias' Ex. Nicht unattraktiv, aber dominant und zickig. Typ Friseurin, urteilte Nele mit einem Stich von Eifersucht. Doch immerhin hatte die Ehe, wenn auch kinderlos, einige Jahre gehalten. Dem ersten Eindruck nach traute sie Matthias' Ex sogar zu, mit den Eskapaden ihres Mannes besser zurechtgekommen zu sein als sie selbst. Resolut und lebenserfahren genug wirkte sie auf den Fotos.

Die war nicht einfach ins Ausland abgehauen, als ihr die Beziehung zu anstrengend wurde. Sie hatte weit länger gekämpft, bis sie das Feld räumte. Auf einem Partybild war das Paar gemeinsam zu sehen. Matthias sah zugedröhnt aus; er hatte einen Arm um die Schultern seiner Frau gelegt und starrte ins Nirgendwo. Sie musterte ihn argwöhnisch. Kein schönes Bild.

Nele stöberte weiter und fand einen Stoß Briefe, die von einem Gummiband zusammengehalten wurden. Sie streifte es ab und wendete die Umschläge neugierig hin und her. Es waren Briefe von André Hellmann an seinen jüngeren Bruder, wie sie feststellte. Knastpost. Aus den letzten fünf Jahren vor Matthias' Tod. Mal lautete die Anschrift Neusser Straße, mal Holzbüttgen bei Liborski, mal war es ebenfalls eine Gefängnisadresse. Der Absender lautete immer gleich: André Hellmann, JVA Werl. Meine Güte, wie lange musste der noch einsitzen? Oder war er inzwischen draußen? Nele wusste es nicht. Sie hatte André nie kennengelernt. Aber sie hatte sich zusammengereimt, dass er wohl ein hoffnungsloser Fall war, Matthias im Vergleich zu ihm ein kleiner Fisch.

Nele legte den Stapel zur Seite. Die Briefe würde sie ein anderes Mal lesen; jetzt konnte sie sich nicht darauf konzentrieren. Sie zog den Karton näher heran und arbeitete sich nach unten durch. Einen Haufen Schwarz-Weiß-Fotos verschiedenster Größe förderte sie zutage. Sie waren lose in einen alten Werbeprospekt eingeschlagen. Es handelte sich um Aufnahmen, die Matthias gemacht und selbst entwickelt hatte. Sie sah Landschaftsausschnitte, Wolkenfelder, Nahaufnahmen von Pflanzen und Insekten und immer wieder arrangierte Szenen, die das Auge verblüfften: den Schatten einer Straßenlaterne, der wie ein Galgen aussah, einen matschigen Fußabdruck, in dem ein verwirrt dreinblickender Frosch hockte, eine Schnecke, die über ein Stoppschild kroch, oder eine zerdellte Bierdose, die wie ein Boot in einer Pfütze schwamm.

Auf anderen Bildern waren Körperteile mit kunstvollen Tätowierungen abgelichtet, Dannys Werke vermutlich. Sie waren dermaßen filigran gestochen, dass die Fotos nur relativ neuen Ursprungs sein konnten. Vielleicht waren sie für einen Katalog oder Flyer für Dannys Tattoo-Studio gedacht gewesen. Hatte Matthias deshalb an jenem Tag im September 2007 vor dem Geschäft gestanden?

Dann fand sie Fotos, die sie verstörten. Kein Fünkchen Hoffnung war in ihnen, nur Trostlosigkeit und Morbidität: Matthias hatte abgestorbene Äste, zertretene Pflanzen, überfahrene Tiere, Müllhaufen und trübes, schmutziges Wasser fotografiert. Was sie hier sah, war der Tod, aggressiv und endgültig.

Sie schluckte, legte die Bilder zurück und machte weiter. Jetzt kamen Zeitzeugnisse profanerer Natur: alte Passfotos von Matthias, Bilder von ausschweifenden Partys, von Familiengeburtstagen sowie mehrere Schnappschüsse von Jens, Matthias und Peter Furtner bei windigem Wetter an einem Strand, vermutlich in Holland.

Nele schaute sich jedes Bild an, bei manchen verweilte sie länger. So auch bei einer Aufnahme, die Matthias und André – aufgrund der Ähnlichkeit konnte es kein anderer sein – Arm in Arm vor einer Kneipentheke zeigte. Nele schätzte Matthias auf dem Foto auf Mitte bis Ende zwanzig. Er grinste seinen Bruder breit an, und André lachte, einen abgebrochenen Schneidezahn entblößend, zurück. Die Szene war sehr innig. Sie zeigte zwei Brüder, die sich liebten, sich nahe waren und sich glichen, im Guten wie im Schlechten. Es war das erste Mal, dass Nele das begriff. Zuvor war sie der festen Ansicht gewesen, dass André den Jüngeren skrupellos in die Kriminalität geführt hatte. Irgendwann sollte sie sich die Zeit nehmen, die Post von André an Matthias zu lesen.

Sie tastete sich weiter vor. Erneut fielen ihr Briefe in die Hände, wieder zu einem Bündel zusammengefasst. Adressat war M. Hellmann, JVA Düsseldorf. Zu den Absendern gehörten seine Schwester Nicole, seine Mutter, Jens Meyer und immer wieder André. Die Poststempel begannen Ende 1989. Sie endeten fünf Jahre später. Sein erster längerer Gefängnisaufenthalt wegen Einbruchs und bewaffneten Raubes.

Nele wurde mulmig zumute. Matthias und sie hatten sich im Mai 1989 getrennt. Sie hatte die Epoche Matthias Hellmann abgestreift wie eine Schlange ihre zu eng gewordene Haut. Für sie war die Trennung einer Befreiung gleichgekommen, für ihn hatte sie auf direktem Weg in den Knast geführt.

Nach ihrem Abitur und ihrem Geburtstag im Juni war Nele zu neuen Ufern aufgebrochen; sie hatte ein Gastsemester an der UCL im Londoner Stadtteil Bloomsbury begonnen. Ende 1989, als Matthias verurteilt wurde, war Nele längst im Hampton Court Palace dem deutschen Geschichtsstudenten Frank Schumann begegnet, der dort zum Thema »Heinrich VIII. und Anna von Kleve« recherchierte. Die beiden hatten sich Hals über Kopf ineinander verliebt und bezogen im März '90 die erste gemeinsame Wohnung. Ein Jahr später verließen sie England, um in der Kölner Innenstadt eine Wohnung zu mieten. 1992 wurde geheiratet. Dann kündigte sich Greta an.

Im Grunde war ihr Leben nach der Trennung von Matthias

Hellmann so verlaufen, als hätte es ihn nie gegeben, und auch er war offenbar lückenlos auf die Spur geraten, die sich vorher abgezeichnet hatte. Hatte ihre gemeinsame Zeit gar nichts bewegt?, fragte sie sich frustriert.

Sie fühlte sich mehr denn je wie eine Verräterin, als sie die Umschläge hin und her wendete. Warum bloß hatte sie nie daran gedacht, ihm zu schreiben? Wie oberflächlich und kaltherzig sie gewesen war. Sie legte den Stapel zur Seite und griff erneut in den Karton.

Beim Anblick der Bilder, die sie nun in der Hand hielt, sog sie scharf die Luft ein. Denn jetzt war es so weit: Vor ihr lagen die Beweise eines gemeinsam verbrachten Lebensabschnittes. Schuster, bleib bei deinem Leisten? Von wegen!

Mit aller Macht kamen die Gefühle von damals zurück. Sie sah sich selbst, jung, glatt, ungeformt in seinen Armen, registrierte, wie sich ihr strahlendes Lächeln in seinem spiegelte, nicht minder froh und hoffnungsvoll. Mit jeder Faser ihres Fühlens empfand sie – wie vor zwanzig Jahren – die Einmaligkeit, die sie verbunden hatte. Wie hypnotisiert starrte sie auf die Fotos. Es waren viele. Und er hatte sie alle aufbewahrt.

Ihr fiel eines in die Finger, das sie beide in seiner Wohnung zeigte; vor ihnen auf dem Boden stand eine halb leere Flasche Sekt. Sie erinnerte sich, das Foto mit dem Selbstauslöser geknipst zu haben. An seinem Geburtstag war das gewesen, am 6.11.1988. Nele hatte ihm eine Fotoausrüstung geschenkt, sein eigenes kleines Fotolabor. Die technischen Geräte wie Vergrößerer, Entwicklerdose, Zeitschaltuhr, Rotlichtlampe und die kleinen Zangen hatten zuvor ihrem Vater gehört, der sie nicht mehr benutzte. Die verschiedenen Chemikalien wie Entwicklerflüssigkeit und Fixierer, die Schalen, die Filme und das Fotopapier hatte Nele neu gekauft. Matthias war überrascht gewesen. Erfreut, aber auch skeptisch hatte er den Inhalt des Geschenkkartons inspiziert und dann zu bedenken gegeben: »Meinst du, ich krieg das hin? Sieht kompliziert aus. Nicht dass ich das Zeug direkt kaputt mache.«

»Ach was, mit ein bisschen Übung schaffst du das schon.« Nele lächelte ihn ermutigend an.

Es war typisch für ihn, sich in manchen Bereichen so kleinzumachen. Den Führerschein hatte er mit links hingekriegt, ganz im Gegenteil zu Nele, die am praktischen Teil fast verzweifelt war, aber Fotografie stand offenbar auf einem anderen Blatt. Dabei waren die Bilder, die er mit seiner Spiegelreflexkamera schoss, von der sie lieber nicht wissen wollte, woher er sie hatte, wirklich gelungen.

»Weiß nicht, ich kenn ja nicht mal die Wörter auf diesen Flaschen«, murmelte er.

»Ach Quatsch, das ist alles bestimmt viel einfacher, als du denkst.« Und sie hatte natürlich recht behalten; Matthias lernte schnell. Sie erinnerte sich schmunzelnd daran, auf welche Weise sie diesen Prozess beschleunigt hatte.

»Wie wär's, wenn du jetzt ein paar Fotos machst?«, hatte sie ihn gefragt, als sie an seinem Geburtstag miteinander geschlafen hatten und sich nackt auf der Matratze rekelten. »Von mir zum Beispiel? Na, wie wär's?«

Matthias saß neben ihr, rauchte eine Zigarette und betrachtete sie stirnrunzelnd. »Sonst durfte ich nie. Was ist los mit dir?«

»Na, ganz einfach. Jetzt kannst du die Bilder selbst entwickeln. Kein Fremder kriegt sie zu sehen. Also ran.«

Das ließ er sich nicht zweimal sagen und verknipste begeistert einen ganzen Film. Zwischendurch schaffte sie es, ihm die Kamera abzuluchsen, um auch von ihm ein paar Nacktaufnahmen zu machen. »Du bist so schön!«, schwärmte sie. »Der schönste Mann der Welt.« Was ihm total peinlich war. Schwachsinn! Schön war sie, er doch nicht.

Einige der Bilder von damals hielt Nele heute in Händen. Oh ja, er war schön gewesen, sein muskulöser, schlanker Körper nahezu perfekt. Und auch heute störten sie die Tätowierungen nicht, die ihn bedeckten, obwohl die zum Teil wirklich stümperhaft gestochen worden waren.

Damals hatte sie natürlich eine Weile gebraucht, sich an den Anblick zu gewöhnen. In den achtziger Jahren stellten Tätowierungen noch Stigmata dar. Wer so aussah wie Matthias, der hatte schon im Knast gesessen. Jeder wusste das. Und Matthias und seine Freunde präsentierten ihre Körpermale stolz. Sie provozierten bewusst und signalisierten damit sehr deutlich, wo sie sich selbst einordneten. Es war auch eine Methode, sich für alle Zeit vom Rest der Gesellschaft auszugrenzen. Schuster, bleib bei deinem Leisten, geisterte es Nele durch den Kopf.

Heutzutage waren Tattoos längst gesellschaftlich etabliert. Sich ein oder mehrere bunte Bilder – auch an exponierter Stelle – unter die Haut stechen zu lassen, war zur Mode geworden. Die breite Masse hatte, angestiftet durch Prominente aller Couleur, die Welt der Tattoos für sich entdeckt und zum Trend gemacht. Und das war gut so, fand Nele.

Angetan war sie auch von den Aufnahmen, die Matthias von ihr geschossen hatte. Wie makellos glatt und wohlproportioniert sie damals gewesen war. Kein Wunder, dass Matthias sie gern fotografiert hatte. Meine Güte, war das alles lange her.

Sie konnte gar nicht damit aufhören, sich die Zeitzeugnisse ihrer ersten Liebe anzuschauen, und breitete schließlich alle auf dem Couchtisch aus. Da waren Fotos von Weihnachten, unter anderem in der Wohnung seiner Familie geknipst, sie erkannte seine Mutter Maria und Janek Liborski, Matthias' jüngere Halbschwestern mit ihren spitzen Gesichtern und Nicole mit Baby. Dann gab es Bilder von der Silvesterparty '88 – ein Abend, dessen Ausgang sie am liebsten vergessen wollte –, Schnappschüsse von einem Spaziergang am Rhein in winterlicher Kälte sowie viele, viele Nahaufnahmen von ihnen beiden.

Außerdem fand sie jede Menge Notizen, die sie in noch kindlich runder Handschrift an ihn geschrieben hatte. Es handelte sich um Zettel, die sie ihm in der Wohnung hinterlassen hatte, manchmal liebevoll, manchmal wütend nach Zank und Streit hingeschmiert. Wie hatte sie sich aufgeregt, wenn Matthias sich auf einer Party mal wieder nicht zügeln konnte und alles an Drogen einwarf, was er kriegen konnte. Wenn er dann entweder unter Hochspannung stand und sie aufpassen musste, dass er sich nicht prügelte, oder in sich zusammenfiel wie ein Kartenhaus und noch Tage danach von Depressionen und Verfolgungsängsten gequält wurde.

Heute wusste Nele, welch sinnlose Energievergeudung sie betrieben hatte. Die Wirkstoffe in Koks oder Speed ließen sein Selbstwertgefühl auf ein erträgliches Maß ansteigen. Er brauchte das, um zurechtzukommen, und sah keinen Weg, wie es anders zu erreichen war.

Die Situation verschlimmerte sich rapide, als Matthias im November '88, kurz nach seinem Geburtstag, den Job in der Baufirma verlor. Er hatte es nicht mehr geschafft, die Schikanen seines Vorgesetzten weiter klaglos hinzunehmen. Heute würde man es wohl Mobbing nennen, was der Maurermeister betrieben hatte. Beleidigungen, Hänseleien, Diffamierungen, falsche Verdächtigungen … alles wegen Matthias' Werdegang. Irgendwann war der ausgerastet und auf den Mann losgegangen, hemmungslos und ungebremst wie immer, wenn er zornig wurde. Es hatte mehrere Männer gebraucht, um ihn von seinem blutenden Opfer herunterzureißen. Sofort wurde er der Baustelle verwiesen. Und es grenzte an ein Wunder, dass der Maurermeister auf eine Anzeige wegen Körperverletzung verzichtete. Danach driftete Matthias immer mehr in Rausch und Kriminalität ab.

Nele schüttelte den Kopf: Ihre lächerlichen Beschwerdebriefe waren wohl kaum dazu geeignet gewesen, ihn von seinem Weg abzubringen. Und ihre spätere Entscheidung, sich von ihm zu trennen, hatte den Kurs noch forciert.

Ihr kamen die Tränen, und sie beschloss, für heute Schluss zu machen. Hastig klaubte sie die Bilder und Briefe zusammen, als sie plötzlich ein Foto entdeckte, das so gar nicht zu den übrigen zu passen schien. Verblüfft zog sie es aus dem Haufen und starrte verwirrt darauf.

Es war eine Schwarz-Weiß-Aufnahme, die eine kleine Waldlichtung zeigte; das Gras war platt getrampelt und mit Müll übersät, im Hintergrund sah man Dornengestrüpp und Nadelbäume. Die Fichtenlichtung! Seltsam, dass sie sich noch daran erinnerte und auch daran, wer ihr den – ach so geheimen – Ort gezeigt hatte. Und in dem Moment schloss sich der Kreis, denn in einem rasenden Strudel von kopfloser Panik befand sie sich wieder vor dem Haus auf der Neusser Straße und las den Namen auf dem Klingelschild von Matthias' ehemaliger Wohnung: »Christian Schelsen«.

Shorty, so hatten ihn Marcs Leute, seine Freunde, damals am

Wibo genannt, weil er von kleiner und zarter Statur gewesen war. Und mit diesem Spitznamen hatte er sich ihr vorgestellt, als er nach ihrer Trennung von Matthias um sie herumgestrichen war. Wohl weil er ihr imponieren wollte, hatte er sie eines Tages zur Fichtenlichtung geführt und weihte sie in das Geheimnis ein, ohne dass seine Freunde davon erfuhren.

Allerdings fand Nele die Existenz eines geheimen Kiffertreffpunktes mitten im Wald eher kindisch als cool. Sie hatte im vergangenen Jahr derart viel mit Drogenkonsum und dessen Folgen zu tun gehabt, dass sie einfach allergisch darauf reagierte. Wobei sie Marihuana als eher harmlos ansah; doch die Ideologie, die manche daraus machten, nervte einfach. Und sie fand es total schade, wie die idyllisch gelegene Lichtung mit Müll verschandelt worden war.

Shorty also! Shorty wohnte jetzt in Matthias' alter Wohnung! Das konnte kein Zufall sein. Die Typen auf dem Friedhof hatten spekuliert, dass womöglich jemand die ominösen Beweise für die Erpressung in Matthias' Nachlass gefunden hatte. Konnte es sein, dass sie in der Wohnung versteckt gewesen waren und dass Shorty sie nach seinem Einzug gefunden hatte? Stand die Erpressung mit Matthias' früheren Kontakten zu Marcs Clique in Zusammenhang? Wenn sie daran dachte, wie Nicole die Reaktion ihres Bruders beschrieben hatte, als er sie vor dem indischen Restaurant sah, ergab dieser Gedanke tatsächlich einen Sinn. Ein schwarzer BMW, folgerte sie weiter. Weiter wollte und konnte sie nicht denken.

Die Fichtenlichtung. Wieder betrachtete sie das seltsame Foto. Wieso hatte Matthias von der Fichtenlichtung gewusst? Marcs Clique mit ihrer lächerlichen Heimlichtuerei wäre doch niemals hingegangen und hätte einem wie ihm von dem Treffpunkt erzählt. Nein, nie und nimmer. Hatte er die Fichtenlichtung rein zufällig entdeckt? Aber wie? Sie befand sich wirklich sehr versteckt und weitab von allen Wegen mitten im Vorster Wald.

Und warum dieses Foto? Es erweckte den Eindruck eines schludrigen Schnappschusses, war schief und verwackelt. Eine künstlerische Absicht konnte Nele beim besten Willen nicht darin erkennen. Das Bild war ihr ein Rätsel. Wann mochte es entstanden sein? Weil Matthias es selbst entwickelt hatte, trug es kein Datum auf der Rückseite.

Okay, dann war immerhin klar, dass es nach dem 6.11.88 fotografiert worden war. Und weil es zwischen den Fotos gesteckt hatte, die ihre Beziehung dokumentierten, stammte es wahrscheinlich aus ungefähr dieser Zeit. Und es war in der warmen Jahreszeit fotografiert worden. Das Gras wirkte da, wo es nicht platt getrampelt worden war, dick und saftig. Die Brombeerbüsche waren dicht belaubt, soweit sie das im Hintergrund erkennen konnte. Über allem lag ein glänzender Schleier. Hatte es kurz zuvor geregnet? Sie seufzte. So kam sie nicht weiter. Trotzdem konnte sie sich nicht vom Anblick des Fotos losreißen. Hatte es etwas mit der Erpressung zu tun?

Sommer 1989. War das Foto in dem Sommer entstanden, in dem sie ihr Abitur gemacht hatte und nach England gegangen war? War irgendetwas im Sommer 1989 auf der Fichtenlichtung geschehen, was Matthias beobachtet hatte? War er dort an die Informationen gelangt, die achtzehn Jahre später, bis zu seinem Tod, noch wertvoll genug gewesen waren, dass sie weiterhin eine Bedrohung für jemanden darstellten? Dann konnte es sich nur um ein Kapitalverbrechen handeln, dessen Zeuge er geworden war.

Aber weshalb war auf dem Bild außer Natur und Müll rein gar nichts drauf? Nele schürzte die Lippen, legte das Foto zur Seite und ging in die Küche, um eine Flasche Wein zu öffnen. Ihre Schläfe pochte. Ob es eine Spätfolge des Schocks war oder vom Grübeln kam, konnte sie nicht sagen. Minuten später kuschelte sie sich deutlich entspannter mit einem gefüllten Glas in der Hand auf die Couch.

Alles Quatsch, sagte sie sich vernünftig. Nele, mit dir gehen die Pferde durch. Du steigerst dich in etwas hinein. Sie musste unwillkürlich lächeln, weil sie in ihren Gedanken nicht nur die Formulierungen ihrer Freundin Andi benutzte, sondern sogar deren typisch mahnende Stimme im Ohr hatte. Entschlossen legte sie Bilder und Briefe zurück in den Karton, platzierte ganz obenauf das Foto von der Fichtenlichtung und stellte den Karton neben ein Bücherregal. Sie legte sich auf die Couch und schloss die Augen. Zur Ruhe kam sie trotzdem nicht.

Nervös fragte sie sich, wie sie fortan mit Marc umgehen sollte. Ihn sich mit schnippischen Kurznachrichten, so wie heute Abend, vom Leib zu halten, war sicher nicht die feine Art. Und überhaupt: Welchen Beweis hatte sie, dass Marc in die Sache verwickelt war, außer dass er sowohl mit Shorty als auch mit Matthias vor urewigen Zeiten bekannt gewesen war?

Die Fichtenlichtung und ein schwarzer BMW mit Düsseldorfer Nummernschild, flüsterte hartnäckig eine leise Stimme in ihrem Kopf, und eine Bemerkung von Matthias.

Unglaublich

Nele

Es war acht Uhr am Dienstagmorgen. Seit einer halben Stunde waren die Kinder weg, und Nele lag wieder im Bett. Sie litt immer noch unter Kopfschmerzen und wartete darauf, dass die Tablette, die sie vorhin genommen hatte, Wirkung zeigte. In dem Moment klingelte das Telefon neben ihrem Bett.

»Hallo. Liebert-Schumann hier«, nuschelte sie in den Hörer.

»Guten Morgen, ich bin's, Nicole. Störe ich?«

Nele war schlagartig hellwach. »Nein, natürlich nicht. Ich freu mich, dass du anrufst.« Ihr Herz klopfte.

»Okay, mir ist nämlich jemand eingefallen, bei dem du mal wegen dieser Erpressersache nachfragen könntest.«

»Ja? Bei wem denn? Bei Matthias' Exfrau?«

»Nee, das besser nicht. Die hat eh keine Ahnung, und wenn, würde sie nichts sagen. Die wollte von meinem Bruder nach der Trennung nix mehr wissen. Sie hat ihn gehasst! Nein, ich meinte Jens, Jens Meyer. Mit dem stand Matthias die ganze Zeit über in Kontakt. Auch wenn sie sich in den letzten Jahren eher selten sahen.«

Nele sog scharf die Luft ein. Ihre neue Informationsquelle sprudelte. Jens Meyer, Matthias' bester Freund Ende der Achtziger. Der ihr immer etwas unheimlich gewesen war. Zu Recht, wie sie bitter hatte erfahren müssen.

»Okay, daran hatte ich auch schon gedacht, konnte aber nichts über ihn rausfinden: keinen Wohnort, keine Spuren im Internet, nichts. Wie vom Erdboden verschluckt. Hast du etwa seine Adresse?«

Nele hörte Papierrascheln am anderen Ende der Leitung, dann ein Räuspern. »Ja, und ich hab auch eine Handynummer. Jens wohnt, soviel ich weiß, immer noch mit seiner Freundin und den vier Kids in Dormagen-Horrem, aber unter ihrem Namen. Versuch's einfach über die Mobilnummer. Obwohl, Nele …?«

»Ja?«

Nicoles Stimme bekam einen warnenden Unterton.

»Sei vorsichtig. Auch wenn es um ihn inzwischen ruhig geworden ist, wie ich glaube, solltest du dich vor ihm in Acht nehmen. Wer weiß, vielleicht hängt er mit drin. Versprichst du mir, auf dich aufzupassen?«

»Ja, ja … klar. Blöd ist nur, dass ich seit dem Vorfall bei meinen Eltern kein Wort mehr mit dem Typen gewechselt habe. Würdest du vielleicht mitkommen, wenn ich mich tatsächlich mit ihm treffe?«

Zögern am anderen Ende der Leitung. Dann: »Gut, okay, geht klar. Nur Stefan darf das auf keinen Fall mitkriegen. Er würde ausrasten.«

Nele atmete erleichtert auf. »Kein Problem, kriegen wir hin. Dann gib mir doch bitte mal die Nummer.« Sie stieg aus dem Bett und griff sich Kugelschreiber und Notizblock vom Schreibtisch. Nicole diktierte ihr die Zahlen, dann folgte ein »Nele?«.

»Ja?«

»Ich muss dir noch was sagen.«

»Ja?«

»Die Geschichte damals, in deinem Elternhaus. Damit hatte Matthias echt nichts zu tun! Hat er mir gegenüber immer wieder beteuert.«

»Ich weiß, Nicole.« Sie seufzte. »Das weiß ich längst. Er hat mir damals geschrieben, und ich hab ihm geglaubt.«

»Wusstest du es schon, als du dich von ihm getrennt hast?«

»Nein, nicht sicher. Aber kurz darauf.«

»Hätte es etwas an deiner Entscheidung geändert?«

»Nein, ich glaube nicht.«

Aber es hätte sie mir erschwert, gestand sie sich ein. Sie hatte einen Vorwand gebraucht, um sich seiner zu entledigen. Im Grunde genommen war ihr schnell klar gewesen, dass er nichts mit der Sache zu tun gehabt hatte. Aber ihm die Schuld zuzuschieben, war bequemer für sie gewesen. Dass sie ihm die Tat zutraute, musste ihn hart getroffen haben.

»Das dachte ich mir.«

»Ja. Aber verstehst du, ich konnte nicht mehr mit ihm leben«, stammelte Nele. »Ich habe dieses Auf und Ab, diese Angst um ihn und all das, was noch dranhing, einfach nicht mehr ausgehalten. Für mich war er kein Mann zum Leben.«

»Ja, ich verstehe dich.«

Nele traute ihren Ohren nicht. Absolution von dieser Seite hätte sie nie erwartet. Sie war so erleichtert, dass sie hätte weinen können. »Aber trotzdem ein Mann zum Lieben. Verstehst du das auch?«, ergänzte sie leise.

Ihr kam der Tag im August '88 in den Sinn, an dem Jens und Matthias völlig überraschend in der zweiten großen Pause auf dem Schulhof aufgetaucht waren.

Nele war es furchtbar peinlich gewesen. Außerdem ängstigte sie sich um ihren Freund. Sie kannte seine Impulsivität und seine geringe Frustrationstoleranz inzwischen zur Genüge. Seit letztem Wochenende hatte er beispielsweise Hausverbot in seiner Kaarster Stammkneipe. Sie wusste, wie schnell er bereit war, seine Freiheit aufs Spiel zu setzen. Hoffentlich artete die Szene hier an ihrer Schule nicht in eine Prügelei aus.

Doch dann beugte er sich zu ihr und flüsterte ihr ins Ohr: »Keine Sorge: Wir halten uns zurück. Die arroganten Arschlöcher sollen bloß wissen, dass es Ärger gibt, wenn sie dich nicht in Ruhe lassen. Weil ich zu dir stehe und ich dich liebe.«

Da schmolz sie natürlich dahin. Es war das erste Mal, dass er von Liebe sprach. Und ihr junges romantisches Herz flog ihm zu. Ein Mann nicht zum Leben, aber zum Lieben. Konnte man das verstehen?

Und Nicole antwortete schlicht:

»Ja. Nur zu gut.«

Tina

Tina lag im Bett und ängstigte sich. Wozu sie sich gestern hatte hinreißen lassen, war unverzeihlich. Hoffentlich hatten weder Nele noch dieser Opa ihr Gesicht sehen können! Nicht auszudenken, wenn der Alte mit seinem Höllenhund sie nicht am

Schlimmsten gehindert hätte. Ansonsten wäre Marcs Schätzchen jetzt vermutlich tot oder zumindest schwer verletzt und sie selbst am Arsch!

Wieder bekam sie Panik. Wer weiß, wer noch auf der Straße unterwegs gewesen war. Ob sich jemand ihr Nummernschild gemerkt hatte? Dass sie mit Rolands BMW unterwegs gewesen war, machte die Sache auch nicht besser. Die Polizei würde sich zuerst an ihren Mann wenden, na super!

Das Allerschlimmste aber war, abwarten zu müssen. Geduld hatte noch nie zu ihren Stärken gehört. Tina hasste sich selbst. Tina hasste ... Christian Schelsen. Shorty, dieses Arschloch! Plötzlich wurde sie rasend vor Wut. Dieser verfickte Verräter!

Ihre Gedanken kehrten zum vergangenen frühen Abend zurück, als sie den Anruf des Dicken auf ihrem Handy entgegengenommen hatte. Wegen ihres Streits mit Roland – er hatte es doch tatsächlich gewagt, ohne das Bild von der Vernissage zurückzukehren – war sie immer noch geladen. Ihren Schwächling von Ehemann strafte sie mit Verachtung. Der Anruf des Dicken kam ihr gerade recht, um sich abzulenken.

»Wir haben ihn. XXL meine ich«, erklärte er eisig und ohne Umschweife. »Jetzt müssen wir das Ganze bloß noch absichern und dann handeln.«

Handeln war immer gut. Tina atmete tief ein. »Okay, rück raus damit! Wer ist es?«

Der Dicke fackelte nicht lange. »Unser alter Freund Shorty. Er und seine Frau haben sich vor Kurzem getrennt. Wie ich Shorty kenne, ging das bestimmt nicht von ihm aus, und stell dir vor, er wohnt jetzt in der Wohnung von Assi Hellmann. So ist er an die Unterlagen gekommen. Der Arsch hatte sie wohl so gut in der Wohnung versteckt, dass erst der Nachmieter sie gefunden hat. Und dann ist das ausgerechnet einer, der damit was anfangen kann.«

»Scheiße! Wir sind echt vom Pech verfolgt«, stöhnte Tina. »Bist du dir mit der Adresse wirklich sicher?«

»Natürlich. Ich hab meine Kontakte beim Einwohnermeldeamt spielen lassen. Es passt echt alles zusammen, Tina. Er ist XXL.«

»Okay, hört sich plausibel an. Aber was meinst du denn mit Absichern?«

»Na, es müsste mal einer an dem Haus vorbeifahren und überprüfen, ob es sich tatsächlich um dieselbe Wohnung handelt. Denn es könnte ja immerhin sein, dass er eine Etage unter Hellmanns alter Bleibe wohnt. Und ich glaube nicht, dass Schelsen und er zu dessen Lebzeiten miteinander zu tun hatten. Shorty hatte eher ein typisches Spießerleben mit Kind und Kegel, du weißt schon, was ich meine. Und garantiert stand er unter der Knute seiner Frau. Duckmäuserisch war er ja schon am Wibo. So ein Leben in Rosarot ist nicht mit dem von Hellmann kompatibel, glaub mir.«

Das sah Tina ein. »Versteh ich dich richtig? Ich soll an der Neusser Straße vorbeifahren und auf die Klingelschilder schauen?«

»Du hast es erfasst. Du wohnst näher dran als ich.«

»Klar, mach ich. Weiß Tom schon Bescheid?«

Da Meerbusch näher an Kaarst als Düsseldorf an Oberkassel lag, wunderte sie sich, dass der Dicke nicht ihn mit dem Auftrag betraut hatte.

»Ja, gerade eben«, erwiderte der zögernd. »Aber ehrlich gesagt, mach ich mir ein bisschen Sorgen um ihm. Ich bezweifle, dass wir uns noch hundertprozentig auf ihn verlassen können. Er war am Telefon ziemlich neben der Spur. Bekifft und lahmarschig, unbrauchbar eben. Tom könnte zum echten Problem werden …«

Tina lief ein Schauer den Rücken hinunter. Manchmal hatte der Dicke wenig Menschliches an sich. »Na, abwarten«, beschwichtigte sie eilig. »Sobald wir die Sache bereinigt haben, wird er sich wieder einkriegen.«

»Na ja, wenn er bis dahin durchhält. Wir haben noch knapp vier Tage. Ansonsten müssen wir uns was einfallen lassen.«

Die Eiseskälte in seiner Stimme flößte ihr Angst ein. Schnell lenkte sie ab. »Ja, das mag sein, aber ich habe auch was Interessantes rausgefunden. Eine andere Spur, die dir vielleicht nicht in den Kram passt. Bist du trotzdem dafür bereit?«

»Klar, schieß los«, sagte der Dicke halbherzig. Wie immer war er davon überzeugt, die Weisheit mit Löffeln gefressen zu haben.

Das nervte sie gewaltig; dennoch spulte sie ihren Bericht über das Gespräch mit Andrea Seeger ab und welche Schlüsse sie daraus gezogen hatte. Wie erwartet blieb der Applaus aus.

»Ich weiß nicht.« Er zögerte. »›Mit alten Geschichten beschäftigt‹ kann alles heißen. Schnee von gestern. Meine Güte, wer kennt das nicht? Ehrlich gesagt, Tina, aus den paar Sätzen zu schließen, dass Nele etwas mit der Erpressung zu tun hat, ist sehr gewagt.«

»Und was ist mit der Bemerkung von den ›Leuten, mit denen sie sich abgibt und denen sie nicht gewachsen ist‹?«

»Keine Ahnung, Plattitüden, nichts weiter. Hör zu, Tina. Überprüf bitte die Adresse von Schelsen. Schau nach, ob er wirklich in Hellmanns alter Bruchbude haust. Dann sehen wir weiter, okay? Meinetwegen kann ich ja in der Zwischenzeit ein paar Infos über Nele zusammentragen. Ich finde ruckzuck heraus, ob sie in den letzten Jahren mit Hellmann zu tun hatte. Wenn nicht, hat sich die Sache erledigt.«

»Meinetwegen.« Sie schaffte es einfach nicht, gegen ihn anzukommen.

Eine halbe Stunde später schnappte sie sich Rolands Autoschlüssel, während der in der hauseigenen Sauna saß, fuhr mit dem Fahrstuhl runter in die Tiefgarage und machte sich auf den Weg nach Kaarst. Während sie mit dem BMW den Parkplatz vor der Reinigung ansteuerte, erinnerte sie sich daran, wie sie vor zwei Jahren den Umschlag mit dem Geld von ihnen dreien in den Briefkasten geschoben hatte. Sechstausend Euro, ein Klacks. Damals hatte sie sich nicht annähernd so in der Bredouille gefühlt wie heute.

Sie parkte zwischen einem bordeauxroten Ford Kombi und einem schmutzigen, ehemals wohl weißen, verbeulten Polo und stellte den Motor aus. Die Straße war menschenleer. Okay, dann nichts wie raus. Wohlweislich hatte sie sich unauffällig in Jeans, flache Schuhe und eine dunkle, dick gepolsterte Jacke gekleidet und die Haare zu einem Zopf zusammengebunden.

Schnell eilte sie hin zu den Klingelschildern im Hauseingang. Ganz oben las sie: »Christian Schelsen«. Alles klar, das war der Beweis. Shorty war XXL. Sie schaute hoch zum Dachgeschoss und sah Licht hinter den Fenstern seiner Wohnung. Dieser verfickte Verräter! Sie waren mal Freunde gewesen! Vor lauter Hass schaffte sie es kaum, sich abzuwenden. Aber dann saß sie doch wieder im

Wagen und wollte gerade den Motor starten. In dem Moment parkte rechts neben dem weißen Polo ein Kleinwagen ein. Mit ungläubigem Staunen erkannte Tina die dunkelhaarige Frau, die herausstieg, an der Motorhaube des BMWs vorbeiging und genau wie sie selbst die Klingelschilder an der Haustür in Augenschein nahm. Die Beleuchtung der Reinigung fiel auf ihr Gesicht. Kein Zweifel, es war Nele Liebert, Marcs Freundin, Hellmanns Ex.

Ha, sie hatte recht gehabt! In dem Moment brannten bei Tina sämtliche Sicherungen durch. Den Wagen starten, das Ziel anpeilen, das Gaspedal voll runtertreten waren eins. In der nächsten Sekunde tauchte von rechts ein alter Mann mit einem wild kläffenden Köter auf. Sie erschrak, bremste und legte den Rückwärtsgang ein.

Tina wälzte sich von einer Seite des Bettes auf die andere. Was sollte sie jetzt nur machen? Den Dicken anrufen und ihm von ihrer Kurzschlussreaktion erzählen? Ha, bestimmt nicht. Dann würde der glauben, dass nicht nur Tom, sondern auch sie kurz vor dem Durchdrehen sei. Dass man auch sie im Auge behalten musste. Und sie hatte garantiert keinen Bock darauf, in den Fokus des Dicken zu geraten. Scheiße, nein.

Sie schloss die Augen und beamte sich in eine andere Zeit zurück, in eine Zeit, in der sie sicher gewesen war, die Dinge unter Kontrolle zu bekommen, wenn sie drohten, ihr zu entgleiten.

1988. Eine Woche Herbstferien würde nicht ausreichen, um den Mathestoff der letzten Monate aufzuholen, vor allem nicht ohne Hilfe. Tina war sich völlig im Klaren darüber, dass ihre Abiturzulassung gefährdet war, falls sie die nächste Klausur wieder versaute.

Was also konnte sie tun? Auf die Unterstützung von Marc, der ihr früher Nachhilfestunden gegeben oder winzig kleine Spickzettel für sie gefertigt hatte, würde sie wohl verzichten müssen. Der hatte sich längst zusammen mit Johannes von der Clique abgeseilt. Weder tauchten die beiden in der Raucherecke der Schule noch auf der Fichtenlichtung auf. Wenn Tina in den Pausen versuchte, mit Marc ein Gespräch anzufangen, glitt sein Blick sofort in weite Ferne. Sie war ein Nichts für ihn, das war offensichtlich.

Marcs Verachtung verletzte sie mehr, als sie vor sich selbst zuzugeben bereit war. Sie raste vor Wut und begann, ihn zu hassen. Und darum machte sie ihn überall schlecht.

Den Mädchen in der Oberstufe erzählte sie von angeblichen Erektionsproblemen seit dem Tod seiner Eltern. Oder sie nährte das Gerücht, dass er zum anderen Ufer gewechselt sei. Da er ständig mit Johannes herumhing, fiel es auf fruchtbaren Boden. Dann manipulierte sie seine ehemals engsten Freunde.

Geschickt umschmeichelte sie Major und landete bald mit ihm im Bett. Was sie nicht erwartet hatte, war, wie gut es ihr gefiel, mit ihm zu schlafen. Schnell kamen sie sich näher und wurden ein Paar. Trotzdem verlor sie ihren Plan nicht aus den Augen, Major gegen Marc und Johannes aufzubringen. Das tat sie auf subtile Weise, indem sie lediglich ihre Besorgnis über die Veränderungen in Marcs Persönlichkeit äußerte.

»Ich denke, dass er über den Tod seiner Eltern einfach nicht hinwegkommt«, spekulierte sie drauflos, als sie beide vom Sex erschöpft in seinem Bett lagen. »Er hat keinen echten Halt mehr im Leben und ist psychisch total am Ende. Also, ehrlich gesagt, ist er mir manchmal sogar ein bisschen unheimlich. Und ich mache mir solche Sorgen um ihn. Geht das dir nicht auch so?«

Major lag lang neben ihr ausgestreckt da und fuhr zärtlich mit den Fingern über ihre nackten Kurven. »Weiß nicht«, murmelte er abwesend. »Der wird schon wieder. So was braucht seine Zeit …«

Tina drehte sich zur Seite, stützte den Ellbogen auf und sah Major mit hochgezogenen Augenbrauen an. »Wie viel Zeit denn noch? Merkst du nicht, wie seltsam er sich verhält? Immer dieses Gelaber über Formeln und Computer. Dann die Blicke, die er mit Johannes tauscht. So … intim.«

Major blinzelte erschrocken. »Intim? Jetzt fang du nicht auch noch damit an, dass Marc schwul sein soll. Hey, du warst doch selbst schon mit ihm im Bett, oder? Hat er da wie eine Schwuchtel auf dich gewirkt?«

Tina schüttelte heftig den Kopf. Ihre großen, festen Brüste mit den ausladenden rosa Brustwarzen wippten. »Nein, natürlich nicht. Obwohl … manchmal hatte ich schon den Eindruck, dass es nicht so richtig klappen wollte und er nicht ganz bei der Sache war. Es war nicht so einfach wie mit dir. Hat ein bisschen länger gedauert, bis er … du weißt schon. Aber das habe ich dir jetzt im Vertrauen gesagt, okay? Keiner weiß davon. Schließlich ist Marc ein guter Freund.«

Perfide streute sie ihr Gift und registrierte zufrieden, dass er den Köder geschluckt hatte. Sein Blick war grüblerisch. Innerlich musste Tina grinsen. An Marcs Potenz war nie etwas auszusetzen gewesen. Und schwul war der bestimmt nicht.

Auf diese Weise trieb Tina einen Keil zwischen die alten Freunde. Falls Marc zur Besinnung kommen würde und sich Major wieder zuwandte, konnte sie sich sicher sein, dass der abblocken würde, schwulenfeindlich, wie er war.

Jetzt, in den Herbstferien, würde Tina eine weitere Fehde anzetteln und gleichzeitig ihr Matheproblem lösen. Die Lösung hieß Jonas Steinfeld, kurz Stoned. Obwohl lange nicht so ein Genie wie Marc oder Johannes, hatte Stoned mathematisch einiges drauf, auch wenn er sich inzwischen eine Menge Gehirnmasse mit Drogen aller Art weggeschossen hatte. Na ja, das, was übrig war, würde für Tinas Zwecke reichen.

Außerdem war da noch Stoneds Mutter, die nach ihrer Scheidung als Schulsekretärin am Wibo arbeitete, ein nicht zu unterschätzender Faktor. Es kam Tina gerade recht, dass Major zu Beginn der Ferien zu seinem Onkel nach Bremen gefahren war, um ein Praktikum in dessen zahnmedizinischem Labor zu absolvieren. Prompt meldete sie sich bei Stoned.

Der reagierte begeistert, als Tina ihren Besuch ankündigte, denn er litt massiv unter der Einsamkeit, seitdem Marc sich auch von ihm abgewandt hatte. Früher war Marc Stoneds Beschützer gewesen und hatte ihn gegen Anfeindungen und Lästereien verteidigt. Er allein hatte mit seiner seelischen Instabilität umzugehen gewusst und ihn immer wieder auf den Teppich geholt, humor- und liebevoll. Nun verwahrloste Stoned zusehends, was sich in maßlosem Essen und Trinken, ungezügeltem Drogenmissbrauch und körperlicher Vernachlässigung äußerte. Stoned war dick geworden und wusch sich nicht regelmäßig. Seine Gutmütigkeit wich Verbitterung.

Bei ihrem Besuch in der engen Drei-Zimmer-Wohnung der

Steinfelds versuchte Tina, all das zu ignorieren. Es fiel ihr schwer. Sie ekelte sich vor Stoneds durchdringendem Körpergeruch und seinem Schmerbauch. Aber sie riss sich zusammen und gab sich betont freundlich. Bald hockten sie in seinem chaotischen, dreckigen Zimmer auf dem Schlafsofa und unterhielten sich beim gemeinsamen Genuss einer Wasserpfeife.

Nachdem Tina ihm mehrmals ihr Leid wegen ihrer Mathedefizite geklagt hatte, sprang Stoned endlich darauf an. »Also, ich komm ganz gut klar mit Mathe. Und du bist ja nur im Grundkurs, nicht wie ich im LK. Soll ich dir ein paar Nachhilfestunden geben, so wie Marc früher? Würde dir das helfen?« Er sah sie unschuldig aus kleinen, runden Schweinsäuglein an.

Tina strahlte zurück. »Oh, tolle Idee! Dann würden wir uns auch wieder öfter sehen. Fänd ich super.«

»Ja, ich auch.« Stoned lächelte erfreut. »Also, meinetwegen können wir direkt anfangen.«

So schnell hatte Tina ihr Ziel erreicht. Stoned gab ihr Nachhilfestunden in Mathe, sie gab ihm Nachhilfestunden in »Marc ist ein schwules Arschloch«. Und bald entwickelte Stoned auch eine ausgewachsene Aversion gegen seinen hyperintelligenten Busenfreund Johannes.

»Wär nicht verkehrt, wenn der wieder von der Bildfläche verschwände«, sagte er des Öfteren. »Durch den hat die ganze Kacke erst angefangen. Wären wir den Streber los, würde sich Marc vielleicht endlich wieder auf seine wahren Freunde besinnen.«

Nun, in dem Punkt hatte er nicht ganz unrecht, fand Tina, doch das Grundübel stellte ihrer Meinung nach nicht Johannes Blum, sondern Marc Warbergs Wankelmütigkeit dar. Beharrlich arbeitete sie daran, sein Ansehen weiter zu schädigen.

Außerdem verfügte sie nun über ein weiteres Ass im Ärmel, nämlich den indirekten Zugang zum Sekretariat des Wilhelm-Busch-Gymnasiums – und das alles für den Preis eines netten Augenaufschlags. Sie war stolz auf sich.

Stöhnend wälzte sich Tina in ihrem Bett hin und her. Oh Mann, war das damals alles einfach gewesen. Zack – fand man einen Ausweg, der die Verhältnisse zu den eigenen Gunsten wendete.

So einfach war es heutzutage leider nicht mehr. Das Problem Shorty/Nele würde weniger leicht auszuräumen sein. Ganz zu schweigen von ihrem Problem, dass sie sich einen Mordversuch aufgehalst hatte. Sie machte sich da nichts vor. Sie schlug die Decke zurück. Erst mal Tom anrufen, dachte sie, mit Tom zu sprechen tat immer gut.

Tom

Er war völlig fertig. Das Grauen bestimmte sein Denken. Nur noch drei Tage bis zur Geldübergabe! Wie lange würde es dauern, bis die beiden anderen zuschlagen würden? Noch zwei Tage, noch einen oder nicht einmal mehr das? Tina und der Dicke waren zu allem entschlossen. Sie würden nicht mehr lange fackeln. Und dann musste Shorty dran glauben, für Tom die reinste Horrorvorstellung.

Ich bin kein Mörder, sagte er sich immer und immer wieder. Und ich war auch noch nie einer.

Fieberhaft hatte er während der letzten Nacht Suizidgedanken, Fluchtpläne und den Gedanken, sich zu stellen, hin und her gewälzt. Mehrmals war er sogar versucht gewesen, Shorty anzurufen, um ihn zu warnen.

Letztendlich aber war er – wie so oft – in lähmende Untätigkeit versunken. Er kiffte sich um den Verstand.

Mit steifen Gliedern kroch er schließlich aus dem Bett und unter die Dusche. Punkt neun öffnete die Praxis. Spätestens dann musste er fit sein. Wohlig aufstöhnend genoss er die heißen Wasserstrahlen, die ihn in ein tiefes, warmes Gefühl von Geborgenheit einhüllten. Regungslos reckte er sein Gesicht der heißen Quelle entgegen und bekam im selben Moment eine Eingebung. Er öffnete den Mund und ließ das strömende Nass herein- und wieder hinausrinnen. Der Einfall nahm Gestalt an. Die Quelle, dachte er. Ich muss zurück zur Quelle. Das Klingeln des Telefons hörte er nicht.

Der Dicke

Er frühstückte ausgiebig, bevor er zur Arbeit fuhr. Neben stark gesüßtem schwarzen Kaffee und Orangensaft gab es aufgebackene Buttercroissants mit Honig und Marmelade, Rührei unter kross gebratenem Schinkenspeck sowie frisches Obst. Morgen Abend, dachte er. Morgen Abend ist alles erledigt. Vorhin hatte Tina ihn angerufen und ihm mit knappen Worten bestätigt, dass Hellmanns und Shortys Wohnung identisch waren. Er lächelte vor Vorfreude, als er sich mit der Stoffserviette die fleischigen Lippen abtupfte. Es tat so gut, einen Plan zu haben, vor allem wenn es um so etwas Lebensnotwendiges wie die Bestandswahrung ging.

Marc

Am liebsten wäre er heute Morgen nicht in die Firma, sondern zu Nele gefahren. Er hätte sie geschüttelt und gefragt, was in sie gefahren war. Hör auf, lass doch die Vergangenheit ruhen, so wie ich es auch tue! Schau nach vorn, mit mir gemeinsam, hätte er sie angefleht.

Stattdessen kleidete er sich wie üblich an und trank seinen Kaffee wie üblich. Aber seine Gedanken kreisten. Warum nur konnte sich Nele nicht wie eine normale, gerade geschiedene Frau mit zwei Teenagertöchtern benehmen? Wenn sie schon in alten Geschichten wühlte, wieso dann nicht wenigstens in denen ihrer Ehe? Ein bisschen Ärger über Franks geringen Einsatz in Bezug auf Greta und Anne vielleicht, ein kleiner Stich Eifersucht, weil er noch mal Vater wurde, eventuell ein paar läppische Streitigkeiten wegen der Unterhaltszahlungen. Das wären wenigstens Alltagsprobleme, mit denen er umzugehen wüsste. Aber nein, Nele wühlte in den tieferen Schichten ihres Lebens herum und durchleuchtete eine Phase, die sie seiner Meinung nach am besten vergessen sollte. Was hatte ein Toter in ihrer beider Leben und Zukunft zu suchen?

Er seufzte. Wenn er ehrlich war, überraschte ihn Neles hartnäckige Art eigentlich nicht. Bereits damals, im letzten Jahr ihrer

Oberstufenzeit, hatte sie diese irritierende Verbissenheit an den Tag gelegt, wenn es um Matthias Hellmann ging. Das war schon damals nicht normal gewesen.

In den Herbstferien 1988 hatte er Nele ein paarmal mit Hellmann gesehen, denn dessen Kumpel Jens Meyer wohnte nur ein paar hundert Meter von den Warbergs entfernt. Dorthin fuhr das Pärchen manchmal in dieser Schrottmühle, die eigentlich Matthias' älterem Bruder gehörte. Beide hatten inzwischen den Führerschein, Matthias etwas länger als Nele, weil sie, wie ihm zu Ohren gekommen war, im Gegensatz zu ihm einmal durch die praktische Prüfung gefallen war. Angeblich war Matthias danach dem Prüfer fast an die Gurgel gegangen. Aber das konnte auch ein Gerücht sein.

Jedenfalls beobachtete Marc eines Abends, als er gerade am Zigarettenautomaten gegenüber dem Sozialbau, in dem Jens mit seiner Familie hauste, Kippen zog, wie das Pärchen sich zankte. Beide kamen gerade aus der Haustür, er voran.

»Hör mir zu, wenn ich mit dir rede!« Neles Stimme klang aufgebracht zu ihm herüber.

»Leck mich!« Im weißen Licht der Straßenlaterne erkannte er Matthias' Gesichtsausdruck: Er war außer sich.

»Gib mir die Autoschlüssel, Matthias!« Holla, das klang ja gar nicht nach der sanftmütigen Nele, die Marc aus der Schule kannte.

»Kannst du vergessen!« Matthias machte sich schwankend daran, die Fahrertür aufzuschließen. Er war total abgefüllt. Daher wehte also der Wind!

Im nächsten Moment war Nele bei ihm, riss ihn zurück und brachte die Schlüssel mit schnellem Griff an sich. Marc sah, wie Matthias das Gleichgewicht verlor, mit der Hüfte ans Auto prallte – er hörte deutlich das Krachen von Knochen auf Metall –, sich aufrappelte und reflexartig in Neles Richtung die Fäuste ballte. Marc hielt den Atem an. Hellmann war kurz vor dem Ausrasten.

Nele schien das komplett egal zu sein. Anstatt auf Sicherheitsabstand zu gehen, wie es jeder vernünftige Mensch getan hätte, machte sie genau das Gegenteil. Ungeschützt wandte sie sich

Matthias zu und schloss ihn in die Arme. Der war zu perplex, um zu reagieren, und eine Sekunde später wich alle Spannung von ihm; er öffnete die Handflächen, legte sie auf ihren schmalen Rücken und erwiderte die Umarmung.

»Es tut mir leid, es tut mir leid«, hörte Marc Nele noch beschwörend sagen. Irritiert fragte er sich, wofür sie sich entschuldigen sollte. Hellmann murmelte etwas Unverständliches.

Marc hielt den Zeitpunkt für günstig, sich unauffällig vom Acker zu machen. Hastig warf er seine Münzen ein und zog eine Packung Filterlose aus dem Apparat.

»Sieh mal an, der Warberger.« Die undeutlichen, ineinandergezogenen Worte Hellmanns wehten zu ihm herüber. Marc zuckte zusammen und drehte sich um. Matthias lehnte mit dem Rücken an der Klapperkiste. Nele stand neben ihm und hielt seine Hand. »Komm, Schatz. Lass uns jetzt bitte nach Hause fahren.«

»Moment.« Matthias löste sich vom Fahrzeug und tappte unsicher auf Marc zu. »Lassen die Arschlöcher aus deiner Schule dich jetzt eigentlich in Ruhe?«, richtete er sich mit neu erwachter Aggression an seine Freundin.

»Ja, das tun sie. Das weißt du auch. Komm jetzt bitte!« Ihr Ton wurde schärfer. »Matthias! Hör auf!« Plötzlich wandte sich Nele direkt an Marc. »Geh einfach«, sagte sie im Kommandoton, »dreh dich um und geh!«

Das ließ er sich nicht zweimal sagen. Und Matthias hielt ihn wie durch ein Wunder nicht zurück. Marc atmete trotzdem erst auf, als er zu Hause den Hausschlüssel ins Schloss schob. Oh Gott, das war noch mal gut gegangen. Aber eins war klar: In Neles Haut wollte er nicht stecken.

Heute fragte er sich erneut, was seine Freundin an dem kaputten Typen dermaßen fasziniert hatte, dass sie Szenen dieser Art ertrug. Okay, sie war damals gerade erst achtzehn gewesen. Man konnte es eine Jugendsünde nennen.

Aber warum fing sie heute, zwanzig Jahre später, als gestandene Frau, wieder an, diesen Versager in Schutz zu nehmen? Was sollte das? Selbst wenn es Leute gab, die sich von Matthias Hellmann hatten erpressen lassen und seinen jämmerlichen Tod begrüßten.

Wen juckte es, Loyalität hin oder her? Am wichtigsten war doch, dass man nicht selbst zu Schaden kam, oder? Verräter, flüsterte eine leise Stimme in seinem Kopf. Verräter.

Gegen Mittag hielt er es nicht mehr aus. Er zückte sein Handy und wählte herzklopfend Neles Nummer. Die Mailbox sprang sofort an. Mist. Frustriert legte er auf.

Nele

Der Nachmittag schleppte sich zäh dahin. Einzig und allein der Anblick der Girlande mit den Martinslaternen wärmte Neles Herz. Jede war ein Unikat, gefertigt im Vertrauen darauf, dass die Erwachsenen die ungeheure Leistung der Kinder dahinter anerkennen würden. Schaut her, schienen die Schöpferinnen und Schöpfer der Laternen zu rufen, was ihr hier seht, das sind wir. Geht gut damit um. Wir vertrauen auf euch und euren Respekt. Respekt, Vertrauen, Treue, darum ging es immer im Leben, oder? Und natürlich um Liebe. Ohne die Liebe war alles andere hinfällig.

Sie seufzte, weil ihr aufging, dass sie wieder mal an Matthias dachte, den sie einmal geliebt hatte wie niemanden zuvor. Doch sie hatte ihm misstraut und sich treulos verhalten. Heute sah Nele klarer. Sie würde ihn nicht noch einmal enttäuschen.

Sie konzentrierte sich wieder auf die Arbeit. Als sie einem Kunden einen Bildband über Automobile verkaufte, fiel ihr der schwarze BMW von gestern ein. Bei Tageslicht, und sei es auch nur so trüb wie heute an diesem verwaschenen Dienstag, kam ihr die Vorstellung geradezu aberwitzig vor, dass jemand sie hatte totfahren wollen.

Für wen sollte sie schon eine Bedrohung darstellen? Steckte Shorty hinter dem Anschlag? Aber in seiner Wohnung hatte Licht gebrannt, und woher sollte er wissen, dass Nele just in dem Moment vor seiner Tür auftauchen würde? Hatte er Komplizen? Konnte das Undenkbare wahr sein? Dass Marc in die Geschichte verwickelt war?

Vielleicht war Marc Chris Schelsens Komplize in der ominösen Erpressergeschichte. Immerhin kannten sich die beiden aus der

Schule. Aber wer waren die Besucher auf dem Friedhof gewesen? Und was hatte das Foto von der Fichtenlichtung mit alldem zu tun?

Ein anderer Gedanke drängte sich ihr auf. Der Vorfall von gestern Abend auf der Neusser Straße konnte auch mit Matthias Hellmanns Tod am Kaarster See in Zusammenhang stehen. Hatte sie mit ihren Recherchen seinen Mörder aufgeschreckt? Wie Nicole glaubte auch Nele nicht mehr, dass sein Tod Selbstmord gewesen war.

Es war zum Verzweifeln, denn wie passte jetzt das Pärchen vom Friedhof ins Bild? Um sich von Matthias' Tod zu vergewissern, war es an seinem Grab aufgetaucht. Wo liefen die Fäden in dieser verworrenen Angelegenheit zusammen?

Angestrengt versuchte Nele, das Muster zu erkennen. Wie lautete der größte gemeinsame Nenner? Christian Schelsen, Marc Warberg, Matthias Hellmann, sie selbst, das Pärchen vom Friedhof, der Dicke, die Fichtenlichtung, eine Erpressung, ein Mord …

Für Nele lief es immer wieder aufs Gleiche hinaus. Alles deutete darauf hin, dass der Ursprung der Geschichte in der Vergangenheit zu suchen war, 1988/89, zur Zeit ihres letzten Schuljahres am Wilhelm-Busch-Gymnasium, als Matthias und sie ein Paar gewesen waren.

Aber dann war klar, dass sie, Nele, mit im Schlamassel hing. Was hatte sie womöglich, ohne es zu ahnen, mit der Vermischung zweier eigentlich unvereinbarer Welten in Gang gesetzt, das noch zwanzig Jahre danach derart katastrophale Auswirkungen hatte?

Nele fürchtete sich. Gleichzeitig fieberte sie der Begegnung mit Jens Meyer entgegen. In der Mittagspause hatte sie ihn angerufen und sich mit ihm für heute Abend verabredet. Dann hatte sie Nicole verständigt; sie war mit von der Partie. Würde ihr das Treffen helfen, die Fäden zu entwirren und das Muster zu erkennen? Sie setzte ihre ganze Hoffnung darauf.

Nicole wartete an der Bushaltestelle in Kaarst am Neumarkt auf sie. Nele sah im Licht einer Straßenlaterne, wie Matthias' Schwester in ihrem cremeweißen gesteppten Wintermantel fröstelnd mit den zierlichen Füßen aufstampfte und gleichzeitig heftig an ihrer Zigarette zog. Nele steuerte den Wagen in die Haltebucht. Nicole trat ihre Kippe mit der Hacke ihres Stiefels aus, warf sich aufatmend auf den Beifahrersitz, zog eilig die Tür zu und umklammerte die Handtasche in ihrem Schoß wie eine Ertrinkende den Rettungsreifen. Dann atmete sie erleichtert auf.

»Endlich! Ich hatte schon Schiss, die Nachbarn sehen mich hier und erzählen es meinem Mann.«

»Okay, dann lass uns schnell starten.«

»Super, viel Zeit habe ich sowieso nicht.« Nicole nickte und lächelte ihr Hellmann-Lächeln. Nele schluckte und konzentrierte sich schnell wieder aufs Fahren. Bald bog sie auf die B 7 ab und fuhr auf die Autobahn Richtung Köln.

»Du sagst mir, wo ich runtermuss?«

»Klar, ich lotse dich.«

Die Heizung im Fiat bullerte. Beide Frauen schwiegen, bis Nele das Wort ergriff: »Vielen Dank für den Karton mit den Fotos und Briefen. Ich hab gestern den ganzen Abend drin gestöbert. Hat mir sehr geholfen. Ich habe nicht geahnt, dass Matthias das alles aufbewahrt hat.«

Nicole schenkte ihr einen seltsamen Blick, forschend und nachdenklich. »Ja, über manches habe ich mich auch gewundert, als ich seine Sachen sortieren musste. Aber er hing wohl dran. Hast du schon Andrés Briefe gelesen? Die beiden waren immer ziemlich eng miteinander. Wenn Matthias tatsächlich jemanden erpresst hat, dann hat er höchstens Jens oder André davon erzählt. Vielleicht steht was zwischen den Zeilen.«

»Dazu bin ich leider noch nicht gekommen.« Nele setzte zum Überholen eines Lkws an. »Und die Sache mit der Erpressung scheint sich zu bestätigen. Ah ja, weißt du übrigens, wer Matthias' Wohnung angemietet hat? Unglaublich, sag ich dir …«

Und schon war sie mittendrin in der Geschichte, erzählte von dem Namen auf dem Klingelschild, von dem alten Herrn und seinem Hund und dem schwarzen BMW. Nicole blieb der Mund offen stehen. Fassungslos schüttelte sie den Kopf.

»Das gibt's doch nicht«, murmelte sie. »Und dabei kannst du so locker dasitzen, als ob es nix ist? Mensch, jemand wollte dich umbringen! Und wahrscheinlich haben wir recht damit, dass

Matthias tatsächlich ermordet worden ist. Was soll der Zirkus sonst bedeuten? Scheiße, wo führt das alles hin?«

»Keine Ahnung, aber vielleicht kann Jens uns weiterhelfen?«

Nicole blieb skeptisch. »Na, die Story hört sich an, als sei sie für einen Jens Meyer ein bisschen zu groß. Wirst es ja gleich selbst sehen ... Moment, hier müssen wir runter von der Autobahn ...«, mit dem spitzen, lackierten Nagel ihres Zeigefingers tippte sie an die Fensterscheibe der Beifahrertür, »... und dann direkt rechts.«

Die Wohnung war zugestellt, verqualmt und mit Katzenhaaren kontaminiert. Hereingelassen hatte sie eine teigige kleine Frau mit bleicher Haut, argwöhnischen Augen und schwarz gefärbtem Haar, das an den Wurzeln weiß schimmerte. Sie wirkte gestresst. Im Hintergrund hörte man Kindergeschrei.

»'n Abend, kommt schnell rein. Ich bring gerade die Kids ins Bett. Jens ist im Wohnzimmer auf der Couch. Wo auch sonst?«

Sie drehte sich um und watschelte in engen, abgewetzten Leggings, durch die sich ihre Cellulite deutlich abzeichnete, den Flur entlang ins Zentrum der Wohnung. Eine Fährte von kaltem Zigarettenqualm und Achselschweiß ließ sie zurück. Nicole warf Nele einen Blick unter hochgezogenen Augenbrauen zu, formte mit den Lippen ein tonloses »Schlampe« und stolzierte hinterher. Nele folgte, wobei sie sich neugierig umschaute. Die Geräuschkulisse eines Actionfilms mit heulenden Motoren, quietschenden Reifen, Schüssen und spannungsgeladener Musik plärrte ihr entgegen. Das Wohnzimmer war in zuckendes Licht getaucht. Zusätzlich brannte eine Stehlampe.

Den Raum beherrschte eine durchgesessene blassgemusterte Eckcouch voller Brandlöcher, Flecken und Massen an Katzenhaaren. Darauf hingefläzt lag Jens Meyer und blickte ihnen unter hängenden Lidern träge entgegen. Die Zeit war nicht gnädig mit ihm umgegangen. Obwohl er höchstens dreiundvierzig sein konnte, zogen sich scharfe Linien senkrecht durch sein Gesicht. Die Wangenpartie hing nach unten, seine Haut schimmerte gelb, die dunklen Augenbrauen ähnelten buschigem Gestrüpp, und das schwarze schulterlange Haar, durchsetzt mit grauen Strähnen, hatte sich an der Stirn deutlich gelichtet. Jens Meyer trug ein ausgeleiertes T-Shirt, aus dessen Halsausschnitt üppige Brustbehaarung hervorquoll. Verblasste Tätowierungen rankten sich aus den Ärmeln lückenlos bis zu den Handrücken. Ein kleiner Bauch wölbte sich über dem Bund seiner Jogginghose. Die behaarten Füße waren nackt.

Jetzt grinste er anzüglich und entblößte gelbe Zähne mit einer klaffenden Lücke an der Stelle, wo ursprünglich der zweite obere Schneide- und der Eckzahn gesessen hatten. Dann bequemte er sich, den langen Körper in eine annähernd sitzende Position zu bringen.

»Hey, welch Glanz in meiner Hütte.« Seine Stimme war wie früher, tief und klangvoll. »Wollt ihr auch ein Bier?«

Er schwenkte eine Pilsdose aus dem Discounter. Mit der freien Hand drückte er auf der Fernbedienung des riesigen Flachbildfernsehers herum, bis er die Mute-Taste gefunden hatte. Ruhe, endlich.

»Nein danke«, lehnte Nicole ab, während Nele gleichzeitig »Warum nicht? Klar, gern« sagte.

Unaufgefordert setzte sie sich an ein Ende des Sofas und zog ihre Jacke aus. Nicole balancierte ihren Po vorsichtig auf der Kante eines Sessels, der nach der Menge an Katzenhaaren zu urteilen anscheinend der Lieblingsplatz der bisher unsichtbaren Haustiere war.

»Okay. Ich brauch auch noch eins.« Stöhnend richtete Jens sich auf, schlüpfte in ein Paar Badelatschen und entfernte sich schlurfend Richtung Küche. Nele ließ den Blick über den von vollen Aschenbechern und Geschirr überquellenden Couchtisch sowie eine Schrankwand voller Kram und technischem Gerät schweifen. Sie bemerkte Zeitungsstapel, Kinderspielzeug aus Plastik, eine schiefe Stehlampe und einen Kratzbaum in den Ecken. Ach ja, und im Regal lagen zwei getigerte Katzen, die sich dort friedlich zusammengerollt hatten.

Nicole kräuselte missbilligend die Lippen. »Ganz schöner Saustall hier«, wandte sie sich leise an Nele. »Ekelhaft. Ganz so schlimm hatte ich es nicht in Erinnerung, als ich Matthias hier mal abgeholt habe.«

Nele zuckte mit den Achseln. Das Chaos war ihr egal. Hauptsache, sie bekamen Informationen. »Achtung, er kommt zurück«, wisperte sie.

Die Kinderstimmen im Hintergrund brachen abrupt ab, als hinten im Flur eine Tür zufiel. Gleichzeitig tauchte Jens aus der Küche auf. Er trug drei Dosenbiere, die er zwischen das Chaos auf dem Marmor-Imitat-Tisch stellte.

»Falls du doch eins willst«, sagte er zu Nicole, die abwinkte. Er öffnete sein Bier, setzte es an den Hals und ließ sich aufs Sofa plumpsen. Auch Nele machte ihre Dose auf und nahm einen Schluck.

»Na, dann schießt mal los.« Jens taxierte sie von oben bis unten. »Was verschafft mir die Ehre? Aus den Sprüchen am Telefon bin ich nicht schlau geworden. Nele Liebert, wer hätte das gedacht, dass ich dich noch mal zu Gesicht krieg. Dass du dich herablässt, mit mir zu sprechen. Echt geil.« Lüstern grinsend fuhr er mit seinen Augen über ihren Körper.

»Benimm dich!«, blaffte Nicole ihn an. »Wer hat denn damals die Scheiße gebaut? Reiß dich bloß zusammen, sonst gehen wir direkt wieder.«

»Hey, schon gut. Alles klar.« Jens lehnte sich zurück und zündete sich eine Zigarette an. »Aber ich hab echt keine Ahnung, was ihr von mir wollt, außer dass es wahrscheinlich mit Mattes zu tun hat.«

Sein Ton war ernst geworden, und sein Gesicht verzog sich wie unter Schmerzen.

»Ich glaube, dass Matthias ermordet wurde«, rutschte es Nele heraus. Jens fuhr zusammen, als ob sie ihn geschlagen hätte.

»Was soll das?« Verwirrt wandte er sich an Nicole. »Erklär mir das.«

Nicole holte tief Luft. »Jemand hat gestern versucht, Nele umzubringen. Als sie Erkundigungen über Matthias' Tod einzog. Man wollte sie überfahren. Direkt vor seiner alten Wohnung auf der Neusser Straße. Hast du eine Idee, wer das gewesen sein könnte?«

Jens sah beide Frauen abwechselnd unverhohlen feindselig an. »Woher soll ich das wissen? Mattes ist über ein Jahr tot. Was hab ich mit der Sache zu tun?«

Nicole stöhnte genervt auf. »Stell dich nicht blöder, als du bist. Denk lieber mal nach, wen mein Bruder sich zum Feind gemacht haben könnte. Du warst sein bester Freund. Dir muss doch schon lange klar sein, wie unwahrscheinlich es ist, dass Matthias freiwillig Heroin genommen haben soll.«

Jens sackte förmlich in sich zusammen. Als er jetzt an seiner Zigarette zog, sah Nele, dass seine Hand zitterte. Sein Gesicht war aschfahl. »Ich hab gedacht, dass er plötzlich total abgekackt ist. Dass er es irgendwie nicht gepackt hat, ganz ohne Scheuerpulver und den anderen Kack, und dass er sich deshalb umgebracht hat«, stammelte er hilflos. »Und dass er sich dafür den Kaarster See ausgesucht hat, hat auch gepasst. Ich mach mir immer noch Vorwürfe, dass ich nichts gemerkt habe.«

Nicole nickte nachdenklich. »Ja, das hab ich auch lange gedacht. Aber jetzt sieht alles anders aus. Also, raus mit der Sprache: Gibt's irgendwelche krummen Dinger, von denen du weißt? Leute, die einen Hass auf ihn hatten, weil Matthias sie mit irgendwas in der Hand hatte?«

Nele musste sich ein Lächeln verkneifen. Nicole hätte eine gute Polizistin abgegeben. Gekonnt konfrontierte sie den verdatterten Jens mit einer Mischung aus Behauptungen und Fakten. Okay, bei diesem »Böser Bulle/guter Bulle«-Spiel würde sie den zweiten Part übernehmen.

»Sieh mal«, sagte sie sanft. »Da er dein bester Freund war, hat er dir vielleicht Dinge anvertraut, von denen du gedacht hast, dass sie ihm gefährlich werden könnten. So was würde uns schon weiterhelfen.«

Jens fuhr sich mit einer Hand durchs Haar und begann danach, nervös an seinem Daumennagel zu knabbern. »Kann sein, weiß nicht. Ein paar Wochen vor seinem Tod war er irgendwie komisch drauf, das stimmt schon. Aber er wollte nicht mit der Sprache rausrücken.« Plötzlich funkelte er Nele wütend an. Seine Stimme bekam einen ätzenden Unterton. »Er hatte dich in Düsseldorf gegenüber von Dannys Tattoo-Studio gesehen. Mit zwei Typen. Einer davon war der Warberger, bei dem anderen war er sich zuerst nicht ganz sicher. Hatte sich wohl ziemlich verändert. Aber dann hat er ihn doch erkannt. War auch einer aus deiner alten

Schule. Die Sache hat Mattes ziemlich nervös gemacht. Ich hab erst gedacht, dass er deinetwegen so durch den Wind war. Weil du ihn wie Luft behandelt hast, auch nach fast zwanzig Jahren noch. Ich hab ihm gesagt, vergiss die Schlampe einfach. Die hatte dich eh nie verdient. Kam sich immer als was Besseres vor. Da war er still.«

Jens lehnte sich mit verschränkten Armen zurück und blähte die Nasenflügel. Nele war zusammengefahren, aber Nicole beugte sich angriffslustig vor. »Du bist ein widerliches Arschloch, Jens«, giftete sie. »Wer hat denn damals dafür gesorgt, dass Nele sich abgeseilt hat? Du doch! Aus Eifersucht, weil sie dir den Rang abgelaufen hatte. Also mach hier nicht einen auf Unschuldslamm! Außerdem glaube ich Nele, wenn sie sagt, dass sie Matthias an diesem Tag im September nicht gesehen hat. Sie konnte ja nicht ahnen, ihm dort zu begegnen.«

»Ach, scheiß was drauf. Ich weiß, was ich weiß«, murmelte Jens, aber es wirkte nicht überzeugt.

Jetzt konnte Nele nicht mehr an sich halten. »Es geht dich zwar eigentlich nichts an, aber mir tut es selber unendlich leid, ihn nicht gesehen zu haben. Wahrscheinlich war ich einfach zu sehr mit anderen Dingen beschäftigt. Ich kann mich gar nicht erinnern, an welchem Tag das überhaupt gewesen sein soll, geschweige denn auf die andere Straßenseite geschaut zu haben. Marc und ich sind öfter dort beim Inder essen gewesen. Es waren noch Sommerferien, meine Töchter mit meinem Exmann im Urlaub. Hätte ich doch mehr auf die Umgebung geachtet! Es wäre vielleicht die letzte Chance gewesen, noch mal miteinander zu reden, bevor …« Sie schluckte, um ihre Tränen zurückzuhalten. »Vielleicht wäre dann ja alles anders gekommen, wer weiß das schon?«

Jens schnaubte verächtlich, aber seine schwarzen Triefaugen blinzelten unsicher.

Nicole mischte sich ein. »Matthias hat zu mir nie was von einem zweiten Typen gesagt, er erzählte nur von Nele und diesem Marc. Ich hör das heute zum ersten Mal.«

»Ja, ich auch.« Nele nickte. Sie war doch immer allein mit Marc essen gegangen. Zu Beginn ihrer Beziehung hatten sie natürlich das Bedürfnis gehabt, ihre Zweisamkeit auszuleben.

Doch plötzlich dämmerte ihr etwas, während Jens ahnungslos die Bombe zündete: »Keine Ahnung, wie gesagt. Aber es war wohl so ein Dicker.«

Nele schnappte nach Luft. Vor ihrem inneren Auge erschien der dunkle, verregnete Friedhof, sie sah sich selbst hinter dem Rhododendronbusch hocken und hörte die beiden Fremden von einem »Dicken« reden. »Marcs Geschäftspartner und alter Freund, der vor zwei Jahren überraschend aus der Versenkung aufgetaucht ist und sich in die Firma eingekauft hat, als die Finanzen so schlecht standen«, platzte sie verblüfft heraus. »Klar, dem sind wir mal vor dem Restaurant begegnet, aber bloß kurz. Denn der wollte eigentlich nur zur Apotheke!«

Alle drei schwiegen verwirrt. Nele war so durcheinander, dass sie keinen klaren Gedanken mehr fassen konnte. In dem Augenblick kam Jens' Lebenspartnerin ins Wohnzimmer und musterte den Besuch missbilligend.

»Wie lange geht das hier noch? Die Kids schlafen. Ich will fernsehen.«

Jens winkte ab. »Ach, halt's Maul. Hol dir'n Bier und setz dich meinetwegen, aber sei still.« Er klopfte neben sich aufs Sofa. Staub stieg auf. Knurrend verschwand die Frau in der Küche und knallte die Tür zu.

»Ach Scheiße!« Jens raufte sich die spärlichen Haare. »Jetzt ist die Alte sauer. Also kommt, ich hab keinen Bock auf Ärger. Ich bring euch noch runter. Elli!«, schrie er zur Küche rüber, während er sich vom Sofa hochhievte. »Die hauen jetzt ab. Die Glotze ist frei!« Er ging in den Flur und warf sich eine Jacke über. »Los jetzt«, kommandierte er knapp und geleitete die beiden Frauen hinaus. »Wir können im Fahrstuhl weiterquatschen.«

In der engen Kabine amüsierte er sich über Neles offensichtliche Nervosität. »Ach, stimmt ja. Du kriegst immer Schiss in den Dingern. Und Mattes musste dich trösten. Hat er gern gemacht, dann an dir rumzufummeln.« Er feixte, um im nächsten Moment traurig ins Leere zu starren. »Mann, ist das alles lange her. Jetzt ist er schon über ein Jahr tot. Manchmal wache ich mitten in der Nacht auf und denke, halt, ich muss doch noch Mattes anrufen.

Bis ich kapiere, dass das gar nicht mehr geht. Scheiße! Und ihr glaubt echt, jemand hat ihn umgebracht?« Dann an Nele gerichtet: »Haben der Warberger und sein Kumpel damit zu tun?« Sein Gesichtsausdruck wurde lauernd, ein bösartiger Zug kroch über seine Lippen. Er fuhr mit der Zunge in der Zahnlücke herum.

»Ach was! Glaubt sie nicht. Sonst wär sie ja nicht mehr mit ihm zusammen, oder?«, intervenierte Nicole schnell und warf Nele einen warnenden Blick zu.

»Stimmt. Nein, das kann ich mir echt nicht vorstellen«, log diese halbherzig. Es war viel zu gefährlich, dem unberechenbaren Jens von ihrem Verdacht zu verraten. »Aber irgendwas könnte in der Vergangenheit, so circa '88, '89, passiert sein, was die Dinge ins Rollen gebracht hat. Kannst du dich an eine Sache erinnern, die Matthias mal angedeutet hat? Etwas, was jemanden erpressbar macht? Hat er sich auffällig verhalten? Damals, meine ich.«

Jens schnaubte verächtlich. Die Fahrstuhltür öffnete sich mit einem schabenden Geräusch. Sie traten in den kahlen, dunklen Hausflur hinaus. Nele fröstelte.

»Du meinst, außer seinem auffälligen Verhalten in der Nacht deiner Abiparty, die zufällig auch dein Geburtstag war? Als er völlig fertig und klatschnass bei meinen Alten und mir zu Hause ankam?« Jens sah Nele hasserfüllt an. »Nie wieder hab ich ihn so am Ende erlebt wie in der Nacht. Gegen diesen Horrortrip waren sämtliche Drogen, die er je eingeschmissen hat, Peanuts!«

»Hey, schon gut.« Das war Nicole. »Lass sie. Mein Bruder war kein Engel. Nele hatte es nicht leicht mit ihm, das weißt du genau.«

»Nein, nein. Jens hat recht. Ich hab mich damals wirklich mies verhalten.«

»Es war dir peinlich, dass er in deiner Spießerwelt aufgetaucht ist«, spuckte Jens wütend aus. »Nachdem ihr fast ein Jahr zusammen gewesen wart!«

»Wir waren zu dem Zeitpunkt längst getrennt, hast du das vergessen? Es war nicht abgesprochen, dass er zum Abiball kam. Aber es war mir nicht peinlich. Ich konnte nur einfach nicht mehr.«

Und dann fing sie an zu weinen. Die Erinnerungen an den

katastrophalen Abend brachen wie eine Lawine über sie herein. Wieder sah sie sein verletztes Gesicht vor sich, wie es sich resigniert verschloss, wie seine Augen stumpf wurden. Sie sah ihn sich umdrehen und weggehen, geschlagen, gedemütigt, endgültig fort aus ihrem Leben. Unwiederbringlich. Die Erinnerung war unerträglich.

Nicole stieß Jens grob zur Seite, um schützend einen Arm um Nele zu legen. »Verdammt! Lass sie endlich in Ruhe! Was damals passiert ist, ging nur die beiden was an. Und vergiss nicht, dass du dich eingemischt und die Beziehung kaputt gemacht hast! Beantworte lieber Neles Frage: Womit hat mein Bruder jemanden erpresst? Weißt du von irgendeiner Geschichte, damals, '88, '89?«

»Eher im Frühling oder Sommer '89«, präzisierte Nele schniefend. Sie versuchte, sich zusammenzureißen. »Vielleicht hat es was mit der Fichtenlichtung zu tun.«

Sie blickte in verständnislose Gesichter. »Wo soll die denn sein?«, wunderte sich Jens, und auch Nicole guckte Nele fragend an.

»Na, im Vorster Wald. War früher der Kiffertreffpunkt von ein paar Oberstufenschülern.« Nele blieb betont vage. Nur nicht den Verdacht auf Marc lenken und erneut Jens Meyers Killerinstinkt wecken! »Ich habe nämlich so ein seltsames Foto in Matthias' Sachen gefunden, die Nicole mir netterweise gegeben hat. Da ist die Fichtenlichtung drauf. Muss '89 geschossen worden sein, wahrscheinlich im Frühjahr oder Sommer.«

»Na, dann sind wir ja doch wieder bei deinem Abiball angelangt«, schlussfolgerte Jens triumphierend. »Mattes ist nämlich in der Nacht quer durch den Vorster Wald zu mir nach Hause gelaufen, total zugedröhnt. Wahrscheinlich wollte er einen klaren Kopf kriegen und hat deshalb die Abkürzung genommen. Dann legte ein Gewitter los, und der Regen hat ihn kalt erwischt. Später hab ich noch gedacht: Komisch, in derselben Nacht ist doch dieser Junge im Nordkanal ersoffen. Mattes muss ganz in der Nähe vorbeigekommen sein.«

Mit offenen Mündern starrten die Frauen Jens an, der sich jetzt eine Zigarette anzündete. Nele war wie vor den Kopf gestoßen. Von dem Vorfall hatte sie natürlich gewusst, aber sie war zu dumm gewesen, um eins und eins zusammenzuzählen. Offenbar musste erst ein abgewrackter Jens Meyer daherkommen, um sie mit der Nase darauf zu stoßen.

Klar, der Junge aus ihrer Stufe, der damals auf dem Nachhauseweg sturzbesoffen in den Nordkanal gefallen und ertrunken war. Im Juni '89 war das durch alle Zeitungen gegangen. Nur war sie zu der Zeit schon mit Packen beschäftigt gewesen und hatte das Drama nur am Rande mitbekommen.

Eine schreckliche Tragödie, dieser Unfall. Der Junge hatte ebenfalls zu Marcs Umfeld gehört, daran erinnerte sie sich verschwommen. Wie war noch mal sein Name gewesen? Hatte der nicht auch so einen komischen Spitznamen gehabt, wie fast alle früher? Es wollte ihr partout nicht einfallen. War er etwa ermordet worden? Jetzt bekam sie es mit der Angst zu tun. Aber wie fügte sich die Fichtenlichtung in die Geschichte? Und wer waren die Täter? Etwa Marc und Joe? Und Matthias hatte sie beobachtet und später mit seinem Wissen erpresst? Und dann war auch er umgebracht worden? Nele wurde schwindelig, sie konnte nicht mehr klar denken.

Plötzlich registrierte sie, wie Nicole und Jens sie seltsam ansahen. Besonders Jens verfolgte jede Regung ihres Gesichts argwöhnisch. »Dein Freund hängt in der Story mit drin, hab ich recht?«, fasste er langsam zusammen. »Der da ersoffen ist, war sein Kumpel, oder? Kann ich mich noch dran erinnern. Einer von den Kiffern aus der Gang vom Warberger, genau! Es war Mord, und Mattes hat alles gesehen.« Er nickte. »Das würde auch erklären, warum er noch tagelang völlig neben der Spur war. Eins sag ich dir, Nele …« Er schnippte den glimmenden Zigarettenstummel durch den Hausflur und sagte wütend und gleichzeitig todtraurig: »Wenn dein Lover, der Warberger, Mattes auf dem Gewissen hat, weil der zu viel wusste, dann hat er es bald selbst hinter sich. Dafür sorge ich, auch wenn sie mich dafür auf ewig wegsperren.«

Nele nickte. Sie verstand Jens nur zu gut. Sollte Marc sich am Tod von Matthias schuldig gemacht haben, musste er dafür büßen, auf die ein oder andere Art. In Jens' verdutztem Gesichtsausdruck las sie, dass er ihre Miene richtig gedeutet hatte. Ein widerwilliger Ausdruck von Respekt schlich über seine Züge.

Beide schauten sich in nie da gewesener Einigkeit an, bis Nicole dazwischenfuhr: »Hey, jetzt aber mal langsam! Das sind alles nur Spekulationen und Spinnereien. Nichts davon ist bewiesen. Es kommt doch wohl keiner von euch auf die Idee, deshalb durchzudrehen. Und helfen kann es Matthias auch nicht mehr. Bleibt bloß auf dem Teppich!«

Der Dicke

Ungläubig las der Dicke die E-Mail, die eigentlich an seinen Geschäftspartner adressiert war. Gut, dass er sich kurz vor Feierabend mit dem ausspionierten Passwort in dessen Account eingeloggt hatte, bevor Marc nachschauen konnte. Gut vor allem, dass er sich vor zwei Jahren im Sinne der Bestandswahrung Zugang zu Marcs diversen – dienstlichen wie privaten – Postfächern verschafft hatte. Hasserfüllt löschte er die kompromittierende Nachricht und leerte auch noch den digitalen Papierkorb. Okay, wenigstens wusste er jetzt Bescheid. Er würde umdisponieren müssen, was Art und Reihenfolge der Maßnahmen betraf. Plan B also. Er fuhr den Rechner runter und nahm den Aufzug zur Tiefgarage.

Nele

Auf der Rückfahrt von Dormagen nach Kaarst hingen Nele und Nicole ihren Gedanken nach. Sie schwiegen. Die Autobahn flitzte schwarz und glänzend unter ihnen vorbei.

Bevor sie gegangen waren, hatten sie Jens erzählt, dass in Matthias' alter Wohnung inzwischen ein weiterer früherer Mitschüler Neles wohnte, dem aller Wahrscheinlichkeit nach die Beweismittel in die Hände gefallen sein mussten, die Matthias zu Erpressungszwecken genutzt hatte.

Ging es dabei tatsächlich um den ertrunkenen Jungen? Sie hatten Jens das Versprechen abgerungen, die Ruhe zu bewahren und nichts Unüberlegtes zu tun. Unter der Bedingung, in alle weiteren Nachforschungen miteinbezogen zu werden, erklärte er sich einverstanden. Dann hatten sie ein paar Aufgaben verteilt.

Jens sollte Kontakt zu seinem alten Kumpel Danny Post aufnehmen, um ihn zu fragen, was oder wer Matthias beim Anblick von Marc, Nele und Joe gegenüber dem Tattoo-Shop dermaßen beunruhigt hatte. Vielleicht hatte er mit Danny darüber gesprochen.

Nele übernahm es, mehr über den Tod ihres Mitschülers vor neunzehn Jahren in Erfahrung zu bringen sowie über dessen Verbindung zu Marc.

Nicole würde zudem noch einmal sämtliche Habseligkeiten ihres verstorbenen Bruders durchforsten und, auch das schien aussichtsreich, bei ihrem nächsten Anruf in der JVA André vorsichtig ausfragen. Vielleicht hatte Matthias ihn tatsächlich ins Vertrauen gezogen.

»Er darf nur nicht ahnen, dass sein Bruder vielleicht umgebracht wurde. Dann tickt er aus. Das bringt ihm nur Ärger im Bau ein«, warnte Jens.

Alle drei waren sich außerdem im Klaren, dass sie unbedingt Kontakt zu Shorty alias Christian Schelsen aufnehmen mussten. Aber sie brauchten einen Vorwand. Nur welchen?

Sie standen schon am Auto, als Nele Jens von ihrem Beinahe-Zusammenstoß mit dem schwarzen BMW auf der Kaarster Straße erzählte und dass Marc so einen Wagen fuhr. Und plötzlich mutierte Jens zu ihrem persönlichen Beschützer. »Pass mit diesem Typen auf. Lass ihn nicht mehr ins Haus! Wenn ich hundertprozentig wüsste, dass der Warberger derjenige ist, der Mattes auf dem Gewissen hat und dich plattfahren wollte, würde ich ihn noch heute Abend kaltmachen. Aber Scheiße, so sind mir die Hände gebunden.«

»Und wir waren uns einig, dass das dann eine Sache für die Polizei wäre und nicht mit Selbstjustiz erledigt wird«, erinnerte Nele ihn eindringlich.

»Mit der Polizei habe ich noch nie gute Erfahrungen gemacht«, grummelte Jens, was so treffend formuliert war, dass es Nele und Nicole zum Lachen reizte. Sie prusteten los, und auch Jens musste grinsen.

Nele lächelte vor sich hin, als sie an diesen Heiterkeitsausbruch zurückdachte. Es hatte ihr ein gutes Gefühl gegeben, Verbündete in ihrer Trauer und ihren Befürchtungen gefunden zu haben. Sie mochte Nicole richtig gern, und auch Jens Meyer war bei näherer Betrachtung gar kein so übler Kerl.

»Nele?«, durchdrang Nicoles Stimme plötzlich ihre Gedanken.

»Ja?«

»Was hast du an meinem Bruder besonders gemocht? Ich meine, er hatte ja auch einige weniger gute Seiten.« Nicole sah neugierig zu ihr herüber.

Nele musste nicht lange überlegen. »Seine offene Art«, begann sie, »und seine Großzügigkeit. Er hätte mir sein letztes Hemd gegeben, wenn es nötig gewesen wäre. Und er war immer zur Stelle, wenn ich ihn brauchte, auch wenn es ihm selbst schadete. Darüber hat er gar nicht nachgedacht, weißt du. Und ich fand es toll, dass er so furchtlos war, ganz im Gegensatz zu mir. Okay, das hatte natürlich auch seine Schattenseiten …« Sie schickte ein Lächeln in Nicoles Richtung.

Die sah sie forschend von der Seite an. »Denkst du, eine oder gleich mehrere dieser Eigenschaften sind ihm zum Verhängnis geworden?«

»Wie meinst du das?«

»Na ja, wenn es stimmt, dass er ermordet wurde, dann frage ich mich natürlich: Warum ausgerechnet im letzten Herbst? Viele Jahre hat er von einem Verbrechen gewusst, ist in die Erpressung reingeschliddert, und auf einmal, nach achtzehn Jahren, als er gerade dabei ist, sein Leben neu zu sortieren, muss er sterben. Warum? Das passt doch nicht zusammen. – Weißt du noch, als ich dir erzählt habe, dass Matthias reinen Tisch machen wollte? Und ich nicht wusste, was er meinte? Vielleicht bezog sich das ja auf diese uralte Geschichte. Vergiss nicht, kurz vorher hatte er dich zusammen mit den zwei Typen in Düsseldorf gesehen. Vielleicht hat es ihn beunruhigt, dass sie um dich herum sind, weil er wusste, wie gefährlich sie sind. Vielleicht wollte er deshalb endlich alles auffliegen lassen. Die Tat anzeigen. Egal, ob es ihm selbst schadete. Was meinst du dazu? Könnte das sein?«

Verkrampft umklammerte Nele das Lenkrad. »Ja, das wäre

typisch für ihn gewesen.« Sie war bestürzt, und Zärtlichkeit stieg in ihr auf. »Aber warum hat er dann nicht Kontakt zu mir aufgenommen?«

»Genau das ist die Frage.« Nicole nickte nachdenklich. »Vielleicht hat er das ja, ist aber irgendwie nicht durchgedrungen. Oder jemand hat es verhindert. Keine Ahnung.«

Der Dicke

Der Dicke war fast an seinem Ziel angekommen. Umsichtig parkte er den Wagen in einer Nebenstraße, öffnete den Kofferraum, holte ein Paar Einweghandschuhe aus dem Verbandskasten, steckte sie in die Hosentasche und ging den Rest des Weges zu Fuß.

Die Dunkelheit diente ihm als Schutz, und die Straßen waren menschenleer. Schon von Weitem sah er, dass hinter den Fenstern der Maisonettewohnung Licht brannte. In den Stockwerken darunter hatten die Bewohner sämtliche Rollos heruntergelassen.

Er überquerte die Straße in möglichst großer Entfernung zur nächsten Straßenlaterne, umrundete das Haus und betrat es durch den Hintereingang, der nie abgeschlossen wurde, da sich hier der Zugang zu den Mülltonnen befand. Schnell betrat er den Fahrstuhl und betätigte den Knopf mit der Nummer vier durch den Stoff seines Mantelärmels.

Oben angelangt, atmete er tief durch, bevor er klopfte. Nur keine Gewissensbisse! Es musste getan werden, denn es diente allein der Bestandswahrung.

Tom begrüßte ihn erstaunt. Kurz huschte ein Ausdruck von Panik über sein Gesicht.

Der Dicke fühlte sich bestätigt und zwang sich ein joviales Lächeln in die Mundwinkel. »Hi, Tom. Ich war gerade in der Gegend und dachte mir, ich schau mal rein. Es gibt einiges hinsichtlich XXL zu besprechen, was man besser nicht am Telefon klären sollte.«

»Hi, ja, dann komm doch rein. Kein Problem …«

Er öffnete die Tür weit. Der Dicke schälte sich aus seinem Mantel und warf ihn über den leeren Garderobenständer im Flur.

Tom war ins Wohnzimmer vorgegangen. Er folgte und stellte befriedigt fest, dass wie erwartet auf dem Couchtisch neben dem Aschenbecher und einem winzigen Döschen eine kleine Specksteinpfeife qualmte. Eine zu zwei Dritteln leere Rotweinflasche und ein Glas standen ebenfalls dort. Am Gang des alten Schulfreundes konnte der Dicke unschwer erkennen, dass der schon ziemlich angeschickert war. Das kam ihm gut zupass.

»Möchtest du auch ein Glas Wein?«

»Danke nein, ich muss ja noch fahren. Aber vielleicht ein Wasser?« Ächzend ließ er sich auf die Ledercouch fallen.

Während Tom sich in der Küche zu schaffen machte, begutachtete der Dicke den Zugang zur Dachterrasse. Seiner Erinnerung nach verlief diese hinter dem Haus über die gesamte Breitseite. Ihr gegenüber in einem weitläufigen Garten standen hohe Kastanienbäume und eine Eiche. Er musste keine Sorge haben, von neugierigen Nachbarn beobachtet zu werden. Jetzt kehrte Tom mit einem Glas Mineralwasser zurück, das er vor dem Dicken abstellte. Er ließ sich der Länge nach auf die Couch fallen und griff nach der Pfeife. »'tschuldigung.« Er deutete darauf, zog sie leer und klopfte die Reste im Aschenbecher aus. Anschließend lehnte er den Kopf ans Leder und schloss die Augen. Der Dicke erlaubte sich ein leises Lächeln. Das hier würde einfach werden.

»Und?«, fragte er munter. »Wie gehen wir in Sachen Shorty vor?«

Tom öffnete die Augen und sah ihn gequält an. »Na, können wir denn sicher sein, dass er XXL ist?« Er setzte sich mühsam auf. »Stell dir vor, die Sache mit der Wohnung wäre reiner Zufall …«

Dem Dicken kam die Galle hoch. Du feige Sau, dachte er.

»Es gibt keinen Zweifel«, schnitt er Tom das Wort ab. »Außerdem passt auch alles zusammen: die Fichtenlichtung, die Abkürzung ›Wibo‹ statt ›Wibu‹, die Maßlosigkeit der Forderung, Shortys Lebenskrise … einfach alles.« Kurzatmig hielt er inne und mahnte sich zu mehr Gelassenheit. »Tina hat die Adresse überprüft; es ist definitiv Hellmanns alte Wohnung. Die Beweise waren garantiert irgendwo dort versteckt. Und ausgerechnet ein Insider findet sie. Ja, Zufall war's tatsächlich. Aber dann wurde daraus leider Schicksal. Dem wir uns stellen müssen … sonst …«

»… sind wir am Arsch«, ergänzte Tom. Benommen rieb er sich die Glatze, griff zu dem kleinen Döschen, holte einen braunen Klumpen heraus, wärmte ihn mit der Flamme des Feuerzeugs an und bröselte kleine Bröckchen in seine Pfeife.

Ja, gib dir die volle Dröhnung, dachte der Dicke verächtlich. Das macht es nur leichter für mich.

»Aber wie passt Marcs Freundin da rein? Tina hat erzählt, sie habe sie vor Shortys Wohnung gesehen.« Tom schaute nur kurz auf, um sich dann erneut der Pfeife zuzuwenden. Trotzdem hatte der Dicke die Verzweiflung in Toms Augen sehen können. Was für ein Schlappschwanz, dachte er abfällig, florierende Zahnarztpraxis hin oder her. Im Grunde war Tom heute noch das, was er von jeher gewesen war: ein armer Kiffer ohne Rückgrat. Kein Wunder, dass er wieder bei Marc angekrochen kommen wollte, seinem Helden aus Jugendtagen.

»Nele passt da überhaupt nicht rein«, konterte er. Es spielte keine Rolle, was Tina auch ihm erzählt hatte: dass sie Nele in der Nähe von Shortys Wohnung gesehen zu haben glaubte. Meine Güte, die Frau suchte geradezu krampfhaft nach einer Chance, Marcs Freundin zu diskreditieren, aus reiner Eifersucht wahrscheinlich. »Entweder Tina hat Nele mit einer völlig fremden Frau verwechselt, diese Möglichkeit präferiere ich, und du weißt ja, wie impulsiv unsere Tina sein kann, oder hier handelt es sich wirklich um Zufall. Was hatte Nele jemals mit Shorty zu tun? Nichts, soviel ich weiß. Und mit Hellmann war sie seit '89 fertig. Die war froh, den Typen los zu sein. Hat kurz drauf in England ihren Mann kennengelernt. Geschichtsprofessor an der Uni Köln ist der. Nein, nein. Nele können wir getrost vergessen.«

Tom war mit dem Stopfen der Pfeife fertig, lehnte sich zurück, setzte sie an die Lippen, hielt sein Feuerzeug an den Pfeifenkopf und inhalierte tief. Ein Hustenreiz schüttelte ihn. Er wischte das Mundstück ab und hielt dem Dicken spaßeshalber die Pfeife hin. »Na, willst du auch mal? Entspannt ungemein.«

Normalerweise hätte der Dicke jetzt abgelehnt, und das wusste Tom genau, aber einer plötzlichen Eingebung folgend nahm er die Pfeife tatsächlich. »Okay, warum nicht. Besondere Situationen erfordern besondere Reaktionen.«

Tom guckte verblüfft. Der Dicke nahm einen kräftigen Zug. Wie erwartet stellte sich der Hustenanfall ein. Krampfartig. Er gab sich ihm hemmungsloser hin, als nötig gewesen wäre. Tom beugte sich besorgt vor. Eilig hielt der Dicke ihm die Pfeife hin, stand auf und hustete heftig weiter. »Oh Mann, das bin … ich nicht mehr … gewohnt«, ächzte er, inzwischen hochrot im Gesicht. Er wankte Richtung Dachterrasse. »Kleinen Moment, ja? Ich geh mal frische Luft schnappen.«

Gesagt, getan, schon stand er draußen. Theatralisch krächzend bewegte er sich vom Licht der Terrassentür weg Richtung Balkongeländer. Nebenbei zerrte er die Gummihandschuhe aus seiner Hosentasche und zog sie über. Anschließend wartete er, keuchend und hustend.

»Alles klar, Dicker?«, hörte er Tom besorgt fragen.

Er antwortete nicht, sondern blieb still. Manchmal war Abwarten einfach das Beste. Als er die sich nähernden Schritte hörte, atmete er auf. Mit dem Rücken zur Tür krümmte er sich über das Geländer und umklammerte es.

»Hey, alles in Ordnung?«

Tom klang inzwischen richtig ängstlich. Der Dicke wartete ab, bis er die Handfläche des anderen warm auf seiner Schulter spürte. Dann erst richtete er sich auf, ergriff mit beiden Händen Toms Schulterpartie, drehte ihn mit dem Rücken zum Geländer und stieß mit voller Wucht zu. Im Moment des Begreifens riss Tom in Todesangst die Augen auf, bevor er jenseits des Geländers verschwand, gehorsam, lautlos und unspektakulär.

Als er vier Stockwerke tiefer auf den Natursteinplatten der Gartenanlage aufprallte, hörte es sich so an, als habe jemand ein überdimensionales Ei aufgeschlagen.

Eilig suchte der Dicke den Boden der Dachterrasse nach der Pfeife ab. Nichts. Hoffentlich hatte Tom die beim Fallen nicht noch in der Hand gehabt. Er lief nach drinnen und atmete erleichtert auf, als er das Specksteinpfeifchen auf dem Couchtisch liegen sah. Schnell steckte er es ein. Dann lief er in den Wohnungsflur, öffnete zielstrebig eine Schublade des Sideboards und entnahm ihr aus Toms schier unerschöpflichem Kifferbestand eine kleine, schlichte Ebenholzpfeife, von der er wusste, dass sie in regelmäßigem Gebrauch gewesen war. Mit seinen behandschuhten Fingern positionierte er sie sorgfältig neben dem vollen Aschenbecher und dem Dopedöschen.

Schnell beseitigte er mit einem Mikrofasertuch aus der Küche alle Spuren an Klinken, Fußboden und auf der Lederfläche des Sofas. Schließlich steckte er das Tuch in seine Gesäßtasche, ignorierte die Nässe, die es durch den Stoff auf seine Pobacke abgab, spülte sein Wasserglas gründlich ab, bevor er es in die Spülmaschine stellte, und hetzte ins Arbeitszimmer. Nachdem er in Toms Computer die betreffende E-Mail gelöscht hatte, Passwort »Tina«, welch Wunder, und der Rechner wieder heruntergefahren war, zog er sich den Mantel an. Leise, ganz leise öffnete er die Wohnungstür. Alles dunkel, wunderbar.

Mit einem sachten Klacken schloss sich die Tür hinter ihm. Der Dicke schlüpfte aus den Schuhen und hastete geräuschlos zum Treppenhaus. Vier Treppenabsätze weiter wusste er, dass er es gleich geschafft hatte. Jetzt schnell in die Schuhe, und schon war er draußen. Aufgeregte Stimmen drangen aus dem Garten in sein gespitztes Ohr. Er schlug die entgegengesetzte Richtung ein.

Auf dem Heimweg nach Heinsberg fielen ihm kurioserweise ein paar Zeilen aus dem Lied ein, das Tom in Schulzeiten zu seinem Spitznamen verholfen hatte. Zufrieden summte er sie vor sich hin:

»Unten trauern noch die Egoisten.
Major Tom denkt sich, wenn die wüssten.
Mich führt hier ein Licht durch das All.
Das kennt ihr noch nicht, ich komme bald,
mir wird kalt.
Völlig losgelöst von der Erde …«

Wahrscheinlich hatte er dem alten Tom sogar einen Gefallen getan. Zwei Fliegen mit einer Klappe geschlagen, dachte er. Pfeifend streifte er sich die Gummihandschuhe von den Fingern.

Nele

Nachdem Nele Nicole vor ihrer Haustür abgesetzt hatte, hetzte sie nach Vorst. Meine Güte, schon einundzwanzig Uhr dreißig. Wieder würden sich die Mädchen Sorgen machen. Der Ausflug hatte länger gedauert als geplant. »Ich fliege, ich eile«, murmelte sie und drückte das Gaspedal durch. Sie dachte darüber nach, dass es in ihrem Leben einmal eine Zeit gegeben hatte, in der sie sich nur um ihre schulischen Leistungen hatte kümmern müssen – was sie mit links erledigt hatte. Heute wurde sie von ihren Verpflichtungen fast erdrückt: die Arbeit im Buchladen, ihre Töchter, deren Schulleistungen, Haushalt, VHS-Kurse, Marc … Halt, das letzte Thema klammerte sie schnell aus. Nur nicht dran denken.

Stattdessen flohen ihre Gedanken weit zurück in die Vergangenheit, als Matthias ihr Leben aus den Fugen gerissen hatte. Auf einmal war es ihr schwergefallen, sich auf die Schule zu konzentrieren. Ihr bisheriges, sehr behütetes Leben wurde auf den Kopf gestellt. Mit ihren Mittelschichtweisheiten kam Nele im Umgang mit ihm nicht weit. Er dachte nicht daran, ihr seine Lebensvorstellungen überzustülpen, aber er würde auch den Teufel tun und ihre übernehmen. Sein Leben funktionierte nach anderen Regeln. Und diese lernte sie nun kennen. Und indem sie zu einer Einheit verschmolzen, fiel es ihr zunehmend leichter, sie zu verstehen. Sie begriff zum Beispiel, warum er sich um keinen neuen Job bemühte: Er sah überhaupt keinen Sinn darin.

»Es wird immer wieder so laufen«, sagte er und schenkte ihr sein unwiderstehliches Lächeln. »Dann mach ich doch lieber Sachen, die mehr Erfolg versprechen – und richtig Geld bringen.« Sie ahnte, wovon er sprach, und verschloss die Augen davor. Beunruhigt registrierte sie, wie sich seine Wohnung mit schönen und nützlichen Dingen füllte, aber auch, wie er stetig rastloser und zerfahrener wurde. Sie ängstigte sich um ihn. Anfangs hatte sie noch versucht, ihm ins Gewissen zu reden.

»Es ist doch nicht so, dass ich mich auf den Schulhof stelle und das Zeug an Grundschulkinder vertickе«, hatte er spottend erwidert. »Ich tu nur den Leuten, die eh schon drauf sind, einen Gefallen. Und mir selber auch. Die brauchen dann nicht so weit zu fahren. Was soll daran schlimm sein?«

Keines ihrer Argumente fruchtete. Und wenn sie ihn am Ende verzweifelt darauf hinwies, dass er seine Freiheit aufs Spiel setzte, kam stets die gleiche monotone Antwort: »Dann hab ich halt Pech gehabt. Schicksal. Aber ich bin ja vorsichtig.«

Woraufhin er Nele in die Arme nahm und tröstete. Er sie! Es war absurd. Trotzdem begann sie, ihn zu verstehen. Nach der Demütigung auf der Baustelle und dem Rausschmiss fühlte er sich nur darin bestätigt, dass dies nicht seine Welt war und nie sein würde.

»Geh doch einfach mal mit ein paar Bildern in so ein Fotostudio und frag nach einer Praktikumsstelle«, schlug sie ihm eines Tages vor, als sie gerade zusammen auf dem brandneuen Sofa kuschelten und Musik hörten. Eben hatte er ihr begeistert ein paar seiner neuesten Fotos gezeigt, die bei einem gemeinsamen Spaziergang am Kaarster See entstanden waren. Wasser und Wind, die fließenden Bewegungen eindrücklich in Schwarz-Weiß festgehalten.

»Sicher«, sagte er trocken. »Und dann fragen die nach meinem Schulabschluss und was ich in den letzten Jahren gemacht hab. Ach, kein Abschluss? Vorbestraft? Aber gern, Herr Hellmann. Morgen können Sie anfangen.« Er strich ihr mit dem Zeigefinger über die Nasenspitze und fuhr zärtlich die Konturen ihrer Lippen nach. »Vergiss es einfach, okay? Ist ja lieb gemeint, aber nur Träumerei.«

Er reckte sich nach seinem Bier und nahm einen tiefen Schluck. Danach war das Thema erledigt. Es machte sie traurig, aber sie konnte seine Haltung nachvollziehen. Ebenso wie seinen speziellen Ehrenkodex: Familie, Freunde und sie als seine Freundin gingen ihm über alles. Für sie war er die Großzügigkeit in Person, freigebig und hilfsbereit. Ohne Rücksicht auf die eigene Sicherheit oder auf andere schützte er diesen ihm wertvollen Kreis, mit allem, was ihm zur Verfügung stand, notfalls mit Gewalt.

Ob es darum ging, seine Schwester mit dem Baby zum Arzt zu fahren, Neles Widersacher an der Schule einzuschüchtern, sich für Danny oder Peter zu prügeln oder betrunken den Führerschein zu riskieren, damit man die Freunde nach Hause fahren konnte, war dabei völlig egal.

Als Hank, Jens und Peter ihn um Unterstützung bei einem Einbruch in ein Motorradgeschäft baten, weil ihnen der Fahrer fehlte, sagte er zu, weil sie doch seine Freunde waren und man seinen Freunden half. Nele erfuhr erst Tage später, als alles schon gelaufen war, von der Sache. Wochenlang stand sie fürchterliche Ängste aus und sah ihn schon verhaftet, aber nichts geschah.

Bald kümmerte sich Nele nicht mehr darum, was Recht und Gesetz sagten. Sorge und Liebe überwogen. Wie konnte sie jemandem böse sein, der zwar Verbotenes tat, aber andererseits treu und zuverlässig war? Dessen Liebenswürdigkeit in seiner grenzenlosen Ehrlichkeit begründet lag? So jemanden hatte sie noch nie vorher kennengelernt. Also steckte sie ihre ganze Energie in die Beziehung, überwarf sich mit ihren Eltern, ihrem Bruder und Andrea und machte sich an die Arbeit, Matthias vor dem Schlimmsten zu bewahren, was ihm passieren konnte: vor ihm selbst.

Als Nele jetzt darüber nachdachte, musste sie über ihre Naivität von einst den Kopf schütteln. Einen völlig aussichtslosen Kampf hatte sie ausgefochten. Sisyphos mit seinem Felsbrocken war nichts dagegen gewesen.

Ob es stimmte, was seine Schwester befürchtete? Waren Matthias Eigenschaften wie Selbstvergessenheit und Hilfsbereitschaft zum Verhängnis geworden? Oder seine kriminellen Anteile? Sie fragte sich, welches Ergebnis schmerzhafter für sie wäre, sollte sie es jemals herausbekommen. Gedankenversunken bog sie in die schmale Einfahrt neben ihrem Backsteinhäuschen ein.

Tina

Einundzwanzig Uhr dreißig. Tom ging wieder nicht dran. Tina hatte es schon mehrfach sowohl über sein Handy als auch über das Festnetz versucht. Es war zum Kotzen!

Endlich hatte sie sich entschieden, wenigstens Tom ihre Kurzschlussreaktion vor Hellmanns alter Wohnung zu beichten, und jetzt das. Wo steckte er bloß? Um die Zeit sollte er eigentlich gemütlich zu Hause sitzen. Scheiße, sie musste dringend mit ihm sprechen. Sonst erstickte sie noch an ihrer Angst.

Hektisch versuchte sie es noch einmal und ließ es lange klingeln. Bevor sich der Anrufbeantworter einschaltete, wollte sie eigentlich auflegen, als plötzlich abgenommen wurde. Erleichtert atmete sie auf, nur um im nächsten Moment den Schock ihres Lebens zu bekommen.

»Hier bei Neubaum«, meldete sich eine fremde, kühle Männerstimme. »Wer ist da bitte?«

Zu verdattert, um einfach aufzulegen, nannte Tina ihren Namen. Innerhalb der folgenden Minuten brach ihre Welt vollends zusammen. Tom war betrunken von seiner Dachterrasse in die Tiefe gestürzt. Er hatte keine Chance gehabt.

Der Mensch von der Kripo fragte sie freundlich, ob und wann sie eventuell für eine Befragung zur Verfügung stehe. Mit zitternder Stimme hinterließ sie Name, Adresse und sämtliche Telefonnummern. Danach sank sie zurück in ihren Sessel.

Nele

Anne begrüßte ihre Mutter aufgeregt und vorwurfsvoll. »Mama, du musst mich sofort meine Englischvokabeln abfragen, ja? Wir schreiben morgen den Test, und du hast es versprochen!« Hektisch wedelte sie mit dem Vokabelheft vor Neles Nase herum.

Greta, die abwartend und bereits im Schlafanzug im Hintergrund stand, verzog mürrisch das Gesicht. »Vorher muss ich aber was mit ihr klären! Immer drängelst du dich vor.«

Nele unterdrückte einen Seufzer. Auf diesen Ansturm war sie weder vorbereitet noch in der Stimmung dafür. Und schon wieder packte sie das schlechte Gewissen. »Okay. Erst Greta. Und du, Anne, ziehst bitte schon mal deine Schlafklamotten an und putzt dir die Zähne. Wir haben Viertel vor zehn.«

»Kann ich ja nichts dafür, wenn du so spät nach Hause kommst«, grummelte Anne auf dem Weg zur Treppe.

»Ich komme hoch und frage dich ab, wenn du im Bett liegst«,

rief Nele ihr hinterher. Dann schenkte sie sich in der Küche ein Glas Wasser ein. Greta folgte ihr wie ein Schatten.

»Was ich dich fragen wollte, Mama …« Die bange Stimme ihrer Tochter ließ Nele erstaunt den Kopf heben.

»Ja?«

»Alex hat gefragt, ob ich am Freitag bei ihm übernachte … Wir wollen mit ein paar Freunden DVDs schauen. Marie hat schon ihre Eltern gefragt. Die erlauben es …«

Ein »Mama, darf ich auch?« lag in der Luft. Nele zögerte. Alex also. Nele hatte den Namen von Gretas Klassenkamerad schon öfter gehört, immer verbunden mit einem leicht verträumten Klang in der Stimme. Aufmerksam betrachtete sie Gretas verschlossenes Gesicht.

»Dir liegt viel daran, oder?«, fragte sie behutsam.

»Na ja, wär schon schön, wenn ich auch dürfte …« Greta wand sich. »Und wir sind ja mit mehreren. Außerdem sind Alex' Eltern zu Hause. Und du weißt doch, dass du mir vertrauen kannst, oder?«

Nele gab sich einen Ruck und lächelte. Als ob es allein auf Gretas Einstellung ankäme!

»Natürlich weiß ich das.« Sie nickte und lehnte sich mit dem Rücken an die Fensterbank. »Pass auf, wir machen es so: Du sagst mir in den nächsten Tagen, wer noch alles bei Alex übernachtet. Ich denke dann darüber nach, ob ich es dir erlaube oder ob ich dich eventuell spätabends abhole, okay?«

Greta zog zwar einen Flunsch, murmelte aber ein »Okay, können wir so machen«. Dann sprang sie in großen Sprüngen die Treppe hinauf. »Gute Nacht, Mama!« Es hörte sich eigentlich ganz zufrieden an.

Zwanzig Minuten später hatte Nele das Vokabelabfragen mit Anne hinter sich gebracht und es sich mit einem Früchtetee auf dem Sofa bequem gemacht, als es an der Tür schellte. Stirnrunzelnd schaute sie auf die Wanduhr: gleich halb elf. Wer kam denn jetzt noch? Mitten in der Woche? Nervös hastete sie zur Haustür, um zu öffnen.

Um ein Haar hätte sie sie sofort wieder zugeschlagen. Ihr Herz pochte ihr bis zum Hals, als sie den Mann draußen auf dem

Treppenabsatz erkannte. Marc! Sofort schossen ihr Jens' Worte von vorhin durch den Kopf: »Pass mit diesem Typen auf. Lass ihn nicht mehr ins Haus!« Das Gefühl von existenzieller Bedrohung war mit einem Schlag wieder gegenwärtig. Sie wich zurück, Panik in den Augen.

»Hallo, Nele.« Marcs Gesichtsausdruck wechselte von erwartungsvoll froh zu verwirrt und verletzt. Sie bekam weiche Knie – und Schuldgefühle. Wie sie ihn da so stehen sah, mit diesem verstörten, verlassenen Blick in seinen Augen und mit dem vom Wind zerzausten Haar, die rechte Hand verkrampft am Treppengeländer, hätte sie ihn beinahe in ihre Arme geschlossen. Aber eben nur beinahe.

»Hallo, Marc. Was willst du hier?«, fragte sie betont eisig. Dieser Mann hatte möglicherweise Matthias auf dem Gewissen und war derjenige gewesen, der sie gestern über den Haufen hatte fahren wollen. Das durfte sie nicht vergessen. Pass mit diesem Typen auf. Lass ihn nicht mehr ins Haus, betete sie sich vor. Sie staunte darüber, wie schnell einer wie Jens Meyer zu einer Art Autoritätsperson für sie hatte werden können. Aber immerhin durfte man ihn getrost als einen Spezialisten im Bereich Kriminalität bezeichnen.

Marc schien ehrlich erstaunt. »Mit dir reden, was sonst? Kann ich reinkommen?« Er stieg eine Stufe hinauf. Nele schüttelte nur stumm den Kopf, woraufhin Marc wie angewurzelt stehen blieb.

»Was ist los mit dir, Nele?«, stieß er verzweifelt aus. »Seit Tagen hältst du mich auf Abstand. Was soll das?« Den letzten Satz brüllte er fast, sodass sie erschrocken zusammenfuhr. Sie schluckte und klammerte sich an der Türklinke fest.

»Ich denke, du weißt schon, was los ist.«

»Ach ja?« Marc kniff fragend die Augen zusammen, aber Nele hatte im Bruchteil eines Moments wahrgenommen, wie seine rechte Hand, die sich immer noch um das Geländer krümmte, reflexartig fester zudrückte. »Wie sollte ich, wenn du nicht mit mir sprichst?«

Er sah sie an, aber Nele blieb stur. »Nele, ich hab das Gefühl, dass du dich in die Sache mit Hellmann reinsteigerst –«, setzte er noch einmal an, doch weiter kam er nicht.

»Matthias, er hieß Matthias! Stell dir vor, er hatte sogar einen Vornamen«, korrigierte sie ätzend. »Und selbst wenn ich mich *reinsteigere*, wie du es so nett ausdrückst, habe ich inzwischen doch einiges in Erfahrung gebracht …«

Hilflos schwieg sie, denn natürlich wollte sie Marc nicht auf den Kopf zusagen, dass sie ihn in mehr als einer Hinsicht verdächtigte, in die Geschichte verwickelt zu sein. Müsste sie dann nicht erst recht um ihr Leben bangen? Im selben Atemzug kam ihr die Situation völlig absurd vor. So was passierte nur in Filmen oder Büchern, nicht im echten Leben, oder? Hier stand ihr Marc, den sie liebte und dem sie vertraute … oder?

Zweifelnd glitt ihr Blick über sein Gesicht, als sie die von einer Sekunde auf die andere zu einer starren Maske schockgefrorene Panik darin sah. Gleichzeitig sackte er vor ihren Augen in sich zusammen und öffnete tonlos den Mund.

»Das reicht mir!«, rief sie erschüttert aus und knallte ihm die Tür vor der Nase zu.

Eilig drehte sie von innen den Haustürschlüssel herum, gleich zwei Mal. Danach tigerte sie durchs Haus und vergewisserte sich, dass alle Rollos heruntergelassen waren. Schließlich lief sie zu dem Karton in der Wohnzimmerecke, griff hinein und zog mit zittrigen Fingern das Foto von der Fichtenlichtung heraus.

Was wolltest du damit ausdrücken?, flehte sie stumm den toten Matthias an. Hilf mir doch, dass ich das Muster erkenne!

Es erschien ihr wie ein Fingerzeig des Schicksals, dass sich ihr Handy gerade jetzt meldete. Die SMS kam von Jens. »mattes hat zu danny gesagt dicker mann gefährlich vorsicht vor warberger J.M.«

Nele stöhnte auf. Jens hatte offensichtlich nicht die Hände in den Schoß gelegt. Und jetzt war klar, dass Marc und Joe im Fokus der Verdächtigungen standen. Und Joe war der, den die beiden anderen auf dem Friedhof »den Dicken« genannt hatten.

Die Clique von der Fichtenlichtung! Hastig klappte sie ihren Laptop auf und begab sich mal wieder auf virtuelle Spurensuche, mit der irritierenden Furcht im Nacken, den eigenen Partner zum Todfeind zu haben.

Tina

Mit zitternden Händen, zwischen Zeige- und Mittelfinger eine qualmende Zigarette geklemmt, wählte Tina die Mobilfunknummer des Dicken. Wie würde er auf die Nachricht reagieren? Schockiert, traurig oder etwa erleichtert? Tina befürchtete Letzteres. Der Dicke hatte Tom in den vergangenen Tagen als die schwache Stelle in ihrem Dreiergespann angesehen, als eine Gefahr, die man im Blick haben musste. Und natürlich hatte er recht behalten. Toms psychische Konstitution war nie die stabilste gewesen. Hatte er Selbstmord begangen? Während sie abwartete, dass der Dicke ans Telefon ging, kam ihr eine weitere, wesentlich erschreckendere Idee.

»Hallo?« Er klang gelassen und beherrscht wie immer.

»Hi, Tina hier …« Erst stockte sie, dann sprudelte alles aus ihr heraus. Tränen rannen ihr über die Wangen, als sie ihm von ihrem Anruf bei Tom und der schrecklichen Neuigkeit berichtete. Indem sie Toms Tod in Worte fasste, nahm er an Realität zu. Als sie geendet hatte, blieb es eine Weile still am anderen Ende der Leitung.

»Nun ja«, sagte der Dicke endlich und räusperte sich. »Das ist ja furchtbar. Entsetzlich. Und keiner von uns war zur Stelle, um das Schlimmste zu verhindern. Tina, dass das passiert ist, geht auf das Konto von XXL. Wir haben ja beide gewusst, dass Tom mit der Situation nicht klarkam, aber dass er so verzweifelt war …«

Er hielt inne, und Tina gewann durchaus den Eindruck, dass er aufrichtig erschüttert war. Sie atmete erleichtert auf und gönnte sich einen tiefen Zug aus der Zigarette.

»Was sollen wir jetzt tun?«, fragte sie leise. »Ich meine, Tom ist tot, und das kann ich kaum begreifen, geschweige denn ertragen, aber wir haben auch noch Shorty am Hals. Am Freitag ist die Geldübergabe. Heißt das jetzt, dass wir jeder dreihunderttausend anstatt zweihunderttausend Ocken latzen müssen? Das kann ich nicht!« Ihre Stimme wurde hysterisch. »Wenn wir das verhindern wollen, müssen wir endlich handeln und den Typen ausschalten …«

»Richtig! Heute Mittag habe ich übrigens einen Brief mit

ersten Anweisungen für Freitag erhalten. Diesmal hat der kleine Scheißer sich nur an mich gewandt. Wird wohl langsam ungeduldig. Unglaublich, was er sich ausgedacht hat. Abgefeimt und gleichzeitig fast komisch …« Der Dicke las Tina die Zeilen vor.

»Oh Mann, ich wusste gar nicht, dass Shorty so viel Phantasie hat. Dort haben wir kaum eine Chance, ihn zu erwischen und um die Ecke zu bringen«, stöhnte sie.

»Eben, deswegen müssen wir früher handeln. Zackig! Ich hatte an morgen Abend gedacht.«

»Okay …« Tina bekam eine Gänsehaut am ganzen Körper.

»Ich übernehme das. Keine Sorge. Du brauchst nur Schmiere zu stehen. So nennt man das, glaube ich, im Verbrecherslang.« Er lachte trocken auf. »Dafür wäre ich dir schon dankbar. Schließlich müssen wir zusammenstehen, nicht wahr?«

»Natürlich«, flüsterte sie kleinlaut.

»Keine Sorge«, wiederholte er und kam damit ihrer unausgesprochenen nächsten Frage zuvor. »Wenn alles klappt, wie ich es mir vorstelle, wird es wie Selbstmord aussehen. Ein verzweifelter sitzen gelassener Ehemann und treu sorgender Vater auf dem Abstellgleis hält die Trennung von seinen Lieben nicht mehr aus und nimmt sich das Leben. Eine wasserdichte Geschichte. Damit sind wir endlich frei, unser Leben ganz normal weiterzuführen.«

Ach ja?, fragte sich Tina verzweifelt. Ganz normal, ohne Tom? Wie sollte das gehen? Aber ihr lag noch eine Frage auf der Zunge. »Was machen wir denn mit Nele? Falls die in der Story mit drinhängt, haben wir ein weiteres Problem am Hals. Dann stecken wir immer noch tief in der Scheiße, oder?«

Nele

Im digitalen Zeitungsarchiv fand sich tatsächlich ein Artikel über den Unglücksfall im Juni 1989.

»Tragischer Tod nach Abiturfeier. Abiturient ertrinkt im Nordkanal« lautete die Überschrift. Nele hielt den Atem an und verschlang hastig den ganzen Bericht.

Kaarst – Die Abiturfeier des Wilhelm-Busch-Gymnasiums war noch in vollem Gange, als einer der Abiturienten sein Leben lassen mußte. Der 19jährige Betrunkene kürzte in der Nacht den Weg nach Hause durch den Vorster Wald ab. An der Böschung zum Nordkanal verlor er das Gleichgewicht, prallte mit dem Kopf gegen einen Stein und stürzte in den Kanal, wo er ertrank. Erst am nächsten Morgen wurde die Leiche des jungen Mannes gefunden. Die Familie steht unter Schock. Der Presse gegenüber bestätigte die Polizei, daß es sich höchstwahrscheinlich um einen tragischen Unfall ohne Fremdeinwirkung handelt. Im Blut des Toten konnte ein Alkoholgehalt von 2,4 Promille nachgewiesen werden.

Nele seufzte enttäuscht. Der Artikel enthielt keinen Hinweis auf die Identität des Opfers. Warum bloß konnte sie sich nicht an den Namen des Jungen erinnern? Sie war sich nur sicher, dass er zum Dunstkreis von Marc gehört hatte. Ein tragischer Unfall ohne Fremdeinwirkung. Der Wortlaut war fast der gleiche wie in dem Zeitungsbericht über Matthias' Tod. Nur ein Zufall?

Nele war jetzt fest davon überzeugt, die Ursache für die jahrzehntelange Erpressung und dafür, dass auch Matthias sterben musste, gefunden zu haben.

Joe, Marc und das Pärchen vom Friedhof hatten den Tod des jungen Abiturienten verschuldet. War Matthias auf seinem Heimweg durch den Vorster Wald ihr heimlicher Beobachter gewesen und so zum Erpresser geworden? Aber was hatte er gesehen? Tatsächlich einen tragischen Unfall, eine fahrlässige Tötung oder mehr?

Natürlich hatte Matthias den Nordkanal über die schmale Holzbrücke überqueren müssen, um über die B 7 in den Kaarster Westen zu gelangen. Sie stellte sich vor, wie er, völlig benebelt und kaum mehr Herr seiner Sinne, den langen Weg vom Gymnasium quer durch den Wald zu Jens Meyer genommen hatte, enttäuscht von der eiskalten Abfuhr, die sie ihm erteilt hatte. Dabei war er nur auf dem Abiball erschienen, um ihr zum Geburtstag zu gratulieren, weil er sich bei ihr zu Hause nicht mehr blicken lassen konnte. Und nur weil Nele ihn behandelt hatte wie Abschaum, hatte er die ominöse Beobachtung im Wald gemacht und war in die Erpressung reingeschliddert.

Und was war zwei Jahrzehnte später passiert? Auf einer Straße in Düsseldorf sah er die Frau, die er einmal geliebt hatte, in vertrauensseligem Gespräch mit zweien der Täter. Und er nahm sich vor, endlich reinen Tisch zu machen und die Täter von damals auffliegen zu lassen. Sie, Nele, trug also die Hauptschuld an seinem Tod. Es war schrecklich, aber sie machte sich nichts vor.

Aber hier war die Geschichte noch nicht zu Ende. Denn die Beweise für die Tat und für Matthias Hellmanns Mitwisserschaft waren durch einen dummen Zufall in Chris Schelsens alias Shortys Hände gefallen. Welche Ironie des Schicksals! Es bedeutete, dass Shorty als Nachfolger von Matthias Hellmann in Lebensgefahr schwebte und sie selbst mit. Was sollte sie bloß tun? Beweise beschaffen, sagte sie sich. Es gab so vieles, was sie in Erfahrung bringen musste, bevor überhaupt daran zu denken war, die Polizei hinzuzuziehen.

Wer waren die Frau und der Mann vom Friedhof? Aus welchem Grund hätte die Clique von der Fichtenlichtung jemanden aus ihren Reihen loswerden wollen? Welche Rolle spielte Marc Warberg in der ganzen Geschichte?

Wer hatte Matthias, den Zaungast und Erpresser, getötet?

Flüchtig erschien vor Neles innerem Auge Marcs verwirrtes Gesicht, bevor sie ihm die Tür vor der Nase zugeschlagen hatte.

Nele fuhr den Computer herunter und wollte gerade die Stehlampe in der Ecke des Wohnzimmers ausknipsen, als ihre Schritte magisch von dem ausgebeulten Karton angezogen wurden. Automatisch griff sie hinein. Es war wie ein mächtiger Sog, der sie in die Tiefe der Vergangenheit zog. Gierig wühlte sie so lange in dem Karton herum, bis sie mehrere Bündel Briefe in den Händen hielt. Sie presste die Umschläge an sich, löschte alle Lichter im Erdgeschoss und lief die Treppe hoch ins Schlafzimmer.

Marc

Marc konnte nicht schlafen. Mit geschlossenen Augen lag er flach auf dem Rücken und starrte in die flirrende Dunkelheit diesseits seiner Lider. Winzige Lichtpünktchen zogen in Scharen ihre

Kreise und Wellenlinien, wechselten Richtung und Farbe und formierten sich neu. Ihm klopfte das Herz bis zum Hals, das Atmen fiel ihm schwer. Marc kannte diese Panikanfälle, aber bis heute hatte er es noch nicht geschafft, sie in den Griff zu bekommen, sobald sie sich ankündigten. So lag er auch jetzt mit diesem irren Gefühl von Todesangst und kribbelnden Gliedern da, unfähig, sich zu rühren. Gepeinigt schlug er die Augen auf und versuchte verzweifelt, den Kontakt mit der Außenwelt wiederherzustellen. Er zwang sich zu gleichmäßiger Atmung. Als er merkte, dass er sich wieder bewegen konnte, tastete seine Hand nach dem Lichtschalter der Nachttischlampe. Das helle Licht drängte die Panik zurück.

So konnte es nicht weitergehen! Sein Leben drohte aus den Fugen zu geraten. Und er wusste nicht einmal, warum. Wann genau war er zum Opfer von Neles emotionaler Achterbahnfahrt geworden? Wie hatte es so weit kommen können, dass er aus der aktiven Rolle in ihrem Leben zur passiven reduziert worden war? Wenn das so weiterging, musste er bald einen Schlusspunkt setzen. Es tat weh, diesen Gedanken zuzulassen.

In den letzten eineinhalb Jahren war Nele ihm so wichtig geworden, dass er sie nicht mehr missen wollte. Sich ihrer zu entledigen, würde über seine Kräfte gehen. Aber vielleicht hatte er bald keine andere Wahl.

Wie sie ihn vorhin abgefertigt hatte! Eiskalt. Wie ein Trottel hatte er vor ihrer verschlossenen Tür gestanden. Aber sich mit dem Tod eines drogensüchtigen Kriminellen zu beschäftigen, dafür opferte sie ihre Zeit und Energie! War er, Marc, in ihren Augen tatsächlich weniger wert als dieser kaputte Typ, dessen Körper seit einem Jahr auf dem Friedhof dahinmoderte? Zorn kochte in ihm hoch. Matthias Hellmann war schon immer ein Niemand gewesen, bemitleidenswert wegen seiner Herkunft und des unvermeidlichen Werdegangs, aber doch kein ernst zu nehmendes Gegenüber! Genauso wenig wie seine Kumpel, die genau solche Versager waren.

Marc erinnerte sich an die Silvesterparty 1988/89 im großen Jugendzentrum mitten in Kaarst. Seine ehemals besten Freunde, unter ihnen Tina, Major, Stoned und Shorty, hatten sich Karten dafür besorgt, also schlug Johannes vor, es ihnen gleichzutun.

»Du brauchst Abwechslung«, riet er fürsorglich. »Es hilft dir nicht weiter, dich zu Hause am Computer zu vergraben. Trinken solltest du außerdem lieber in Gesellschaft und nicht allein.«

Johannes sorgte sich wegen seines Alkoholkonsums. Kein Wunder. Seitdem Marc nach dem Tod seiner Eltern Abstand von Marihuana und Kokain genommen hatte, gehörten Hartalkoholika zu seinem Alltag.

»Ich weiß nicht. Mit den Leuten von früher habe ich eigentlich nicht mehr viel zu tun«, gab er zu bedenken. »Und du auch nicht, wenn du ehrlich bist. Du sagst selbst, dass die sich zum Nachteil verändert haben. Ich finde sie nur noch ätzend.«

»Besser, als Silvester zu Hause abzuhängen! Komm, gib dir einen Ruck. Auf der Party sind auch noch jede Menge anderer Leute da, die wir kennen. Hauptsache, du kommst mal raus.«

Marc runzelte die Stirn. Johannes' gluckenhafte Art ging ihm auf die Nerven. Auch bestätigte sie seinen Verdacht, Johannes könne tatsächlich an mehr als nur einer Freundschaft mit ihm interessiert sein. Die Gerüchteküche am Wibo hatte auch bei ihm ihre Wirkung nicht verfehlt. Mit Bangen dachte er an die Zeit, wenn sie beide in Aachen Elektrotechnik studieren würden. Eigentlich hatten sie vorgehabt, sich dort gemeinsam eine Wohnung zu suchen. Aber vielleicht konnte Marc noch unauffällig einen Rückzieher machen. Misstrauisch beäugte er den Freund. Aber der wirkte einfach nur ehrlich besorgt.

Marc atmete tief durch und entschied: »Okay, dann gehen wir hin und feiern Silvester im Kreis der alten Clique. Hauptsache, du hältst mir Stoned vom Hals, falls er mal wieder völlig breit von der WG-Geschichte anfängt.«

Johannes grinste.

»Klar, mach ich. Obwohl …« Er sah Marc schräg von der Seite an und gab sich einen Ruck. »Erzähl ihm doch einfach von unseren Plänen. Dann wacht er vielleicht endlich auf.«

Marc verzog unwillig das Gesicht. »Och nö, bitte nicht an Silvester. Kein Stress bitte!«

Also verbrachten sie Silvester '88 im Jugendzentrum. Um den Abend durchzustehen, hatte Marc zu Hause zwei Wassergläser voll mit Wodka geleert und sich danach gründlich die Zähne geputzt. Gegen einundzwanzig Uhr kamen Johannes und er in Marcs Golf auf dem Parkplatz am Jugendzentrum an. Vor dem Eingang hatte sich eine lange Schlange gebildet.

Na super, jetzt noch in der Kälte rumstehen, ärgerte sich Marc und schloss seine Jacke bis unters Kinn. Auch Johannes fror. Er bot dem Freund eine Zigarette an. So standen die beiden frierend und rauchend am Ende der Schlange unterhalb der Eingangstreppe. Weiter vorn erkannte Marc eine Gruppe von jungen Erwachsenen, die er hier eigentlich nicht erwartet hatte: Matthias Hellmann, Jens Meyer und Konsorten. Das roch nach Ärger. Er schaute genauer hin. Tatsächlich, auch Nele Liebert war dabei und kuschelte sich in die Arme ihres Freundes. Nur langsam rückte die Schlange vor. Zwei ehrenamtliche Mitarbeiter des Jugendzentrums machten sich daran, die Karten von Matthias' Clique zu kontrollieren und einzureißen. Dafür bekam jeder von ihnen einen Stempel auf den Handrücken. Marc beobachtete, wie sich die Kartenabreißer vielsagende Blicke zuwarfen. Kein Zweifel, diese Besucher waren ihnen nicht recht. Trotzdem, jetzt war die Clique drin.

Einige Minuten später hatten auch Johannes und Marc die Eingangstür passiert und wurden von der fiebrig erwartungsvollen Partyatmosphäre aufgesogen. Sie arbeiteten sich zur Theke durch. Die Musik, die aus den Lautsprechern dröhnte, war ein Gemisch aus Rock und Pop. Gerade lief Grace Jones' »Slave to the Rhythm«. Marc kippte das erste Altbier in wenigen Zügen hinunter.

»Nicht so hastig«, warnte Johannes, doch Marc winkte nur ab. Wofür waren sie hier, wenn nicht zum Saufen?

Beide lehnten sich mit dem Rücken an eine Wand und beobachteten das Treiben. Der Saal mit der Discobeleuchtung war gut gefüllt, die Luft mit Zigarettenqualm verräuchert. Auf der anderen Seite, neben dem DJ-Pult, entdeckte Marc seine alten Schulfreunde. Tina war gerade damit beschäftigt, Major ihre Zunge in den Hals zu stecken, der kleine Shorty und der dicke Stoned standen, ins Gespräch vertieft, daneben. Nicky beobachtete die zuckenden Gestalten auf der Tanzfläche und wippte im Takt mit dem Fuß, während sie von Mike unverhohlen angeschmachtet wurde. Alles beim Alten, dachte Marc amüsiert. Nur ich bin nicht mehr dabei. Im selben Moment gestand er sich ein, dass er sich etwas vormachte. Nachdem er der Clique den Rücken zugekehrt hatte, war die mehr und mehr auseinandergefallen. Die Kontakte der anderen untereinander hatten in den letzten Monaten einen eher sporadischen und unverbindlichen Charakter angenommen; das Gefühl der Zusammengehörigkeit war verloren gegangen. Marc hatte das aus der Distanz heraus gut beobachten können. Dass sie heute und hier einträchtig beisammenstanden, war ungewöhnlich.

Jetzt hatte Stoned ihn bemerkt und winkte ihm über die Menge hinweg freundlich zu. Marc hob sein Glas und grinste zurück. Daraufhin stupste Stoned Major an, der sich gleichzeitig mit Tina umdrehte. Sie taxierten Marc und Johannes kühl und nickten kurz. Nie war die Kluft der letzten paar Monate deutlicher zutage getreten als in diesem Moment. Marc sah in Tinas Gesicht sogar Ablehnung, wenn nicht gar Hass. Scheiß was drauf, Tina war schon immer eine Schlampe gewesen. Er brauchte sie nicht. Außerdem würde er es sich selbst und ihr nie verzeihen, gerade zu dem Zeitpunkt wilden Sex getrieben zu haben, als seine Mutter zusammen mit ihrem Liebhaber zu Tode gequetscht wurde. Angeekelt wandte er sich ab und orderte ein weiteres Bier.

Bald darauf begann er ein Gespräch mit der hübschen Rothaarigen zur Linken, die er aus der Schule kannte. Sie ging in die zwölfte Klasse. Marc bestellte ein Bier nach dem nächsten. Plötzlich knallte Johannes ihm einen Becher Kaffee hin.

»Hier, jetzt trinkst du erst mal den. Sonst kriegst du den Jahreswechsel nicht mehr mit.«

Widerwillig trank er den Kaffee. Danach bekam er eine Cola aufgezwungen und dann noch eine. So wurde er allmählich wieder nüchtern.

Den Tumult in der Nähe des Eingangs bekamen sowohl Marc als auch Johannes erst gar nicht mit. Gerade lief Bob Marleys »Redemption Song« und ein paar verliebte Pärchen lagen sich auf der Tanzfläche in den Armen, als das Gedränge und Geschubse begann.

Auf einmal flog jemand quer durch den Raum und schlidderte auf dem Rücken liegend über den Fußboden. Jens Meyer! Er versuchte, wieder auf die Füße zu kommen, als irgendwer sich auf ihn stürzte und ihn erneut zu Boden zwang. Da war plötzlich jemand bei ihm und riss den Angreifer an den Haaren zurück: Matthias Hellmann. Er warf den Mann zu Boden und schlug und trat wie von Sinnen auf ihn ein. Marc sah das Blut meterweit spritzen, als Matthias dem Mann mit einem Tritt seines Cowboystiefels die Nase brach. Er hörte das Kreischen einer Frau und sah Nele sich durch die Menge drängeln. Gleichzeitig erreichten ein paar von Hellmanns Freunden die Szenerie und zerrten den wild um sich schlagenden Matthias von seinem Opfer weg. Während sie ihn zu dritt hielten, konnte Marc einen Blick auf sein Gesicht werfen: total weggetreten! Blut lief ihm über die Wange, wahrscheinlich nicht sein eigenes. Inzwischen war die Musik verstummt. Betretenes Schweigen hatte sich im Saal breitgemacht.

»Raus hier!«, brüllte Jens. »Schafft ihn hier raus! Nele, kannst du noch fahren?«

Die nickte stumm und warf einen ängstlichen Blick in Richtung des immer noch gekrümmt daliegenden, verletzten jungen Mannes. Marc erkannte erst jetzt, wer es war: einer der jungen Helfer, den er vorhin noch an der Kasse gesehen hatte, um die achtzehn, zwar kräftig und durchtrainiert, aber mit Sicherheit kein Schläger wie Hellmann.

Die Gruppe um Matthias bahnte sich ihren Weg nach draußen; Matthias war in ihrer Mitte. Auch Nele ging mit. Und weg waren sie. Der Spuk hatte ein Ende.

Doch Marc hatte immer noch Hellmanns Blick vor Augen, starr und komplett irre. Neugierig folgte er der Truppe an die Tür. Gerade rannten alle über den beschienenen Vorplatz, als Matthias sich nach vorn krümmte und sich erbrach. Marc sah noch, wie Nele zur Stelle war und ihn stützte.

Das muss Liebe sein, dachte Marc ironisch und hörte gleichzeitig das Martinshorn eines nahenden Polizeiautos. Oder war das schon der Rettungswagen? Die Leute um Matthias beeilten sich, in Hellmanns Opel Kadett zu flüchten.

Nele

Nele saß mit ihrer Lesebrille auf der Nase aufrecht im Bett und hielt einen Brief von André vom Januar 1989 in Händen. Was sie zuvor gelesen hatte, war hauptsächlich Profanes gewesen. André schrieb vom Gefängnisalltag und erkundigte sich nach Freunden und Verwandten. Zwischen den Zeilen schwangen Traurigkeit, aber auch Trotz, Prahlerei und Hoffnung mit. Und wie ein roter Faden zog sich Schicksalsergebenheit durch die Zeilen. Das kam ihr bekannt vor. Zum Kotzen! Davon auszugehen, dass man eh nichts gegen sein Schicksal ausrichten konnte, befreite von jeder Eigenverantwortung und half niemandem weiter.

Sie seufzte. Dann konzentrierte sie sich wieder auf den Brief. Bereits nach dem zweiten Satz begriff sie, dass hier nicht das übliche Geplänkel zu erwarten war. Der Brief war eine einzige Moralpredigt. Sie schluckte: André ließ sich über das Verhalten seines jüngeren Bruders auf der Silvesterparty und über deren Folgen aus.

»Du hast Scheiße gebaut, und das weißt du auch«, schrieb er erbost. »Wenn du so weitermachst, fährst du bald wieder ein.« Und später hieß es: »Reiß dich endlich zusammen. Nicole und deine Ex haben recht. Du weißt genau, was du lassen mußt, damit du nicht so ausrastest …«

In diesem Tenor ging es noch eine Weile weiter. Nele schüttelte verblüfft den Kopf. Solche Klarheit hätte sie André gar nicht zugetraut. Na ja, anderen kluge Ratschläge zu geben, war immer einfacher, als sich selbst daran zu halten. Aber natürlich hatte André recht gehabt. Du weißt genau, was du lassen musst, damit du nicht so ausrastest …

Neles Gedanken glitten zu jenem katastrophalen Silvesterabend 1988 zurück, als sie am Steuer des Autos zusammen mit Matthias und seinen Freunden mit wild klopfendem Herzen durch Kaarst gerast war. Matthias saß zusammengesunken neben ihr auf dem

Beifahrersitz, Jens, Hank und Peter hatten sich auf die Rückbank gequetscht.

»Zuerst setzen wir Hank und Furti ab«, kommandierte Jens von hinten. »Dann müssen wir uns überlegen, wohin wir Mattes bringen. Er kann heute Nacht auf keinen Fall in seine Wohnung und auch nicht zu seinen Alten oder zu mir. Da kassieren ihn die Bullen sofort ein.«

»Ich geh nicht in den Knast«, murmelte Matthias, das Gesicht in den Händen verborgen. »Könnt ihr vergessen.« Er war immer noch völlig benebelt.

»Sollst du ja auch gar nicht! Nele, hast du eine Idee, wo er die Nacht über bleiben kann?«

Sie zögerte. Ihre Hände krampften sich noch mehr um das Lenkrad.

»Er kann mit zu mir nach Hause«, sagte sie schließlich, eine Überzeugung vorgaukelnd, die sie nicht wirklich empfand, und bog Richtung Kaarster Osten ab. Hilfe, wo war sie da nur reingeraten? Mitten in eine Story von Bonnie und Clyde? Hey, sie war doch keine Gangsterbraut! »Meine Eltern kommen erst übermorgen aus dem Urlaub zurück. Ich habe sturmfrei.«

»Okay, gut. Ich glaube nicht, dass die Bullen auf die Idee kommen, dort nach ihm zu suchen.« Jens schien zufrieden und lehnte sich aufatmend zurück. »Und morgen sehen wir weiter.«

Also ließen sie Hank Post und Peter Furtner vor den Schlichtwohnungen im Kaarster Osten raus, um dann das Holzbüttger Edelsteinviertel mit seinen schmucken Einfamilienhäusern auf großzügigen Grundstücken anzusteuern. In weiser Voraussicht parkten sie Matthias' auffälliges Fahrzeug ein paar Straßen weiter am Ende einer Sackgasse und gingen zu Fuß zu Neles Elternhaus, das heimelig hinter dem großen, gepflegten Vorgarten mit der gerade gewachsenen Birke und den ordentlichen Oleanderbüschen auf sie wartete. Nele atmete erst auf, als sie die Haustür hinter sich geschlossen hatten.

Matthias ließ sich sofort aufs Sofa fallen. Im Licht der Wohnzimmerlampe sah Nele das Ausmaß seiner Verletzungen. Über dem Jochbein verlief eine Platzwunde, das linke Auge begann zuzuschwellen.

»Was ist denn eigentlich passiert?«, fragte sie Jens. »Ich war auf dem Klo und kam erst dazu, als Matthias …« Sie suchte nach den passenden Worten, um die entfesselte Brutalität zu beschreiben, die sie gerade eben erlebt hatte. »… als er diesen Jungen … verprügelt hat. Mein Gott, hat er den übel zugerichtet!«

»Kann man wohl sagen«, bestätigte Jens kalt und warf seinem benommenen Freund einen zornigen Blick zu. »Aber angefangen hat tatsächlich der andere.«

»Stimmt«, murmelte Matthias und tastete vorsichtig seine Wange ab. »Scheiße, Baby. Hast du mal einen nassen Waschlappen?« Die Zerknirschung stand ihm ins Gesicht geschrieben.

»Klar, Moment.« Nele lief ins Bad. Ein Alptraum, dachte sie nur.

Minuten später saß sie neben ihrem Freund auf dem Sofa und tupfte ihm vorsichtig das Blut von der Wange. Während sie die Wunde mit einer Salbe versorgte, bohrte sie weiter: »Also, was war jetzt mit diesem Jungen?«

»Der saß an der Kasse vorn am Eingang. Und als Jens und ich von draußen reinkamen, hat er mich total blöd angemacht«, verteidigte sich Matthias.

»Ja, weil du mit einem Joint zwischen den Lippen da reinmarschieren wolltest«, warf Jens trocken ein.

»Echt?« Matthias guckte verblüfft und runzelte die Stirn. »Kann ich mich nicht dran erinnern.«

Jens schickte einen bezeichnenden Blick zu Nele. »Kein Wunder, du warst ja auch total neben der Spur!« Er atmete tief durch. »Jedenfalls wollte der Typ an der Kasse dich so natürlich nicht reinlassen, du hast ihn geschubst, und da hat er dir voll eine gegeben. Na ja, und ich habe versucht, das Schlimmste zu verhindern, indem ich mich dazwischengeworfen habe, aber dann, kawumm, hat das Jüngelchen mich quer durch den Raum geschleudert. Tja, den Rest hat Nele, glaube ich, mitgekriegt. Du bist jedenfalls total ausgetickt. Wenn die anderen dich nicht von dem Typen runtergeholt hätten, wär der jetzt tot! Scheiße, wann wirst du es endlich lernen?« Jens hatte sich in Rage geredet. »Lass Pep und Schnaps aus dem Balg, wenn du es nicht verträgst!«

»Halt's Maul«, wehrte Matthias sich halbherzig. »Wenn der Milchbubi mich nicht provoziert hätte, wäre nichts passiert!«

Nun reichte es Nele. Sprüche dieser Art konnte sie nicht mehr ertragen.

»Red keinen Schwachsinn!«, herrschte sie ihn an. »Du hast dich einfach nicht unter Kontrolle, wenn du dich dermaßen zudröhnst. Der kleinste Anlass genügt, dass du völlig ausflippst. Aber du schadest nicht nur anderen, sondern hauptsächlich dir selbst damit. Und lange wird das nicht mehr gut gehen, das sag ich dir.«

Verzweifelt hielt sie inne. Ihr kamen die Tränen. Die hemmungslose Gewalttätigkeit, die sie heute bei Matthias erlebt hatte, wühlte sie auf. Wie konnte sie mit so jemandem zusammen sein? Was sagte das über ihren eigenen Charakter aus? Sie verstand sich selbst nicht mehr.

»Hey, ist ja schon gut.« Er schien zu spüren, dass sie sich innerlich von ihm distanzierte. Da war er wieder, dieser zutiefst bedauernde Ausdruck des schlechten Gewissens in seinen Augen. Nele merkte, wie sie weich wurde und sich gleichzeitig maßlos darüber ärgerte.

»Nicht weinen, bitte.« Er legte einen Arm um sie und streichelte mit der anderen Hand – entsetzt bemerkte Nele die Schwellungen und Abschürfungen an den Fingerknöcheln – ihre Wange. »Ich bring das wieder in Ordnung. Das verspreche ich dir.«

Nele wandte resigniert die Augen von seinem lädierten Gesicht mit den um Verzeihung bittenden Augen ab. Versprechungen dieser Art waren nichts wert, das wusste sie aus bitterer Erfahrung.

»Okay, ich geh dann mal. Werde heute wohl nicht mehr gebraucht.« Jens streckte sich und stand auf. »Ist übrigens 'ne nette Hütte hier. Müssen 'ne Menge Schotter haben, deine Alten.« Bei dieser Bemerkung sah er sich anerkennend um, grinste dreist und machte sich auf den Weg zur Haustür.

»Pass gut auf den Kleinen auf«, bat er Nele noch im Rausgehen; seine dunklen Augen fixierten sie lauernd, und ihr kam es so vor, als schwinge eine leise Warnung in seinen Worten mit. »Ich bring dann mal in Erfahrung, ob der Milchbubi Anzeige gegen ihn erstattet hat. Zur Not muss Mattes morgen raus aus der Stadt. Ich meld mich. Tschüss.«

Und weg war er.

Nele und Matthias legten sich bald schlafen. Da das Bett in ihrem Zimmer nur einen Meter breit war, schmiegten sie sich in Löffelchenstellung eng aneinander, sein nackter Körper an ihrem Rücken.

»Ich bin froh, dass du da bist«, flüsterte er in ihren Nacken, während er sie fest umschlungen hielt. Nele starrte mit geöffneten Augen in die Dunkelheit. Ihr Groll hatte sich noch lange nicht verflüchtigt. »Verzeih mir bitte«, fügte er hinzu.

Unwillkürlich runzelte sie die Stirn. »Was soll ich dir verzeihen?«, raunte sie unwirsch zurück. Hier ging es darum, dass er sich sein Leben kaputt machte. Kapierte er das denn nicht?

»Dass ich dir Silvester versaut habe.«

Jetzt versteifte sie sich noch mehr. An den Jahreswechsel hatte sie in den letzten Stunden gar nicht mehr gedacht. Wie spät war es überhaupt? Der Digitalwecker mit der Leuchtanzeige neben ihrem Bett zeigte null Uhr vierundfünfzig. Na, prosit Neujahr. Sie war zu wütend, um zu antworten, und einige Minuten später hörte sie an seinem gleichmäßigen Atem, dass er eingeschlafen war. Nele aber lag noch lange wach.

Am Neujahrsmorgen wurde sie von sanften Händen geweckt. Vom Schlaf noch völlig benommen, waren die Schrecken der Silvesternacht für Nele in schemenhafte Ferne gerückt. Sie reagierte wie gewohnt auf seine drängenden Berührungen und gab sich wohlig dem eingespielten Rhythmus ihrer beiden Körper hin, die passgenau ineinander zu gehören schienen.

Später, mit einem neuen Partner, würde sie dieses absolute Gefühl der Innigkeit nie wiederfinden. Doch das konnte sie an diesem Neujahrsmorgen natürlich nicht ahnen. Sie nahm das Geschenk von körperlicher und seelischer Verschmelzung wie selbstverständlich hin. Matthias stand als Erster auf, um sich zu duschen und anzuziehen. Mit steifen Gliedern, zerschundenen Händen, einem blaugelben Ring unter dem halb zugeschwollenen Auge und der schorfigen Wunde auf der Wange ging er ins Badezimmer, und Nele sah ihm nachdenklich hinterher. Die Wirklichkeit hatte sie wieder.

Mit erschreckender Klarheit erinnerte sie sich daran, wie Matthias blindwütig auf sein wehrloses Opfer eingetreten hatte und wie das Blut durch den Raum gespritzt war.

Was sollte sie tun? So ging es jedenfalls nicht weiter. Er konnte nicht erwarten, dass sie ein derartiges Verhalten billigend in Kauf nahm. Es war schon schlimm genug, dass sie sich letzte Nacht auf seine Seite geschlagen hatte, indem sie ihn vor der Polizei in Sicherheit brachte.

Aber wahrscheinlich würden sich ihre Grübeleien bald von allein erübrigen, dachte sie resigniert. Sollte Matthias eine Anzeige wegen Körperverletzung kassieren, wäre seine Bewährung hinfällig. Und er glaubte doch nicht wirklich, auf Dauer einer Strafe entgehen zu können, oder? Ach, wer wusste, was in seinem Kopf vor sich ging.

Manchmal – und in letzter Zeit immer öfter – hatte Nele das Gefühl, dass sie beide sich in völlig unterschiedlichen Welten bewegten. Verzweifelt fuhr sie sich mit beiden Händen durch das wirre Haar und kroch aus dem Bett. Erst mal duschen, anziehen, frühstücken, dann würde man weitersehen. Als sie sauber und erfrischt in Jeans und Pulli gestiegen war, hörte sie Matthias unten telefonieren. Sie trat in den Flur und lauschte.

»Geil!«, hörte sie ihn frohlocken. »Besser hätte es nicht laufen können. Dann kann ich also in meine Wohnung zurück, ja?« Er schwieg kurz und sagte dann: »Ja, mach ich. Mach dir keine Sorgen. Tschö, Jens. Und danke noch mal.«

Was hatte das zu bedeuten? Hatte das Opfer etwa keine Anzeige gegen Matthias erstattet? Wie konnte das möglich sein?

Erleichterung durchströmte sie. Gleichzeitig kam ihr Ärger zurück. Sollte er etwa so billig davonkommen?

Barfuß lief sie ein paar Treppenstufen hinunter und schaute von oben auf den Couchtisch – und auf Matthias, der auf dem Sofa saß. Unbändige Wut packte sie bei dem Anblick, der sich ihr bot: Vor ihm lag ihr kleiner Schminkspiegel, auf dem eine feine Bahn aus weißem Pulver angeordnet war, und Matthias hielt einen schmalen Gegenstand in Zigarettengröße in der Hand, wahrscheinlich einen zusammengerollten Geldschein.

»Was soll das?«, schnauzte sie ihn an.

Matthias warf einen irritierten Blick zu ihr hinauf und konterte gelassen: »Wonach sieht es denn aus?«

Er zog sich das Zeug durch die Nase, bevor sie irgendetwas dagegen hätte unternehmen können. Danach lehnte er sich mit verschränkten Armen auf dem Sofa zurück und starrte sie an. Hass und Abscheu machten sie schwindelig.

»Mach, dass du hier rauskommst«, herrschte sie ihn an und erreichte im selben Moment die Sitzgruppe. »Ich will dich nicht mehr sehen.«

Mit dem Finger wies sie zur Haustür. Matthias zuckte zusammen.

»Was ist los mit dir?«, fragte er schockiert.

»Was los ist? Was los ist, fragst du ernsthaft? Da sieht man, wie wenig Hirn du noch in deinem kaputten Schädel hast!«, schimpfte sie und tippte sich an die Stirn. »Wie kannst du es wagen, dieses Dreckzeug noch mal anzurühren! Vor allem hier im Haus meiner Eltern!«

Sie war so wütend, dass sie zu zittern begann. Jetzt wurde auch Matthias zornig. Er stand auf, umrundete den Couchtisch und ging auf sie zu. Instinktiv wich sie ein Stück zurück; im selben Augenblick sah sie tiefe Verletzung über sein Gesicht huschen. Er streckte ihr beide Handflächen abwehrend entgegen.

»Keine Angst, ich tu dir schon nichts. Und überhaupt. Mich bist du schneller los, als du denkst. Dann kannst du in deine Spießerwelt zurückkehren. Ich komm auch ohne dich klar!«

»Sicher, das sieht man«, antwortete sie mit beißendem Spott in der Stimme. »Heute schon mal in den Spiegel geschaut? Ach ja, beim Koksen. Hatte ich ganz vergessen.«

Da wurde er auf einmal gefährlich ruhig.

»Halt den Mund«, entgegnete er kalt, doch sie konnte sehen, wie es in ihm arbeitete. »Hauptsache, du kannst dich als was Besseres fühlen. Aber mach dir nichts vor. Du hast von Anfang an gewusst, mit wem du es zu tun hast. Und du hast dich freiwillig drauf eingelassen.« Er drehte sich weg in Richtung Haustür.

»Nein, das habe ich nicht gewusst. Nicht, dass du so bist. Nur Scheiße im Kopf und kein Stück Verstand!«, schrie Nele verzweifelt. »Wenn ich das geahnt hätte, wäre ich nie mit dir zusammengekommen!«

Noch einmal wandte er sich ihr zu und sagte tonlos, seine

Miene in dem verbeulten Gesicht bitter: »Kein Problem. Jetzt hast du es ja hinter dir. Bin schon weg.«

Er stieg in die Stiefel, schnappte sich die Jacke vom Haken und den Autoschlüssel von der Kommode und verließ ohne ein weiteres Wort das Haus.

Die nächsten Tage waren schlimm gewesen, daran erinnerte Nele sich nur zu gut. Sie vermisste Matthias, und zwar in einem Ausmaß, das sie sich vorher nicht hatte vorstellen können. Es war vor allem der Bruch mit sämtlichen Gewohnheiten, der ihr zusetzte, denn in den letzten Monaten hatten sie ausnahmslos jeden Tag miteinander verbracht.

An den Schultagen hatte er in seinem Kadett auf dem Parkplatz vor der Schule auf sie gewartet, die Musik des Kassettenradios aufgedreht. AC/DC, die Ärzte oder Bob Marley waren durch das geöffnete Fahrerfenster nach draußen geweht. Dann hatten sie sich nach Neuss zum Billardspielen aufgemacht oder direkt zu ihm in die Wohnung. Gemeinsam hatten sie gekocht, und später, wenn Nele auf seinem Bett über den Schulbüchern saß, war Matthias entweder in der provisorisch eingerichteten Dunkelkammer in seinem Badezimmer verschwunden oder hatte Mutter, Schwester und seinen kleinen Neffen in der elterlichen Wohnung besucht. Manches Mal war er auch unterwegs gewesen, ohne ihr zu sagen, was er vorhatte. Und sie hatte lieber nicht nachgefragt.

Die Abende während der Woche waren in der Regel für ihre Zweisamkeit reserviert gewesen. Fernsehen, Videos, Musikhören, Sex, Gespräche, so hielten sie es. Manchmal schneiten auch Leute wie Jens mit Freundin, Danny oder Peter rein. Ab und zu traf sich Nele abends mit ihrer Freundin Andrea und fuhr danach erst zu ihm.

Die Wochenenden waren oft eine Zerreißprobe gewesen. Matthias hatte sich mit Freunden in Neuss oder Mönchengladbach in diversen Kneipen und Diskotheken herumgetrieben oder »geschäftliche« Abstecher nach Holland unternommen. Oft war es Nele sinnvoller erschienen, nicht mitzukommen, aber dann hatte sie nervös in seiner Wohnung auf ihn gewartet. An den Sonntagen war dann alles wieder gut gewesen. Sie blieben lange im Bett und machten später Besuche bei seiner Familie, gingen spazieren oder joggen. An diesen Tagen stritten sie nie, sondern genossen es, eine Einheit zu sein.

Jetzt war Nele plötzlich wieder sich selbst überlassen. Sie verbrachte die Ferientage allein oder mit ihren Eltern. Diese zeigten sich kolossal erleichtert darüber, dass ihre Tochter offenbar endlich zur Besinnung gekommen war. Sie hatten die Beziehung zu Matthias, die sie ihrer volljährigen Tochter schlecht verbieten konnten, stets offen boykottiert, indem sie den Kontakt mit ihm verweigerten, ihm den Zutritt zu ihrem Haus untersagten und, wenn er mal anrief, um seine Freundin zu sprechen, nur die nötigsten Worte mit ihm wechselten.

Jetzt atmeten sie auf. Dass ihre Tochter traurig und bedrückt war und kaum noch etwas aß, weigerten sie sich zur Kenntnis zu nehmen. Das würde sich schon geben.

Leider gab es sich nicht. Nele litt. Es war der erste Liebeskummer ihres Lebens. Sie hungerte, ging kaum aus dem Haus, konnte nachts nicht schlafen und weinte, sobald sie allein war. Als nach einer Woche ein Anruf von Jens kam, stürzte sie sich geradezu auf das Telefon, das ihre Mutter ihr skeptisch hinhielt.

»Ja?«, hauchte sie. Hier war eine Verbindung zu Matthias, und das war besser, als gar nichts von ihm zu hören.

»Hi, es interessiert dich vielleicht, dass Mattes keine Anzeige wegen Körperverletzung von diesem Milchbubi bekommen hat«, fiel Jens mit der Tür ins Haus. »Oder ist dir inzwischen scheißegal, wie es ihm geht?«

Nele schaute sich nervös nach ihrer Mutter um, die gerade im Wohnzimmer verschwand, schloss sich mit dem Telefon im Gäste-WC ein und antwortete hastig: »Nein, das ist mir nicht egal, und das kannst du dir auch denken. Weißt du, warum der Junge keine Anzeige erstattet hat?«

»Er hat zugegeben, mit der Schlägerei angefangen zu haben, und dass er keine Ahnung hat, wer ihn so verprügelt hat. Ist hartnäckig bei dieser Aussage geblieben. Obwohl sie ihm die Nase gerichtet haben und er an der Augenbraue genäht werden musste. Zwei Rippen sind auch gebrochen. Na ja, ich denke, es gibt Leute hier in Kaarst, die einen gesunden Respekt vor uns haben.« Jens schwieg bedeutungsvoll, bevor er fortfuhr: »Ach ja, hatte ich dir in der Silvesternacht nicht gesagt, du sollst auf Mattes aufpassen?«

Nele hörte den drohenden Unterton in seiner melodischen Stimme, aber verrückterweise reagierte sie nicht eingeschüchtert darauf, sondern schuldbewusst.

»Ja, das hast du. Aber du hast auch zu ihm gesagt, dass er auf sich aufpassen soll. Und das tut er nicht. Direkt am Neujahrsmorgen hab ich ihn beim Koksen erwischt. Er zerstört systematisch sein Leben. Da mache ich nicht mehr mit.«

Schweigen am anderen Ende, dann ein Räuspern. »Scheiße. Ja, ich weiß. Aber was er die letzten Tage abzieht, ist noch schlimmer. Er meldet sich nicht, geht nicht ans Telefon und lässt keinen zu sich. Ich weiß nicht, was los ist. Vielleicht kannst du dich ja mal drum kümmern.« Wieder machte er eine kurze Pause und presste dann heraus: »Er liebt dich. Lass ihn jetzt nicht im Stich, ja?«

Nele war baff. Jens Meyer bat sie um Hilfe? Er musste sich tatsächlich große Sorgen um seinen Freund machen. Sie versprach ihm, darüber nachzudenken, und legte beunruhigt auf.

Als Nele heute, achtunddreißigjährig, eine gestandene Frau und zweifache Mutter, in ihrem Bett sitzend, an ihre Naivität von damals zurückdachte, musste sie lächeln. Sie hatte sich wirklich vorgemacht, an jenem Januarabend aus reiner Sorge an Matthias' Haustür zu klingeln.

Nachdem sie ihren Namen in die Sprechanlage gehaucht hatte, ertönte sofort der Türsummer. Und schon standen sie sich gegenüber, sein Blick war klar, seine Augen leuchteten vor Freude. Die Schwellung unter seinem linken Auge war zurückgegangen, nur eine gelbliche Verfärbung konnte man noch erahnen; die Wunde auf dem Jochbein hatte sich geschlossen und verheilte gut. Kurzum: Er sah frisch, gesund und vollkommen nüchtern aus.

In T-Shirt, Jeans und mit nackten Füßen stand er da, männlich, verführerisch, unschuldig. Und er lächelte sein umwerfendes schüchternes Lächeln. Ihr Herz machte einen Sprung. Sie liebte ihn. Wie hatte sie ohne ihn sein können? Es waren keine Worte nötig. Stumm lagen sie sich in den Armen, küssten und streichelten sich und atmeten gierig den Duft des anderen ein.

Es hatte sich einfach richtig angefühlt, wie Liebe eben. Wie eine unbesonnene und zerbrechliche zwar, aber dennoch wie tiefe, ehrliche Liebe. Und so fühlte es sich für Nele auch heute noch an.

Mühsam riss sie sich von den Erinnerungen los, die Andrés Brief in ihr ausgelöst hatte. Sie musste sich auf die Zeit konzentrieren, die relevant für ihre Nachforschungen war: Frühsommer 1989.

Schnell fand sie einen Briefumschlag mit dem Poststempel von Anfang Juli. Zu der Zeit war sie gerade zu ihrer Gastfamilie in der Nähe von London gezogen. Wieder berichtete André von seinem eintönigen Alltag, kam dann aber schnell auf den Besuch seines Bruders und seiner Mutter bei ihm in der JVA zu sprechen.

»Ich mach mir Sorgen um dich, Kleiner«, schrieb er. »Du hast krank ausgesehen. Laß dich nicht hängen und reiß dich zusammen, ja? Wenn die Alte auf deine Briefe nicht antwortet, dann scheiß was drauf. Dann ist sie es nicht wert …« In dem Ton ging es eine ganze Weile weiter. Neles Hand, die das Blatt hielt, zitterte. Sie atmete tief durch.

Dann ist sie es nicht wert. Stimmt, sie war es nicht wert gewesen! Zu diesem Zeitpunkt hatte Nele sich schon kaum mehr mit der chaotischen Vergangenheit beschäftigt, sondern war optimistisch Richtung Zukunft marschiert. Stadtrundfahrten, Besichtigungen und Einkaufstouren in London, ein Ausflug nach Brighton, einer nach Stonehenge, ihre Gastfamilie und andere Leute kennenlernen, damit waren ihre Tage vor Beginn des Semesters ausgefüllt gewesen. Während Matthias ihr, natürlich an ihre Holzbüttger Adresse, Briefe schrieb.

Halt, Briefe? Nele runzelte irritiert die Stirn. Nach dem Eklat auf dem Abiball hatte sie keinen einzigen von ihm bekommen, und ihre Mutter hatte ihr auch nie welche nach England nachgeschickt, so wie sie es sonst mit der Post gehalten hatte.

Nele fragte sich, was damit passiert sein konnte. Sicherlich hatten ihre Eltern beträchtliche Ressentiments gegen Matthias gehabt, aber wären sie so weit gegangen, seine Post zurückzuhalten? Möglich war es! Unbedingt musste sie ihren Eltern auf den Zahn fühlen.

Nele faltete das eng beschriebene Papier an den ursprünglichen Knicken zusammen, schob es zurück in den Umschlag und legte den ganzen Stapel in ihre Nachttischschublade. Dann löschte sie das Licht und drehte sich auf die Seite.

Unerträglich

Marc

Marc wachte auf und wusste plötzlich, was zu tun war. Er musste sich jemandem anvertrauen. Nein, nicht irgendjemandem: Joe. Denn wenn er weiter versuchte, allein mit dieser Angelegenheit klarzukommen, würde er verrückt werden. Oder rückfällig. Was auf das Gleiche hinauslief. Die Panikattacke von gestern Nacht war ein klares Zeichen von beginnender Dekompensation gewesen. Er kannte sich selbst und seine Schwächen inzwischen zu gut, um sich erlauben zu können, die Signale zu ignorieren.

Unglaublich froh, eine Entscheidung getroffen zu haben, die ihn endlich wieder zum Hauptdarsteller seines eigenen Lebens machen würde, zog er sich an.

Nele

Frühstückszeit bei Liebert-Schumanns. Erst mal Kaffee, dachte Nele schläfrig, als sie den Tisch gedeckt hatte und ihre Töchter am Tisch saßen. Dann würde sie nachfragen, was heute Morgen mit ihrer Ältesten los war, denn Greta wirkte nervös und zappelig. Aber ihre Tochter fasste sich selbst ein Herz.

»Was ich dir noch sagen muss …«, begann sie unsicher. »Du weißt schon, die Sache mit der Übernachtungsaktion bei Alex.«

»Ja?« Nele wunderte sich. Was war gestern Abend ungesagt geblieben? Oder ging es jetzt nur um einen weiteren Überredungsversuch?

»Also, der Alex … der wohnt nicht so wie … wie wir.« Greta rang verzweifelt um Worte. »Also, der ist wirklich total süß und lieb und so …« Sie errötete, glühte förmlich.

Aha, dachte Nele, süß und lieb also, wenn da nicht was im Busch ist. Fast hätte sie gelächelt, zwang aber ihre Mundwinkel nach unten. Wenn Greta sich ausgelacht fühlte, würde sie gewiss nichts mehr preisgeben.

»Aber die Eltern sind … Rumänen, weißt du, die haben ganz viele Kinder und überhaupt kein Geld. Und deshalb wohnen die in einem von diesen megagroßen Hochhäusern in Neuss am Rheinparkcenter.« Greta sah ihrer Mutter mutig in die Augen. »Nicht gerade 'ne tolle Gegend«, ergänzte sie. »Du hast mal gesagt, dass das ein sozialer Brennpunkt ist und dass du so nie leben könntest.«

Stimmt, das hatte sie tatsächlich mal von sich gegeben, als sie nach dem Shoppen mit ihren Töchtern im Auto an den verwahrlosten Bauten vorbeigefahren war.

Dort offenbarten sich ganz andere Dimensionen als im beschaulichen Kaarst. Hunderte Parteien lebten zusammengepfercht in mit Kakerlaken und Mäusen verseuchten Billigwohnungen, Familien aus allen möglichen Nationen. Sämtliche Religionen dieser Erde waren vertreten. Die Bewohner einte jedoch einiges: finanzielles Elend und gesellschaftliche Ausgrenzung beispielsweise. Wer irgend konnte, zog so schnell wie möglich fort. Und dort plante ihre Tochter zu übernachten – bei einem rumänischen Jugendlichen.

Nele schluckte. Da musst du jetzt durch, sagte sie sich.

Aus voller Überzeugung hatte sie für ihre Töchter nach der Grundschulzeit die Gesamtschule gewählt, gegen den Widerstand von Frank, für den eigentlich nur das Gymnasium in Frage gekommen war. Zukunftsweisend, hatte er gesagt. Eben, hatte Nele geantwortet. Ihr kam es darauf an, dass ihre Töchter nicht schon ab dem Alter von zehn Jahren sozial isoliert aufwuchsen, festgelegt auf die Schicht, in die sie privilegiert hineingeboren worden waren. Den Blick offen zu halten für die Bandbreite der Gesellschaft, den Kontakt zu halten und voneinander zu lernen, stellte für sie die Grundlage für ein tolerantes, weltoffenes Wesen dar. Und genau das brauchte die junge Generation heutzutage. Also hatte sie sich durchgesetzt. Ihre Töchter besuchten die Gesamtschule. Punkt! Na, und das hatte sie jetzt davon. Greta hatte sich in einen rumänischen Jungen aus einer Großfamilie verliebt, der in offenbar katastrophalen Verhältnissen groß wurde.

Sie riss sich zusammen und schluckte ihre Sorge hinunter. »Wir haben gestern Abend schon alles besprochen. Wo und wie diese Leute wohnen, ist völlig gleichgültig. Und dass Alex nett ist, glaube ich dir. Also, klär einfach, wie viele ihr seid und wer in welchen Betten schläft, dann sehen wir weiter.«

Nele gab sich betont lässig. Greta sollte auf keinen Fall an ihrer Aufrichtigkeit zweifeln, wenn sie es schon selbst tat.

Tina

Tina fühlte sich so grau wie der Tag, der gerade begann. Seit fünf Uhr war sie wach. Sobald sie die Augen aufgeschlagen hatte, waren die Schrecken von gestern allgegenwärtig. Tom lebte nicht mehr! Ihr bester Freund Tom, Thomas Neubaum, Major, Tom, der Schulfreund, Tom, der Leidensgenosse, Tom, der Vertraute, Tom, der Kiffer, Tom, der Zahnarzt, war tot. Tot.

Sein zerschmetterter Körper lag in irgendeiner Leichenhalle. Bald würde man seine Reste vergraben, und sie würden in der Erde zerfallen, bis nicht mehr viel davon übrig war. Als hätte es ihn nie gegeben. Es war unfassbar und zum Verzweifeln hoffnungslos. Tina konnte kaum ihre vom Weinen zugeschwollenen Augen öffnen. Lider und Tränensäcke fühlten sich wie schwammige Beulen an, mit jeweils einem entzündeten roten Augapfel in der Mitte. Wie konnte sie die Kraft aufbringen, weiterzumachen oder auch nur aufzustehen? Wie sollte sie es schaffen, ihre Beine über den Rand des Bettes zu schwingen? Es ging nicht. Tina blieb liegen, bleischwer in die Matratze gedrückt. Niedergedrückt. Niedergeschmettert. Ein Stück von ihr hatte Tom wohl mit in die Tiefe genommen. War noch genügend übrig, um weiterzuleben? Um die Dinge zu tun, die getan werden mussten?

Der Dicke

Joe saß am Computer in seinem Büro und klickte sich durch die neuesten Nachrichten einer Zeitungswebsite. Aktuelles. Klick. Lokalteil. Klick. Lokalteil Meerbusch. Klick. Da war es: »Renommierter Zahnarzt stürzt zu Tode«. Zahlen, Daten, Fakten, Bedauern.

»Hey, Marc. Stell dir vor, was ich hier gerade lese«, rief Joe durch die geöffnete Tür ins benachbarte Büro hinein.

»Mmm?«

Joe fand, dass Marc heute Morgen extrem bedrückt wirkte. Was war bloß los? Stress mit Nele? Oder Stress mit der Ex? Berufliches konnte es jedenfalls nicht sein, da ging es gerade steil bergauf. Joe war immer beunruhigt, wenn sein Freund aus dem Gleichgewicht war, denn dann musste er auch um seine eigene Stabilität fürchten. »Hier steht, dass ein Zahnarzt aus Meerbusch, Dr. Neubaum, von seiner Dachterrasse gestürzt ist, aus dem vierten Stock. Natürlich tot. Ist das nicht unser alter Schulfreund Tom? Der, den wir früher Major Tom genannt haben?«

Anstatt einer Antwort hörte Joe, wie Marcs Bürostuhl abrupt zurückgerollt wurde, dann Schritte. Und schon stand Marc mit wachsbleichem Gesicht in der Tür. »Was sagst du da? Lass mal lesen.«

Sekunden später beugte er seinen dunklen Schopf mit den attraktiven grauen Strähnen über Joes Bildschirm und betrachtete die körnige Porträtaufnahme, die neben dem Text abgebildet war.

»Tatsächlich«, murmelte er betroffen. »Das ist Major. Scheiße, das gibt's doch gar nicht!«

Marc drehte sich zu Joe um. Ihre Augen trafen sich in wortloser Verbindung. Dann setzte Marc sich auf die Schreibtischkante, auf Tuchfühlung mit Joe, der dicht daneben in seinen Stuhl gequetscht dasaß, die Arme vor dem mächtigen Bauch verschränkt.

»Jetzt sind schon zwei unserer ehemaligen Schulkameraden tot. Beide waren mal mehr als nur gute Freunde. Weißt du noch, damals am Wibo? Als wir in den Freistunden zum Kiffen auf die Fichtenlichtung gegangen sind? Damals hielten wir uns für unsterblich.«

Joe lächelte zurückhaltend. Das Gefühl von Unsterblichkeit war ihm fremd. Er hatte von jeher ums Überleben, um Anerkennung und um Liebe gerungen. Aber das würde er seinem besten Freund nie verraten. Bekenntnisse dieser Art würden Marc womöglich wieder von ihm wegtreiben, so wie seine Wünsche und Bedürfnisse von einst.

Aber Marc war noch nicht fertig. »Ich bin immer davon ausgegangen, dass Major und ich uns noch mal über den Weg laufen und uns aussöhnen«, gestand er, und seine strahlend blauen Augen verschleierten sich. »Diese Chance habe ich jetzt verpasst.«

Er schnappte sich geistesabwesend einen Kugelschreiber von Joes Schreibtisch, starrte aus dem Fenster und drückte wieder und wieder das Knöpfchen, das die Schreibmine vor- und zurückschnellen ließ. Joe wurde ganz nervös davon. Am liebsten hätte er Marc den Stift aus der Hand gerissen. Andererseits spürte er, dass dies hier erst der Auftakt zu etwas Wesentlichem war. Er wartete ab.

»Es fühlt sich scheiße an«, sagte Marc grüblerisch. »Weißt du, dass ich oft von damals träume? Als wir noch kleine Jungen waren. Zuerst ist immer alles in Ordnung, Friede, Freude, Eierkuchen, dann, urplötzlich wird die Sache zum Alptraum, und ich bleibe als Verräter zurück. Jedes Mal wache ich mit dem Gefühl auf, das Beste in meinem Leben verspielt zu haben. Freundschaft, weißt du, Treue und Beständigkeit. Jedes Mal nehme ich mir dann vor, das, was noch möglich ist, wieder in Ordnung zu bringen – und versäume es doch! Und jetzt ist es zu spät.« Traurig senkte Marc den Kopf.

»Nun ja.« Joe zögerte. Sein Freund erwartete Absolution. Er würde sie ihm erteilen. »Es lag ja nicht allein in deiner Hand. Major hätte auch die Initiative ergreifen können.«

Marc wurde ärgerlich. »Das ist Quatsch! Erstens passte es nicht zu Major, die Initiative zu ergreifen, und außerdem habe ich damals die Freundschaft aufgekündigt. Ich war in der Schuld, auf ihn zuzugehen!« Dann schien etwas in seinem Hirn zu arbeiten. Joe beobachtete ihn beunruhigt. »Vielleicht ist Nele ja deshalb so verzweifelt«, murmelte Marc mehr zu sich selbst und brach im selben Moment die Halterung des Kugelschreibers ab. »Vielleicht lässt ihr darum die Sache mit Hellmann keine Ruhe.«

»Wie bitte?«, rutschte es Joe scharf heraus, und er ärgerte sich im selben Augenblick über sich selbst.

Marc runzelte irritiert die Stirn, bevor er zur Sache zurückkam. »Na ja. Nele und ich haben zurzeit ziemliche Diskrepanzen. Seit ein paar Tagen hat sie sich in den Kopf gesetzt, Nachforschungen über Matthias Hellmanns letzte Lebensjahre anzustellen. Stell dir vor, sie ist überzeugt davon, dass er irgendjemanden mit irgendetwas erpresst hat und dass das zu seinem Tod im letzten Herbst geführt hat. Völlig absurd und an den Haaren herbeigezogen, wenn du mich fragst, aber es lässt ihr keine Ruhe. Ich kann überhaupt nicht mehr vernünftig mit ihr reden.« Ratlos hielt er inne. »Sie entfernt sich immer weiter von mir, und ich habe keine Ahnung, wie ich damit umgehen soll. Jetzt frage ich mich, ob es ihr eigentlich nur darum geht, etwas gutzumachen. Weil es zu spät ist, sich mit Hellmann selbst auseinanderzusetzen. Weil sie glaubt, ihm etwas schuldig zu sein, fühlt sie sich womöglich dazu verpflichtet, sich auf seine Seite zu schlagen.«

Joes Gedanken rasten. Er hoffte, dass man ihm den inneren Aufruhr nicht ansah, und bemühte sich um einen gelassenen Gesichtsausdruck. Gleichzeitig bildete sich literweise Schweiß in seinen Achselhöhlen und tränkte den Stoff des Hemdes unter dem Jackett.

Was hatte Nele über die Erpressung in Erfahrung gebracht und vor allem wie? Sollte Tina am Ende doch recht behalten? Wie gefährlich konnte Nele ihnen werden? Fast hätte er nicht mitbekommen, was Marc gerade von sich gab.

»… gestern nicht ins Haus lassen wollte. Die Tür hat sie mir vor der Nase zugeschlagen, nachdem sie mich beschuldigt hatte, irgendwas getan zu haben. Keine Ahnung, was! Aber vielleicht braucht sie einfach nur Zeit, um ihre Schuldgefühle oder was auch immer zu verarbeiten. Was meinst du?« Fragend blickte Marc ihn an.

Joe versuchte verzweifelt, sich auf das Gesagte zu konzentrieren, um eine passende Antwort zu liefern und gleichzeitig an Informationen zu gelangen. »Langsam, langsam. Ich war bis jetzt fest davon überzeugt, dass ihr zwei euch super versteht. Was du mir jetzt erzählst, erwischt mich eiskalt. Moment, nur damit ich nichts durcheinanderbringe: Nele beschäftigt sich mit dem Tod dieses Kriminellen, mit dem sie Ende der Achtziger mal kurz zusammen war, richtig? Ist, glaube ich, knappe zwanzig Jahre her. Hmm, wenn mich nicht alles täuscht, ist der Typ letztes Jahr an einer Überdosis Heroin gestorben, oder? Hat man nicht seine Leiche am Ufer des Kaarster Sees gefunden? Ging damals doch durch alle Zeitungen. Dass es Hellmann war, habe ich übrigens erst Monate später erfahren. Tragisch, klar, aber na und? Vorhersehbar.« Joe schob den Bürostuhl ein Stück nach hinten, um seinem Partner besser in die Augen schauen zu können. »Aber ich hatte keine Ahnung, dass es deine Freundin dermaßen mitnimmt. Okay, aber Frauen sind mir schon immer ein Rätsel gewesen. Was ich allerdings echt gar nicht kapiere, da musst du mir jetzt mal auf die Sprünge helfen, ist die Story mit dieser ominösen Erpressung. Um was geht es, und wie hat Nele davon erfahren? Hatte sie etwa doch noch Kontakt zu Hellmann?« Bittend hielt er Marc die Handflächen entgegen und setzte den allerunschuldigsten Gesichtsausdruck auf, dessen er fähig war.

Marc wehrte ab. »Nein, nein. Hatte sie nicht. Seit sie damals nach dem Abi ins Ausland gegangen ist und dort ihren Mann kennengelernt hat, gab's null Kontakt zu Hellmann. Und was diese Erpressung angeht, weiß ich selbst kaum was. Nur so viel: Nele vermutet, dass Hellmann irgendwelche einflussreichen Leute über einen langen Zeitraum erpresst hat. Jetzt will sie herausfinden, um wen und was es sich handelt und ob noch mehr dahintersteckt. Zu diesem Zweck hat sie Verbindung mit alten Freunden und mit Verwandten Hellmanns aufgenommen. Seitdem schottet sie sich mehr und mehr von mir ab. Sie tut fast so, als sei ich in die Angelegenheit verwickelt. Total verrückt!«

Nun ja, ganz so verrückt erschien dem Dicken das nicht. Im Grunde genommen war Marc Warberg ja tatsächlich in die Sache verwickelt, seit mehr als zwanzig Jahren schon, allerdings ohne sein explizites Wissen, weil er stets die Augen vor dem Naheliegenden verschlossen hatte. Auch eine Kunst für sich. Joe fragte sich nur, wie Nele zu ihren Erkenntnissen gelangt war. Und durch wen? Doch jetzt holte er erst einmal tief Luft, um mit freundschaftlichen Ratschlägen aufzuwarten.

»Stimmt. Hört sich alles total konstruiert und konfus an. Aber in einem könntest du recht haben: Schuldgefühle tragen die seltsamsten Früchte. Man versucht, sich die Wirklichkeit zurechtzubiegen, redet sich die Sache schön oder wälzt die Schuld auf andere ab. Ich würde mir an deiner Stelle nicht allzu viele Sorgen machen, sondern abwarten. Abwarten ist oft das Beste, glaub mir. Nichts übers Knie brechen, sondern sich in Geduld üben, so würde ich damit umgehen. Nele kommt schon von allein zur Besinnung, ganz bestimmt.«

Er atmete aus, legte die Hände in den Schoß und schaute seinen Freund erwartungsvoll an. Hoffentlich beherzigte Marc den Rat und hielt sich von Nele fern, damit Tina und er in Ruhe Ordnung in das Chaos bringen konnten. Neben der aufgekommenen Panik fühlte der Dicke plötzlich Traurigkeit in sich aufsteigen, die er rasch als Mitgefühl identifizierte. Er hasste es, Marc wehtun zu müssen. Die Liebe überschwemmte ihn wie eine mächtige Woge. Zärtlich betrachtete er die ebenmäßigen, verletzlichen Gesichtszüge seines Gegenübers. Für diesen Mann war er bereit, alles zu tun, und nun musste er ihm willentlich Schmerzen zufügen. Aber im Sinne der Bestandswahrung blieb ihm leider keine Alternative.

»Na, ich weiß nicht.« Marc machte ein skeptisches Gesicht. »Am liebsten würde ich Nele kräftig durchschütteln, damit sie wieder klar denkt, oder ihr meine Meinung ins Gesicht brüllen. Aber sie weicht schon beim kleinsten Vorstoß zurück. Gestern schien sie regelrecht Angst vor mir zu haben. Ich bin kurz davor, Schluss zu machen, um nicht dauernd wie ein Depp dazustehen! Aber wenn du meinst, ich soll abwarten … Warum eigentlich nicht? Zu verlieren habe ich, wie es aussieht, eh nicht viel.« Er lächelte wehmütig.

In dem Moment steckte die Vorzimmerdame ihren Kopf zur Tür herein. »Telefon für Sie, Herr Warberg. Soll ich in Ihr Büro durchstellen?«

Marc nickte. »Natürlich, bin sofort an meinem Schreibtisch.«

Kaum war er draußen und die Zwischentür ins Schloss gefallen, als Joe auch schon zum Handy griff. Erst mal Tina anrufen! Er stöhnte auf, während das Mobiltelefon die Nummer anwählte. Zurzeit fühlte er sich wie jemand, dem ein Quecksilberthermometer heruntergefallen war. In alle Richtungen rollten die giftigen Kügelchen, und immer wenn er eins schnappen wollte, teilte es sich in mehrere noch winzigere auf, die kreuz und quer davonstoben. Da sollte einer es schaffen, die Ruhe zu bewahren. Nervös trommelte der Dicke mit den Fingern auf die Schreibtischplatte.

Nele

Hochbetrieb im Buchladen. Wo kamen schon am frühen Morgen all die Lesewütigen her? Nele hatte zu viel zu tun, um zum Nachdenken zu kommen. Nur blitzlichtartig schoss ihr einiges durch den Kopf: Shorty warnen, wegen der Briefe nachfragen, endlich rausfinden, wer das Pärchen vom Friedhof ist, den Namen des ertrunkenen Jungen in Erfahrung bringen, mit Jens und Nicole sprechen. Und immer wieder als einzige ausformulierte Frage: Muss ich wirklich Angst vor Marc haben?

Heute, mitten im Alltag, kam ihr der Gedanke einfach albern vor. In der Mittagspause rief sie vom Auto aus Nicole an, die sie beim Essen mit ihren beiden Kleinen störte. Nur in Kurzform gab Nele die neuesten Entwicklungen weiter. Nicole reagierte alarmiert.

»Du musst dich in Acht nehmen«, warnte sie in scharfem Ton. »Vor deinem Freund und seinem Partner! Geh nirgendwo mehr allein hin. Hol dir jemanden zum Schutz ins Haus. Pass auf deine Kinder auf ...« Nele hörte ein Scheppern im Hintergrund. »Mist. Das war die Glaskanne. Mensch, könnt ihr zwei nicht mal ruhig sitzen bleiben? Nele? Hier ist jetzt alles voller Scherben! Lass uns später noch mal telefonieren, ja?«

Puh, nun kam Nele doch ins Grübeln. Sah die Lage wirklich so schlimm aus? Kaum vorstellbar, aber andererseits ging es um Mord, wenn sie recht hatten. Nachdenklich wählte sie die nächste Nummer.

»Margot Liebert hier.«

»Hallo, Mama, ich bin's. Geht's euch gut?«, fragte Nele.

»Ja, sicher. Allerdings störst du uns beim Mittagessen.« Demonstratives Geschirrklappern im Hintergrund. Ein Räuspern ihres Vaters. »Was gibt's denn?«

Nele ließ sich nicht beirren. »Ach, nur 'ne Kleinigkeit. Ich hab gestern ein paar Sachen gesucht, weißt du, aus der Zeit in

London. Und da fiel mir etwas ein, was ich schon längst fragen wollte.« Nele holte tief Luft.

»Ach, und das ist so dringend, dass es während des Mittagessens sein muss? Aber gut, dann frag halt.«

Aber mach's kurz, implizierte der missmutige Tonfall in der Stimme ihrer Mutter. Nele ignorierte das. »Also, es geht um Briefe von damals. Du hast mir doch alles nachgeschickt, oder?«

Kurze Pause. Zögern. »Ja, natürlich.«

Das klang unecht. Mama, du verschweigst doch was. »Auch Briefe von Matthias?« Mit Bedacht verlieh sie ihren Worten einen schneidenden Unterton.

»Von wem?«

Am liebsten wäre Nele durch das Telefon gesprungen. Diese Ignoranz war so typisch; sie hätte kotzen können. Scharf wies sie ihre Mutter zurecht: »Mama, tu nicht so, als ob du nicht mehr wüsstest, wer das war. Ich muss wissen, ob Matthias mir damals geschrieben hat und, wenn ja, wo diese Post ist.«

Nun wehrte sich Mama mit Händen und Füßen. »Wie kommst du jetzt darauf? Das ist zwanzig Jahre her. Ich wüsste nicht, welche Relevanz –«

»Mama! Hat er oder hat er nicht?«

Erneute kurze Pause. Ein Seufzen. Dann gab ihre Mutter widerstrebend zu: »Ja, zwei Briefe. Ich hab sie in eine Kiste mit Büchern, Krimskrams und so von dir gesteckt. Stand in deinem Zimmer. Keine Sorge, ich habe sie weder geöffnet noch gelesen. Ich dachte damals nur: Was willst du damit noch? Ich wollte dich nicht durcheinanderbringen. Dieser Mann hatte dir nur Schlechtes angetan. Und uns im Übrigen auch. Papa und ich waren so froh, als du dieses unsägliche Kapitel endlich hinter dir gelassen hattest.«

Vor Wut wurde Nele schwindelig. Diese Selbstgefälligkeit! Sie erinnerte sich noch gut daran, was Matthias von ihren Eltern, insbesondere ihrer Mutter, gehalten hatte.

»Die steht nicht zu dir«, hatte sein abfälliges Urteil gelautet, was Nele so natürlich nicht stehen lassen wollte und was sie in die Opposition getrieben hatte. »Hauptsache, du funktionierst, lernst fleißig und sie kann mit dir angeben. Wie mit deinem Bruder. Alles andere interessiert sie nicht.«

Heute musste Nele zugeben, dass er mit seiner Einschätzung wohl nicht ganz falschgelegen hatte.

»Dazu hattest du kein Recht«, stieß sie jetzt böse aus und zerquetschte fast das Handy in ihrer Hand.

»Was? Ich hatte kein Recht, mir Sorgen zu machen? Dich zu schützen? Mein liebes Kind, dazu hatte ich als deine Mutter nicht nur das Recht, sondern auch die Pflicht.«

Nele stöhnte genervt auf. Ablenkungstaktiken waren eine der Stärken ihrer Mutter. Blitzschnell fuhr sie dazwischen. »Das meinte ich nicht! Und das weißt du genau. Wo ist diese Kiste jetzt?«

Die schnippische Antwort kam prompt: »Woher soll ich das wissen? Vermutlich in deinem Keller. Falls du sie nicht ausgepackt hast. Aber wie ich dich kenne, stehen sämtliche Kartons mit dem alten Kram aus deinem Zimmer noch unberührt in einer staubigen Ecke.«

Nele schwieg überrascht. Konnte es tatsächlich wahr sein, dass womöglich einer der Schlüssel zu dieser verfahrenen Geschichte in ihrem eigenen Haus auf sie wartete? Dass sie es allein ihrer Schlampigkeit zu verdanken hatte, die Briefe nicht längst gefunden zu haben? Zügig beendete sie das Gespräch, schloss das Auto ab und ging zurück in den Buchladen. Gleich heute Abend, nach dem Deutschkurs für ausländische Frauen, den sie von neunzehn bis zwanzig Uhr in der Volkshochschule abzuhalten hatte, würde sie sich auf Spurensuche in den Keller begeben.

Tina

Tina versuchte, ihr Äußeres zu restaurieren, mit mäßigem Erfolg. Duschen, eincremen, ankleiden, schminken, frisieren, Sonnenbrille über die geschwollenen Augen, fertig. Der Anruf des Dicken hatte sie vorübergehend aus der Depression in den Aktionismus katapultiert. Heute Abend bekamen sie eine Menge zu tun. Das würde zwar Tom nicht wieder lebendig machen, aber ihrem natürlichen Bedürfnis nach Rache entgegenkommen.

Nele

Der Anruf kam um zwanzig vor acht. Die Melodie von Cat Stevens' »Father and Son« wehte durch den Klassenraum. Hektisch wühlte Nele in ihrer Handtasche herum, um das Handy in die Finger zu bekommen. Wer rief denn jetzt an? Mitten in ihrem Volkshochschulkurs?

Entschuldigend lächelte sie ihren zehn Kursteilnehmerinnen, Frauen aus dem Iran, Ghana, Namibia, Thailand, dem Kosovo, Russland und Pakistan, zu. Helle und dunkle Gesichter schauten verständnisvoll. Als Mutter musste man ständig erreichbar sein. Das wussten alle hier. Nur kam der Anruf gar nicht von Neles Kindern.

»Jens Meyer ruft an«, verkündete das Display. Nervös eilte Nele aus dem Raum, ließ die Tür hinter sich zufallen und ging dran.

»Na endlich«, hörte sie ihn erleichtert und irgendwie verwaschen ausstoßen. »Nele, du musst sofort kommen. Ich brauch dich hier.«

»Was? Wohin? Was ist denn los?«

»Keine Fragen. Komm einfach. In Mattes' alte Wohnung.«

Sie hörte Geräusche im Hintergrund. Möbelrücken? Dann ein Klatschen, wie Haut auf Haut.

»Wie bitte? Was machst du da? Wo ist Shorty?«

»Wenn du nicht kommst, kann ich für nichts garantieren!«

Klack, aufgelegt. Völlig perplex starrte Nele auf ihr verstummtes Handy. Schnell traf sie eine Entscheidung. Sie teilte ihrer Klasse sowohl auf Englisch als auch auf Deutsch mit, dass ein Notfall vorliege und sie sofort losmüsse. Die letzte Viertelstunde dürften alle noch ihre Aufgabe zu Ende führen; sie müsse sich jedoch leider verabschieden und hoffe auf Verständnis. Zehn Köpfe nickten verwirrt.

Auf der kurzen Fahrt zur Neusser Straße durch das dunkle und fast menschenleere Kaarst rief sie Andrea an. Ein Notfallplan musste her. Wer weiß, wie lange sie aufgehalten werden würde. Sie konnte doch die Mädchen nicht schon wieder den ganzen Abend allein lassen! Gott sei Dank ging ihre Freundin sofort ans Telefon.

»Kannst du dich heute Abend um Greta und Anne kümmern? Ich bin aufgehalten worden. Ist was Dringendes! Danke, du bist super. Ja, kochen wäre klasse. Hab noch Nudeln und alles für eine Carbonara da. Bis nachher dann.«

Nele atmete auf. Auf ihre Freundin konnte sie sich verlassen, auch wenn die jetzt wahrscheinlich total verwirrt war.

Tina

Dass Neles Wagen gegen Ende ihres VHS-Kurses nicht mehr wie erwartet auf dem dunklen und einsamen Lehrerparkplatz stand, brachte Tinas Pläne total durcheinander. Sie kapierte es nicht. Laut der Website der Volkshochschule müsste Nele doch wie jeden Mittwochabend von neunzehn bis zwanzig Uhr ihren Integrationskurs abhalten. Aber ihr Auto war nicht mehr da.

Tina hetzte, die zierliche Walther neben sich griffbereit auf dem Beifahrersitz, schnellstmöglich nach Vorst. Dass dort einige Minuten später nicht etwa Nele, sondern Andrea Seeger ihren VW-Bus mit der Aufschrift »Andis Antiquitäten« in der Einfahrt parkte und von einer Jugendlichen ins Haus gebeten wurde, trug noch mehr zu ihrer Konfusion bei. Tina blickte ihr hinter dem Steuer des Leihwagens fassungslos nach. Verfickte Scheiße. Jetzt musste ein Notfallplan her. Aber welcher?

Sie war so ratlos, dass sich ihre Gedanken selbstständig machten. Sie erinnerte sich an den Januar '89, als ihr klar geworden war, dass sie ohne einen Notfallplan ihr Abitur in den Sand setzen würde. Die Zulassung war zwar dank Stoneds Nachhilfe gerettet, doch der dicke Batzen, die Abiklausur in Mathe, stand noch an und würde zur unüberwindlichen Hürde werden.

Also biss sie in den sauren Apfel: Sex mit Stoned. Sie konnte sich zwar nichts Widerlicheres vorstellen, als von seinem teigigen, verschwitzten Körper halb erdrückt zu werden, seinen stinkigen Atem riechen zu müssen, das geile Stöhnen im Ohr zu haben und mit seinem klebrigen Sperma besudelt zu werden, aber was tat man nicht alles für ein bisschen Einfluss.

Bald hatte sie ihn so weichgekocht. Eines Abends Ende Januar händigte er ihr Haupt- und Tresorschlüssel vom Wibo aus, entwendet aus der Handtasche seiner Mutter, der Schulsekretärin.

Jetzt hieß es, zügig zu handeln, bevor Stoneds Alte etwas merkte und bevor die Abiturvorschläge von der Schulleiterin zur Bezirksregierung geschickt worden waren. Noch in derselben Nacht schlichen sich Tom und sie in die Schule. Major ließ schon mal den Kopierer heiß laufen, während Tina den Tresor aufschloss. Unbemerkt verließen sie eine halbe Stunde später das Gebäude. Sie setzte Tom zu Hause ab, dann ging es zu Stoneds Wohnhaus. Schlüssel abgeben, eine schnelle Nummer abziehen und fertig.

Der Notfallplan, den Tina diesmal benötigte, würde nicht so leicht aus dem Ärmel zu schütteln sein. Schöne Scheiße.

Der Dicke

Der Dicke erstarrte vor Schreck, als Neles Fiat auf dem Parkplatz vor der Reinigung vorfuhr. Um zehn vor acht! Wie war das möglich? Ihr Sprachkurs lief doch noch. Genau dies hätte auf keinen Fall passieren dürfen.

Vor ein paar Minuten war er selbst angekommen, hatte den Volvo eine Ecke weiter abgestellt und sich mit dem Aktenkoffer in der Hand auf den Weg zu Chris Schelsens Wohnung gemacht, als er das kleine Auto nebst Fahrerin erkannte. Behände flüchtete er sich hinter einen geparkten Lieferwagen. Quecksilberkügelchen, da hatten sie es wieder.

Bevor er noch überlegen konnte, was zu tun sei, verschwand Nele im Hauseingang. Joe schlich hinterher. Nur gut, dass keine Passanten unterwegs waren. Er wartete ab, bis sich die Flurbeleuchtung ausgeschaltet hatte, und verschaffte sich mit der Kreditkarte Einlass.

Dann stand er schwer atmend im Hausflur. Was jetzt? Er zog die Schuhe aus und machte sich auf schweißdurchtränkten Socken auf den Weg nach oben, das Paar Schuhe in der einen Hand, den Aktenkoffer in der anderen. Es erinnerte ihn an seinen Abgang aus

Toms Haus. Erst mal die Lage sondieren und dann weitersehen, sagte er sich und bemühte sich um eine flache Atmung. Nur keine Kurzschlusshandlungen.

Nele

Nele war sprachlos vor Schock bei dem Anblick, der sich ihr in Shortys Wohnung bot. Schon Jens' Begrüßung übertraf ihre schlimmsten Befürchtungen. Da stand er und grinste nervös sein Zahnlückengrinsen; in seiner rechten Hand baumelte locker ein geöffnetes Klappmesser.

Als er sein lapidares »Komm rein, schön, dich zu sehen« von sich gab, wehte ihr wie gestern eine Bierfahne entgegen. Sein Gesichtsausdruck war verwischt; seinen Bewegungen, als er jetzt vor ihr durch die Wohnung ging, wohnte etwas Fahriges inne. Wahrscheinlich hatte er ordentlich getankt.

Ängstlich folgte Nele ihm. Was ging hier vor? Und dann sah sie das Desaster. Mitten in dem unglaublich dreckigen und chaotischen Wohnzimmer stand ein Küchenstuhl. Darauf hockte der Mann, den sie mal als Shorty kennengelernt hatte. Mit Massen an Klebeband war er gefesselt. Seine Hände überkreuzten sich hinter der hölzernen Rückenlehne und waren dort erst miteinander, dann mit einer Querstrebe verklebt. Beine und Füße des zierlichen Mannes hatte Jens mit vielen Schichten Klebeband an den Stuhlbeinen fixiert. Zwischen den aufgeplatzten Lippen klemmte eine zusammengeknüllte Socke. Er blutete aus der Nase, sein linkes Auge war fast völlig zugeschwollen, das andere riss er bei Neles Anblick auf. Tränenspuren hingen auf seinen Wangen.

»Um Gottes willen!«, stieß Nele aus. »Was hast du getan?«

»Nach was sieht es denn aus?« Müde ließ Jens sich in einen Sessel sinken und griff nach einer Flasche Bier, die neben ihm auf dem Fußboden gestanden hatte. Er leerte sie in einem Zug. Seine andere Hand hielt immer noch das Messer. »Das Schwein hat Mattes auf dem Gewissen, aber die feige Sau gibt es nicht zu.«

»Woher willst du das wissen?«

Sie versuchte, ruhig zu bleiben. Genauso musste Matthias sich gefühlt haben, wenn er mal wieder in eine Katastrophe reingeschliddert war, die er selbst verschuldet hatte. Denn für diese Situation war sie verantwortlich. Ihr Verdacht hatte Jens zu Shorty getrieben.

»Keine Ahnung. Aber das sagt mir der gesunde Menschenverstand! Der Typ wohnt in der alten Wohnung von Mattes, er hat das Material für die Erpressung von Mattes … Ist doch logisch, dass er ihn auch beseitigt hat, oder? Um an die ganze Knete zu kommen. Ich hab gestern Nacht halt noch ein bisschen überlegt. Und dann dachte ich mir, der direkte Weg ist oft der beste. Der Warberger und seine Kumpels spielen in einer anderen Liga. Kein Rankommen. Aber der hier war greifbar.« Er wies mit dem Messer auf den völlig verängstigten Shorty. Erschüttert sah Nele, wie sich in dessen Schritt ein dunkler Fleck ausbreitete.

»Wo ist denn dieses Material?«, wollte Nele wissen.

»Keine Ahnung! Der kleine Scheißer sagt ja nichts! Auch ohne Socken im Maul nicht.«

Jetzt platzte Nele der Kragen. Völlig aus dem blauen Dunst heraus hatte Jens sie beide in dieses Debakel gestürzt. Aufgrund von Theorien und Mutmaßungen! Welche Straftatbestände waren hier in Tateinheit erfüllt? Einbruch, Freiheitsberaubung, Nötigung, Körperverletzung … bestimmt noch jede Menge andere. »Warum hast du mich angerufen, Jens?«, fragte sie fassungslos.

Sie konnte einfach nicht glauben, wie schnell man von der unschuldigen Detektivin zur Mittäterin werden konnte. Ohne es zu wollen, hatte sie die Seite gewechselt. Erschüttert ließ sie sich auf den zweiten Sessel fallen.

»Damit kein Unglück geschieht.« Jens grinste entwaffnend und fuhr sich mit den Fingern durch sein spärliches Haar. »Mattes hast du doch auch immer vor der größten Scheiße bewahrt.« Er wirkte erschöpft. »Wenn du nicht gekommen wärst, hätte ich das Arschloch glatt abgestochen. Aber vielleicht hast du ja 'ne Idee, wie wir ihn zum Reden kriegen.«

Nele atmete tief durch. Wie ließ sich die Situation entschärfen? Wie Nutzen daraus ziehen? Vielleicht hatte Jens sogar recht. Vielleicht gab es eine Möglichkeit, das Blatt zu wenden. Falls Chris Schelsen wirklich der Erpresser war, den sie in ihm vermuteten, hatte er zu viel Dreck am Stecken, um sich später gegen Jens und sie wenden zu können. Fatal wäre nur, wenn er unschuldig war. »Gut, dann lass mich mal überlegen. Aber befrei ihn endlich von diesem Socken. Womöglich erstickt er sonst noch.«

»Auf deine Verantwortung. Kann nämlich sein, dass er wieder losschreit.«

Woraufhin der Gefesselte heftig den Kopf schüttelte. Jens riss ihm unsanft das nasse Stoffknäuel aus dem Mund und warf es auf den Boden. Dann verschwand er in Richtung Küche. »Ich brauch noch ein Bier.«

»Danke«, flüsterte Shorty Nele zu, sobald Jens außer Sichtweite war. »Bitte hilf mir«, flehte er dann. »Wir kennen uns aus der Schule, oder? Bist du nicht Nele Liebert? Du rennst nur in dein Unglück, wenn du gemeinsame Sache mit diesem Verbrecher machst. Bitte!«

Der Anblick seines zerschlagenen Gesichtes war wirklich herzerweichend, sein Gerede war es nicht. Es erinnerte sie zu sehr an die Sprüche ihrer Eltern aus der Zeit mit Matthias.

Nele versteinerte und erwiderte kalt: »Wer hier der Verbrecher ist, werden wir noch sehen. Erpresser sind auch Kriminelle.« Dann rief sie in Richtung Küche: »Jens, bringst du mir bitte eins mit?« Shorty würde es nicht schaffen, sie gegeneinander auszuspielen!

»Klar!« Jens brachte ihr eine bereits geöffnete Flasche. Ihre Blicke trafen sich in stiller Übereinkunft, als sie miteinander anstießen.

»So.« Nele wandte sich erneut dem gefesselten Mann zu. »Und jetzt wüssten wir gern, wo du das Beweismaterial aufbewahrst.«

Chris wurde blass. »Ich weiß überhaupt nicht, wovon ihr redet«, behauptete er. Dabei lief ihm ein feiner Schweißtropfen die Stirn herunter. Jens stand auf und schlug ihm lässig mit dem Handrücken ins Gesicht.

Nele fuhr zusammen. »Hör auf damit!«, pfiff sie ihn entsetzt zurück. Die plötzliche Brutalität erschreckte sie über die Maßen. »Du machst alles nur noch schlimmer.«

»Quatsch.« Jens sah Nele schief von der Seite an, konzentrierte sich wieder und schlug noch einmal zu, diesmal so hart, dass

Shortys Kopf zur Seite geschleudert wurde. Er jammerte leise. Blut quoll aus seiner Unterlippe. Ihr wurde schlecht.

»Schon gut. Kurze Pause. Ich kann nur diese Lügen nicht mehr ertragen.« Jens ließ sich in den Sessel plumpsen und knibbelte am Etikett seiner Bierflasche herum. »Warum rückt der kleine Scheißer nicht mit der Wahrheit raus?«

»Vielleicht, weil er ganz dringend Geld braucht?«, riet Nele drauflos. Ein Flackern in Shortys Augen zeigte ihr, dass sie den Nagel auf den Kopf getroffen hatte.

»Scheiß was auf die Knete. Ich will wissen, wer Mattes umgebracht hat!« Nele hörte die Trauer in Jens' Stimme. Ich auch, dachte sie wehmütig, und ich brauche Gewissheit, wie weit Marc in die Sache verstrickt ist.

»Ich habe keine Ahnung, was ihr von mir wollt«, murmelte ihr Gefangener trotzig.

Nele seufzte, langsam wurde ihr das Theater zu dumm. »Sag mal, Jens. Hast du eigentlich schon die Wohnung durchsucht?«

»Du meinst diesen Schweinestall? Als Mattes hier gewohnt hat, war's nicht so dreckig. Aber ja, ein bisschen hab ich mich umgeschaut. Keine Chance in dem Chaos!« Jens blickte sich geringschätzig um, so ähnlich wie Nicole gestern bei ihm zu Hause. Na ja, bei Shorty war es tatsächlich deutlich schmutziger und verwahrloster als in der Wohnung in Dormagen-Horrem. Das ließ auch Rückschlüsse auf den Gemütszustand des Mannes auf dem Küchenstuhl zu. Welcher innerliche Müll verbarg sich hinter dem äußeren? Hatte der alte Schlink nicht etwas von einer Trennung erwähnt?

Aber Nele war noch nicht fertig. »Gibt's irgendwo einen Computer?«, fragte sie und registrierte, wie Shortys Gesicht sich verzog.

»Klar, einen netten kleinen Laptop in der Küche«, sagte Jens gedankenlos, bis er die Tragweite des Gesagten begriff und zu grinsen anfing. »Die Erpresserbriefe! Meinst du, der Schwachkopf hat sie irgendwo abgespeichert? Oder die Adressen von den Tätern? Das wär ja ein Ding.«

Hastig sprang er auf und kehrte flugs mit dem Laptop zurück. Er fuhr ihn hoch, scheiterte aber natürlich am Passwort.

»Versuch's mal mit ›Fichtenlichtung‹«, schlug Nele bissig vor, »oder mit ›Nordkanal‹.«

Shorty zuckte bei beiden Vorschlägen zusammen, entspannte sich aber sofort wieder.

Für Nele stand damit einwandfrei fest, dass sie ihren Erpresser hatten und dass sie mit dem angeblichen Unglücksfall während des Abiballs '89 auf der richtigen Spur waren. Der Rest ihres Mitgefühls für ihr Opfer war dahin.

»So ein Weichei wie der kleine Pisser hier benutzt doch bestimmt einen Frauennamen als Passwort.« Jens nickte nachdenklich, als er Shortys Reaktion auf seine Vermutung sah: ein weiteres Zucken. »Na, so wie ich das sehe, hat die Alte dich rausgeschmissen, was? Deshalb haust du hier im Dreck und machst einen auf Depri.«

Neles Gedanken überschlugen sich. Natürlich, Chris Schelsen war verheiratet gewesen, und laut dem Alten aus dem Erdgeschoss lebte er von Frau und Kindern getrennt. Sie erinnerte sich außerdem an etwas, was Andrea ihr mal erzählt hatte. Kurz nach dem Abi hatte Shorty seine Frau kennengelernt. Der Name fiel Nele leider nicht ein.

Zu ihrem Erschrecken sah sie, dass ihr Gefangener erneut zu weinen begonnen hatte. Ihr wurde mulmig zumute.

»Komm schon, wo sind die Beweise?«, fragte sie sanft, hockte sich vor Shorty, der inzwischen aus allen Poren erbärmlich nach Angstschweiß und Pisse stank, und legte ihm eine Hand aufs Knie. »Sag es uns. Dann lassen wir dich frei.«

Im selben Moment erschrak sie vor sich selbst. Wozu ließ sie sich hier eigentlich hinreißen? Wie hatte es so weit kommen können, dass sie einen Durchgeknallten wie Jens Meyer in seiner Brutalität unterstützte? Der Grat zwischen Gut und Böse war tatsächlich erschreckend schmal.

Shorty biss sich mit den Zähnen auf die Unterlippe und schüttelte bockig den Kopf. Plötzlich zuckte er zusammen, denn Jens näherte sich ihm und wedelte mit etwas Großem. Aber es war nur das Telefonbuch.

»Gute Idee«, lobte Nele und vergaß alle Gewissensbisse. »Schau mal im Neusser Teil nach. Ich glaube, Shorty ist damals nach Neuss gezogen.«

Schnell wurden sie fündig. Susanne Schelsen, aha.

Jens schnappte sich den Laptop.

»›Susi‹ ist es, hab ich mir doch gedacht«, sagte er Sekunden später zufrieden. »Ich bin drin.«

»Als ob euch das was nützen würde. Für wie blöd haltet ihr mich?«, höhnte Shorty. Seine Tränen schienen schon wieder versiegt.

Und leider behielt ihr Gefangener recht. Weder Jens noch Nele fanden eine Datei mit Erpresserbriefen oder Ähnlichem.

Der Dicke

Der Dicke gab seinen Posten an Shortys Tür auf. Drei verschiedene Stimmen hatte er identifizieren können, ohne ein Wort von dem verstehen zu können, was sie sagten. Aber eins war klar: Dadrinnen befand sich einer zu viel für eine spontane Lösung! Wer zum Teufel war der Mann mit der dunklen Stimme? Wieder ein Quecksilberkügelchen mehr. Es war zum Verzweifeln! Noch dazu hatte er mehrfach Tinas Anrufe auf seinem Handy wegdrücken müssen. Sie wartete auf Antwort, logisch. Und bevor man ihn hier auf dem Treppenabsatz erwischte, machte er lieber, dass er Land gewann. Auf Socken schlich er nach unten und fühlte sich so sauer und hilflos wie schon lange nicht mehr.

Tina

Tina gab auf. Sie startete den Leihwagen, eine billige japanische Scheußlichkeit, und wendete am Ende der Sackgasse. Wie hatte ihr Marcs Schlampe bloß entwischen können und wohin? Sie hatte doch mit eigenen Augen gesehen, wie Nele auf den Lehrerparkplatz fuhr, ausstieg und durch den Hintereingang das Gebäude der Volkshochschule betrat, um ihren einstündigen Kurs abzuhalten. Was also sollte schlimm daran sein, kurz an der Tankstelle auf der B 7 Zigaretten zu holen?

Und was war mit Joe los? Warum drückte er dauernd ihre Anrufe weg? Hatte wenigstens er seinen Auftrag erfüllt, und Shorty, der Verräter, baumelte mit blauem Gesicht von der Decke seiner Absteige? Sie hoffte es schwer.

Erneut angelte sie ihr Handy vom Beifahrersitz und wählte Joes Nummer.

Marc

Marc hielt es nicht mehr aus und rief bei Nele an. Er konnte einfach nicht anders. Und warum sollte es ihm nicht möglich sein, ihr begreiflich zu machen, dass er voll und ganz auf ihrer Seite stand? Weil du es nicht bist, flüsterte eine gemeine Stimme renitent in sein Ohr. Dann wurde abgenommen. Es war weder Nele noch Anne oder Greta, die sich mit »Hier bei Liebert-Schumann« meldete, sondern eine andere weibliche Stimme, die er nicht gleich zuordnen konnte.

»Guten Abend, Warberg hier. Ist Nele nicht zu Hause?«, fragte er verwirrt.

»Oh, hallo, Marc. Ich bin's, Andi. Nein, sie musste noch ganz dringend wohin und hat mich gebeten, nach den Mädchen zu schauen. Ich habe keine Ahnung, wann sie kommt. Soll ich ihr etwas ausrichten?«

Marc seufzte. »Nein, besser nicht. Sie ist zurzeit nicht gut auf mich zu sprechen. Obwohl ich völlig im Dunkeln tappe, wieso. Aber vielleicht …«, er fasste sich ein Herz und holte Luft, »… vielleicht kannst du mir ja weiterhelfen.«

Nele

Nele und Jens gingen in die Küche, um sich zu beratschlagen. Kaum hatten sie die Tür hinter sich geschlossen, fiel Jens in sich zusammen. Er sank auf einen Stuhl und verbarg das Gesicht in den Händen.

»Scheiße, ich kann nicht mehr! Was sollen wir bloß machen? Ich kann den Typen unmöglich laufen lassen. Dann bin ich geliefert.« Hilflos schaute er zu Nele hoch. »Warum rückt der Pisser nicht mit den Beweisen raus? Nicht dass er doch unschuldig ist!«

Nele schüttelte heftig den Kopf.

»Nein«, sagte sie fest, »ist er nicht. In jedem Fall ist er der Erpresser. Dass er Matthias auf dem Gewissen hat, glaube ich aber nicht. In der Hinsicht müssen wir uns an Marc und seine Leute halten.« Ihr wurde übel, als sie daran dachte, und redete schnell weiter. »Aber dafür brauchen wir dieses ominöse Material. Mit Prügeln wirst du bei Shorty nicht viel erreichen. Was wir brauchen, ist ein Bluff.«

Sie erläuterte Jens ihre Idee, und er begann zu grinsen. »Einverstanden. Könnte funktionieren.« Und mit einem schiefen Seitenblick ergänzte er: »Hätte ja nie gedacht, dass wir zwei mal gemeinsame Sache machen. Weißt du eigentlich, wie sehr ich dich damals gehasst habe, als du mich vor die Tür gesetzt hast?«

»Und ich dich erst.« Sie lächelte zurück. »Für mich warst du der Feind, der alles kaputt gemacht hat, was Anfang '89 so gut angelaufen war. Aber keine Sorge. Das sehe ich heute anders.«

Nachdenklich musterte sie ihn. Was sie sah, war ein kaputter Typ, nicht das personifizierte Böse, für das sie ihn früher gehalten hatte.

Sie dachte an den Januar 1989 zurück, als sie sich mit ihren Eltern überworfen hatte, um bei Matthias einzuziehen.

Die Zeit nach der Versöhnung hatte den Charakter von etwas sehr Fragilem und besonders Kostbarem. Matthias hatte sich seit dem Neujahrstag komplett von seinen Freunden abgeschottet, um, wie er es ausdrückte, klar im Kopf zu werden. Keine harten Drogen mehr, kein Speed, kein Koks. Es fiel ihm schwer. Er war antriebsarm, abgekämpft und ruhelos. Außerdem litt er unter Depressionen und Ängsten und versuchte, sie mit Alkohol, Marihuana und mit unzähligen Zigaretten zu bekämpfen.

Mit der Zeit ging es ihm besser, trotzdem blieb er in sich gekehrt und dünnhäutig. Nele traute sich kaum, ihn allein zu lassen. Deshalb packte sie nach ein paar Tagen eine Reisetasche mit den wichtigsten Klamotten und ihrem Schulzeug und zog bei Matthias ein. Die einzigen Stunden am Tag, die sie ab sofort ohneeinander verbrachten, waren, wenn Nele den Unterricht besuchte. Doch sogar in den Freistunden fuhr sie zu ihm, meist mit seinem Auto.

Und während Nele sich auf die Abiturklausuren vorbereitete, entwickelte Matthias im Bad Unmengen an Fotos, deren Qualität immer besser wurde. Gerade Linien und weite Landschaften mit klaren Hell-Dunkel-Abgrenzungen faszinierten ihn. Wenn sie nachmittags über die Felder liefen und sich vom stechend kalten Januarwind durchpusten ließen, hatte er immer die Kamera dabei.

Auch redeten sie mehr miteinander als früher, vor allem nachts im Bett, Arm in Arm, während sie ins Dunkel starrten. Dann tauschten sie sich über ihre Kindheit aus, ihre Pläne und Träume. Matthias' Vorstellungen waren sehr verschwommen, bisher hatte er kaum welche gehabt. Jetzt formulierte er zögernd, was er sich wünschte. Es war nicht viel: eine größere Wohnung, zusammen mit Nele, die Bewährungszeit zu überstehen, den Motorradführerschein zu machen, straffrei zu leben und doch er selbst zu bleiben. Angesichts von Neles ehrgeizigen Plänen – Deutsch- und Englischstudium auf Lehramt, Gastsemester in England, Reisen nach Australien und Neuseeland, Lehrerin werden und und und – verstummte er meist schnell.

Nie liebte Nele ihn bedingungsloser als in dieser Phase. Doch das Damoklesschwert des Rückfalls hing drohend über ihnen, und es war beiden bewusst.

Nach ein paar Wochen fing Matthias an, in einem Getränkemarkt zu arbeiten. Sein Bewährungshelfer, ein engagierter junger Mann ohne große Berufserfahrung, hatte ihm den Job vermittelt. Seiner Meinung nach war sein Klient schon viel zu lange arbeitslos gewesen. Von Matthias' massiven Drogenproblemen und dem Entzug wusste er nichts. Ihm war nicht klar, wie labil Matthias war. Die Arbeit im Getränkemarkt war zwar geistig anspruchslos, dafür wurde ihm körperlich umso mehr abverlangt: Von morgens bis abends musste er Bier- und Wasserkästen schleppen und stapeln, Fässer tragen, Leergut sortieren und Regale auffüllen. Außerdem hatte er als Hilfsarbeiter anstandslos zu tun, was die anderen Mitarbeiter ihm auftrugen, egal, um welche Drecksarbeit es sich handelte.

Nele befand sich im Zustand höchster Alarmbereitschaft. Anstatt sich auf die Schule zu konzentrieren und auf die anstehenden Planungen zum Zulassungstag, flohen ihre Gedanken zu Matthias in den Getränkemarkt. Würde er durchhalten? War er pünktlich zur Arbeit erschienen? Konnte er sich zusammenreißen? Begegnete man ihm mit genügend Respekt? Dass die Gefahr aus einer gänzlich anderen Richtung unaufhaltsam auf sie beide zurollte, sah sie überhaupt nicht kommen.

Aber eines Tages war sie da, und zwar in Gestalt von Jens Meyer, der sich süffisant grinsend auf Matthias' Sofa vor dem plärrenden Fernseher fläzte, als Nele nach der Schule nach Hause kam.

»Hi, Nele, überrascht?«

»Ja, ziemlich. Jens, was machst du hier? Und wo ist Matthias?« Rigoros schaltete sie das Fernsehgerät aus und fing an, den Couchtisch aufzuräumen.

»Brav bei der Arbeit natürlich.« Jens musterte sie unter halb geschlossenen schweren Lidern. »Da komm ich gerade her. Er hat mir seinen Schlüssel gegeben. Weil ich erst mal hier wohne. Meine Alten haben mich nämlich rausgeschmissen.«

Entsetzt hielt Nele inne. »Du willst *hier* wohnen? Meinst du nicht, dass fünfunddreißig Quadratmeter etwas klein für drei Personen sind?«

Jens zuckte mit den Achseln. »Mattes lässt mich eben nicht im Regen stehen. Ist ja auch nur vorübergehend. Bis ich was anderes finde.« Er setzte sich auf und beäugte sie. »Passt dir nicht in den Kram, wie? Willst ihn ganz für dich haben. Aber daraus wird wohl nichts.«

Es kam natürlich so, wie es kommen musste: Jens und Matthias zogen sich gegenseitig nach unten. Es dauerte nicht lange, und alles lief wieder so wie vor Silvester. Nein, es wurde sogar noch schlimmer. Kaum ein Tag, an dem Matthias nüchtern blieb. Er und Jens putschten sich mit Speed auf und kippten literweise Alkohol obendrauf. Auf Tage und Nächte der Euphorie folgten schwarze Phasen, geprägt von Depression und Verfolgungsängsten. Und sie, Nele, hatte keine Chance, auszuweichen.

Im März, nach dem Zulassungstag der Stufe dreizehn, als Nele nicht mehr zur Schule gehen, sich aber intensiv auf die schriftlichen Abiturklausuren in Englisch, Deutsch und Mathematik vorbereiten musste, kündigte sich in Matthias' winziger Wohnung ein Eklat an.

Die Situation eskalierte, nachdem Matthias seinen Job hingeworfen hatte. Eines Morgens blieb er einfach im Bett liegen und weigerte sich, aufzustehen. Auf Neles Nachfragen antwortete er nur mit einem Schulterzucken. Nele gab natürlich Jens die Hauptschuld daran.

»Wenn du nicht pausenlos hier rumhängen würdest, wäre das nicht passiert«, schimpfte sie, als Matthias gerade unter der Dusche stand, um nach der durchgefeierten Nacht zu sich zu kommen. »Nur du hast das zu verantworten. Seit du hier eingezogen bist, geht alles den Bach runter. Du widerst mich an.«

Jens lachte ihr ins Gesicht. »Und du machst es dir ganz schön einfach. Mattes ist für die Arbeit nicht geboren, und das weißt du genau. Der wird nirgendwo lange bleiben, schon gar nicht in so einem Deppenjob. Entweder du nimmst ihn, wie er ist, oder du verschwindest. Ist eh nicht deine Wellenlänge hier.«

»Wer hier verschwindet, wirst wohl eher du sein«, gab Nele zornig zurück. »Wir kamen ohne dich wesentlich besser zurecht.«

»Sicher! Trautes Heim, Glück allein.« Er grunzte verächtlich, schaltete den Fernseher an, haute sich auf die Couch und baute in aller Ruhe einen Joint.

Als Matthias mit feuchten Haaren und nacktem Oberkörper aus dem Bad kam, Nele von hinten zärtlich umarmte, ihr Haar zur Seite schob und sanft ihren Nacken küsste, blieb sie steif und drängte: »Komm mal bitte mit in die Küche.«

Kaum hatte er die Tür hinter ihnen geschlossen, lehnte sie sich an den Herd und verschränkte die Arme vor der Brust. »Schmeiß Jens endlich raus. Es wird Zeit.«

Er wich ihrem Blick aus, öffnete den Kühlschrank und holte eine Colaflasche heraus. Er öffnete sie und nahm einen tiefen Schluck.

»Nur noch ein, zwei Wochen, okay? Dann kann er sich locker eine eigene Wohnung leisten.«

»Was soll das heißen? Wovon denn?« Nele ahnte Böses.

»Willst du gar nicht wissen.« Wieder dieser ausweichende Blick.

»Schatz, lass es gut sein, okay? Halt einfach noch ein bisschen durch, dann –«

»Und wo soll ich fürs Abi lernen?«, unterbrach sie ihn wütend und mit Tränen in den Augenwinkeln. »Erwartest du, dass ich bei meinen Eltern angekrochen komme? Nach dem Stress im Januar? Mit dem Penner hier in der Wohnung kann ich mich nicht konzentrieren. Schmeiß ihn raus. Jetzt!«

Matthias seufzte, dann fuhr er sich mit einer zittrigen Hand durchs Gesicht. Er war müde, verkatert und wehrlos. Die Auseinandersetzung mit Nele überforderte ihn. »Er ist kein Penner, sondern mein bester Freund«, stellte er erschöpft klar. »Aber wie du willst. Ich rede mit ihm, okay?«

Wieder versuchte er, sie in die Arme zu nehmen, und diesmal ließ sie es zu. Sie schmiegte sich an seine nackte weiche Haut, spürte die Muskeln darunter und hielt ihn fest. Geistesabwesend streichelte sie über die verheilenden feinen Linien des frisch von Danny tätowierten Wolfskopfes unterhalb seines linken Schlüsselbeins.

Als Matthias Jens die Situation erklärte, blieb der nach außen ruhig. Dennoch sah Nele, wie zornig er war, weil seine Nasenflügel sich beim Zuhören blähten und er ihr eisige Blicke zuwarf, sobald sein Freund woandershin schaute.

»Nele ist jetzt auch vormittags hier«, erläuterte Matthias geduldig. »Und dann muss sie für die Klausuren lernen. Meinetwegen hat sie sich mit ihren Eltern verkracht. Sie kann nicht zum Üben nach Hause.« Er warf Nele, die sich aufs Bett gesetzt hatte, einen liebevollen Blick zu. »Außerdem möchte ich, dass sie hier bei mir bleibt. Zu zweit kommen wir gut klar, aber wenn du auch noch hier rumhängst, ist das einfach zu eng. Also wär's gut, du kämst woanders unter, vielleicht wieder bei deinen Alten. Die haben sich doch längst wieder eingekriegt, oder?« Er schnappte sich sein Sweatshirt, das über der Lehne eines Klappstuhls hing, und streifte es mit einer geschmeidigen Bewegung über. »Ein bisschen mehr Sex fänd ich übrigens auch nicht schlecht.« Er grinste Jens verschwörerisch zu, ließ sich den Joint geben und inhalierte tief. »Ist echt abtörnend, wenn da einer auf dem Sofa liegt und schnarcht. Oder zuhört. Und immer unter der Dusche ist auch langweilig.«

Jens ging nicht auf den scherzhaften Ton ein. Er war beleidigt. Nele hatte geahnt, dass er nicht freiwillig das Feld räumen würde. »Wenn du meinst. Ich dachte nur, wir hätten gesagt, ich bleib so lange, bis –«

Nele sah den warnenden Blick von Matthias und das schnelle Handzeichen, das Jens am Weiterreden hindern sollte. Was führen die beiden im Schilde?, fragte sie sich beunruhigt. Gleichzeitig sagte sie sich, dass sie das eigentlich gar nicht wissen wollte.

»Ich weiß«, fiel Matthias Jens eilig ins Wort. »Aber jetzt, wo Nele die Abizulassung hat und keinen Unterricht mehr, ist alles anders. Das verstehst du doch, oder?«

»Okay. Alles klar.« Jens erhob sich gekränkt. »Dann bin ich mal weg. Werd schon was finden, wo ich pennen kann.« Er hob seine Jacke vom Boden auf und stieg in die ausgelatschten Schuhe.

»Hey, keiner hat gesagt, dass du sofort abhauen musst.« Matthias fühlte sich offenbar äußerst unwohl in seiner Haut. »Sei nicht sauer.«

»Auf dich nicht, Kleiner.« Jens' Blick streifte Nele. »Auf dich nicht.« Dann ging er zur Tür. Matthias folgte.

»Moment mal, meine Zigaretten«, hörte sie Jens sagen, und schon stand er wieder in der Wohnzimmertür. Schweigend klaubte er die Zigarettenpackung, das Tütchen mit dem Gras und das Feuerzeug zusammen. Anschließend richteten sich seine durchdringenden schwarzen Augen hasserfüllt auf Nele, die immer noch auf dem Bett saß. Sein Mund mit den ungepflegten Zähnen öffnete sich, und seine Lippen formten nur ein Wort: »Fotze!«

Nele schluckte. Ein widerlicher Typ, dachte sie. Gut, wenn er weg ist. Sie atmete erst auf, als Jens endlich die Wohnung verlassen hatte. Der Triumph über den Sieg wollte sich jedoch nicht einstellen.

Heute war Neles Groll auf Jens Meyer längst Geschichte. Aus dem Gegner von einst war ein Verbündeter geworden. Und widerlich fand sie ihn auch nicht mehr. Wer hätte das gedacht? Beide verließen Shortys Küche.

»Ich werde dann mal nach Hause fahren«, verkündete Nele,

als sie an dem gefesselten Shorty vorbeiging. »Soll ich dich mitnehmen, Jens?«

»Klar, gern. Bin eh mit dem Taxi gekommen.« Jens zog seine Jacke an, klappte das Messer zusammen und steckte es ein.

»Meinst du, wir können den Typen hier so sitzen lassen?«, fragte er mit einem schnellen Seitenblick zu Nele.

»Warum nicht?« Sie hängte sich ihre Tasche über die Schulter und griff nach ihrem Autoschlüssel. »Wenn der Dicke und seine Leute kommen, hat sich die Sache sowieso erledigt.« Aus den Augenwinkeln beobachtete sie, wie sich Shortys Augen vor Schreck weiteten. Ungerührt fuhr sie fort: »Schon vor Tagen haben die das Haus beobachtet und sogar versucht, mich über den Haufen zu fahren. Dachten wohl, ich stecke mit dem da unter einer Decke. Wahrscheinlich warten sie nur, bis wir weg sind, um ihn auszuschalten.«

»Hat der kleine Pisser auch nicht anders verdient. Und wir müssen uns die Finger nicht schmutzig machen.«

»So, dann komm«, drängte Nele, doch Jens hielt sie zurück.

»Warte. Ich wische erst unsere Fingerabdrücke weg. Sicher ist sicher.«

Er verschwand in der Küche und kam mit einem schmutzigen Geschirrhandtuch zurück. Sorgfältig rubbelte er Türklinken, die Tischplatte sowie ihre leeren Bierflaschen ab.

Währenddessen wurde Shorty immer nervöser. »Das könnt ihr nicht machen«, stieß er angstvoll aus.

»Was denn?« Nele gab sich erstaunt.

»Mich hier gefesselt sitzen lassen.« Seine Stimme kippte.

»Warum nicht? Du hattest deine Chance.« Das kam von Jens, knapp, lässig.

»Und wenn du so unschuldig bist, wie du sagst, hast du doch nichts zu befürchten. Dann ist das alles hier ein Hirngespinst«, ergänzte Nele in freundlichem Ton. »Fertig, Jens?« Der nickte. Beide machten Anstalten, zu gehen.

»Die bringen mich um!«, schrie Shorty. »Macht mich los, bitte!«

Sie reagierten nicht und waren schon fast in der Tür, als er kreischte: »Schon gut! Ich gebe euch die Fotos. Aber bitte, liefert mich denen nicht aus. Das sind Mörder!«

Langsam drehten Nele und Jens sich um. Sie tauschten einen vielsagenden Blick.

»Du bluffst doch.« Jens sah Shorty verächtlich an. »Ich glaub dir kein Wort.«

»Nein, nein. Bitte. Ich … Seht im Wandschrank nach. Unter der Dachschräge im Schlafzimmer.« Seine Stimme war nur noch ein Flüstern. »Da liegen zwei Regalbretter direkt übereinander. Dazwischen klemmt der Umschlag mit den Unterlagen. Fotos, Adresslisten, Kopien von Briefen. Ich hab das per Zufall entdeckt, als ich hier eingezogen bin. Bitte, ich habe mit Hellmanns Tod nichts zu tun … Ich brauche nur Geld für meine Kinder, um denen was bieten zu können, nach der Scheidung … Ich hab doch sonst keine Chance, das Sorgerecht zu kriegen. Wie soll ich ohne sie weiterleben?«

Jens hörte schon nicht mehr hin. Er war bereits auf dem Weg ins Schlafzimmer. Nele dagegen sah Shorty mitfühlend an. Wieder einmal entpuppte sich das angeblich Böse als eine Spielart menschlichen Leids.

Und dann war Jens wieder da, blass und gleichzeitig triumphierend. In seinen bebenden Händen hielt er einen Stapel Schwarz-Weiß-Fotos und Papiere in DIN-A4-Größe.

»Schau dir das an. Wir hatten recht.«

Die Angst schnürte ihr die Kehle zu. Wollte sie die Bilder wirklich sehen, oder verschloss sie lieber die Augen davor, so wie im März '89 vor Jens Meyers und Matthias Hellmanns Einbruchsplanungen? Nein, sie musste sich der Realität stellen, sonst wären all die Nachforschungen und Verstrickungen der letzten Tage sinnlos gewesen. Mühsam holte sie Luft und griff nach den Unterlagen. Gleichzeitig forderte sie Jens auf, Shortys Fesseln zu lösen.

»Wir haben, was wir wollten, und wenn er schlau ist, wird er sich jetzt an uns halten und keine Probleme mehr machen.«

Jens beugte sich diesen Argumenten nur widerwillig. Mit dem Messer durchtrennte er Schicht um Schicht das Klebeband zwischen Shortys Gliedmaßen und dem Holz des Küchenstuhls. In der Zwischenzeit hatte Nele sich wieder in einen Sessel sinken lassen und betrachtete das erste Foto.

Was sie sah, war die Fichtenlichtung, von außen, jenseits des Pfades, durch das Brombeergebüsch fotografiert, offenbar mit Blitzlicht. Bei Nacht. Dann fiel ihr Blick auf die Personen auf der Lichtung. Es waren vier. Eine Frau, drei Männer. Sie waren in ein Handgemenge verwickelt. Nur die Frau war wirklich zu erkennen. Man sah sie im Profil und mit langen, hellen, fliegenden Haaren. Die anderen Personen hatte Matthias von hinten erwischt. Nele warf einen Blick auf das zweite Bild und sog scharf die Luft ein. Hier hatte er ein anderes Objektiv benutzt. Die agierenden Personen waren deutlich größer abgelichtet. Einer der jungen Männer lag seitlich auf dem grasbedeckten Boden, reglos, wie es schien. Dunkle Flecken bedeckten Teile seines Hinterkopfes. Blut war das, viel Blut. Die beiden Männer, die rechts und links Aufstellung genommen hatten, hielten Gegenstände in Händen. Nele identifizierte einen Ast in der Hand des einen, einen unförmigen Brocken in der Hand des anderen. Die Frau hockte mehr im Hintergrund; auch sie hielt etwas fest. Nele konnte nicht erkennen, was es war.

Die nächsten Fotos zeigten immer wieder andere Aspekte derselben Szene. Einmal sah man den Gesichtsausdruck des Mannes, den Nele als Marcs Geschäftspartner identifizierte. Nur war er damals schlanker gewesen. Genugtuung spiegelte sich in seinen Zügen. Das nächste Bild war im prasselnden Regen aufgenommen worden und richtete das Augenmerk auf die Frau. Ihre Miene war hart und entschlossen hinter den Regenschnüren. In dem Moment erkannte Nele, wer es war: Tina Hillebrandt, Spitzname Barbie, damals eine der engsten Freundinnen Marcs, nicht gerade eine Leuchte in der Schule. Zur Überraschung vieler Mitschüler hatte sie '89 ihr Abitur geschafft. Schon lange, das wusste Nele von Andi, war sie mit einem Düsseldorfer Banker verheiratet und zur Kunstkennerin avanciert. Deshalb durchstöberte sie ab und zu Andis Antiquitätenhalle.

Das letzte Foto zeigte den dritten Täter in Nahaufnahme: Thomas Neubaum, den die Schüler damals »Major« tituliert hatten. Von Kindesbeinen an war er ein Freund von Marc gewesen. Hatte der nicht später die Zahnarztpraxis seines Vaters übernommen? Er kniete neben dem Opfer und sah verstört und verwirrt aus.

Marc war auf keinem der Fotos zu sehen. Im ersten Moment reagierte Nele erleichtert, im nächsten nachdenklich. Das dort waren Marcs allerbeste Freunde in der Schulzeit gewesen, auch der Tote, den man am nächsten Tag im Nordkanal gefunden hatte. Was sagte das über Marcs Schuld oder Unschuld aus?

Dann versuchte sie, sich in Matthias hineinzuversetzen, der in dieser Nacht völlig neben der Spur durch den Vorster Wald gelaufen und irgendwie an den Rand der gespenstischen Szene geraten war – als ein ungebetener Zaungast aus einer anderen Welt. Und natürlich: Die Kamera, die er benutzt hatte, war die gewesen, die er ihr zum Geburtstag hatte schenken wollen, eine teure, professionelle Spiegelreflexkamera, wie er selbst eine besaß. Warum war sie nicht früher darauf gekommen?

Hinter der Machart der Fotos glaubte Nele, Matthias Hellmanns Perspektive auf das Geschehen durchschimmern zu sehen: Ungläubigkeit, gepaart mit Faszination. Deshalb die Nahaufnahmen. Sie waren gleichsam Studien über Tat und Täter, festgehalten mit dem voyeuristischen Auge des Fotografen. Nele starrte gebannt darauf. Gewalt war Matthias wahrlich nicht fremd gewesen, aber von diesen jungen Leuten hatte er solche Härte und Brutalität wohl nicht erwartet. Wahrscheinlich hatte die Beobachtung ihn und sein Weltbild ziemlich durcheinandergebracht. Privilegierte, gut betuchte Abiturienten mit glänzenden Zukunftsaussichten prügelten einen aus ihren Reihen zu Tode. Sie verstand es selbst nicht. Hatte er den Auslöser des Streits mitbekommen?

Nele stellte sich vor, wie Matthias, abgeschirmt hinter dichtem, stacheligem Gestrüpp im niedergehenden Gewitterregen, begleitet von Donner und grellen Blitzen, immer wieder auf den Auslöser gedrückt hatte. Wie viele Bilder mochte er geschossen haben, sodass schließlich diese vier brauchbaren übrig geblieben waren? Wie konnte es sein, dass die Protagonisten auf der Fichtenlichtung nichts davon mitbekommen hatten? Weil sie das Blitzlicht mit dem Gewitter in Verbindung gebracht hatten oder weil sie zu sehr mit sich selbst beschäftigt gewesen waren? Sie merkte, wie ihre Gedanken immer mehr abdrifteten, und zwang sich in die Gegenwart zurück.

Jens hockte im Sessel neben ihr und rieb sich müde die Augen; Shorty war nicht zu sehen.

»Er duscht«, erklärte Jens. »Während du dich in die Fotos vertieft hast, hab ich dir erst über die Schulter geschaut und dann mit ihm ausgemacht, dass er vorerst mit zu mir kommt. Hier kann er nicht bleiben, das ist zu riskant. Er war einverstanden, wollte sich aber erst ein bisschen frisch machen. Logisch.« Er grinste sein Zahnlückengrinsen und fischte seine Zigaretten aus der Jackentasche.

»Du hast ihm angeboten, bei dir zu übernachten?« Nele zog überrascht die Augenbrauen hoch. »Wie edelmütig von dir.«

Jens schaute peinlich berührt weg. Er zündete sich eine Zigarette an und rauchte mit hektischen Zügen. »Ich hab was gutzumachen, oder? Weil ich ihn für Mattes' Mörder gehalten hab und deshalb ein bisschen ausgetickt bin, okay?«

»Ein *bisschen*, ja«, zitierte sie ironisch. »Das *bisschen* hätte für ein paar Anzeigen und ein paar Jahre Knast dicke gereicht.«

»Ich weiß, aber wenn es um Mattes geht, ist mir einfach alles egal.« Plötzlich wirkte er wieder sehr konzentriert und runzelte die Stirn. »Wer ihn umgebracht hat, wissen wir jetzt immer noch nicht, nur, warum, oder?«

»Na ja, zumindest können wir bestimmte Leute ausschließen. Tina und Major waren es nicht. Das sind die beiden, die ich letzten Donnerstag an Matthias' Grab gesehen habe. Eindeutig.«

»Also bleibt noch Joe, Marcs Geschäftspartner, den die beiden ›den Dicken‹ nannten, oder –«

»Oder Marc Warberg«, erklang es von hinten.

Shorty kam gerade aus dem Schlafzimmer, mit nassen Haaren und sauberen Klamotten. Sein Gesicht sah allerdings verboten aus, das Auge zugeschwollen, die Lippen aufgeplatzt. »Marc war schon früher der Kopf der Clique. Warum sollte sich das heute geändert haben?« Und dann ließ er den nächsten Hammer los: »Wisst ihr eigentlich schon, dass Major, also Dr. Thomas Neubaum, tot ist? Gestern Abend hat er sich von seiner Dachterrasse gestürzt. Kam heute im Radio. Ich schätze, dass ich mit meinem Drohbrief daran schuld bin.« Chris Schelsens Blick irrte von Nele zu Jens. »Das wollte ich nicht, ehrlich. Ich glaube langsam, das alles wächst mir über den Kopf.«

Nele hatte das Gefühl, ins Bodenlose zu fallen. In ihrem Magen rumorte es. Noch ein Toter im Zusammenhang mit der Erpressung. Noch ein Selbstmord, zumindest so deklariert. Plötzlich bekam sie Panik. Bloß raus hier und Shorty, Jens und sich selbst in Sicherheit bringen! Nichts mehr riskieren.

»Mir wächst die Sache auch langsam über den Kopf«, sagte sie matt. »Und ich muss dringend nach Hause.« Sie raffte die Unterlagen zusammen, stopfte sie in ihre Handtasche und sprang auf.

»Ich fahre zusammen mit Jens in seine Wohnung nach Dormagen. Wir nehmen meinen Wagen«, bot Shorty an. Er schien sich zwar noch etwas unwohl in Jens Meyers Gegenwart zu fühlen, doch er versuchte, sich nichts anmerken zu lassen.

»Keine Sorge, ich tu dir nix mehr«, murmelte Jens. »Bin ganz friedlich. Aber bevor wir fahren, sollten wir noch abklären, wie es weitergeht.«

»Stimmt.« Nele nickte nachdenklich. »Das sollten wir uns gut überlegen.«

Zu Hause wartete eine besorgte Andrea.

»Wo kommst du so spät her?«

Nele winkte ab. »Erzähle ich dir später, okay? Ich bin total fertig.« Sie lächelte entschuldigend und ergänzte, nachdem sie Andi kurz in die Arme geschlossen hatte: »Danke, dass du so spontan eingesprungen bist und dich um die Mädchen gekümmert hast. Bleibst du noch, und wir trinken ein Glas Wein zusammen?«

»Kann ich machen, aber dann würde ich gern auch hier übernachten. Rainer rechnet sowieso nicht mehr mit mir.«

Eine Viertelstunde später, nachdem Nele nach ihren schlafenden Töchtern geschaut und sich ein bisschen frisch gemacht hatte, saßen die beiden Frauen bei Kerzenschein, jede ein Rotweinglas in Händen, einträchtig in den kuscheligen Weiten des Sofas. Im Hintergrund plätscherte Klaviermusik, eine CD, die Marc Nele im letzten Jahr zu Weihnachten geschenkt hatte.

Nele fing an, sich zu entspannen. Sie atmete tief durch, fasste sich ein Herz und vertraute Andi alle Ergebnisse ihrer bisherigen Recherchen an. Die wurde beim Zuhören immer nervöser und zappeliger. Nele ließ sich davon nicht beirren und präsentierte am Ende ihres Berichts das Highlight. Wie ein Zauberer ein Kaninchen aus dem Zylinder, so fischte Nele die Bilder aus ihrer Tasche. Und Andis Reaktion war der eines staunenden Zuschauers nicht unähnlich. Nur heftiger. Fassungslos starrte sie die Fotos, die jetzt verstreut auf dem Couchtisch lagen, an. Nach einer Weile fing sie an, mit fahrigen Fingern darin herumzuwühlen, und hielt sich mal dieses, mal jenes vor die Nase.

»Mannomann«, stöhnte sie. »Das ist ja unglaublich. Du musst unbedingt die Polizei verständigen. Jetzt gleich!« Verzweifelt raufte sie ihre kurzen blonden Haare. Bald standen sie ihr kreuz und quer zu Berge. »Mit dem Wissen schwebst du in Lebensgefahr!«

»Nein, noch nicht. Dann wär alles für die Katz.« Nele schüttelte den Kopf. »Wir wissen noch längst nicht alles.«

»Warum? Was denn?« Andi wirkte verwirrt. »Eindeutiger geht's doch nicht, oder? Diese da haben den da …«, sie tippte mit ungeduldigem Finger auf das Opfer, »… kaltblütig umgebracht. Das sieht doch jeder. Die Fotos beweisen es.«

Nele nickte. »Ja, so weit. Aber Jens und mir geht es um Matthias, vergiss das nicht. Wir wollen wissen, ob und von wem er umgebracht wurde. Und ich muss in Erfahrung bringen, inwieweit Marc in die Geschichte verstrickt ist. Wenn wir jetzt zur Polizei gehen, kommen wir an diese Tina von Meersfeldt und an den Dicken nicht mehr ran. Deshalb werden wir morgen zusammen mit Chris beratschlagen, was zu tun ist. So sind wir vorhin verblieben.« Sie zuckte mit den Achseln, nahm noch einen Schluck Wein und wartete auf Andis Protest. Der kam prompt.

»Du spinnst! Was ist wichtiger, ein toter Versager, den du auch durch deine Hartnäckigkeit nicht wieder lebendig machen wirst, oder dein Leben und das deiner Kinder? Und überhaupt: Marc hat nichts mit dieser Angelegenheit zu tun, rein gar nichts. Er ist auf keinem der Bilder zu sehen. Und ein schwarzer BMW? Das beweist überhaupt nichts. Die gibt's wie Sand am Meer. Stehen dauernd welche auf dem Parkplatz vor meiner Halle rum! Hast du eigentlich eine Ahnung, was zurzeit in Marc vorgeht? Total verzweifelt ist der, dass du ihn dermaßen zurückweist, ja sogar verdächtigst. Es macht ihn fertig. Und du umgibst dich mit Verbrechern und schenkst denen mehr Vertrauen als dem Mann, den du liebst.«

Im Schnelldurchlauf berichtete sie Nele von ihrem Telefonat mit Marc. Leidenschaftlich ergriff sie seine Partei. Aber Nele blieb skeptisch.

»In dieser ganzen Geschichte haben sich bis jetzt die, die in unserer Gesellschaft als Verbrecher verschrien sind, unschuldiger gezeigt als die, die als Vorzeigeexemplare von allen geschätzt mitten unter uns leben. Und Marc macht keine Ausnahme. Du hättest seine Reaktion sehen sollen, als ich ihn draußen auf der Treppe offen bezichtigt habe, in der Sache drinzuhängen. Das personifizierte schlechte Gewissen, sag ich dir. Ich trau ihm so lange nicht über den Weg, bis ich alles weiß!«

Andi stöhnte auf. »Mach dir nichts vor. Vorhin hast du mir erzählt, wie brutal sich Jens Meyer Shorty gegenüber verhalten hat. Wie er ihn gequält und gefoltert hat. Der Typ ist hochgradig gestört und schwer kriminell, von wegen unschuldig. Und dein geheiligter Matthias hat über Jahrzehnte hinweg Leute um ihr Geld erpresst. Dass da drei Mörder frei herumliefen, war ihm schnurzpiepegal. Dieser Typ war schon immer nur auf seinen Vorteil bedacht beziehungsweise darauf, seinen Drogenkonsum zu finanzieren. Denk doch mal an damals, als er, Jens Meyer und – wie hieß noch mal der Dritte? – Tommi diese Einbrüche begangen haben. Wie du gelitten hast und wie gleichgültig ihm das war!«

Wütend kniff sie die Augen zusammen und starrte durch die brennende Kerze auf dem Tisch direkt in die Vergangenheit. Und Nele folgte ihrem Blick …

Es wurde nicht besser, als Jens ausgezogen war. Nur wenige Tage vergingen, an denen Matthias sich einigermaßen zusammenriss. Dann wurden seine Eskapaden wieder heftiger. Wenn Nele lernte, schlief er entweder oder verschwand für Stunden, manchmal bis in die Nacht hinein. Wenn er zurückkam, wirkte er getrieben und hektisch. Oft litt er unter Schlafstörungen. Außerdem verströmte er eine latente Aggressivität.

Sein Verhalten ängstigte und beunruhigte sie. Wenn er morgens, im Bett sitzend, mit Herzrasen und zitternden Fingern vor sich hin stierte oder nachts durch die Wohnung tigerte, zur Beruhigung einen Joint nach dem anderen rauchte oder haufenweise Schlaftabletten einwarf, dann fürchtete sie um seine Gesundheit und sein Leben. Immer wieder stellte sie ihn zur Rede, schrieb kleine Briefe, bat, schimpfte und bettelte ihn an, sich zu mäßigen. Ihre Bemühungen nützten nichts. Im Gegenteil: Das Verhältnis zwischen ihnen wurde immer angespannter.

Wenn Matthias in anderen Phasen niedergedrückt und traurig war, konnte Nele nicht anders, als ihn zu trösten. Sobald er dann zur Besinnung kam und sich ausruhte, kehrte ihre Intimität zurück. Doch diese Momente waren flüchtig.

Manches Mal ertappte sie sich dabei, dass sie ihn distanziert musterte, wie jemanden, den man von Weitem auf der Straße sieht und in eine Schublade packt. Ganz unten rein. Sie reagierte zunehmend ungehaltener auf seine Schwächen und manchmal sogar mit Verachtung. Dann wieder, wenn er sie mit seinem umwerfenden Lächeln bedachte oder sie unvermittelt in die Arme nahm, wollte sie ihn am liebsten nie wieder loslassen. Immer öfter dachte sie über Trennung nach, doch sie erinnerte sich noch allzu gut daran, wie sie sich nach Silvester gefühlt hatte, so als ob man ein Stück aus ihr herausgeschnitten hätte. Daher scheute sie davor zurück.

Trotzdem, das hier war keine Liebesbeziehung mehr, sondern eine Katastrophe. Neles Ziele und Wünsche wurden komplett in den Hintergrund gedrängt. Matthias nahm sie gar nicht mehr wahr. Verzweifelt versuchte sie, sich auf ihr Abitur zu konzentrieren, wurde aber durch seine Exzesse und die sich anschließenden Depressionen daran gehindert.

Es konnte nur noch eine Frage der Zeit sein, bis seine Bewährung widerrufen oder er wegen einer anderen Straftat verhaftet werden würde. Manchmal kam er mit Blessuren am Körper oder im Gesicht nach Hause, manchmal mit diesem nachdenklichen, verbissenen Gesichtsausdruck, der Schlimmes vermuten ließ.

Und dann fand sie eines Mittags beim Aufräumen im Flur, unter einem Stapel Klamotten, die Reisetasche. Erst wollte sie sie achtlos in eine Ecke werfen, denn zweifellos gehörte sie Jens, als ihr das schwere Gewicht, das metallische Klappern und die Ausbeulungen im Stoff auffielen. Nach kurzem Zögern öffnete sie den Reißverschluss. Der Inhalt ließ ihre schlimmsten Befürchtungen Wirklichkeit werden.

Das, was sie hier in Händen hielt, war professionelles Einbruchswerkzeug: ein Glasschneider mit Saugnapf, Dietriche, Spezialbohrer, Zangen, Taschenlampen, Beitel, drei Sturmhauben und mehrere Paare Gummihandschuhe. Kein Zweifel, da war etwas im Gange, und ihr Freund steckte mittendrin.

Der kam erst spätabends zurück, voll wie eine Haubitze. »Halt mich«, murmelte er und umarmte Nele unbeholfen. »Halt mich einfach nur fest, ja?« Dann kotzte er über ihre Schulter hinweg auf den Linoleumboden. Nachdem sie ihn mühsam ausgezogen, ins Bett befördert und die Schweinerei weggewischt hatte, heulte sie erst mal los. Wie nur war sie in diese elende Scheiße geraten?

Am nächsten Morgen, sie lagen noch im Bett, stellte sie Matthias wegen der Tasche zur Rede. Seine Antwort war kurz und kalt.

»Das geht dich nichts an. Halt dich einfach raus, ja?«

Dabei vermied er jeden Augenkontakt mit ihr. Als er merkte, dass sie sich gekränkt versteifte, seufzte er und nahm sie in die Arme. »Wird schon alles gut gehen, mach dir keine Sorgen, Schatz«, flüsterte er.

Nichts geht gut, dachte sie verzweifelt und überließ sich trotzdem seinen streichelnden Händen. Gleichzeitig ärgerte sie sich über sich selbst.

Um Ostern herum war die Reisetasche aus der Wohnung verschwunden. Kurz darauf blieb Matthias bis spät in die Nacht weg. Als er zu ihr ins Bett kroch, um seinen durchgekühlten Körper an ihrem zu wärmen, fröstelte sie – und nicht nur vor Kälte.

Entsetzt las sie einen Tag später in der Zeitung über einen Einbruch in Kaarst. Mit Hilfe eines Glasschneiders waren die Diebe in die Villa eingedrungen, während die Besitzer im Skiurlaub weilten. Erbeutet hatten sie Schmuck, Geld und elektronische Geräte im Wert von vierzigtausend D-Mark. Im Haus fanden sich keine Fingerabdrücke. Die Polizei zeige sich dankbar für sachdienliche Hinweise, hieß es.

Haha, dachte Nele bitter. Ich könnte euch einen guten Tipp geben.

Matthias' euphorische Stimmung an den Tagen nach dem Einbruch sprach Bände. Er strotzte vor Selbstvertrauen und Energie. Nele hätte kotzen können, traute sich aber nicht, ihn auf die Sache anzusprechen. Abends gab er sich zahm wie lange nicht mehr und lud sie zum Essen beim Chinesen ein. Am nächsten Tag schenkte er ihr den Armreif aus Sterlingsilber, den sie beide vor Wochen in der Auslage eines Neusser Schmuckgeschäftes bewundert hatten.

In der Woche, als Nele ihre Abiturklausuren in Englisch, Deutsch und Mathematik schrieb, verübten Jens, Tommi und Matthias zwei weitere Einbrüche in Kaarster Einfamilienhäuser. Inzwischen waren ihre Taten für Nele ein offenes Geheimnis. Matthias und seine Freunde gaben sich kaum noch Mühe, die Einbrüche vor ihr zu verheimlichen. Was sie erbeuteten, war nicht so ergiebig wie beim ersten Einbruch, reichte aber aus, um ihre Schulden zu bezahlen, ausgiebig zu feiern und sich mit Koks für die nächsten Wochen einzudecken. Nach ihrem vierten Coup verstauchte sich Matthias beim Sprung von einem hohen Gartenzaun den linken Knöchel. Jens, immer noch nicht im Besitz eines Führerscheins, fuhr Matthias' Wagen zurück nach Holzbüttgen. Und Matthias schied für die nächsten geplanten Brüche aus. Nele atmete auf.

Die ungeplante Verschnaufpause brachte ihn kurzfristig zur Besinnung. Aus Angst, er würde sich verdächtig machen, weigerte er sich, einen Arzt aufzusuchen, und konnte wochenlang nicht auftreten. Seine Sorge war berechtigt, denn in den Zeitungen wurde tatsächlich von einem wachsamen Nachbarn berichtet, der per Telefon die Polizei verständigt und beim Warten auf den Einsatzwagen Matthias' Sturz vom Zaun sowie die Flucht der Einbrecher im Auto beobachtet hatte. Er war nicht in der Lage gewesen, Wagentyp oder Nummernschild zu identifizieren. Nur von einem alten roten Pkw und Männern mit Sturmhauben war die Rede. Und von der Mutmaßung, einer der Täter habe sich den Fuß verletzt.

Am Mittag nach dem Einbruch redete sich Matthias alles von der Seele. Mit blau geschwollenen Zehen und einem doppelt so dicken Knöchel wie üblich, auf dem ein Eisbeutel balancierte, lag er mit einem Bier, ansonsten aber völlig nüchtern, ausgestreckt auf dem Sofa.

»Ich hab echt gedacht, jetzt kriegen sie mich. Ich hab mich selbst in Handschellen gesehen und wie die Bullen mich abtransportieren. Ich war sogar schon in Gedanken vor dem Haftrichter und in der Zelle. Aber dann sind Jens und Tommi zurückgekommen und haben mich zum Auto geschleppt. Gerade noch rechtzeitig.« Er sah sie an, Furcht flackerte in seinen grauen Augen auf. »Ich hör mit der Scheiße auf, das schwör ich dir. Das war der letzte Bruch.«

Nele presste die Lippen zusammen. Wer's glaubt, wird selig, dachte sie. Nichtsdestotrotz regte sich Hoffnung in ihr.

Später bat er sie, ihr einen Stapel selbst entwickelter Fotos vom Regal zu bringen. Es waren Nahaufnahmen der Häuser, in die das Trio bereits eingebrochen war, aber auch welcher, die noch auf dem Plan standen. Mit dem entsprechenden Objektiv hatte Matthias alle Schwachstellen wie Fensterrahmen, Terrassenscheiben oder Kellertüren und Alarmanlagen und Kameras abgelichtet. Nun zerriss er die Bilder in kleine Schnipsel und ließ Nele sie im Klo hinunterspülen. Die Negative verbrannte er im Aschenbecher. Erst als alles erledigt war, kam er zur Ruhe.

Mit Bangen warteten die beiden die nächsten Tage ab. Nichts geschah, nur Jens kam und erkundigte sich nach Matthias' Befinden. Nele wimmelte ihn an der Tür ab. Sie sah den Hass in seinen Augen auflodern; es kümmerte sie nicht. Hauptsache, Matthias blieb standhaft. Zunächst sah es tatsächlich danach aus. Immer noch gab er sich kleinlaut und reumütig. Da sein Fuß weiterhin geschwollen war und bei jedem Schritt schmerzte, spielte sich das Leben des Paares jetzt, Anfang Mai '89, fast ausschließlich in der winzigen Souterrainwohnung ab.

Bald zerrte die Isolation an Neles Nerven. Sie sehnte sich so sehr danach, ein ganz normales Leben mit ganz normalem Freizeitverhalten führen zu können, sorglos und entspannt. Würde das mit diesem Mann an ihrer Seite je möglich sein? Wenn sie sah, wie er bei jedem unerwarteten Telefonanruf oder Klingeln an der Tür zusammenfuhr oder infolge des neuerlichen Entzugs zittrig und zerfahren wurde, glaubte sie nicht mehr daran.

Eines Abends besuchte sie Andrea und vertraute sich ihr an. Anders als in den Monaten zuvor, in denen sie so getan hatte, als sei alles in Ordnung zwischen ihr und Matthias, öffnete sie sich nun. Ausführlich erzählte sie von Matthias' destruktivem Verhalten und sogar von den Einbrüchen. Was Andrea ihr riet, war vorhersehbar. »Mach Schluss. Du kannst nicht in zwei Welten gleichzeitig leben«, warnte sie ihre Freundin eindringlich. »Sonst wirst du auf seine Seite überwechseln müssen. Auf die illegale. Retten kannst du dich nur, wenn du einen Cut machst. Ändern wird Hellmann sich nicht, glaub mir.«

Im Grunde gab Nele ihr recht, aber wie kam sie gegen ihre Liebe an? Doch Andi setzte noch ein paar Argumente obendrauf: »Spätestens wenn sein Fuß wieder in Ordnung ist und die Polizei bis dahin nicht vor eurer Tür gestanden hat, geht das ganze Theater von vorn los. Dann wirst du ihn nicht mehr zu Hause halten können. Willst du das wirklich? Wo bleibst du in dieser Beziehung? Und: Hat dein toller Matthias sich in der letzten Zeit schon mal dafür interessiert, was dich beschäftigt? Fragt er nach deinem Abi, deinen Zukunftsplänen?« Sie zählte alle Punkte an ihren Fingern ab. Dann ergänzte sie kaltblütig: »Selbst wenn dein Assifreund eigentlich ein netter Kerl ist, was ich ehrlich gesagt langsam bezweifle, was willst du mit dem? Das musst du dich fragen. Wo willst du hin in deinem Leben, und wen brauchst du dafür an deiner Seite?«

Als Nele heute an das Gespräch zurückdachte und aufrichtig mit sich selbst ins Gericht ging, erschienen ihr Andreas letzte Sätze wie der Auftakt zum endgültigen Bruch. Im Klartext: Die Sache war im Grunde genommen gelaufen, egal wie Matthias sich verhielt.

Anfang Mai reisten Neles Eltern für eine Woche nach London, angeblich zu ihrer eigenen kulturellen Erbauung. Dass sie Neles Auslandsjahr mit zwei Gastsemestern an einer dortigen Universität planten, das Geschenk an ihre Tochter zum Abitur und zum neunzehnten Geburtstag, behielten sie für sich. Es sollte ja eine Überraschung sein. Außerdem hegten sie den Hintergedanken, ihre Tochter vor Matthias Hellmanns schädlichem Einfluss in

Sicherheit zu bringen. Mama und Papa Liebert mahnten Nele noch, in ihrer Abwesenheit gut das Haus zu hüten, besonders wegen der Einbruchsserie, die zurzeit die Gegend heimsuchte, und fuhren Richtung Flughafen davon.

Nele versuchte, Matthias zu überreden, die Woche über mit ihr in ihrem Elternhaus zu übernachten. Der weigerte sich. Er fühle sich dort nicht wohl und sei nicht willkommen, argumentierte er stichhaltig. Außerdem wolle er nicht an ihren heftigen Streit im Januar erinnert werden, der ja im Wohnzimmer ihres Elternhauses stattgefunden hatte. »Und überhaupt. Du musst keinen Schiss haben, dass bei deinen Alten eingebrochen wird«, spottete er. »Mach dich nicht lächerlich.«

Aber Nele blieb stur und schlief Nacht für Nacht zu Hause, getrennt von Matthias. Sie merkte, wie gut es ihr tat, für sich zu sein und zumindest zeitweise in die Normalität zurückkehren zu können. Am Freitagabend überredete Matthias sie, bei ihm zu übernachten.

»Du fehlst mir. Bleib heute Nacht bei mir. Bitte«, bat er, und die Sehnsucht hinter seinen Worten berührte sie.

Und da für ihn die Wochenenden stets die größte Gefahr darstellten, aus der Spur zu geraten, willigte sie ein. Sie verbrachten einen friedlichen Abend und eine leidenschaftliche Nacht miteinander, bevor Nele nach Hause fuhr und dort die aufgewühlten Nachbarn sowie die Polizei vorfand.

Mittels eines Glasschneiders waren Einbrecher rückwärtig ins Haus eingedrungen und hatten es ausgeräumt und verwüstet. Fassungslos stand Nele im Wohnzimmer und wäre am liebsten in Tränen ausgebrochen. Sämtliche Schubladen waren ausgekippt und Bücher aus dem Regal gerissen worden. Wo sich gestern noch Fernseher, Videorekorder und Stereoanlage befunden hatten, gähnten leere Stellen. Sie kam sich dumm und gedemütigt vor. Natürlich hatten die Einbrecher auch Schmuck und Bargeld aus dem ersten Stock mitgehen lassen. Sogar vor ihrem eigenen Zimmer hatten sie nicht haltgemacht. Ihre Armbanduhr und der Walkman waren vom Nachttisch verschwunden, der Inhalt ihres Kleiderschrankes lag zerwühlt am Boden.

Inmitten der Katastrophe traf Nele eine klare Entscheidung, die einzige, die ihr möglich erschien. Nachdem alle Formalitäten mit der Polizei erledigt, der Schaden festgestellt und sämtliche Spuren gesichert waren, ging sie zu Fuß zu dem Mietshaus am Kaarster Bahnhof und betrat die Souterrainwohnung mittels ihres eigenen Schlüssels.

Matthias saß auf dem Sofa, rauchte und sah fern. Abschätzig taxierte sie ihn und beurteilte ihn auf einmal so, wie andere ihn sehen mussten: heruntergekommen, nichtsnutzig, abstoßend mit den Tattoos am ganzen Körper. Ohne ein Wort zu sagen, raffte sie ihre Klamotten zusammen und stopfte sie in die mitgebrachte Tasche.

Er reagierte erst verblüfft, dann schockiert, vor allem weil er auf seine Nachfragen keine Antwort erhielt. Schließlich stand er mühsam auf, denn sein Fuß war immer noch nicht richtig zu gebrauchen, und versuchte, sie festzuhalten.

»Was ist los?«, flehte er, Schweiß perlte von seiner Stirn.

»Frag nicht so blöd. Sei froh, dass ich nicht die Polizei auf dich hetze«, gab sie mit mühsam unterdrückter Wut zurück. »Und jetzt lass mich los, du asoziales Stück Scheiße.«

Sie riss sich los, schmiss den Wohnungsschlüssel in eine Ecke und knallte die Tür hinter sich ins Schloss.

»Weißt du noch, als du mir nach dem Einbruch geholfen hast, das Haus aufzuräumen und zu säubern, Andi?«, sinnierte Nele jetzt. »Ich hab geputzt und geputzt wie eine Wahnsinnige und dabei immer wieder Matthias' geschocktes und entsetztes Gesicht vor mir gesehen, als ich mit ihm Schluss gemacht hatte. Er wusste überhaupt nicht, was passiert war. Das war mir sofort klar. Trotzdem habe ich ihn wie den letzten Dreck behandelt. Und das habe ich schon während der Aufräumaktion bitter bereut. Am liebsten hätte ich alles hingeschmissen, um zu ihm zu fahren. Er hatte das nicht verdient, wirklich nicht!«

Andi konnte ein genervtes Stöhnen nicht zurückhalten. Nele ruderte ein Stück zurück. »Obwohl logisch war, dass wir keinerlei gemeinsame Zukunft hatten. Aber die Art und Weise, in der ich ihn abserviert habe, war unfair und seiner unwürdig.«

»Das ist doch Quatsch«, widersprach Andrea heftig. »Du

standest unter Schock, und selbst wenn Matthias nichts von Jens Meyers Plänen gewusst haben sollte, was ich weiterhin anzweifle, so blieb er doch sein bester Freund und ihm absolut linientreu ergeben. Die beiden waren vom gleichen Kaliber. Gesocks. Und heute gibst du dich wieder mit dem ab, verbündest dich sogar mit ihm. Der Typ hat damals ohne mit der Wimper zu zucken dein Zuhause ausgeraubt und verwüstet! Dem traust du über den Weg?«

Nele schaltete ab. Nie würde sie Andi begreiflich machen können, dass es allein Jens Meyers Eifersucht gewesen war, die ihn damals zu dem Einbruch in ihr Elternhaus getrieben hatte. Billige Rache, wenn man so wollte, eine Reaktion auf den Keil, den sie, Nele, zwischen die Freunde getrieben hatte. In gewisser Weise konnte sie Jens' Verhalten von damals sogar nachvollziehen – und ihm heute verzeihen.

Untrüglich

Der Dicke

Der Dicke hatte hundsmiserabel geschlafen. Kein Wunder nach den Neuigkeiten von gestern Nacht. Shorty und Marcs Freundin machten gemeinsame Sache und hatten sich Hellmanns Lakaien, diesen Meyer, als Dritten ins Boot geholt. Unfassbar! Erst nach genauem Hinschauen aus seinem Beobachtungsposten im Wagen war ihm aufgegangen, um wen es sich bei dem Penner handelte. Was sich zuvor in Schelsens Wohnung abgespielt hatte, war Joe allerdings unverständlich geblieben. Laute Stimmen, leise Stimmen, Streit, Versöhnung? Schließlich hatte das Dreiergespann in fröhlicher Eintracht das Haus verlassen und sich quecksilberkügelchengleich in zwei Teile gesplittet. Zunächst war er versucht gewesen, einer der Parteien zu folgen, unterließ es aber. Was hätte er auch ausrichten können? Ohne Plan? Kopflose Aktionen waren nicht sein Ding. Und zur Not hatten sie ja noch einen Tag plus Übergabetag.

Nach dem Gespräch mit Marc gestern Vormittag, dem Telefonat mit Tina und seinen spektakulären Beobachtungen vom Volvo aus war er über Nacht zu der Einsicht gelangt, dass noch nicht alles verloren war. Er glaubte zu ahnen, worum es dem inhomogenen Trio ging. Um eine weitere Geldquelle, was sonst? Sicher, Nele war auf der Spur von Hellmanns Mörder. Huh, Verbundenheit bis über den Tod hinaus, wie löblich! Hatte sogar ihren eigenen Lebenspartner in Verdacht, mit in der Sache zu hängen. Lächerlich! Als ob Marc die Stärke dafür hätte oder den Durchblick. Aber mal im Ernst, dass sie sich jetzt zusammen mit diesem kaputten Typen auf Shortys Seite schlug, konnte doch nur bedeuten, dass es ihr eigentlich bloß um die Kohle ging, oder?

Also, was ließ sich daraus schlussfolgern? Tina und er waren aller Wahrscheinlichkeit nach erst mal nicht in Gefahr, an die Polizei verraten zu werden, zumindest nicht bis zur Geldübergabe. Das verschaffte ihnen Luft.

Er atmete durch und wälzte seine Kilos seitwärts aus dem verschwitzten Bettzeug. Der Wecker zeigte sieben Uhr. Erst mal gepflegt frühstücken. Während er die Reste des zweiten Buttercroissants mit frisch gepresstem Orangensaft hinunterspülte und aus dem Sprossenfenster in die morgendlichen Schatten des noch dunklen Hofs schaute, überkam ihn das Gefühl von Überdruss.

Seit über neunzehn Jahren schon schlugen sie drei sich mit dieser unerquicklichen Angelegenheit herum. Und das nur, weil Tina sich mal wieder nicht beherrscht hatte. Ihr Spruch zur Begrüßung Hellmanns am Eingang der Aula des Wibo hatte den Stein ins Rollen gebracht, davon war er, Joe, absolut überzeugt. Ohne ihren Kommentar wäre der Typ später bestimmt nicht Major und Tina zur Fichtenlichtung gefolgt. Wieso denn auch? Also hätte er die Tat nicht beobachten können. Alles wäre heute in trockenen Tüchern. Auch die Beseitigung von Major hätte es nicht geben müssen. Der Dicke seufzte und ließ jene verhängnisvolle Szene vom Abiball Revue passieren.

Tina, Major, die anderen und er hatten sich auf die Tische gesetzt, die den Eingangsbereich der Schule, einen weiträumigen Korridor unter grellem Neonlicht, flankierten. Man flachste, machte sich lustig über diesen und jenen, der raus- oder reinging, und demonstrierte, wie schon seit Langem nicht mehr, Zusammenhalt und Überlegenheit. Logisch, die Anspannung der letzten Monate war gewichen. Mehr oder weniger erfolgreich hatten alle ihr Abitur in der Tasche.

Marc war der Einzige, der nicht dabei war, sondern drinnen im Saal mit irgendeiner dunkelhaarigen Schnepfe rummachte. Er hatte mal wieder kräftig getankt und lief Gefahr, die Kontrolle zu verlieren. Egal, Joe hatte keine Lust, den Aufpasser zu spielen.

Die Party war in vollem Gange, die Aula angefüllt mit Musik, Stimmengewirr, Bassvibrationen, flackerndem Discolicht, Zigarettenqualm und trunkener Partystimmung. Hier im Flur kühlten das helle Licht und die Brise von draußen die Gemüter. Trotz der Schwüle tat der Lufthauch, der hereinwehte, gut.

Doch dann wurde noch etwas anderes hereingeweht, völlig fehl am Platz: Matthias Hellmann, Kleinkrimineller, Schläger, Dealer und Nele Lieberts Exfreund, natürlich zugeknallt bis oben hin. Ohne die Clique am Eingang zu beachten, peilte er die

Aula an. Besser, man hielt jetzt die Schnauze. Der Typ war ein gemeingefährlicher Irrer, das hatte man ja an Silvester gesehen. Aber Tina konnte halt nie ihre Schnauze halten.

»Hey, wohin des Wegs?«, rief sie ihm zu. »Hast du 'ne Einladung? Oder dein Abizeugnis? Sonst können wir dich leider nicht reinlassen.« Ein falsches Grinsen lag in ihrem puppenhaft geschminkten Gesicht.

Hellmann stoppte abrupt, drehte sich zu ihr um und musterte sie von oben bis unten. Dann kam er ein paar Schritte näher. Sein Kiefer mahlte, die Sehnen am Hals traten hervor. Der nackte Bizeps unter bläulichen Bildern zuckte. Offensichtlich stand er mächtig unter Spannung, und die unerwartete Störung machte ihn noch nervöser.

»Bist du nicht diese Schlampe, die sich durch alle Betten fickt? Die sonst ihr Abi nicht geschafft hätte?«, zischte er und musterte sie abfällig. »Ich glaub nicht, dass du hier was zu sagen hast.«

Er wandte sich ab, mit einem leichten Linksdrall, der deutlich demonstrierte, wie voll er war, als Tina ihn noch einmal zurückhielt. Diesmal klirrte ihre Stimme vor Zorn und Gehässigkeit. »Ich bin vor allem die, die vorletzten Sommer dafür gesorgt hat, dass du in den Knast gewandert bist. Ein Anruf bei der Polizei, und wir hatten dich für ein knappes Jahr vom Hals.«

Hellmann blieb stehen und drehte sich um. In dem unverwandten Blick aus seinen seltsam farblosen Augen, den er ihr widmete, vereinten sich Nachdenklichkeit, Unglaube und Verachtung.

»Ich sag doch, du bist 'ne Schlampe«, wiederholte er bedächtig, nickte wie zum Gruß und verschwand durch die Tür in der Aula. Er, Joe, atmete auf, trotzdem bekam er eine Gänsehaut.

Auf diese Weise hatte der Abend seinen Lauf genommen und war in der Katastrophe geendet, die sie zwei Jahrzehnte später immer noch in der Vergangenheit festhielt.

Tina

Der Morgen hatte etwas Unwirkliches. Wie war es möglich, dass schon wieder ein neuer Tag begann? Tina ging das zu schnell. Tom war nicht mehr, und alles ging weiter? Jeder Tag, der kam und ging, entfernte sie mehr und mehr von der Realität, in der er für sie da gewesen war, als Freund, Bewunderer und Gefährte. Seit dem fatalen Ausgang ihres Abiballs waren sie alles füreinander gewesen, nur kein Liebespaar. Tina hatte Toms Schwächen, wie Zauderhaftigkeit und Lethargie, derart drastisch vorgeführt bekommen, dass alle ihre leidenschaftlichen Gefühle abstarben. Was sollte eine tatkräftige und zielstrebige Frau wie sie mit so einem Weichei? Außer ihn als Freund an der Seite zu haben? Denn zuverlässig und treu war er, ihr Tom. Und er hofierte und bewunderte sie. Auf dieser Basis hatte ihre Freundschaft fast zwanzig Jahre gehalten, bis vorgestern Abend.

Zwangsläufig musste sie jetzt an die alles entscheidende Nacht denken, als ihr aufgegangen war, dass Tom als Mann an ihrer Seite nichts taugte. Schon Stunden vor dem Desaster hatte er Züge gezeigt, die Tina nicht passten und einen Vorgeschmack auf später darstellten. Wie alles Schlechte, das ihr im Leben widerfuhr, hatte auch diese Erkenntnis mit Marc Warberg zu tun.

Nachdem der primitive Schwachkopf Hellmann sie beleidigt und sich auf die Suche nach seiner Ex begeben hatte, machten Tina die Lästereien und das Gehabe am Einlass keinen Spaß mehr. Also forderte sie Tom zum Tanzen auf. Von allein kam der ja nicht auf die Idee. Insgeheim war sie natürlich auch neugierig auf die Szene, die sich gleich in der Aula zwischen Nele und Assi Hellmann abspielen würde.

Auf der Tanzfläche war es brechend voll und brüllend laut. Es herrschte eine tropische Hitze, der Fliesenboden war glitschig. Von den Wänden lief das Kondenswasser des verdunsteten Schweißes und sammelte sich in den blütenförmigen Dekorationen aus Krepppapier. Tina verging sofort die Lust, sich mehr als eben nötig zu bewegen. Stattdessen lotste sie Major zur Cocktailbar. Von hier aus erhaschte sie einen Blick auf Hellmanns dunkelblonden Schopf, wie er sich den Weg durchs Gedränge bahnte. Neugierig folgte sie ihm mit den Augen. Hellmann strebte der Seite des Saals zu, wo Nele Liebert mit einer Blonden ins Gespräch vertieft dastand. Hatte dieses grobschlächtige Mädchen nicht die Schule abgebrochen, um etwas so Vulgäres wie eine Schreinerlehre zu beginnen? Tina kniff angestrengt die Augen zusammen; das

Discolicht flackerte zu sehr, um die Mienen der Beteiligten gut lesen zu können. Trotzdem sah sie, dass Nele alles andere als erfreut wirkte, ihrem Exfreund hier zu begegnen.

Der Schlagabtausch, den Hellmann mit Nele führte, war nur kurz. Nach ein paar gewechselten Sätzen schob sie ihn entschlossen von sich und drehte sich weg. Hellmann gab sich geschlagen und verließ den Saal. Gut, ein Problem weniger, dachte Tina noch. Ein fataler Irrtum, wie sich später herausstellen sollte.

Sie wandte sich wieder Major zu und verwickelte ihn in eine atemlose Knutscherei. Hey, sie hatte ihr Abi in der Tasche! Alles war gut. Die Welt stand ihr offen. Im August würde sie ihre Ausbildung zur Bankkauffrau bei der WestLB in Düsseldorf beginnen. Dank der bestandenen Matheklausur war das nun möglich. Okay, vor allem dank ihrer Finesse, rechtzeitig an die Aufgaben zu kommen! Tina badete sich im Bewusstsein ihrer Schläue.

Als sie ein paar Minuten später Luft holte, Tom auf Armeslänge von sich hielt, um mit dem Strohhalm an ihrem Daiquiri zu schlürfen, registrierte sie, dass Marc in Begleitung einer glatt und geschmeidig aussehenden Brünetten fast unmittelbar neben ihr im Gedränge stand.

Er ist einfach zu schön, um wahr zu sein, schoss es ihr im selben Moment durch den Kopf, in dem Hass und Eifersucht ihr Herz zusammenpressten. Aus den Augenwinkeln betrachtete sie sein wirres dunkles Haar, den muskulösen Oberkörper im schlichten weißen Hemd, die sensiblen schmalen Pianistenfinger, wie sie in ausufernden Gesten durch die Luft fuhren, die dicht bewimperten Augen, die vollen Lippen, die kerzengerade Nase, die sie im Profil vor sich hatte, und war wie immer magisch angezogen.

Unglück und Verderben sollen ihn begleiten, einen langsamen und qualvollen Tod soll er sterben, verfluchte sie ihn inbrünstig. Doch dann wuchtete sich Major in ihre gedanklichen Hasstiraden. »Hey, da ist ja Marc. Komm, wir trinken einen mit ihm.«

Und schon quatschte er ihn an, schwallte direkt in dessen elegant geformtes kleines Ohr hinein. Tina bekam zu viel. Was sollte diese Anbiederung? Hastig versuchte sie, Tom wegzuziehen, aber er stemmte sich in den Boden.

Marc schien über Toms Annäherungsversuch nicht begeistert

zu sein. Tom störte seine Baggerversuche. Er schob den ehemals besten Freund von sich wie ein lästiges Insekt und musterte Tina verächtlich. Dann erklärte er mit lauter Stimme – und sie hörte heraus, dass er schon ziemlich getankt haben musste: »Deine Nutte wartet auf dich, Major. Na komm, ein kurzer Fick auf der Fichtenlichtung, und schon kannst du wieder relaxen und dir einen kiffen. Lass dich nicht aufhalten. Ich hab hier eh was Besseres zu tun.«

Tina wäre ihm am liebsten an die Gurgel gegangen. Und was machte Tom? Der lächelte tatsächlich noch freundlich, entschuldigte sich für die Störung und trat den Rückwärtsgang an. Schlappschwanz, dachte sie nur und folgte ihm wutentbrannt durch das Gedränge zum Ausgang. In der Luft hingen die melancholischen Klänge von Cat Stevens' »Father and Son«. Verliebte Paare verstopften eng umschlungen die klebrige Tanzfläche.

Auf der Treppe zu den Ausgangstüren begegneten sie Jonas Steinert und Johannes Blum, die in eine hitzige Debatte verstrickt zu sein schienen. Tina war nicht in der Verfassung, sich mit ihnen abzugeben, als Major bei den beiden stoppte. »Stoned, alles klar bei dir? Johannes, hey, schön, dich zu sehen. Hat irgendjemand von euch was zu rauchen für mich, was richtig Gutes? Bin leider blank.« Er lächelte gewinnend.

Stoneds verhangene Blicke schweiften zwischen ihm und Tina hin und her, er grinste zögernd, fast hinterhältig, ein Unding für den ansonsten so harmlosen Stoned, und schüttelte dann gewichtig den Kopf. Die Hängebacken schwabbelten.

»Für dich nicht, Major. Die Zeiten sind vorbei. Tina weiß, warum.«

Er wandte sich erneut Johannes zu und ließ Tom links liegen. Wieder reagierte Major kaum. Stattdessen beugte er sich vor zu Marcs Seelenverwandtem Johannes Blum. Doch auch der erteilte ihm eine Abfuhr. »Nichts im Angebot für dich, tut mir leid. Musst du dich schon selbst drum kümmern. Vielleicht ist Assi Hellmann ja noch hier und kann dir weiterhelfen. Hatte schon immer gute Verbindungen.« Er feixte frech und lehnte seinen langen Körper entspannt an die Wand. »Marc und ich verzichten inzwischen weitestgehend auf Drogen illegaler Art. Und wenn wir erst mal in Aachen die Wohnung bezogen haben, gemeinsam, nur wir zwei, dann hat diese Scheiße schon gar nichts mehr in unserem Leben zu suchen. Können wir beim Studium nicht gebrauchen.« Sein Blick glitt herausfordernd durch die Runde und streifte sowohl Stoned wie Tom als auch Tina.

Und da begriff Tina zum ersten Mal, dass die Gerüchte stimmten, dass Johannes tatsächlich stockschwul war und dass er sich demzufolge nie für sie interessiert hatte. Von Anbeginn war Marc Warberg sein erklärtes Ziel gewesen.

In dem Moment sah sie, wie Stoned bleich wie die Wand wurde. Dem dämmerte wohl erst jetzt, dass es mit seinen WG-Plänen nichts werden würde. Tja, mit der harten Realität konfrontiert zu werden, schmerzte manchmal. Sie lächelte voller Genugtuung. Nicht nur sie bekam hier ihr Fett weg.

In Toms Miene las sie nur eins: Schicksalsergebenheit. Mein Gott, was für ein Versager. Sie beschloss, sowohl ihm als auch Johannes und Stoned ihre jeweiligen Schwächen vorzuführen. »Das Einzige, was Marc Warberg gebrauchen kann, ist vernünftiger Sex mit einer attraktiven Frau. Dann wird er sogar das Saufen sein lassen. Nur so klappt's mit dem Studium, wirst du schon sehen. Im Übrigen denkt er sowieso nur an sich. Freunde sind überflüssig. Hauptsache, er schart genügend Fans um sich. Alles andere ist ihm und seinem Ego egal. Hab übrigens läuten hören, dass Marc nicht in Aachen, sondern in Münster studiert. Er zieht mit seiner Schwester zusammen. Und die hat ein paar echt geile Freundinnen, die er dann beglücken kann.« Sie nahm die drei jungen Männer genau in Augenschein, als sie genüsslich ergänzte: »Und ich muss euch sagen: Marcs Vorzüge liegen im sexuellen Bereich, da ist er ungeschlagen. Dagegen sind alle anderen Typen Schlappschwänze. Ich spreche aus Erfahrung.«

Zufrieden registrierte sie die Gesichtsentgleisungen der drei. Dann verließ sie triumphierend den Saal, durchquerte das Entree, stieß schwungvoll die Glastüren auf und schnappte in der nächtlichen Schwüle draußen nach Luft.

Ihr schwindelte, und sie setzte sich auf die kniehohe Betonmauer neben dem Eingang. Eine Windböe verirrte sich zu ihr und fuhr ihr von oben in den tiefen Ausschnitt des seidenen Trägerkleides. Langsam kam sie zu sich.

Scheiße, jetzt hatte sie Tom gegen sich aufgebracht. Hatte sich womöglich die Nacht mit ihm versaut. Sie seufzte auf und durchwühlte ihr Handtäschchen nach den Zigaretten. Ach, er konnte ihr eh nicht lange böse sein. So ein Schwächling hatte auch Vorteile, überlegte sie. Eine Minute später rauchte sie entspannt und harrte der Dinge, die noch kommen mochten.

Und tatsächlich, bald spuckte die Glastür Stoned und Johannes aus. Beide schlenderten an ihr vorbei und sahen sie offensichtlich nicht. Dick und Doof, dachte Tina verächtlich, während sie dem schwabbeligen Stoned, der gefährlich schwankte, und dem schlaksigen Johannes, der den Arm um die Schultern des anderen gelegt hatte, nachschaute. Sie drifteten Richtung Toiletten davon. Tina musste lachen. Ob Johannes versuchen würde, bei Jonas zu landen? Eine lustige Vorstellung. Sie entspannte sich mehr und mehr, fühlte sich frei und sexy.

Kurzzeitig kam ihr Marcs appetitlicher Körper in den Sinn, der wohl für immer für sie verloren war. Schade, aber nicht zu ändern. Für Marc war sie, Tina, eben untrennbar mit der Hiobsbotschaft vom tödlichen Unfall seiner Mutter verbunden. Die personifizierte schlechte Nachricht. Wie unfair das war!

Aber gut, sie hatte sich auf die allerbeste Weise an ihm gerächt: indem sie seine Freunde gegen ihn aufbrachte. Vielleicht war es nun an der Zeit, das Kapitel Marc Warberg zu schließen. Warum fiel ihr das so schwer? Mit gespreizten Fingern sortierte sie ihr langes Haar und strich sich dann über den nackten, gebräunten Arm.

Wie brachte Marc es fertig, ihr zu widerstehen? Das war es, was sie einfach nicht kapierte! Kopfschüttelnd starrte sie auf den Schulhof hinaus. Müßig, darüber nachzudenken.

Beiläufig beobachtete sie ein paar Partygäste, die entweder zum Luftholen nach draußen gingen oder den Heimweg anstrebten. Die Windböen wurden heftiger, das Rauschen in den umstehenden Bäumen lauter. Lange würde das Gewitter nicht mehr auf sich warten lassen. Gott sei Dank, denn eine Abkühlung war dringend nötig; die Schwüle zwischen den Windstößen drückte sich feucht und schwer aufs Gemüt.

Jetzt ein netter kleiner Fick, träumte sie vor sich hin, als im selben Augenblick die Glastüren aufschwangen und Tom, der mit jeder Hand einen Daiquiri umklammerte, freigaben.

»Hi.« Er lächelte sein vages Lächeln und drückte ihr eins der Gläser in die Hand »Was war das denn eben für ein Auftritt? Soll ich jetzt beleidigt sein?«

Er klappte seine langen Glieder neben ihr auf dem Mäuerchen zusammen und ließ sie nicht aus den Augen. Dieser treue Hundeblick, erbärmlich, urteilte Tina gnadenlos, und kein Mumm in den Knochen, aber irgendwie auch süß. Sie schenkte ihm ein warmes Lächeln, neigte sich zur Seite und knabberte sanft an seinem Ohr. Dann strich sie über die Ausbeulung in seiner Hose und erspürte zufrieden, wie sein Glied hart wurde. »Du doch nicht«, schnurrte sie. »Ich weiß doch, was ich an dir habe.«

»Dann trink aus«, flüsterte Tom rau zurück. »Ich fand Marcs Idee mit der Fichtenlichtung von vorhin gar nicht so schlecht. Außerdem könnten wir uns dort an der Notration bedienen.«

Sein Dreitagebart kratzte sie an der Wange, während feuchte, weiche Lippen sie liebkosten. Ach ja, die Notration, dachte Tina träge, stimmt ja. Dank Stoned, Marc und Major befand sich unter einem Steinbrocken auf der Fichtenlichtung immer eine kleine Dose mit Haschisch. Keine schlechte Idee, erst eine relaxende kleine Nummer, dann ein relaxender kleiner Joint. Warum eigentlich nicht? Die Party gab sowieso nicht mehr viel her, sie lag quasi in den letzten Zügen, da konnte man doch das erfolgreiche Abi auf individuelle Art weiterfeiern. Sie ließ sich von Major auf die Beine helfen. Die leeren Gläser stellten sie auf der Mauer ab. Den Weg zur Fichtenlichtung würden sie fast im Schlaf finden.

Später sollte sich Tina wieder und wieder fragen, wo Matthias Hellmann während der ganzen Zeit, nachdem er aus dem Saal gestolpert war, gesteckt hatte beziehungsweise wieso sie nicht mitkriegten, dass er ihnen in den Vorster Wald folgte.

Der Dicke

Der Dicke erhob sich vom Frühstückstisch, wobei er sich die Reste des dritten Croissants in den Mund stopfte. Er war der ganzen Sache so überdrüssig. Wäre Hellmann damals doch nie bei ihrem Abiball, auf dem er ohnehin nichts zu suchen hatte, aufgetaucht. Oder wenn wenigstens Tina ihr vorlautes Maul gehalten hätte. Und dann der nächste Zufall! Hätte dieser unterbelichtete Kleinganove nicht wenigstens sofort nach Hause wanken können, anstatt ... Dem Dicken kam die Galle hoch, und der buttrige Geschmack in seinem Mund widerte ihn an, während seine Gedanken erneut zu jener verhängnisvollen Nacht zurückglitten.

Als sie beide, sein Freund und er, Arm in Arm den Weg in den Vorster Wald einschlugen, sah er noch, wie Hellmann sich an einem Busch neben den Toiletten die Seele aus dem Leib kotzte. Damals war es ihm gleichgültig gewesen, nein, mehr noch: Es bereitete ihm sogar eine diebische Freude. Wenn er bloß geahnt hätte ... Aber so führte er den anderen nur umsichtig in zwei Metern Abstand am keuchenden Hellmann vorbei zum Jungenklo. Als sein Gegenüber nach Tinas und Majors Abgang völlig untypisch in Tränen ausgebrochen war, war er zunächst völlig verdattert gewesen. Was war hier los? Warum reagierte der so geschockt? Sicher, alles hing mit Marc zusammen, mit dessen mangelnder Loyalität und dem Hang, aus Bequemlichkeit allen Konfrontationen auszuweichen. Natürlich. Dass er zum Beispiel nie Farbe bekannt hatte, mit wem er während des Studiums in eine Wohngemeinschaft zu ziehen gedachte, brachte jetzt Verletzungen mit sich. Die Zurückweisung schmerzte, sicher. Aber er würde nicht aufgeben. Für eine Freundschaft zu kämpfen, den anderen trotz Zurückweisung nicht fallen zu lassen, sondern unbeirrt zu ihm zu stehen, war für ihn eine Selbstverständlichkeit – und eine Frage des Überlebens, nicht der freien Wahl. Im Zweifel mussten Opfer dafür gebracht werden. Er war bereit dazu.

Grimmig starrte er vor sich hin, als er mit hohem Druck ins Pissoir urinierte, neben sich den Jungen, der bedauerlicherweise in der Lage war, seine Zukunftsperspektive zu zerstören. Der Spruch, den der nach Tinas Abgang von sich gegeben hatte, brachte in ihm sämtliche Alarmglocken zum Schrillen:

»Wenn Marc wüsste, was du hinter seinem Rücken getan hast, als seine Eltern verunglückt sind, würde der mit dir nichts mehr zu tun haben wollen. Sei froh, dass ich schweige. Solange ich Lust dazu habe.«

Am Tonfall hörte er, dass die Drohung absolut ernst zu nehmen war. Daraus ergaben sich Konsequenzen. Er pinkelte zu Ende, zog den Reißverschluss seiner Hose mit energischem Ritsch nach oben und bestimmte: »Los, auf zur Fichtenlichtung. Was wir jetzt brauchen, ist die Notration.«

Nele

Nachdem die Kinder aus dem Haus waren und auch Andi sich verabschiedet hatte, rief Nicole an. Eine Schimpftirade ergoss sich in Neles Ohr. Als ob nicht schon Andis Warnungen und ihr mehrfacher Appell an Nele, endlich die Polizei einzuschalten, heute Morgen gereicht hätten.

»Jens hat mir gerade alles erzählt, und ich hab ihn für irre erklärt! Wie konntest du es gutheißen, was er da veranstaltet hat? Ich glaub es echt nicht«, ereiferte sie sich ohne Punkt und Komma. »Der Schuss hätte total nach hinten losgehen können! Jens ist unzurechnungsfähig. Das hab ich dir doch schon öfters gesagt! Stell dir vor, er hätte den Typen umgebracht! Keine Alleingänge, hatten wir ausgemacht, und dann passiert diese Scheiße!«

Sobald Nicole Luft holen musste, nutzte Nele die Chance, einiges klarzustellen. »Du hast ja recht. Ich fand's auch schrecklich, wirklich. Aber es ist gut gegangen! Wir haben die Fotos. Wir wissen, um was es bei der Erpressung ging, wer die Mörder dieses Jungen sind, und wir haben den Erpresser auf unserer Seite. Ist doch 'ne ganze Menge, oder?«

Nicole seufzte zustimmend. »Na ja, schon. Und was jetzt? Ich meine, diese Mörder sind doch jetzt hinter uns her, oder?«

»Nicht alle«, schränkte Nele nüchtern ein. »Einer ist seit vorgestern tot. Dieser Zahnarzt aus Meerbusch, weißt du. Hat sich vom Balkon gestürzt.«

»Ach.« Nicole schwieg verblüfft. »Aber die anderen sind immer noch gefährlich genug. Komm, Nele, mach dir nichts vor. Es wird Zeit, zur Polizei zu gehen.«

»Und was wird aus Matthias?« Ihr kamen die Tränen, vor Trauer und vor Wut. »Dann wird nie rauskommen, was ihm zugestoßen ist. Dann haben wir nichts mehr in der Hand.«

»Matthias ist tot, so oder so«, sagte Nicole leise. »Und wenn du der Polizei von deinem Verdacht erzählst, gehen sie dem ja vielleicht nach.«

»Das glaubst du doch selbst nicht. Für die hat am Kaarster See überhaupt kein Verbrechen stattgefunden. Schluss, aus. Ein kaputter Typ ist krepiert, weil er sich eine Überdosis verpasst hat. Dabei werden die bleiben.« Nele holte tief Luft. »Nein, Jens und ich sind uns einig: Wir wollen ein Geständnis von dem, der Matthias das angetan hat. Wir müssen wissen, was passiert ist. Die Fotos von der Fichtenlichtung nutzen wir als Druckmittel. Wenn wir für Jens und Shorty dabei noch ein bisschen Geld rausschlagen können, umso besser!« Nele hatte das dumpfe Gefühl, dass sie sich schon selbst wie eine versierte Kriminelle anhörte, und konnte ein hysterisches Kichern kaum unterdrücken. Hilfe, wo war sie da reingeraten? Reingeschliddert, um es mit Nicoles Worten auszudrücken. Nervös schlürfte sie an ihrem lauwarmen Kaffee und schüttelte sich.

»Okay, ihr plant also einen Showdown«, fasste Nicole trocken zusammen. Es klang mit einem Mal äußerst geschäftsmäßig. »Wenn's nicht anders funktioniert, bin ich natürlich dabei. Hier geht es schließlich um meinen Bruder. Ihr könnt auf mich zählen.«

Nele musste lächeln. Hellmann'sche Loyalität, natürlich. Mit schlechtem Gewissen fiel ihr ein, wie Nicole sie damals unmittelbar nach der Trennung von Matthias angerufen hatte.

»Lass ihn nicht im Stich«, hatte sie eindringlich gefleht; markerschütterndes Babygeschrei war im Hintergrund zu hören gewesen. »Er braucht dich. Bitte, und mit dem Einbruch bei euch zu Hause hat er garantiert nichts zu tun …«

Damals hatte sie Nicoles Appell höflich, aber bestimmt abgewiegelt. Heute war sie froh über Nicoles unerschütterliche Treue und ihr weites Herz.

»Super! Ich bin froh, dass du dabei bist. Wir treffen uns um zwanzig Uhr bei Jens. Kommst du mit?«

»Klar, natürlich.«

Im Buchladen vermochte Nele sich kaum auf die Kunden, die Kolleginnen und die Arbeit zu konzentrieren.

Gegen Mittag war der Himmel wolkenlos. Kaltes klares Blau und helles Sonnenlicht triumphierten über das Grau der Straßen und Plätze und spiegelten sich strahlend in der glatten Wasseroberfläche des Stadtteiches, der von kahlen Platanen gesäumt wurde. Im Stadtpark dominierten Herbstfarben. Überall, wo die Sonne auf das verfärbte Blattwerk fiel, glommen die purpurnen, orangefarbenen und goldenen Farbtöne auf. Bald war Winter, dann würde es mit der Pracht vorbei sein. Nele verbrachte die Mittagspause auf einer Bank im Park. Sie schloss die Augen und reckte ihr Gesicht der Sonne entgegen. Ihre Gedanken kreisten um den Mord auf der Fichtenlichtung, um Jens, Chris und Nicole, aber auch um Marc, Joe und diese Tina. Und natürlich um Matthias.

Nach dem Abiball hatte er ihr Briefe geschickt. Sie durfte nicht vergessen, im Keller nach ihnen zu suchen. Außerdem: Kurz vor seinem Tod hatte er sich Sorgen um sie gemacht, wegen Marc und Joe. So, wie es aussah, war sie für seinen Tod mitverantwortlich. Wer weiß, hätte sie seine Briefe schon damals gelesen, würde er dann heute noch leben? Ein schrecklicher Verdacht. Es war ihre Pflicht, herauszufinden, wer ihn umgebracht hatte. Marc oder Joe? Einer von beiden, aber wer? Ein Showdown, hatte Nicole gesagt. Ja, sie brauchten einen Showdown.

Nele genoss es, wie die Herbstsonne Haut und Kleidung wärmte, und atmete tief durch. Alles wird gut, wusste sie plötzlich. Alles wird sich klären. In dem Moment klingelte ihr Handy in der Tasche und riss sie aus der optimistischen Stimmung.

Marc

Marc war nur körperlich im Büro anwesend. Wie ein Roboter beantwortete er E-Mails, telefonierte und erstellte Kalkulationen.

In Gedanken war er bei Nele. Seine eigene Feigheit widerte ihn an. Warum konnte er sich nicht aufraffen, sie endlich anzurufen und ihr die Wahrheit zu sagen? Dass er nicht drum herumkam, das war ihm spätestens seit dem Gespräch mit Andrea klar. Und doch: Würde Nele ihn nicht in Grund und Boden verdammen, wenn er alles erzählte? Wäre dann nicht sowieso alles aus?

Er starrte auf den Monitor, und die Zahlen darauf begannen zu tanzen. Marc rieb sich die Augen und schaute durch die offene Tür in Joes Büro. Auch sein Partner konnte sich heute nicht richtig auf die Arbeit konzentrieren. Nervös tigerte er zwischen Schreibtisch, Drucker und Aktenregal hin und her. Marc runzelte die Stirn. Hatte er seinen Freund schon jemals so durcheinander erlebt? Ob er fragen sollte, was los war? Doch Joes verschlossenes Gesicht sagte ihm, dass er sich bloß eine kühle Abfuhr einhandeln würde.

Er lehnte sich im Bürosessel zurück und badete sein Gesicht in der goldenen Herbstsonne. Ein herrlicher Tag, viel zu schön für Katastrophenstimmung, dachte er. Kurz entschlossen griff er nach seinem Handy, durchquerte mit langen Schritten das Vorzimmer und trat raus auf den Balkon über dem Hinterhof. Ohne sich ein weiteres Zaudern zu leisten, wählte er Neles Nummer. Sie hatte Mittagspause; hoffentlich ging sie ran.

Nele

Marc rief an. Was wollte der denn? Wäre es klug, jetzt mit ihm zu telefonieren? Ihre Neugier siegte.

»Hallo?«, meldete sie sich zurückhaltend.

»Hallo, Nele.« Sie hörte ihn am anderen Ende der Leitung durchatmen. »Leg bitte nicht direkt wieder auf, okay? Seit Tagen brennt mir etwas auf der Seele, was ich dir unbedingt beichten muss. Bitte.«

Sein flehender Tonfall erreichte ihr Herz, trotzdem blieb sie misstrauisch. Und dann bekam sie plötzlich furchtbare Angst. Was um Himmels willen wollte er ihr offenbaren?

»Okay, schieß los.« Sie legte ihren Finger zitternd auf den

Ausschaltknopf des Handys, bereit, jederzeit aufzulegen, sollte die Wahrheit zu viel für sie werden. Wieder dieses laute Atmen. Mann, rede doch.

»Also, Nele. Letztes Jahr im September …« Er räusperte sich. »Im September bekam ich einen Anruf im Büro. Weißt du, wir waren zu dem Zeitpunkt noch nicht lange zusammen, waren verliebt, blieben am liebsten nur für uns … Da rief er hier an. Meine Sekretärin hatte ihn am Apparat …«

Jetzt wurde es Nele zu bunt. »Wen denn überhaupt?«, blaffte sie, obwohl sie schon eine Ahnung hatte.

»Na, wen wohl? Hellmann natürlich. Dein toller Matthias war am Telefon. Wollte mich sprechen. Dringend, wie er sagte.«

»Ja, und? Was wollte er?« Neles Herz pochte bis zum Hals. Matthias hatte Kontakt mit Marc aufgenommen, nach der Begegnung vor dem Restaurant in Bilk. Was hatte das zu bedeuten? »Sag schon.«

Wieder dieses Zaudern. Nele hätte am liebsten ihr Handy in den Teich geschleudert. Aufgebracht drückte sie es stattdessen viel fester als nötig ans Ohr.

»Keine Ahnung. Das ist es ja gerade. Ich habe keine Ahnung.« Marc sprach sehr leise, mühsam schien er sich die Worte abzupressen. Dann geriet er in Fahrt. »Ich hab den Anruf nicht zu mir durchstellen lassen. Ich hatte keinen Bock auf den Typen, was auch immer er wollte. Ich hab der Hamacher gesagt, dass sie ihn abwimmeln soll, falls er es noch mal versucht. Ich weiß nicht, ob er ein zweites Mal angerufen hat. Hab mich nicht danach erkundigt. Verstehst du, ich wollte mit diesem Versager nichts zu tun haben, und er sollte unser Leben, deins und meins, auf keinen Fall irgendwie berühren. Super, das ist mir ja toll gelungen. Zwei Wochen später war er tot. Und heute, ein Jahr danach, hast du nichts Besseres zu tun, als dich in einer Tour mit ihm zu beschäftigen. Und ich bin abgeschrieben.«

Nele schwieg fassungslos, aus Empörung darüber, wie abgebrüht Marc Matthias seinerzeit abgekanzelt hatte, andererseits konnte sie nicht glauben, dass es die ganze Wahrheit war.

»Und weiter?«, fragte sie deshalb kühl. »Was ist nach dem Anruf passiert?«

»Nichts, gar nichts ist passiert. Das ist alles. Ich sag doch, circa zwei Wochen danach ist Hellmann am Kaarster See umgekommen. Die Meldung habe ich in der Zeitung gelesen. Ist ja genug Wirbel drum gemacht worden. Nur der Name des Toten wurde nicht genannt. Den habe ich erst viel später erfahren, von dir. Und du hattest es irgendwo in Vorst aufgeschnappt. Nele, bitte glaub mir. Ich weiß nicht, was Matthias von mir wollte, und später habe ich nichts mehr von ihm gehört. Absolut nichts. Du denkst doch wohl nicht, dass ich irgendwas mit seinem Tod zu tun habe! Mensch, den hat allein er zu verantworten. Der Typ war total kaputt, das weißt du doch selbst.«

Nele starrte über den Stadtteich ins Leere. Immer noch presste sie das Handy mit aller Gewalt ans Ohr. »Ich weiß nicht, ob ich dir glauben kann, Marc. Geschweige denn vertrauen«, sagte sie schließlich zögernd. »Ich weiß nur, dass ich meine Nachforschungen zu Ende bringen muss und dass ich bis dahin keinen Kontakt mit dir wünsche. Falls sich rausstellen sollte, dass du doch irgendwie in diese Geschichte verwickelt bist, wirst du dafür zahlen.« Ihr Herz pochte bis zum Hals. »Und denk dran: Ich stehe nicht allein da.« Dann unterbrach sie die Verbindung.

Langsam kam sie zu sich. Die Natur um sie herum hatte jeden Reiz für sie verloren. Und obwohl die Sonne immer noch genauso schien wie vor dem Telefonat, fröstelte sie. Warum hatte Matthias bei Marc angerufen? Hatte er Marc kontaktiert, weil er wusste, dass er der Drahtzieher hinter dem Mord auf der Fichtenlichtung war? Oder hatte er sich Hilfe erhofft? Warum bloß hatte Matthias sich nicht direkt an sie gewandt? Wieder überlegte sie, ob er dann heute noch am Leben wäre.

Sie dachte an ein nächtliches Gespräch zwischen ihnen beiden zurück, als ihre Beziehung noch intakt gewesen war. Gerade hatten sie miteinander geschlafen und kuschelten sich außer Atem und verschwitzt aneinander. Plötzlich drehte Matthias sich auf den Rücken, den Arm um ihre Schulter gelegt.

»Stell dir vor, wir haben das Jahr 2000, du bist dreißig«, begann er leise.

Nele fiel es schwer, sich auf den Blick in die Zukunft einzulassen, während sein nackter Körper sie wärmte und sie entspannt dalag, ihr Innerstes geschwollen und flüssig. Was hielt einen mehr im Hier und Jetzt fest? »Okay, in elf Jahren also.« Sie küsste sanft seine Wange zum Zeichen, dass er fortfahren solle.

»Du feierst Silvester, hurra, ein neues Jahrtausend.« Seine Stimme klang seltsam belegt. »Deine Kinder liegen im Bett, dein Mann stößt mit dir an … Wirst du auch mal kurz an mich denken?« Seine Hand streichelte ihren flachen Bauch, der Daumen strich zart an ihrem Schambein entlang.

Nele runzelte die Stirn. »Das wird nicht nötig sein, da du mir in dem Moment gegenübersitzt und mir zuprostest.«

»Mach dich nicht lächerlich!« Er drehte sich zu ihr hin auf die Seite, stützte sich mit dem Ellbogen auf und sah ihr im Halbdunkel ins Gesicht. »Bleib auf dem Teppich, ja? Also, wirst du an mich denken? Oder hast du mich längst vergessen?«

Die Traurigkeit hinter seinen Worten verstörte sie. »Natürlich werde ich an dich denken«, antwortete sie schnell, obwohl sein unerbittlicher Realismus wehtat. Sie dachte an ein Gedicht, das sie vor Kurzem irgendwo gelesen und das sie tief berührt hatte. Sie versuchte, sich an die Formulierung zu erinnern.

»Ob wir dann noch zusammen sind oder nicht: Du wirst immer in meinem Herzen sein«, flüsterte sie.

Er starrte sie unverwandt an, schließlich glitt ein Lächeln über seine Züge. Neles Herz weitete sich schmerzhaft. Er war der wunderbarste Mann der Welt, zu wertvoll, als dass sie jemals ohne ihn sein könnte.

»Das hast du schön gesagt«, murmelte er, strich mit seinem Zeigefinger über die Kontur ihrer Oberlippe und sah rundum zufrieden aus. »Ich werd in deinem Herzen sein.«

»Und du?« So billig kam er ihr nicht davon. »Wirst du noch an mich denken in elf Jahren?«

Prompt drehte er sich wieder auf den Rücken und schaute nachdenklich an die Decke. Lange Zeit blieb er still. Dann, endlich, sagte er leise, aber fest, während er die rechte Hand wie zum Schwur auf seine Brust legte: »Du bist sowieso schon hier drin. In meinem Herzen, meine ich. Egal, was kommt, ich nehme ein Stück von dir mit. Kannst du gar nichts gegen machen.« Er grinste sie schief an, wälzte sich plötzlich über sie und stützte sich mit den Armen auf der Matratze ab. Seine klaren grauen Augen kamen ganz nah. Sie begegnete seinem Blick und spürte, dass ihre Verbindung jetzt eng wie nie war. »Das ist Liebe, weißt du? Die bleibt, auch bis ins neue Jahrtausend.«

Dann küsste er sie, erst sanft, später fordernd.

Nele fragte sich heute, ob das jugendliche Liebesgestammel von einst in irgendeiner Weise Bestand gehabt hatte. Waren die hingehauchten Worte längst verweht, oder hatten sie sich tatsächlich auf ewig in ihren Seelen verankert?

Immerhin hatte Matthias mit seinen beharrlichen Nachfragen dafür gesorgt, dass sie in der Silvesternacht 2000 tatsächlich das erste Mal seit Langem wieder an ihn dachte. Obwohl Frank neben ihr auf dem Balkon gestanden hatte, während Anne und Greta friedlich im Kinderzimmer die Jahrtausendwende verschliefen, war sie, Nele Liebert-Schumann, Punkt zwölf nicht in Gedanken bei ihren Lieben, sondern bei Matthias Hellmann gewesen, der immer noch in einem Winkel ihres Herzens wohnte.

Und er? War es ihm genauso ergangen? Hatte er ein Stück von ihr mit sich herumgetragen? Es schien so. Unglaublich, wegen der bösen Worte, die gefallen waren, und des Abgrunds, der sich zwischen ihnen aufgetan hatte.

Und doch hatte es Matthias, als es brenzlig wurde, nicht gewagt, sich an sie zu wenden. Dabei wäre es bitter nötig gewesen. Und darum war er vermutlich gestorben und hatte sie zurückgelassen, allein, zerrissen und unwissend.

Der Dicke

Die E-Mail, die er heute Morgen erhalten hatte, machte Joe rasend wütend. Diese Erpresserbande legte inzwischen eine unglaubliche Dreistigkeit an den Tag. Das hatte er so nicht kommen sehen, aber wenn er jetzt darüber nachdachte, war es von zwingender Logik. Der Zusammenschluss hatte sie größenwahnsinnig werden lassen. Rastlos wuchtete er seine Leibesfülle durchs Büro und begann bald, aus allen Poren zu schwitzen. Achselschweiß durchtränkte das teure Seidenhemd. Es fühlte sich klebrig an. Fieberhaft überlegte er, wie er die Situation wieder unter Kontrolle kriegen konnte.

Die Priorität hieß Bestandswahrung, rief er sich unentwegt ins Gedächtnis. Drei Leute aus dem Weg zu räumen, diese Idee konnte er sich gleich wieder abschminken. Zu auffällig, zu riskant. Und nur einen der Erpresser, um die anderen abzuschrecken und in ihre Schranken zu weisen? Verführerisch, zugegeben, aber eindeutig zu gefährlich, das Resultat spekulativ. Er stöhnte auf und drehte eine neue Runde um den Schreibtisch. Denk an die Bestandswahrung!

Marcs Gesicht erschien vor seinem inneren Auge; der vertrauensvolle Ausdruck darin zerriss ihm fast das Herz. Der Dicke konnte sich nicht vorstellen, ohne seinen Freund zu sein. Marc durfte nie erfahren, was er, Joe, damals – und später immer wieder – getan hatte, um diese Freundschaft zu erhalten. Nein, mehr noch: Marc durfte nie erfahren, wie viel ihm diese Freundschaft überhaupt bedeutete. Allein das würde ihn vergraulen. Auf ewig. Joe quetschte sich verzweifelt in seinen Schreibtischsessel. Er stellte sich einsame Jahre ohne Marc vor, und nackte Angst überfiel ihn.

Nach der Schule hatten sie sich trotz Joes Verzweiflungstat aus den Augen verloren. Ihre alten Pläne, zusammenzuziehen, hatten sich verflüchtigt. Marc war zum Studium mit seiner Schwester Yvonne nach Münster gezogen. Wann er diesen Plan ausgeheckt hatte, erfuhr Joe nie. So blieb ihm selbst nichts anderes übrig, als sein Studium ohne Marc durchzuziehen. Er durchlebte eine einsame Zeit, in der er sich hauptsächlich aufs Lernen konzentrierte. Major und Tina waren die Einzigen aus der Schulzeit, mit denen er gezwungenermaßen in loser Verbindung blieb.

Obwohl – selbstverständlich schuf er auch eine unsichtbare Brücke zu Marc. Joe blieb am Ball. Heimlich sammelte er Informationen über seinen Verbleib und Werdegang. Die ersten Jahre gestaltete sich das noch kompliziert. Joe war gezwungen, Privatdetektive und Kontaktpersonen anzuheuern, was ziemlich kostspielig war. Er übernahm kleinere Jobs an der Hochschule, um die Ermittlungen finanzieren zu können.

Später, als sich das Internet etablierte, wurde es einfacher. Trotzdem behielt der Dicke sein Netzwerk bei und baute es beharrlich aus. Dass er sich in der Computerbranche einen fabelhaften Ruf erarbeitet hatte, ließ ihn finanziell unabhängig werden und dementsprechend mächtiger.

Mit einer Gänsehaut am ganzen Körper erinnerte Joe sich an seinen innerlichen Aufruhr, nachdem er vor sechs Jahren von der Gründung von »Warberg Software« erfahren hatte. Noch aufgeregter war er geworden, als die Firma trotz ihres hervorragenden Konzepts in Zahlungsschwierigkeiten geriet. Vor zweieinhalb Jahren endlich witterte er seine Chance. Er nahm Kontakt zu Marc auf und tastete sich behutsam vor, sowohl persönlich als auch beruflich. Marcs Lebenskrise kam ihm dabei gut zupass. Die Trennung von Frau und Kindern machte den alten Schulfreund verletzlich und formbar. Und so gelang Joe schließlich der Coup seines Lebens: die Teilhaberschaft an Marcs Firma und somit an Marcs Leben.

Seitdem genoss er jeden Tag, an dem er ihm nahe sein durfte. Wie damals während der Schulzeit sog er Anblick, Geruch und Stimme Marcs in sich auf und ergötzte sich an seiner Schönheit. Wie sehr er diese blauen Augen unter dunklen Brauen liebte! Jeden silbernen Faden im schwarzen Haar des Freundes vergötterte er. Jede einzelne Falte hätte er mit geschlossenen Augen nachfahren können, jedes noch so kleine Muttermal wusste er auswendig. Kurzum, alles war perfekt. Physisch näher als mit einer flüchtigen Berührung oder kumpelhaften Umarmung kam Joe dem Freund nie, aber das konnte er akzeptieren. So waren von jeher die Regeln zwischen ihnen gewesen. Zum Ausgleich begegneten sie sich intensiv auf geistiger Ebene. In den letzten zweieinhalb Jahren war er so glücklich wie lange nicht mehr gewesen. Kein Matthias Hellmann oder Tom Neubaum hatten ihm dieses Glück nehmen können.

Und jetzt bedrohten Erpresser XXL und Konsorten alles, wofür er stand, wofür er gelebt und gelitten hatte. Welche Chance blieb ihm, diesen verschissenen Quecksilberkügelchen Einhalt zu gebieten? Ihm fiel nur eins ein, und das war ihm zutiefst zuwider: denen erst mal zu gehorchen. Es würde ihm schwerfallen. Aber was tat man nicht alles für die Bestandswahrung.

Sich an Major und an vergangene Zeiten zu erinnern, bewirkte nicht, dass es ihr besser ging. Im Gegenteil. Bis mittags wälzte sie sich im Bett herum, fühlte sich wie ausgekotzt und badete in ihrer Trauer. So nahm sie den Anruf des Dicken liegend entgegen. Als er ihr ohne Umschweife von der unverschämten E-Mail erzählte, die die Erpresser an seine Büroadresse gesendet hatten, hätte sie sich am liebsten ihre Bettdecke über das Gesicht gezogen, für immer!

Aber der Dicke gönnte ihr keine Atempause, sondern stellte seinen Plan vor: »Sechshunderttausend wollen sie, immer noch. Sie gehen mit der Summe nicht auf unsere beiden Anteile runter, weil sie uns unterstellen, Major umgebracht zu haben. Das muss man sich mal vorstellen.« Die Stimme des Dicken bebte vor unterdrückter Wut. Tina ertappte sich bei der Überlegung, ob die Erpresser wohl recht hatten. Hatte der Dicke etwa Tom ermordet? Ach was, sie riss sich zusammen, während er weiterredete: »Also, um die sechshunderttausend Euro kommen wir nicht rum. Aber ich kann dir deinen Anteil vorstrecken. Kein Problem, hab ein bisschen was von den Firmengeldern beiseitegeschafft. Schon vor längerer Zeit. Kein Thema.«

»Moment mal.« Tinas Denkapparat kam nur langsam in Gang. »Du willst wirklich, dass wir zahlen? Du siehst keine andere Lösung mehr? Scheiße, Dicker! Ich hab die Knete nicht, auch nicht in zehn Jahren!« Sie hatte sich im Bett aufgesetzt und starrte wie paralysiert durch das hohe Fenster in einen strahlenden, perfekten Herbsttag.

»Besser zahlen als Knast und Demütigung«, mahnte Joe bedächtig. »Die Erpresser sind inzwischen zu dritt. Und Nele ist dabei, mit direktem Draht zu Marc. Vergiss das nicht. Wir dürfen sie jetzt weder verärgern noch ängstigen, indem wir einen von ihnen beseitigen. Dann fliegen wir auf und verlieren alles, was unser Leben lebenswert macht. Außerdem steht in der E-Mail, dass sie uns im Gegenzug die Fotos aushändigen werden. Alle. Dass die sechshunderttausend Euro dazu dienen sollen, endlich reinen Tisch zu machen.«

Tina schnaubte verächtlich. Wer's glaubt, wird selig, dachte sie, während der Dicke gelassen fortfuhr: »Davonkommen lassen werden wir sie natürlich trotzdem nicht. Aber in Einzellösungen, die von langer Hand geplant und nach und nach erledigt werden müssen. Und was deine Schulden bei mir angeht: Bedenk mich großzügig in deinem Testament, verkauf mir Anteile der Bank oder so was. Wir finden da schon was.«

»Wir spielen also morgen ihr Fuck-Spiel mit, ja?« Tina seufzte. Joes Argumente waren unschlagbar. Aber mit diesem Deal würde sie sich ihm komplett ausliefern. Auf ewig hätte er sie in seiner fetten, verschwitzten Hand. Es war zum Kotzen, aber unumgänglich.

Der Dicke atmete hörbar aus. »Genau, wir halten uns an die Anweisungen.«

Nele

Gegen fünfzehn Uhr dreißig hielt sie es nicht mehr bei der Arbeit aus. Das Telefonat mit Marc, die Grübeleien über ihre etwaige Mitschuld an Matthias' Tod und schließlich die SMS von Jens, dass die vereinbarte E-Mail an den Dicken geschrieben und sofort beantwortet worden war, machten sie nervös und fahrig. Sie schützte Übelkeit vor, sodass ihre Chefin sie umgehend nach Hause schickte.

Erleichtert floh Nele in den immer noch sonnigen Herbsttag. Eilig steuerte sie den Fiat durch den Stadtkern, kreuzte den Kaarster Bahnhof und fuhr nach Vorst. Die Zeit bis zur Heimkehr der Mädchen wollte sie nutzen. Ziemlich schief parkte sie den Wagen in der Einfahrt, hastete ins Haus, streifte die Jacke ab und riss die Tür zur Kellertreppe auf.

Vorsichtig stakste sie die steilen Holzstiegen hinunter in den Gewölbekeller. Kälte, Staub und muffige Feuchtigkeit empfingen sie in dem Raum, der mit einer nackten Glühbirne ausgeleuchtet war und an dessen Längswand Kartons und Kisten gestapelt standen.

Seufzend betrachtete Nele das Durcheinander. Wie sollte sie bloß die richtige Kiste finden? Sie versuchte, die handgeschriebenen Aufschriften zu entziffern, und zog entschlossen einige Kartons zur Seite. Die hier waren Überbleibsel aus der Ehe mit Frank. Weg damit. Dahinter kamen weitere Kartontürme zum Vorschein. Wie viele Zeugnisse vergangener Zeiten hier vor sich hin staubten! Ungeduldig zerrte sie einen Stapel nach vorn und kroch auf allen vieren in die Lücke. Der Steinboden war eiskalt.

Da, diese längs gestreiften Kartons besaß sie schon sehr, sehr lange, erinnerte Nele sich aufgeregt. Zittrig griff sie den untersten von ihnen und zog. Der Turm schwankte. Bloß nicht umkippen! Endlich hatte sie ihn ans Licht gezerrt; jetzt drehte sie ihn. Ha, Volltreffer: Die beiden unteren Kartons stammten eindeutig aus ihrem alten Jugendzimmer. Ungeduldig hievte sie die drei oberen zur Seite.

Ein kurzer Blick in den ersten der Kartons bewies, dass sie ihrem Ziel nahe war: Tagebücher, Fotoalben, ein Sparschwein, Zeugnismappen, Briefe, Postkarten. Rücksichtslos zerwühlte sie den Inhalt des Kartons, griff nach den Briefen und blätterte sie durch. Nichts. Dann kam sie auf die Idee, mit der Hand von innen an den Pappwänden entlangzufahren. Sicher hatte ihre Mutter Matthias' Post möglichst tief versenkt, damit sie Nele nicht direkt ins Auge fielen. Und richtig! Ganz unten schmiegten sich zwei geschlossene, prall gefüllte Umschläge an die Kartonwand. Ungeduldig riss Nele sie heraus und las den Absender: »M. Hellmann«. Da waren sie!

Schwer atmend und nahezu fassungslos hielt sie die Briefe in den staubigen Händen. Sofort schossen ihr Tränen in die Augen, vor Zorn über ihre ignorante Mutter und vor Trauer über die verpasste Chance. Sie klopfte sich den Schmutz von der Hose, ließ das Chaos Chaos sein und stürmte mit der wertvollen Beute die Stiegen hoch.

Kurze Zeit später saß sie am Küchentisch und streichelte die immer noch verschlossenen Umschläge. Sie musste an den Brief denken, den Matthias ihr unmittelbar nach der Trennung geschickt hatte. Als sie sich geweigert hatte, seine Anrufe entgegenzunehmen.

Der Umschlag damals hatte nur ein einziges Schwarz-Weiß-Foto enthalten. Es zeigte sie selbst selig schlafend in seinem Bett.

Unschuld und tiefe Zufriedenheit spiegelten sich in ihrem entspannten Gesicht. Auf die Rückseite hatte Matthias mit Bleistift geschrieben:

Ich bin alles, aber kein Verräter. Du brauchst einen Vorwand, um das durchziehen zu können. Das verstehe ich. Wenn du es dir anders überlegt hast, weißt du, wo du mich findest.
Dein Matthias

Die Worte hatten sich in ihre Erinnerung eingebrannt, obwohl sie die Karte damals sofort wütend zerrissen und in den Müll geschmissen hatte.

Und jetzt saß sie hier, fast zwanzig Jahre später, und begriff, dass Matthias selbst nach der für ihn so demütigenden Begegnung auf dem Abiball nicht lockergelassen hatte. Du bist in meinem Herzen. Sie schluckte und riss mit zitternden Fingern den ersten der Umschläge auf.

Die vier Fotos, die sie herauszog, kannte sie schon aus Shortys Wohnung. Die Abzüge waren kleiner, aber nicht minder verstörend. Außerdem löste sich ein dünnes, zweimal geknicktes, handbeschriebenes Papier aus dem Umschlag. Zögernd faltete sie es auseinander und begann, mit klopfendem Herzen zu lesen.

Nele, sieh dir die Bilder an und sag mir dann, was ich tun soll. Die da haben den Jungen umgebracht. Ich habe sie beobachtet und fotografiert. Keiner hat gemerkt, daß ich da war. Die waren zu beschäftigt. Ich war der Schlampe nachgegangen. Die hatte mich an die Bullen verpfiffen und in den Knast gebracht. Jetzt könnte ich sie in den Knast bringen. Und die beiden anderen auch. Alles Freunde vom Warberger. Und irgendwie ging es auch nur um ihn. Ich habe das nicht ganz kapiert, nur, daß sie plötzlich voll wütend auf den Jungen waren und ihn zu dritt totgeschlagen haben. Ich war zu vollgedröhnt, um alles mitzukriegen. Dann stand in der Zeitung, daß ein Schüler im Nordkanal ertrunken ist. Bestimmt haben die den da abgelegt, vielleicht war er noch nicht ganz tot und ist deshalb ersoffen. Keine Ahnung. Wie die ihn weggeschleppt haben, habe ich nicht abgewartet. Das Gewitter

war voll im Gange, und ich bin nur noch zu Jens gelaufen. Ich war total fertig.
Bitte, Nele, du mußt mir helfen. Ich kann nicht allein zu den Bullen gehen. Wer von denen glaubt mir schon? Dann stecke ich voll in der Scheiße. Habe auch schon überlegt, denen die Fotos zu schicken. Trau mich aber nicht. Du bist die einzige, der ich vertraue und die mir helfen kann. Bitte melde dich.
Dein Matthias

Nele stöhnte auf und las den Text wieder und wieder. Wie verlassen er sich gefühlt haben musste, als sie auf sein Flehen nicht reagierte. Welche Enttäuschung sie für ihn gewesen war. Kein Wunder, dass er sie vor dem Tattoo-Shop in Bilk nicht angesprochen hatte. Er musste fest davon überzeugt gewesen sein, dass sie ihn ein für alle Mal abgeschrieben hatte.
Widerwillig und voll düsterer Ahnungen öffnete sie den zweiten Umschlag, dessen Posteingangsstempel circa zwei Wochen nach dem ersten datiert war. Wieder die gleichen Bilder, wieder ein Zettel. Mit nur wenigen Worten nachlässig bekritzelt:

Du willst mir nicht helfen. Okay. Du haßt mich. Okay. Aber denk dran, daß da im Wald ein Verbrechen passiert ist, ein schlimmeres als ein paar Einbrüche, Schlägereien oder Drogendeals. Der Typ ist tot! Von seinen Freunden umgebracht! Denen er vertraut hat. Drei gegen einen. Willst du, daß die Mörder frei rumlaufen? Mach, was du willst mit den Bildern, geh am besten zu den Bullen, aber halt mich raus. Du weißt, daß die sonst nur mich einkassieren. M.

Die Schuld überflutete sie, rauschte über sie hinweg und riss sie mit sich. Dabei spielte es keine Rolle, dass sie von den Briefen nichts gewusst hatte. Es fiel nicht ins Gewicht, dass ihre Mutter Matthias' Post absichtlich einbehalten hatte. Es war auch egal, dass Matthias versucht hatte, ihr den Schwarzen Peter zuzuspielen, um selbst ungeschoren davonzukommen. Was einzig und allein zählte, war, dass sie, Nele, zum Zeitpunkt der Postzustellung schon keinen einzigen Gedanken mehr an ihn verschwendet hatte.

Sie hatte ihr Leben in London in vollen Zügen genossen und sich befreit gefühlt, während Matthias mit den dramatischen Folgen ihres Abiballs kämpfte. Sein ganzes Leben lang. Wie kann man in eine Erpressung reinschliddern, hatte Nele sich noch vor wenigen Tagen verwundert gefragt. Hier, vor ihren Augen, in ihren Händen, lag die Antwort. Indem man gnadenlos fallen gelassen wurde von jemandem, dem man vertraute. Indem man haltlos vor sich hin dümpelte, seinen eigenen Schwächen ausgeliefert. An denen man scheiterte, immer wieder. Du wirst in meinem Herzen sein! Was für eine verlogene Scheiße hatte sie damals von sich gegeben.

Voller Scham und Selbstekel dachte sie an ihre letzte Begegnung mit Matthias zurück, auf dem Abiball im Juni '89, an ihrem neunzehnten Geburtstag.

Am Nachmittag hatten Neles Eltern und ihr Bruder sie mit dem allerschönsten Geburtstagsgeschenk überrascht: Für ein Jahr würde sie nach England ziehen, nach London. Außerdem bekam sie die Chance, als Gaststudentin an eine der renommiertesten Londoner Universitäten zu gehen. Schon übermorgen sollte die Reise beginnen.

Voller Vorfreude war Nele zu Andrea rübergefahren, um sich mit ihr gemeinsam für den Abiball am Abend in Schale zu schmeißen. Denn obwohl Andi die Schule für eine Schreinerlehre abgebrochen hatte, wollte sie ihre Freundin begleiten.

Während sie sich schick machten, frisierten und schminkten, begossen sie Neles Geburtstag mit einer Flasche Sekt. Dann überreichte Andrea Nele eine wunderschöne selbst geschreinerte Schmuckschatulle aus Sandelholz. Im Taumel der Erleichterung, die Schulzeit hinter sich zu haben, und in Erwartung einer verheißungsvollen Zukunft machten sich die beiden jungen Frauen schließlich gegen zwanzig Uhr in eng anliegenden Kleidern und hochhackigen Schuhen zur Aula des Wilhelm-Busch-Gymnasiums auf.

Die Stimmung im Saal war ausgelassen und riss Nele und Andrea sofort mit sich. Sie tanzten, hielten Small Talk und schlürften Cocktails durch lange Strohhalme. Nele, schon leicht angetrunken, genoss die hereinbrechende Nacht in der überfüllten, bunt ausgeleuchteten und lauten Aula. Schon lange hatte sie sich nicht mehr so schön, unbeschwert und frei gefühlt. Alles war vollkommen, bis sie sah, wer sich plötzlich zwischen den Menschentrauben hindurch seinen Weg zu Andi und ihr bahnte.

Sie erkannte ihn sofort, und im ersten Moment machte ihr Herz einen Sprung. Mit Erschrecken wurde ihr klar, wie sehr sie ihn immer noch liebte und in den letzten Wochen schmerzlich entbehrt hatte. Am liebsten wäre sie ihm in die Arme gefallen.

Ihre zweite Reaktion war Ärger. Was zum Teufel machte er hier? Matthias Hellmann hatte in ihrem Leben nichts mehr zu suchen und kein Recht, in ihre Welt mit der frisch sortierten Ordnung einzubrechen.

Ihre dritte Regung war Scham. Zwischen all den schicken Intellektuellen wirkte er wie ein grobschlächtiger Fremdkörper. Sein athletischer, aggressiver Gang, der die Menge merklich zurückweichen ließ, die vorgeschobene unrasierte Kinnpartie, die verschwitzten, am Hinterkopf lockigen Haare, das ärmellose T-Shirt, das seine Tätowierungen entblößte, der verächtlich und zugleich unsicher anmutende Ausdruck in seinen Augen, das alles zusammen demonstrierte eindrücklich Matthias Hellmanns Stand in der Gesellschaft. Er passte nicht hierher, das war mehr als offensichtlich.

Am liebsten hätte sie sich abgewandt und wäre geflohen. Stattdessen blieb sie wie angewurzelt stehen und starrte ihm fassungslos und zunehmend wütend entgegen.

Jetzt hatte auch Andi den Eindringling bemerkt. »Hey, wen haben wir denn da? Assi Hellmann!«, stieß sie verblüfft aus. »Was will der denn hier?«

Matthias blieb eine Armeslänge von Nele entfernt stehen, schwankte, lächelte schief und streichelte sie mit den Augen. Wieder zog sich ihr Herz zusammen. Die Verletzlichkeit und die Liebe in seinem Blick warfen sie fast um. Dann gewannen Wut und Scham die Oberhand. Kalt blaffte sie ihn an: »Andi hat recht. Was willst du hier? Du hast hier nichts zu suchen!«

Matthias zuckte zusammen, sein Gesicht verschloss sich. In dem Augenblick begriff Nele, dass er total zugedröhnt war. Er konnte sich kaum auf den Beinen halten, taumelte jetzt sogar leicht zur Seite. Nele wurde von Hass und Verachtung überschwemmt. Wie konnte er es wagen, dermaßen zugeballert auf ihrem Fest zu erscheinen und sie vor allen Mitschülern bloßzustellen? Und das nach den Streitereien, die sie zum Thema Alkohol und Drogen gehabt hatten! Inzwischen hatte Matthias sich wieder einigermaßen unter Kontrolle. Er schaute sie mit unnatürlich geweiteten Pupillen an und sagte: »Ich wollte dir nur zum Geburtstag gratulieren, hab den halben Abend vor deiner Haustür gewartet. Aber du warst wohl schon weg.« Er räusperte sich, hob noch einmal an und streckte ihr gleichzeitig die rechte Hand entgegen, an der an einem Riemen ein Gegenstand baumelte, den Nele erst jetzt bemerkte: eine Spiegelreflexkamera, eine ganz ähnliche, wie er selbst eine besaß. Sehr gut und sehr teuer.

»Also, herzlichen Glückwunsch, Nele. Die hier hab ich schon vor längerer Zeit für dich besorgt. Macht super Bilder. Ich dachte, für England, weißt du. Falls es klappt und du tatsächlich mal hinkommst. Oder für irgendeinen Urlaub. Ist sogar 'n Film drin, wenn du heute noch fotografieren möchtest.« Wieder glitt ein Lächeln über seine Züge. »Würde dir sogar die Bilder später entwickeln, wenn du möchtest.«

Erwartungsvoll sah er sie an. Nele verstand sofort, dass er ihr ein Freundschaftsangebot machte – nicht mehr und nicht weniger. Ich respektiere den Weg, für den du dich entschieden hast, schien er sagen zu wollen. Ich wünsche dir alles Gute. Sie schluckte und war kurz davor, ihre Wut zu vergessen. Aber Andi reagierte schneller.

»Behalt dein Diebesgut für dich«, wies sie ihn zurecht. »So ein Ding kannst du dir doch gar nicht leisten. Ist bestimmt von einem deiner Einbrüche. Und jetzt lass Nele in Frieden! Sie will mit dir nichts mehr zu tun haben.«

Sie griff nach Neles Arm, um sie wegzuziehen, als Matthias' Worte sie zurückhielten. »Halt dich raus, alte Fotze«, stieß er gepresst aus und kam einen Schritt näher. »Ich rede mit Nele, nicht mit dir!«

Nele schluckte schockiert; jetzt konnte sie seine Alkoholfahne deutlich riechen. Und sie registrierte angewidert, wie seine Kiefer diese monotonen Mahlbewegungen machten, typischer Tick von Speedkonsumenten. Wie war ihr diese Angewohnheit verhasst! Alle zärtlichen Regungen lösten sich in Luft auf.

»Das kannst du dir sparen«, zischte sie. »Andi hat recht. Ich will keine Geschenke von dir, geklaut oder nicht. Ich will nur, dass du mich in Ruhe lässt. Hier einfach so aufzutauchen, total breit, meine Freundin zu beleidigen … das kotzt mich echt an. Hau ab. Verschwinde endlich aus meinem Leben. Ich will nichts mehr mit dir zu tun haben. Nie mehr will ich dich wiedersehen! Ich finde dich einfach nur noch widerlich!«

Kaum gesagt, bereute sie ihre Worte auch schon, denn die Reaktion darauf war verheerend. Matthias fiel in sich zusammen, als hätte ihm jemand die Luft herausgelassen. Fahrig fuhr er sich mit der freien Hand durchs Gesicht, schwankte erneut und ließ den Arm mit der Kamera nach unten sinken. Dann sah er Nele noch einmal an, traurig, verletzt, gedemütigt. Und kapitulierte. »Wie du meinst«, flüsterte er. »Dann war's das also.«

Mit gesenktem Kopf drehte er sich um und bahnte sich seinen Weg durch die Menge zum Ausgang. Nele starrte ihm hin und her gerissen nach. Es zerschnitt ihr fast das Herz, ihn gehen zu lassen. Hätte Andi sie nicht zurückgehalten, wäre sie ihm wohl nachgelaufen.

Warum habe ich es nicht getan?, fragte sie sich heute reuevoll. Warum habe ich nicht wenigstens sein Geschenk angenommen und mich in aller Freundschaft von ihm verabschiedet? Zumindest das hätte er verdient gehabt. Es musste ihn immense Überwindung gekostet haben, auf der Abiturfeier aufzutauchen. Kein Wunder, dass er das nicht nüchtern hinkriegte. Doch es war ihm wichtig gewesen, ihr zum Geburtstag zu gratulieren und ihr seine Freundschaft anzubieten. Anders als sie selbst hatte Matthias schon während der Beziehung realisiert, dass sie als Paar keine Zukunft hatten. Nichtsdestotrotz liebte er sie und gönnte ihr ein gutes Leben. Er hatte Größe bewiesen, und sie hatte ihn erniedrigt. Dafür konnte sie sich nur schämen. Wie kleinlich, spießig und kaltherzig sie gewesen war.

Außerdem hatte Matthias ihr in seinen Briefen nach der Trennung ganz nebenbei noch eine Lektion in Sachen Freundschaft erteilt. »Ich bin alles, aber kein Verräter«, schrieb er. Und in seinem letzten Brief an sie hieß es empört: »Von seinen Freunden umgebracht. Denen er vertraut hat … Willst du, daß die Mörder frei rumlaufen?« Dass der Mord von engen Freunden des Opfers begangen worden war, stellte für ihn offensichtlich das Verbrecherischste an der Tat dar. Matthias besaß selbst ein hohes Maß an Gewalttätigkeit, aber Freunde und Familie waren tabu, dafür gab es keine Ausnahme.

Und was war aus ihren eigenen moralischen Grundsätzen geworden? Für loyal hatte sie sich mal gehalten, für treu und für tolerant. Leeres Geschwätz bis jetzt! Es war an der Zeit, die Fehler von damals, wenn auch reichlich verspätet, wiedergutzumachen. Mit einem Streich konnte sie nun wenigstens sich selbst ihre Treue zu Matthias beweisen und gleichzeitig die Verräter und Freundesmörder von damals abstrafen.

Freundesmörder. Immer noch Matthias' Briefe und die Fichtenlichtungsfotos in Händen haltend, grübelte Nele wieder über das Mordmotiv. Die Tat erschien ihr unbegreiflich. Auch der Zaungast der Szenerie hatte nicht nachvollziehen können, warum der Junge sterben musste. Hinter der unüberwindlichen Wand aus Brombeerranken hatte er gleichermaßen abgestoßen wie fasziniert das für ihn Unfassbare in Bildern festgehalten. Die Fotos zeigten eindrücklich die plötzlich explodierende, ungezügelte Brutalität der drei Täter. Was hatte sie dazu gebracht, den Vierten in einer Art Gewaltorgie zu töten? Das Opfer hatte überhaupt keine Chance gehabt.

Der gemeinsame Nenner aller vier Akteure war ihre Freundschaft untereinander und die Verbundenheit mit Marc Warberg gewesen. Und die hatte schon fast an Obsession gegrenzt. Marcs Clique war Nele damals eher wie ein Fanclub oder eine Sekte vorgekommen, mit einem Guru in der Mitte, zu dem alle aufschauten, als wie eine gleichberechtigte Gruppe von Freunden. Lag hier der Schlüssel zum Mord auf der Fichtenlichtung?

Tina Hillebrandt zum Beispiel war trotz ihrer Affären mit anderen Männern offensichtlich verrückt nach Marc gewesen. Die Blicke, mit denen sie ihn bedachte, wenn sie sich unbeobachtet gefühlt hatte, waren aggressiv und besitzergreifend zugleich gewesen, eine ungesunde Mischung aus Liebe und Hass. Soweit Nele sich erinnerte, hatte Marc sich nach dem tragischen Tod seiner Eltern klar von Tina distanziert. Es hatte kein Rankommen mehr für die Frau gegeben, die fest von ihrer Unwiderstehlichkeit für die Männerwelt überzeugt war. Diese Erkenntnis musste sie hart getroffen haben.

Auch Johannes Blum war extrem auf Marc Warberg fixiert gewesen, so sehr, dass bald unter den Schülern das Gerücht aufkam, die beiden seien ein schwules Pärchen. Die Vermutung lag nahe, denn ihre Beziehung wirkte vertraut und innig. Sogar äußerlich glichen sie sich mehr und mehr an, nicht nur im Kleidungsstil, sondern auch in Mimik, Gestik und der Ausdrucksweise.

Heute wusste Nele hundertprozentig, dass Marc nur auf Frauen stand, und sie konnte sich nicht vorstellen, dass das jemals anders gewesen sein sollte. Demzufolge mussten Vernarrtheit, Hingabe und Angleichung von Johannes ausgegangen sein. Hatte Marc nie bemerkt, wie intensiv Johannes Blums Gefühle für ihn gewesen waren? Oder hatte er es als selbstverständlich angenommen, dermaßen hofiert und bewundert zu werden? Sie fragte sich einmal mehr, wie Johannes das Ungleichgewicht in der Freundschaft zu Marc hatte ertragen können. Er musste ungeheuer leidensfähig gewesen sein und auf kranke Art devot. Und er hatte garantiert mächtig unter Druck gestanden.

Und Jonas Steinert, Marcs moppeliger, dauernd bekiffter Freund aus Kindertagen, dem irgendwie etwas Tragisches anzuhaften schien? Auch Jonas hatte Marc verehrt. Dass er von ihm zugunsten von Johannes vom Thron gestoßen worden war, musste ihn sehr gekränkt haben. Als er es endlich merkte. Nele konnte sich erinnern, dass Jonas im letzten Schuljahr hauptsächlich allein durchs Schulgebäude geirrt war und dass er manchmal sogar Selbstgespräche geführt hatte. Ihren Schulkameradinnen und ihr war das unheimlich gewesen, lieber machte man einen Bogen um den Typen. Es wurde gemunkelt, er sei vielleicht auf dem einen oder anderen Trip hängen geblieben. Deshalb war es umso erstaunlicher, als er mit Leichtigkeit eines der besten Abiturzeugnisse des Jahrgangs hinlegte, fast so gut wie das von Johannes oder von Marc.

Die rätselhafteste Gestalt des Quartetts stellte für Nele allerdings Thomas Neubaum, den alle Major nannten, dar. Neben Jonas war er Marcs langjährigster Freund, ihm ursprünglich ebenso übertrieben ergeben wie die anderen drei. Und doch ging eine solche Lethargie von ihm aus, dass sie schon an Gleichgültigkeit grenzte. Hatte es ihm überhaupt etwas ausgemacht, als Marc sich nach dem Tod seiner Eltern vom Freundeskreis abkapselte? Fest stand nur, dass Major sich Tina zugewandt hatte. Wie ein Hündchen war er ihr überallhin gefolgt, wo sie ging und stand. Es musste ihn zutiefst frustriert haben, dass sich Tina offenkundig immer noch zu Marc hingezogen fühlte, mit mehr Leidenschaft, als sie Tom je entgegengebracht hatte.

Sie stellte fest, dass sie einige Mordmotive zusammengetragen hatte: Liebesentzug, Enttäuschung und Eifersucht. Aber alle waren auf Marc Warberg gemünzt, der anscheinend den Wirbel um seine Person überhaupt nicht mitbekommen hatte. Warum hatte dann nicht Marc sterben müssen? Aus welchem Grund waren die Emotionen auf der Fichtenlichtung dermaßen hochgekocht und hatten dieses spezielle Opfer gefordert?

Nele schüttelte den Kopf und legte Fotos und Briefe ratlos zur Seite. Gleich würden die Mädchen nach Hause kommen. Es war noch einiges zu organisieren, unter anderem, wo die beiden morgen, während des Showdowns, übernachteten. Sie würde prüfen müssen, ob sie Greta tatsächlich ruhigen Gewissens Alex und seiner Familie überantworten konnte, und sie musste Anne für Freitagnacht bei einer Freundin oder bei Frank unterbringen.

Müde fragte sie sich, ob der Spuk, den sie mit dem Öffnen der Tür zu Matthias Hellmanns Welt eingelassen hatte, am Samstag tatsächlich vorbei sein würde.

Tina

Der Porsche bohrte sich dröhnend in die Nacht. Seine Scheinwerfer frästen zwei helle Schneisen ins Dunkel. Die Autobahn nach Heinsberg lag wie ausgestorben da. Gott sei Dank, denn Tina, die zwischen bebenden Fingern eine Zigarette nach der anderen rauchte, als hinge ihr Leben davon ab, hätte sonst nicht garantieren können, unfallfrei beim Bauernhof des Dicken anzukommen. Furcht, Trauer und Verzweiflung ließen sie das Gaspedal bis zum Anschlag durchtreten.

Das letzte Mal hatte sie diese Strecke gemeinsam mit Tom zurückgelegt, sich seiner Liebe, Bewunderung und bedingungslosen Parteinahme sicher. Nun kam sie allein. Schutzlos, ihren ungezügelten Emotionen ausgeliefert. Kein bekiffter Major war da, der sie mit seiner Besonnenheit auf den Teppich zurückbrachte. Mist, jetzt kamen ihr schon wieder die Tränen! Doch heute hatte sie einen höchst aktuellen Grund zum Weinen: ihre Vernehmung bei der Kripo Meerbusch.

Ungeklärte Umstände ließen den Tod von Herrn Dr. Thomas Neubaum verdächtig erscheinen, hatte Hauptkommissar Grode gesagt. Man habe Klärungsbedarf. Wusste Frau von Meersfeldt etwas über das Freizeitverhalten des Toten? Hatte er Drogen konsumiert? Hatte es Anzeichen einer Suizidgefährdung gegeben? Welcher Art war ihre Beziehung zu Herrn Neubaum gewesen? Kannte sie seine sexuelle Ausrichtung? Fragen über Fragen, die sie nervös und ängstlich machten, waren auf sie eingeprasselt. Aus Angst, zu explodieren und gefährliche Details preiszugeben, hatte sie bald nur noch geschwiegen und geraucht, verwirrt und tieftraurig. Es war schrecklich gewesen.

Endlich hatten Grode und sein Kollege von ihr abgelassen. Sie war ja auch keine Verdächtige; immerhin verfügte sie über ein unumstößliches Alibi. Wenn ihr noch was einfalle, solle sie sich melden, sagte Grode und schob ihr ein Kärtchen über den Tisch zu. Sie steckte es ein und ging.

War Tom etwa tatsächlich ermordet worden? Denn darauf liefen die Fragen der Kommissare hinaus, oder? Obwohl der Verdacht nicht ausgesprochen worden war.

Man hatte lediglich von verdächtigen Umständen gesprochen: dem Fehlen eines Abschiedsbriefs etwa, was gegen einen Suizid sprach, oder der Höhe des Terrassengeländers, die nach Meinung von Experten verhinderte, dass man versehentlich hinunterstürzen konnte. Außerdem war aus der Ebenholzpfeife, die auf dem

Wohnzimmertisch gelegen hatte, zuletzt Marihuana geraucht worden, das nicht identisch mit dem Rest des Stoffes war, der sich in der Asche im Aschenbecher direkt daneben befunden hatte.

Worauf lief das hinaus, wenn nicht auf Mord? Mord, immer wieder Mord. Ein Alptraum. Und alles hatte mit den Erpressungen begonnen, mit Hellmann und mit XXL.

Dann erreichte Tina der Anruf des Dicken. »Komm vorbei. Wir müssen unsere Taktik für morgen Abend besprechen. Finde eine Ausrede für deinen Mann, warum und wohin du noch wegmusst.«

»Okay, ich sag, ich geh in die Sauna. Wellness, das schluckt er.«

In Kurzform berichtete sie dem Dicken von der Vernehmung. »Reine Routine. Mach dir keine Sorgen«, antwortete er leichthin. »Die müssen ausschließen, dass Fremdeinwirkung vorliegt. Mord? Blödsinn. Wer hätte denn einen Grund gehabt, den friedlichen, langweiligen Major umzubringen?«

Und so war sie, ohne weiter nachzudenken, in den Wagen gesprungen. Typisch Tina eben. Erst während der Fahrt überlegte sie wieder, ob der Dicke Tom getötet hatte. Für ihn war Tom das schwächste Glied in ihrer Dreierkette gewesen. Grund genug, um ihn umzubringen? Unvorstellbar, oder? Oder nicht? Tina war zu sehr durch den Wind, um einen vernünftigen Gedanken fassen zu können. Am liebsten wäre sie anstatt zum Dicken zu Neles Häuschen nach Vorst gefahren, um ihr eine Kugel in den Kopf zu jagen. Danach wäre der verschissene Marc Warberg dran, mit dem nun wirklich alles angefangen hatte. Und wenn sie schon mal dabei wäre, müsste auch Shorty, die Verrätersau, dran glauben und zum krönenden Abschluss dieser Abschaum Jens Meyer. Ein Hartz-IV-Schmarotzer weniger, peng. Die Gesellschaft würde Hurra schreien. Und viel Hirn könnte auch nicht durch die Gegend spritzen.

Tina ergötzte sich noch an ihrem fiktiven Rachefeldzug, als ihr Porsche auf die Kiesauffahrt vor Joes Bauernhof rollte. Erst dann erinnerte sie sich daran, dass sie sich eventuell mit einem Mörder traf. Ha, schoss es ihr gleichzeitig durch den Kopf. Das war der Dicke doch schon lange, seit fast zwanzig Jahren, genau wie sie selbst. Und schon einmal war es ein enger Freund gewesen, der durch ihre Hand sein Leben hatte lassen müssen.

Aber Tom? Das war doch eine ganz andere Kategorie. Freunde, ein halbes Leben lang, zusammengeschweißt durch die Tragödie einer Katastrophennacht. So jemanden konnte man nicht einfach kaltblütig von der Dachterrasse stoßen, oder? Das brachte selbst ein Kontrollfreak wie Joe nicht fertig. Genau. Sie durfte sich nicht in etwas versteigen.

Der Dicke begrüßte sie mit einer herzlichen Umarmung und zerstreute damit den letzten Rest ihres Misstrauens. Seinen Schweißgeruch in der Nase, der sie immer etwas anekelte, folgte sie ihm ins warm ausgeleuchtete Haus. Sie atmete erleichtert auf, als sie das Wohnzimmer durchquerten und sie sah, dass im Kamin kein Feuer brannte. An ihr letztes Dreiertreffen erinnert zu werden, bei dem sie gemütlich vor den Flammen zusammengehockt hatten, konnte sie heute nun wahrlich nicht gebrauchen. Schon kamen ihr wieder die Tränen.

Joe führte sie direkt in sein helles Arbeitszimmer, das von drei Computern mit großen Flachbildschirmen beherrscht wurde. Er wies ihr einen Platz in einem der schwarzen Bürosessel zu, die je einem Rechner und einem Arbeitsplatz mit Tastatur und Rollcontainer zugeordnet waren. Er setzte sich auch und deutete auf den Desktop vor ihr. Ein Kartenausschnitt beherrschte das Bild. Tina erkannte einen Platz, eine Kirche, weitere Gebäude und abgehende Nebenstraßen. Der Dicke scrollte mit dem Cursor zu einer bestimmten Stelle.

»Hier ist es. Genau dort soll morgen die Übergabe stattfinden.« Sein Tonfall war nüchtern und geschäftsmäßig, und doch nahm Tina die mühsam zurückgehaltene Wut darin wahr. Klar, es ging dem Dicken gehörig gegen den Strich, den Erpressern gefügig sein zu müssen. So wie ihr selbst.

»Und wo wird die Feuerschale stehen?«, fragte sie, krampfhaft um eine Souveränität bemüht, von der sie in Wirklichkeit meilenweit entfernt war.

»Genau dort.« Wieder fuhr der kleine Pfeil zu einer bestimmten Stelle im Zentrum der Karte. »An der Übergabestelle ist also morgen die Hölle los. Besser hätten sie es sich nicht ausdenken können. Hilft alles nichts. Da müssen wir durch.«

Jetzt begehrte Tina auf. »Warum denn eigentlich? Aus welchem

Grund sollen wir blechen und die Schnauze halten, anstatt die verfickten Erpresser zu beseitigen, so wie wir es eigentlich geplant hatten? Was ist heute anders als vor drei Tagen?«

Natürlich wusste sie die Antwort selbst, aber ihrem Hass Ausdruck zu verleihen, passte ihr mehr, als demütig vor ein paar Kriminellen zu duckmäusern.

Joe hielt drei seiner fetten Wurstfinger in die Luft; gleichzeitig zog er seine linke Augenbraue nach oben. »Drei! Wir haben es inzwischen mit drei Erpressern zu tun, wenn nicht gar mit vier, wenn ich Marc mitzähle.« Sein dicker Ringfinger schoss in die Höhe. »Wie willst du die alle unauffällig beseitigen? Vor allem in der Kürze der Zeit? Denk dran, wenn wir sie verärgern, lassen sie uns auffliegen. Eiskalt. Nein, wir haben nur eine Chance: Erst zahlen, dann handeln. Im Hintergrund, behutsam, aber nachhaltig.« Er ließ die Hand auf den mächtigen Oberschenkel sinken und starrte grimmig auf den Bildschirm. »Glaub mal, mir schmeckt das auch nicht.« Nervös fuhr er sich mit der Zunge über die fleischigen Lippen. »Aber wir müssen wissen, wohin sie das Geld bringen, damit wir es uns zügig zurückholen können. Deshalb ist es von entscheidender Bedeutung, dass wir morgen beide vor Ort sind. Einer übernimmt die Übergabe, der andere folgt dem Geld, okay?«

»Okay.« Joe hatte ja recht.

Dann besprachen sie die Einzelheiten. Der Dicke würde die Knete übergeben und die Beweismittel kassieren. Sie selbst, da weitaus schlanker und wendiger, würde den Erpressern und dem Geld auf der Spur bleiben. In diesem Punkt war man sich schnell einig. Hitzig wurde die Diskussion erst, als sie überlegten, wo Tina sich, möglichst ohne den Erpressern aufzufallen, positionieren und an welcher schnell zu erreichenden Stelle sie ihren Leihwagen parken sollte. Beide kannten die Örtlichkeiten seit ihrer Kindheit gut. Der Kartenausschnitt präzisierte ihre Erinnerungen zusätzlich.

Tina bevorzugte die Variante, den Wagen auf dem Parkplatz der alten Pampusschule zu parken und sich selbst am Rathaus in der Menge zu verstecken; der Dicke plädierte dafür, dass sie sich in der Nähe des steinernen Jan-van-Werth-Wappens oberhalb des Brunnens aufstellte, während ihr Auto in der angrenzenden

Zwanziger-Fußgängerzone zur Verfügung stand. Tina hielt das für Schwachsinn. Taktisch unklug. Schließlich reichte es ihr.

»Scheißcomputer!«, brauste sie auf. »Ich brauch ein Blatt Papier und einen Stift, was Reelles eben, um aufzeichnen zu können, was ich meine. Dann wirst du verstehen, warum es besser ist, *hier* zu warten.« Ungeduldig tippte Tina mit dem Finger auf die entsprechende Stelle des Bildschirms und riss die oberste Schublade des vor ihr stehenden Rollcontainers auf.

Hektisch wühlte sie in der Schublade. Krimskrams wie Büroklammern und Tackernadeln, aber kein Stift. Ratsch, Lade wieder zu. Der Dicke hielt ihr derweil einen Stapel Druckerpapier hin. Zack, sie riss die zweite Schublade auf: CD-Rohlinge, eine Schere, Klebestifte, eine Haschischpfeife, ein Notizblock. Ratsch, Lade wieder zu. Schnell zog sie die unterste Schublade auf: Textmarker, Bonbonpapierchen, CD-Marker, Kugelschreiber … hier war sie richtig. Erst als sie nach einem dunkelblauen Kugelschreiber griff, kapierte sie, was sie gerade in der Schublade zuvor, halb unter den CD-Rohlingen verborgen, entdeckt hatte: Toms heiß geliebte Specksteinpfeife! Aus der er wegen der Zerbrechlichkeit des Materials nur zu Hause rauchte, wie sie wusste. Bis ins Mark erschüttert hielt sie mitten in der Bewegung inne. Ihre Hand mit dem Stift verharrte in der Luft. Für einen kurzen Augenblick schien die Zeit stehen geblieben zu sein. Ein Moment für die schonungslose Wahrheit. Tina dämmerte es …

Der Dicke

Der Dicke begriff sofort, was Tinas Zögern zu bedeuten hatte: Toms Pfeife mit seinen verräterischen DNA-Spuren daran! Die hatte er in eine der Schubladen des Rollcontainers geworfen. Dumm, äußerst dumm.

Quecksilberkügelchen. Wieder eins mehr, dachte er panisch, während er sich nach außen nichts anmerken ließ. Aber der Schweiß kroch ihm aus allen Poren, bildete sich unter den Achseln und rann in den Speckfalten am Rücken nach unten. Scheinbar geduldig sah er zu, was Tina mit zittrigen Fingern zeichnete. Sie würde ihn nicht mit ihrer Entdeckung konfrontieren, denn sie konnte ja nicht ahnen, dass er sie durchschaut hatte.

»Hier.« Tina wies mit der Kugelschreiberspitze auf die Skizze der Kirche und des Fußgängerdurchgangs zur Pampusstraße. »Von hier aus bin ich direkt am Auto. Keine Absperrzäune, keine plärrenden Blagen mit Martinslaternen, die wegen der geöffneten Geschäfte und der Beute, die ihnen dort winkt, die Straße verstopfen. Und da …«, sie zeichnete mit schnellen Strichen, »… werde ich wenden, egal, wohin XXL mit unserer Knete flüchtet. Außerdem kannst du mir Anweisungen per Handy geben. Du siehst ja, in welche Richtung er abhaut … Verstehst du?«

Ja, ich verstehe, hätte Joe am liebsten geantwortet. Du weißt nun, dass ich deinen geliebten Major auf dem Gewissen habe. Na und? Ein Schlappschwanz weniger auf der Welt. Er war das Risiko nicht wert. Und du bist es auch nicht. Stattdessen nickte er anerkennend und gab scheinbar klein bei. »Stimmt, du hast recht. Park den Wagen auf dem kleinen Parkplatz an der alten Schule und stell dich am Rathaus auf. Wird schon klappen.« Schwerfällig hievte er sich in den Stand. »Wie wär's jetzt mit einem Gran Reserva, trocken, schwer, vollmundig? 2000er. Von meinem spanischen Winzer. Mir jedenfalls ist danach.«

»Okay.« Tina zögerte. »Aber nur einen. Ich muss ja noch fahren.«

»Wunderbar. Ich hole uns eine Flasche.«

Er ging Richtung Weinkeller, frohlockte innerlich und spann hastig seinen Plan. Jetzt hieß es, schneller als Tina zu sein. Ein paar Minuten später entkorkte er in der Küche den Gran Reserva, befüllte zwei seiner Rotweingläser und öffnete dann einen ganz bestimmten Küchenschrank. Darin bewahrte er eine ganze Palette an Drogen und Medikamenten auf, auch solche, die unter das Betäubungsmittelgesetz fielen und normalerweise nicht auf dem freien Markt zu bekommen waren. In diesem Schrank lagerte sogar reines Heroin. Es hatte ihm bereits gute Dienste geleistet.

Auf alle Eventualitäten vorbereitet zu sein, war Teil von Joes Bestandhaltungsdevise. Dazu gehörte auch ein wohlsortiertes Rauschmittel- und Medikamentensortiment. Schon als Jugendlicher waren Drogen jeglicher Art sein Faible gewesen. Halluzinogene, Amphetamine, Methamphetamine, Barbiturate … Alles hatte er an sich selbst ausprobiert.

Nahezu jeder Mensch war für Drogen empfänglich, man musste nur herausfinden, für welche. Wenn man wie er darauf angewiesen war, andere zu steuern, konnten solche Substanzen sehr nützlich sein. Manches Mal hatte er zum Beispiel Marcs Geist mit ein paar Tropfen im Kaffee zu höheren und kreativeren Leistungen beflügelt, ohne dass der was gemerkt hatte. Joe lächelte in Erinnerung an diese besonderen Gespräche, deren Intimität ihm ein warmes, wohliges Gefühl im Bauch verursacht hatte. Unschätzbare Glücksmomente waren das gewesen.

Er selbst konsumierte inzwischen kaum noch bewusstseinserweiternde Substanzen. Ab und an nahm er eine Nase Koks, wenn eine lange Nacht mit Arbeit bevorstand. Was er allerdings regelmäßig brauchte, waren Schlaftabletten. Sonst lag er stundenlang hellwach im Bett, von Verlustängsten gepeinigt.

Aber jetzt ging es um Tina, nicht um ihn. Nach reiflicher Überlegung griff er nach einer Schachtel Rohypnol. Ja, die sogenannte »Vergewaltigungsdroge« war die richtige Wahl. Das Mittel machte benommen, gefügig und willenlos. Tina würde glauben, bloß beschwipst zu sein, und brav alles tun, was er mit ihr vorhatte. Außerdem konnte man den Wirkstoff längstens zwei Tage nach der Einnahme im Blut nachweisen; und er war absolut geruchs- und geschmacksfrei. Sehr praktisch. Blitzschnell errechnete er die nötige Menge im Verhältnis zum geschätzten Körpergewicht. Flink zerbröselte er die Tabletten zu feinem Pulver und rührte es in eins der Gläser ein.

Tina

Tinas Gedanken überschlugen sich. Der Dicke hatte Tom von der Dachterrasse gestoßen. Der Dicke hatte Tom umgebracht. Der Gedanke war kaum zu ertragen. Aber wie sonst war die Specksteinpfeife in Joes Besitz gekommen, die Tom ausschließlich zu Hause benutzt hatte? Und Hauptkommissar Grode hatte ihr doch erzählt, dass die Cannabisreste in Toms Aschenbecher andere waren als die in der Pfeife daneben. Jemand hatte einen Austausch vorgenommen. Sein Mörder. Der Dicke?

Sehr behutsam öffnete Tina noch einmal die mittlere Schublade des Rollcontainers und versenkte das kleine Rauchgerät in ihrer Versace-Handtasche. DNA-Spuren, überlegte sie. Wer könnte für sie herausfinden, wessen Speichel dem Ding anhaftete?

Denn aus welchem anderen Grund hätte der Dicke die Pfeifen gegeneinander austauschen sollen, als dass er selbst daran gezogen hatte? Aber einen Haken hatte die Sache: Joe kiffte nicht mehr. Gab es eventuell eine andere, harmlose Erklärung für den Fund der Specksteinpfeife hier bei Joe?

Ihr wollte keine einfallen, und kurz erwog sie, ihn darauf anzusprechen. Nein, keine gute Idee! Falls der Dicke Tom tatsächlich ermordet hatte, durfte sie ihm nicht den allerkleinsten Ansatzpunkt ihres Verdachts preisgeben. Das wäre ihr Todesurteil. Joe würde nicht einmal mit der Wimper zucken, wenn er es für nötig erachtete, sie zu beseitigen. Da machte sie sich jetzt nichts mehr vor. Mit erschreckender Klarheit wurde ihr bewusst, dass ihre seit fast zwanzig Jahren bestehende Dreierverbindung für ihn von jeher bloß den Charakter einer Zweckgemeinschaft gehabt hatte. Der Dicke war ein Sicherheitsfanatiker. Die Loyalität der Schulfreunde und die Tat, die sie aneinanderkettete, hatten ihm einen gewissen Schutz garantiert. Einen Schutz, der mit Majors Schwäche und jetzt auch mit ihrem Wissen über die Tat des Dicken hinfällig geworden war.

Für Joe waren nur zwei Menschen auf der Welt so wichtig, dass er ihr Leben für unantastbar hielt: sein eigenes und das von *fucking* Marc Warberg. Alle anderen waren austauschbar und nur so lange wertvoll, wie sie ihm nützten. Tina setzte ein Pokerface auf und beschloss, sobald sie hier raus war, einen Plan zu entwickeln. Der Dicke würde für den Tod von Tom büßen müssen. Dafür würde sie sorgen. Das war so sicher wie das Amen in der Kirche.

Der Dicke

Wenige Minuten später genossen er und Tina schweigend ihren Rotwein. Beide saßen scheinbar entspannt zurückgelehnt in den

Schreibtischsesseln, die Köpfe nach hinten ans weiche Polster gelehnt. Ein neutraler Beobachter hätte eine harmonische, friedliche Szene gesehen, in der zwei Menschen, die sich augenscheinlich sehr vertraut waren, einen ruhigen Moment miteinander verbrachten.

In Wirklichkeit wartete der Dicke nur. Durch halb geschlossene Lider warf er vorsichtige Blicke auf die alternde Blondine, die er über ein halbes Leben lang kannte. Die er mal respektiert, ja sogar bewundert hatte. Aber das war lange her. Wann würde sie schläfrig werden?, fragte er sich. Wann würde sie merken, was mit ihr geschah? Wenn sie überhaupt etwas davon mitbekam. Die Dosis, die er ihr verpasst hatte, war so hoch, dass sie innerhalb der nächsten Minuten zu Benommenheit und Desorientierung führen würde.

Jetzt! Tinas Kinn sackte nach unten, die wässrig blauen, mit schwarzem Kajal umrandeten Augen blinzelten müde. Ihre Hand, die das Weinglas hielt, sank nach unten. Behutsam nahm der Dicke es ihr aus der Hand und stellte es vorsichtig auf seinem Computertisch ab. Wäre doch zu schade, wenn der Teppich, die Wand oder gar die technischen Geräte Flecken bekämen.

Joe lächelte. Nun hatte er Tina von Meersfeldt genau da, wo er sie haben wollte: in seiner dicken, starken Hand.

Nele

Shorty sah grauenhaft aus. Selbst im schummrigen Licht von Jens Meyers schmuddeligem, zugequalmtem Wohnzimmer waren sein blaues Auge und die geschwollene Nase nicht zu übersehen. Trotzdem schien er sich bei Jens und dessen Familie recht wohlzufühlen. Auch der Hausherr war offenbar eins mit sich und der Welt. Als er Nicole und Nele an der Tür begrüßt hatte, war ein breites, zufriedenes Grinsen auf seinem Gesicht erschienen. Seinen toten Freund zu rächen und gleichzeitig kräftig abzusahnen, diese Aussicht schien ihn zu beflügeln.

Nicole aber hatte Jens stirnrunzelnd von oben bis unten gemustert. »Zieh dir was Vernünftiges an«, kommandierte sie statt einer Begrüßung, denn Jens war in ausgeleierten Boxershorts, die einen unschönen Blick auf seine behaarten und mit verblichenen Tattoos bedeckten Beine freigaben, sowie einem fleckigen, löchrigen Feinrippunterhemd, das über dem Bauchansatz spannte, an der Wohnungstür erschienen. »Bei dem Anblick kann doch keiner nachdenken.«

Jens feixte herausfordernd und schnalzte mit der Zunge durch die breite Zahnlücke. »Zu sexy, was?«

Aber er gehorchte und verschwand in den Untiefen der Wohnung, während die beiden Frauen ins Wohnzimmer gingen.

Dort also hockte Chris Schelsen zwischen Wolldecken, Kissen, Katzen und Bierdosen auf dem Sofa, auf den Knien seinen Laptop. Nele begrüßte ihn, stellte ihm Matthias' Schwester vor und ließ sich ihm gegenüber im Sessel nieder. Nicole rauchte erst einmal eine Zigarette und sah sich währenddessen nach einem einigermaßen sauberen Platz um. Sie seufzte ergeben, bevor sie ihr ausladendes Hinterteil vorsichtig auf der äußersten Kante der Couch balancierte.

Schweigen machte sich breit. Aus dem Hintergrund waren Kinderstimmen, das Schimpfen einer Frau sowie Jens' brummige Antwort zu hören. Schließlich schlug eine Tür, und er erschien, mit zerschlissenen Jeans und zerknittertem Sweatshirt hinreichend bekleidet.

»Für alle 'n Bier?«, fragte er, wartete eine Antwort gar nicht erst ab, sondern steuerte die Küche an.

Kurze Zeit später hockte das ungleiche Quartett, jeder mit einer Pilsdose aus dem Discounter in Händen, rund um den zugemüllten Couchtisch.

»So, kommt, Leute«, brach Nicole das Schweigen. »Wir sind nicht zum Saufen hier, oder? Wie soll die Sache morgen laufen?«

Chris Schelsen beäugte sie vorsichtig, beugte sich vor und räusperte sich. »Also, die Übergabe ist um achtzehn Uhr. Der Typ hat meine E-Mail bekommen und auch schon geantwortet. Wir kriegen das Geld. Sechshunderttausend Euro. Am vereinbarten Treffpunkt. Jetzt müssen wir nur noch überlegen, wer von uns den Austausch vornimmt und wie wir es schaffen, die Typen dazu zu kriegen, den Mord an Hellmann, ähm, deinem Bruder, zu beichten.«

»Die Übergabe mach ich.« Nele war von ihrer eigenen Courage überrascht. »Das allein provoziert den Dicken und Tina am meisten. Außerdem werden sie mir sofort folgen, weil sie mich für ungefährlich halten. Ich brauch nur ein gutes Lockmittel.«

»Das hab ich. Hier.« Nicole zog mit spitzen Fingern, deren Nägel in schillerndem Pink lackiert waren, eine CD aus ihrer winzigen schwarzen Handtasche mit den Glitzersteinchen. »Da sind die letzten Fotos drauf, die Matthias gemacht hat. Vielleicht können wir damit was machen.«

Nele stierte die silberne CD in der transparenten Hülle an. Auch Jens wirkte überrascht, während Chris Schelsen Nicole unverhohlen neugierig ansah.

»Wieso letzte Fotos? Wovon denn?« Mit den Umständen von Matthias' Tod war er nicht vertraut, und auch von dessen Leidenschaft fürs Fotografieren wusste er nichts. Er kannte bloß die Fichtenlichtungsbilder.

»Na, vom Kaarster See«, erklärte Jens ungeduldig und griff nach der CD. »Mattes hat in den letzten Jahren immer viel mit seiner Digitalkamera rumprobiert. Spiegelreflex natürlich, drunter machte er's nicht, stimmt's, Nicole?«

Die nickte. »Für ihn war's nur ein Abklatsch von ›echten Fotos‹, wie er immer sagte. Aber fasziniert hat ihn die Technik schon. Und dass man Digitalfotos am Computer bearbeiten und verändern kann. An seinem letzten Tag …«, sie zögerte und verbesserte sich mit brüchiger Stimme, »an seinem letzten Lebenstag, am ersten Oktober, am Ufer des Kaarster Sees, kurz bevor er … umgekommen … ist, hatte er die Kamera auch dabei. Hat Bilder vom Ufer, vom Wasser, vom Müll und so weiter geschossen. Als man ihn zwei Tage später fand, lag die Kamera neben ihm in einer Pfütze. Sie war zwar kaputt, aber der Speicherchip hatte den Regen unbeschädigt überstanden. Also haben die Bullen sich die Bilder auf den Computer gezogen und untersucht. Die konnten nichts Verdächtiges entdecken. Aber sie haben behauptet, die Fotos seien so 'ne Art Abschiedsbrief gewesen …« Jetzt hielt sie inne, suchte den Blickkontakt mit Nele, um sich, wie es schien, daran festzuklammern. »… von wegen, Matthias habe Sterben und Tod darstellen wollen. ›Morbide‹ haben sie das genannt.«

Sie schnaubte verächtlich. »Als wenn das ein Beweis dafür wäre, dass er sich umgebracht hat! Matthias hat in den letzten Jahren viele solcher Bilder gemacht. War sein Dauerthema. Nele, in dem Karton, den ich dir gegeben hab, waren massenhaft solche Fotos, oder?«

Nele nickte bestätigend. Ja, sie erinnerte sich an die Serie, deren Eindrücklichkeit sie ziemlich beunruhigt hatte. Sterben und Tod hatten Matthias zweifellos über die Maßen beschäftigt. Das sagte tatsächlich viel über seinen damaligen Gemütszustand aus, fand sie. Trotzdem, unentwickelte Bilder auf einem Speicherchip als Abschiedsbrief? Nachdem er kurz zuvor seine Schmutzwäsche zum Waschen zu seiner Schwester gebracht hatte, ohne irgendeinen Hinweis zu geben, ein paar Zeilen zu schreiben oder zumindest ausgedruckte Fotos zu hinterlegen? Nein, das passte nicht zu dem Matthias, den sie mal gekannt hatte.

»Na, jedenfalls ist auf den Bildern nichts Verfängliches drauf, was seinen Mörder verraten könnte. Aber das weiß der ja nicht, oder? Hab die Dateien erst Monate nach dem Tod meines Bruders von den Bullen zurückgekriegt und auch nur auf mein Drängen hin. Jetzt können wir die Bilder vielleicht als Druckmittel nutzen, um den Mörder aus der Reserve zu locken, oder?« Nicole sah sich bestätigungheischend in der Runde um.

Sowohl Jens als auch Nele nickten zögernd, während sich auf Shortys lädiertem Gesicht langsam ein schäbiges kleines Grinsen breitmachte. »Gute Idee«, sagte er. »Vor allem wenn wir die Fotos ein bisschen nachbessern. Gib mal her, Jens, ich schau, ob was Brauchbares dabei ist.«

Er nahm Jens die CD aus der Hand und schob sie ins Laufwerk seines zierlichen Hightech-Laptops. Er schien sich überhaupt nicht mehr vor seinem ehemaligen Peiniger zu fürchten. Während das Programm startete, rückten alle vier auf dem katzenhaargespickten Sofa zusammen. Sogar Nicole zierte sich nicht weiter.

Stumm wechselten sich vor ihnen auf dem Display die Bilder ab. Nele musste die Tränen zurückhalten. Die Trostlosigkeit, die sie ausstrahlten, war beklemmend. Matthias hatte abgestorbene Äste, ein auf dem Wasser treibendes Herbstblatt, Scherben, eine in einem kahlen Busch hängende, sich im Wind blähende Plastiktüte, zertretene Zigarettenkippen in zerzaustem Gras und immer wieder das Spiegelbild der vorbeiziehenden Wolkenfetzen in der Oberfläche des Sees abgelichtet.

Man konnte schon auf die Idee kommen, dass es sich hier um die Abschiedsbilder eines Suizidgefährdeten handelte. Plötzlich wurde sie unsicher. Was, wenn Matthias sich doch selbst das Leben genommen hatte? Wenn sie sich nur unnötig in Gefahr brachten, indem sie auf Tuchfühlung mit Tina und dem Dicken gingen, die garantiert nicht vor der Ermordung ihrer Erpresser zurückschrecken würden?

Ein triumphierender Ausruf von Shorty unterbrach ihre Grübeleien. »Da! Das ist es!« Er fuhr mit dem Cursor über ein Foto, auf dem eine leuchtende Herbstsonne Teile des Ufers und der Wasserfläche mit verschwenderischem Licht überzog. Matthias' Schatten malte sich klar umrissen auf dem Boden ab. Shorty zoomte das Bild heran.

Nele wurde schwindelig. Das dort auf dem Desktop war der Schatten des Mannes, dem sie in den letzten Tagen so nahegekommen war wie in den vergangenen Jahrzehnten nicht. Hier lag sein letztes Lebenszeichen vor ihnen, zwar schmal, schemenhaft, grau, ein Schatten eben, aber ein untrügliches Zeichen für seine Existenz. Am selben Tag war er gestorben. Nie wieder würde die Sonne auf Matthias scheinen, und nie wieder würde sein Körper einen Schatten werfen. Sie musste wegschauen. Da hörte sie Nicoles Stöhnen. Auch ihr ging das Bild nahe. Wieder suchten die beiden Frauen Blickkontakt, um die Trauer miteinander zu teilen.

»Ich könnte dort noch einen zweiten Schatten platzieren«, sagte Shorty und deutete auf die entsprechende Stelle. »Einen wesentlich dickeren, wenn ihr versteht, was ich meine. Das dürfte den Mörder aufscheuchen, oder?« Von sich selbst und seiner Idee offenbar ziemlich begeistert, sah er grinsend in die Runde. »Überhaupt kommt mir gerade eine Ahnung, wie wir die Mörder von Matthias zur Strecke bringen und uns gleichzeitig die sechshunderttausend Euro sichern. Ohne Gefahr zu laufen, dass die Polizei was davon spitzkriegt.«

Shorty, Jens, Nicole und Nele waren sich einig, dass es ein gewagtes Spiel war, auf das sie sich einließen. Ihre Freiheit und ihr Leben standen zur Disposition, und sie würden sich weit über den Rand der Legalität hinausbewegen.

Sorgfältig gingen sie alle kalkulierbaren Risiken durch und entwickelten Alternativpläne, falls etwas anders laufen sollte als erwartet.

Ein Ziel aber stand unverrückbar fest: Der Dicke sollte für den Mord an Matthias, falls er ihn tatsächlich begangen hatte, zahlen. In mehr als einer Hinsicht.

Drei Dinge galt es hinzubiegen: erstens, dem Mann ein Geständnis zu entlocken, während man gleichzeitig die Erpressung und die Tat auf der Fichtenlichtung vertuschte, zweitens, für Shorty und Jens das Geld zu sichern, und drittens, ein Motiv für den Mord an Matthias auszutüfteln, das schlüssig genug war. Denn falls es nicht zu einer rechtskräftigen Verurteilung kommen würde, sollte wenigstens Joes Ruf ein für alle Mal ruiniert sein.

»Wenn dem Dicken klar ist, dass er von uns nur für Hellmanns Tod zur Verantwortung gezogen werden soll und nicht für die Sache auf der Fichtenlichtung, wird er froh sein, egal, in welche Scheiße wir ihn reinreiten«, fasste Shorty trocken zusammen.

»Genau, denn er wird keinen Bock darauf haben, vor seinem Busenfreund, dem Warberger, als Mörder eines Kumpels von früher dazustehen«, ergänzte Jens. »Dabei kann er nur verlieren.«

»Also sollte er dankbar sein, wenn wir die Erpressergeschichte außen vor lassen.« Das kam von Nicole.

»Wenn er schlau ist, ja.« Aber Nele war sich nicht sicher. Wer weiß, was in Joes Kopf vor sich ging. Womöglich kam es ihm gut zupass, möglichst viele andere mit in den Untergang zu reißen. Und überhaupt. War es moralisch richtig, was sie sich vorgenommen hatten? Inwieweit heiligte jemals der Zweck die Mittel? Wo verlief in ihrem Fall die Grenze zwischen Unschuld und Schuld, Buße und Rache oder zwischen Treue und Verrat? Existierte so eine überhaupt?

Tina

»Komm, Tina. Du hast genug. Ich fahre dich nach Hause.«

Nur ganz gedämpft und wie von weit her hörte sie die sanft drängende Stimme des Dicken. Sie versuchte zu antworten, aber weder ihre Lippen ließen sich formen, noch wollte ihr die Stimme gehorchen. Also strengte sie sich an, wenigstens den Ansatz eines Nickens zustande zu bringen. Ja, sie musste dringend ins Bett, konnte kaum noch die Augen offen halten. Gut, solche Freunde zu haben, dachte sie verschwommen. Aber war da nicht etwas, vor dem sie sich in Acht nehmen musste? Sie verspürte ein unbehagliches Gefühl, das sie jedoch nicht zu fassen bekam. Nicht mal ein Stirnrunzeln wollte ihr gelingen. Ach, scheiß was drauf, erst mal nach Hause.

Joe zog Tina an ihren Armen hoch und lehnte sie mit dem Rücken an die Wand. Dort half er ihr in die Jacke, schnappte sich ihre Handtasche und bugsierte sie resolut in den Hausflur hinaus. Erst als sie zusammengesunken auf dem Beifahrersitz ihres Porsche saß, keimte erneut Misstrauen in ihr auf. Doch sie schaffte es einfach nicht, sich zu konzentrieren. Während der Porsche mit Joe am Steuer durch die Nacht fuhr und der Motor gleichmäßig schnurrte, fielen Tina von Meersfeldt die Augen zu.

Der Dicke

Eine halbe Stunde später, inzwischen war es fast Mitternacht, erreichte er über Ilverich das kleine Örtchen Meerbusch-Langst-Kierst. Er hielt sich im Kreisverkehr rechts und fuhr weiter Richtung Rheinufer. Die schmale Straße lag wie ausgestorben da, auch das rechter Hand liegende Restaurant war geschlossen. Und die Gebäudekomplexe des Hotels linker Hand hatten ebenfalls alle Lichter gelöscht. Andere Häuser gab es hier nicht.

In langsamem Tempo und immer wieder um sich schauend ließ Joe die bebauten Flächen hinter sich und steuerte den Porsche bis zur Anlegestelle der Rheinfähre nach Kaiserswerth. Unter dem sternenklaren Himmel glitzerte der Rhein wie flüssiges Silber.

Das Wasser floss in Ruhe dahin. Schiffe waren nicht in Sicht. Drüben am Kaiserswerther Ufer brannten nur wenige Lichter. Die Menschen schliefen. Joe war heilfroh, dass November war. In den belebten Sommermonaten wäre sein Vorhaben völlig undenkbar gewesen. Die Kneipen und Restaurants wären geöffnet gewesen, bis in den frühen Morgen hätte Trubel geherrscht. Jetzt war alles still.

Der Dicke fuhr bis zum Ende der betonierten, abschüssigen Rampe, zog die Handbremse an und schaltete Licht und Motor des Wagens aus. Um zweiundzwanzig Uhr hatte hier die letzte Fähre des Tages abgelegt. Morgen begann der Fährbetrieb erst wieder gegen sieben Uhr, wie ein rot umrahmtes Metallschild verriet, das direkt rechts an einem Pfosten prangte.

Joe warf einen Blick auf die fest schlafende Tina.

War die Dosis Rohypnol, die er ihr verabreicht hatte, etwa zu hoch gewesen? Ach was, sagte er sich, alles lief nach Plan.

Er griff mit den behandschuhten Fingern nach Tinas kleiner Handtasche und durchsuchte sie nach ihrem Handy. Dabei stießen seine Finger auf etwas Schmales mit einer Verdickung am Ende. Verärgert und mit einem leisen Knurren zog er Majors Specksteinpfeife hervor und ließ sie in die Tasche seines Mantels gleiten. Dann nahm er sich Tinas Mobiltelefon vor. Zunächst durchstöberte er das Telefonbuch, fand sich selbst unter »Dicker« und löschte kurzerhand den Eintrag sowie alle seine ab- und eingehenden Anrufe der letzten Zeit. Zwar war sein Handy, das er für den Kontakt mit Tom und Tina benutzt hatte und dessen er sich später entledigen würde, nur ein Prepaidhandy und nicht auf ihn zurückzuführen, aber sicher war sicher. Jetzt suchte er nach der Handynummer von Roland von Meersfeldt. Die SMS, die er eintippte, war knapp, aber eindeutig:

Tom ist tot, und das halte ich nicht aus. Er war meine große Liebe. Ich folge ihm nach.

Schnell schickte er die Kurznachricht ab, schaltete das Handy aus und warf es zurück in die Designerhandtasche. Er schnappte sich den Rucksack mit der Ersatzkleidung von der Rückbank, stieg aus dem Wagen und entfernte die Plastikfolie vom Fahrersitz. Sie kam zusammengeknüllt in den Rucksack. Leichtfüßig, wie man es jemandem seines Gewichts sicher nicht zugetraut hätte, lief er um den Porsche herum und öffnete die Beifahrertür.

»Was'n los?«, nuschelte Tina. »S'mer schon da?«

»Fast«, beruhigte sie der Dicke mit leiser Stimme. »Komm jetzt.«

Sie gehorchte anstandslos, auch als er ihr aus dem Wagen half und sie zur Fahrerseite schleppte. Dort drückte er sie hinters Steuer, beugte sich über sie, um sie anzuschnallen, und startete den Motor im Leerlauf. Tina saß schlaff und mit geschlossenen Augen auf dem Fahrersitz. Brav! Schleunigst ließ er die Scheiben an Fahrer- und Beifahrerseite je einen schmalen Spalt herunter, löste die Handbremse und schloss die Tür.

»Gute Fahrt«, wünschte er Tina noch, bevor er den Wagen von hinten anschob.

Es war nicht viel Kraft vonnöten, das Auto von der Anlegestelle aus in den Rhein zu schieben. Und es machte ihm auch nichts aus, dass seine Schuhe und die Hosenbeine nass wurden. Er hatte ja Ersatzklamotten dabei. Erst behäbig, dann immer schneller wurde der Wagen flussabwärts abgetrieben.

Zufrieden sah der Dicke zu, wie die Fluten den Porsche von allen Seiten umarmten und nach unten zogen. Bald war nur noch die Dachfläche zu sehen, dann gar nichts mehr.

Chris

Shorty lag im Dunkeln auf Jens Meyers Sofa, in eine schmuddelige Wolldecke gehüllt, eine schnurrende Katze zu seinen Füßen. Er kam nicht umhin, dem zweistimmigen Stöhnen aus dem Schlafzimmer zuzuhören, und konnte nicht einschlafen.

Seine Welt war völlig aus den Fugen geraten. Nicht nur, dass seine Frau ihn mit den Kindern verlassen hatte, um ihn gegen einen alten Knacker auszutauschen, nein, jetzt hatte er sich auch noch auf die Seite eines Kriminellen geschlagen. Er schwänzte die Arbeit, lebte quasi obdachlos, plante, sich eine Riesensumme

Geld zu erpressen, und wurde aus ebendiesem Grund von knallharten, einflussreichen Leuten verfolgt, die mal zu seinem engsten Freundeskreis gehört, ihn aber als überflüssig betrachtet und fallen gelassen hatten.

Das Verrückteste und Absurdeste an dieser verheerenden Situation war allerdings, dass er sich tatsächlich so wohlfühlte wie schon lange nicht mehr. Hier lag er, heimat- und haltlos, in Mief und Dreck und empfand tatsächlich so etwas wie Glück.

Nach langem Nachdenken kam er darauf, warum das so war. Die Leute, mit denen er jetzt zu tun hatte, waren echt und irgendwie authentisch. Ihnen gegenüber musste er sich nicht verstellen wie in seiner Ehe oder zu Zeiten, als er Mitglied im Marc-Warberg-Fanclub gewesen war. Und er hatte das Gefühl, ernst genommen zu werden und von Nutzen zu sein. Dank seiner besonderen Fähigkeiten würde er den anderen mit Rat und Tat beiseitestehen. Umgekehrt genoss er so etwas wie Schutz und Freundschaft. Ha, und vorhin hatte er neben der Entwicklung seines genialen Plans sogar noch ein Rätsel gelöst.

Während sie die Feinheiten des Showdowns von vorn bis hinten durchgegangen waren, hatte Nele den Verdacht geäußert, dass Marc Warberg derjenige gewesen sei, der sie vor der Reinigung hatte überfahren wollen. Mit einem schwarzen BMW. Chris hatte sofort aufgehorcht.

»Wann war das genau?«, hakte er nach. »Montagabend zwischen sieben und halb acht? Nee, das war nicht Marc. Zufällig war ich um die Zeit nämlich auf dem Klo. Während ich dort so vor mich hin träume und pinkle, höre ich erst einen Motor aufheulen, dann tierisch lautes Hundegebell und Reifenquietschen. Natürlich habe ich sofort aus dem Dachfenster geschaut, das direkt vor mir war. Ich brauchte es nur ein Stückchen aufzudrücken und mich rauszubeugen. Und was hab ich da wegfahren sehen? Einen BMW mit Düsseldorfer Kennzeichen mit 'ner Blondine drin. Wenn ich jetzt eins und eins zusammenzähle, wird das unsere Barbie gewesen sein: Tina von Meersfeldt. Die wohnt mit ihrem Banker schließlich in Oberkassel.«

Die anderen hatten ihn erst entgeistert angestarrt und dann nachdenklich genickt.

Zufrieden kuschelte Shorty sich in seine Decke. Im Schlafzimmer war jetzt Ruhe. Gut so. Er lächelte mit geschlossenen Augen und entspannte sich. Das Ergebnis seiner digitalen Fotobearbeitung würde einschlagen wie eine Bombe. Da war er sich sicher.

Marc

Marc lag mit klopfendem Herzen im Bett. An Schlaf war nicht zu denken. Das Telefonat mit Andi von vorhin trieb ihn noch um. Was Neles beste Freundin ihm erzählt hatte, war ungeheuerlich.

Ein Mord in der Nacht ihres Abiballs '89? Auf der Fichtenlichtung? Unter Beobachtung von Matthias Hellmann? Von Marcs ehemals besten Freunden begangen? Zwar ohne sein explizites Wissen, aber doch mit seiner Verantwortung, oder? Schon immer hatte er sich irgendwie schuldig am Tod des Schulkameraden gefühlt. Jetzt bestätigte sich diese Ahnung. Natürlich war er immer davon ausgegangen, dass ein tragischer Unfall vorlag, der zu verhindern gewesen wäre, wenn er sich besser um den Freund gekümmert hätte. Jetzt stellte sich die Tragödie als gemeinschaftlicher Mord heraus. Er musste die Fotos sehen, um wirklich daran glauben zu können.

Marc begriff es nicht. Warum war es passiert? Seinetwegen? Wie hatte die Situation im letzten Schuljahr dermaßen entgleisen können? Warum hatte er nichts davon mitgekriegt?

Aus Egoismus. Blind, taub und gefühllos war er durch eine von allen Seiten einstürzende Welt gegangen, weil er nur mit sich selbst beschäftigt gewesen war. Marc versuchte, die aufkommende Panik wegzuatmen und sich auf etwas Positives zu konzentrieren.

Wieder dachte er an den Anruf von vorhin. Dass Andi ihm vertraute und an seine Unschuld glaubte, war ein Hoffnungsschimmer am Horizont. Wenn er doch selbst davon überzeugt wäre! Traurig glitten seine Gedanken zu Nele, die ihn für schuldig hielt. Sie hatte sich inzwischen ganz auf Hellmanns Seite geschlagen, begriff er. Auf die Seite des Zaungastes und Erpressers. Ihre Parteinahme war eindeutig und aus der Vergangenheit heraus auch verständlich. Er konnte sie ihr im Grunde nicht verübeln.

Laut Andi verdächtigte sie ihn sogar, Matthias eigenhändig umgebracht zu haben. Und sie lag damit wahrscheinlich gar nicht so falsch. Tatsächlich hatte er Hellmann abgewimmelt wie lästiges Ungeziefer und gnadenlos im Stich gelassen. Mit einem einfachen Klick hatte er dessen E-Mail mit dem Betreff »Brauche deine Hilfe«, die unmittelbar nach dem Anruf in der Firma in seinem Postfach aufgetaucht war, ungelesen gelöscht. Aus Ignoranz und Eifersucht. Es war typisch für ihn.

Wer weiß, was Hellmann kurz nach der Begegnung auf offener Straße in Düsseldorf-Bilk, von der Andi ihm vorhin berichtet hatte, von ihm gewollt hatte. Er konnte sich leider nicht erinnern, irgendjemanden auf der anderen Straßenseite gesehen zu haben, als Joe vor dem indischen Restaurant zu Nele und ihm gestoßen war. Aber Matthias musste das Zusammentreffen in höchstem Grade alarmiert haben: Seine erste große Liebe war in die Kreise von kaltblütigen Mördern geraten, die von ihm seit vielen Jahren erpresst wurden.

Also, um was hatte der Mann ihn bitten wollen? Um Schützenhilfe für eine sehr verspätete Meldung des Mordes auf der Fichtenlichtung? Um Informationen über Joe? Oder hatte er lediglich an Marc appellieren wollen, vorsichtig im Umgang mit seinem neuen Geschäftspartner zu sein und sich bei Bedarf schützend vor seine Freundin zu stellen?

Er wusste es nicht, aber er, Marc, hatte mal wieder versagt, und wenige Tage später war Hellmann gestorben. Durch wessen Hand, konnte man nur spekulieren. Doch die Schuld für seinen Tod lag auch bei ihm. Da machte er sich nichts vor.

Verzweifelt starrte Marc mit weit aufgerissenen Augen in die Dunkelheit und überließ sich den flimmernden bunten Lichtpünktchen, die über ihm hin und her jagten. Dann riss ihn die Panik mit sich.

Tina

Tina träumte einen frostigen und nassen Traum. Feuchtigkeit kroch wie aus einem Sumpf schmatzend und gurgelnd an Füßen und Waden empor. Benommen kam sie zu sich. Der Schock, nicht in ihrem Schlafzimmer aufzuwachen, sondern in einer engen, dunklen Kammer, in der eiskaltes Wasser immer höher stieg, war furchtbar. Wo war sie? Was war los? Sie fühlte sich völlig orientierungslos; nackte Angst ergriff sie. Dann erkannte sie den halbrunden Schatten des Lenkrades vor sich. Ahnungsvoll tastete sie danach. Das hier war kein Traum!

Schlagartig kam sie zu sich. Du sitzt in deinem Auto fest; von außen dringt Wasser ein, realisierte sie panisch. Dann spürte sie, wie der Porsche schwankte. Bloß raus hier! Mit fliegenden Händen löste sie den Sicherheitsgurt und betätigte den Türgriff. Nichts geschah. Die Autotür öffnete sich nicht einen Zentimeter.

Kein Wunder, der Wasserdruck von außen war zu groß. Was jetzt? Hilflos fummelte sie an den Knöpfen für die elektrischen Fensterheber neben dem Türgriff herum, die natürlich nicht funktionierten. Hektisch fuhren ihre Hände umher, während der Wasserspiegel im Auto stetig anstieg; er reichte ihr inzwischen fast bis zum Bauch. Da stieß sie auf dem Boden des Beifahrersitzes gegen etwas Hartes, Glattes.

Die Wasserflasche, dachte sie, als ihre Finger den Flaschenhals umschlossen. Gut, dass sie immer eine im Wagen hatte, um ihre Tabletten runterzuspülen. Sie hob sie mit äußerster Anstrengung wie eine Keule knapp über ihren Kopf, holte aus und schmetterte sie gegen das Fenster der Fahrerseite.

Das unmittelbar darauf folgende Déjà-vu war unbeschreiblich. Wie vor zwanzig Jahren auf der Fichtenlichtung spürte Tina ihre Wut in die Wucht des Schlages schießen, zerstörerisch und rettend zugleich.

Unerschrocken

Das Martinsfest wird am Niederrhein auf besondere Weise gefeiert. Die Geschichte der Mantelteilung kennt hier jedes Kind. So soll Martin von Tours, späterer Bischof, um 334 nach Christus, damals gerade erst achtzehn Jahre alt und bereits Gardeoffizier der römischen Armee, eines eisigen Wintertages an einem Bettler, der zitternd und frierend halb nackt vor dem Stadttor von Amiens hockte, vorbeigeritten sein. Aus Mitleid habe er angehalten, mit einem einzigen Schwerthieb seinen teuren Wintermantel in zwei Teile geteilt und einen davon dem armen Mann überlassen.

Noch heute gedenkt man der Mantelteilung an jedem 11.11. des Jahres. Wochen vor dem Fest basteln die Kinder in den Kindergärten und Grundschulen Papplaternen, die sie an batteriebetriebenen Laternenstöcken durch das Novemberdunkel tragen. Außerdem werden Martinslieder eingeübt. Schließlich mündet das Ganze im Martinsumzug, an dem die Grundschulen eines Ortes oder Ortsteiles gemeinsam teilnehmen. Kinder, Lehrer und Eltern sammeln sich auf dem Schulhof, um am späten Nachmittag im Schein der Laternen singend loszuziehen, begleitet von einer oder mehreren Blaskapellen, angeführt von einem St.-Martins-Darsteller hoch zu Ross.

Der Umzug endet auf einem öffentlichen Platz, vorzugsweise im Zentrum des Ortes, an dem man ein Martinsfeuer entzündet. Hier wird die Geschichte von St. Martin und dem Bettler mit Hilfe eines Holzschwertes und zweier roter Stofflappen erzählt und nachgespielt. Im Anschluss, in manchen Orten auch erst einen oder mehrere Tage später, ziehen die Kinder in kleinen Gruppen, oft von ihren Müttern oder Vätern begleitet, von Haus zu Haus, klingeln und »ergripschen« sich durch das Singen von Martinsliedern Süßigkeiten, die sie später in prall gefüllten Tüten nach Hause tragen. Und deren klägliche Reste oftmals monatelang unter den Kinderbetten verschimmeln.

In Büttgen, dem ältesten Ortsteil von Kaarst, fanden Umzug und Gripschen in diesem Jahr am Freitag, dem 14.11., statt. Ab siebzehn Uhr sollte der Umzug der Kinder vom Schulgelände aus durch das Dorf bis zum Rathausplatz ziehen, wo um achtzehn Uhr das große Feuer in Brand gesteckt werden würde. Unter dem überhängenden Dach des Rathauses konnte man außerdem seit dem frühen Nachmittag an extra dafür aufgestellten Tischen die offiziellen Martinstüten abholen: rote Papiertüten, die mit einem Weckmann, Mandarinen, Äpfeln, Bonbons und Schokolade gefüllt waren. Wochen zuvor hatten Helferinnen und Helfer des Martinsvereins dafür in den Haushalten Geld gesammelt und entsprechende Gutscheine verteilt.

Marc

Der Morgen war dunstig, das Licht diffus. Die sperrigen Kiefern, die die Lichtung umsäumten, standen wie verschwiegene Wächter da. Ihn fröstelte. Von allen Seiten schienen die Brombeerranken auf ihn zuzukriechen, nicht etwa um ihn zu vertreiben, sondern um ihn zu begrüßen. Und der grüne Teppich unter seinen Füßen, gewebt aus Moos, Flechten und Gras, fühlte sich watteweich an.

Seltsamerweise hatte Marc das Gefühl, nach Hause gekommen zu sein. Heimat. Mit einem Mal stand er hier wieder als der coole, schlagfertige und zugleich zutiefst unsichere junge Mann, der er einst gewesen war. Die Welt präsentierte sich verheißungsvoll und satt an Neuland.

Das trieb ihm fast die Tränen in die Augen. Wie ahnungslos er gewesen war. Wie naiv und größenwahnsinnig zugleich. Mit offenen Armen und allergrößter Selbstverständlichkeit hatte er die Welt umarmt und an sich gerissen, ohne auf irgendjemanden Rücksicht zu nehmen. Hatte damit das Unglück seinen Lauf genommen? Mit seiner Vermessenheit? Marc ging in die Mitte der Fichtenlichtung und atmete tief durch.

Nein, er war einfach ein typischer Jugendlicher gewesen, sagte er sich. Allmachtsphantasien, Überheblichkeit und die Überzeugung von der eigenen Unsterblichkeit gehörten zu dieser Lebensphase. In der Hinsicht war er nichts Besonderes gewesen. Mit zunehmender Reife verflüchtigten sich solche Superlative normalerweise und wiesen dem Menschen seinen tatsächlichen Stand in dieser Welt zu. Das Wissen um die eigene Mittelmäßigkeit, Scheitern, Leiden und Versäumnisse ließen einen auf dem harten Boden der Realität landen. Nur war dieser Fall bei ihm viel zu früh erfolgt – durch den Tod seiner Eltern. Viel zu früh war er erwachsen geworden und hatte die Freunde weit hinter sich gelassen, bis auf einen. Durfte ihm das irgendjemand vorwerfen?

Verwirrt setzte er sich auf einen großen Stein. Auch der hatte vor zwanzig Jahren, ach was, vor über fünfundzwanzig Jahren schon hier gelegen. Unzählige Male war er Marcs angestammter Platz gewesen. Das Moos, das den Brocken inzwischen überwucherte, durchfeuchtete seine Hose, aber es war ihm egal. Seine Gedanken glitten weit zurück.

Zu dritt hatten sie diesen versteckten, märchenhaften, mystischen Ort entdeckt … und dann systematisch entweiht.

Jahrelang waren Horden von Jugendlichen über den schmalen Zugang auf die Lichtung getrampelt, hatten geraucht, gekifft, getrunken, Sex gehabt und bergeweise ihren Müll hinterlassen. Die Fichtenlichtung war langsam, aber sicher von einem Ort der Unschuld zu einem Hinterhalt für Arroganz, Unterdrückung und Intrigen verkommen – so wie die ganze Clique um ihn, Tina, Stoned, Major, Johannes und die anderen. Und genau darin lag wahrscheinlich der Auslöser der tragischen Ereignisse.

Hatte es damit begonnen, dass sie sich über die Außenseiter an der Schule lustig gemacht, sie öffentlich bloßgestellt und gedemütigt hatten? Oder war die Sache gekippt, als Johannes dazustieß und Tina Matthias Hellmann denunzierte? Oder etwa, als er mit ihr ins Bett gegangen war, obwohl er wusste, dass sie sich viel mehr als nur Sex von ihm wünschte? Oder lief die Situation erst dann aus dem Ruder, als Marc sich von der Clique abwandte und nur noch Johannes in seiner Nähe duldete?

Marc dachte angestrengt nach. Die Nacht des Abiballs … Was hatte sich um ihn herum zusammengebraut, sodass es in einen Mord mündete? Leider konnte er sich an vieles nur noch schemenhaft erinnern. Er war bereits früh am Abend sehr betrunken gewesen. Schon zu Hause hatte er sich einige Wodkas genehmigt und sich auf der Party an unzähligen Cocktails festgehalten.

Er entsann sich einer heftigen Flirterei mit einem dunkelhaarigen Mädchen und dass ihn Tina dabei gestört hatte. Außerdem schwante ihm dunkel, sich an diesem Abend mit ein paar Mitschülern über seine geänderten Studienpläne unterhalten zu haben. Kurz zuvor hatte ihm nämlich seine Schwester Yvonne angeboten, zu ihr nach Münster in die WG zu ziehen, weil dort gerade ein Platz frei geworden war.

Marc war froh über das Angebot gewesen. Er freute sich darauf, in Münster zu studieren. Und die Beziehung zu Johannes wurde ihm langsam sowieso zu eng. Der elegante Ausweg kam ihm gerade recht. Jetzt musste er seine Pläne nur noch dem Freund beichten. Aber nicht jetzt, nicht heute.

Später in der Nacht, nach einer wilden Knutscherei mit der Brünetten – meine Güte, er konnte sich nicht einmal an ihren Namen erinnern –, war ihm kotzübel geworden. Er war über die Fußwege des Vorster Waldes nach Hause gewankt. Sie waren vom Regenguss noch ganz matschig gewesen. Dann hatte er geschlafen wie ein Toter, weit in die Mittagszeit hinein. An mehr konnte er sich beim besten Willen nicht erinnern. Schrecklich. Da hatte er sich die Kante gegeben, während sein Schulfreund hilflos im schmutzigen Wasser des Nordkanals ertrank.

Nein, so war es ja gar nicht gewesen, sondern viel schlimmer, schreckte er auf. Denn während er sich mit Alkohol die Hirnzellen wegschoss, gerieten seine Freunde auf der Fichtenlichtung dermaßen in Streit, dass drei von ihnen den vierten brutal zu Tode prügelten und wie einen Beutel Müll in den Nordkanal warfen. Und er lief später ganz in der Nähe des Toten vorbei, ohne etwas zu bemerken. Entsetzlich.

Über das Motiv für den Mord war er immer noch keinen Schritt weiter. Was sollte er bloß tun? Wenn es nach Nele ging, gar nichts. Denn die wollte den Mördern eine Falle stellen, um ihnen ein Geständnis über den angeblichen Mord an Matthias Hellmann zu entlocken. Verdammt gefährlich, fand er, und Andi sah das genauso.

Sie war dafür gewesen, dass sie sofort zur Polizei gehen sollten, aber er hatte gezögert. Dann würde er Nele schon wieder verraten, und das würde sie ihm niemals verzeihen. Außerdem waren weder Andrea noch er im Besitz der Erpresserfotos. Die lagerten bei Nele oder einem ihrer Verbündeten. Würde die Polizei ihrer wirren Geschichte ohne irgendwelche Beweise überhaupt Glauben schenken? Marc bezweifelte es.

Leider hatte Andrea keine Ahnung, wann Nele, Hellmanns Schwester, Shorty und dieser durchgeknallte Jens Meyer mit Joe und Tina Kontakt aufnehmen wollten. Wie viel Zeit blieb Andi und ihm noch? Wochen, Tage oder etwa nur Stunden? Wie er Nele kannte, war Eile geboten. Geduld war nicht ihre Stärke. Marc seufzte und erhob sich steifbeinig und durchgekühlt.

Die Natur hatte die Fichtenlichtung zurückerobert. Offenbar war hier seit Ewigkeiten kein Mensch mehr gewesen. Und falls noch irgendwo Müll herumlag, hatte das Grün ihn überwuchert. Der stille kleine Ort wirkte genauso unberührt wie damals, als die Freunde ihn voll des kindlichen Staunens, von Forschergeist und Abenteuerlust angetrieben, entdeckt hatten.

Die Entweihung war rückgängig gemacht worden. Das Böse hatte die Fichtenlichtung verlassen. Und das Blut, das hier geflossen war, war lange fortgewaschen.

Der Besucher kehrte der Fichtenlichtung den Rücken, ging über den schmalen, dornenüberwucherten, fast unsichtbaren Pfad zurück auf den Waldweg und schaute sich nicht um. Damit dieser Ort seine wiedergewonnene Reinheit behalten konnte, musste er gehen.

Endgültig.

Nele

Der Morgen dämmerte herauf, als Nele den Friedhof erreichte. Fröstelnd tappte sie über den gefrorenen Boden durch die Grabreihen, vorbei an raureifüberzogenen Geästen und immergrünen Gewächsen, an verwelkten Blumensträußen in Plastikvasen und an Grableuchten. Den weißen Marmorengel in seiner kitschigen Pracht ließ Nele genauso hinter sich wie den Rhododendronbusch, der ihr bei ihrem Besuch vor einer Woche Sichtschutz vor Tina von Meersfeldt und Dr. Thomas Neubaum geboten hatte.

»Matthias Hellmann 06.11.1967 – 01.10.2007«, las sie wieder, während sie sich in ihre Jacke mummelte. Sie ließ den Blick über die Grabstelle schweifen, registrierte, dass jemand, vermutlich Nicole, ihren zerdrückten Blumenstrauß in eine Vase gestellt hatte, entdeckte ein Gesteck aus Herbstastern zwischen den Bodendeckern und versuchte, Matthias nahezukommen.

Was sie über ihn und sein Leben in den letzten Tagen erfahren hatte, verband sich mit ihren Erinnerungen zu einem pulsierenden Ganzen. Wie konnte er tot sein? Er kam ihr heute lebendiger vor als in den vergangenen zwei Jahrzehnten. Nachdenklich hockte Nele sich hin und fuhr mit den Fingern die eingravierten Zeichen auf dem Grabstein nach.

»Ach Matthias«, flüsterte sie traurig. »Warum hast du nicht mit mir geredet?«

Und dann tat sie das, wofür sie hergekommen war: Sie bat ihn um Verzeihung. Für ihre Ignoranz, für die Treulosigkeit, für das Verdrängen, für den kläglichen Versuch, ihre eigene Lebensgeschichte umzuschreiben, als hätte es ihn nie gegeben.

»Auch wenn du nicht in meinem Kopf warst, warst du doch immer in meinem Herzen«, sagte sie am Schluss. »Und heute Abend werde ich es dir beweisen.«

Der Dicke

Der Dicke saß völlig übermüdet in seinem Schreibtischsessel im Bilker Büro. Nach dem langen Fußmarsch entlang des Rheinufers bis zur Flughafenbrücke, bei dem er Majors Pfeife in den Fluss geschmissen hatte, und der vierzigminütigen Taxifahrt nach Hause war er in einen unruhigen Schlaf gefallen. Morgens hatte er ausgiebig geduscht und gefrühstückt, bis er zur gewohnten Zeit die Firma erreichte. Seitdem saß er am Schreibtisch und wartete.

Aber Marc kam und kam nicht. Ohne anzurufen, ohne eine E-Mail zu schicken. Außerdem war sein Handy ausgeschaltet. Auch zu Hause nahm niemand ab. Marc war einfach nicht erreichbar. Das hatte es in den vergangenen zwei Jahren noch nie gegeben. Es passte nicht zu Marc, dem pflichtbewussten Workaholic. Die unerklärliche Abwesenheit des Freundes versetzte den Dicken in Angst und Schrecken. Der Kontrollverlust tat fast schon körperlich weh.

Aber das war lange nicht alles. Es stand zu viel auf dem Spiel, viel mehr noch als damals, als die Krise ihren Anfang genommen hatte und er sich erstmalig eingestehen musste, dass ihm die Zügel aus der Hand geglitten waren. Heute fürchtete Joe um seine Liebe und um sein Leben.

Für die eklatante Abweichung in Marcs Handeln musste es einen triftigen Grund geben. Und der hatte aller Wahrscheinlichkeit nach mit der Eskalation der Lage zu tun. Womit sonst?

Nachdem der Dicke fast eine Stunde an seinem Schreibtisch gesessen, blicklos auf den Monitor gestarrt und fieberhaft nachgedacht hatte, kam er wieder zu sich. Er konnte es sich nicht leisten, Zeit zu verschwenden. Es mussten noch einige Kontobewegungen durchgeführt und eine relativ geringe Summe in bar abgehoben werden. Bis zum frühen Abend brauchte er die gesamten sechshunderttausend Euro. Den größten Teil hatte er zwar beisammen, aber eben nicht ganz. Bevor er das erledigte, stand jedoch an, seinen Bürorechner von dem wenigen Belastbaren zu reinigen, das darauf abgespeichert war. Seufzend machte sich der Dicke an die Arbeit.

Tina

Tina fror. Obwohl sie die Gasheizung angemacht und sich fest in die dicke, muffige Steppdecke eingewickelt hatte, schlotterte sie vor Kälte und vor Angst. Sie wusste nicht mehr ein noch aus, und das war in höchstem Maße alarmierend. Denn Tina hatte sich immer als furchtlos gesehen, als tatkräftig, als eine, die in Gefahr sofort mit Wut reagierte, einer Wut, die sie handlungsfähig und stark machte. Jetzt war von Wut keine Spur. Sie fühlte sich hilflos und hätte glatt losheulen können.

Dabei konnte sie doch eigentlich stolz auf sich sein. Mit genau der zerstörerischen Energie, die sie jetzt gerade an sich vermisste, hatte sie sich aus der schlimmsten Situation befreit, in der sie sich jemals befunden hatte.

Mehrmals hatte sie die Flasche gegen das Fenster der Fahrerseite gedonnert, bis es zerbarst. Durch die Öffnung war sofort eiskaltes Rheinwasser eingedrungen; ihr blieb die Luft weg. Trotzdem schaffte sie es, sich durch die Fensteröffnung zu zwängen. Dabei zog sie sich einen langen Schnitt an der linken Hüfte zu. Sie registrierte den Schmerz kaum. Dann, außerhalb des Fahrzeugs, irgendwo in Nässe und Schwärze, wusste sie plötzlich nicht mehr, wo oben und wo unten war. Um sie herum war nur ein luftleeres, schwereloses, rabenschwarzes Nichts. Zum ersten Mal in ihrem Leben verspürte Tina Todesangst. Sie würde jämmerlich ertrinken. In ihren Ohren begann es zu brausen, und es war so kalt, dass sie sich kaum bewegen konnte. Sie war kurz davor, aufzugeben, Wasser in ihre Lungen strömen zu lassen und das Ende zu akzeptieren. Tom, ich komme.

Plötzlich aber sah sie einen sanften Schimmer über sich. Wo Licht ist, ist oben! Wo oben ist, ist Luft. Mit einem Mal kehrte ihr Kampfgeist zurück, sie strebte dem Licht entgegen. Sekunden später durchbrach Tinas Kopf die Wasseroberfläche, sie schnappte gierig nach Luft. Ihre Lungen schmerzten, in ihren Ohren pfiff es. Verzweifelt irrte ihr Blick umher, streifte den sternenklaren Himmel, glitt über die glänzende Oberfläche des Stromes zu den sperrigen Silhouetten der Silberweiden und Schwarzpappeln, die den Rhein säumten. Dann sah sie die horizontalen Linien der Flughafenbrücke in der Ferne und wandte den Kopf, um das andere Flussufer zu sehen. Dort gewahrte sie schließlich den alten Mühlenturm und rechts davon die löchrige Ruine der Kaiserpfalz. Erst jetzt begriff sie, wo sie sich befand.

Vor einigen Jahren, als die neue Rheinquerung noch nicht gebaut worden war, hatten Tom und sie sich des Öfteren hier am Fähranleger getroffen. Sie war von der Düsseldorfer Seite aus mit der Autofähre hergefahren, er mit dem Wagen aus Meerbusch. Dann waren sie am Rheinufer spazieren gegangen oder hatten sich zu einem exquisiten Essen ins Hotel begeben. Einige Male war auch der Dicke mit von der Partie gewesen. Ja, ja, die guten alten Zeiten, schoss es Tina sarkastisch durch den Kopf. Sie drei gegen den Rest der Welt. Längst vorbei.

Das rettende Ufer auf der Meerbuscher Seite war ganz nah und trotzdem so gut wie unerreichbar, begriff sie. Die Strömung, die Kälte, die ihren Körper ergriffen hatte, die nasse Kleidung, die sie nach unten ziehen wollte und ihre Bewegungen zusätzlich lähmte, die Benommenheit, die ihren Geist gefangen hielt, all das ließ sie fast kapitulieren. Aber ihr Körper, der sich nicht so schnell kleinkriegen ließ, wollte leben und strebte dem Ufer zu. Sie schwamm und schwamm, doch ihre Bewegungen wurden immer müder. Aber die Strömung half ihr, und plötzlich hatte sie es geschafft.

Sie stieß sich die Knie an den Kieselsteinen, die im Wasser lagen, auf und kroch aus dem Wasser. Erschöpft blieb sie auf dem Bauch liegen. Hustete. Atmete. Keuchte. Atmete. Und dann fing sie an zu zittern und zu schlottern. Ihre Zähne schlugen laut aufeinander.

Nach einer halben Ewigkeit, wie ihr schien, schaffte sie es, sich so weit zusammenzureißen, dass sie sich aufsetzen konnte. Verwirrt blickte sie sich um. Das Wasser leckte sanft am Uferkies. Ängstlich zog sie die Füße weg. Dieser Fluss brachte den Tod. Dabei merkte sie erst, dass sie keine Schuhe mehr trug. Die hatte sie wohl beim Schwimmen verloren. Verwirrt starrte sie nun auf das blecherne Schild neben der Fähranlegestelle. Warum zur Hölle war sie hier? Aus welchem Grund war sie heute Nacht mit dem Porsche hergekommen, und wie hatte es passieren können, dass sie damit im Rhein landete? Shit, sie konnte sich nicht erinnern. Ihr Kurzzeitgedächtnis war ein einziger schlammiger Sumpf.

Egal, sie musste raus aus der Kälte und den durchnässten Klamotten. Sonst würde sie womöglich noch erfrieren. Was echt absurd wäre. Unter gewaltiger Anstrengung stemmte sie ihren geschwächten und geschundenen Körper hoch. Dann setzte sie sich in Bewegung, zwar ganz schwach auf den Beinen, aber einen Fuß vor den anderen setzend. Denn ihr war ein Ort ganz in der Nähe eingefallen, wo sie sich trocknen und wärmen konnte und wo sie in Ruhe nachdenken würde.

Und deshalb hockte sie jetzt hier im plüschigen, in staubigen Beige- und Brauntönen gehaltenen Wohnwagen eines spießigen Dauercampers, in den sie ohne große Schwierigkeiten eingebrochen war, und schaute aus dem Kunststofffenster nach draußen. Immer noch versuchte sie, sich zu sammeln, obwohl schon einige Stunden seit ihrer Ankunft vergangen waren. Eine riesige rote Sonne hing über dem Campingplatz am Rheinufer, der zu der Jahreszeit geschlossen hatte. Es würde ein schöner, klarer und kalter Morgen werden. Sie war froh, dass die Caravans und fahrbaren Sanitäranlagen nicht schon alle für die Wintermonate abtransportiert worden waren.

Wieder fing Tina an zu zittern. Sie dachte mit Grauen daran, wie sie sich aus dem Porsche befreit hatte. An die Schläge mit der Flasche gegen das Fenster. Jetzt war sie hier und in Sicherheit. All das erinnerte sie an den Morgen nach dem Abiball, als ihr bewusst geworden war, was sie getan hatten. Und warum. Wie magnetisch angezogen rasten Tinas Gedanken zurück zu jenem Morgen im Juni '89.

Sie erinnerte sich, mit schwerem Kopf und tauben Gliedern in ihrem Bett, das eigentlich ein Schlafsofa war, aufgewacht zu sein. Zunächst kam ihr alles wie immer vor: Sie genoss die Wärme und die Geborgenheit. Nach einem tiefen Schlaf fühlte man sich so unschuldig. Dieses Gefühl trug Tina üblicherweise sanft in den Tag. Nicht so heute. Schockartig fiel ihr ein, was gestern Nacht passiert war! Tinas Herz raste. Sie hatten einen Mord begangen und das Ganze als Unfall getarnt. Tina fuhr in die Höhe. Der Schmerz schoss in ihren Kopf und nistete sich dröhnend ein. Wie hatte es zu dieser Katastrophe kommen können? Sie erinnerte sich an ihre Hilflosigkeit, die sich zur Angst gesteigert hatte, an die heftige Wut, den plötzlich aufkommenden Hass und an den Reflex des blinden Zuschlagens. Sie entsann sich der Flasche in ihrer Hand. Außerdem der zornigen, zu allem entschlossenen Gesichter der beiden Freunde, die ihr zu Hilfe eilten.

Rache, hatte es in ihr gebrüllt. Schlagt ihn tot. Und sie hatte überschäumenden Triumph dabei empfunden, als ihr Angreifer unschädlich und offenbar mausetot zu ihren Füßen lag. War es das gewesen, was man Blutrausch nannte? Ein geiles Gefühl, fast besser als Sex … bis sie aus der Ekstase zu sich kam. Und die anderen beiden auch. Sprachlos und zitternd standen sie da. Das war der Moment, in dem ihre Gemeinschaft geboren worden war, auch wenn sie es da natürlich noch nicht wussten.

Heftige Blitze, ohrenbetäubende Donnerschläge und ein sintflutartiger Gewitterregen gingen inzwischen auf sie nieder; bald war die Fichtenlichtung völlig überschwemmt. Schlammige Pfützen bildeten sich zwischen Moos, Steinen, Gras und Müll. Tinas Kleid und Haare klebten an der nassen Haut. Der Regen sammelte sich in ihren Pumps. Das Tosen des Sturms in den Kiefern und der prasselnde Regen machten ein Nachdenken über die Situation fast unmöglich. Aber trotzdem – ein Plan musste her.

Der Einzige, der in diesem Chaos einen kühlen Kopf behielt, war Joe. Auch damals schon. Obwohl er schlotterte und bibberte wie Espenlaub, erteilte er, gegen den Sturm anbrüllend, Anweisungen. »Schmeiß ihn dir über die Schulter, Major! Der Regen ist unsere Chance! Komm, mach schnell!«

Tom reagierte wie ein seelenloser Roboter, ferngesteuert und auf Knopfdruck. Der blinde Gehorsam war ein Zeichen totaler Überforderung. Für Tina war die Unfähigkeit ihres Freundes und Liebhabers kaum zu ertragen. Klar, auch sie stand unter Schock. Auch sie kapierte kaum, wozu sie drei sich hatten hinreißen lassen. Trotzdem, es war geschehen, und jetzt musste man gucken, wie man mit einem blauen Auge davonkam. Es konnte doch nicht sein, dass ein paar unbeherrschte Minuten, vielleicht auch nur Sekunden, ihr komplettes Leben zerstört hatten!

Währenddessen entwickelte Joe seinen Plan weiter. Und Tina fing an zu begreifen … »Tina, nimm den Stein mit. Da klebt Blut und Gewebe dran. Den, auf den er draufgefallen ist. Nein, natürlich nicht mit der bloßen Hand! Denk an die Fingerabdrücke! Nimm die Plastiktüte. Und wisch auch die Flasche am Gras ab. Genau, schmeiß sie in die Brombeeren. Und jetzt los …«

Präzise tat sie, wie ihr befohlen. Ja, so konnte es tatsächlich funktionieren.

Und dann zogen sie mit ihrer schweren Last ab, quer durch den Wald, den ausgetretenen Pfaden der Rehe folgend, abseits der offiziellen Wege, auf denen womöglich noch Mitschüler oder andere Gäste des Abiballs auf dem Heimweg sein mochten. Schließlich erreichten sie den Nordkanal unweit der schmalen Holzbrücke, die den Vorster Wald mit der B 7 und damit mit dem Kaarster Westen verband.

Hier legten Joe und Major ihre Last auf den Boden und ließen sie die Böschung hinunter bis in den Nordkanal rollen. Der Körper landete mit dem Gesicht nach unten im brackigen Wasser. Tina schaute nur flüchtig hin und hörte nebenbei das schmatzende Aufklatschen auf der Oberfläche. Sie war gerade damit beschäftigt, den in der alten Plastiktüte mitgeschleppten Steinbrocken auf Anweisung von Joe neben dem Waldweg im Matsch zwischen anderem Gestein, die blutige Seite nach oben gewandt, zu platzieren. Gleichzeitig versuchte sie, den Weg in beide Richtungen im Auge zu behalten.

Dass ihr Opfer zu dem Zeitpunkt noch gelebt haben musste, als die Freunde es in den Nordkanal warfen, erfuhr Tina erst Tage später aus der Zeitung.

Joes Plan ging auf. Die Polizei und alle Welt ging vom tragischen Unfall eines betrunkenen Abiturienten aus. Und doch hatten sie drei das Wichtigste, das alles Entscheidende übersehen: dass es einen Zeugen gab. Obwohl Hellmann direkt hinter dem Brombeerwall auf der Lauer gelegen und Fotos von der Tat geschossen hatte, hatten sie nichts davon mitgekriegt, wahrscheinlich wegen des Gewitters und ihres Blutrausches. Und indem Assi Hellmann sie Jahre später mit den Bildern erpresste, machte er aus ihrem Trio einen Bund für die Ewigkeit.

Na ja, »Ewigkeit« war wohl doch zu weit gegriffen, korrigierte Tina sich jetzt ironisch, während sie die Bettdecke des fremden Dauercampers bis unters Kinn zog. Tom war nicht mehr, und auch sie selbst hatte fast dran glauben müssen. Dank Joe. Denn inzwischen konnte Tina sich bruchstückhaft an die Geschehnisse der vergangenen Nacht erinnern.

Das Schwein hatte ihr K.o.-Tropfen in den Wein getan. Er hatte vorgehabt, sie zu beseitigen, genauso wie Major, und Unfall oder Selbstmord vorzutäuschen. Seine beliebtesten Standards, nicht wahr? Genau sein Ding seit zwanzig Jahren! Verdammt erfolgreich war er mit dieser Methode, zweifellos. Erst der Mord auf der Fichtenlichtung, als Unfall getarnt, dann Tom, jetzt sie. Wieder kroch Panik in Tina empor.

Nur ein Monster war in der Lage, dermaßen skrupellos vorzugehen, oder? Jahrzehntelang hatte sie sich mit einem gewissenlosen Monster abgegeben, ohne zu ahnen, mit wem sie es zu tun hatte. Wirklich ohne es zu ahnen? Selbstkritisch gestand sie sich ein, dass die Gefühlskälte, das taktische Kalkül, die unnachgiebige Härte des Dicken eine eigenartige Faszination auf sie ausgeübt hatten. Aus dem unsicheren Jugendlichen war trotz der schwabbeligen Fassade ein stahlharter Mann geworden.

Wie nüchtern und distanziert er über die verheerenden Ereignisse in der Nacht des Abiballs sprechen konnte! Wie gnadenlos er das Problem Hellmann hatte angehen wollen! Wenn es nach ihm gegangen wäre, hätte man den schon vor Jahrzehnten einfach ausgelöscht. Wie kaltblütig er auch jetzt agierte! Er war eben ein Mann der Tat. Und das gefiel ihr ausnehmend gut, solange es nicht Tom oder gar sie selbst betraf.

Doch genau das war jetzt geschehen. Der Wind wehte nun aus einer anderen Richtung, ihr mitten ins Gesicht. Der angeblich gute alte, treue Freund aus Jugendtagen, der nur anderen gegenüber sein monströses Gesicht zeigte, war zum Todfeind geworden. Und Tina wusste, dass sie einem solchen Soziopathen nicht gewachsen war. Was konnte sie tun? Was blieb ihr zu tun übrig?

Chris

Shorty war in Büttgen aufgewachsen und dort auch zur Grundschule gegangen. Den Ablauf des Martinsfestes kannte er zur Genüge. In den letzten Jahren war er immer mit seinen Kindern hergekommen. Den Kleinen hatte es gefallen, mit dem Papa an dem Dorffest rund um das Martinsfeuer teilzunehmen und später in der Nachbarschaft der Großeltern mit ihren Laternen singen zu gehen.

In diesem Jahr war alles anders. Seine Kinder verbrachten das Wochenende im Schwarzwald. Wer weiß, wann Susanne ihm gestattete, sie wiederzusehen. Shorty kam die Galle hoch, wenn er daran dachte. Er fühlte sich ihrer Willkür machtlos ausgeliefert. Nicht mehr lange, schwor er sich, als er mit bohrenden Rückenschmerzen von Jens Meyers durchgesessenem Sofa aufstand und die Wolldecke zusammenfaltete. Nicht mehr lange wirst du das Sagen haben, Schlampe. Es tat gut, Zorn anstelle von Schmerz zu spüren. Müde und mit einem Kater vom vielen Bier und mehreren Joints in den Knochen wankte er durch den abgedunkelten Raum Richtung Badezimmer.

Nele

Neles Handy vibrierte in ihrer Hosentasche. Rasch flüchtete sie sich in den Nebenraum der Buchhandlung und zog es hervor. Sie sah den Namen im Display und sagte: »Hi, Nicole, was gibt's?«

»Hi, Nele.« Nicoles Stimme drang aufgeregt in ihr Ohr. »Habe mit André in der JVA telefoniert. War sehr aufschlussreich.«

Neles Herz flatterte. »Und? Was hat er dir erzählt?«

»Na, ich hab ihn gefragt, ob ihm in den Monaten und Wochen vor Matthias' Tod etwas aufgefallen ist. Oder ob Matthias bei seinen Besuchen oder in den Briefen etwas angedeutet hat.« Nicole pausierte. Nele hörte, wie sie die Luft einsog. Sicher rauchte sie schon wieder.

»Ja, und?«, drängte Nele.

»Hat er, sagt André.« Nicoles Stimme klang jetzt mühsam beherrscht. »Und es hatte echt mit dir zu tun beziehungsweise mit der Begegnung vor Dannys Tattoostudio.«

»Mann, Nicole, jetzt lass dir doch nicht alles aus der Nase ziehen! Spuck's einfach aus!«

Nicole seufzte. »Okay, aber raste nicht gleich aus, ja?«

»Nein, natürlich nicht.« In Wirklichkeit graute ihr vor Nicoles Eröffnungen. Noch mehr Schuldgefühle konnte sie nicht gebrauchen.

»Also, bei seinem letzten Besuch Ende September im vergangenen Jahr hat Matthias André so einiges anvertraut. Er erzählte zum Beispiel, dich, Marc und den anderen, diesen Dicken, vor dem indischen Restaurant gesehen zu haben. Er war sicher, dass du ihn auch erkannt, aber extra weggeschaut hast. Das hat ihn verletzt, aber sauer war er nicht. Er dachte eh, dass du ihn seit damals verachtest. Dass du immer noch davon überzeugt bist, dass er der Anstifter für den Einbruch bei deinen Eltern war. Im November '89 ist er doch dafür verknackt worden, genau wie für die anderen Einbrüche und den Raubüberfall an der Tankstelle. Sieben Jahre hatte er gekriegt. Zu zwei Dritteln musste er die absitzen.«

Neles Gedanken glitten weg.

Es stimmte. Paradoxerweise hatte Matthias seine Beteiligung am Einbruch in ihrem Elternhaus vor Gericht nie abgestritten, obwohl er natürlich gar nicht dabei gewesen sein konnte und, wie Nele längst wusste, auch an der Planung nicht beteiligt gewesen war.

Matthias, Jens und Tommi waren im Oktober verhaftet worden. Unter Waffengewalt hatten sie die Holzbüttger Tankstelle ausgeraubt und waren anhand von Videoaufzeichnungen identifiziert worden. Wertgegenstände, die sich bei ihnen fanden, die Einbruchswerkzeuge und weitere Indizien ließen die Staatsanwaltschaft auf eine Verbindung zu den Villeneinbrüchen im Frühjahr '89 schließen. Nach Erwachsenenstrafrecht wurden die drei zu langen Haftstrafen verurteilt.

»Er war gar nicht böse darüber, dass du mit ihm nichts zu tun haben wolltest. Trotzdem war er beunruhigt, als er sah, mit wem du zu tun hattest«, sprach Nicole hastig weiter. »André sagt, Matthias war überzeugt davon, dass der Dicke ihn gesehen hatte. Und dass es ihm unangenehm war, sich mit dir vor Matthias zu zeigen. Als ob er etwas im Schilde führte.

Und jetzt bekam unser Bruder richtig Angst um dich, sagt André. Matthias hat dann noch ein paar Andeutungen gemacht, von wegen, dass er die Sache endlich in Ordnung bringen will. Dass der Dicke unschädlich gemacht werden muss und so'n Zeug. Dass er dich vor den Schweinen schützen möchte. Dass du damals wohl seine Briefe nicht bekommen hast, weil du im Ausland warst. André hat selbst nicht kapiert, worum es ging. Von dem Mord auf der Fichtenlichtung und der Erpressung wusste er ja nichts. Und ich hab ihm auch nichts davon erzählt.« Nicoles Stimme klang belegt. »André hat Matthias nur geraten, nicht an dich, sondern hauptsächlich an sich selbst zu denken. Dass es sich nicht lohne, sich für eine Frau in Gefahr zu begeben, die einen mal verraten und dann abgeschrieben hat. Aber Matthias wollte nichts davon wissen. Er hat nur den einen Satz wiederholt, der André ganz schön genervt hat.« Pause.

»Nun sag schon!«, drängte Nele.

Nicole räusperte sich. »Ich lass solche Typen nicht in die Nähe von jemandem, der in meinem Herzen ist. Nicht, wenn ich es verhindern kann.«

Nele stöhnte auf. Die Schuld schnürte ihr die Kehle zu und trieb ihr die Tränen in die Augen.

»Na ja«, fuhr Nicole nüchtern fort. »Mein Bruder hat vielleicht nicht gerade viel in seinem Leben geleistet, auf das er hätte stolz sein können. Aber eins kann man ihm wirklich nicht vorwerfen: dass er die, die ihm wichtig sind, jemals im Stich gelassen hätte. Wer es einmal in sein Herz geschafft hatte, der war drin. Auf ewig. So war er nun mal.«

Verzweifelt versuchte Nele, sich zu fassen. Du wirst in meinem Herzen sein. »Wie hat André denn auf Matthias' Worte reagiert? Hat er sich keine Sorgen gemacht?«, fragte sie.

»Doch, klar. Aber er wusste ja nicht, was genau Sache war. Und was auf dem Spiel stand. Und vom Knast aus konnte er natürlich auch nichts tun. Also hat er Matthias beschworen, bloß keine Scheiße zu bauen.«

»Und? Was hat Matthias geantwortet?«

»Na ja. Er hat gesagt: ›Keine Angst. Ich mach genau das Gegenteil von Scheißebauen. Kannst du dich drauf verlassen.‹ Und dann ist er gegangen …«

Tina

Der heiße Pfefferminztee, den Tina auf dem Gasherd der Wohnwagenküche gekocht hatte und nun in kleinen Schlucken schlürfte, wärmte und wirkte Wunder. Sie hatte die Schachtel mit den Beuteln in einem der Wandschränke gefunden. Langsam kehrten ihre Energie und vor allem ihr Kampfgeist zurück. Im Kleiderschrank des fremden Campers hatte sie einen viel zu großen Jogginganzug entdeckt, den sie jetzt auf der nackten Haut trug. Über die Füße mit den nahezu abgefrorenen Zehen hatte sie dicke, kratzige Wollsocken gezogen. Bald fror sie nicht mehr, weder äußerlich noch innerlich.

Tinas Hass auf den Dicken steigerte sich von Minute zu Minute. Das Schwein sollte dafür büßen, Tom getötet und auch sie fast umgebracht zu haben. Leider konnte sie damit schlecht zur Polizei gehen. Dann würde der Mord auf der Fichtenlichtung auffliegen, und sie würde lebenslang in den Knast wandern. Mord verjährt ja nicht. Und sich dem Dicken allein entgegenstellen? Zu gefährlich, da könnte sie sich direkt die Kugel geben.

Immer wieder geisterte ein Name durch ihre Gedanken. Einer, mit dem alles angefangen hatte. Konnte sie es wagen? Welche Alternative hatte sie? Nicht die geringste. Sie musste es einfach versuchen. Hart knallte sie den leeren Becher auf den Tisch in Eiche rustikal, schälte sich aus der Bettdecke und schlüpfte in die lodengrünen Männergummistiefel, die sie ebenfalls im Kleiderschrank entdeckt hatte.

»Auf in den Kampf«, murmelte Tina von Meersfeldt, warf sich eine Wolldecke über die Schultern und verließ den Wohnwagen.

Bald ragte der Hotelkomplex vor ihr auf. Mühsam quälte sich Tina in den viel zu lose an den Füßen sitzenden Gummistiefeln die breite Eingangstreppe nach oben. Sie musste verboten aussehen. Der schlabberige Jogginganzug, die übergeworfene Wolldecke, die unsäglichen Stiefel, ihr schmutziges, bleiches Gesicht mit der verwischten Schminke und die ungekämmten Haare ließen sie wie eine Pennerin und nicht wie die vornehme Tina von Meersfeldt aussehen. Würde man ihr überhaupt zuhören?

Sie war auf der obersten Stufe angelangt und stieß mit Schwung die Glastür zum Foyer auf. Sie würde sich nicht einschüchtern lassen. Vor allem nicht, nachdem sie gerade dem Tod von der Schippe gesprungen war. Das sollte ihr erst mal einer nachmachen. Mit gerecktem Kinn und äußerst hochmütigem Gesichtsausdruck stiefelte sie zur Rezeption.

»Ich brauche Ihr bestes Zimmer und ein Telefon«, herrschte sie statt einer Begrüßung den jungen, förmlich gekleideten Mann hinter dem Tresen an.

Der starrte sie mit offenem Mund an. Seine jüngere Kollegin, eine hübsche Schwarzhaarige mit dünnen Lippen, die sich eben noch an einem Computer zu schaffen gemacht hatte, zeigte eine schnellere Reaktion. »Ich brauche auch so vieles«, sagte sie schnippisch. »Eine Million zum Beispiel, eine Insel in der Karibik, den Prinzen auf dem weißen Pferd …«

Der junge Mann neben ihr wurde ganz nervös, klimperte hektisch mit den Lidern und sah sich hilfesuchend um. Tina unterbrach den Redeschwall mit einer wegwerfenden Handbewegung. »Entschuldigung, ich habe mich nicht vorgestellt. Martina von Meersfeldt ist mein Name, Ehefrau von Roland von Meersfeldt, dem Düsseldorfer Bankier, den ich übrigens dringend anrufen muss, da ich, wie Sie sehen, einen Unfall hatte.«

Die junge Frau hielt verwirrt inne. Tina las die Zweifel in dem glatten, gepuderten Gesicht. Sie zögerte sichtlich. Diesmal reagierte ihr Kollege schneller. »Verzeihung, es macht Ihnen doch sicher nichts aus, sich auszuweisen?«, bat er in höflichem Tonfall.

Jetzt reichte es Tina. »Doch, das macht mir etwas aus!«, schimpfte sie, warf den Kopf zurück und schmetterte die rechte Faust auf den Tresen. »Mein Porsche mitsamt meiner Versace-Handtasche, meinen Papieren, Kreditkarten und meinem Handy liegt auf dem Grund des Rheins in der Nähe des Fähranlegers. Ich sagte doch: Ich hatte einen Unfall! Und jetzt möchte ich bitte telefonieren! Andernfalls werden Sie es bitter bereuen. Das garantiere ich Ihnen und Ihrem Haus.«

Verdatterte Gesichter sahen ihr unschlüssig entgegen. Tina verdrehte die Augen. In dem Moment sah sie die Rettung in Gestalt des Hotelmanagers nahen. Zumindest vermutete sie, dass es sich bei dem distinguiert aussehenden Herrn mit dem jovialen Lächeln um diesen handelte. Souverän strahlte sie ihn an.

»Gott sei Dank, endlich jemand mit Vernunft und Niveau. Entschuldigen Sie bitte meinen unmöglichen Aufzug, aber ich hatte einen Unfall. Von Meersfeldt mein Name, Sie wissen schon, die Bankiersfamilie. Ich habe mehrere Male hier gespeist. Sicherlich können Sie mir weiterhelfen. Wenn Ihre Mitarbeiter schon nicht dazu in der Lage sind.«

Dem armen Mann entgleisten die Gesichtszüge. Er hatte sie erkannt. »Aber natürlich, Frau von Meersfeldt«, stammelte er und bedachte gleichzeitig seine Angestellten mit einem vernichtenden Blick. »Womit kann ich Ihnen dienlich sein?«

»Mit Ihrem besten Zimmer und einem Telefon«, wiederholte Tina erleichtert.

Eine Viertelstunde später lag sie, von duftigem Schaum umhüllt, im heißen Wasser der Badewanne in ihrer großzügigen Suite. Sie fühlte sich rundum wohl. Nur der leidlich verschorfte Schnitt an ihrem Oberschenkel brannte wie Feuer. Das Telefongespräch mit ihrem Mann hatte nicht lange gedauert. Roland, der seit der nächtlichen SMS fieberhaft nach ihr gesucht hatte, war inzwischen auf dem Weg ins Hotel. Tina hatte ihn gebeten, die Sache nicht an die große Glocke zu hängen. Sie könne ihm alles erklären. Jetzt überlegte sie, welche Geschichte sie ihm auftischen sollte. Aber das dürfte kein Problem sein. Roland schluckte fast alles, was sie ihm hinwarf.

Die andere Unterredung, die sie sich für heute Vormittag vorgenommen hatte, bereitete ihr deutlich mehr Sorgen. Sollte sie es wirklich wagen? Ach Scheiße, erst mal in Ruhe baden, sich frisch machen und schminken. Dann würde sie fürstlich frühstücken und weitersehen.

Chris

Nele hatte es wirklich gemütlich. Anerkennend ließ Shorty seine Blicke über Möbel, Teppiche, Pflanzen und Krimskrams in Wohn- und Esszimmer schweifen. Nicht zu ordentlich und nicht zu chaotisch war es. Genau richtig. Hier konnte eine Familie sich wohlfühlen, dachte er mit leisem Neid. Anders als in Susannes und seinem ehemaligen Eigenheim, das hygienische Sterilität anstatt Behaglichkeit ausgestrahlt hatte. Selbst die Kinderzimmer waren permanent pingelig aufgeräumt gewesen. Er hatte einen bitteren Geschmack auf der Zunge, als er an seine Ex und die Kinder dachte.

»Hey, Shorty.« Jens Meyers Bariton katapultierte ihn ins Hier und Jetzt. »Wo soll ich denn nun die Mikros aufstellen?«

Chris schaute auf und nahm die ganze eher traurige Gestalt seines neuen Freundes in Augenschein. Jens hatte es mal wieder geschafft, sich so unvorteilhaft wie möglich zurechtzumachen. Seine Jeans waren fleckig und ausgebeult, die Turnschuhe bis zur Unkenntlichkeit dreckig, das Sweatshirt hatte Löcher und entblößte am Halsausschnitt unbarmherzig die dichte Brustbehaarung. Die Lederjacke, die er darüber trug, war an den Taschen ausgerissen und an vielen Stellen abgeschabt. Außerdem hatte Jens sich offensichtlich weder gekämmt noch rasiert. Trotz allem strahlte er den unwiderstehlichen Charme eines abgehalfterten Piraten aus. Mit seinen schweren Augenlidern über den dunklen Augen und den Bartstoppeln hätte er gut in »Fluch der Karibik« mitspielen können. Chris musste schmunzeln. Dann besann er sich auf Jens' Frage. Die Funkmikrofone …

»Eins kannst du dort im Bücherregal platzieren, ja, genau. Eins kannst du in die Lampe stecken, ein weiteres kommt in die Küche auf den Küchenschrank. Okay, jetzt haben wir noch zwei.« Nachdenklich schaute sich Chris in dem L-förmigen Raum um. »Alles klar, eins steckst du hier in die Ranke, ach ja, und das letzte klemmst du da an das Bild.«

Gehorsam bestückte Jens alle Standorte. Dass Shorty ein Technikfreak war, schien ihm zu imponieren. Auch von dessen Equipment hatte er sich begeistert gezeigt. Genau wie die beiden Frauen. Shortys Idee, in Neles Haus eine professionelle Abhöranlage zu installieren, um damit das Geständnis aufzunehmen, hatte bei allen Beteiligten großen Anklang gefunden. Jens war besonders begeistert gewesen, und Nele hatte bereitwillig den Zweitschlüssel zum Haus rausgerückt.

Deshalb waren sie beide jetzt hier. Jens Meyer und Chris Schelsen. Ein unterschiedlicheres Duo hätte man sich kaum vorstellen können. Jens, großmäulig, von beeindruckender Körperstatur und gewaltbereit, und er selbst, der ruhige Typ, klein, dünn, intelligent, aber spleenig. Trotzdem arbeiteten sie harmonisch Hand in Hand, als hätten sie nie etwas anderes getan.

Noch einmal musste Chris lächeln, während er die Basisstation unter dem Sofa versteckte. Wie hatte er je Angst vor Jens haben können? Das konnte er sich hier und heute gar nicht mehr vorstellen. Gott sei Dank. Er konzentrierte sich wieder auf die Installation, als er auf einmal hochschreckte. Direkt vor seinem Gesicht baumelte plötzlich eine gefährlich aussehende Handfeuerwaffe.

»Wohin mit der Knarre, Shorty? Lagern wir die hier, oder nehmen wir sie nachher erst mal mit?«

Chris fuhr zusammen. Typisch Jens, mit dem Ding vor seiner Nase rumzufuchteln. Bestimmt war das Ding auch noch geladen und entsichert.

Abwehrend schob er sie aus seinem Sichtfeld. »Keine Ahnung. Schlag du was vor.«

»Besser, ich nehm die erst mal mit«, entschied Jens grinsend und schob sich die Waffe gangstermäßig unter den Gürtel. »Sicher ist sicher.«

»Okay. Wir haben ja auch noch mein Jagdgewehr. Das deponier ich gleich oben im Schlafzimmer«, stimmte Shorty zögernd zu. »Aber denk dran, was Nicole gesagt hat: Keine Ballerei beim Martinsumzug! Keine Gefährdung von Unbeteiligten!«

»Geht klar.« Jens nickte ernst und verließ den Raum. »Keine toten Kinder oder so 'ne Scheiße.«

Chris ließ sich auf Neles Sofa sinken. Tote Kinder. Langsam bekam er Schiss vor der eigenen Courage. Mensch, er war doch kein Krimineller. War das Ganze nicht doch eine Dimension zu groß für ihn? Aber es gab sowieso keinen Weg mehr zurück, machte er sich klar. Und immerhin hatte er sich die Suppe selbst eingebrockt, indem er Matthias Hellmanns Erbe angetreten hatte. Also lag es auch in seiner Verantwortung, die Geschichte vernünftig zu Ende zu bringen. Dazu gehörte auch, einen Jens Meyer im Zaum zu halten. Ob er das hinkriegen würde?

Als er diesen jetzt wieder lässig hereinschlendern sah, die Pistole immer noch im Gürtel, einen frisch gebauten Joint zwischen den Lippen und eine Schachtel Munition in der Hand, hätte er es nicht beschwören wollen.

Marc

Marc sah aus dem Fenster und lauschte den zarten Klängen Saties, als der Anruf kam. Die Stimme, die sich meldete, kam ihm vage bekannt vor, und sie verursachte ihm ein unangenehmes Ziehen in der Magengrube. In dem Moment wurde ihm klar, wen er da am anderen Ende der Leitung hatte: Tina Hillebrandt! Die Mörderin von der Fichtenlichtung. Mit der er sich im Bett vergnügt hatte, während seine Mutter auf der A 1 kurz vor Osnabrück in ihrem Autowrack verblutet war. Die er seitdem gemieden hatte wie die Pest.

»Marc? Tina hier, du weißt schon. Ich brauche deine Hilfe. Bitte leg jetzt nicht auf, ja?« Die Stimme klang brüchig und nicht annähernd so selbstbewusst wie damals. Das berührte ihn irgendwie. Es war der einzige Grund, warum er den Hörer in der Hand behielt.

»Okay, ich höre.« Per Fernbedienung drosselte er die Lautstärke seiner Musikanlage.

»Hör mir zu, Marc. Ein gemeinsamer, sehr enger Freund hat letzte Nacht versucht, mich umzubringen. Und heute wird er es bei deiner Freundin versuchen. Und glaub mir, ich erzähle keinen Scheiß.«

Marc wurde schwindelig. Die Lichtpünktchen, die sich sonst nur im Dunkeln zeigten, flirrten in bunten Schwärmen vor seinen Augen herum. Heute, hatte die Mörderin gesagt. Heute! Er sog scharf die Luft ein. »Du sprichst von Joe, ja? Der mit Major und dir vor zwanzig Jahren den Mord auf der Fichtenlichtung begangen hat?«

»Du weißt davon?« Tinas Stimme klang argwöhnisch.

»Ja, seit gestern.« Marc begriff zunächst nicht, warum sie so scharf reagiert hatte. Dann schaltete er. Glaubte sie etwa, er steckte hinter den Erpressungen? Plötzlich packte ihn eine heiße Wut. Wie konnte sie? Diese Schlampe! Er war doch kein Verbrecher! Was hatte er mit der Schäbigkeit eines Matthias Hellmann gemein? Oder mit der Primitivität einer Tina Hillebrandt?

»Aha. Nele hat dir also alles erzählt?«, hakte Tina bissig nach.

»Nein, ich habe andere Quellen. Aber das ist doch auch völlig gleichgültig, oder?« Von Sekunde zu Sekunde widerstrebte es ihm mehr und mehr, sich mit dieser Person zu unterhalten.

»Hmm, wahrscheinlich ja. Also, bequemst du dich, etwas zu unternehmen, um deiner Freundin das Leben zu retten? Oder ist dir die Gefahr, in der sie schwebt, gleichgültig?«

»Natürlich nicht!«

Am liebsten hätte er aufgelegt. Diese Schlampe, diese miese kleine Nutte.

»Na dann. Bis achtzehn Uhr ist nicht mehr viel Zeit.« Das klang fast munter.

»Moment! Was heißt hier ›achtzehn Uhr‹? Ist dann etwa die Übergabe? Heute Abend?« Das Herz schlug ihm bis zum Hals, der Puls raste. Nur noch wenige Stunden …

»Ach, das wusstest du nicht? Unzuverlässige Quellen hast du, muss ich ja sagen. Ts-ts …«

Tinas Tonfall wurde von Wort zu Wort ätzender. Marc erinnerte sich an diese Art von ihr, hinter der, wie er wusste, unterdrückte Wut steckte. Die Härchen an seinen Armen stellten sich auf. Er hasste die Frau! Sie war ihm zuwider. Es tat ihm fast körperlich weh, ihr zuzuhören. Schade, dass Joe es nicht geschafft hatte, sie umzubringen.

»Wie dem auch sei, ich schlage vor, du kommst zu mir ins Hotel in Meerbusch-Langst-Kierst am Fähranleger, Kaiserpfalz-Suite, und wir besprechen alles Weitere. Keine Angst, wir haben Zeit satt. Also, bis gleich.«

Marc war völlig durcheinander und wollte gerade auflegen, als sie neu ansetzte, in ihrer typischen akzentuierten und schrillen Sprechweise. »Ach, bevor ich es vergesse, ich bin absolut nicht wild darauf, dich zu treffen, genauso wenig wie du mich. Kannst du mir glauben. Wenn mir ein anderer Weg aus der Scheiße einfallen würde, würde ich den wählen. Kannst du einen drauf lassen. Und noch was: Kein Wort, dass du mit mir gesprochen hast. Zu niemandem. Für den Rest der Welt bin ich tot, okay?«

Klack, sie hatte aufgelegt.

Marcs Puls raste, und ihm war kotzübel. Er schloss die Augen und schluckte ein paarmal, um das Ekelgefühl loszuwerden. Ihm würde wohl nichts anderes übrig bleiben, als nach Meerbusch zu fahren. Das war er Nele schuldig. Egal, wie sehr es ihm widerstrebte, diese Schlange zu treffen.

Nele

Der frühe Nachmittag war eisig kalt und strahlend schön. Während Nele den Parkplatz der alten Pampusschule ansteuerte, genoss sie das helle Sonnenlicht, das warm durchs Seitenfenster schien. Sie stellte den Motor ab und schloss die Augen. Wie friedlich dieser Augenblick war, wie unendlich kostbar. Die Ruhe vor dem Sturm.

Neles Gedanken glitten zu ihren Töchtern. Die waren bis morgen gut untergebracht: Greta mit ihren Freundinnen bei diesem Alex in Neuss, Anne bei Frank und Jacqueline in Köln.

Seufzend öffnete sie die Augen und schwang sich aus dem Fiat. Sie überquerte die Straße und eilte zwischen katholischer Kirche und Gemeindezentrum Richtung Rathaus. Währenddessen dachte sie an heute Mittag zurück, bevor die Kinder nach Hause gekommen waren, als sie Shorty und Jens noch in ihrem Hausflur angetroffen hatte. Beide hatten zufrieden und nervös zugleich gewirkt, Jens geradezu euphorisch. Ein leichter Marihuanageruch hatte in der Luft gehangen.

Von der Abhöranlage war nichts zu sehen. Nicht ein Kabel. Shorty hatte sie so unauffällig versteckt, wie er es ihr versprochen hatte. Er zeigte ihr, wo die Mikrofone positioniert waren.

»Am besten, du bist möglichst nah dran, wenn du sprichst. Dann wird die Tonqualität besonders gut sein«, wies er sie an. »Aber schau nicht zu auffällig hin.«

Und Jens warnte: »Denk dran, dass du es mit mindestens einem Durchgeknallten zu tun hast! Der Dicke ist zu allem fähig. Aber ich werde ja zur Stelle sein, wenn du mich brauchst. Im Gästeklo.«

Er grinste breit. In der Rolle als ihr Retter und Beschützer schien er sich zu gefallen. Sie schmunzelte, als sie sich an seinen zufriedenen Gesichtsausdruck erinnerte. Aber ihr wurde auch ein wenig mulmig zumute. Jens ist unberechenbar, hatte sie noch Nicoles Worte im Ohr. Durchgeknallt eben, genau wie er selbst es von Joe behauptet hatte.

Konzentrier dich nur auf den nächsten Schritt, mahnte sie sich jetzt: die Tüte. Du wirst eine Martinstüte kaufen. Mit Shortys Gutschein. Mehr wird nicht geschehen. Vorerst. Mit ausholenden Schritten lief sie den Biertischen entgegen, auf denen die roten Papiertüten zu Hunderten in Reih und Glied auf ihre neuen Besitzer warteten. St. Martin hätte seine wahre Freude daran gehabt.

Der Dicke

Joe stellte die rote Martinstüte, die er in Büttgen vor dem Rathaus erstanden hatte, auf seiner Küchenarbeitsplatte ab. Sorgfältig begann er, sie zu leeren. Weckmann, Äpfel, Orangen, Mandarinen und Süßigkeiten. So weit, so gut.

Wehmütig erinnerte er sich an seine eigene Kindheit, in der niemand seiner Verwandten es für nötig befunden hatte, ihm so eine Tüte zu kaufen. Wenn man sich die Mühe machte, mit seiner Laterne durch die Straßen zu ziehen, an den Türen zu klingeln und zu singen, bekam man das süße Zeug doch umsonst, hieß es. Dabei wurde vollkommen ignoriert, dass Joe als kleiner Junge, zurückgezogen und gehemmt, wie er gewesen war, überhaupt keine Freunde gehabt hatte, mit denen er hätte singen gehen können.

Der Dicke schüttelte den sentimentalen Anflug ab. Heute war er nicht mehr einsam. Er hatte gelernt, sich unentbehrlich zu machen, unsichtbare Schnüre zu spannen und Opfer zu bringen. So sicherte er sich seine Freundschaften. Der Dicke schnitt den Weckmann auseinander, bestrich ihn dick mit Butter und aß ihn mit Genuss. Dann griff er mit den behandschuhten Finger in seine Aktenmappe und holte die Geldscheinbündel heraus. Zügig packte er alles in die rote Papiertüte. St. Martin hätte seine wahre Freude daran gehabt.

Marc

Marc war vollkommen aufgewühlt. Der Besuch bei Tina hatte ihn sowohl körperlich als auch psychisch ausgelaugt. Jetzt schlürfte er einen heißen, stark gesüßten Tee.

Über Tinas Anblick war er gleichermaßen erschrocken wie befriedigt gewesen. Mit einem Blick umfasste er nicht nur die Zeichen der Alterung wie Krähenfüße, Stirn- und Wangenfalten, sondern auch ihren desolaten Gesamtzustand. Obwohl sie verführerisch nach Creme und Parfum roch, aufwendig geschminkt und ihr blondiertes Haar frisch frisiert war, wirkte Tina von Meersfeldt in ihrem schicken beigefarbenen Hosenanzug verloren, zusammengefallen und bis in die Grundfesten erschüttert. Selbst ihr üppiges Dekolleté, bei dem wohl ein Schönheitschirurg nachgeholfen hatte, konnte ihn nicht beeindrucken.

Er begriff schnell, dass sie noch unter Schock stand, als sie ihm ohne Punkt und Komma unzusammenhängende Brocken des vergangenen Abends hinwarf. Joes Schuld stand im Zentrum ihrer Schilderungen. Währenddessen leerte sie ein Glas Champagner nach dem anderen.

Marc hielt sich wie immer an Mineralwasser. Von dem zierlichen Stuhl aus, den sie ihm als denkbar unbequeme Sitzgelegenheit angeboten hatte, fixierte er sie gebannt und widerwillig. Wann kam sie endlich zum Punkt?

»Ich hatte herausgefunden, dass er Major auf dem Gewissen hat«, redete sie weiter. »Und deshalb wollte er mich genauso loswerden. Ersaufen lassen wollte er mich. Knallhart. Er hat mich mit K.o.-Tropfen betäubt und mich samt Porsche im Rhein versenkt. So einfach ist das bei Joe. Wer ihm nicht in den Kram passt, zack, der hat ausgedient. So war es auch damals auf der Fichtenlichtung.« Sie verzog ihr Gesicht zu einem sarkastischen Lächeln.

In Marcs Kopf wirbelte alles wild durcheinander. Und wieder mal flimmerte es vor seinen Augen. Bloß kein Panikanfall jetzt, beschwor er sich.

Das Bild, das Tina von seinem besten Freund und Geschäftspartner zeichnete, war das eines gewissenlosen Monsters. Es fiel ihm schon schwer genug, sich Joe gemeinsam mit den anderen bei einem Totschlag, wie er offenbar vor zwanzig Jahren im Vorster Wald geschehen war, vorzustellen. Aber immerhin ließ sich das noch als außer Kontrolle geratene Affekthandlung erklären. Als eine Katastrophe, die man später zutiefst bereute und die fatalerweise von einem stadtbekannten Kleinkriminellen beobachtet und fotografiert worden war. Dabei kam ihm etwas in den Sinn, etwas, was keinen Aufschub duldete, und er fiel Tina ins Wort. »Nele behauptet, ihr drei hättet es genauso mit Hellmann gemacht. Ihn aus dem Weg geräumt, weil er euch nicht mehr in den Kram passte. Stimmt das?«

Tina blinzelte ihn sichtlich verblüfft an. »Gequirlte Scheiße! Der Typ ist an einer Überdosis verreckt. Zugegeben, das war für uns sehr praktisch. Aber nachgeholfen hat keiner. Tom und ich jedenfalls nicht. Wir waren sogar noch letzte Woche Donnerstag auf dem Friedhof, um uns davon zu überzeugen, dass das Arschloch wirklich unter der Erde liegt. Denn als vor ein paar Wochen die erste Forderung seit Langem kam, konnten wir es gar nicht glauben. War Hellmann etwa doch noch am Leben? Waren wir über den Namen des Toten am Kaarster See falsch informiert? Joe hat direkt gesagt, dass da jemand die Nachfolge angetreten hat, aber dass wir uns gern selbst überzeugen können. Der hat uns sogar noch erklärt, wie wir das Grab finden. Ja, okay. Joe wäre auch dieser Mord zuzutrauen. Sicher.« Tina sah nachdenklich aus dem hohen Sprossenfenster, durch das die Sonne verschwenderisch auf den dicken cremefarbenen Teppich fiel. Dann griff sie zur Champagnerflasche und schenkte sich nach. »Also, wenn ich mir's recht überlege, wäre es tatsächlich gut möglich. Es passt in sein Schema. Ein Mord, als Unfall oder Selbstmord getarnt. Damit die Polizei nicht misstrauisch wird.« Sie hob ihr Glas an die Lippen und nahm einen tiefen Schluck. »Das würde auch bedeuten, dass unser gemeinsamer Freund Joe an dem ganzen Schlamassel der letzten Wochen schuld ist. Nur weil er Assi Hellmann um die Ecke gebracht hat, konnten die Unterlagen an XXL, also an Shorty, geraten. Und nur weil deine Liebste diesen Versager post mortem zum Helden macht, mischt sie in dem Spiel kräftig mit. So ist es doch, oder? Sag mal, geht dir das nicht total auf die Eier?« Der Gedanke schien Tina gerade erst gekommen zu sein. Sie lächelte süffisant. »Anstatt brav mit dir ins Bett zu hüpfen und dich anzuhimmeln, so wie du es von den Frauen gewohnt bist, zieht sie dir einen toten Kleinganoven vor?«

Marc kam die Galle hoch. Am liebsten hätte er sie eigenhändig erwürgt. Was maßte sie sich an?

»Und macht außerdem gemeinsame Sache mit zwei weiteren hoffnungslosen Versagern«, fuhr Tina ungerührt fort. »Es sei denn, du hast mit der Geschichte doch mehr zu tun, als du zugeben willst. Könnte auch sein. Dann bestünde die Erpresserbande eben aus einem Quartett anstatt eines Trios.«

»Blödsinn!« Jetzt geriet Marc richtig in Rage. »Bis gestern habe ich von der ganzen Geschichte absolut nichts gewusst. Nele hat mir nur erzählt, dass sie Nachforschungen über Hellmanns Tod anstellt. Weil sie Major und dich letzte Woche an seinem Grab belauscht hat. Es war Hellmanns Geburtstag, Mensch! Hättet ihr euch kein besseres Datum aussuchen können?« Jetzt hatte er sie doch sprachlos gemacht. Zumindest für einen kurzen Moment. Er nutzte ihr Schweigen, um fortzufahren: »Urplötzlich hat sie sich an ihre unsterbliche Liebe zu ihm erinnert und macht seitdem nichts anderes, als Buße zu tun!«

Jetzt war Tina wieder voll da. Giftig hakte sie nach: »Ach ja, Buße tun also? Und dafür braucht sie schlappe sechshunderttausend Mäuse?« Sie schüttelte lachend ihre blondierte Mähne.

Die Bemerkung bewirkte, dass Marc wieder zu sich kam. Was tat er hier eigentlich? War er tatsächlich gerade im Begriff gewesen, seine Freundin an diese Schlampe zu verraten? »Das Geld ist ihr dabei hundertprozentig scheißegal. Alles, was für sie zählt, ist Gerechtigkeit«, stammelte er reuevoll.

»Ach, weißt du«, lenkte Tina ein. Erschöpft ließ sie sich in den gigantischen Ohrensessel sinken. »Mir geht es am Arsch vorbei, wer was mit der Kohle macht. Die ist eh von Joe. Ich bin raus. Was ich will, ist, dass er fertiggemacht wird. Der Fettsack hat versucht, mich umzubringen. Außerdem hat er Tom auf dem Gewissen. Und er wird heute wieder zuschlagen, wenn du mich fragst. Der verdient es nicht, frei rumzulaufen, oder?« Sie sah ihn mit schmalen Augen an. Ihr Gesicht wurde weich. »Scheiße, du bist mindestens genauso attraktiv wie damals«, murmelte sie. »Wenn nicht noch mehr.«

Marc wurde heiß und kalt. Etwas lange Totgeglaubtes rührte sich in ihm. Verzweifelt suchte er nach einem Rettungsanker. Aber Tina hatte sich schon wieder gefangen.

»Auch damals auf der Fichtenlichtung war er die treibende Kraft.«

»Ach ja?« Er räusperte sich. »Welches Motiv hatte er denn?«

Tina von Meersfeldt zuckte mit den Schultern. »Keine Ahnung. Tom und ich kamen zu spät auf die Fichtenlichtung, um das mitzukriegen. Aber ich glaube, es ging um Verrat. Die beiden haben sich angeschrien und sich hin und her geschubst. Und als wir dazwischengehen wollten, waren plötzlich wir im Fokus, erst Tom, dann ich. Dann ist die Situation eskaliert. Mann, wir waren alle nicht mehr nüchtern ...« Ihr Blick schweifte durch den Raum, bis er sich an seinem festsaugte. Sie holte tief Luft und sagte in belehrendem Tonfall, als würde sie zu einem Kind sprechen: »Aber eigentlich warst du der Auslöser, mein Lieber. Die Liebe zu dir, die Leidenschaft, die Freundschaft, alte Versprechungen, verletzte Eitelkeiten, Verlust, all das. Es ging damals immer nur um dich, weißt du. Auch wenn es dir nicht schmeckt, das jetzt zu hören. Anscheinend hast du es ja irgendwie geschafft, alles zu verdrängen und deine Hände in Unschuld zu baden. Denn obwohl du in jener Nacht nicht mit uns auf der Fichtenlichtung warst und keinen mit deinen feinen Pianistenhänden totgeschlagen hast, hängst du doch mit drin, und zwar gewaltig. Und genau deshalb hab ich dich vorhin angerufen.«

Marc spürte, wie er errötete und wie der Druck, der sich auf ihn senkte, stärker wurde. Er konnte sie einfach nicht mehr ansehen, sprang auf, lief zum Fenster und schaute hinaus. »Blödsinn! Versuch bloß nicht, mir die Schuld an einer Sache zu geben, die ihr verbrochen habt. Bis vor wenigen Tagen hab ich noch gedacht, dass es ein Unfall war. Tod durch Ertrinken im Nordkanal. Traurig genug, aber nichts anderes.«

Tina lachte dreckig. Er hörte ein Feuerzeug klicken, dann einen tiefen Atemzug. »Du warst eben immer schon gut darin, dir was vorzumachen, Marc Warberg. Ein echter Verdrängungskünstler. Aber im Grunde deines Herzens musst du doch gewusst haben, dass die Geschichte damals nicht astrein war und dass du mit drinhängst. Wer wie du mit den Gefühlen der Menschen spielt, um sie dann einfach fallen zu lassen, der kann nicht gleichzeitig so blöde sein, das Desaster, das er zurücklässt, zu übersehen. Komm schon, Marc, sei wenigstens einmal ehrlich zu dir selbst.«

»Hör auf.« Marc sah Tina immer noch nicht an. In ihm brodelte die Wut. Gleichzeitig flüsterte eine wohlbekannte Stimme in seinem Kopf: Verräter, egozentrischer Verräter. »Halt einfach dein Maul, Tina«, zischte er. »Was weißt du schon, du triebgesteuerte Nutte? Hast du eigentlich eine Ahnung, wie mies ich mich gefühlt habe, als meine Eltern starben? Als meine Mutter an der Leitplanke im Wagen zerquetscht wurde, bis nur noch blutiger Brei von ihr übrig war? Und du und ich, wir haben zur selben Zeit gefickt wie die Karnickel, zugekokst bis oben hin, und ich war zu geil, um nur einen vernünftigen Gedanken zu fassen oder zu spüren, was gleichzeitig auf der A 1 passierte …«

»Ich wusste doch, dass es das ist«, murmelte Tina zwischen zwei hektischen Zigarettenzügen. Es klang traurig. »Seitdem hasst du mich, stimmt's? Machst mich irgendwie dafür verantwortlich. Klar, es muss ja auch immer einer schuld sein, oder? Bloß nicht der perfekte Marc Warberg.« Sie schluckte. Dann sagte sie leise: »Weißt du, Marc, als du mich gefickt hast wie ein Karnickel, hab ich mit dir geschlafen. Und als du bloß geil warst, da habe ich geliebt. Ich finde, das macht die Sache weniger schmutzig, zumindest von meiner Seite aus, findest du nicht?«

Plötzlich schämte er sich. Sie hatte recht, und das wusste er genau. Wenn einer verantwortlich war, dann er. Mit gewaltiger Kraftanstrengung riss er sich zusammen und drehte sich zu ihr um. Was er sah, beschämte ihn noch mehr. In Tinas Augenwinkeln schimmerten Tränen. Ihr Blick war trotzig.

Er ließ sich zurück auf das Stühlchen sinken. »Okay. Ich war sicher nicht immer fair zu dir. Aber vorgemacht hab ich dir nie etwas, oder? Und als nach dem Tod meiner Eltern das ganze Medienspektakel losging, konnte ich einfach nicht anders, als mich zurückzuziehen. Ich war total am Ende, monatelang. Da war kein Platz für die Sorgen und Probleme von anderen. Nur Johannes war in dieser Zeit für mich da, ohne zu fordern –«

Ein verächtliches Schnauben unterbrach ihn. »… ohne zu fordern! Das glaubst auch nur du, Schätzchen! Johannes hat es damals geschafft, dich so um den Finger zu wickeln, dass du gar nicht gerafft hast, wie der dich manipuliert.«

»Red keinen Quatsch«, widersprach Marc halbherzig. »Er war

mir einfach ein guter Freund, nicht mehr und nicht weniger. Und ich hab ihn im Stich gelassen.«

»Genauso wie du auch mich und die anderen im Stich gelassen hast. Hey, das kannst du heute wiedergutmachen.«

Und so hatte sie den Bogen geschlagen und sie beide von ihrer verfänglichen gemeinsamen Vergangenheit weggelenkt. Marc war unsäglich froh darüber gewesen. Gemeinsam hatten sie einen Plan entwickelt, wie man seinen Geschäftspartner und Tinas ehemaligen Verbündeten in die Schranken weisen, aus dem Weg räumen, Tina vor Strafe schützen und gleichzeitig Neles Leben bewahren konnte. Wenn das mal gut ging.

Müde nahm Marc einen weiteren Schluck aus seinem Becher. Der Tee war nur noch lauwarm. Er trank ihn aus, trug den Becher in die Küche und ging ins Bad.

In seiner Lederjacke steckte die zierliche Damenpistole, die Tina ihm besorgt hatte, und wartete auf ihren Einsatz.

Nele

Es war siebzehn Uhr fünfundfünfzig. Sie befand sich auf dem Rathausplatz nahe dem Jan-van-Werth-Denkmal. Der Pulk von Menschen an den Drängelgittern, die die freie Fläche um das züngelnde Lagerfeuer neben der alten St.-Aldegundis-Kirche umzäunten, war unglaublich. In klirrender Kälte und Dunkelheit schoben sich Eltern mit ihren Kleinkindern, die in Fäustlingen Laternenstöcke umklammerten, hin und her. Andere versuchten, die letzten Martinstüten zu ergattern.

Alles wartete auf das Eintreffen der Grundschulkinder, die mitsamt der Kapelle, den Lehrerinnen und Lehrern und unter der Führung des heiligen Martin auf seinem Pferd jeden Moment eintreffen mussten. Noch aber waren weder Blasinstrumente noch singende Kinderstimmen zu hören. Das Handy in Neles Hosentasche vibrierte.

»Stehe direkt am Brunnen. Von dir aus links. Nicole«, lautete der Text der SMS. Nele schaute hin und entdeckte Matthias'

Schwester sofort. Die pinkfarbene Winterjacke, die sie trug und die selbst im Dunkeln weithin leuchtete, war das Erkennungszeichen, das sie vereinbart hatten. Da dem Dicken Nicole völlig unbekannt war und auch Tina von ihrer Existenz oder Mitwirkung keine Ahnung hatte, war es absolut unerheblich, wie auffällig Nicole sich ausstaffiert hatte. In dem Moment kam eine zweite Kurzmitteilung an.

»bin hinter dir an der seule vom rathaus sehe dich gut shorty sitzt startklar im auto j«.

Nele musste lächeln, sowohl über das »seule« als auch über die beiden sehr verschiedenen Bodyguards, die ihr hier zur Seite standen.

Die Kirchturmglocke läutete sechs Mal. Gleichzeitig tönten von rechts Trompeten-, Tuba- und Klarinettenklänge, die von Kinderstimmen begleitet wurden. Punktlandung: Der Umzug erreichte den Rathausplatz. Bewegung geriet in die Menge; eine breite Gasse bildete sich. Allen voran ritt St. Martin hoch zu Ross in rotem Mantel und mit schimmerndem Messinghelm. Kurz vor dem Areal ums Feuer löste sich der Umzug auf. Die Kinder liefen zu ihren Eltern.

Nele blickte sich nervös um. Jetzt. Sie packte die Papphenkel ihrer roten Martinstüte fester, bückte sich und schob sie ganz in die Kuhle unter dem mannshohen steinernen Jan-van-Werth-Wappen. Dann zog sie sich ein paar Schritte in die Menge zurück und wartete. Den Übergabeplatz ließ sie keine Sekunde aus den Augen. Währenddessen scharten sich die Leute um die Drängelgitter, um auf keinen Fall den Auftritt von St. Martin und dem Bettler zu verpassen.

Die Mantelteilung. Die Lautstärke der durcheinanderschwirrenden Stimmen schwoll an, während die Blasinstrumente verstummten. Ein lautes Räuspern und Knacken schallte durch ein Mikrofon quer über den Platz. »Liebe Kinder, liebe Eltern«, sagte eine Männerstimme mit rheinischem Einschlag. »Wie jedes Jahr feiern wir auch heute das Martinsfest im Gedenken an …«

Mehr hörte Nele nicht, denn sie beobachtete, wie sich Joes umfangreicher Leib durch die Menge wuchtete. Gebannt starrte sie ihn an. Kaum zu glauben, die ganze Sache war Realität und keine Ausgeburt ihrer Phantasie. Joe war ein Mörder. Mit nur einem Fingertipp schickte sie die SMS an Nicole, Jens und Chris los, die sie bereits vorhin formuliert und adressiert hatte.

»Der Dicke kommt.«

Dann wartete sie mit wild pochendem Herzen und schweißnassen Händen ab. Die Jagd konnte beginnen.

Marc

Nervös beobachtete Marc, wie Nele die Tüte unterhalb des Jan-van-Werth-Wappens deponierte. Dann sah er, wie Joe sich näherte. Rücksichtslos drängte er sich durch die Gruppierungen von Erwachsenen, Kindern und Kinderwagen, schob hier und da eine vor ihm schaukelnde Laterne unwirsch zur Seite. In seiner rechten Faust baumelte, prall gefüllt, eine rote Papiertüte, genauso eine, wie Marc sie gerade in Neles und in der Hand unzähliger Eltern und Kinder gesehen hatte. Marc umklammerte die Waffe in seiner Jackentasche fester.

Er schaute hin zu Nele, die sich unweit der Übergabestelle in der Menge verbarg und Joe nicht aus den Augen ließ. Inzwischen kündigte der Redner die Darbietung der Mantelteilungsszene an: Alle Aufmerksamkeit richtete sich auf den durch das Martinsfeuer erhellten Platz und auf St. Martin, sein Pferd und den Bettler. Das Wappen lag außerhalb dieses Radius.

Jetzt erreichte Joe es. Marc hielt die Luft an, während er beobachtete, wie Joe den Austausch vornahm. Eine rote Tüte gegen die andere. Joe entfernte sich ein paar Schritte von der Übergabestelle, hielt inne, hob die Tüte, schien kurz zu überlegen und griff hinein. In der Zwischenzeit hatte Nele sich blitzschnell zum Ort der Übergabe zurückbewegt, sich geschmeidig gebückt und die andere Tüte an sich gerissen. Gespannt sah sie zu Joe hinüber und wartete. Ein feines Lächeln umspielte ihre Züge. Marcs Herz weitete sich schmerzhaft. Wie sehr er sie liebte und vermisste.

Gleichzeitig irritierte ihn ihr Verhalten. Warum machte sie

nicht, dass sie wegkam, so schnell wie möglich aus der Gefahrenzone heraus? Worauf, um Himmels willen, wartete sie noch? Das Geld hatte sie doch. Es war brandgefährlich, was sie da tat! Wieder schloss sich seine verschwitzte Hand um die Waffe in seiner Jackentasche. Ihm klangen Tinas warnende Worte in den Ohren: »Er wird denen das Geld nicht kampflos überlassen. Das holt er sich postwendend zurück. Und Zeugen gibt's dann keine mehr …«

Zunehmend nervös richtete Marc seine Aufmerksamkeit wieder auf Joe. Der hielt die Unterlagen in der Hand. Mit ungläubigem Entsetzen, hervorquellenden Augen und geöffnetem Mund starrte er darauf. Die Hand, die die Blätter hielt, zitterte so sehr, dass man es sogar aus dieser Entfernung sehen konnte. Jetzt drehte Joe sich wie ein dicker Brummkreisel um sich selbst und suchte mit seinen Augen das Umfeld der Übergabestelle ab. Marc tat es ihm nach. Und richtig, Nele stand immer noch wie angewurzelt neben dem Steinwappen und sah Joe geradewegs in die Augen. Dann nickte sie mit provozierendem Lächeln, wandte sich gemächlich um und ging. Aufreizend schwenkte sie beim Weggehen die rote Tüte in ihrer Hand.

In dem Moment begann das Blasorchester zu spielen, und die Menge fiel ein: »Großer Gott, wir loben dich …«

Chris

Chris saß startbereit und am ganzen Körper vor Spannung vibrierend in seinem Kombi, als ihn der Anruf erreichte.

»Er hat angebissen«, zischte Jens atemlos. »Nele geht zum Parkplatz, der Dicke hinterher. Er ist allein. Der hat die Kacke am Dampfen. Es läuft alles nach Plan. Hab auch gesehen, wie Nicole und Nele aneinander vorbeigegangen sind. Ich komme. Bin sofort bei dir.«

»Beeil dich«, sagte Shorty, während er fahrig den Motor startete. »Auf zum Showdown.«

Nele

Nele hatte Angst. Es war so weit: Finale! Der Showdown, wie Nicole gesagt hatte. Gleich würde sich herausstellen, ob sie vier mit ihrem Verdacht recht gehabt hatten. Die Frage war nur, ob und wie sie da heil rauskamen.

Der Dicke würde ihr folgen, das war so sicher wie das Amen in der Kirche. Sie hatte es in seinen Augen lesen können. Der tobte vor Wut. Sie musste grinsen, als sie sich sein namenloses Entsetzen beim Betrachten der retuschierten Fotos vor Augen führte. Zügig, aber gerade so schnell, dass er ihr noch folgen konnte, schlängelte sie sich durch die Menschenmenge. Der Schlenker am Brunnen war strategisch notwendig. Wie zufällig berührten sich Nicoles und Neles Schultern, als sie mitten im Gewühl eine rote Tüte gegen die andere austauschten.

Jetzt erreichte sie den Parkplatz an der Pampusschule, auf dem sie den Fiat geparkt hatte. Sie warf sich hinter das Steuer. Als ihr Scheinwerferlicht aufblendete, streifte es den Dicken, der soeben zu seinem Volvo hastete. Wieder trafen sich ihre Blicke. Hasserfüllt, alle beide. Plötzlich sah sie, wie er innehielt und eine Hand in die Tasche seines Wintermantels schob.

Voller Panik drückte sie das Gaspedal hinunter. Der kleine Wagen schoss ruckartig vorwärts, direkt auf den Dicken zu. Der sprang zur Seite. Nele widerstand dem Drang, zurückzuschauen, und manövrierte stattdessen den Fiat eilig vom Parkplatz herunter.

Jetzt schnell nach Hause.

Der Dicke

Er schäumte vor Wut, als er Marcs Schlampe aus Büttgen hinaus durch das kleine Dörfchen Driesch in Richtung Vorst folgte. Warum war es ihm nicht vergönnt gewesen, sie auf offener Straße zu erschießen? Längst hätte er sein hart erarbeitetes Geld wieder, ein Quecksilberkügelchen weniger am Hals und nur noch die vergleichsweise einfache Aufgabe vor sich, zwei unterbelichtete Versager aus dem Weg zu räumen.

Fehler über Fehler hatte er begangen in dieser ganzen verschissenen Angelegenheit. Auch die Sache mit Hellmann, wie er sich jetzt eingestehen musste. Dabei war er erst stolz auf die elegante Lösung gewesen, die er brillant entwickelt und umgesetzt hatte. Aber seitdem war alles schiefgegangen, was man sich vorstellen konnte. Und jetzt das!

Er zitterte immer noch vor Grauen, als er daran dachte, was er da gerade auf dem Rathausplatz inmitten all der nervigen Blagen aus der mit sechshunderttausend Euro teuer bezahlten Martinstüte gezogen hatte. Es waren völlig andere Beweisstücke als die, die er erwartet hatte. Der reinste Horror. Es waren Fotos, zweifellos von professioneller Machart, die einen Uferausschnitt des Kaarster Sees zeigten sowie – scharf und deutlich zu erkennen – zwei Schatten, die sich auf dem sonnenbeschienenen, mit Gras und Herbstlaub bedeckten Boden abzeichneten. Einen schmalen, den von Hellmann natürlich, und einen wesentlich breiteren. Unten auf den Fotos war das Datum der Aufnahme zu sehen: »01.10.07«.

Wie hatte er nur so dumm sein können! Erstens, als Schattenriss auf Hellmanns Foto zu geraten, und zweitens, so fahrlässig gewesen zu sein, die Kamera, mit der der erbärmliche Erpresser den See und die Umgebung bis zu seinem Eintreffen fotografiert hatte, am Tatort liegen zu lassen. Damals hatte er sich auf der sicheren Seite geglaubt. Wer mutterseelenallein am Seeufer Naturbilder machte, der bewies doch damit, wie einsam er war, oder? Die Bullen würden von Selbstmord ausgehen. Na ja, im Grunde war es doch auch einer gewesen. Zumindest so was Ähnliches. Auch wenn kein Gericht der Welt das so beurteilen würde.

Joe erinnerte sich, wie er, äußerlich gelassen, aber innerlich bis in die letzte Faser angespannt, den verwaisten Parkplatz am Kaarster See erreicht hatte.

Es war zehn vor elf am Vormittag, das Wetter war wechselhaft. Zwischen kurzen sonnigen Abschnitten regnete es heftig. Der Wind peitschte in Böen über das Wasser, der Fußweg rund um den See war schlammig. Kaum ein Fußgänger würde sich heute hierher verirren. Ideal.

Er näherte sich der vereinbarten Uferstelle an der Nordseite des

Sees, die durch dichtes Unterholz vom Weg abgeschirmt war. Er trug Handschuhe und hatte ein kleines Aktenköfferchen dabei. Die Motorengeräusche von der Autobahn, die hinter dem See vorbeiführte, wurden immer lauter.

Er war unsäglich froh über den Treffpunkt, den Hellmann ihm beziehungsweise Marc vorgeschlagen hatte, denn er lag abgeschieden genug, um in aller Ruhe und ungesehen seine Aufgabe erledigen zu können.

Heute hatte er endlich die Chance, sich des lästigen Erpressers ein für alle Mal zu entledigen. Und es war ja auch unabdingbar geworden, nachdem der per E-Mail Kontakt mit seinem Geschäftspartner und besten Freund aufgenommen hatte.

Reinen Tisch machen! Die Dinge in Ordnung bringen! Der Dicke war außer sich über die Zeilen gewesen, die Assi Hellmann an Marc Warberg gesendet hatte. Nachdem er seit Jahrzehnten von der Tragödie auf der Fichtenlichtung profitiert hatte, besaß er nun die Frechheit, alles auffliegen lassen zu wollen? Nur weil er angeblich um die Sicherheit einer Frau fürchtete, die ihn längst vergessen hatte? Joe fand das nicht nur himmelschreiend unverschämt, sondern auch verlogen und mehr als befremdlich.

Als wenn der Erpresser durch die Kohle, die er im Laufe der Zeit erhalten hatte, nicht selbst längst untrennbar mit dem Verbrechen verschmolzen wäre! Außerdem: Warum hatte er denn damals in der Nacht des Abiballs die Tat nicht verhindert, anstatt sie wie ein Paparazzo mit der Kamera festzuhalten? Und inwiefern stellte er, Joe, der erfolgreiche Geschäftsmann, souverän im Leben stehend, überhaupt eine Gefahr für Cornelia Liebert-Schumann dar? Wenn jemand ihr gefährlich werden konnte, dann doch eher ein vorbestrafter Nichtsnutz ohne Hirn und Perspektive, oder?

Alles in allem beurteilte Joe Hellmanns Hundertachtzig-Grad-Drehung als Anmaßung, die bestraft werden musste. Mit diesem Vorsatz erreichte er über den schmalen Trampelpfad die vereinbarte Stelle.

Und da stand der Erpresser, kehrte ihm den Rücken zu, schaute auf den See und fotografierte. Gerade brach die Sonne zwischen zwei Regenwolken hervor und ergoss ihr strahlendes Licht über Ufer und Wasser. Überall an den Büschen und Bäumen flammte das Laub in allen Farben auf. Bald würde es braun werden und abfallen. Was absterben muss, stirbt ab, wird aussortiert, fermentiert und wiederverwertet. Joe betrachtete den Rücken des Mannes, der ein Bild nach dem anderen schoss. Auch für Assi Hellmann war es an der Zeit, aussortiert zu werden.

Der Dicke hatte Hellmann größer und kräftiger in Erinnerung. Die Silhouette, die er jetzt vor sich sah, wirkte in der durchnässten, dünnen und ziemlich abgewetzten Lederjacke schmal und heruntergekommen. Zufrieden registrierte er die halb leere Schnapsflasche zu Füßen des Erpressers sowie einen dunklen Rucksack. Die Unterlagen. Gut. Leise näherte er sich mit der Waffe in der Hand dem Mann, der ihm sein halbes Leben lang nur Scherereien bereitet hatte. Der merkte nichts, sondern knipste unbeirrt weiter.

In dem Moment musste das Foto entstanden sein, das XXL und Konsorten ihm in mehrfacher Ausführung in den Umschlag gesteckt hatten. Ein weiteres quälendes, giftiges Quecksilberkügelchen, das ihn heute an der Bestandswahrung zu hindern versuchte.

Chris

Chris drückte aufs Gaspedal. Sie mussten das Häuschen in Vorst unbedingt vor Nele und ihrem Verfolger erreichen. Deshalb bog er kurz hinter Büttgen auf den Feldweg ab, wodurch die Strecke um gut ein Drittel abgekürzt wurde. Jens, der sich neben ihm auf dem Beifahrersitz lümmelte, mit einer Hand lässig an seiner Waffe herumspielte und mit der anderen einen Joint im Eiltempo inhalierte, brach als Erster das Schweigen. »Ich glaub, ich hab da vorhin in der Menge den Warberger gesehen. Nicht dass das Arschloch doch mit dem Dicken unter einer Decke steckt? Allerdings standen sie ziemlich weit auseinander. Hatten nicht mal Augenkontakt. Und ich kann mich auch geirrt haben. Hatte 'ne Kappe auf. Sicher bin ich mir nicht. Was meinst du?«

Chris umklammerte nervös das Lenkrad und riskierte einen schnellen Seitenblick zu Jens. »Keine Ahnung! Woher soll ich das wissen? Ist er dem Dicken oder Nele gefolgt?«

»Weiß nicht.« Jens starrte aus der Seitenscheibe auf den dunklen Acker. »Hab ihn aus den Augen verloren, weil ich an Nele dranbleiben musste. Aber wie gesagt, es kann auch jemand anders gewesen sein.« Wieder nahm er einen tiefen Zug, dann hielt er Chris den Joint hin.

Der runzelte die Stirn. »Nee, lass mal. Ich muss fit bleiben.«

»Und ich muss ruhig werden.« Jens grinste sein Zahnlückengrinsen und zog noch mal tief, bevor er das Seitenfenster einen Spalt öffnete und den Stummel hinausschnippte. »Sonst raste ich aus und knall dem Fettsack womöglich zu früh die Birne weg. Bevor wir seine Aussage im Kasten haben.« Spielerisch hielt er Shorty seine geladene Pistole an die Schläfe. »Bumm!«

Chris fuhr der Schreck in die Glieder; er schob die Waffe zur Seite. »Sag mal, spinnst du?«, schrie er auf. »Reiß dich zusammen, ja?«

»Hey, schon gut. War nur Spaß. Reg dich ab.«

»Mit Spaß hat das alles gar nichts zu tun!«, tobte Chris weiter. Sein Herz schlug ihm bis zum Hals. »Wir wollen das Ding hier vernünftig zu Ende bringen, okay? Und Tote soll's überhaupt keine geben! Oder verstehst du unter Spaß etwa, mal wieder für lange Jahre im Knast zu landen?« Wütend schlug er mit der rechten Faust aufs Armaturenbrett. »Verdammte Scheiße, Jens, wir sind nicht in einem deiner Actionfilme, sondern in der Realität!«

»Schon klar, hab's kapiert. Komm schon, achte lieber wieder auf die Straße. Da vorn müssen wir nämlich links ab. Und keine Sorge, ich schieß nur in absoluter Notwehr. Verlass dich drauf.« Unbeholfen tätschelte er Shortys Knie. »Guck mal, da vorn können wir parken, ohne dass der Dicke deine Karre sieht.«

Marc

Marc lief verwirrt zum Kundenparkplatz vor dem kleinen Supermarkt. Die Übergabe war seltsam verlaufen. Mit welcher Berechnung Nele Joe angeschaut hatte, als der den Inhalt der ausgetauschten Tüte in Augenschein nahm! Und dann ihr Triumph bei Joes Reaktion! Sie weidete sich geradezu an seinem Schock.

Marc hatte plötzlich das Gefühl, dass sie seiner Hilfe gar nicht bedurfte. Als er sich dann in Bewegung setzte, um ihr zu folgen, hatte er zu allem Überfluss aus dem Augenwinkel hinter einer der Betonsäulen des Rathauses auch noch Jens Meyer gesichtet. Deutlich gealtert, aber es war Jens, zweifellos. Der Anblick hatte ihn empört. Natürlich wusste er von Tina, dass Shorty, Jens und Nele sich verbündet hatten, aber er hatte es kaum glauben können, so absurd war ihm die Vorstellung erschienen.

Sollte sie doch gucken, wie sie allein klarkam, war sein erster Gedanke. Mit solchen Idioten an ihrer Seite konnte die Sache doch nur schiefgehen. Im nächsten Moment schämte er sich. Gerade deshalb benötigte sie seine Hilfe; er konnte sie doch nicht mit offenen Armen in ihr Unglück rennen lassen!

Jetzt war er bei seinem Wagen angelangt. Er sprang hinein und startete den Motor. Hoffentlich lag er mit seiner Ahnung richtig, und Nele fuhr wirklich auf dem direkten Weg nach Hause.

Nele

Das Häuschen lag dunkel vor ihr, als sie die Haustür aufschloss. Drinnen war es ganz still. Sollten Shorty und Jens etwa noch gar nicht da sein? Vor Nervosität bebend knipste Nele das Flurlicht an und zog die Winterjacke aus. In dem Moment hörte sie ein schwaches Klopfen aus dem Gästeklo. Alles in Ordnung, man hatte Stellung bezogen.

Vorsichtig lehnte sie die Haustür so an, als wäre sie beim Eintreten nicht ganz ins Schloss gefallen. Das passierte tatsächlich manchmal, da sich das alte Holz im Laufe der Zeit verzogen hatte.

Sie löschte das Licht im Flur wieder, ging ins Wohnzimmer und schaltete die Lampen auf dem Klavier, am Sofa und auf der kleinen Kommode an. Die Beleuchtung war dezent, der Couchtisch stand im Fokus. Darauf stellte sie nun die rote Martinstüte, so, dass der Inhalt nicht herauslugte. Dann drapierte sie die retuschierten Fotos vom Kaarster See sowie sämtliche Fichtenlichtungsbilder effektvoll darum herum. Schnell zündete sie die dicke Kerze auf dem Beistelltischchen in der Ecke an und machte es sich mit einem Glas Wein auf dem Sofa bequem. Sie schaute zur Tür.

»Du musst ihn bis aufs Blut reizen.« Nele hatte Nicoles Worte von ihrer letzten Besprechung noch gut im Ohr. »Nur wenn er so richtig außer sich ist, wird er unvorsichtig werden.«

»Und was ist, wenn er reinkommt und sofort auf mich schießt? Oder wenn er diese Tina im Schlepptau hat? Die hat doch schon mal versucht, mich umzubringen!«

»Du trägst die kugelsichere Weste, die ich dir besorgt hab, richtig?«, beruhigte Jens sie. »Und denk dran, ich warte im Klo, jederzeit bereit, den Schwabbel abzuknallen. Und Shorty ist oben im ersten Stock neben dem Aufnahmegerät auch nicht weit weg!«

Der nickte bestätigend. »Der Dicke wird allein kommen, glaub mal. Der zieht so was lieber allein durch. So war er auch schon damals am Wibo. Und Tina ist ihm eh zu unberechenbar.« Er sah sie ernst an. »Er wird nicht auf dich schießen. Keine Angst. Da er es nach Suizid oder Unfall aussehen lassen will, braucht er Zeit. Das ist die Methode, nach der er vorgeht. Und Jens und ich warten nur, bis wir die Aussage im Kasten haben, dann sind wir sofort bei dir.«

Nele bekam eine Gänschaut, als sie an das Gespräch zurückdachte. Sie spitzte die Ohren. Wann kam er endlich? Würde sie ihm ein Geständnis entlocken können? Zittrig nippte sie an ihrem Rotwein. Ihr Blick fiel auf das Foto mit den beiden Schatten am Kaarster See, und sie wurde traurig und wütend zugleich. Warum um alles in der Welt hatte Matthias sich mit Joe am Kaarster See getroffen? War es eine Verabredung gewesen? Oder hatte Joe ihn verfolgt wie sie heute? Matthias wäre doch wohl nicht so leichtsinnig gewesen, sich mit diesem Mörder an einer dermaßen einsamen und abgelegenen Stelle zu verabreden, oder?

Nele fiel ihr letztes Telefonat mit Marc ein, als sie mittags im Stadtpark die Herbstsonne genossen hatte. Matthias hatte im September letzten Jahres bei »Warberg Software« angerufen. Und Marc behauptete, den Kontakt verweigert zu haben. Was aber, wenn er Joe davon erzählt hatte? Der wäre natürlich sofort alarmiert gewesen ... Genauso gut jedoch konnten Marc und Joe unter einer Decke stecken. Und Marc hatte seinen besten Freund vorgeschickt, um den lästigen Erpresser aus dem Weg zu räumen. Das würde allerdings auch heißen, dass Marc in den Mord auf der Fichtenlichtung verwickelt war …

Nele stöhnte auf. Wilde Mutmaßungen brachten sie nicht weiter. Plötzlich wurde sie ungeduldig. Sie wollte es einfach nur noch hinter sich bringen.

Der Dicke

Joe legte die letzten Meter zu Fuß zurück. Das Blut rauschte laut in seinen Ohren. Schweiß durchtränkte sein Hemd und die Lederhandschuhe, die er trug. Krampfhaft bemühte er sich um Besonnenheit und Disziplin. Alles andere wäre kontraproduktiv.

Fest packte er das Treppengeländer und hievte sich nach oben. Vor Hass und Wut wurde ihm ganz schwindelig. Am liebsten hätte er die Haustür eingetreten und wäre wie Rambo hineingestürmt. Was bildete sich dieses geldgierige Miststück ein, ihm mit Beweismaterial des Vorfalls am Kaarster See zu drohen! Mit Entsetzen erinnerte er sich an ihren dreisten Blick nach dem Austausch der Tüten. Auf die nächste Geldforderung kannst du dich verlassen, schienen ihre dunklen Augen unter hochgezogenen Brauen stumm anzukündigen. Wollte sie ihn etwa finanziell ausbluten lassen? Und wenn sie schon dahintergekommen war, dass er Hellmann beseitigt hatte, war es nur noch eine Frage der Zeit, bis sie seine Beteiligung an Toms und Tinas Tod herausfand. Um womöglich auch daraus noch Kapital zu schlagen.

Schwer atmend starrte er auf die Tür. Was jetzt? Klingeln? Wohl kaum. Da entdeckte er, dass sie einen schmalen Spalt offen stand. Manchmal musste man einfach mal Glück haben im Leben, dachte er mit einem freudlosen Lächeln. Sehr vorsichtig drückte er die Tür auf. Sie quietschte nicht, Gott sei Dank. Von drinnen kam kein Laut. Behutsam steckte er seinen Kopf durch die Öffnung und schaute und lauschte. Im Flur war es dunkel, auch die Holztreppe in den ersten Stock war in tiefe Schwärze getaucht. Geradeaus am Ende des Flurs befand sich das Wohnzimmer, wusste er von einem Besuch, den er mal gemeinsam mit Marc hier gemacht hatte. Die Tür war angelehnt. Gedämpftes Licht drang heraus. Sehr behutsam öffnete er die Haustür noch weiter und schob sich ins Innere. Dann zog er die Waffe. Schwer, glatt und gewaltig schmiegte sie sich in seine Hand.

Auf leisen Sohlen schlich er durch den Flur. Dabei überlegte er, auf welche Art Nele zu Tode kommen sollte, damit es nicht auf den ersten Blick nach Mord aussah. Eine Möglichkeit wäre ein Haushaltsunfall, ein Sturz von der Leiter oder der Treppe zum Beispiel. Oder ein Stromschlag. Halt, kochte sie mit Gas? Dann wäre auch ein Gasunfall nicht das Verkehrteste. Plötzlich fielen ihm Neles halbwüchsige Töchter ein. Scheiße, hoffentlich waren die beim Papa in Köln. Licht im oberen Stockwerk hatte er von außen zumindest nicht gesehen.

Joe war vor dem Wohnzimmer angekommen. In dem Moment hörte er sie sprechen. »Hallo? Ist da jemand?«

Ihre Stimme klang seltsam dünn, überhaupt nicht so selbstbewusst wie sonst. Er schmunzelte. Schön, sie fürchtete sich. Richtig so. Wie war sie auch auf die Idee gekommen, sich mit ihm anzulegen? Auf die beiden Schwachköpfe an ihrer Seite konnte sie sich eh nicht verlassen. Das sah man ja jetzt. Er beschloss, ihr noch mehr Angst einzujagen, und stupste mit dem Lauf der Waffe ohne ein Wort die Wohnzimmertür auf.

Sie saß auf dem Sofa und blickte ihm mit weit aufgerissenen Augen entgegen. Vor ihr prangte die Tüte mit den sechshunderttausend Euro, in ihrer rechten Hand hielt sie ein Foto; weitere, auch Negative, waren über den gesamten Couchtisch ausgebreitet. Wieder übermannte ihn die Wut. Die Bilder kannte er doch! Gab sie denn nie Ruhe? Konnte sie nicht endlich die verdammte Schnüffelei sein lassen?

»Hallo, Nele«, presste er heraus. »So schnell hast du mit meinem Besuch nicht gerechnet, was?« Er deutete mit der Sig Sauer auf ihr Weinglas. »Mit deinem gemütlichen Umtrunk wird es wohl nichts heute Abend.« Er schaute sich um. »Bist du allein?«

Sie zögerte. »Ja, bin ich. Was willst du hier, Joe? Hast für dein Geld nicht alles bekommen, was du verlangt hast?«

»Nein, habe ich nicht, meine Liebe! Im Gegenteil: Ich habe etwas gekriegt, um das ich nicht gebeten hatte«, erinnerte er sie mit mühsam gezügeltem Hass in der Stimme.

Nele zuckte gleichmütig mit den Achseln. Bedächtig legte sie das Foto aus ihrer Hand zu den anderen auf den Haufen, griff nach dem Stiel ihres Weinglases und nahm einen kleinen Schluck. »Richtig«, sagte sie sanft.

Nele

Nele lächelte provozierend. Jetzt galt es, ihn aus der Reserve zu locken. »Ich dachte halt, Matthias' letzte Fotografien könnten interessant für dich sein. Die, die er unmittelbar vor seinem Tod geschossen hat. An einem verregneten und windigen Tag Anfang Oktober letzten Jahres am Kaarster See. Sind ziemlich aufschlussreich, oder?« Sie bemühte sich, ihre Angst hinter einem Pokerface zu verbergen.

Joe musterte sie voller Abscheu. »Lass die Spielchen«, zischte er zwischen zusammengebissenen Zähnen. »Was hast du davon, mich mit den verschiedensten Motiven um mein Geld zu prellen? Mir damit zu drohen, mich zu ruinieren? Geht es dir um die Knete oder etwa auch um Marc?«

Jetzt war es an Nele, wütend zu werden. Was bildete dieses fette Arschloch sich eigentlich ein? Seine Karriere und die kranke Obsession für Marc Warberg waren alles, was ihn interessierte.

»Nein, stell dir vor, mir geht es um Matthias. Du sollst wissen, dass du deinen Untergang weder dem Mord an deinem Schulfreund damals auf der Fichtenlichtung zu verdanken hast noch deiner perversen Verehrung von Marc. Hier geht es darum, dass du Matthias Hellmann umgebracht hast. Letztes Jahr im Herbst, als ihr euch am See getroffen habt.«

»Ach das.« Der Dicke machte eine wegwerfende Handbewegung mit der Waffe. Plötzlich wurde es Nele heiß und kalt vor Angst. Wenn er wollte, konnte er sie mit einem Kopfschuss innerhalb einer Sekunde auslöschen. Sie atmete auf, als er sich ihr gegenüber in den Sessel plumpsen ließ. Auf seiner Stirn hatten sich Schweißperlen, groß wie Regentropfen, gebildet. Sie schickten sich an, über seine buschigen Brauen in die Augen zu laufen. Er betrachtete Nele mitleidig. »Du denkst also immer noch an den? Lass dir gesagt sein: Der Typ war durch und durch kaputt und verdorben. Ein Erpresser der übelsten Sorte. Er hatte keine Daseinsberechtigung mehr.« Der Dicke lächelte süffisant. »Und es war nicht viel nötig, ihn zum Aufgeben zu bewegen.« Der Blick, den er ihr zuwarf, war lauernd, und sie entdeckte noch etwas darin: Triumph.

Ihr Herz zog sich zusammen. Zum Aufgeben zu bewegen? Was hatte dieser Scheißkerl Matthias angetan? Sie tastete sich weiter vor. »Wie kam es überhaupt, dass ihr euch am Kaarster See verabredet habt? Wart doch nicht gerade die besten Freunde.« Sie gab ihrer Stimme einen halb unsicheren, halb neugierigen Klang.

Joe nickte langsam. Die Pistole zielte immer noch auf sie. »Stimmt. Aber der Schwachkopf wollte sich ja auch gar nicht mit mir treffen. Ganz so blöd war er nun doch nicht. Auch wenn's schließlich auf das Gleiche hinauslief.«

Während er sprach, ließ er Nele nicht eine Sekunde lang aus den Augen. Offenbar gefiel ihm, was seine Worte bei ihr anrichteten. Der Dicke grinste und nickte wieder. »Ja. Du hast begriffen, wen ich meine.«

Neles Mund wurde trocken. Er sollte es aussprechen. Jetzt. »Marc?«, fragte sie. »Er wollte sich mit Marc treffen? Aber warum?«

Joe seufzte übertrieben theatralisch. »Tja, das ist die Tragik an der Sache, oder? Dein Ex ist auf seine alten Tage noch zum Moralapostel mutiert, stell dir das mal vor. Wollte die Fichtenlichtungsgeschichte beichten. Seinem ehemaligen Kunden, den er jahrelang mit Drogen versorgt hatte. Ziemlich unangebracht, wenn du mich fragst.«

Er machte eine Kunstpause, und sein Blick spießte sie auf, bis er fortfuhr: »Angeblich war er in Sorge um dich. Wollte dich nicht meinem gefährlichen Einfluss aussetzen. Meiner Meinung nach war er einfach ein dreckiger Verräter. Hatte selbst genug abgesahnt, um sich jetzt leisten zu können, den Moralischen zu mimen. Ganz schön verlogen, dein Herzchen.« Das Lächeln des Dicken war zum Reinschlagen.

Kurz schoss ihr durch den Kopf, was Matthias ihr einmal geraten hatte, falls sie mal von einem stärkeren Gegner bedroht werden sollte. »Nicht nachdenken. Gib ihm sofort eins auf die zwölf. Blitzschnell. Mit ganzer Kraft. Dann hast du das Überraschungsmoment und die volle Power auf deiner Seite.«

Nele hatte ihn skeptisch angeschaut und an sich heruntergedeutet. »Das kann ich nicht. Guck mich doch an. Ich bin weder stark noch blitzschnell.«

»Doch, im Zweifel bist du es, glaub mir. Wenn es mal so kommen sollte, denk an meine Worte. Schlag zu, ohne Rücksicht. Verwandle deine Angst in Hass. So machst du jeden platt. Ich weiß, wovon ich rede.«

Damals hatte sie nur mit dem Kopf schütteln können. In diesem Moment aber wusste sie genau, was Matthias gemeint hatte. Der Hass baute sich turmhoch in ihr auf. Er brauchte ein Ventil, jetzt und gleich. Nur unter größter Anstrengung hielt sie sich zurück. Noch hatte der Dicke zu wenig ausgeplaudert.

Der redete einfach weiter. »Was soll's, die Rettungsaktion ist ihm jedenfalls gründlich misslungen. Das hatte er davon.«

»Und Marc hat dir gesagt, dass Matthias sich mit ihm treffen wollte?«

»Na ja, ›gesagt‹ ist wohl nicht ganz das richtige Wort.« Der Dicke lächelte süffisant. Er ließ sie gern zappeln, das merkte man. Er lehnte den Kopf an die Rückenlehne des Sessels und schloss für einen kurzen Moment die Augen. »Sagen wir mal so: Er hat es mir schriftlich zur Verfügung gestellt.«

In dem Augenblick erklang ein lautes Poltern aus dem Flur, so als hätte jemand etwas Schweres fallen gelassen. Nele fuhr zusammen, der Dicke auch. Nur Jens konnte diesen Lärm verursacht haben. Was veranstaltete dieser durchgeknallte Idiot da bloß? Gerade war Joe kurz davor gewesen, ein Geständnis abzulegen, und jetzt das! Der Dicke schoss in die Höhe. »Verdammte Scheiße, was war das?«

Mit schnellen Schritten hechtete er aus dem Wohnzimmer in den Flur. Es war erstaunlich, wie flink er sich bewegte. Doch nun herrschte wieder Totenstille. Neles Herz klopfte bis zum Hals,

als sie sah, wie Joe mit seiner Waffe hektisch herumfuchtelte, die Treppe hochspähte und in die Küche hineinlugte. Dann legte er den Kopf schräg und visierte die Klotür an. Plötzlich schoss er. Nele erschrak bis ins Mark. Zwei Schüsse zersplitterten mit ohrenbetäubendem Lärm das dünnwandige Holz der Tür. Nichts geschah. Der Dicke wartete, dann drückte er die Tür auf. Immer noch blieb alles still. Nele hielt die Luft an. Wo war Jens, um Himmels willen?

Joe atmete erleichtert aus. Er ließ die Waffe sinken. Nele zitterte am ganzen Körper. Auf welchen Wahnsinn hatten sie sich hier bloß eingelassen? Furchtsam folgte sie dem Dicken in den Flur. Hoffentlich war Jens nichts passiert, betete sie stumm. Wo steckte er bloß? Wieso und wann hatte er den verabredeten Posten im Gäste-WC verlassen? Und was um alles in der Welt hatte dieses krachende Geräusch verursacht? Joe drehte sich zu ihr um und grinste nervös. Mit der Linken wischte er sich den Schweiß von der Stirn, während er ihr die Pistole in den Bauch stupste. »Blinder Alarm. Komm schon, zurück ins Wohnzimmer.«

Marc

Marc ging über die gepflasterte Einfahrt auf Neles Haus zu, als es zwei Mal laut knallte. Schüsse! Was war passiert? Kam er etwa zu spät? Was sollte er bloß tun?

Er lief zu den drei Treppenstufen hin, die zur Haustür hochführten. Dort blieb er stehen. Was jetzt? Von drinnen hörte er gedämpft eine männliche Stimme. Joe! Worte waren nicht zu verstehen. Er machte kehrt und entschied sich für einen weniger direkten Weg. Auf leisen Sohlen umrundete er das Haus, erreichte zwischen Büschen und Sträuchern den Garten und schlich auf die Terrasse. Er sah, dass Nele die Rollos am bodentiefen Wohnzimmerfenster und an der Terrassentür nicht heruntergelassen hatte. Dafür waren die beigefarbenen Vorhänge zugezogen. Gut, auf diese Weise war er von drinnen nicht zu sehen, konnte sich selbst aber vielleicht so positionieren, dass er zwischen den Stoffbahnen Einblick ins Wohnzimmer hatte.

Er ließ sich auf alle viere nieder und fand einen schmalen Spalt, durch den er hineinlugte.

Was er sah, raubte ihm den Atem. Direkt vis-à-vis in einem Sessel sah er seinen besten Freund, wie er in aller Seelenruhe eine große, glänzende Pistole auf jemanden auf der Couch richtete. Nele! Ihr dunkler Schopf ragte im Halbprofil über die Sofalehne. Sein Herz krampfte sich zusammen. Was sollte er tun?

Tinas Worte von heute Mittag kamen ihm in den Sinn: »Der Dicke wird sich die Knete zurückholen, und zwar postwendend. Und vielleicht gibt es Tote. Wenn es Shorty oder diesen Sozialschmarotzer trifft, kein Problem. Aber dass dein Schätzchen stirbt, wirst du wohl nicht wollen, oder? Also gibt's nur eins: Zwing den Dicken zum Aufgeben. Der liebt dich abgöttisch und wird dir nichts zuleide tun. Dann bring ihn zum Reden. Am besten mit Nele als Zeugin. Meinetwegen über den Mord an Major oder über den Mordversuch an mir. Oder du befragst ihn zum Mord an diesem Hellmann, wenn er's denn war. Hauptsache, du reitest nicht auf der Fichtenlichtungssache rum. Ich will nicht für ein Ding, das längst Geschichte ist, verknackt werden, hörst du? Am Schluss wär's klasse, wenn der Dicke ins Gras beißt. Notwehr oder so. Und dann lässt du die Fotos verschwinden, klar? Ansonsten werd ich dich da mit reinziehen, kannst du dich drauf verlassen.«

Marc seufzte unterdrückt, während er weiterhin die Szene im Wohnzimmer verfolgte. Joe redete. Angestrengt lauschte Marc. Wenn er sehr leise atmete, konnte er tatsächlich verstehen, was drinnen gesprochen wurde.

»Ich hab's mir zur Angewohnheit gemacht, mir Zugang zu den E-Mail-Postfächern meiner Freunde zu verschaffen«, sagte Joe gerade in freundlich belehrendem Tonfall. »Man darf heutzutage nichts dem Zufall überlassen, weißt du? Sonst ist man weg vom Fenster. Marcs Korrespondenz lese ich täglich, die dienstliche wie die private. Oft, bevor er selbst sie liest. Im September letzten Jahres war ich besonders auf Zack. Ich hatte durch meine offene Bürotür mitbekommen, wie unsere Sekretärin einen Anruf von Matthias Hellmann entgegennahm. Der wollte mit Marc sprechen. Gottlob er aber nicht! Er hat den Anruf abgewimmelt. Ab sofort las ich Marcs E-Mails mit noch mehr Aufmerksamkeit.

Und tatsächlich, schon bald schneite Post von deinem Exlover rein. Der hatte in der Zwischenzeit wohl geschnallt, dass ich Teilhaber bei ›Warberg Software‹ bin. Vielleicht über die Homepage. Das hat ihn auf den Plan gerufen. Huh, ein Mörder im Dunstkreis seiner Verflossenen. Alarm! Also hab ich ihm flugs geantwortet, in Marcs Namen, na ja, letztlich wohl auch in seinem Interesse, denn ich wusste doch, dass der mit dem Typen nichts zu tun haben wollte. Danach hab ich die Nachricht gelöscht. Wollte Marc nicht unnötig beunruhigen. Dann habe ich Hellmann umgehend eine Mail von einer neu eingerichteten E-Mail-Adresse aus geschrieben, angeblich Marcs privater. Hat er geschluckt. Ich hab mich mit ihm am Kaarster See verabredet, und er versprach, alle Fotos und vor allem die Negative mitzubringen, während ich ihm – als Marc Warberg – versicherte, mit ihm zur Polizei zu gehen, um den Mord endlich anzuzeigen. Dabei sollte klar werden, dass er damals nur ein heimlicher Zeuge war und kein Mittäter. Ich habe ihn dann gefragt, warum er überhaupt auspacken will. Weil er reinen Tisch machen wolle, schrieb er, und weil er Angst um dich habe. ›Das sind skrupellose Mörder‹, so lauteten seine Worte. Die wolle er nicht in deinem Dunstkreis sehen. Ich musste innerlich grinsen, als ich das las, aber natürlich habe ich ihm brav alles versprochen, was er hören wollte. Auch dass ich dir nichts von seinem Vorhaben erzähle. Nun, damit hatte ich das kleinste Problem.«

Marc hörte ungläubig und mit wachsendem Zorn zu. Dort saß Joe, von dem er geglaubt hatte, ihm rückhaltlos vertrauen zu können, bedrohte seine Freundin lässig mit einer Waffe und scheute sich nicht, zuzugeben, das Leben seines angeblich engsten Freundes ausspioniert, kontrolliert und manipuliert zu haben. Und jetzt war er auch noch kurz davor, einen weiteren Mord zu gestehen.

Nele

Nele hielt den Atem an. Joe schien eine diebische Freude daran zu haben, seinen niederträchtigen Plan vor ihr auszubreiten. Matthias hatte Hilfe bei einem Gleichgesinnten gesucht. Stattdessen war er an seinen Mörder geraten.

»Und, wie hat er reagiert, als er dich am Kaarster See begrüßen durfte? Anstelle von Marc?«, fragte sie bebend vor Wut.

Joe lachte leise. »Hat nicht schlecht gestaunt, der Gute. Aber er hat schnell verstanden, warum Marc mich vorgeschickt hatte.«

Nele fuhr zusammen. »Wie? Vorgeschickt?«

»Ach Schätzchen, du bist ja genauso naiv wie dein verstorbener Ex.« Joe genoss seinen Auftritt offensichtlich sehr. »Was man erzählt und was der Wahrheit entspricht, ist nicht unbedingt dasselbe. In dem Fall war es zweckdienlicher, Hellmanns Hoffnungen und seinen Glauben an das Gute im Menschen nachhaltig zu zerstören. Also hab ich ihm erzählt, dass Marc von jeher von dem tragischen Vorfall auf der Fichtenlichtung gewusst hat, das Ganze in seinem Auftrag geschehen ist und dass du als Marcs neue Lebenspartnerin längst eingeweiht bist. Und natürlich, dass Marc mich gebeten hatte, ihm endgültig das Handwerk zu legen.«

»Und das hat er geglaubt?« Nele hatte das Gefühl, in ein bodenloses Loch zu stürzen.

»Nun ja, ich kann recht überzeugend sein und weiß mich auszudrücken. Als ich ihm den Wodka mit dem darin aufgelösten Rohypnol gereicht habe, konnte er einfach nicht Nein sagen.« Er lächelte genießerisch. »Danach war es ein Leichtes, ihm die Spritze in die Blutbahn zu jagen. Ich hatte mich schließlich vorbereitet! Und Hellmann wusste genau, was auf ihn zukam, glaub mir. Er hat im Grunde genommen freiwillig entschieden, aus seinem verpfuschten Leben zu scheiden. War ein schöner Tod, glaub mir, Nele. Friedlich und schnell.«

Der Dicke

Er erinnerte sich mit dem Gefühl von tiefer Befriedigung daran, wie er den Lebenswillen in seinem Gegenüber erlöschen gesehen hatte. Bereitwillig hatte Hellmann sich seinem Schicksal überlassen. Oder hatte er gehofft, doch noch irgendwie die Oberhand über die Situation gewinnen zu können, und sich nur scheinbar ergeben? Wie auch immer. Joe wartete eine geraume Weile ab. Hellmann war gefährlich, sein Gewaltpotenzial nicht zu unterschätzen.

Erst als der Mann das Bewusstsein verloren hatte – er saß angelehnt an einen halb vermoderten Baumstumpf am Uferstreifen da, und sein Kopf fiel nach hinten –, bereitete Joe den Schuss vor. Heroin, Löffel, Feuerzeug und Zitronensäure hatte er natürlich mitgebracht. Er zog die Spritze auf, band dem Bewusstlosen mit dem Riemen seiner Kamera den Arm ab und injizierte ihm das Heroin. Hoch dosiert. Zu hoch.

Der Atemstillstand erfolgte nach kurzer Zeit. Ein Ruck ging durch den Körper, dann kippte er lautlos zur Seite.

Erst nachdem der Dicke die Selbstmordszene mit Herointütchen und Spritzgerätschaften glaubhaft arrangiert hatte, bemerkte er, dass die Unterlagen in der Plastiktüte, die Hellmann mitgebracht hatte, unvollständig waren. Die Negative fehlten.

Gut, die hatte er ja jetzt. Direkt vor ihm lagen sie auf dem Couchtisch. Konzentriert fixierte er Nele. Nun musste er es nur noch zu Ende bringen. Ein Sturz von der Treppe wäre das Beste, entschied er. Er hievte sich mit der Pistole in der Hand hoch.

Nele

Angewidert starrte sie ihr Gegenüber an. Es war eine Hinrichtung gewesen. Und Joe hatte gewusst, womit er sein Opfer am tiefsten treffen konnte. Indem er ihm seinen Glauben an Freundschaft, Treue und Ehrgefühl nahm, tötete er ihn schon vor der eigentlichen Tat. Alles in ihr schrie nach Vergeltung. Voll auf die Zwölf, hörte sie Matthias' Stimme in ihrem Kopf. Sie sprang auf.

Chris

Chris hatte, oben im dunklen Schlafzimmer auf dem breiten Bett sitzend, genug gehört. Alles im Kasten. Glasklare Tonqualität. Es war nicht einfach gewesen – vor allem in der Kürze der Zeit –, ein für ihre Zwecke schlüssiges Geständnis zurechtzuschneiden. Bestimmte Passagen, die, in denen von der Fichtenlichtung und der Erpressung die Rede war, hatte er sofort gelöscht. Er öffnete das CD-Fach, entnahm den Tonträger, bereinigte die Festplatte vom Rohmaterial und schaltete das Gerät aus. Zuvor hatte er die Aufnahme auf einen USB-Stick gezogen. Trotzdem, würde die Schilderung des Dicken über den Mord an Hellmann für eine Verurteilung ausreichen? Würde man die Aufnahme als Beweismittel anerkennen? Shorty bezweifelte es. Dass man Tonaufnahmen manipulieren konnte, war schließlich ein alter Hut. Egal, alle Register zu ziehen konnte trotzdem von Nutzen sein. Der Zusammenschnitt war fertig; den ersten Teil seines Jobs hatte er erledigt. Weiter ging's.

Chris machte sich furchtbare Sorgen um Jens. Diese Schüsse vorhin! Nele hatten sie ja offenbar nicht gegolten. Das bewiesen die Aufzeichnungen. Hatte der Dicke auf Jens geschossen, oder waren es Warnschüsse gewesen? Schluss jetzt, sagte er sich. Eilig wählte er Nicoles Nummer. Laut Absprache musste Matthias Hellmanns Schwester schon seit geraumer Weile neben der Polizeiwache in Kaarst Stellung bezogen haben. »Es ist so weit«, flüsterte er in sein Handy. »Hol die Bullen. Erzähl denen was von einer Schießerei.«

Dann entsicherte er das Jagdgewehr, das er gestern Mittag heimlich aus dem Waffenschrank seines Vaters entwendet hatte, und schlich die Treppe hinunter.

Marc

Marc reichte, was er gehört hatte. Wie konnte es möglich sein, dass er diesen Mann dort in Neles Wohnzimmer jemals gemocht, respektiert und, ja, sogar bewundert hatte. Geschäftspartner und beste Freunde, so hatten sie sich gegenseitig tituliert. Um Gottes willen, mit so einem wollte er nicht in einen Topf geworfen werden. Wer dermaßen kaltblütig verfuhr, um Leute, die ihm nicht passten, aus dem Weg zu räumen, der hatte nichts Menschliches mehr. Der konnte nur ein Monster sein. Tina hatte recht gehabt. Er beschloss, sofort zu handeln.

Umständlich zerrte er an der zierlichen Walther, die sich mit dem schmalen Lauf irgendwie in seiner Jackentasche verhakt hatte. Endlich hatte er sie aus dem Futterstoff befreit. Er stand auf, holte tief Luft, packte die Pistole fester und schmetterte sie mit aller Kraft gegen die Scheibe des Wohnzimmerfensters. Gleichzeitig mit der Explosion zerschellenden Glases brach drinnen das Chaos los.

Nele

In dem Moment, als der Dicke aufstand, stürzte sie sich auf ihn. Blitzschnell und mit aller Kraft. Wie Matthias es ihr geraten hatte. Dabei riss sie den Couchtisch um. Ihre geballte Faust landete ungebremst in Joes fleischigem Gesicht, woraufhin der das Gleichgewicht verlor, nach hinten stürzte und sich ein Schuss aus seiner Waffe löste. Die Kugel verfehlte Nele knapp und streifte stattdessen einen Mann an der linken Schulter, der sich gerade seinen Weg durch das teils umherfliegende, teils noch im Fensterrahmen feststeckende Glas über das Fenstersims in den Raum bahnte. Der Dicke fiel mit dem Nacken auf den Rand eines Terrakottatopfes, in dem sich eine Zimmerpalme befand. Er verlor sofort das Bewusstsein.

Chris

Er stürmte, das sperrige Gewehr ungeschickt in beiden Händen haltend – Schusswaffen waren einfach nicht sein Ding –, durch den Flur ins Wohnzimmer. Zunächst begriff er überhaupt nicht, was hier los war. Überall lag Glas. Die Vorhänge blähten sich im Wind, der schneidend kalt durch das zerschlagene Fenster hineinwehte. Das Wohnzimmer war verwüstet. Möbel und eine Pflanze lagen umgestürzt da.

Da entdeckte er zu seinem großen Erstaunen einen schlanken Mann, unverkennbar Marc Warberg, der sich stöhnend die Schulter hielt. Was machte der denn hier? Sein Blick irrte zu Nele hinüber, die sich gerade mit wirrem Haar und schmerzverzerrtem Gesicht aufrichtete. Dabei schüttelte sie ihre rechte Hand. Halb unter ihr begraben lag der Dicke wie ein unförmiger, schlaffer Berg. Er regte sich nicht. Jetzt erst schien Nele Marcs Anwesenheit zu registrieren.

»Was machst du denn hier?«, stieß sie verblüfft aus.

»Dich retten, was sonst?« Beide sahen sich verwirrt an, die eine ihre verletzte Hand, der andere sich die Schulterwunde haltend. Shortys Blick irrte weiter. Hin und her. Fand nicht, was beziehungsweise wen er suchte.

»Wo ist Jens?«

Nele reagierte, wenn auch mit leichter Verzögerung. »Ja, wo ist eigentlich Jens?« Sie sprang auf und hechtete in den Flur. Mit einem Griff öffnete sie die Klotür. Chris folgte ihr, wobei er das Gewehr kurzerhand in eine Ecke schleuderte. Beide schnappten erschrocken nach Luft, als sie dort im Dunkeln die zusammengesunkene Gestalt auf dem Toilettendeckel wahrnahmen. Hektisch tastete Nele nach dem Lichtschalter. Grelles Licht flammte auf. Jens wimmerte. Blutüberströmt und am Ende seiner Kräfte hockte er da. Zu seinen Füßen in einer beängstigend großen Blutlache lag seine Pistole.

Chris drängte Nele zur Seite und hockte sich vor den Freund. Behutsam hob er seinen Kopf an. Jens durfte nicht sterben! Bitte nicht. Das war nicht gerecht und absolut sinnlos noch dazu. Glasige Augen blinzelten ihn kraftlos an, dann versuchte Jens ein Grinsen. Die Zahnlücke klaffte. Es sah erbärmlich aus. »Ich hab's verbockt, was? Scheißknarre, ist mir einfach aus der Hand gefallen. War ein Riesenkrach«, murmelte er kaum hörbar. Rötlich verfärbte Spucke lief aus seinem Mundwinkel. »Aber wenigstens hab ich keinen Ton von mir gegeben, als der Fettsack mich angeschossen hat. Und ich hab mich hinter der Tür versteckt, als er nachgeschaut hat. Hast du denn alles im Kasten, Shorty? Kriegen wir ihn dran?«

Er versuchte, den Blickkontakt mit Chris zu halten, aber seine Augäpfel wollten nicht gehorchen. Immer wieder drehten sie sich weg. Dabei sank er weiter nach vorn; seine Hände umklammerten bebend den Bauch. Wieder stöhnte er auf. Chris sah das Blut dunkelrot zwischen seinen Fingern hindurchsickern. Er brach in Tränen aus. »Ja, ich hab alles aufgenommen und die verfänglichen Stellen rausgeschnitten. Matthias' Tod wird noch mal aufgerollt werden, ganz sicher. Aber bitte, Jens, halt durch. Denk an die Knete. Dreihunderttausend Euro. Meinetwegen gebe ich dir meinen Anteil auch noch. Ich brauch es nicht so nötig wie du. Aber bitte, bitte, stirb nicht.«

Weinend nahm er den erschlaffenden Körper in die Arme und wiegte ihn sanft hin und her, während Nele hastig die Notrufnummer wählte.

Marc

Alle hatten ihn allein gelassen, allein mit dem Monster.

Marc versuchte, den furchtbaren Schmerz in seiner Schulter zu ignorieren, und näherte sich ihm vorsichtig. Tinas kleine Pistole hielt er in der Rechten. Joe kam gerade wieder zu sich und lächelte; er lächelte tatsächlich. Marc hätte ihm am liebsten das feiste, von Neles Faust bereits ziemlich zerschlagene Gesicht zerschossen.

»Hallo, Marc«, flüsterte der Dicke mit aufgeplatzten Lippen. »Schön, dich zu sehen.«

Marc antwortete nicht, sondern blickte nur angewidert auf den Fleischklumpen hinunter. Dann richtete er die Pistole auf dessen Kopf.

»Schieß doch«, murmelte Joe. »Dann hab ich's hinter mir. Bin eh erledigt, oder?«

Marc konnte nicht anders, er spuckte neben Joe auf den scherbenbedeckten Fußboden. »So leicht werde ich es dir nicht machen. Du hast dich für einige Morde zu verantworten. Und für mindestens einen Mordversuch.«

»Versuch? Ich war eigentlich der Meinung, alles, was ich begonnen habe, stets zu einem vernünftigen Abschluss gebracht zu haben.«

Joe bemühte sich kläglich, seinen Leib in eine bequemere Lage zu wälzen, aber er schaffte es nicht. Marc sah irritiert, dass er aus einer Wunde am Hinterkopf blutete.

»Nun ja, wie man es nimmt. Tina Hillebrandt ist auf jeden Fall noch ziemlich lebendig«, gab er ätzend zurück.

»Ach?« Joe lachte heiser. »Das Weib ist nicht totzukriegen, was? Typisch. Und kaum ist sie wieder auf dem Damm, wickelt sie dich um den kleinen Finger. Mensch, Marc, dass du auch nie dazulernst, ts, ts. Was soll nur werden, wenn ich nicht mehr auf dich aufpassen kann?«

Marcs Zorn loderte auf. Mit aller Kraft trat er dem Wehrlosen in die Seite. Sofort packte ihn das schlechte Gewissen. Aber er blieb hart. »Bevor gleich die Polizei da ist, will ich wissen, warum du Jonas getötet hast, damals in der Nacht unseres Abiballs. Jonas, der zu harmlos war, um auch nur einer Fliege etwas zuleide zu tun. Seit ich bei Tina war, spukt mir das im Kopf rum.« Er holte tief Luft und fügte hinzu: »Und ich will die Wahrheit wissen, nicht irgendein Gesülze!«

»Die Wahrheit.« Joes Stimme wurde verwaschener. »Kannst du die überhaupt verkraften, mein Lieber?« Er keuchte. »Die Wahrheit ist, dass ich dich liebe, seitdem ich dich kenne.« Dabei sah er Marc in die Augen und nickte kaum merkbar. »Ja, so ist es. Schon vor jenem Abend im Sommer '87 bei diesem Lagerfeuer am Kaarster See, als Hellmann und Meyer mich mitgeschleppt haben, hab ich gewusst, dass ich dich liebe. Und später, als wir dann Freunde wurden, Seelengefährten … da war ich ganz verloren. Marc Warberg, mein Ein und Alles. Konnte ich es da hinnehmen, dass Stoned, der ewig verpeilte Träumer, hingeht und dir steckt, dass ich es war, der nach dem Tod deiner Eltern die Medien auf deine Familie und dich angesetzt hat? Dabei hatte ich nur die besten Beweggründe. Unsere Freundschaft wollte ich stärken. Alle haben sich auf dich gestürzt, sensationsgeil und hämisch, aber ich habe zu dir gestanden. Nur ich war deine Rettung. Das musste ich dir doch klarmachen. Leider hat Jonas mich aus der Redaktion gehen sehen und eins und eins zusammengezählt. Kaum zu glauben, oder? Weil er nach dem Abi seine Felle davonschwimmen sah, wollte er einen Keil zwischen uns treiben. Hat er mir im besoffenen Kopf nach dem Abiball auf dem Weg in den Wald geflüstert. Sollte ich etwa in Seelenruhe zuschauen, wie alles zusammenstürzt, was ich mir mühsam aufgebaut hatte? Die Lösung, die sich mir auf der Fichtenlichtung bot, kam mir ganz recht.«

Der Dicke

Der Schmerz strömte vom Nacken ausgehend in heftigen Wellen in den Kopf und ins Gehirn. Der Rest seines Körpers fühlte sich seltsam taub an, so als wäre er gar nicht mehr da. Er fühlte sich schwerelos, wie beim Schwimmen. Kein Gewicht mehr, das ihn zu Boden drückte. Das war schön. Wären nur nicht diese schrecklichen Kopfschmerzen gewesen.

Während Joe Marc das erste Mal in seinem Leben unumwunden seine Liebe gestand und zu erklären versuchte, wie es zu der Tat auf der Fichtenlichtung gekommen war, stiegen unablässig die Bilder von damals in ihm empor.

Wieder sah er den weinenden, vom Dope und Alkohol völlig desolaten Jonas auf der dunklen Lichtung vor sich, der in seinem Leid versuchte, so viele andere wie möglich mit sich zu reißen. Gierig qualmte er die Notration weg, ohne Johannes auch nur einmal ziehen zu lassen. Zwischen zwei Zügen beschimpfte er ihn als schleimige Schwuchtel, manipulativ durch und durch.

»Guck dich doch an«, lallte er schniefend. »Eine billige Marc-Warberg-Kopie bist du, nichts weiter. Bei den Klamotten angefangen über die Frisur bis hin zur Sprache. Alles abgekupfert. Aber Marc wird schon merken, mit wem er es zu tun hat, wenn ich ihm von deinem Besuch in der Zeitungsredaktion erzähle. Unbekannte Quelle, von wegen. Du hast denen doch die Infos gegeben, die sie brauchten, um Marcs Familie in die Kacke zu ziehen. Nur damit du danach den großen Tröster spielen konntest. Lange war ich nicht bereit, das zu glauben, aber heute ist mir klar geworden, was du für einer bist. Kein Freund, sondern einfach nur ein mieser kleiner Verräter …« So ging es noch eine Weile weiter, bissig und bösartig.

»Hör auf!«, schrie Joe irgendwann. »Halt einfach dein dreckiges Maul, Stoned. Was kann ich dafür, wenn Marc auf dich und deine hirnverbrannten Phantastereien einfach keinen Bock mehr hat.« Am liebsten hätte er sich auf diese schwabbelige Heulsuse vor ihm gestürzt und ihn zu Brei geschlagen.

In dem Moment kamen Major und Tina über den schmalen, dornenumrankten Trampelpfad auf die Lichtung gelaufen. Inzwischen war deutlich mehr Wind aufgekommen; er brachte die umstehenden Kiefern zum Rauschen und Wanken und wirbelte die schwüle Luft auf. Blitze zuckten, weit weg grollte der Donner. Major und Tina schienen glänzender Laune zu sein. Beiläufig grüßten sie die Freunde, bevor sie sich umarmten, sich stöhnend aneinanderrieben, sich streichelten und küssten. Kein Zweifel, die zwei wollten es miteinander treiben. Egal, wer zuschaute. Aus irgendeinem Grund schien das Jonas von Joe abzulenken, aber auch eine neue, verzweifelte Wut in ihm zu entfachen, die sich nun gegen Tina richtete. Schwankend nahm er das knutschende Pärchen ins Visier und brüllte gegen den Sturm an: »Scheißschlampe! Kannst du nicht woanders deine Triebe ausleben? Schämst du dich gar nicht, es hier vor meinen Augen mit diesem Schlappschwanz zu treiben?«

Als Tina darauf keine Reaktion zeigte, sondern weiterhin gierig an Toms Lippen saugte und ihre rechte Hand in den Schritt seiner Hose versenkte, rastete Jonas aus. Er stürzte sich auf das Pärchen und schubste Tina grob zur Seite. »Hör mir zu!«, schrie er. »Weißt du eigentlich, wie ich mich fühle, seitdem ich für einen kurzen Fick mit dir den Job meiner Mutter gefährdet habe?«

Jetzt reagierte Tina, aber wohl nicht so, wie Jonas es erwartet hatte: Sie lachte. Überheblich und verächtlich. Durch den Stoß war sie zur Seite gestolpert, aus Toms Armen heraus, der nur verblüfft dastand und nichts kapierte. Und da stand sie und lachte Jonas einfach aus.

»Und? Weißt du eigentlich, wie ich mich fühle, seitdem du deinen jämmerlichen kleinen Schwanz in mich gesteckt und mich mit deinem Sperma, deiner Spucke und deinem Schweiß besudelt hast? Ekelhaft war das. Im Vergleich zu Marc und Major einfach abstoßend. Ich könnte immer noch kotzen. Aber das Abi war es mir wert.« Mit einer lasziven Bewegung strich sie sich die wirren blonden Haare aus dem Gesicht.

Jonas zerfiel vor ihrer aller Augen. Er sah gedemütigt und völlig fertig aus. Dann straffte er sich wieder. »Dein Abi kannst du vergessen«, lallte er, »wenn ich weitergebe, dass du die Klausuraufgaben schon vorher hattest.« Er zuckte mit den Achseln. »Mein schlechtes Gewissen lässt es einfach nicht zu, die Sache für mich zu behalten.«

Dann drehte er sich um, Richtung Trampelpfad. Er kam nicht weit, denn in dem Augenblick stürzte sich Tina kreischend auf ihn. Ungebremst landeten beide auf dem niedergetrampelten Waldboden. Joe sah nur noch einen Wirbel aus Haaren, Händen und Fäusten. Kurz registrierte er, dass Tina plötzlich unter Jonas lag, der ihren nackten Hals mit beiden Händen zu Boden drückte. Sie wand sich unter dem Gewicht und ruderte mit den Armen.

In diesem Moment sah er, Johannes, seine Chance gekommen. Er bückte sich, griff im Dunkeln nach dem nächsten Gesteinsbrocken und bemerkte im selben Moment, wie gleißendes Licht für den Bruchteil einer Sekunde die Szenerie erhellte und ein ohrenbetäubender Donner den Boden erschütterte. Er sprang auf und schmetterte den Stein mit voller Kraft gegen Jonas Steinerts Hinterkopf. Erstaunt sah er, wie Major im selben Atemzug einen dicken Ast niedersausen ließ und Tinas panisch suchende Finger eine alte Colaflasche fanden.

Joe schloss kurz die Augen, um sich das Bild der Zerstörung noch einmal zu vergegenwärtigen. Dann schluckte er, versuchte, den immer stärker werdenden Kopfschmerz zu ignorieren, blickte in Marcs unglaubliche blaue Augen und bemühte sich, dem Freund eine adäquate Zusammenfassung zu liefern.

Marc

Nachdem Joe alles erzählt hatte, schloss er die Augen und schwieg lange. Marc glaubte schon, er sei ohnmächtig geworden, und wollte sich gerade abwenden, als der Dicke wieder aufblickte. Seine Stimme war leise und brüchig, sein Atem ging stoßweise. Er fuhr fort: »Schuldig sind wir alle drei, auch wenn mein Schlag mit dem Stein vermutlich der tödliche war. Aber jeder von uns hat mitgemacht, und jeder hatte ein Motiv. Bei Tina war es die Angst um ihr Abi und bei Major vermutlich Eifersucht. Außerdem war er schon immer ein Mitläufer.« Er keuchte und lächelte Marc zärtlich an. »Aber mein Motiv war das beste. Bestandswahrung ist alles, weißt du? Und du bist mein wichtigster Bestand. Ich konnte doch nicht riskieren, dich zu verlieren. Weil ich dich über alles liebe.« Johannes Blum nickte schwach und sah Marc weich an. Dann brach sein Blick.

Und Marc stand da, völlig verdattert, betrachtete seinen ehemals besten Freund und Seelengefährten, den Mörder, das Monster, und spürte in sich anstatt Hass oder Verachtung auf einmal Mitleid aufkeimen.

Das Martinshorn der sich nähernden Polizeifahrzeuge und des Rettungswagens nahm er nur am Rande wahr.

Nele

Nele fühlte sich so hilflos wie noch nie in ihrem Leben. Immer mehr Blut verteilte sich auf dem Fliesenboden. So viel Blut. Das konnte keiner überleben, oder? Sie zitterte vor Angst, gleichzeitig rührte sie Shortys Fürsorge fast zu Tränen.

Erst das Tatütata der Einsatzkräfte machte sie wieder handlungsfähig.

Eilig stürzte sie in ihr völlig verwüstetes Wohnzimmer. Den reglos daliegenden Joe und den völlig erstarrten Marc, aus dessen Schulterwunde klumpiges Blut über die Lederjacke quoll, ignorierte sie. Allerdings war sie geistesgegenwärtig genug, Marc die kleine Pistole aus der schlaffen Hand zu reißen. Schnell raffte sie die Fichtenlichtungsfotos und die Negative zusammen, stopfte alles in die Martinstüte, trug sie in die Küche und quetschte sie in den Ritz zwischen Wand und Kühlschrank. Dann hob sie das Jagdgewehr im Flur auf und rannte zurück zum Gästeklo.

»Shorty!«, drängte sie. »Gib mir Jens' Pistole, schnell. Ich muss sie verschwinden lassen, bevor die Bullen da sind.«

Mit zwei Fingern nahm sie die blutbespritzte Waffe und trug sie zusammen mit dem unbenutzten Gewehr in den Gewölbekeller. Dort legte sie beides so weit hinten wie möglich in einen der Umzugskartons. Auch die kugelsichere Weste, die sie unter ihrem Pulli getragen hatte, bekam hier einen Platz. Für heute musste das Versteck reichen, morgen würde sich ein besseres finden lassen.

Sie hetzte nach oben und wusch sich im Spülbecken in der Küche gründlich die Hände. In dem Moment schlingerte der erste Polizeiwagen in die Auffahrt. Heraus sprang, mit zwei uniformierten Polizeibeamten im Schlepptau, eine energische und sehr aufgebrachte Nicole Hellmann. »Nun machen Sie schon!«, brüllte sie. »Ich hab Ihnen doch gesagt, es geht um Leben und Tod!«

Das war nicht übertrieben, denn an diesem Martinsabend starb ein Mann, bevor er überhaupt in den Rettungswagen gebracht werden konnte. Ein weiterer wurde erst notoperiert und anschließend in die Intensivstation des Johanna-Etienne-Krankenhauses eingeliefert; bei einem dritten erwies sich die Schusswunde als eher harmlos. Er bekam nach einer kleinen OP ein Zimmer im selben Krankenhaus. Verhörfähig war er zurzeit jedoch nicht, wohl aber die drei Unverletzten des Showdowns.

Christian Schelsen, Cornelia Liebert-Schumann und Nicole Hellmann wurden noch in derselben Nacht in der Polizeiwache Kaarst ausgiebigen Befragungen unterzogen. Jeder einzeln. Keiner der Kriminalbeamten, die den Fall zu bearbeiten hatten, konnte sich zunächst einen Reim auf die Geschehnisse in dem kleinen Vorster Backsteinhäuschen machen.

Nicoles Aussage

»Sie erinnern sich sicher an meinen Bruder Matthias, der im letzten Herbst am Kaarster See an einer Überdosis Heroin starb. Ich habe herausgefunden, dass es Mord war. Der Verdacht drängte sich mir auf, nachdem ich die Fotos gesichtet hatte, die er an seinem Todestag vom See und der Umgebung schoss. Es ist dort nämlich noch ein zweiter Schatten neben ihm selbst am Ufer abgelichtet. Das hatte die Polizei damals wohl übersehen. Also bat ich Jens Meyer, den ehemals besten Freund meines Bruders, um Rat. Gemeinsam entschieden wir, Matthias' Exfreundin Cornelia Liebert-Schumann hinzuzuziehen, weil Jens ahnte, wer der Mann sein könnte, der meinen Bruder umgebracht hat und als Schatten auf den Bildern zu sehen ist. Es handelte sich um den Geschäftspartner von Neles Lebensgefährten, einen gewissen Johannes Blum. Er hat Matthias immer wieder Drogen verkauft.«

Kriminalhauptkommissar Hilgers schaltete sich ein: »Sie sprechen von dem Toten, den wir am Tatort mit Genickbruch vorgefunden haben, ja? War der nicht ein erfolgreicher Programmierer und Teilhaber dieser Software-Firma in Düsseldorf?«

»Ja, genau. Nele hat sofort geschaltet und empfohlen, ihm eine Falle zu stellen, gerade weil der Mann durch seine Position erst einmal über jeden Verdacht erhaben schien. Wer würde glauben, dass einer wie mein Bruder seinen Stoff von diesem Geschäftsmann bekam? Wer käme auf die Idee, dass hier sogar Mord im Spiel war? Also hat Nele einen ehemaligen Mitschüler kontaktiert, der technisch versiert genug ist, eine professionelle Abhöranlage zu installieren …«

Shortys Aussage

»Die Anlage ist absolut hochwertig. Das Geständnis dieses Johannes Blum kommt glasklar rüber. Leider hatten wir nicht damit gerechnet, dass der Typ durchdrehen würde. Urplötzlich ist er zur Toilette gestürzt, von wo er wohl Geräusche hörte, und hat durch die verschlossene Tür auf Herrn Meyer geschossen. Wie geht es dem Verletzten, wissen Sie das?«

»Nein, nichts Neues«, lautete die Antwort von Kriminaloberkommissar Burghardt. »Sein Zustand ist immer noch kritisch. Aber sagen Sie mal, wurde Blum nicht misstrauisch, als er Sie in Frau Liebert-Schumanns Haus vorfand?«

»Nun ja, von Meyer und mir wusste er ja nichts. Ich saß oben im Schlafzimmer neben dem Aufnahmegerät, um es vernünftig auszusteuern. Und was Herrn Meyers Anwesenheit betrifft, der sollte Nele nur bei Bedarf zu Hilfe eilen. Ansonsten hatte er den Auftrag, sich unauffällig im Hintergrund zu halten. Wie gesagt, keiner konnte ahnen, dass dieser Blum eine Waffe bei sich trug, geschweige denn, dass er davon Gebrauch machen würde. Als ich merkte, dass es unten im Erdgeschoss zur Sache ging, habe ich sofort Frau Hellmann angerufen, na, und die hat dann direkt die Polizei verständigt.«

Neles Aussage

»Es ging uns einfach nur darum, Joe, ich meine Herrn Blum, ein Geständnis zu entlocken. Dass die ganze Sache dermaßen im Chaos enden würde, haben wir weder geahnt noch beabsichtigt. Und dass plötzlich mein Lebenspartner Marc Warberg, der in die ganze Geschichte überhaupt nicht involviert war, auftauchte, war auch nicht geplant. Stellen Sie sich vor, in seiner Panik hat Johannes sogar auf ihn geschossen. Dabei war Marc sein bester Freund.

Nein, es tut mir wirklich leid, dass alles so gekommen ist, aber wenn Sie sich die Aufnahme anhören, werden Sie verstehen, dass wir den Mord einfach als solchen entlarven und aufklären mussten. Es kann doch nicht angehen, dass skrupellose Drogenhändler und Mörder frei herumlaufen. Herr Hellmann war ein Opfer, Herr Kommissar, kein Täter. Er wollte aus der Drogenszene aussteigen, einen Neubeginn wagen und die Großen auffliegen lassen, aber man ließ ihn nicht.«

Shortys Tonaufnahme – Ein Hörspiel

»Hallo, Nele«, hört man Johannes Blums Stimme. Die Tonqualität ist exzellent. »So schnell hast du mit meinem Besuch nicht gerechnet, was? Mit deinem gemütlichen Umtrunk wird es wohl nichts heute Abend. Bist du allein?«

Sie zögert sichtlich mit ihrer Antwort. »Ja, bin ich. Was willst du hier, Joe?«

»Ich habe etwas gekriegt, um das ich nicht gebeten hatte.« Mühsam gezügelter Hass klingt in seiner Stimme mit.

»Richtig«, bestätigt Nele Liebert-Schumann höflich. »Ich dachte halt, Matthias' letzte Fotografien könnten interessant für dich sein. Die, die er unmittelbar vor seinem Tod geschossen hat. An einem verregneten und windigen Tag Anfang Oktober letzten Jahres am Nordufer des Kaarster Sees. Sind ziemlich aufschlussreich, oder?«

»Lass die Spielchen!«, entgegnet Blum ungehalten. »Was hast du davon?«

»Du sollst wissen, dass es hier schlichtweg darum geht, dass du Matthias Hellmann umgebracht hast, letztes Jahr im Herbst, als ihr euch am Kaarster See getroffen habt«, lautet Nele Liebert-Schumanns heftig vorgebrachte Erklärung.

»Ach das.« Er klingt uninteressiert. »Du denkst also immer noch an den? Lass dir gesagt sein: Der Typ war durch und durch kaputt und verdorben. Es war nicht viel nötig, ihn zum Aufgeben zu bewegen.«

»Wie kam es überhaupt, dass ihr euch am Kaarster See verabredet habt? Wart doch nicht gerade die besten Freunde«, erkundigt sich Frau Liebert-Schumann offenkundig aufgeregt.

»Stimmt. Aber der Schwachkopf wollte sich ja auch gar nicht mit mir treffen. Ganz so blöd war er nun doch nicht. Auch wenn's schließlich auf dasselbe hinauslief.« Pause. »Ja. Du hast begriffen, wen ich meine.«

»Marc? Er wollte sich mit Marc treffen? Aber warum?«

Der Mann seufzt.

»Tja, das ist die Tragik an der Sache, oder? Dein Ex ist auf seine alten Tage noch zum Moralapostel mutiert, stell dir das mal vor. Wollte die Drogengeschichte beichten. Ziemlich unangebracht, wenn du mich fragst. Hatte selbst genug abgesahnt, um sich jetzt leisten zu können, den Moralischen zu mimen. Ganz schön verlogen, dein Herzchen. Was soll's, die Rettungsaktion ist ihm jedenfalls gründlich misslungen. Das hatte er davon.«

»Und Marc hat dir gesagt, dass Matthias sich mit ihm treffen wollte?«

»Na ja, ›gesagt‹ ist wohl nicht ganz das richtige Wort. Sagen wir mal so: Er hat es mir schriftlich zur Verfügung gestellt.«

In dem Augenblick hört man im Hintergrund ein lautes Poltern.

»Verdammte Scheiße, was war das?« Schnelle Schritte entfernen sich. Dann durchbohren zwei Schüsse die Stille des Hauses. Nicht zu definierende Hintergrundgeräusche bringen Unruhe in die Aufnahme.

»Blinder Alarm. Komm schon, zurück ins Wohnzimmer!«, ruft Blum. Erneut sind Schritte zu hören. »Ich hab's mir zur Angewohnheit gemacht, mir Zugang zu den E-Mail-Postfächern meiner Freunde zu verschaffen«, sagt er jetzt in freundlich belehrendem Tonfall. »Man darf heutzutage nichts dem Zufall überlassen, weißt du. Sonst ist man bald weg vom Fenster. Marcs Korrespondenz lese ich täglich, sowohl die dienstliche als auch die private. Oft, bevor er selbst sie liest. Im September letzten Jahres war ich besonders auf Zack, da ich durch meine offene Bürotür mitbekommen hatte, dass für Marc ein Anruf von einem Matthias Hellmann bei unserer Sekretärin ankam. Den er Gott sei Dank abgewimmelt hat. Ab dem Zeitpunkt las ich extrem aufmerksam Marcs E-Mails. Und tatsächlich, schon bald schneite Post von deinem Exlover rein. Also hab ich ihm flugs geantwortet, in Marcs Namen. Danach hab ich die Nachricht gelöscht.

Dann habe ich Hellmann umgehend eine Mail von einer neu eingerichteten E-Mail-Adresse aus geschrieben, angeblich Marcs privater. Hat er geschluckt. Alles andere war einfach.

Ich hab mich mit ihm am Kaarster See verabredet, während ich ihm als Marc Warberg versicherte, mit ihm gemeinsam zur Polizei zu gehen. Natürlich sagte ich zu, ihm entlastend zur Seite zu stehen.«

»Und, wie hat Matthias reagiert, als er dich am Kaarster See begrüßen durfte? Anstelle von Marc?«, fragt die Frau, und man hört deutlich ihre unterdrückte Wut.

Blum lacht leise. »Hat nicht schlecht gestaunt, der Gute. Aber er hat dann schnell verstanden … Nun ja, ich kann recht überzeugend sein. Als ich ihm den Wodka mit dem darin aufgelösten Rohypnol gereicht habe, konnte er einfach nicht Nein sagen. Danach war es ein Leichtes, ihm die Spritze in die Blutbahn zu jagen. Und Hellmann wusste genau, was auf ihn zukam, glaub mir. Also hat er im Grunde genommen freiwillig entschieden, aus seinem verpfuschten Leben zu scheiden, War ein schöner Tod, glaub mir, Nele. Friedlich und schnell.«

Unabdingbar

Nele

Am nächsten Morgen besuchte sie Marc im Krankenhaus. Sie war erleichtert, dass Kripo und Staatsanwaltschaft ihnen offensichtlich ihre Aussagen abgenommen hatte. Shortys kunstvoll zusammengeschnittene Tonaufzeichnung war dabei offenbar das Tüpfelchen auf dem i gewesen. Jetzt musste nur noch Marc mit ins Boot genommen werden.

Sie setzte sich an sein Bett, erzählte ihm von dem Mitschnitt und flehte ihn an, kein Wort über den Mord auf der Fichtenlichtung und die damit verbundene Erpressung verlauten zu lassen. Er nickte verwirrt und versprach alles. Dann schwiegen beide ratlos.

Eine warme Sonne schien freundlich und unschuldig durch das Fenster und zauberte helle Streifen auf die Bettdecke, den grau melierten Linoleumboden und die in zartem Gelb gestrichenen Wände. Es war sehr still im Zimmer und auf dem Flur. Ein friedlicher Moment. Nele hätte aufatmen können. Der Spuk war vorbei, und Marc hatte keinerlei Schuld auf sich geladen. Sie hatte ihn zu Unrecht verdächtigt. Außerdem war er ihr zu Hilfe geeilt, um sie vor Joe zu beschützen. Das rührte Nele, und sie hatte ein schlechtes Gewissen.

Aber was war mit ihrer Liebe? Sie sah Marc an und fühlte nichts. So lange hatte sie sich auf Matthias Hellmanns Seite geschlagen und Marc mit dem Stempel des Feindbildes versehen, dass ihr das Umdenken schwerfiel. Zurzeit hatte nur ein Mann Platz in ihrem Herzen, und der war seit über einem Jahr tot. Trotzdem nahm sie Marcs Hand. Sie fühlte sich heiß und trocken an.

»Hast du schon gehört? Jens Meyer ist über den Berg«, plapperte sie hilflos, versteckte ihr Gesicht unter dem Vorhang ihres langen Haares und streichelte mit dem Daumen seinen Handrücken. »Sie konnten die Blutungen stoppen und ihn wieder einigermaßen zusammenflicken, aber noch ist er natürlich nicht ansprechbar. Bis jetzt haben sie nur seine Frau zu ihm gelassen.«

»Ja, und Joe ist tatsächlich tot, was?« In Marcs Stimme klang Bedauern mit.

Nele zuckte zusammen. »Ist nicht schade drum. Er war ein Mörder.« Sie erschrak selbst über ihre Härte.

»Ich weiß.« Marc nickte. »Trotzdem macht es mich traurig, dass alles so kommen musste. Er war lange Zeit mein bester Freund, weißt du? Und er hat mich geliebt wie kein anderer. Das kann ich nicht einfach vergessen.«

»Und ich kann nicht vergessen, was er Matthias angetan hat.« Wütend entzog sie ihm ihre Hand und starrte aus dem Fenster.

Marc schluckte. »Ja, das ist furchtbar und unentschuldbar. Dafür musste er bestraft werden, da hast du recht. Er hat übrigens auch Major auf dem Gewissen, und bei Tina war es zumindest ein Mordversuch, als er sie mit ihrem Wagen im Rhein versenkt hat …«

Nele guckte verblüfft. Was erzählte er da? Dann ergänzte sie: »Und vergiss nicht diesen Jonas, mit dem alles angefangen hat, und gestern Jens, um ein Haar ein weiteres Mordopfer … Nein, ich bedaure nicht, dass er tot ist. Und Liebe zählt nicht als Entschuldigung. Für so was darf sie nicht herhalten, finde ich.« Dann holte sie tief Luft und versuchte, ihm zu beschreiben, was sie selbst erst im Laufe der letzten Tage begriffen hatte. »Weißt du, Matthias hat mich auch geliebt. Aber in dem Moment, in dem er kapiert hat, dass ich ein anderes Leben führen möchte, als es ihm möglich war, hat er mich losgelassen. Verstehst du? Er hat nicht manipuliert, und er hat keinen aus dem Weg geräumt, der ihm nicht in den Kram passte. Nein, er hat mich gehen lassen, obwohl es ihm schwergefallen ist. Und genau das, Marc, ist Liebe. Nicht das Spektakel, das Joe veranstaltet hat. Das war nur Selbstsucht.«

»Bestandswahrung«, schlug Marc leise vor.

»Genau, nichts als Bestandswahrung.«

Epilog

Chris

Dreihunderttausend Euro, hier auf seinem Küchentisch in der frisch aufgeräumten und geputzten Wohnung auf der Neusser Straße. Es gab nichts Besseres, oder? Chris starrte auf den Reichtum und war sich plötzlich nicht mehr sicher. Noch vor wenigen Tagen hatte er geglaubt, das Geld für sein Glück zu brauchen. Ein Haus, die Kinder, die Scheidung, das Sorgerecht. War es wirklich das, was ihm am wichtigsten war? Seufzend schob er die Scheine zu einem unordentlichen Haufen zusammen und wischte alles zurück in die Aldi-Plastiktüte, in der Nicole ihm das Geld überbracht hatte.

Dann dachte er an die Verbundenheit, die zwischen Nele, Nicole, Jens und ihm entstanden war, als sie den Plan für die Übergabe und für Joes Geständnis ausgetüftelt hatten. Noch nie hatte er sich dermaßen anerkannt und geborgen gefühlt.

Seine Ehe war ein Dreck dagegen gewesen. Susanne hatte nie wirklich zu ihm gestanden. Nur seine Kinder hatten ihm die Liebe und das Gefühl von Familie entgegengebracht, die er brauchte. Klar, dass er nach der Trennung in ein tiefes Loch gestürzt war. Er war so einsam gewesen. Die Freundschaft, die sich in den letzten Tagen zu seinen Mitstreitern entwickelt hatte, tat ihm unendlich gut. Sie war es, die ihn aus der Depression geholt hatte, nicht die Beute.

Chris lehnte sich zurück an die hölzerne Lehne seines Küchenstuhls, auf dem er ein paar schreckliche Stunden gefesselt und geknebelt zugebracht hatte, und schloss die Augen. Gott sei Dank war ihnen die Polizei auf den Leim gegangen. Gott sei Dank hatte Jens überlebt. Gott sei Dank hatte er vor wenigen Monaten Matthias Hellmanns Fotos gefunden.

Er lächelte still vor sich hin. Er würde die neu gewonnenen Freundschaften hegen, nahm er sich vor. Vor allem die zu Jens. Und er hatte auch schon eine Idee, wofür ein Teil seines Geldes Verwendung finden würde. Er brauchte dringend einen anderen

Job, und Jens musste aus dem Sumpf der Arbeitslosigkeit raus. Warum nicht etwas Gemeinsames aufziehen? Eine Firma gründen vielleicht. Alarmanlagen verkaufen beispielsweise oder anderen Technikkram. Ja, darüber würde er mit Jens sprechen. Chris nickte zufrieden.

Tina

Einige Wochen lang fürchtete Tina um ihre Freiheit. Die Kriminalpolizei durchsuchte das Bauernhaus des Dicken und stellte einen großen Vorrat an Drogen und verbotenen Pharmazeutika sicher. Das Heroin, das man fand, war identisch mit dem Stoff, der Matthias Hellmann 2007 am Nordufer des Kaarster Sees das Leben gekostet hatte. Nebenbei entdeckte man auf Joes Rechnern eine äußerst umfassende, homosexuell ausgerichtete pornografische Sammlung von Filmen und Fotos. Fast alle gingen in die sadomasochistische Richtung. Außerdem fand die Kripo heraus, dass Joe im Laufe der vergangenen zwei Jahre hohe Summen an Firmengeldern veruntreut hatte. Von dem Geld fehlte jede Spur.

Das alles war in den Zeitungen zu lesen. Schlagzeilen wie »Firmenboss in Drogenhandel verstrickt?«, »Firmenveruntreuung per Mausklick«, »Bauernhof als Drogen- und Pornolager« oder »Der Spritzenmörder vom Kaarster See« versetzten Tina in helle Panik. Würde man womöglich eine Verbindung zu ihr oder Dr. Thomas Neubaum entdecken? Enthielten Joes Haus oder gar seine Computer Hinweise auf den Mord auf der Fichtenlichtung?

Tinas Sorgen stellten sich als unbegründet heraus. Der Dicke hatte alle Beweismittel und Daten mit Professionalität und Gewissenhaftigkeit getilgt. Puh, Gott sei Dank.

Für eine kurze Zeit ging es Tina daraufhin richtig gut. Die Fichtenlichtungsgeschichte war endgültig vom Tisch.

Dann fingen die Alpträume an. Obwohl Tina Schlafmittel in rauen Mengen einwarf, kehrten sie Nacht für Nacht wieder. Tote geisterten durch ihre Träume, meist Tom, der von seiner Dachterrasse fiel und fiel, während sie oben stand und hilflos zuschauen musste, wie er sich unaufhaltsam aus ihrem Leben entfernte, bis sie nur noch tiefe Verlorenheit empfand. Manchmal tauchte auch Jonas Steinert auf. Sie sah, wie er mit eingeschlagenem Schädel im brackigen Wasser des Nordkanals ertrank. Dann drehte sich die Leiche auf den Rücken und starrte sie mit vorwurfsvollen Augen an.

Ab und zu suchte sie sogar der Dicke heim. Mit schwabbelndem Doppelkinn nickte er ihr zu, während aus einer Wunde an seinem Kopf Blut tropfte, und reichte ihr ein Glas Rotwein. Sie wusste dann genau, dass sich K.o.-Tropfen darin befanden, und trank doch jedes Mal. Sein triumphierendes Grinsen brachte sie fast um den Verstand.

Nur ein Toter begegnete ihr nie: Matthias Hellmann. Dafür war er ihr wohl nie wichtig genug gewesen.

Im Laufe der Zeit nahm Tina einige Kilo ab, sie kam sich uralt vor und fühlte sich zerfahren und zerschlagen. Die Streits mit Roland setzten ihr zusätzlich zu. Ihr Mann konnte nicht verkraften, wie eng ihre Beziehung zu Tom gewesen war. Und da sie sich natürlich über alles ausschwieg, wurden die Auseinandersetzungen heftiger. Irgendwann reichte es Roland. Er drohte mit Scheidung und zog ins Gästezimmer um. Sie war zu kraftlos, um ihn aufzuhalten.

Ihr einziger Lichtblick war – was für ein Hohn! – Marc Warberg. Sehr zögerlich näherten er und sie sich an. In langen Gesprächen über Joe und Tom kehrten ihre Vertrautheit von einst und so etwas wie gegenseitiger Respekt zurück. Sie diskutierten viel. War der Dicke wirklich ein Monster gewesen? Und, wenn ja, was hatte ihn dazu gemacht? Außerdem gestand Marc ihr, wie sehr er es bedauerte, sich nie mit Tom ausgesöhnt zu haben. Es war wie Balsam auf ihrer Seele. Sie erzählte ihm im Gegenzug, wie Tom gelebt hatte und was sie füreinander gewesen waren.

Nur ein Thema sparten sie konsequent aus: Stoned und seinen schrecklichen Tod in der Nacht des Abiballs. Diese Geschichte sollte man besser ruhen lassen, fand Tina. Die Alpträume reichten ihr schon.

Marc

Die Treffen mit Tina taten ihm gut. Er hatte das Gefühl, zumindest einen schändlichen Part seiner Vergangenheit wieder geraderücken zu können. Dass er Tina nach dem Tod seiner Eltern fallen gelassen hatte wie eine heiße Kartoffel, war unnötig grausam und nahezu unverzeihlich gewesen.

Mit Unbehagen dachte Marc manches Mal an sein letztes Gespräch mit Joe zurück und an dessen Liebesgestammel. Von der Gerichtsmedizin war der Genickbruch als todesursächlich festgestellt worden. Unmittelbar nach dem Sturz und dem Aufprall auf die Kante des Blumenkübels sei der Exitus eingetreten.

Unmittelbar? Demzufolge hätte ihre letzte Unterhaltung gar nicht stattgefunden haben dürfen, oder? Seltsam. Hatte er sich die nur eingebildet? Marc wusste es nicht. Es verunsicherte ihn, dass seine Phantasie ihm unter dem Druck der Ereignisse einen Streich gespielt haben könnte.

Allerdings stand eines fest: Joes kranke Obsession für ihn war Realität gewesen. Tina hatte es bestätigt. Du musst dich auf die Lebenden konzentrieren, sagte er sich, und deine Schuld abarbeiten. Da Tina vom harten Kern der alten Clique die Einzige war, die noch lebte, hielt er sich an sie. Und er empfand es nicht als lästige Pflicht, sich um sie zu kümmern, sondern es bereitete ihm Freude.

Nele

Neles Alltag während der nächsten Tage und Wochen gestaltete sich völlig anders als der vor dem Friedhofsbesuch am sechsten November. Die Kinder mussten beschwichtigt und das ramponierte Häuschen wieder auf Vordermann gebracht werden. Sie hatte einige Gespräche mit der Kripo zu führen, besuchte Marc und Jens im Krankenhaus, traf sich mit Andi, Nicole oder Shorty und ging immer wieder zu Matthias' Grab.

Das tat sie nicht mehr heimlich und im Dunkeln, sondern öffentlich am helllichten Tag. Du wirst in meinem Herzen sein –

endlich löste sie in aller Konsequenz ihr Versprechen ein, das sie Matthias vor zwanzig Jahren gegeben hatte. Dabei redete sie mit ihm wie mit einem Lebendigen, und wenn sie zu Hause war, holte sie immer wieder seine Fotos und die Briefe heraus.

Auf die Art entfernte sie sich mehr und mehr von Marc; über kurz oder lang würden sie sich wohl trennen, es erschien ihr unausweichlich. Nele war klar geworden, dass sie in Zukunft nur mit jemandem zusammen sein konnte, den sie mit der gleichen Kraft liebte wie damals Matthias und der ihr seine Liebe grenzenlos, loyal und mutig schenkte, wie er es getan hatte. Sie vermisste ihn mit jeder Faser.

Auch wenn sie zum Kaffee mit Nicole zusammensaß, kreisten die Themen hauptsächlich um ihn: wie er gewesen war, was er gesagt und getan hatte und was wäre, wenn er noch da wäre. Doch irgendwann wurde es selbst seiner Schwester zu viel.

»Hey, lass uns von was anderem reden«, sagte sie eines Tages und streichelte begütigend Neles Schulter. »Das Leben geht weiter. Und wir haben im Gegensatz zu ihm noch eine ganze Strecke vor uns.«

Und dann erzählte sie mit stolzgeschwellter Mutterbrust von ihrem ältesten Sohn Dennis, der es nach seiner Ausbildung als Koch geschafft hatte, eine Festanstellung in einem renommierten Restaurant in Düsseldorf zu ergattern.

Nele holte tief Luft, spürte dem nach, was Nicole antrieb, und musste ihr recht geben. Sie lebten im Hier und Jetzt, das durfte sie nicht aus den Augen verlieren, auch ihren Töchtern zuliebe nicht.

Aber ab und zu, meistens, wenn Nele nach einem langen Tag im Bett lag, fragte sie sich, ob alles anders gekommen wäre, wenn sie letztes Jahr im September Matthias vor dem Bilker Tattoo-Shop bewusst wahrgenommen hätte.

Was hätte sie getan? Hätte sie ihn gegrüßt und wäre zu ihm hinübergegangen? Hätte sie peinlich berührt wieder weggeschaut, weil er so gar nicht mehr in ihr Leben und ihre Gesellschaft passte? Hätte sie sich überhaupt auf seine Warnungen in Bezug auf Johannes Blum eingelassen? Oder hätte sie sie in den Wind geschlagen und als Hirngespinste abgetan? Oder aber hätten sie sich bei ihrer Begrüßung so tief in die Augen geschaut wie vor zwanzig Jahren und ihre Liebe zueinander wiederentdeckt?

Sie wusste es nicht und würde es nie erfahren. Die Zeit ließ sich eben nicht zurückdrehen, was ein Fluch, manchmal aber auch eine Gnade sein konnte.

Ich geh voran
Im Äußern und im Innern,
Ich lach, ich schweig, ich wein.
Doch in dem Bann
Von Träumen und Erinnern
Wirst du in meinem Herzen sein.

Ich kann's bezeugen
Und leb mein Leben.
Ich lach, ich schweig, ich wein.
Doch in dem Reigen
Von Nehmen und von Geben
Wirst du in meinem Herzen sein.